내 고향 비곡기秘曲記

시간 속에서 방황하는 은하수·치자꽃 향기

The Milky Way wandering in time · The scent of gardenia flowers

김세연 장편소설

도서출판 **마카렌세스**

시
간
속
에
서

방황하는

은
하
수
·
치
자
꽃
향
기

The Milky Way wandering in time·
The scent of gardenia flowers

채홍문학 선언서

 이제까지 우리는, 우리와 너무도 멀고 아득한, 영웅적인 인물이나 장소를 중심으로 하여 써진 서사시에 길들여져 왔음은 주지周知의 사실이다. 그러나 이제는 카잔차키스의 괴연傀然한 노래『오디세이아』를 끝으로 그러한 류類의 서사시에 대한 종말을 고해야 한다.

 그래서 새롭고 독창적인 나만의 노래를 만들어 부르고 싶은 열망으로 많은 날들을 보냈다.
 무엇보다 어린 시절로 회귀回歸하여 정신적 고향을 샅샅이 탐색함이 급선무이다. 그러려면 '원자 힘 현미경'보다 더 가늘고 섬세함이 필요했다. 그리고 하나의 창백한 점인 지구를 보기 위해, 또는 영원함과 무한함을 안겨주는 우주의 저 머나먼 별들을 보기 위해 나만의 '제임스 웹 망원경'이 절실했다.

 내 고향은 추수 때 탈곡기에 튀는 벼 낟알이, 잘 익어 쩍 벌어진 석류 알알에 반사되는 것과도 같이 빛나고 아름답고, 그래서 오히려 슬프기까지 하다. 내가 자랄 때만 해도 거의 해마다 설과 정월대보름과 추석 명절에는 어김없이 노래와 연극 콩쿠르가 열렸다. 그리고 거의 이십사절후節候마다 행해지던 각종 전통 민속 행사며, 여러 종류의 크고 작은 굿들이 있었다. 그리고 그 굿을 위한 무인巫人들의 신기한 행동들!

마치 비 온 뒤, 상엿집 나무 벽 옹이구멍 사이로 햇살이 부챗살처럼 혹은 레이저로 쏘는 것같이, 또는 한낮 들판의 벼메뚜기의 뒷다리같이, 큰골 능선에서 구애 춤추는 오색딱따구리가 이 나무 저 나무 사이를 쉴 새 없이 날아다니는 그 탱글탱글함같이. 잰걸음 통통, 향내 솔솔 풍기는 그 역동성 하며. 또 싱그러운 오월이 될 때마다 청탄정聽灘亭 재실齋室에서 도포 자락 휘날리며, 고전古典에 취해, 은은한 대금 소리 같은, 고결하여 눈부신 선비들의 한시漢詩 경연은 온 마을에 메아리쳐, 무한한 설렘과 미래의 풍요를 예견하는 축제의 마당이었다.

그 광휘光輝롭고 화미華美했던 날들이여!

아무튼 변환變換의 세월 속에서 내 그리움과 애잔함이 담뿍 담긴 구룡저수지 노을마저 이제는 내 마음에서 점점 멀어져 가는구나.

늘 빛나는 총기聰氣를 찾으려, 한 잔 술이 주는 감흥에 취해 흩어진 사념을 통합·정리하였으니, 어찌 보면 바커스Bacchus는 영원한 감성의 어머니이자 이지理智의 아버지라고 말할 수 있겠다.

이 세상에 존재하는 현상들이 각자의 이름을 정겹게 불러주기를 바랄 것이라 여겨, 되도록이면 사전식辭典式 설명을 멀리한 채, 그것들의 가장 깊은 곳에 고이 간직하고 있는 정령들의 속삭임만을 들으려, 깊은 밤을 마다하지 않고 사방 천지를 비곡悲

曲처럼 통곡하듯 쏘다녔다. 그리고 추억의 먼지가 켜켜이 쌓인 창고를 샅샅이 뒤져, 끊어지거나 헝클어진 것들의 실타래는 잇고, 찢어진 것들은 바느질로 꿰매고, 깨어진 것들은 닦고 맞추었다.

다양한 형태의 시도와 조사 발굴을 통한 긴 과정에서 희열과 아울러 크나큰 성취감을 맛보기도 하였다.
얕고 설익은 자질을 총동원하여 시도한 작업이 결과적으로 너나에게 작은 구실을 한다면 더욱 고맙겠다.
글쓰기의 진정한 참맛이 이런 게로구나!
그러한 과정 속에서 『잃어버린 시간을 찾아서』가 현미경으로서의 고전이 된 셈이었고, 새로운 장르를 개척하려는 데 더할 나위 없이 큰 힘이 된 것은, 바로 우리의 영원한 고전인 『열하일기』였음을 주저 없이 밝힌다.

그리하여 여기 감히 하나의 문학 장르를 선언한다.
이것은 채홍문학, 즉 무지개 문학으로서, 彩虹文學이요, the rainbow literature이다. 이것은 전 생애를 통하여 단 하나의 작품을 위해 각 장르와 형식을 총동원하여 지우고 덧칠하는 것을 말한다.
사실 자동기술법自動記述法, automatisme으로 쉽고도 빠르게 해결하려 했으나 자존심이 허락하지 않았다. 그렇다고 내가 계획하고 행하려는 채홍문학이 세계문학사에 최초일 수는 없겠지만,

그래도 나만의 채홍문학을 고집하여 펼쳐나가다 보면, 색다른 모습으로 우뚝 설 것이라고 굳게 믿는다.

오, 나의 괴테는 노래했다.

"나는 경탄하지 않는 자들을 미워한다. 왜냐하면 나는 평생 동안 모든 것에 대해 경탄해 왔으니까."

오, 내가 사숙한 엘리엇도 노래했다.

"우리는 탐험을 멈추지 않을 것이다. 그리고 우리의 모든 탐험의 끝은 우리가 출발했던 그곳에 도착하는 것이다."

야콥센의 『닐스 리네』는 향리鄕里에서의 아련한 첫사랑과 너무도 마음씨가 가녀렸던 여인들을 꿈속에서나마 만나게 하는 계기를 마련했다. 보들레르의 『파리의 우울』은 서울로 유학遊學 온 여드름투성이의 한 사춘기 청년이 이국적 풍물에 두려워 떨던 시절을 회억回憶하게 하였다. 그리고 로르카가 스무 살 때 지은 기행 형식의 신문인 『인상과 풍경』은 감수성의 끝 간 데가 이것이라고 마치 증명하는 듯했다.

오, 장미 그 순수한 모순을 노래했던 릴케의 『말테의 수기』는 지금 이 순간에도 무한한 정감을 주는 감수성의 보고寶庫요, 화수분이다.

이제껏 나는 서책書冊과 영화에만 파묻혀 내면의 깊고 넓은 바다 저편에서 배 띄워 유유자적했다. 간혹 큰 파도에 혼쭐이 나기도 하면서 그런대로 살아왔다.

그러나 먼 옛날 스스로 수인囚人이 되어, 십팔 년의 유랑시절에 『신곡神曲』을 만든 단테나 십구 년의 망명 생활에 『레미제라블』을 창작한 위고처럼 세기世紀의 대작을 여전히 꿈꾸게 된다.

스스로 안빈낙도를 자청한 무능한 백면서생을 지켜 봐 준 동시대 아는 이들에게 감사드린다. 특히 아내와 딸과 그 가족들과 아들에게 미안함이 앞서는 것은 그래도 아직 기본적인 부끄러움이 남아 있음을 보여 주는 반증이 아닌가 하고 살며시 자위해본다.

최초로 도전한 내 혁명적 문학의 시도가 우리가 갖고 있는 문학의 안일을 일깨워, 여러 모로 문학의 기니피그guineapig가 되기를 간절히 소망한다.

앞으로 이 작품이 세계 문학사에 찬연히 빛날 날을 기대하면서, 딴엔 위대한 완성을 위하여 보유補遺에 보유를 거듭하는 일만 이어지리라.

2024년 4월 24일
금호산金湖山 기슭에서 지은이 씀.

차 례

채홍문학 선언서 _ 4
차례 _ 9
주요 등장인물 _ 10
가계도 _ 12
일러두기 _ 14

01장	해돋이가 노을을 삼키다	15
02장	호랑이 할매가 뿔났다	40
03장	호랑이가 아무한테나 잡히나	51
04장	호박떡거리에서 만난 사람	89
05장	도라지 도라지 백도라지, 심심산천에 겹도라지	134
06장	내 고향 음식 철학사	146
07장	본래 한 뿌리에서 태어났건만	161
08장	유리구슬	275
09장	마카렌세스, 그리고 외나무다리	283
10장	겨울 매미	310
11장	그리움을 잊고 사는 사람들에게	340
12장	초병, ㅣ나비 잡다	345
13장	백도라지가 나타났다	399
14장	돕레의 하루	428
15장	교육결혼	470
16장	초도, 석도	506
17장	브라질은 영원하다	519
18장	잃어버린 출판을 찾아서	561
19장	해돋이의 황량함	592
20장	선운사 동구는 미당도 모른다	610
21장	NO	612
22장	서울이란 요술쟁이	635
23장	일몰의 허수아비들	646
24장	회오리밤의 꿈	656
권말 부록 _ 미완성 작품들		681

주요 등장인물

김 서 — 가톨릭 신부. 제백의 아들.
김제백 — 주인공. 문학가 겸 출판인
김천경 — 김 서 증조할아버지.
고 계 — 고선과 일란성쌍생아. 언니.
고 선 — 김 서 증조할머니. 세 번 결혼.
최저옥 — 김 서 할머니. 무당.
김창결 — 김 서 할아버지.
김사름 — 고 선 딸. 어린 나이에 병으로 죽음.
마데이 — 고 선 남동생.
최포수 — 저옥 아버지. 삼남 일대 명포수.
몽 민 — 저옥 첫사랑.
대처승 — 저옥 첫 번째 남편. 궁백과 여백 아버지.
김궁백 — 저옥 장남. 한 쪽 눈이 실명.
김여백 — 궁백과 이란성 쌍생아.
김쾌백 — 영특했음. 불행한 사건으로 생을 마감.
김쾌백 — 형 쾌백과 같은 이름. 월남전에서 중상을 입고 고향 폐사에 기거함.
김규백 — 제백 동생. 막내. 얼굴에 마마자국 심함.
황칠수 — 저옥무당과 한 팀인 유식한 박수무당. 제백의 정신적 지주.
김 리 — 궁백의 딸.
김 족 — 저옥 시어머니 둘째언니 아들.

백도라지 __ 겹도라지와 일란성쌍생아. 형.

겹도라지 __ 백도라지와 일란성쌍생아. 저옥의 애인. 일본으로
　　　　　　밀항. 귀국 후 지역구 국회의원 역임.

박귀소 __ 저옥과 몽민 사이에 태어난 딸. 한의사. 수양아버지
　　　　　박부거와 동거함.

오예동 __ 오여려 아버지. 면장 때 저수지 조성.

오예식 __ 오예동 동생. 화재사고로 미치광이가 됨.

오예선 __ 최 포수와 저옥 사이에 태어난 딸. 오예동네로
　　　　　입양됨.

오여려 __ 제백의 연인. 백수광부白首狂婦.

차두서 __ 오여려의 첫 번째 남편. 고교 윤리 교사.

오소려 __ 오여려와 일란성쌍생아. 동생. 가수.

오실귀 __ 사생아. 오여려 아들. 사고로 식물인간.

송　방 __ 오여려의 남편.

박부거 __ 박귀소의 수양아버지. 나신전업 사장.

그 외 무당들 __ 길평댁, 끝짐이아줌마, 구룡할매, 석거리할매,
　　　　　　　무짠이(씨산이 누님), 읍내 봉사할매, 선지할매(선녀
　　　　　　　할매).

그 외 소능마을 사람들. 영화 및 작품 속의 인물 다수.

가계도

↔ 부부   → 형제자매   ↙↓↘ 자녀   ⋮ 입양자녀

◎ 김천경金天卿↔고 선高鮮→마데이
● 최 포수崔捕手
↓
■ 최저옥崔沮沃↔김창결金昌潔→김사름

◎ 최 포수↔고선
↓
오예선吳瀱瑄

◎ 최 포수↔동자아치
↓
김창결

■ 최저옥↔몽민蒙民
↓
박귀소朴歸巢

■ 최저옥↔구룡사 대처승
　　　↓
김궁백金弓百→김여백金麗百→김쾌백金快百→김쾌백金快百
↓
김 리金梨

　■ 최저옥↔백도라지白桔
　　최저옥↔겹도라지疊桔
　　최저옥↔황칠수黃漆秀

김제백金濟百→김규백金奎百

김 서金瑞

■ 오예동吳瀁東→오예식吳瀁湜→오예선
　　　↓
오여려吳麗麗→오소려吳少麗

■ 차두서車杜栖↔오여려
　　　↓
오실귀吳實貴

■ 송 방宋邦↔오여려
◉ 박부거朴浮居
　　⋮
박귀소

일러 두기

하나, 이 책의 내용은 허구이다. 따라서 이름, 등장인물, 회사, 장소, 행사, 사건들은 작가의 상상력의 산물이거나 가상으로 사용된 것들이다. 그러므로 사망했거나 생존해 있는 인물, 사건, 무대와 유사성이 있다면, 전적으로 우연의 일치.

둘, 몇몇 인물의 저작물을 인용했음을 밝힘.

셋, 장이나 권말 부록 도입부는 〈농가월령가〉에서 '음식'과 '술' 부분만 발췌.

넷, 『 』: 서적(책, 주로 단행본), 잡지, 신문.

「 」: 중편소설, 단편소설, 희곡, 장편시, 논문, 수필.

〈 〉: TV시리즈, 영화, 연극, 오페라, 출판사, 운동 경기, 건물이나 호텔 등 숙박 시설, 사람.

' ': 시, 음악, 교향곡, 노래, 미술 작품 그 외 강조 부분.

단, 권말 부록 〈미완성 작품들〉의 경우 예외임.

01장 해돋이가 노을을 삼키다

사당祠堂에 세알歲謁하니 병탕에 주과로다. 움파와 미나리를 무엄에 곁들이면 보기에 신선하여 오신채五辛菜를 부러하랴. 보름날 약밥 제도 신라적 풍속이라. 묵은 산채 삶아 내니 육미肉味와 바꿀소냐. 귀 밝히는 약술이며 부스럼 삭는 생밤이라.

아침이 없었다.

비 갠 후 가는 국숫발로 만든 작사리처럼 쫙 퍼지던 햇살도, 호랑거미줄에 매달렸던 아침이슬의 영롱한 반짝거림도, 긴긴 밤을 깨우듯 창공을 날갯짓하던 제비도, 보슬비 내릴 때 청아하게 울어 대던 청개구리도, 이젠 아침이 없으니 볼 수가 없다.

오래 전엔 부지런한 마을사람들이 아침 일찍부터 타작을 했다. 그러면 보석처럼 박혀 곧 쏟아질 듯한 석류 알알 사이에 맺힌 물방울이, 탈곡기에서 튄 벼 낟알에 맞아, 튕겨, 흩어지는 것이다. 그리고 햇빛에 반사되어 수많은 보석이 퍼지는 것이었다. 그런 빛나고 아름답고 소중했던 추억 속의 광경이 못 견디게 다가와 호흡을 가눌 수 없을 지경이 된다.

종종 아침은 살며시 마을에 들어갔다가 혼쭐이 나서 기진맥진 상태로 나오기를 되풀이했다. 결국 아침은 마을에 들어가지 못하고 마을 주변에서 서성이다 마취한 수술 환자처럼 몽롱하게 지냈다. 백일몽만 꾸었다.

 이 마을은 저수지가 조성되고 난 후부터 해마다 안개와 연기에 점점 절어가기 시작했다. 또 불과 사오 미터 앞을 가늠할 수 없을 정도가 되었다. 어떤 날은 마치 마법의 성처럼 몽환적인 분위기를 자아내기도 했다. 그런데 마을 사람 그 누구도 안개의 진군進軍 모습을 직접 보진 못했다. 저수지 어디에서부터 비롯되는지 궁금증만 불러일으킬 뿐이었다. 자세히 보면 안개 무리는 마치 게릴라 작전을 펴듯 혹은 몽골군같이 마을로 향하는 것이었다.

 저수지 조성 전에도 이 마을은 유독 안개가 심했다. 이구산 尼丘山 아래, 내川 옆 동굴에서 피어오른 물안개와 산 중턱에 걸친 실안개가 합치는 모습은 마치 용들의 짝짓기를 연상할 정도였다. 저수지 터로 지정되어 한창 공사를 할 때까지 마을사람들 그 누구도, 왜 하필 이곳에 저수지를 만들어야 하는지 자세한 내막을 알지 못했다. 그야말로 전격적으로 집행되었다. 뒤늦게 알게 된 마을사람들은 연일 마을 앞 탑골 삼거리에서 격렬하게 반대 집회를 갖고 병둔兵屯 면사무소로 향했다. 그러나 그들의 시위 행렬은 아랫마을 못가서, 경찰과 동원된 건장한 청년들한테 막히고 말았다. 몇몇 아낙들은 그들이 휘두르는 곤봉에 맞아 생피를 철철 흘렸다. 이런 일이 있으면 꼭 나타나는 소위 해결사가 있어, 자기 딴에는 원만한 해결을 봤다고 하겠으나 보상금이라고 해 봐야 코끼리 코에 비스킷 수준이었다. 모두들 해결사에게 무슨 곡절이 있는 것 같다고 의심했으나, 별 뾰족한 증거가 없어서 유야무야로 세월만 그렇게 흘렀다. 결국 마을사람 대부분은 옥토를 빼앗기다시피 하여 정든 고향을 떠났다. 골짜기의 천수답天水畓이나 마을 앞 냇가에다 힘들여 일군, 작답作畓을 제외하고는 거의가 밭뙈기뿐이었다. 논에서 나온 쌀은 겨우 입에 풀칠 할 정도였다. 저수지 조성으로 농토가 수몰된 사람들은 비교적 잘 사는 사람 축에, 혹은 장자長子였다. 수몰 농토는 기름져, 송장도 지고 가기 힘들 정도로 곡식이 여물고 알차다는 말이 나올 정도였다. 자식 중에 가장 애틋하거나, 효심이 깊은 자거나, 전처가 죽고 후처가 들어와서 전처소생은 감무뜰 박토를 주고, 자기 소생은 그곳 고래실을 주었다는 이야기가 전설처럼 전해 내려오고 있었다. 그러니 그곳을 소유한 사람들은 당연히 많지 않았다. 간혹 뼈 빠지게 일해, 모아, 그곳에 단 한 마지기라도 산다면, 일생일대 큰 성취로 여길 만했다. 그런 일은 일년 가야 겨우 한 명 나올까 말까 할 정도였다. 하늘에서 돈다발이 뚝 하고 떨어지거나, 아니면 일본 오사카 친척이 보내주지 않는 한, 불가능했다. 그렇지 않으면 부모형제한테 안면 몰수하고, 구두쇠에다 놀부나 자린고비 소릴 들어가며 악착스럽게 모아야 겨우 가능한 일이었다.

  수몰된 사람들은 약소하게 받은 보상금을 합쳐서 인근 화전花田, 초전草田과 병둔, 곡성谷城, 월성月城, 평기坪基의 좋은 뜰, 몇 마지기를 사서 새로운 삶의 터를 잡았다. 그러나 고향을 떠나는 사람들은 떠나는 사람들이지만, 남은 사람들은 당장 먹고살 걱정이 앞섰다. 마름이나 머슴살이를 하면서 생계를 꾸린 사람들은 그야말로 낭패였다. 가진 자들이 모두 이주를 했기 때문이었다. 누차 언급했지만, 그 작은 것을 그나마 가진 자 어느 정도 갖고, 나머지 너와 내 것으로 찧고 까불어 보았자 그게 그것이었다. 그래서 묘안을 짜낸 것이 삼베농사였다. 아득히 먼 옛날에는 누에도 심심찮게 쳤다. 그러나 안개와 누에는 상극相剋중에 상극이었다. 감도 제대로 수확할 수 없었다. 가장 일조日照가 필요한 과일이기 때문이었다. 삼베농사는 그 전에도 몇몇 집에서 해 오던 터라 도랑물이 흐르는 한길 옆, 다리 아래에 삼을 찌는 큰 솥인 삼굿이 그대로 남아 있었다. 그 솥 안은 장정 열 명이 누울 만큼 넓었다. 한 집 두 집 시작한 삼베농사가 어느덧 마을 전체로 번졌다.

감무뜰 복판쯤에 낙화생을 길러, 온 식구가 땀 흘려 수확이 끝났을 때 일몰의 아름다움이 가슴을 저며 오기도 한다. 그리고 웅덩이 위 제백네 논에 심은 마을 유일의 양귀비는 그 요염한 자태가 온 마을을 환하게 비쳐주는 듯했다. 마을 집집마다 열매를 얻어다가 주로 배탈이 날 때 사용하기도 했다. 아편은 양귀비의 익지 않은 열매에 상처를 내어 유즙을 받아 건조한 것이다. 그런데 대마씨hemp seed는 식품으로 그 영양가가 높아 가격이 이만저만 비싸지 않아 마을에선 그야말로 횡재였다. 그러자 마을 사람들은 점점 엉뚱한 생각을 하게 되었다. 그것은 바로 노름과 대마 피우기였다.

보름에 한 번씩, 그러니까 음력 열흘과 스무 날 중 이틀을 정해, 온 마을 사람들이 저녁을 먹고 일제히 각자 식구들이 자기

집 큰방에 모였다. 주인집에서 먹고 자는 동자아치며 마당쇠도 모였다. 세 살 아래는 예외였다. 그 애들이 깨어나 울면 온 마을 어린애들이 연쇄적으로 울어댔다. 아무튼 그들의 손에는 칼과 낫이 들려 있었다. 며느리와 시아버지 할 것 없이 화롯불 주변으로 둥글게 모여 앉았다. 화롯불 주변에는 장죽長竹, 중죽中竹, 곰방대가 사람 수대로 놓여 있었고, 마른 대마와 아편이 든 바구니도 두세 군데 놓여 있었다. 그들은 경쟁하듯 연방 기침을 해대며 피워댔다. 문이 굳게 닫힌 터라 연기가 빠져나가지 않았다. 흔히 말해 너구리나 오소리 잡는 격이었다.

아편을 담배와 함께 피우면 마치 상태에 빠져 몽롱함을 느끼고 습관성이 되면 중독 현상이 나타나며, 심하면 죽음에 이르기도 한다. 초저녁, 온 마을은 콜록콜록 기침소리가 진동한다. 그것은 처음 대마 피우려는 아이들이 내는 소리였다. 처음 담배를 배우려고 담배 한 모금 겨우 빨고 냉수 한 모금 마시는 것과 같다. 마을사람들은 점점 기관지가 나빠지기 시작했다. 감기도 자주 걸려 사시사철 콜록거리는 사람들이 생기기 시작했다. 청소년기의 소녀들이 더 심했다. 몇몇 마을 여중고생들은 임파선淋巴線이 부어올라 시도 때도 없이 목에 거즈를 두르고 다녀, 이웃 마을 사람들에게 이성異性을 밝힌다는 괜한 오해를 사기도 했다. 그들의 음흉한 웃음이 그것을 증명하는 듯했다.

어느덧 방안에 연기가 자욱해졌다. 다들 연방 기침을 해대며 옷을 홀라당 벗었다. 누가 시킨 것도 아닌데 마치 약속이나 한 듯 자동적으로 행해졌다. 그리고 손에 손에 칼이나 낫을 들고 일어났다. 모두들 무아지경이 되어 춤을 추었다. 희한하게 어둑어둑한데도 칼과 낫이 부딪히기는커녕 용케도 피해 다녔다. 마치 기타노 다케시 주연의 영화 〈자토이치座頭市, Zatoichi〉에서의 맹인검객 자토이치의 칼 솜씨를 연상시켰다. 그들은 무녀巫女들의 흉내를 내고 있는 듯했다. 이 마을 저 마을 많은 무녀 중에 자기가 가장 좋아하는 무녀의 흉내를 내는 것이었다. 간혹 칼과 낫이 부딪히는 경우가 있었다. 그럴 때면 어른이고 여자고 따지지 않고 방안에서 쫓아내는 거였다. 누구의 발길질인지 도통 알 수가 없었다.

한참이 지났을 때 쫓겨난 자는 어디서 구해 왔는지 털이 뽑히고 내장이 들어내진, 그래도 아직 묽은 피가 떨어지는 큰 쥐 한 마리를 들고 와서는 화롯불 석쇠 위에다 놓고 굽는 것이었다. 그것이 벌칙에 대한 면죄부가 되어 다시 방안에 들어올 수 있는 거였다. 굵디굵은 천일염을 뿌리자 지글지글거리기 시작했다. 하근내가 약간 났다. 루이스 마르틴 산토스의 『침묵의 시간』에 "전쟁 때는 쥐도 잡아먹었는데. 나는 고양이보다 쥐가 더 맛있었어요."란 문장이 나온다. 쥐도 이웃마을에 가야 잡을 수 있을 만큼 이 마을에는 고양이가 득시글거려 쥐가 종적을 감춘 지 오래 되었다. 서로 빼앗아 먹으려는 자와 뺏기지 않으려는 자의 아귀다툼이 한참 동안 벌어지고 또다시 춤이 계속되었다. 그들의 춤은 새벽녘, 마을 맨 윗집 영험한 수탉이 홰를 두 번 칠 때 멈춰졌다. 그리고 언제 그랬냐는 듯이 주섬주섬 옷을 주워 입고 고개를 숙인 채 나가는 것이었다.

처음부터 끝까지 그들에겐 오직 침묵뿐이었다.

저수지는 제백 고향 어귀에 있다. 착공일이 1955년 1월 1일, 준공일이 1958년 12월 31일이다. 넓이는 삼십오만 제곱미터, 저수량 삼십칠만 톤, 평균 수심 십사 미터, 제방 길이 이백구십일 미터, 제방 높이 십구 미터이며, 몽리蒙利가 육십사만 제곱미터이다. 혜택 입는 세 마을인 구룡, 화전, 초전은 말이 산골이지 바다 가까이라서 주변 하늘이 넓게 펼쳐져, 저녁때면 수평선 너머 까치놀이 아름다웠다. 이곳은 천연 기념물 327호인 원앙새 서식처이기도 하다.

제백에게 〈월든Walden〉은 특별한 추억이었다. 월든 호수는 미 동북부 매사추세츠 주의 콩코드에 위치한 숲속의 작은 호수다. 호수 주변에 단풍이 들어, 그 그림자가 물 위에 비칠 때면 형언할 수 없을 정도로 아름다웠다. 저토록 물든 단풍을 보면서, 하늘과 땅 사이에서 호흡하는 모든 것들에 감사와 찬양이 절로 나왔다. 그러나 제백은 제 아무리 월든의 풍광이 감동적이라 해도 이곳 저수지보다는 훨씬 못 미친다고 생각했다. 서울에서도 건국대학교 일감호—鑑湖와 삼육대학교 제명호가 그 풍광이 아름답다. 이런 호수들을 언급하고 보니, 갑자기 제백이 아내와 같이 처음이자 마지막 해외여행을 갔던 때가 떠올랐다. 동유럽이었다. 아내는 슬로베니아의 블레드 호수를 좋아했다. 알프스 산은 유럽의 많은 나라가 공유하는 산이다. 절반 이상은 오스트리아가 가지고 있다. 독일, 이탈리아, 프랑스 등도 몫을 갖고 있고, 슬로베니아도 발을 걸치고 있다. 그곳의 블레드는 '줄리안 알프스의 진주'라고 부르는, 이탈리아와 국경을 맞댄 북서부 산악지대이다. 트리글라브 등 이천 미터 이상 고봉이 줄줄이 이어져 있다. 6월까지도 잔설이 남아 있을 정도이다.

블레드 호수는 둘레 육 킬로미터의 작은 호수이지만, 전 유럽에서 가장 아름다운 곳으로 손꼽힌다. 알프스의 만년설이 녹아 흘러들어 만들어졌다. 호수가 보여주는 풍경은 정말이지 그림 같다. 푸른 물비늘을 일으키며 햇살을 반사하는 호수와 그 호수 위에 떠 있는 작은 섬, 그리고 호수를 둘러싸고 있는 알프스 산맥은 방금 달력에서 오려낸 듯한 풍경을 보여준다.

블레드 호수가 유명한 건 호수에 떠 있는 블레드 섬 때문이다. 이 자그마한 섬은 슬로베니아에서 유일한 섬으로 전통 나룻배 '플레타나'를 타고 들어갈 수 있다. 배를 타고 십 분 정도 가다 보면 블레드 섬에 닿는다. 아흔아홉 계단을 따라 올라가면 예쁜 바로크식 교회 '성모마리아 승천 성당'이 있다. 천 년도 더 된 교회다. 호숫가 절벽 위에는 블레드의 상징인 블레드 성이 자리한다. 깎아지른 듯한 절벽 위에 자리한 모습이 동화 속에나 나옴 직하다. 호수 구경을 하고 차로 이삼십 분 거리에 있는 조그만 성 마을에 위치한 호텔 KREK로 가기 위해 대형버스에 탔다. 대다수 관광객들은 아쉬워했다. 약 이십여 명으로 구성된 관광객은 주로 부부동반이었고, 두 쌍의 모녀도 있었는데 대다수 친목모임 회원들이었다. 일몰이 갓 지날 때쯤 도착하여 여장을 풀었다. 아내는 좀 피곤한 기색이었다. 침대와 가구가 진한 갈색이라 좀 칙칙한 느낌이 들었다. 모처럼 여행이고 외박이라 신혼 때를 회상했다. 아내가 더 적극적이었다. 제백은 좀 낯설 정도였다. 평소 아내는 키스를 싫어했다. 더구나 혀를 주는 것도 받는 것도 질색해 했다. 제백은 늘 아내와 자기는 뭔가 하나가 빠진 부부라고 생각해왔다. 그런데 오늘은 달랐다. 몇 차례 운우의 정을 통했다. 이제껏 처음으로 맛본 부부관계였다. 아내는 만족의 표시로 제백 품안으로 파고들어왔다. 그리고는 곧 잠들었다. 아내의 자는 얼굴이 커튼 사이로 새어들어 온 보름 달빛에 비쳤다. 유난히 너른 이마가 달빛에 반사되었다. 아내의 얼굴을 반듯하게 눕히고 커튼을 쳤다. 어느새 제백도 곤히 잠들었다. 아침에 먼저 깨어나 잠자는 아내의 유방을 유심히 보았다. 이상하게 왼쪽과 오른쪽의 크기가 눈에 띄게 달라보였다. 내가 한쪽만 너무 만졌나. 그러나 그게 뭐랴, 제백은 곧 잊었다. 일어나 커튼을 열었더니 아침햇살이 갓 일어서는 중이었다. 아내는 아직도 자고 있었다. 몇 차례 어깨를 가볍게 두드리자 부스스 눈을 떴다. 아내가 일행한테 전화를 했다. 여행 중 사귄 목소리가 귀엽고 솔직하고 약간 말괄량이 끼가 있는 여인과 키가 크고 코도 크고 착하기 한량없는 남편과 같이 조식 전 아침산책길에 올랐다. 호텔을 좀 벗어나니 야트막한 언덕에 있는 성당과 그 주변은 한 십여 가호로 마치 미로 같은 골목이 형성되어 오래된 민가와 여인숙과 찻집이 있고, 로마 때 조성된 우물이 양철 덮개로 덮여 있었다. 한쪽 길 건너편에는 교회와 자그마한 공원묘지가 있었다. 호텔 쪽 농촌마을에는 텃밭과 과수원이 있었고, 무화과나무가 몇 그루 보였다. 제백은 고향의 무화과를 연상하며 맛있게 따먹었다. 아내는 처음에는 주저주저하다가 한번 먹어보고는 계속 따먹었다. 네 명이 한 삼사십 개를 따 먹었다. 그렇게 맛있게 먹는 아내의 모습을 본 것이 처음이자 마지막이었다.

운석이 떨어졌다. 경남 진주晉州에 운석이 떨어졌다. 오후 여덟 시경 함안·창원 일대에서 조명탄을 쏜 것처럼 하늘이 순간적으로 환해지는 현상이 나타났다. 오후 여덟 시 조금 지나서 순간적으로 하늘이 환해졌다. 삼십여 년 전에 이미 전조현상이 있었다. 운석이 지구의 대기권을 통과하면 초속 이십오 킬로미터 정도로 떨어지는데, 순간적으로 하늘에서 번쩍하는 느낌이 들었다. 한동안 일대가 시끌벅적했다. 외국에서 '운석사냥꾼Meteor hunters'까지 원정 와서 명함을 뿌리며 염병을 떨고 다녔다. 우리나라 최초의 명함 사용자인 유길준도 외국에서 자기를 알리려고 명함을 마구 뿌리고 다녔을까, 몹시 궁금해진다. 서부경남은 전국적으로 공룡과 익룡 관련 화석이 많이 발견되는 곳이다. 진주시 내동면 유수리에서는 공룡 뼈와 이빨들이 다수 발견됐고, 진주혁신도시에서는 이천이백여 개 익룡 발자국 화석이 발견됐는데 전세계에서 발견된 전부보다도 많은 숫자다. 진성면 가진리에서는 공룡 발자국을 포함해 저어새가 먹이를 찾는 행동을 보여 주는 부리 흔적과 수많은 새 발자국 화석이 함께 발견됐다. 진주에 첫 운석이 떨어진 것은 우연이 아니었다. 그리고 일억 년 전 진주의 땅과 하늘을 누비던 공룡과 익룡은 거대 운석 때문에 일순간 사라졌다. 그러니 거대 운석 때문에 잠들어 있는 공룡과 익룡들을 다시 일깨우려고 두드리는 소리는 아니었을까?

일제강점기 어느 날, 전남 고흥군 두원豆原면 성두리 야산 하늘에서 어마어마한 소리가 났고, 운석이 떨어진 곳으로 가보니, 큰 구덩이가 생겼고, 바로 옆 큰 소나무 가지가 운석에 맞아 찢어져 있었다. 땅에 박힌 돌을 파, 그 돌을 일본 사람이 가져갔다. 이튿날 운석 맞은 소나무는 가는 뿌리 하나 남김없이 다 없어졌다. 그 소나무 옆 소나무 두 그루도 마찬가지였다. 모두들 벼락 맞은 나무와 운석 맞은 나무를 동일시하여, 모두 득남에 큰 효험이 있다고 믿었다. 한때 고선의 위장이 부실해 복령茯苓을 복용하여 씻은 듯 나았다고 전해졌다. 아무튼 크리스티 경매 관계자 제임스 히슬롭은 운석은 다른 세계에서 온 과학적이고 철학적인 존재라면서 우주의 천체에서 나온 조각을 옆에 두고 본다는 것은 특별한 기회라고 밝혔다.

지난 금요일 오후에 저수지 둑에 운석이 떨어져 둑이 무너져 내려 많은 피해를 입었다. 아직 장마철에 접어들기 전이고, 지난해 초가을부터 극심한 가뭄이 이어져 수량이 적어 그나마 피해가 적었다. 그러나 아무리 적은 물이라도 모이면 큰물이 된다. 그야말로 둑 아래 지역은 만신창이가 되었다. 주로 지형이 낮은 지대의 논과 밭, 가축, 그리고 화전 도로변과 병둔의 집채가 거의 물속에 잠긴 채, 초전 앞바다로 내팽개치듯 쓸려 내려갔다. 초전의 태양유전을 위시한 다섯 군데 공장도 피해를 입었다. 경찰 추산으로 사망 열한 명, 실종 일곱 명, 125동의 개인가옥과 몇몇 공공건물이 완파 또는 반파되고, 도로 유실이 육 킬로미터였다. 논밭 유실뿐 아니라 가축도 헤아릴 수 없을 정도로 희생되었다.

1929년 10월 8일 앨라배마 주 휘슬스톱 주택가에 운석이 떨어졌다. 일 킬로그램짜리 운석이 지붕을 뚫고, 당시 비디 루이스 오티스 부인이 듣고 있던 라디오에 떨어졌는데 간발의 차이로 부인을 비껴갔다. 그 사고로 지붕에 구멍이 네 개 뚫리고 라디오는 반쯤 부서졌다. 그런데 집 주인은 자기가 그 운석의 소유권이 있다고 주장했으나, 비디 루이스 오티스 부인은 본인 라디오에 떨어졌기 때문에 본인 소유라는 거였다. 결국 운석은 마을 카페 카운터에 놓고 누구든 보고 싶을 때 와서 보게 했다.

김서 신부가 소능마을[1]을 방문한 것은 태어나 이번이 두 번째였다. 마을은 늘 흐릿하여 불과 몇 미터 앞을 분간 못할 정도였다. 그러다가 운석이 저수지 둑에 떨어져 둑이 무너지자 거의 바

---

[1] 이병주의 중편 소설 『예낭 풍물지』의 '예낭'이 없는 지역이며, 에밀 졸라의 『루공 마카르총서』에서 자신이 어린 시절에 살았던 남프랑스의 엑상 프로방스(엑스)를 염두에 두고 설정한 가공의 도시인 남프랑스의 '플라상', 윌리엄 포크너의 『음향과 분노』를 위시하여 당신의 여러 작품에 가공적인 지역인 '요크나파토파군Yoknapatawpha郡', 가브리엘 가르시아 마르케스의 『백 년 동안의 고독』에서의 가공의 지역인 '마콘도Macondo'를 참고하여 만든 지역임. 제임스 미치너의 소설 『멕시코』에서도 '톨레토'라는 가상 도시를 배경으로 사흘간의 이야기를 그림.

닥이 보이기 시작했다. 둑이 무너지면서 수몰된 농토를 제 값 주더라도, 아니 더 얹어주더라도 우선적으로 찾을 수 있을까 해서 민원이 빗발쳤다. 사실 초창기에는 저수지로 인해 혜택을 받았으나, 삼성정밀이다 KAI다, 하며 항공 관련 공장지대가 많이 생김에 따라 농토가 거의 없어졌다. 결국 상수원이 되었다가 윗마을에서 돼지나 소 등의 축사가 많이 생겨, 물이 혼탁해짐에 따라 제 몫을 다하지 못하고 있는 실정이었다. 그런데다 진주 남강댐이 생겨 물 부족현상이 많이 줄었다. 우스갯소리였지만, 이 저수지에 이해관계가 있는, 그러니까 농토가 수몰된 근남골 사람들이 저수지를 지날 때마다 이제 제 구실도 못하는 저 저수지가 없어졌으면 하고, 농弄인지 저주인지를 주고받을 지경에까지 이르렀다.

김서 마산교구 보좌신부가 사천읍 터미널에 도착한 시각은 오전 열 시였다. 저수지 붕괴사건에 대한 선입견인지 몰라도 터미널은 좀 한산한 듯 보였고, 침울한 기분마저 들었다. 물론 이곳 사람들에게 거의 잊혀져간 사건이었을 뿐더러 자기와 직접적인 이해관계가 없으면 예나 지금이나 관심 밖이 되는 것이 인지상정이었다. 내려서 우선, 사천성당을 들러보기로 했다. 주임신부가 고향 친척 형뻘 되어서 종종 통화만 했지 만나 본 지는 두 해가 넘었다. 성당은 터미널에서 가까웠다. 마침 주임신부가 있어 반갑게 만나 근처 칡 냉면으로 유명한 곳에서 식사까지 대접을 받았다.

사천지역의 첫 신앙공동체는 일제강점기 초기에 축동면 배춘리에서 처음으로 형성되었다. 이후 여러 과정을 거쳐 오늘에 이르게 되었다. 초기와 한국전쟁 전에는 신자 대부분이 군인들과 축동지역 주민이었다. 그렇지만 당시 진주 옥봉동 성당의 신부가 전쟁으로 말미암아 폐허가 된 사천지방의 신자들을 위하여 각별한 관심을 가졌는데, 이러한 신부의 관심과 노력이 오늘날 사천성당의 기틀을 마련하는 데 큰 도움이 되었다.

김 신부가 이곳에 온 목적은 여러 가지였다. 그중 고향 사람들의 원성덩어리인 저수지 둑이 터져 수몰 농지의 분할에 참여하려는 세속적인 것도 있었다. 사실은 저수지 수몰지역 전체를 마산교구, 아니 중앙본부에서 사들여 인접 사람들, 특히 노인들의 영원한 복지시설을 조성하려는 원대한 꿈을 실현하기 위한 발판을 마련하기 위함이었다. 그것을 미리 알게 하면 부작용이 커질 것 같아, 우선 공소公所 자리를 마련한다고 운을 뗐다.

재 너머 정동면에는 오래 전부터 공소가 한 곳 있었는데, 큰 홍수가 나서 그곳이 거의 무너져 보수도 엄두를 낼 수가 없을 정도였다. 그래서 이참에 읍내와 교통이 원활해서 다들 읍내성당으로 가고 있는 실정이었다. 그럴 바에야 차라리 소능마을이 적격하지 않을까 해서 연고가 있는 김 신부가 현지답사를 오게 되었다. 공소 소재 마을의 지대별 입지조건을 보면, 전체 공소의 사십팔 퍼센트가 산간지대에 자리 잡고 있었다. 그중 구십오 퍼센트가 농촌지역에 위치해 있었다. 비록 그러한 입지 조건에는 좀 미흡하지만, 미신과 악마적 요소를 뿌리 뽑는 데 그 상징적인 뜻이 컸다. 그리고 저옥의 친정마을인 사촌沙村 뒷동산 언덕 너머에도 몇 년 전 개척교회가 들어섰다. 사실 우리나라 천주교회의 첫 모습은 공소였으며, 천주교회의 모태가 바로 공소라고 할 수 있다. 그러나 현재의 공소는 옛날만큼 중요한 뜻을 갖지 못하고 있는 실정이었다.

작년에는 인근 진주에서 운석이 떨어져 진주가 진주眞珠가 되더니, 올해는 이웃 사천에 날벼락만 안겨주었다. 마을 복판에 떨어졌으면 어땠을까. 아직 정확한 사고 경위는 나와 있지 않지만 사람들 마음속에 작년처럼 이번 사건도 운석의 장난이 아니겠냐고 생각이 들 뿐이고, 몇몇 지구과학 교수가 틀림없는 운석의 소행이라 결론을 내린 터였다. 그리고 목격자가 있다는 데 그 신빙성이 더해진다.

저수지 둑에 운석이 떨어진 시각은 오후 네 시경이었다. 사실 그 시각을 안 것도 유일한 목격자가 있었기 때문이었다. 그 목격자가 바로 오 씨였다. 그는 오여려吳麗麗의 사촌동생이었고, 호남형이었다. 그해 나이 마흔 살, 노총각이었다. 그는 오여려가 마을에 오기 전부터 이 마을에 터를 잡고 오가피농장을 하고 있었고, 종업원으로 일하는 젊은 과부를 죽고 못 살 정도로 좋아했다. 그녀는 가까운 형수뻘이었다. 그녀가 남편 여읜 지 일년이 겨우 지난 터라 마을 사람들 눈치를 볼 수밖에 없었다. 오 씨는 마을 사람들 눈을 피해 종종 일거리를 만들어 약속 장소에서 그녀를 만나, 깊은 산골로 가서 회포를 풀기도 했다.

그녀는 색정色情이 유달리 심했다. 그리고 절정에 달할 때 괴성을 지르는 습관이 있었다. 삼이웃이 다 들릴 정도였다. 그래서 오 씨는 자기 목에 감았던 수건을 풀어 그녀의 입을 틀어막곤 했다. 그날 둘은 한가한 시간을 틈내 고사리 꺾으러 장골산에 갔다. 저수지가 훤히 내려다보이는, 이구산 흑염소 놓아기르는 곳 근처 바위 옆이었다. 바로 아래는 천 길 낭떠러지라 위험을 감수해야 했다. 오전부터 꺾은 고사리는 이미 각자의 바구니나 망태에 가득하여 제법 너른 그녕 밭에 앉아 말린 대마 잎을 말아 교대로 킥킥 거리며 피워댔다. 대마 잎은 마을에서 흔하게 구할 수 있어 마음만 먹으면 남녀노소 누구나 할 것 없이 피울 수 있었다. 흑염소들은 그들이 올라오는 기척이 나자 후다닥 산 정상을 넘고 있었다.

대마를 피우고 어느 정도 몽롱하게 되었을 때 오 씨의 손길이 형수의 저고리를 서서히 풀기 시작했다. 오늘 따라 여인의 속살은 더 고왔다. 햇살에 비친 유두는 잘 익은 앵두 열매보다 더 붉었다. 오 씨는 기갈이 든 사람처럼 번갈아 가며 유두를 핥고 빨았다. 오늘 따라 여인의 입술은 왜 이렇게 붉고 촉촉하며 살결은 어찌 이리도 곱던지! 어느새 오른손가락은 이미 사타구니 사이를 헤집고 있었다.

어느덧 두 몸뚱이는 어느 것이 남인지 어느 것이 여인지 구분이 안 갈 정도로 뱀처럼 뒤엉켜, 구분이 안 될 지경이었다. 마침 마을에서 발동기 엔진 소리가 은은하게 들렸다. 그 소리에 맞춰 쉴 새 없이 남근은 여인의 깊은 곳을 힘차게 들어갔다 나왔다 되풀이 피스톤 작용을 해댔다. 여인은 숨 막히는 희열에 남자의 양어깨를 마치 호랑이가 발톱을 세워 사슴을 찍어 잡듯 손톱으로 할퀴듯 눌렀다.

 이 순간 그들에겐 세상 어느 것도 존재하지 않았다. 마침내 절정에 오를 그 찰나, 수건으로 막은 입에서 끙끙대는 괴성이 삐져나오려고 했다. 온힘을 다해 절정을 도달했을 순간, 쿵쾅 하고 온 천지가 요동을 쳤다. 기겁하여, 오 씨는 자기도 모르게 산 정상 쪽으로 돌아누웠고, 형수는 저수지 쪽으로 돌아누웠다. 아뿔싸! 오호 통재라! 오 씨는 운석 맞은 둑이 수문 반대쪽이라 형수가 허무하게 날갯짓하며 떨어지면서 바위와 나뭇가지에 부딪치는 참혹한 모습을 똑똑히 볼 수 있었다.

 사실 마음 나쁜 놈이면 어차피 쓸려갈 시신이라 모른다고 시치미를 뚝 뗄 수도 있었건만, 워낙 순둥이인지라 그는 시신을 꼭 수습해야 하겠다는 사명감이 앞서, 그날 일을 상세하게 기억해 내고는, 곧바로 지서에 가서 이실직고했다. 그래서 유일한 목격자가 된 셈이었다.

 김 신부는 차편이 쉽지 않아 아버지의 중학교 시절 추억도 더듬을 겸 하여 뒹기東溪 들판을 지나 자시고개 옆 성황당산으로 해서 이구산으로 가기로 했다. 이구산 정상 성터에 다다르니 뒷산에 해가 뉘엿뉘엿 지기 시작했다. 모처럼 산행이라 좀 힘들었다. 읍내에서 주임신부가 건네준 생수병과 사과 두 개를 펼쳐 놓고, 눈 아래 펼쳐진 저수지의 흉물스런 모습을 내려다보았다. 아버지인 제백이 사천 사람 목태림睦台林의 '동성부東城賦'에 자극받아 지었다는 '사천 연가泗川戀歌'를 이구산 정상에서 더듬더듬 읊조렸다.

시간 속에서 방황하는 은하수·치자꽃 향기 31

산들산들 와룡산臥龍山 둥개둥개 동트면
천 년 전에 가신 님 몽창시리 그리워져
그 마음 하늘하늘 남일대南逸臺로 휘달린다.
실안포구實安浦口 죽방렴竹防簾 갈 전어 꿈꾸면
선진성船津城 벚꽃마저 핏빛으로 귀먹고
까마득한 기다림은 현해탄玄海灘을 맴돌아
아롱다롱 시詩가 되고, 일렁알랑 노래되네.

소록소록 이구산 너울너울 해지면
천 년 전에 떠난 님 불각시리 사무쳐져
그 마음 넘실넘실 배방사排房寺로 내달린다.
방지포구芳芝浦口 사공 섬 자부락²⁾ 춤추면
구룡못 달빛마저 서러워서 눈멀고
꿈속 같은 그리움이 고자실顧子谷을 떠돌면
오늘도 님 생각에 천 년 세월을 그리네.

새근새근 봉명산鳳鳴山 어슬어슬 밤 오면
천 년 전에 만난 님 에나에나 애달파져
그 마음 가물가물 다솔사를 휘감는다.
광포만廣浦灣 재두루미 문조리 괄시하면
비토 섬飛兎島 토끼마저 향香내에 넋 빠져
만해만리卍海萬里 보고픔은 침묵으로 수놓아
내일도 님 생각에 만 년 세월을 헤매리라.

저수지의 난리는 벌써 삼 개월이 지났지만 아직 복구는 엄두도 못 내고, 적선골 아래에만 작은 물줄기가 형성되어 있었다. 그리고 물에 잠긴 터가 뚜렷한 띠로 형성되어 수술한 여인의 뱃가죽 같았다. 잠겼던 곳 대부분은 개흙 천지로 햇볕에 말라 여기저기 거울이 반사되듯 반짝거리고 있었다. 상사바위에 오르니 저수지 허리께서부터 약물보洑 모퉁이가 한눈에 들어왔다.

멀리서 바라본 소능마을엔 연무가 짙어 앞뒤 분간이 어려울 정도였다. 상사바위를 뒤로 하고 왕욱王郁의 묘지 터를 지나 고자실 고개를 넘어서 왼쪽 소류지沼溜池 끼고 능화마을에 들어섰다. 그리고는 아버지가 창작의 원천 내지는 필생의 발굴 의지를 품었던 한 동굴로 향했다. 그 동굴은 이구산 아래, 소위 큰골 상사바위 밑 산코숭이 맨 아랫부분에 있었는데, 동굴 위 불룩한 능선에서 약간만 제자리 뜀을 해도 '동동동', '둥둥둥' 하고 빈 항아리를 두드릴 때 나는 소리와 비슷한 청아한 울림이 들렸다. 아울러 트램펄린trampoline하듯 온몸이 튕겨 오르는 착각이 들 정도로 반작용이 심해 어떤 심상치 않은 기운을 느끼곤 했다. 아버지와 마을 또래들이 어린 시절 이곳 잔디 위에 껍질을 벗긴 소나무 가지로 만든 썰매를 타고 놀았다고 했다. 위에서 아래까지 불과 십 미터 내외 거리였지만 어린이들에겐 신나는 놀이터

---

2) '잠쟁이'의 경남 사천 방언. 패각은 대체로 둥근형이나 불규칙하고, 각질은 얇아 잘 파손되며, 전국 연안의 암초와 자갈밭 또는 굴 소라와 같은 대형 패류의 껍질에 반半고착 생활을 함. 삶은 살의 맛과 색은 홍합(담채)과 비슷함. 초전으로 이사 간 초전 오촌의 소개로 알게 된 조개로, 소능마을 사람들이 한번 맛본 후 너무나 구미가 당겨 해마다 온 마을 부녀자가 적당한 날을 잡아 몇 대의 달구지를 동원하여 캐서 어스름밤에 마을로 옴.

였으리라.

　내 쪽 어귀는 그동안 잠겼다가 저수지 물이 빠져나가면서 색이 바래고, 뜯기고 찢어진 뭇 비닐과 헝겊이 휘어지고 꺾인 막대기에 붙었고, 온갖 종류의 뼈 조각이나 날갯죽지가 박히거나 흩어져 있었다. 그리고 칡·환삼·인동 덩굴, 담쟁이넝쿨, 사위질빵이 튼튼한 청미래덩굴(망개나무, 맹감, 토복령)에 엉켜 있었는데, 이 모든 것들이 역한 냄새와 함께 흉물스러웠다. 바람담 들판을 지나 고인돌이 널브러져 있는 잔디밭을 지났다. 새땀 신작로를 걸어 바로 마을로 가지 않고 한길을 따라 저수지가 보이는 곳인 탑골 어귀로 향했다. 딴에는 마을 전체를 훑어볼 속셈이었다. 저수지가 끝나는 곳을 돌아 마을 어귀로 들어서니, 오른편에는 나주 반남潘南 고분군 봉긋한 무덤 모양 같은 돌무더기가 있으니 어찌 지나칠 수 있으랴.

　갑자기 어린 시절 즐겨했던 장난기가 도졌다. 사방을 둘러보고 아무도 없음을 확인한 후, 빗방울에 흙이 묻은 돌멩이를 대충 털어, 동전 치기하듯, 손목을 쭉 빼어 살짝 꼭대기 쪽으로 던졌으나, 이게 웬일인가. 던진 돌은 새끼를 쳐, 서너 개가 토 토 토 떨어졌으니. 삼세판이라 이제는 어깨에 멘 가방을 벗고, 정성껏 더욱 신중하게 던져 보았으나 마찬가지였다. 여간 창피한 일도 아니고, 순간 어떤 불길함을 감지하고서, 마른 흙 옆 왕바랭이 위에 둔 가방을 다시 메고, 갈 길을 재촉하려니, 몇 걸음 안 되어 이번에는 제법 위용을 뽐내는 비석이 걸음을 멈추게 하였다. 지난 해 진주 경상대 전공 교수가 와서 철저한 고증 끝에 새롭게 단장했다.

　이곳 소능마을은 산수가 수려하고 여느 마을보다 황토와 색색가지 진흙이 많아, 이곳 태토胎土는 열여섯 종의 광물질을 함유하고 있는 것으로 확인됐다. 하양, 빨강, 검정의 색색 가지 진흙이 있는데, 특히 추석 때 그네뛰기를 하는 큰 소나무 옆에 많았다. 바로 아래 계곡 옆은 자그마한 다랑논이 대여섯 군데 있었는데, 겨울이면 너태가 있어 제백을 위시한 꼬마 몇몇이 종종 썰매를 탔고, 여름에는 계곡에서 가재를 잡곤 했다. 그리고 마을 앞을 둘러싸고 있는 이구산은 경남 사천시 사천읍, 정동면, 사남면에 걸쳐 있는 괴암 기봉으로 이루어져 있다. 산 이름은 공자 고향의 산 이름에서 따왔다고 한다. 사천은 공자와 관련이 많아 통일신라시대에는 사수현으로 불렸으니, 이는 공자의 고향 취푸[곡부曲阜]를 흐르는 강이 사수라서 그대로 지은 것은 아닌가 한다. 그리고 공자학을 사수학泗洙學이라 하는 것도 사수현과 관련이 있으리라.

　상사바위, 기우제단, 덕석바위, 이구사尼丘寺와 고려시대에 병마가 주둔하였다는 성터 등이 있다. 이 성터는 이구산 연상봉으로서 그 규모가 광범위하여 병마 칠천 가량을 수용하였다고 하며, 성터의 샘은 일년 사시사철 내내 마르지 않고, 이 샘물을 떠다가 머리를 감고 소원 성취되기를 기원한다고 한다. 이 샘은 또한 무녀들의 기원지로서 성황을 이루고 있다. 이곳은 경상남도 사천시 사남면 소능마을 저수지의 북쪽 산비탈이요, 성황당산을 지나 저수지 감시탑 위가 되는 셈이다. 출토된 유물을 살펴보면 가마 벽체의 일부분과 조선 전기의 분청사기, 조선 후기의 자기와 옹기 조각 등이었다.

일본은 임진왜란을 달리 말하여 '아시아 도자기 전쟁'이라고도 부른다. 정유재란 당시 일본은 조선 사기장만 납치해 간 건 아니었다. 히데요시는 당시 파견 부대에 전투 병력 외에 따로 특수 임무를 띤 여섯 개 부를 두어 운영했다. 도서·공예·포로·금속·보물·축부軸部(벽체 부분)의 여섯 개 약탈 전담부가 그것이다. 이로 인해 수많은 한국의 보물급 문화재, 서적과 금속활자 등이 넘어가 일본의 문화를 살찌웠다. 결국 임진·정유 칠 년 왜란에서 조선과 명은 전쟁에서 이겼으나 피해만 컸고, 침략자 일본은 전쟁에서는 비록 졌으나 챙긴 게 적지 않았다. 특히 일본은 도자기 제조 기술을 획득해 다시 나라를 부강케 함으로써 최대의 성과를 거두었다. 결과적으로 그들에게 유익한 전쟁이었다.

당시 도자기 기술은 지금으로 치면 반도체 기술과도 같은 것이었다. 일본은 십육 세기까지만 해도 크게 천삼백 도 이하의 온도에서 구운 도기(陶器, pottery)만 있었다. 천오백 도에서 구운 자기(瓷器, porcelain)기술이 없었는데 결국 조선의 처지에서는 결과적으로 국외 기술 유출이 된 셈이었다. 당시 서양과 교역하고 있던 일본은 서양인이 좋아하는 도자기를 이용해 막대한 차익을 남겼다. 도자기는 일본의 주요 수출품으로 경제적으로 막대한 이익을 남겨주었다. 당시 전국시대부터 일본에서는 다도가 유행했는데, 일본의 다이묘나 귀족층이면 다도를 즐기는 것이 필수였다고 해도 과언이 아니었다. 따로 차 선생까지 모시고 다도회를 열었다. 이 다도회에서 인기 있는 것이 한국의 도자기였는데, 일본을 통일한 도요토미 히데요시는 오사카 성城의 금으로 붙인 황금다실보다 조선 막사발(이도다완, 井陶茶碗)을 더 선호했다.

일본의 전국시대에는 조선다완 하나가 성 한 채에 필적할 만큼 무사들 사이에서는 최고의 보물로 여겨졌다. 자연친화적인 미적 감각의 단순함과 자연스러움의 미학은 단숨에 막부시대 일본에 최고의 가치를 지닌 이도다완으로 둔갑하게 되었다. 조선다완은 본래 생활 잡기로 사용하던 것이었다. 즉 밥그릇이나 국그릇으로 사용하던 생활 잡기였다. 그중에서도 이도차완은 아주 거친 잡기였다. 이도다완의 가장 전형적인 특징인 상어껍질 모양의 매화피梅花皮는 가마의 온도가 낮아 유약이 제대로 녹지 않아서 생기는 터짐과 엉김 현상이다. 그런 거칠고 무작위스러움이 금욕과 절제를 추구하는 일본의 다도인들에게 높이 평가받았다. 하지만 당시 조선의 막사발은 쉽게 구할 수 있는 것이 아니어서 가격이 상상할 정도로 높아져 임진왜란 십 년 전에는 이도다완 한 점에 쌀 일만에서 오만 석 정도였다.

차를 마시는 무사들 중에는 목숨을 내놓더라도 조선의 막사발 하나만 소장했으면 좋겠다는 사람들이 늘어났고, 이것이 임진왜란의 보이지 않는 발발 이유의 하나가 되었다고 한다. 따라서 조선의 도공들과 도자기들을 뺏어오는 것도 바로 이런 배경이 있었기에 가능했다.

이 이도다완의 미를 발견한 건 일본이다. 특히 센 리큐는 일본 다도의 큰 틀을 세운 사람이다. 그는 깊숙하되 외롭지 않고, 고요하되 무료하지 않은 유적의 미를 남겼다. 센 리큐는 일본인의 미적 감각을 완성한 다도의 명인으로서 오늘날 가장 융성한 차 문화를 자랑하는 일본 다도의 다성茶聖으로까지 불린다. 그는 천부적인 미적 감각과 재능으로 다도의 일인자가 되어, 천하제일의 통치자 도요토미 히데요시의 스승으로서 십육 세기 일본의 정치와 문화 전반을 좌우하기에 이른다. 그의 수수께끼에 싸인 죽음으로부터 시작해, 그런 비극에 다다르게 된 경위와 히데요시와의 오랜 대립, 나아가 평생 동안 영향을 끼친 젊은 날의 사건을 하나둘 밝혀내고, 역사의 이면에 풍부한 상상력과 허구의 살을 붙여 그의 고요하고도 열정적이었던 삶을 재현해낸 소설이 야마모토 겐이치의 『리큐에게 물어라』이다.

일본 태양출판사에서 펴낸 『101인의 고미술』이란 책에 언급된 미술품의 구십팔 퍼센트가 조선 물건이었다고 한다. 일본 정치인과 우익 인사들이 한국을 비난해도 조선 미술에 대해서는 그러지 않는다. 그 우수함에 대해서 잘 알기 때문이다.

전거비奠居碑 맞은편 제백네 밭둑 위 상엿집 문이 지난밤 태풍으로, 마치 로렌스 올리비에 주연의 영화 〈폭풍의 언덕, 1956〉 도입부에서 휘몰아치는 세찬 눈보라같이, 문이 얼마나 연달아 여닫혔는지 윗돌쩌귀가 떨어져 나가고 아랫것만 달랑 붙어 겨우 지탱하고 있었다. 캄캄한 안쪽에서 대형 지네가 기어 나올 듯한 음산함을 풍겼다. 그곳은 제백네를 비롯 가까운 친척들의 밀주를 숨겨두던 곳이기도 했다. 전거비를 막 지날 때였다. 백수광부 白首狂婦마냥 머리를 헝클인 채 마을길을 올라갔다 내려갔다 하는 제법 큰 신장의 장년 여인이 보였다. 그녀는 뒤를 돌아보지 않고 누구엔가 말을 하는 듯 중얼거리기도 하고 씨익 웃기도 하였다. 그녀가 갑자기 뒤를 돌아보았을 때 김 신부와 눈이 정통으로 마주쳤으나 알아보지 못하는 눈치였다. 그녀는 소위 말해 신경에 금이 가도 한참 갔으며, 마치 온 마을의 기막힌 비곡秘曲과 비곡悲曲을 한 몸에 다 지닌 듯했다.

02장 호랑이 할매가 뿔났다

 울 밑에 호박이요 처마 밑에 박 심고 담 근처에 동과_{冬瓜} 심어 가자 架子하여 올려 보세. 무 배추 아욱 상치 고추 가지 파 마늘을 색색이 분별하여 빈 땅 없이 심어 놓고 갯버들 베어다가 개바자 둘러막자. 계견을 방비하면 자연히 무성하리. 외밭을 따로 하여 거름을 많이 하소. 농가의 여름 반찬 이 밖에 또 있는가.

 고선의 친정 솔뫼松山는 전체 팔십여 가호인데, 그중 고 씨가 칠십여 가호인 집성촌이었다. 마을은 사방이 높은 산으로 둘러싸였고, 서쪽 방향 아래쪽은 달구지 두 대 겨우 빠져 나갈 정도로 뚫려 있었다. 마을 위쪽에는 저수지가 두 곳 있는데 마을 어귀에서 보면, 오른쪽 큰 저수지가 일제강점기 때 조성되었다. 비록 첩첩산중이지만 진주와 가깝고 재 너머 인물 많다는 고성 영현면과도 가까워, 일제강점기 당시 일본에 유학 간 사람들이 많았다. 그 당시 전국적으로 몇 손가락에 꼽을 정도로 귀한 동경제일고보 출신이 둘이나 있었으니, 딴 설명이 필요하겠는가. 아무튼 물산이 풍부했고, 개화가 일찍 되어 여성도 기본교육을 받았다.
 고선은 일란성 쌍둥이로 태어났다. 그녀가 열여섯 살 때였던가. 한창 물오른 버들처럼, 갓 꽃봉오리 틔우는 벚꽃처럼, 함초

롬히 피어난 모란처럼 아무튼 천하 미색을 갖춘 쌍둥이 자매에게 청춘기는 그렇게 무탈할 수만은 없었다. 뭇 청년들의 유혹에도 눈길 한 번 주지 않았다. 언제나 둘은 같이 행동했다. 그만큼 다정했다. 서로 아끼고 이해심도 깊었다. 사람들은, 결혼도 같은 날에 하고 같은 지역에서 살다가 죽어서도 같이 지낼 거라며 부러워했다.

어느 여름, 장대비가 쏟아지던 한밤중에 자매가 곤히 자고 있던 방을 두 사나이가 덮쳤다. 그녀들에겐 처녀성을 빼앗긴 비탄의 밤이었다. 그들은 복면을 쓰고 아무 말도 하지 않아 누군지 짐작도 할 수 없었다. 일을 끝내기가 무섭게 둘은 일제히 사라졌다. 등잔불을 켜니, 그들이 남긴 빗방울과 앵혈[3]이 섞여 진물처럼 보였다. 자매는 서로서로 위로하며 한동안 껴안고 있었다.

---

[3] 왕실에서 왕비를 간택하거나 궁녀를 뽑을 때, 앵무새 피를 팔뚝에 떨어뜨려 응고 여부에 따라 숫처녀·비처녀를 가림. 즉 응고되면 숫처녀로 여김. 인류사 틀 통틀어 가장 위대한 신학자이자 신비학자들 중의 한 사람인 십삼 세기에 살았던 알베르 르 그랑은 『시르카 인스탄스Circa instans』란 의학서를 통해서 상추를 이용해서 처녀가 동정녀인지 아닌지를 알아보는 아주 독특한 방법을 가르쳐 줌. 제백이 중학교 이학년 때 한국일보의 연재물인 장덕조의 『벽오동 심은 뜻은』에서 이 단어를 처음 보고, 국어사전에서 뜻을 찾아 한동안 낯 붉혔던 일이 있었음. 그 몇 해 전인 1960년 '그 겨울의 찻집'으로 유명한 양인자梁仁子가 중삼 때 쓴 장편소설 『돌아온 미소』와 일본 재일교포 십대 소녀 안본말자安本末子의 수기 『구름은 흘러도』가 선풍적인 인기를 끌었음. 예전에 중국 호남성 멱라현의 마교 마을 사람들은 처녀와 결혼하는 것을 금기시했다고 함. 첫날밤에 소위 '숫처녀와 잠자리를 같이 하는 것(擷紅, 직역하면 피를 본다)'을 매우 불길한 일로 생각했기 때문이었음. 반대로 여자가 결혼 전에 임신을 해서 커다란 배를 불쑥 내밀고 다니면 시집 식구들이 매우 만족스럽게 생각했음. 생산 수준이 낙후했던 시대나 지역에서 사람은 가장 중요한 생산력이었음. 따라서 아이를 낳아 기르는 것이야말로 여자의 가장 중요한 책임으로 정조를 지키는 것보다 훨씬 더 우선시되었음. 남자들은 배우자를 고를 때 임신한 여자를 선호했고 이는 남방 여러 지역에서 매우 보편적인 현상이었음. ─ 한소공韓少功의 소설, 『마교 사전馬橋詞典』.

크게 울먹이다간 식구에게 들킬까 겁이 났다. 다행히도 빗소리가 다 삼키고 있었다. 그리고 천만다행이도 고선은 달거리를 하는 날인데다 격한 저항으로 미수에 그쳤다.

자매의 일과는 그놈들의 행방을 좇는 것이었다. 고선을 덮쳤던 사내가 성대 결절에서 오는 쉰 듯한 목소리였고, 언니 고계高癸를 상대한 자는 배꼽이 유난히 튀어나온 것을 느꼈다고 했다. 성대 결절은 쉽게 알아볼 수 있지만 배꼽은 좀 그랬다. 복수하기 위해 언니 고계가 희생하기로 맘먹었다. 자매는 묘안을 냈다. 그녀들을 사모하여 자살했다는 세 개 마을을 집중했다. 언니 혼자 백방으로 찾아다녔다.

드디어 한 놈을 찾았다. 아니나 다를까, 재 너머 대실竹谷 총각으로 그놈 동생이 몇 달 전 자매 마을 소류지에서 자살했던 것이다. 호주머니에 저승에서 고선을 만날 기약을 한다는 내용의 유서가 발견되었다. 고계가 나무하러 가는 성대 결절의 뒤를 밟아 우연히 만난 척하고, 둘이서 산길에 앉아서 단도직입으로, 그날 밤을 꺼내자, 눈물을 뚝뚝 떨어뜨리는 것이었다. 동생에 대한 소원을 풀어주려고 그랬다면서. 고계는 산을 넘어 마을 뒷산 동굴로 같이 갔다. 동굴은 어두웠다. 그리고 스스럼없이 옷을 벗었다. 한창 절정에 오를 순간 목을 졸랐다. 고선이 뒤에서 삼끈으로 조였다. 자매는 시신을 끌고 계곡에 굴려 떨어뜨렸다. 나머지 놈이 가봉佳峰 사람이란 것을 성대 결절한테 미리 알아내고는 뒤를 밟았다. 마침 나무하러 가는 것이었다. 무엇이 그렇게도 좋은지 아까시나무 잎을 훑더니, 한 잎을 아래 입술에 대고 소리를 내는 것이었다. 산 정상에 다다랐을 때 고계가 불쑥 나타났다. 물론 고사리 꺾으러 재를 넘었다고 능청을 떨었다. 그도 자기 동생이 자매를 사모하다 학교 화장실에서 목을 맸는데, 동생이 평소 자매를 못 잊어 했다는 것이었다. 그는 처음에는 전혀 그런 일이 없었다고 잡아뗐으나 고계가 배꼽 부위를 흘깃 흘깃 쳐다보면서 비웃음을 보였더니, 사정없이 겁탈하려 달려드는 것이었다. 고계는 능숙하게 재 너머 동굴에 가서 회포를 풀자고 했는데, 못 참겠는지 가운데 부위를 움켜쥐고 어정어정 따라오는 것이었다. 이번에는 고선이 맞기로 했다. 그녀는 언니와 같이 갔다가 얼마 전 이곳에 와서 기다리고 있었다. 그러니 그들이 들어오는 모습을 훤하게 보았다. 설마 할 겨를도 없이 고선에게 덤벼들며 아랫도리를 엄지발가락으로 벗길 때쯤 그는 황천길로 가고 말았다. 지난 번 성대 결절과 똑 같은 방법으로 시신을 처리했다.

도미니카공화국의 '미라발Mirabal 자매'보다 더한 용기였다. 만약 존 폰테인과 올리비아 드 하빌랜드 자매라면 쉽게 탄로 나지 않았을까. 이 자매는 서로 죽을 때까지 극한적으로 질투를 했으니까.

몇 년이 지나 고선은 인근 마을 만석꾼으로 소문난 외가를 통째로 들어먹은, 하얀 삐딱구두 날라리 외삼촌의 소개로 진주 도립병원 간호사가 되었다. 그 당시로서는 상당히 큰 신장에 균형 잡힌 몸매, 그리고 쾌활하고 개방적인데다가 웃음이 많아 왼쪽 보조개가 늘 파였다가 메워지고 심지어 눈웃음까지 치는 보기 드문 미인 형이라 뭇 남성의 애간장을 태우고 있었다. 가뜩이나 꽉 조인 유니폼에 터질 듯한 팡팡한 가슴은 남정네들 흑심을 부추기기에 모자람이 없었다. 쉽게 설명하면 영화 〈쌀〉의 주인공인 실바나 망가나나 〈노트르담의 꼽추〉의 지나 롤로브리지다를 연상하면 될 터이다.

어느 된서리가 내린 다음 날이었다. 멧돼지의 어금니에 허벅지가 부상당한, 빡빡 얽은 사천읍 명포수가 입원하여 그녀에게 눈독을 들였다. 그는 금가락지에다 금팔찌로 환심을 사기 시작하더니, 어느 한가한 틈을 봐서 문을 걸어 잠그고 그녀를 강간하였다. 사실 큰 소리로 저항했다면 미수로 끝났겠지만, 고선 역시 은근 슬쩍 기대하지 않았나 싶다. 사실 이 모든 것을 포수가 고선 외삼촌한테 뇌물을 주어 꾸민 것이란 것을 뒤늦게 알았다. 그래저래 엄동설한에 성대하게 결혼식을 치르고, 흔히 말하는 깨가 쏟아진 세월이 삼 개월 지나가고, 그 건장하던 포수가 연일 코피를 쏟아내며 핼쑥해졌다. 그러던 어느 새벽녘, 상머슴한테만 사냥 간다고 말하고 몇 달치 여장을 챙겨 나간 후 영영 소식이 없었다.

사람들에 의하면, 『정호기征虎記』의 저자 야마모토 다다사부의 조선 범 토벌에 참여했다가 동료 포수가 잘못 쏜 총알이 허벅지에 박혀 그것이 화근이 되어 몇 년 후 죽었다고 전해졌다.

고선의 천부적인 화려한 애정공세가 밤낮 시도 때도 없이 퍼부어지는 것에 못 견뎌, 북간도로 사라진 게 아닌가 하고 외삼촌은 짐작해 보았다. 딴에는 남자라는 자존심도 있고 부인한테 체면이 아니라서 삼십육계 줄행랑을 친 게 아닌지. 그렇다고 우리 고선은 그냥 퍼더버리고 앉아 기다리며 울고 짜고 할 위인이 아니었다. 그녀는 어쩌고저쩌고 외삼촌한테 사정하여 다시 그 병원에 취직하였다.

이듬해쯤 병원 직원들과 저녁을 먹고 맥주홀에 갔다. 그곳에서 또 한 멋쟁이 남자와 눈이 맞았다. 둘 다 감전된 듯 찌릿찌릿했다. 직원들이 눈치 채고 자리를 피해 주자 둘은 술이 얼큰한 상태로 구름 타고 가듯 인근 여관으로 향했다. 그녀가 감투거리를 하다가 내려와서는 요란한 요분질에 자지러지는 감창소리에까지, 마치 천국을 왔다 갔다 할 지경이었다. 얼마나 잦았으면 감잡이가 축축할 정도였다. 새벽이 되자마자 그녀를 집으로 데리고 갔다. 그리고 본 부인을 아래채에 내쫓고야 말았다. 남편은 그 지역에서 상당한 부자였고, 마을 뒷산에 금 광산을 열어 많은 인부를 부리고 있었다. 그러나 남편은 조실부모하고 정을 받지 못한 입지전적인 인물이라 그런지, 아니면 너무 작은 체구에 대한 열등감이 있어서 그런지, 하여간 지나친 과시욕과 아랫사람을 업신여기는 경향이 있었다.

그런 놈들의 특징은 입에 바른 감언이설에다 선비연하는 앞면과 온갖 뇌물에다 끼리끼리 해 먹고, 신입이나 백 없이 오로지 성실함만 갖고 일하는 놈은 항상 왕따 시키는 어두운 뒷면을 지니고 있는 법이다. 잘하면 용심이고 못하면 비웃고. 오로지 술을 사줘야 좋아하고 직원끼리 모이는 것을 질색하여 밤마다 직원들의 동향을 파악하는 데 급급했다. 그리고 스파이를 곳곳에 심어 놓곤 한다. 그러나 강요로 따르던 자들도 어떤 계기가 되어 대세가 기울면 영락없이 배반한다.

아무튼 남편은 우리가 흔히 보고 들은 온갖 악행의 표본인 셈이었다. 그러나 그 자만이 그런 행동을 하는 것은 아니다. 대개의 사람들은 그러한 성향을 지니고 있다고 보면 될 것이다. 우연의 일치랄까, 평소 사장의 지나친 처사에 불만을 품은 인부 몇몇으로 구성된 호랑이 사냥이 시작되었다. 부주의로 호랑이를 놓쳐 버린 얌전한 젊은 인부가 화가 난 사장의 매질에 온 얼굴이 상처가 나고 생피가 철철 흘렀다. 말리는 자들도 사정없이 당하기 때문에 접근할 수가 없었다. 인부들은 맘속으로 분개하여 기회만 엿보고 있었다. 마침 때가 왔다. 그와 호랑이가 절벽 위에서 맞닥뜨렸다. 다들 의식적으로 엿 먹으라고 뒤로 슬슬 빠졌다. 그와 호랑이가 서로 안고 뒹굴었다. 마침 약속이나 한 것처럼 아무도 근처에 가서 도울 생각도 않고 제법 떨어진 곳에서 지켜보기만 했다. 오직 사냥개 두 마리만 주변을 컹컹거리며 정신없이 쏘다녔다. 결국 그와 호랑이, 사냥개 한 마리가 깊고 가파른 절벽에 떨어지고 말았다.

그 자의 시신이 일주일 만에 수습되었다. 그곳이 바로 자매가 죽인 자들이 있던 곳이었다. 결국 들통이 났다. 워낙 외진 골짜기인지라 그간 발견할 수 없었다. 그리고 이미 탈골 상태인 시신도 몇 구 있었다. 요즘 같은 법 곤충학이 대두되었다면 시신의 죽은 시기도 알아낼 수 있었겠지만 그때는 엄두도 못 낼 때였다. 그 당시에는 피의자의 진술만이 유일한 해결책이었다. 다행히도 고계가 자기 소행이라고 실토하여 교도소를 향했다. 고선도 자기 소행이라고 나섰으나 언니의 완강한 벽을 뚫진 못했다. 고선은 한 달에 두 번씩 면회를 가는 것으로 언니에 대한 참회를 대신했다. 그러나 언니의 간절한 부탁으로 일년에 한두 번으로 줄였다.

세월은 여지없이 흘렀다. 고선이 세 번째 시집 온 소능마을은 백이십여 가호 중 김녕 김 씨가 백열 가호 남짓 되는, 우리나라에서도 드물게 큰 집성촌이었다. 고선의 세 번째 낭군인 김천경은 첫 번째 부인과 사별했다. 부인 최칠계崔七桂는 키 크고 어질고 덕성스러운 여성이었다. 그녀는 열두 형제자매 중 일곱 번째로 태어났다. 사천의 큰 학자로 소문난 구암龜巖 이정李楨 선생이 태어난 구암이 친정이었다. 그래서 택호宅號가 구암댁이었다. 그녀 역시 사천의 삼대 문중의 하나인 삭녕 최 씨 처자였다. 그곳에는 함의재涵義齋란 재실이 있는데, 함의 최관崔瓘 선생과 삭녕 최 씨 구암과 선조를 모시는 곳이다. 그녀가 시집오고 집안이 폭삭 망해 가족 일부분이 죽고 남은 자들 중 여자들은 남의 집 동자아치로, 남자들은 머슴으로 고향을 떠났다. 하루는 저옥 시어머니인 최칠계의 둘째언니 외아들이 찾아왔다. 그가 바로 김족金族이었는데, 육손이[4]였다. V.S. 나이폴의 네 번째 소설 『비스와스 씨를 위한 집』은 나이폴의 아버지 시퍼사드 나이폴의

---

[4] '경찰관 말에 따르면, 여섯 번째 손가락을 가지고 태어나는 사람이 가끔 있다고 해요. 대부분은 아기가 자라기 전에 부모가 기형 손가락을 잘라 버리죠.' - 『색채가 없는 다자키 쓰쿠루와 그가 순례를 떠난 해』(무라카미 하루키, 양억관 역, 2013.7.1. 민음사).

일대기를 소설화한 작품이다. 이 소설 주인공인 비스와스 씨는 육손이로 자정에 태어났다고 하여, 에미, 애비를 잡아먹을 재수 없는 아이라는 인도 힌두교의 학자이자 권위자인 펀디트의 예언을 받는다. 무라카미 하루키의 『태엽 감는 새』에도, "친척 중에 손가락이 여섯 개 있는 사람이 있어요. 나보다 손 위의 여자인데 새끼손가락 옆에 갓난아이 손가락만한 것이 또 하나 붙어 있어요. 하지만 항상 재주 좋게 구부리고 있어서 얼핏 보아서는 몰라요. 예쁜 아이예요."라는 대화가 나온다.

어느 해 늦봄, 천경이 떡판으로 사용하리라 평소 눈여겨 봐둔 마을 앞산 이구산 상사바위 밑 너덜 위에 있던 너른 바위를 지게에 지고 내려오고 있었다. 큰골 어귀 옆 동굴 어귀를 막 지나려는 때였다. 마침 굴에서 갑자기 뛰어나온 개호주 한 마리를 피하려다가 그만 균형을 잡지 못해 뒤뚱대는 바람에 지고 있던 너른 바위가 개호주 위에 떨어져 개호주가 즉사하고 말았다. 그 놀라운 순간에도 그는 호묘탕虎猫湯이 생각났다. 그는 바지게를 지고 형체를 알 수 없을 정도로 짓이겨지고 피가 뚝뚝 떨어지는 개호주를 누리장나무 잎에다 둘둘 싸서 칡넝쿨로 대충 묶어들고 뛰다시피 달려왔다. 그가 냇물을 지나 미루나무 숲을 막 지날 때 산에서 들려온 호랑이의 포효가 귓전을 때렸다. 그는 놀라서 지게를 내팽개치고 헐레벌떡 집으로 왔다. 그런데 그가 도착하자 이미 지게가 대문 바깥 오른편 구기자 덩굴 담 밑에 놓여 있었다. 도대체 누가, 귀신이 곡할 노릇일세, 하고 천경은 의아해 했으며, 한편으론 어떤 불길한 예감이 휩쓸고 지나갔다. 사실 구암댁은 두 차례, 달도 한참 못되어 배 속에서 이미 죽은 황금덩어리 어린애를 낳았다. 그러나 이번 애는 제대로 달을 채워 낳은 지 열사흘이라 하루만 잘 버티면 아이의 최소한 생존 가능 기일인 두 이레가 된다. 마침 이날 개호주를 얻었다. 지렁이 백여 마리 가량 삶은 국물에다 소위 호묘탕의 자료인 개호주 한 마리와 산 어미 고양이 세 마리를 통째로 삶아, 약 보자기에 넣어 짜서 부인한테 억지로 먹였다. 얼마 후 약 기운이 돌았다고 여겨, 아기 입에 젖을 갖다 댔으나 힘없이 도리질만 하면서 몇 번 빠는 둥 마는 둥 하고는 곧 시들시들해졌다. 어린애는 한밤중에 죽고 말았다. 애통하는 소리에 개와 닭이 덩달아 울고불고 난리를 쳐, 온 마을에 메아리 되어 생난리가 난 듯 퍼져나갔다. 며칠 지난 어느 늦봄, 구암댁은 달덩어리 같은 동자아치와 같이 고사리를 꺾다가 어느 틈엔가 옆집 가산駕山댁이 호랑이한테 물려 갈가리 찢겨 시신이 훼손되는 장면을, 바위 옆 굴참나무에 힘겹게 겨우 올라가 떨면서 지켜보다가 그만 놀라 월경을 해, 그 피가 뚝뚝 떨어지는 것을 호랑이가 얼굴에 비비다가 씨익 웃는 듯하면서 그대로 산 위로 사라졌다. 저만큼 청미래덩굴 옆 억새밭에 얼굴을 파묻고 있던 동자아치는 무사했다. 그러나 그게 아니었다. 둘은 앞서거니 뒤서거니 비호같이 정신없이 뛰어 개암나무 숲을 막 지날까말까 했을 때 저 쪽 바위 위에서 호랑이가 날다시피 달려들어 구암댁의 뒷덜미를 사정없이 물었다. 마침 지나가던 나무꾼 대여섯 명의 벼락같은 고함에 놀라 달아났다. 그러나 이미 피를 많이 쏟아 생명이 경각에 달렸다. 이상한 것은 아직도 삼십 대였는데, 갑자기 머리가 하얗게 셌다[5]. 아마 크게 놀란 탓이었으리라. 삼일 후 보름달이 휘영청 뜬 새벽에 이 세상을 하직하고 말았다. 천경은 말할 것도 없고 마을사람들, 일가친척들의 억장이 무너지는 슬픔은 이만저만이 아니었다.

창귀에 대해서 자주 내려오는 이야기는, 사람을 홀려서 잡아먹으려고 할 때, 친숙한 목소리로 이름을 불러서 밖으로 유인을 한다는 것이다. 자기 이름을 부르면 자꾸 근질근질 이상하게 밖에 나가고 싶어진다는 것이다. 주로 이름을 세 번 부르는데 그때까지 밖에 나가지 않고 견디면 창귀는 돌아간다고 한다. 그래서 소능마을에서는 밤에 제아무리 친한 친구가 불러도 절대 바깥에 나가지 말라는 불문율이 있었다. 그런데도 어느 해 동지섣달, 제백 사촌동생인 감백이 소산小山의 친한 친구의 부름을 받고 나갔다가 집 앞 타작마당 옆 긴잎느티나무에 설치한 올가미에 걸려 아침까지 대롱대롱 달려 있었다. 이런 귀신이 곡을 할 노릇이 있나. 그 누구도 올가미를 설치한 사람이 없었다. 그날 몇몇이 소산에 가서, 간밤에 불렀다는 장본인인 그 친구를 찾았으나 그는 독하게 감기에 걸려 며칠째 두문불출하고 있는 상태였다.

---

[5] 과학적으론 뒷받침할 근거가 없다. 그러나 프랑스 왕비 마리 앙투아네트가 극도의 공포와 스트레스 탓에 사형 직전 머리가 하얗게 됐다는 소문이 자자했다. 그리고 중국 양나라의 천자문 저자 주흥사가 무제로부터 천자문을 하룻밤 사이에 써내라는 명을 받고, 힘들게 완성하고 보니 머리가 하얗게 되었다고. 그래서 백수문白首文. 에드거 앨런 포의 단편 「소용돌이 속으로 떨어지다」의 마지막 부분에 전날만 해도 검디검던 머리칼이 지금 보는 대로 하얗게 세어버렸다오. 즉 거대한 폭풍을 만나 하룻밤에 머리가 세어버린 것. 그리고 중국 하나라 우禹왕이 치수사업에 몰두하다가 하룻밤 사이에 백발이 되었음.

03장 호랑이가 아무한테나 잡히나

 실용은 아니로되 산중의 취미로다. 인간의 요긴한 일 장 담는 정사로다. 소금을 미리 받아 법대로 담그리라. 고추장 두부장도 맛맛으로 갖추 하소.

 유년 시절 보르헤스는 호랑이를 열렬히 숭배했다. 파라나 강가의 수풀이나, 모든 것이 뒤엉긴 아마존 정글에 사는 흰색 바탕의 밤색 얼룩무늬가 있는 호랑이가 아니라, 코끼리를 탄 전사들만이 맞설 수 있는 줄무늬가 선명한 아시아의 호랑이를. 그는 동물원에 가면 호랑이 우리 앞에서 시간 가는 줄 모르고 서 있었다. 그는 호랑이들의 위풍당당한 모습을 찾아보기 위해 백과사전이나 자연사 책을 뒤적이곤 했다(아직도 그때 일이 선명하게 기억난다고 했다. 여자들의 앞모습이나 미소는 단 한 번도 제대로 기억하는 법이 없었는데도.). 그는 백과사전에도 큰 관심을 보였다. 유년 시절이 지나자 호랑이도 나이를 먹고 그의 열정도 시들었다. 그러나 그의 꿈속에는 여전히 호랑이가 살아 있었다. 어딘가에 가라앉은 듯한, 혹은 혼돈에 빠진 듯한 부드러운 가죽에는 여전히 그 모습이 지속되고 있었다. 잠이 들면 꿈 때문에 마음이 어지러워지곤 했지만, 그는 곧 그것이 꿈이라는 사실을 깨달았다. 그럴 때마다 이것은 꿈일 뿐만 아니라 자기 의지대로 마음껏 즐길 수 있는 멋진 오락거리라는 생각도 했다. 그에겐 무한한 능력이 있었기에 언제든 호랑이를 불러낼 수 있었다. 그러나 아! 그의 꿈의 무능함이여! 그의 꿈들은 그가 그토록 원했던 맹수를 만들어 내지 못했다. 분명 호랑이가 나타나긴 했으나 꿈속의 호랑이는 해부되거나, 약골이거나, 생김새가 온전치 못하거나, 참기 어려울 만큼 작거나, 너무 빠르게 사라지거나, 개나 새를 닮은 엉뚱한 호랑이였다.

호랑이와 사자는 얼굴 표정이 잘 발달되어 단번에 기분 상태를 알아볼 수 있으나 곰은 얼굴 표정이 발달되어 있지 않아서 무슨 꿍꿍이 속인지 도대체 알 수가 없다.

세월이 지나 어느 해 음력 섣달 중순에 천경으로서는 두 번째요, 고선에겐 세 번째 결혼식이 있었다. 둘은 모처럼 서로에게 크나큰 신뢰를 갖고 행복한 나날을 보내고 있었다.

그해 여름 어느 보름날, 천경은 달이 유난히도 밝은 자정께 낮에 먹었던 수제비가 얹혔는지 뒷간에 자주 갔다. 그가 막 일을 끝내고 거적문을 손으로 젖혀 연 순간, 한 마리 호랑이가 소리 소문도 없이 외양간의 암소 한 마리를 물고는 막 담을 넘으려 하였다. 달빛에 비친 호랑이의 두 눈은 커다란 혼불 같았다. 그는 곧바로 외양간과 통싯간 사이 연장실에서 은어잡이용 긴 못을 꺼내, 막 담을 넘으려는 호랑이 똥구멍 쪽을 힘껏 찔렀다. 그러자 호랑이는 발악하며, 부리망이 한쪽 귀에 간당간당 걸린 채 죽은 소와 한 덩어리가 되어 거의 동시에, 무너진 담장에 깔리고 말았다.

그는 순간, 죽은 마누라를 떠올리며 불구대천지원수 대하듯 아직도 씩씩 거리며 숨을 할딱거리는 놈의 멱을 여러 차례 찔러 죽였다. 피가 분수처럼 쏟아졌다.

　은어잡이용 뭇은 제백네에 대대로 내려온 것으로서 저수지가 조성되기 전에는 은어가 치어 때 방지 포구를 거쳐 바다에서 자라고는 냇물로 올라와 사는데, 궁백弓百은 한 쪽 눈으로도 삼지창 같은 그 뭇으로 곧잘 은어를 잡곤 했다. 호랑이 잡은 사실을 사남 지서支署에 내려가서 알리라고 마당쇠한테 말했다. 얼마 후 지서 차석次席이 자전거를 비호같이 타고 달려왔다. 달구지에다 호랑이와 소의 살코기를 가득 실어 보내기로 했다. 보통 달구지에 부정한 물건을 싣고 파출소 앞을 지날 때는 바퀴의 텟쇠 소리가 요란하여 조심스레 소를 몰곤 했다. 그런데 볼 일이 끝났는데도 차석은 자리를 뜨지 않고 뭔가를 잃어버린 사람처럼 안절부절못하기에 천경이 물었다. 그러자 이참에 윗선에 상납용으로 쓸 호피虎皮를 원한다고 하는 게 아닌가. 그러나 천경은 바로 말을 가로채서, 호랑이가 여기저기 마구 찔려 털가죽 훼손이 심해 가치가 없다고 말하기가 무섭게, 차석은 전혀 상관없다고 하자, 천경은 최대한 성심성의껏 무두질해서, 며칠 후 보내 주겠다고 하니, 차석은 모자를 몇 번이고 벗었다 썼다 하면서 연신 굽실거렸다. 그때 검고 동그란 뿔테 안경(위당 정인보 선생이나 심훈 선생을 연상해 보시라.)이 돌멩이 위에 떨어졌으나 다행히 깨어지지는 않았다.

　그날 지서 차석도 눈감아 주었겄다, 하여 때 아닌 마을 잔치가 벌어져 마시고 먹고 야단법석을 떨며, 간만에 목의 때를 잘 벗겼다. 호랑이 고기는 연하고 맛도 괜찮고 더군다나 누린 냄새가 없었다. 고기 색깔은 송아지 고기와 비슷하지만 맛을 비교하자면 소고기와 돼지고기의 중간 맛이 났다.

  고선 부부도 얼큰한 기분으로 모처럼 한바탕 크게, 덩더꿍 덩더꿍, 디딜방아도 저리가라, 피스톤도 비할 바 아닌, 서까래가 떨어질 정도, 구들장이 내려앉을 정도로 운우의 정을 나누었다. 그때 마침 먼 산에서 짝을 잃은 호랑이의 포효가 간헐적으로 들려왔다. 한창 구름 위를 날 듯 주기적 반복의 끝에 왔을 즈음, 집 뒤쪽에서 호랑이의 굉음이 귀청에 폭발했다. 그러자 두 사람은 그 소리에 놀라 약속이나 한 듯 동시에 힘껏 한껏 힘을 주었다. 극도의 극치를 맛보는 순간이었다. 마치 개구리를 내동댕이쳐 죽였을 때 뒷다리가 쭉 뻗는 것과 비슷했다.

  고선이 몇 차례 어린애를 사산하더니, 드디어 양수가 터졌고, 피가 쉴 새 없이 흘러서 급히 택시를 불러 진주도립병원으로 달렸다. 수혈로 급한 불을 끈 후 겨우 애를 낳았다. 그 애가 우리의 귀여운 사름이었다.

  고선은 외동시누이와 같이 사름을 업고 고사리 꺾으러 갔다. 천경은 사름을 동자아치한테 맡기고 가라고 했으나 금이야 옥이야 한순간도 떨어질 수 없는 노릇. 시누이는 저 쪽 이구 폭포 옆 경사진 양지바른 곳에서 고사리를 꺾었고, 고선은 장골 너덜 옆 무덤 근처에서 꺾었다. 이미 고사리는 억세어져 새순만 찾다 보니 생각보다 소득이 적었다. 한참을 찾다가 사름이 신기한 듯 손짓하는 곳에 고무딸기가 많았다. 정신없이 너덜 위에서 따서 바구니에 담기도 하고 검게 익은 것 몇 알은, 애기 띠를 앞으로 약간 추슬러 돌려 사름한테 먹여주기도 하다가 순간, 그만 고선이 살무사한테 물려, 정신 줄을 놓았다. 놀란 사름이 자지러지듯 울자 폭포소리에 간헐적으로 들린 울음소리를 따라 시누이가 왔을 땐 고선은 이미 온몸이 굳어졌다. 시누이는 칡넝쿨과 으름덩굴, 억새를 헤치고 제법 높은 바위 위에서 고래고래 외쳤다.

"사람 살려요!"라고.

마침 감무뜰 외딴집에 사는 최 부자父子가 작답하다가 그 소리를 듣고, 아들이 한달음에 달려와서 들쳐 업고 내려갔다. 급한 김에 천경이 땍키칼[6]로 물린 부위를 그어 독을 입으로 빨아냈다. 환자를 조심스레 최대한 편안하게 눕혔다. 깨끗한 물을 부어 물린 부위의 독과 이물질을 씻어내고, 심장보다 낮은 위치에 물린 부위를 내려놓았다. 독이 전신으로 퍼지는 것을 막기 위해 물린 부위 위쪽으로 약 십 센티미터 떨어진 곳을 손가락 한 개가 들어갈 만큼 느슨하게 묶었다.

마당쇠가 나는 듯 바람담 주막에 가서 강소주를 사와 상처부위에 뿌렸다. 또 물린 부위에 담뱃가루와 된장을 발랐다. 초여름이라 뱀독이 약해서 천만다행이었다. 워낙 여장부라 사흘 후 깨어났으나 아직도 시력이 약해져 백내장처럼 부옇게 안개가 낀 상태라 마치 누군가에게 원망하는 눈빛만 가득했다.

---

[6] 과일을 깎거나 생률生栗을 칠 때 사용하는 작은 칼의 진주, 사천의 방언. 참고로 겉껍질과 속껍질을 칼로써 벗겨 내는 경우는 그냥 깎는다는 표현을 사용하고 제사상이나 잔칫상에 올리기 위해 아래 윗면을 납작하게 다듬어 내고 가장자리를 위에서 한 번 비스듬히 다듬고 아래에서 한 번 비스듬히 다듬어 내어 마치 비행접시 모양으로 일정한 형태를 갖추게 하는 것은 '생률을 친다'는 표현을 사용.

천경은 아침밥을 물말이로 몇 숟가락으로 뜨는 둥 마는 둥 마당쇠와 여동생을 데리고 살무사가 있던 장골산 그 장소로 행했다. 시누이가 지목한 곳을 확인한 후 곧 차비를 챙겼다. 바로 옆 보리수나무 가는 가지에 뱀허물쌍살벌집이 있어 조심히 접근했다. 뱀은 그 장소를 떠나지 않는 습성이 있는지라 물에 약간 적신 볏단에다 불을 피워 연기가 검게 나기 시작할 때 굴 안으로 집어넣었다. 그러기를 몇 차례, 어느덧 한식경 되었을까. 두 마리 살무사가 비실비실 기어 나왔다. 천경의 눈에 이상야릇한 광채가 한 줄기 스쳐갔다. 두 놈 머리를 연달아 쳐내고, 쭉 하고 껍질을 벗기더니 질겅질겅 씹어 먹기 시작했다. 두 마리를 다 먹고 씨익 웃으며 크게 트림하고는 내려가자고 재촉했다.

귀딸 사름은 단발머리에 무명 치마저고리를 단정하게 입고, 집 앞 도랑에서 배 띄워 놀기, 비눗방울 놀이, 혹은 반주깨비, 즉 소꿉장난을 동무들과도 하고, 혼자서도 자기가 붙여준 구실에 따라 목소리와 행동을 흉내 내면서 즐겼다.

쫀득쫀득 무릇 찧어 풀을 쑤고요. 돼지가 즐겨먹는 고마리잎으로 나물 무칠 때, 여뀌로 매운 맛을 낸답니다. 갑석 위에 진흙으로 만든 시루떡을 얹고 그 위에 별꽃을 얹고요. 달래 뿌리로 각시 머리 얹을 때, 까마중 열매로 머리 물들이고요. 그 어여쁜 각시님, 사립문에서 꼬마 신랑님을 기다립니다.

그때 지나가던 마을사람들이 장난삼아,

"사름아, 사름아"하고 연달아 부르면, 대뜸,

"사름이라뇨. 다 큰 처녀를 두고서!"

"그러면? 어떻게 불러주랴?"

"기와집 처녀야, 하고 불러야죠!"

그러면서 자기는 시집가서 이바지해 올 때 아버지가 좋아하는 청주를 빚어 가져오겠노라고 했으니, 그게 어디 다섯 살 된 아이가 할 소리던가. 그러니 단명하지. 쯧쯧쯧.

법정 급성 전염병인 디프테리아는 호흡기 점막이 침해받았는데, 부모 걱정시킨다고, 어머니 고선의 잔소리가 듣기 싫어, 제 딴에는 기특한 생각이 들어, 누구든 자기 병에 대해 말을 꺼내려고 하면 사름은 고운 입술에 집게손가락 곧추세워 '쉿'하며, 살짝살짝 아픔을 호소했는데, 모두들 그 귀여운 행동에만 정신이 팔려 볼에 뽀뽀하기만 급한 채, 예사로 여긴 게 잘못이라면 잘못일 수도 있겠고, 불찰이라면 큰 불찰 축에 든다고 하겠다. 물도 겨우 마실락 말락 그 지경에 와서야, 부랴부랴 택시를 전세 내어 진주도립병원에 당도했으나, 이 억장이 무너지고 무너질 일이 있나! 마침 한 명분의 약만 있고, 그 약마저 먼저 온 인접 고성固城 아무개 아이가 먹어야 했으니. 그래도 제일 가깝다는 부산에서 약을 공수해 오는 시간이 죽을 시간보다 훨씬 길었으니. 모두들 아무런 생명 연장에 보탬도 되지 못한 채 새파랗게 뜬눈으로, 서서히 생명의 불이 사그라지는 모습만을 지켜볼 수밖에 더 무엇을 했겠는가.

사름을 묻고 난 후, 고선 부부는 작은 골 황톳골에 묻은 애기 담보랑 쪽으로 눈이 가는 것을 스스로 막았다. 이때가 고선이 살무사에 물려 생고생을 한, 꼭 일년 후였다.

배고픈 갈구渴求가 살무사 되어 만추晩秋의 대가리를 쳐들고야 맙니다. 오늘따라 엽영葉影은 초설初雪만 기다렸다오. 솔잎마다 송도松濤 가득 묻어 있었고. 단절 위한 고통 쓸어내고 아스라이 피어오른 작은 역정 속의 조그마한 미련이 아직도 실눈 뜬 채 어제를 봐야 하겠는가. 층 깊은 찌꺼기 부여안고 호흡조차 초저녁 마을 가도 이 밤 그런 대로 하늘 보는 여유를 갖는다오. 고요에 물든 와룡산에서 귀한 가치를 늘 모르는 내 사랑 바람이여. 와룡산은 섣달 그믐날 밤이면 산이 운다는 전설이 있다오. 와룡산이 운다는 여러 가지 설이 있으나 그중 하나는 우리나라 산의 족보격인 『산경표』에 와룡산이 누락되었기 때문이라는 설과, 와룡산이 아흔아홉 골로 한 골짜기가 모자라서, 백 개의 골이 못되어 운다는 설이 있답니다. 또 일제강점기를 지나면서 일본 사람들이 우리 고장의 정기를 말살하기 위하여 와룡산 정상인 민재봉을 깎아 내렸기 때문이라는 이야기도 있다오. 와룡산은 팔백 미터도 못 미치는 낮은 산이라고 생각되기 쉬우나, 경사가 급하여 산에 오르기가 만만치 않다오.

와룡산의 바람이 우리 사랑 틈새로 신선함을 안겼을 때 그대는 귀여운 곤줄박이가 되어 숲속의 수다쟁이 직박구리가 되어 거룩한 침묵을 깨물면서 저 만큼 산자락을 휘돌겠지요. 그러나 산 아래 마을의 해거리는 신이 자신의 삶을 연장하려는 작은 바람의 산물이며, 사계四季와 계절 없음 사이를 만들려다 실패한 것이고, 그것도 아니면 일년 열두 달을 일년 스무 달로 정하려다 망각의 늪에 빠진 것이리라. 한때 제백이 사숙했던 아이리스 머독이 알츠하이머병에 걸렸었지. 참으로 슬프고도 무서운 아이러니는 그녀가 인생을 학문과 예술에 전부 바쳤던 재능 있고 영리했던 자신이 쓴 수많은 작품들의 제목 하나도 기억하지 못했던 것이라오. 그녀의 이야기는 가장 철학적인 문제 가운데 하나를 우리에게 상기시켜준다오. 우리가 무슨 일을 하든지 간에 우리가 얼마나 유명하든지 간에, 우리는 무엇을 위해 그 일을 하는가? 결국 죽음의 위대한 공허함이 우리 모두를 덮어 없애 버릴 것을. 순수한 해거리는 도약의 무엇인가. 긴 슬럼프 기간인가. 내일을 위해, 내년을 위한, 슬기로운 배태기胚胎期인가.

어느 아득한 먼 옛날, 이 시기에 이 산, 저 산, 굴참나무, 상수리나무 열매와 코뚜레 노간주나무 열매가 올해 꽃핀 다음해 시월에 익음을 간절히 생각하며, 버드나무의 바람결에 빛나는 황홀한 합창을 들으며, 단감나무의 부모가 고욤나무임을 거듭 생각해 보면서 또 개옻나무 붉은 줄기가 독 오른 지네와 같고, 젊은 체조 선수나 에어로빅 선수와 같이 튼실함에 다소 해괴망측한 발상을 이상李箱 시절의 해쓱한 시인과 비교해 보면서, 역사를 삿대질한 헛된 자아를 질책하게 되나니.

바람의 안과 밖을 생각해 보라. 이 세상 만물이 다들 안과 밖으로 구성되어 있지. 그릇의 안과 밖을 상기하면 쉬우리라. 내장과 껍질, 속살과 껍데기. 바깥에서 안쪽으로 공격하여 죽는 경우와 내부에서 바깥으로 공격하여 죽는 경우를 알아보자. 그리고 우주의 안과 밖도 상상해 보자. 더 나가서 매일 밤 틀니를 빼놓듯 모든 장기를 꺼내 잠시 쉬게 하라. 모든 것에 붙은 시간도 꺼내 잠 재워라. 그리고 그리움이니, 동경이니 하는 것을 인식에서 빼내, 엉뚱하게 그것에 머물게 하지 말자.

이 순간 어스름한 북한산 언저리에서, 갑자기 나타나 짝짓기 하던 큰오색딱따구리를 결코 잊지 못한다. 그 모습 속에 갇혀 영원히 그 새의 수인囚人으로 살고 싶을 뿐. 제백은 서울 우면산 아래 형촌(荊村, 가시내골) 어귀 '오른쪽 남향'을 가장 선호하였지. 그래서 모든 사진이며, 그림을 '오른쪽 남향'만 남기고 나머지는 거들떠보질 않는 버릇이 생겼다.

제백은 자기가 소장한 모든 책 44쪽에 자기 도장을 찍었다. 그것은 아마 대부분의 사람들이 '4'에 대한 혐오감이 있어 그에 대한 반발심의 발로發露 내지는 특별함을 보이려는 의도가 아닌가 한다.

내가 낳은 디포르메를 한없이 위무慰撫하며 관능의 다발 속에 흔쾌히 젖어, 앙포르메[7]에 취해, 그리고 시들어 찬바람만 남기고 떠나던 10월 어느 날 그렇게도 수닭은 늦가을 하오, 이 제곱미터 남짓 볕만 쪼아댔던가. 날마다 감동을 먹고 사니, 이 순간 사시나무 잎이 되어, 현사시나무 잎 되어, 톡 건드리면, 똑 오므라지는, 마치 수줍음 타는 새색시 같은 귀여운 미모사[8]가 되었다. 영화 〈자기 앞의 생〉에서 로사 아줌마가 자기 고향 비아레조에서 봄마다 피었던 미모사의 노란꽃을 모모한테 들려주는 장면이 나오고, 로사 아줌마가 임종 직전 모모가 구해온 노란 꽃이 핀 미모사 조화를 보면서 반가워하는 장면도 나온다.

고향은 점점 푸름이 지나고 청춘도 이제는 마지막 그리움을 허용한다. 제백에게는 양력 10월이 뜻 있는 달로서 오여려와의 만남, 그리고 상사 바위의 두 차례 무너짐이 공교롭게도 10월에 일어났다. 그래서 언젠가부터 자기의 죽음도 어느 해 10월 6일 새벽 여섯 시일 거라 미리 정해 놓았다.

소능마을 여름 한 철 한가한 하오의 정경은 늘 그러했다. 실제로, 이덕삼이란 자가 점심 먹고 낮잠에 빠져있던 차, 아버지의 성화에 못 이겨 툴툴대며, 바지게를 비스듬히 지고 사립문을 나서는 순간, 수탉 한 마리가 바로 위 담장에서 큰 소리로 울어 댔다. 벌써 몇 번째였다. 벼르고 별렀던 참이었다.

마치 약 올리는 듯이,

"덕 ~ 삼~ 아 ~ "

---

7) 〈재생〉의 문희, 〈유정〉의 남정임, 〈청실홍실〉의 장미희, 〈고백〉의 리즈, 〈폭풍의 언덕〉의 멀 오버론을 앙포르메로 여김. 사실 앙포르메는 미술용어인데 그 어감이 좋아 그리운 여성한테 사용했고, 디포르메는 지은이 자신을 나타냄.

8) mimosa, 신경초, 함수초, 잠풀이라 불림. "한 굽이를 돌아가는데, 희뿌예진 안개 속에서 덧없는 햇살이 한 떨기 미모사처럼 빛난다." — 움베르토 에코의『로아나 여왕의 신비한 불꽃』(이세욱 역. 2008.7.3. 열린책들). 손을 대면 잎을 접고 움츠러드는 미모사는 놀라운 기억의 소유자다. 이탈리아 피렌체대학교 연구진은 미모사 화분을 십오 센티미터 높이에서 폭신한 바닥에 떨어뜨리는 실험을 했다. 처음엔 잎을 접는 반응을 보였지만 아무런 해가 없음이 분명해지자 그 다음부터는 떨어뜨려도 잎을 접지 않았다. 한 달 뒤 다시 실험을 했는데 미모사는 반응하지 않았다. 해가 없다는 사실을 기억하였던 것이다. 프리메이슨의 기원을 이야기할 때면 언제나 등장하는 것이 성서에 나오는 히람의 이야기이다. …히람의 사체는 마을 밖 미모사 가지 아래 묻힌다. 아홉 명의 도제들이 울면서 그의 유해를 찾아 나선다. 그들은 미모사 가지 표지 덕분에 히람의 유해를 발견하게 되고 미모사 가지 아래에서 히람은 부활한다. 미모사 가지는 프리메이슨이 중요시하는 상징의 하나로서 한 겨울에도 꽃을 피우고 푸름을 잃지 않는 부활의 상징.

결국 그 닭은 덕삼이의 바지게 지팡이에 맞아, 몇 번 파닥거리다 죽고 말았다. 그는 그 길로 한 많은 방랑 생활을 시작하게 되었다. 끝내 몇 년 후 크리스마스이브에 문구文具 회사의 수금 사원으로 제주도 출장을 가게 되었다. 마치 어떤 강박 관념에 휩싸인 듯, 제주행 페리 호에서 뛰어내려, 친족들이 대마도까지 갔으나 시신도 찾지 못한 채, 영영 불귀의 객이 되고 말았다. 그날 그 배 안에서 그는 배가 너무 느리다며, 자기가 운전해야 하겠다고 중얼거렸다는데, 승객들은 장난인줄 예사롭게 들었던 것이다. 평소에도 술만 조금 들어가면 무엇에 쫓기듯 택시를 타곤 했다고. 그날도 앞 옆 승객들과 같이 맥주를 좀 마셨고, 승객들이 잠든 사이 나머지 옷은 가지런히 벗어놓은 채 팬티만 입고 사라졌으니!

아마도 그 문구 회사의 사장댁 처녀 가정부를 평소 사모했는데, 그가 자리 잡은 뒤 사장님한테 부탁하여 같은 회사에 취직하게 한, 둘도 없이 친한 고향 친구가 그녀와 갑자기 결혼하자, 닭 쫓던 개 지붕 쳐다보는 격이 되어, 좀처럼 그 충격에 벗어나지 못했던 것은 아니었던가. 몇 년 후 집안 어른들의 성화에 못 이겨, 할 수 없이 억지로 결혼하여 자식 삼 남매를 두었는데도 온전하지 못해 주변에서들 모두 입을 모아 신경에 금이 가도 심하게 갔다고 수군거렸다. 그만큼 주위 사람들은 늘 위태위태하게, 그를 지켜보았다.

보리가 패면 가세요. 보리가 패면 가세요. 첫닭이 홰를 치는 이른 새벽에 모시 헝겊에 쑥떡 들고 숲 질러 이슬 밟아 달려온 옥녀, 읍내 기차 소리를 가장 싫어하고 자운영 들길에 일출이 오기 전에 시간 없는 고향 떠나 올 적에 보리가 패면 가시라고. 유난히 키가 커서 그런지 사십 중반부터 허리가 굽어 마치 활시위이거나 하현달 같은 석지영감은 귀가 먹었으나 사람은 한량없이 좋았다오. 마누라가 그 당시로는 제법 먼 곳인 고성군 하이면 석지에서 시집 와 택호가 석지댁이었어요. 아무튼 그가 적선산 만돌이굼터 옆 자드락밭에서 항상 그렇듯 혼자 만도리하였답니다. 만돌이굼터는 옛날 만돌이가 같은 소능마을 처녀와의 신분 차이로 이루어질 수 없는 사랑을 원망하여 목매 죽고 처녀도 그날 잇달아 죽은 곳이랍니다. 마침 그날 밤 비가 내렸는데, 그 이후로 비가 굼실굼실 내리는 흐린 날에 그 처녀귀신이 나타나 모두들 지나다니기조차 꺼리는 곳이 되고 말았지요.

무짠이 누님도 북망산천 아들 생각 잠 못 이루고, 콩케이영감이 죽은 개 한 마리 냇가에서 주워와 신나게 뼈 바르는 칼질 소리에 오늘도 하루해가 저뭅니다.

그리운 당신이여, 보리가 패면 가세요. 부탁입니다. 만약 당신이 밤새 가신다면 내일은 고통도 같이 눈을 뜨겠지요.

"보리가 패면 그대를 잊기 쉬워, 나도 젊은이이기에."

보리가 패기 전에, 보리가 패기 전에, 나의 서부西部, 그리운 곳으로 나는 마냥 가야만 했답니다.

제백은 어려서부터 다양한 서부극을 보고 깊이 각인되었다. 특히 〈쿠퍼의 분憤과 노怒〉란 좀 익숙하지 않은 제목이 〈서부의 사나이, Man Of The West, 1958)란 사실을 알았다. 그런저런 영화 덕으로 자연히 서부가 그리움으로 남아 있어 언젠가부터 서부에 관한 글을 써 보려고 하다가 어느 소설가가 쓴 단편소설 〈내 마음의 서부〉를 보고 자기 생각과 너무도 일치함에 큰 감동을 받았던 적이 있었다.

어느 해 5월 쾌청한 날, 지난 해 갓 부임한 일본 순사인 사남지서 차석과, 호랑이 사냥꾼으로 호가 났을 뿐더러 인근에서 가장 힘이 세고 두주불사며 숱한 여인과 염문을 뿌려대는 자와 몰이꾼들, 그리고 사냥개들이 와룡산으로 호랑이 사냥에 나섰다.

천경은 며칠 전 도산밭골에 고사리 꺾으러 갔던 구룡골 처녀 세 명 중 친구 딸이 온몸이 갈기갈기 찍히고 훼손된 사실을 친구한테 듣게 되었다. 친구는 혼이 빠진 채 겨우 살아온 나머지 두 처녀한테 그 소식을 듣고 얼큰한 상태로 천경을 찾아와 의논했다. 천경은 평소 친분이 있던 호랑이 사냥꾼으로 소문난 최 포수한테 부탁하여, 이십여 명의 사냥 팀을 꾸리게 되었다. 다섯 마리 개도 포함된 삼박 사일 일정이었다. 최 포수는 영화 〈대호〉의 주인공만큼이나 삼남에서 이름난 명포수였다. 그는 인도의 전설적인 사냥꾼인 짐 코벳과 비견되곤 했다.

와룡산은 더욱 쟁영岬嶸하여 호랑이가 더 많았다. 그러므로 자연히 포수가 많은데, 조선의 사냥꾼들은 놀랍게도 관통력과 유효 사거리가 짧은 구식 화승총으로 호랑이를 사냥했다. 조선의 숙련된 호랑이 포수들이 호랑이가 가까이와도 미동도 하지 않았다. 아마 그 모습에 호랑이도 지레 겁을 먹은 것은 아니었

나. 자연히 이들의 화승총 숙련도는 유럽의 어느 총기 전문가보다도 뛰어난데, 만약 이들에게 최신식 라이플을 쥐어준다면 어느 누구보다도 조선의 포수를 능가할 수는 없을 것이라고 러시아의 위대한 호랑이 사냥꾼인 조지 앙코프스키가 회고했다.

삼일 째 되던 날 드디어 일행과 호랑이가 맞닥뜨렸다. 와룡산 명지재 근처에서 총에 맞은 호랑이가 하늘먼당을 거쳐 뒷골에 굴러 마침내 고선네 맹종죽孟宗竹 밭에까지 와서 죽었다. 마침 고선이 점심 찬거리 장만한다고 죽순 꺾으러 갔다가 마치 장마 때 집 앞 내에 황톳물이 쏟아지듯, 황토산이 무너지듯 커다란 호랑이가 대밭 위 언덕에서 굴러 떨어져, 그 실하던 왕대 두 그루가 우지직하고 부러지더니 몇 바퀴 돌고나서 턱하니 사지를 쭉 뻗어버렸다. 고선은 잠시 놀랐으나 대수롭지 않게 여겼다. 그러나 허벅지 아래는 튀긴 피가 흥건하여 누가 보아도 달거리하는 것 같았다. 몸길이 이 미터 남짓이요, 꼬리가 일 미터라 합쳐, 전체 길이가 삼 미터가 넘는 수컷이었다. 장정 여섯 명이 달라붙어 겨우 앞마당 아래채 뒷간 옆 두엄 위에 눕혀놓았다. 어느덧 산 그림자 쏜살같이 마당을 덮어 땅거미가 지기 직전이었다. 어느 순간에 마을사람이 구름처럼 몰려왔다. 다들 호기심이 발동하여 지푸라기로 집적여 보기도 하고, 간혹 배짱 있다는 축은 꼬리를 만지기도 하였다.

드디어 누군가 이 호랑이를 가로 질러 넘을 수 있는 자에게 탁주 한 말의 상품을 걸었다. 강세, 영쇠, 대국, 용찬, 평장, 찬실(《영화 찬실이는 복도 많지》를 보며 그 이름에 대해 만감이 교차했음.) 등 주로 상여를 메는, 마을에서 제법 실하다는 장정들도 꽁무니를 슬슬 빼것다. 쉽게 말해, 그 누구도 눈에 불을 켜고 죽어 있는 호랑이를 뛰어 넘지 못했으나, 이참에 고선은 삼베치마 불끈 올려 다시 매고, 큰 헛기침 내뱉고는 '이 까짓것!' 하면서, 훌쩍 넘었다 다시 왔다 또 갔다 왔다 왕복 두 번을 해대니, 모두들 그 간담에 혀를 내둘렀다. 그 이후로 중년까지는 호랑이아지매, 노년에는 호랑이할매라 불렀다. 아무튼 그때 먼 산 뻐꾸기는 까닭 없이 울어 댔고, 그날 온 마을은 호랑이 파티가 벌어져 먹고 마시고 놀았다.

거의 잔치가 끝나고 사람들이 모처럼 잘 먹었다고 큰 기침을 골고루 하면서 자리를 뜰 때쯤이었다.

볏동 밑에서 '아아~ 아아~' 하고 누구가의 신음소리가 들렸다. 최 포수였다. 포수의 입 주변에서 피가 솟구쳤다. 볏단에도 흘러내려 마치 두엄에서 돼지 멱땄을 때 흘린 피와 비슷했다. 관우 같은 수염에도 핏방울이 흥건히 묻어났다. 한마디로 온 얼굴이 피범벅이 되었으나, 워낙 장수라 곧 정신을 가다듬었다.[9]

천경을 거적 위에 눕혔다. 누군가 장노 풋열매를 짓이겨 삼베보자기에 싸서 입을 동여맸다. 요즘 같은 의료시설에는 곧 읍내에 가서 꿰매었다면 어떨까 싶기도 하다. 그러나 그 시절은 상상

---

9) 그때 노인이 신음 소리를 냈다... 노인의 입안은 피로 가득했다. 피가 입에서 줄줄 흘러내렸다. 마치 입안 한가득 딸기를 넣고 씹기라도 한 것처럼. 붉은 피가 노인의 늙은 입술 사이로 흘러나와 바닥에 뚝뚝 떨어졌다. 입을 벌리고 신음소리를 낼 때마다 더 많은 피가 거품을 내며 흘러내렸고 바닥에 떨어진 피가 다시 그의 뺨에 튀었다. —톰 녹스, 서대경 역 『창세기 비밀』(2010.3.25.레드박스).

도 못할 노릇. 심지어 작두에 잘린 손가락도 봉합 못하던 시절이었다.

그는 평소 갈색 닳아빠진 가죽조끼 왼쪽에 넣고 다니던 자기황自起磺을 술 취한 김에 무심코 한 알 꺼내 이빨로 꾹 깨무는 순간, 터져, 아뿔싸, 결국 왼쪽 입이 크게 찢어지는 변고가 났던 것이다. 그리하여 그날부터 열흘 남짓 천경네 신세를 지게 되었다.

천경은 냇가에 나가 작답을 하거나 또는 산판에 나가기 일쑤여서 자연히 집에는 고선과 열여덟 살짜리 벙어리 동자아치가 남아 있었다. 포수는 점점 회복세에 접어들고, 두 여인을 기막히게 교대로 맛보기 시작했다.

그의 절륜함은 이미 정평이 나 있었다. 언젠가 사냥 길에 밤이 이슥하여 구룡사 요사寮舍에서 일박하기로 했다. 그가 자주 들르는 곳이고 산짐승을 종종 보시했다. 그날 곡주를 얻어 마시고 장난삼아 자기 심벌을 탁자 위에 턱 걸치는 거였다. 모두들 기절초풍하며, 생불이 도래했는가, 아니면 변강쇠가 나타났는가, 제법 유식한 누구는 그리고리 라스푸틴이, 혹은 측천무후의 여의如意가, 아니면 영화배우 윌럼 더포가 나타났다며, 잘 좀 부탁한다며 손을 싹싹 빌며 기원도 했다. 그날 그 자리에는 최 포수와 몰이꾼들, 그리고 나머지는 절과 관련된, 딴에는 고매한 자들이었다.

큰 심벌 이야기가 나와서 말인데, 제백 직장에 술꾼으로 소문난 한 사람은 결혼 초기 술버릇을 못 버려 집 근처 색싯집에서 밤이 새도록 술을 퍼마시고 있었다. 새벽녘 부인과 장모가 들이

닥쳤다. 평소 쇼맨십이 강한 그인지라 방바닥에 널브러져 있던 맥주병 주둥이를 입으로 깨려고 하다 삐꾸러져 피가 낭자했다. 그 사이 색시들은 도망가고 부인과 장모는 상처 수습에 정신이 없었다. 그는 술을 좋아해 따르는 자가 많았다. 그러나 결국 간이 크게 손상이 심해 내일을 기약할 수 없을 정도가 되었다.

또 한 명의 선한 사이코패스는 술 먹으러 간 제백 무리들을 찾으러 밤마다 광화문 일대를 찾아다녔다. 그는 한쪽 폐를 잘랐는데도 담배는 골초였다. 자주 기침을 해댔다. 그는 자기가 개입된 어떤 비밀스럽고 질 나쁜 행위도 종종 울면서 이실직고하는 심약한 성격이었다. 마치 죄와 벌의 소냐 아버지를 닮았다. 그가 이 세상을 떠나간 지도 오래되었다. 결국 술 좋아하는 사람치고 건강한 사람은 거의 없다고 해도 과언이 아니다.

하루는 천경이 이웃 사랑에 저녁 마실갔다가 최 포수와 고선, 그리고 동자아치와의 관계를 누군가한테 들었다. 그뿐만이 아니었다. 아들 창결昌潔에 대한 소문도 들었다.

창결과 정분났다고 소문난 먼 친척 처녀 고모는 나이가 창결보다 두 살 어리고 인물이 반반하고, 가슴이 컸고, 활달하여 붙임성이 남달랐다. 그런 나이 어린 고모 한글 문맹 깨우치느라 밤마다 드나들어, 왕벚꽃 꽃망울 같았던 처녀의 가슴이, 잘 익은 놀래띠 울타리 탱자만 하다가, 어느새 재 너머 수치水淸 질 좋은 수밀도로 커져간다는 둥 마을사람 입방아에 이미 올랐는데, 천경은 그날 밤에야 소드래[10]를 들었다. 놀래는 사천시 정동면 노천(魯川; 지형이 노루목처럼 생겼다 해서 노루내라고 함.)의 방언인데 놀래띠의 남편은 보도연맹 사건으로 희생되고 딸 다섯을 두었는데, 시할매, 시어머니, 딸 등 여인 여덟이 기거한 특이한 경우였다. 그 집엔 단감나무가 많고, 탱자 울타리가 인상적이었으며, 우물의 물맛이 마을 제일이었다. 유일하게 청포도가 우물가에 심어져 머리 위로 평상처럼 대나무로 얽어 포도덩굴이 기어오르게 했다. 특히 청포도는 햇살에 비친 알알이 눈부시게 아름다웠다. 마을 아이들의 구미를 당기게 했음은 당연한 이치였다.

한때 사촌 시동생이 그 집에서 비둘기를 길렀다. 그는 제법 깔끔한 외모를 지녔다. 그는 재 너머 학촌 어느 처녀와 서신을 주고받기도 하였는데, 어떤 때는 그와 제백이 같이 서신을 들고 재까지 갔다가, 시동생은 재에서 기다리고, 제백 혼자 몰래 틈을 봐서 전달하기도 했다. 간혹 그녀의 서신을 받아오면 그는 마치 희랍인 조르바처럼 재 위에서 덩실덩실 춤을 추곤 했다. 그리고 그 심부름 값으로 쇠구슬과 탄피를 얻기도 하고 뒷날 비둘기 한 쌍을 얻는 쾌거를 이루었다. 시동생은 훗날 군사령부 교육대 대위로 있으면서 제백이 자원한 월남 파병을 막았는데, 알고 보니 저윽의 신신당부가 있었던 모양이다. 물론 이 세상에 공짜가 어디 있었겠는가. 여러분의 상상에 맡기겠다.

제백의 고종팔촌 형인 성전우가 가슴 큰 고모의 아들이었다. 그는 고등학생 시절 방학 때, 외가인 소능마을에 트럼펫을 가지

---

10) 남의 말이나 일어난 사건을 과대 포장하여 덧붙이거나 좋지 않게 이 쪽 저 쪽 말을 옮겨 이간질을 시켜 마침내 불상사를 초래하는 행위의 경남 사천, 진주 지역을 중심으로 한 어원이 분명치 않은 방언.

고 와서 타작마당에서 힘차게 불었다. 그때처럼 마을이 생동감 있고 활기 넘치기는 처음이었다. 그러던 어느 토요일 오후, 대구 성서에 있는 직장에서 동료 직원이 사냥 준비를 하느라 엽총을 만지다 화장실에 갔다 오는 형이 문을 연 순간, 그만 오발하여 그 자리에서 즉사했다. 마치 영화 〈paralytic, 스틸 얼라이브〉에서 범죄 조직 요원인 카슨이 결혼한 후 어느 시골로 사냥 갔다가 둘 다 거의 만취 상태에서 카슨이 오발로 부인인 애비의 복부를 쏘아 절명케 한 것을 연상하게 했다.

그렇잖아도 성질이 염소 같은 천경이 그런 저런 소문을 듣고 확인 작업도 없이 마실을 중도에 마치고 사립문에 들어서자마자, 사립문 옆 석류나무 가시들이 일제히 일어나, 괴상한 도깨비 소리를 지르며, 이리저리 상투를 휘젓고 휘감고 틀어 올리는 심히 불쾌한 환영에, 사시나무 떨듯 떨다가 만 이틀 후, 분깃담 구실할매집 총기 있는 수탉이 홰를 쳤을 때, 그는 영영 불귀의 객이 되고 말았다. 그 수탉으로 말할 것 같으면, 영험하기가 이루 말할 수 없을 정도로 정확한 시각을 맞추었기 때문에 제사가 끝남과 동시에, 그 닭의 첫 번째 홰를 치는 소리가 높이 울려 퍼질 때가 제사를 가장 잘 모셨다고 할 정도였다.

한 가지 특이한 일은 마을사람 모두에게 공지할 일이 있을 때, 그 알림 장소가 가장 높은 곳에 위치한 분깃담 구실할매집 뒤의 산소 앞이었다. 종종 초저녁에 목소리 큰 굴뚝새영감이 목청 높여 알리는데, 어느 해 어느 날 그 영감이 죽고, 삼일장을 치른 후부터 초저녁이건 대낮이건 시도 때도 없이 그 수탉이 홰를 치며, 소리 높여 연 삼일을 슬피 울었다고 전해진다.

카라차라파우파우플레이

다음해 두 여인은 일주일 간격으로 어린애를 낳았다. 고선이 먼저 딸애를 낳았다. 동자아치가 아들을 낳았다는 사실을 알고 순간 기막힌 생각이 떠올랐다. 울면서 악을 쓰는 동자아치를 밀치며 두 아이를 바꾸었다. 그리고는 마데이와 마당쇠를 불러, 야음을 틈타 딸애를 보자기에 둘둘 감싸 안고, 두 마을 건너 두메산골인 안골마을의 오 씨네에 입양시켰다. 그 당시 오 씨네는 아들이든 딸이든 가릴 형편이 못 될 정도로 아이들이 태어나서는 돌이 되기 전에 죽고 말았다.

불행 중 다행인지 오 씨네는 그 아이 입양 두 달 만에 옥동자를 순산했는데, 그가 오예동吳濊東이란 자였다. 오예동의 할아버지는 인동 마을, 아니 사천, 삼천포, 진주, 진양에서 가장 힘이 센 자로서 배꼽 바로 위에 동전 오백 원만한 크기의 검은 점이 선명히 있어 점배라고도 불렀다. 진주갈래 그 유명세를 탄 양점배 이름을 도용했던 것이다. 씨름으로 황소도 대여섯 마리를 타고, 두주불사며, 성질도 고약하여 논이나 밭도 강탈해갔으나 누구 하나 입을 뻥끗 못했다. 그는 부인이 여럿이 있었는데. 주로 보쌈하여 강제로 데려온 여인이었다. 그러니까 예나 지금이나 안골은 워낙 외딴 산골이라 아무도 시집오지 않으려 하자 묘책을 내놓았는데 다름 아니라, 삼천포 등 대처에 가서 강제로 처녀와 관계를 맺거나 보쌈 하여, 미리 준비한 트럭이나 택시에 실어 날랐다. 기사들은 그곳 청년의 완력에 눌려 함구할 수밖에 없었다. 그러고는 안골의 여인들은 대개 마을 흑염소[11] 놓아기르는 바위산 옆, 벌이 하도 많아 종종 벌에 쏘인 염소가 이리 뛰고 저리 뛰며, 지랄염병을 떨며 악쓰는 소리가 분지盆地 형태의 이 마을에 널리 울려 퍼지는 곳까지 올랐다.

소풀, 시금치가 토실토실 살찐 채전菜田에 며칠에 한 번씩 오줌독 이고 가니 고향을 멀리서나마 느낄 수 있는 유일한 곳이요, 그래서 한참을 밭둑에 앉아 지나가는 구름만 하염없이 바라보는 게 상례였다. 만약 감시망을 뚫고 도망갔다간 다리가 부러질 정도로 맞아, 결국 절룩거리며 지팡이 신세를 져야만 했기 때문이었다.

제백네 어두운 세 번째 사랑에는 '마데이'가 살고 있었다. 고선과 한 살 터울 남동생으로서 밭일 갔다 오다 급히 마당에서 낳았다고 그런 얄궂은 별명이 붙었다. 금지옥엽 사대독자 귀한 자식으로, 어려서 부자 든 한약을 자주 달여 먹다가 그 부작용으로, 머리가 하얗게 세고 목소리가 굵직해지면서, 점점 영특함을 잃어가고 말았다. 고선 누나와 살겠다고 찾아와서 갈 생각이 도통 없이 결국 붙어살았다. 주로 소고삐 풀어 주기, 마을 땡감이란 땡감은 다 주워 도랑사구에 담가 익혀 먹었는데, 그것까진

---

11) 크레타에 사는 야생 염소들은 독화살에 맞으면 딕탐누스(크레타 섬의 딕테 산에서 이름을 따온 약초)라는 약초를 찾아다니는데, 그걸 먹으면 화살이 몸에서 **빠져나간다고** 함. — 베르길리우스, 천병희 역 『아이이스』(2004.11.10. 숲).

좋았다. 그러나 마을 4H구락부 비석과 삼일독립만세를 부른 소능마을 열일곱 명을 기리는 기념비 바로 아래 뜨뜻한 모판을 약간 헤집어 그 속에 감또개가 조금 지난 풋감을 넣어 익혀 먹었으며, 주로 달밤에 들녘에 나가 능구렁이를 잡아다 회쳐 먹기도 했다.

천경이 죽고 난 얼마 후 고선은 뒤뜰산 먼당 천경 무덤 옆 딸아이 사름 덕대에 여시구녕이 났다는 제보 받고, 마데이와 마당쇠 대동하고 나는 듯 올랐다. 이곳은 양달인 제백네에서 보면 앞산이고, 응달에서는 뒤뜰 산이 되는 셈이었다.

산 정상에는 온통 황토밭이며, 거기에 듬성듬성 심어져 있는 배롱나무꽃(나무 백일홍)은 진달래, 철쭉과 어우러져 아름답고 원색적이라 전설처럼 무서울 정도였다. 저승 나무인 배롱나무, 즉 백일홍나무는 소능마을에선 아주 터부시하여 무덤가에 심지 않았다. 마침 맨들맨들 저승 나무 서너 그루 보여, 고선은 얼른 빨리 큰 톱, 즉 거두를 대령하라 하여, 마데이 눈썹이 휘날리도록 집으로 달려와 거두를 대령했다. 고선이 얼른 낚아채고 팔 걷어붙여 쓱싹 몇 번 만에 나무가 쓰러졌다.

여기저기 덕대가 어지럽게 흩어진 가운데 그래도 황토밭 저만치 봉긋한 무덤 위에 장티푸스 환자의 머리처럼, 듬성듬성 억새가 쓸쓸하게 바람에 흔들리니, 그 앞에 멈춰 서선 한참을 구멍을 노려보더니만, 소매를 높이 걷고는 이내 그 속에 손을 넣어 휘휘 손사랫짓을 쳤다. 그 크나큰 간담에 마데이와 마당쇠 저만치 주춤했다. 그러나 평소 고선이 손주며느리인 저옥한테 모질

게 하는 것을 지켜보고 친동생인 마데이는 늘 못마땅했다. 다만, 입만 이죽거릴 뿐 어쩌지 못했다. 결국 훗날 큰 사달의 주모자가 될 줄은 아무도 몰랐다.

저옥은 사천의 진산鎭山인 와룡산 아래에서 가장 예의범절이 뛰어나다는 일명 소능마을 김 씨, 다시 말해 김녕 김 씨를 시가로, 기골이 장대하고 쌍둥이가 많이 태어나는 삭녕 최 씨를 친정으로 두었다.

저옥은 나이 열서너 살에 벌써 얼굴이 근남골에서 제일로 반반하여, 어느덧 소문은 퍼져, 면 주재소 총각 순사 나까무라인지 기무라인지 와타나베인지가 시찰 차 들러, 저옥을 처음 본 순간, 그 미모에 그만 주안상 앞에서 청주 잔을 떨어뜨리는 범상치 않는 일도 있었다.

그 이후, 이틀이 멀다 하고 그 순사가 찾아와서 저옥과 혼인해 줄 것을 애원하였던 것이다. 그래서 임시방편으로 가보급 김만중의 필사본『구운몽·하下』(상上은 없었음.)와 사대로 내려와 애지중지 여기던 비취색 기러기 연적硯滴을 주어 달래며, 내달 아무 날에 도학무국 시학관 아무개와 혼사 날짜 받았다고 속이고는, 혹시나 해서 저옥을 몇 달 동안 친척집에 피신시켰다. 그런 줄도 모르다가 그 후, 그놈은 모든 게 거짓이란 걸 알고는, 약주 얼큰한 채 자전거 타고 미련이 남은 자의 소행처럼 찾아오다가, 마을 앞 한길, 준공을 막 끝낸 나무다리 위에서 떨어져, 오른쪽 종소리 연결 손잡이가 울대뼈에 꽂혀 즉사하고 말았다. 딴에는 자존심이란 게 있어, 결국 약주의 힘을 빌리지 않을 수 없었나 보다. 그 일로 친정아버지가 지서에 불려가 며칠을 문초를 받아야 했다.

저옥 나이 열여섯, 초봄에 마을 어귀 이발소 옆 공터에 고등공민학교가 들어섰다. 학생 이십여 명과 선생 세 명, 그리고 면장과 지서장 등 유지급들이 참석한 가운데 개교 행사가 열렸다. 그 당시 저옥은 무척 도연徒然하였다. 그래서 구경에 나섰다. 마침 축하 인사말을 하는 한 남자 선생의 우렁차고 쟁반의 옥구슬 구르는 소리 같은 목소리에 정신이 나갈 정도였다.

무슨 운명의 장난인지 그 선생이 저옥의 사랑에서 하숙을 하게 되었다. 저옥은 그날을 잊지 못한다. 약간의 곱슬머리에다 짙은 눈썹, 구릿빛 피부에다 구레나룻을 지녔다. 키도 중키를 넘었고, 야위지도 뚱뚱하지도 않았다. 그런 선생을 먼저 유혹한 것은 저옥이었다. 그들은 뒷산인 갈미산 묏덩어리 옆이나 폐사 안이나 심지어 마을 동사무소 안과 학교 교무실, 교실 등 가리지 않고 즐겼다.

그가 몽민蒙民이었다. 그는 인근 농고 출신으로서 잡기에도 능해 여러 처녀들의 선망을 받았다. 특히 노래 솜씨가 가관이라 몇 차례 콩쿠르에서 대상을 받은 경력의 소유자였다. 그것이 저옥에겐 불만이었고 불안 요소였다. 마침내 몰래 고성 읍내에 가서 세 차례 임신 중절 수술을 하였다. 수술 의사에 의하면 앞으로는 수술이 위험할 수 있으니 낳아야 한다고 말했다. 그래서 네 번째는 할 수 없이 어린애를 낳게 되었다. 워낙 멀대 같이 큰 키라 아버지는 딸의 임신 사실을 전혀 눈치 채지 못했다. 다행히 그때는 아버지가 원기 출중할 때라 남한의 고산高山이란 고산은 모두 헤집고 사냥 다닐 시기였다. 몽민의 술버릇이 독특했다. 그래서 저옥이 그를 찾아 헤매기 일쑤였다. 특히 저옥네 닭장에 올라가 자기도 했고, 한겨울 마을 회관 안에서 칠판을 이불 삼아 덮고 자는 것을 겨우 깨워 데리고 오기도 했다. 물론 마을 회관에서 둘이 한판 신나게 방아를 찧은 것은 두 말 하면 잔소리였다.

그 사실을 안 어머니의 상심은 이만저만이 아니었다. 어느 그믐날 저옥이 산후 조리로 몸져누워 있는 옆방, 혼자 자는 어머니한테 몽민이 접근했다. 그의 춘정이란 것이 한번 발동하면 청탁불문이요, 나이를 가리지 않고 지위고하를 가리지 않는 인본주의 사상이 깔려 있었다. 그런데 이번에는 잘못 걸려도 한참 잘못 걸렸지. 천하에 찢어 죽일 놈인지라 몽민의 얼굴에다 가위를 집어, 있는 힘껏 찔렀다. 그 길로 그는 사라졌다.

그런데 어머니는 밭일 갔다 국지성인가 뭔가 하는 억수 같은 장대비를 만났다. 갑자기 불어난 큰 바위 같은 빗물이 거부지이[12]와 함께, 죽여져 떠밀려온 누구네 지킴이인가, 아무튼 작은 서까래만한 구렁이 한 마리에 이리저리 친친 휘감겨 쌩똥을 싸고, 까무러쳤다. 사흘 후, 황천길을 눈도 제대로 못 감고 갔다. 그녀의 넋인 영가靈駕가 구천九天에 떠돌지 모를 일이었다. 그런 어머니는 딸들에게만 대대로 몹쓸 병을 안겨 주고 떠났는데, 그 병이 바로 디스토니아성 떨림이었다. 평소에는 아무 탈이 없다가

---

12) 검부저기의 경남 사천 방언.

무엇엔가 집중을 하면, 한 일 분 정도 머리가 좌우로 반복적으로 떨리는 것이었다. 마치 사자머리마냥. 대체로 어린애를 해산한 이후에 잠재되어 있던 증상이 나타나는 것이 아닌가 한다.

친정아버지인 최 포수는 더 기가 막힐 만한 변을 당하고 말았다. 재 너머 처가 미수 처조모 상문 가서 상 치르고 난 후, 호상이라, 일가친척 모인 김에 뒤풀이 겸 처삼촌이 직접 마련한, 삼년 묵은 똥개 잔치가 벌어져, 까딱 잘못했으면 장모님 장모님 우리 장모님 하고 김정구의 '장모님 전 상서[13]'를 부를 뻔했다. 덩실덩실 춤이라도 출 듯한 심사로 얼큰하게 뉘엿뉘엿 석양 길 콧노래 부르며 재를 넘었다. 마침 마을이 내려다보이는 마을 위 산비탈 애지중지, 열두 도가리 다랑논 천둥지기, 그중 제일 큰 장구배미 한복판 피 서너 포기에 어리어리 눈이 갔것다. 장마 끝이라 햇볕 쨍쨍 며칠 전 고라니가 출몰하여, 자기들 딴엔 즐겁게 노닐다가 늙혀놓은 피들이 어느새 꼿꼿하게 서서 비웃는 듯, 그를 잡아땠던 것이었다. 평소 사냥 다니느라 농사일을 게을리 한 미안함이 앞섰던 것이다. 한창 농번기 때 부지깽이 힘을 빌릴 정도로 일손이 필요한 때도 집에 붙어 있지 않은 미안함! 이미 벼들은 배동바지 때라, 햇볕 잘 드는 논두렁 옆의 몇몇 벼이삭은, 이미 꽃이 피어 자마구까지 흩날렸다. 그 한 포기 한 포기가 다 자식 같아 더욱 가슴이 아팠던 것이었다. 떡 본 김에 굿한다고 당장 피사리해야겠다고 조심스레 내려갔으나, 아뿔싸! 발을 헛디뎌 마을에서 가장 깊은 자기네 웅덩이에 쪼르르 미끄러졌다.

---

13) 원래는 월북한 이규남李圭南, 1910~1974이 1938년도에 취입함.

막내딸 저옥과 몇 년 동안 틈틈이 파 놓은 그곳에서 쌩 날벼락을 맞을 줄이야!

한밤이 지나도 기별이 없자 동이 트기 전에 일가친척 장정 몇 명이 횃불을 들고 산길을 몇 차례 훑다시피 한 끝에, 마침내 비극의 현장을 발견했다. 물 바닥을 향해 하얀 두루마기 입은 채로, 열십자로 짝 벌려, 둥둥 떠 있는 주검을 힘겹게 수습했다. 찌그러진 갓은 저만큼 웅덩이 구석 물속에서 건져냈다. 그리고 물쑥, 거북꼬리, 분홍물봉선이 뿌리째, 혹은 뜯겨진 줄기와 잎 들이 물 위 여기저기 흩어져 있어, 얼마나 발악을 했는지 짐작하고 남을 만했다. 그 와중에도 튼실한 물방개와 물땡땡이가 떼를 지어 주검 근처에 진을 치고 있었다.

저옥과 몽민 사이에 태어난 딸 귀소歸巢는 사천 구암 가는 길에 있는 사천고아원에 맡겼다. 그런데 귀소는 예쁜 얼굴 탓에 탐내는 자가 많았다. 하루는 혼자 나와서 고아원 대문 옆 포플러 나무 위에 있는 애매미를 잡으려다 발을 헛디뎌 미끄러졌다. 순간 어느 부부가 마치 기다렸다는 듯이 그 애 입을 틀어막은 채 안고 산 쪽으로 내달렸다. 그 길로 온갖 동냥과 절도를 자행하게 되었다.

제백 당숙 석경이 소능마을 유일의 물레방아를 공동 운영하다가 사십 대 중반에 간경화로 앓아누웠다. 읍내에서 자취하던 육촌 누나는 병든 오촌의 고명딸이었다. 축농증이 심했다. 읍내 전화국에 다녔는데 늘 피곤하여 전화국 책상 앞에 엎드린 채 쪽잠을 잤기 때문이란다. 워낙 바느질 솜씨가 빼어나 틈만 나면 가용家用에 보탠다고 미싱 앞에서 한복을 만들었다. 그 성실과 기술은 당신의 아버지요, 제백 오촌 당숙의 피를 물려받지 않았나 생각해 본다.

오촌당숙은 마을 맥가이버로 통했다. 마을 전거비 옮길 때도 돌 밑에 굵은 나무줄기를 몇 개 넣어 앞으로 당기는 이치를 터득했다. 물레방아를 마지막 돌린 인물로 유명했는데 새벽 희붐할 때 일터로 나갈 때마다 특히 겨울철에는 추위를 이긴다고 대선 강소주를 흔하디흔한 막사발 한 가득 찰찰 부어 단숨에 마신 후 고작해야 깍두기 한두 개를 손가락으로 집어서 넣는 게 고작이었다. 남 말하기 좋아하는 마을 사람들은 숙모를 흉보기도 하고 개중에 용기 있는 사람은 직접 대놓고 나무라기도 했다.

일터로 나가는 남편을 위해 뜨끈한 시래기 국물 한 사발을 마련할 수도 있으련만. 그러나 숙모에게 그런 것을 바란다는 것은 진주 남강에서 숭늉 찾기와 다름없었다.

숙모는 일에만 파묻혀 눈앞에 닥치는 것 외는 모르는 사람이었기 때문이었다. 무슨 생각을 하고 자시고 없는 한마디로 뇌가 참치 두뇌만큼 작았기에. 그러다가 오촌당숙은 말년에는 커다란 혹이 만져질 정도로 복수가 찼다. 말기 간암이었다.

아, 오촌당숙이 돌아가실 즈음 해괴망측한 한 사건이 있었나니. 어느 어둑어둑한 겨울 초저녁 키가 조선 말기 궁녀였던 고대 수顧大嫂요, 또는 삼 미터나 되었다는 세쿤딜라[14]를 방불케 하는 중년 여인이 양털 모양이 박힌 낡고 거친 검은 외투를 입고 나타났던 것이다. 자기야말로 당신 남편의 병을 고치려고 나타난 사람이라며 중얼중얼 일단 성심성의껏 밥상을 대령하라, 하여, 시금치나물에 가죽자반[15]과 큰댁에서 공수해온 기름 자르르 흐르고 통통한 제주은갈치 굽고, 계란 세 개를 반쯤 삶고 쌀밥을 고봉으로 두 그릇 대령하였다. 그러자 또 무슨 알아듣지 못할 정도로 주문을 외운 뒤 밥 위에다 큰 놋숟가락으로 열십자 긋고는 깊게 파서 마파람에 게 눈 감추듯 뚝딱 해치우더니, 구경꾼 다들 부정 탄다고 다 물리친 후 이내 코를 골며 한숨 때렸다.

미리 받아둔 수고비조 쌀 한 말을 어떻게 갖고 갔는지 흔적조차 남기지 않았다. 며칠 지나, 한 중년 봉사 남자가 어여쁜 열두 살 정도로 돼 보이는 여자 아이의 도움을 받으며, 쇠산댁으로 들어섰다. 사실은 점쟁이 무당 행세를 하던 여자와 봉사는 부부였다. 깜찍한 여식애를 데리고 있다는 사실이 알려져, 자식 귀한 붙들네[16] 수양딸로 보내기로 이미 약조가 되어 있었다. 그 대가로 우선 쌀 서 말을 얻어 남편은 초전 오촌 달구지에 실려 사천 읍내로 갔다. 그리고 껑다리 무당은 어느 야밤에 안택한다며

---

14) 로마의 박물학자 플리니우스가 아우구스투스 황제 치하에 살았다고 전하는 여자 거인.
15) 5월경 모내기철에 가죽나무 순을 잘라 참쌀과 밀가루, 고춧가루, 방아를 섞어, 된 죽처럼 끓인 소위 가래장에 흠뻑 담가 꺼내서 그늘에 말려, 찌거나 구워 먹는 반찬 겸 안주. 특히 모내기 점심때는 귀한 축에 들어 호박잎이나 감잎에 담긴 삶은 큰 멸치와 멸치젓갈, 마른 갈치와 쇠죽솥에 지은 꽡밥과 함께 고향 음식의 으뜸임. 그러나 생솔에 붙어 딸려와 마당에 기어 다니던 굵은 송충이와 뒷간 앞 그늘진 쇠지랑물 옆 진흙 밭에 떨어져 손이나 바지에 슬쩍 닦아 먹음직한 검고 씨알 굵은 오디가 큰 멸치를 먹을 때마다 연상되어 징글징글했음.
16) 자식이 낳자마자 황금색으로 변한 채 죽어 어떻게 해서든 붙잡아야 한다는 일념으로 붙여진 별명.

손을 비빈 후 그 빛깔 좋고 맛 나는 반찬을 바리바리 싸서 좀 소홀한 틈을 타, 수양딸을 불러내 데리고 사라졌다.

며칠 후 소능마을 누군가가 세 사람이 서로 웃으며, 읍내 쪽 자시고개를 넘는 것을 목격했다고. 남편은 봉사도 청맹과니도 무엇도 아닌 성한 눈을 가진 자였다. 그들은 전국을 그 비슷하게 사기 쳐 먹으며 다녔다. 석경은 병든 카프카 눈망울로 간신히 앉아 이불을 둘둘 감고 파리똥이 촘촘히 붙은 벽에 기대 그녀의 일거수일투족을 비웃듯 관망하고 있었다. 그런데 차도는커녕 이틀 만에 가고 말았다.

결국 어느 해 한여름, 사기꾼과 귀소, 무당 세 사람이 큰물 진 구룡천을 건너다 징검다리에 미끄러진 아내를 구하려다 남편마저 소용돌이에 빠져 죽고 말았다. 귀소는 어찌할 수 없어 발만 동동 구르며 울고 있었다. 그것을 지나다 본 구룡마을 제일 갑부인 이 씨가 딸애를 데려다 키우던 중 여름휴가 차 고향에 온 처남인 박부거朴浮居한테 넘겨주었다. 사실인지 모르지만 박부거는 전방에서 군 복무할 때 종종 추운 겨울에 연못에 들어가는 얼차려를 받아서 정충이 죽어 애를 낳을 수 없다고 했다. 어릴 때는 토산불알이었고 구순구개열이었다. 뿐만 아니라 어머니가 다섯 번째이었는데 자기 어머니는 허드렛일을 하다가 주인의 눈에 들었던 것이다. 그는 부모한테도 천대를 받고 살았다.

세월이 저만큼 흘렀다. 석경 고명딸 육촌 누나의 좁은 자취방 책꽂이에 '007 시리즈' 한 세트가 꽂혀 있었다. 전화국과 자취방을 오고가고, 종종 한복 만들기, 이 주에 한 번 꼴로 고향 일 거들기 등 단조로운 일상을 훌훌 떨쳐버리려고 007을 보는 게 아닌가. 이 세상에서 자유롭게 쏘다니는 멋쟁이 제임스 본드를 흠모한 것은 아니었는지. 입은 비뚤어져도 말은 바른 말이지만, 혹여 자기 딴에 본드 걸을 자기와 일치시키지는 않았는지 모를 일이지. 음 그랬다면 애초부터 가당치도 않은 일에 뛰어든 꼴이지. 그런 누나가 어제 정오에 돌아갔다. 시집간 외동딸네 목욕탕에 넘어져 신음하고 있었는데, 하필이면 그날따라 아무도 오지 않았으니. 무정할 사 몇 년 만에 함박눈만 퍼질 나게 내렸다.

한때는 근남골 이몽룡이라 소문 자자했던 홀아비 이 씨는 노름에 미쳐서 조상 대대로 내려오던 전답을 거의 거덜 내고는 몇 날 며칠 식음 전폐하고 몰초만 자욱하게 피워대, 얼굴이 며칠 사이 폭삭 삭은 채로, 그래도 좀이 쑤시는지 어느 새벽 사립문을 사리 살짝 열려고 했것다.

지난 번 제사 올리기 전에 울어 당장 잡아먹으려 벼르고 있던 귀 밝은 수탉 몰래, 혹은 읍내 나무꾼 지게작대기에 후려 맞아 저수지에 버려진 새끼 강아지를 못 잊어, 이후 내내 궁궁 앓고 식음 전폐한 황구 몰래, 빈손으로 손바닥을 싹싹 비비며 털레털레 징검다리 건너는데, 이게 무슨 황당 시추에이션인가.

아들 내외 숨이 목구멍 끝에까지 차오르게 달려와, 마지막 전답 팔아 마련한 지전紙錢 한 뭉치를 덥석 손에 쥐어주었것다. 이 무슨 천하변괴인고, 허허. 아무 괘념치 말고 맘껏 즐기다 오라고까지. 이것들이 실성을 해도 유만 부득이지.

하기야 그 옛날 노름꾼인 도스토옙스키 부인 안나 스니트키

나도 남편이 노름 병에 엉덩이가 들썩들썩하자, 마침내 혼수반지까지 팔아서 도박 좀 하고 오시라고, 잔소리는커녕 등을 떠밀기까지 하였더니, 그 죄책감에 그만 굵디굵은 눈물을 쏙 빼더니, 그만 평생 뚜~욱 끊었다.

그것은 양반 중에도 상양반 축에 드는 행동이지. 대개 노름 중독자는 주로 사용하는 팔뚝을 자르지 않는 한 끊기 힘들다고 말들 하니 말일세. 또 무기력증에다 의리고 신의도 없이 시류에 영합하고 부모형제 부인이나 동료에게 거짓과 사기에 능하지. 군 복무를 기피한 경우도 태반이고. 그야말로 위선과 이중인격을 소유한 사이코패스 일종이라면 적확한 표현일 테지. 여하튼 우리 홀아버지 거동 보소. 에헴, 몇 발자국 갔을까 서쪽 뿌연 하늘에서 혼불 같은 유성이 떨어진 순간 불각시리 닭똥 같은 코눈물 쏟으며 서리 내린 돌곽 위에 털썩 주저앉아 한참을 마을 향해 울다가 웃다가 마치 실성한 꺼꾸리 누나처럼.

특히 소나기가 억수로 퍼붓는 날, 마른 마당에 소나기 메다꽂으니 흙냄새가 진동하고, 마침내 미꾸라지가 하늘에서 대여섯 마리 떨어지고 있어 궁백과 여백은 우케를 늦게 담았느니 뭐니 서로 잘잘못을 떠다 넘기면서 끝내 큰 싸움으로 이어져, 서로 마당에서 뒹굴며 지랄염병을 떨다가, 제풀에 지쳐 열십자로 드러눕는 꼴이 되고서야 겨우 끝났다. 그것은 일종의 성행위와도 같았는데 그때 제백은 누나의 허연 속살 속에 드러난 두 가슴을 보고는, 침을 꼴깍 삼키는 이상한 충동에 사로잡혀 그날 밤 꿈속에서 누나가 수쿠부스[17]로 변해, 제백이 몽정을 하게 한 것은 당연지사였다.

저옥무당의 과욕이 빚은 비극이 여백 누나에게 당도할 줄 그 누가 상상이라도 했겠는가. 여백 누나는 점점 혼기가 차자 상내난 암소처럼 그 성질이 더 포악해져서, 마침내 진정이 될까 하여 다섯 살 아래의 인근 고등공민학교 영어 선생과 혼례를 올려 온갖 이바지며 집 장만까지 하여 안착시킨 혼사였으니, 처음부터 끝이 보이는 무리한 결정이라는 것은 산천초목도 다 아는 처사다. 결혼하여 이듬해 아들을 낳은 것까지가, 아니 아기 백일 이틀 전까지가 흔히 말해 행복의 절정이었다.

부부는 행복에 겨워 거실에서 아이에게 가동질시키며, 추스르며, 어르며 즐거워하다가, 이 마당에서 진도가 너무 나가, 그만 아이를 서로 살짝 던져 조심스레 받기를 반복하다가, 부엌에서 차 끓이는 물이 데워져 주전자가 쨕하고 기차 불통처럼 요란하게 울리자, 여백이 받으려다 그 소리 쪽으로 얼굴을 돌리고야 말았다. 찰바닥. 어린 것은 대봉홍시처럼 깨어지고, 사시나무 떨듯 파르르 떨다 파랗게 자지러지다, 그만 숨을 거두고야 말았다.

그 사건 이후 남편은 점점 표독해지고, 사사건건 여백을 정신질환으로 혹은 기억상실증 환자로 몰아간 치밀함이 있었으니, 그야말로 영화 〈가스등〉을 연상시키는 고도로 발달된 수법이 숨어 있었다.

---

17) 로마신화에 나오는 사탄. 밤에 꿈에 나타나 여자를 범하는 악한惡漢 귀신을 인쿠부스Incubus, 남자를 몽정하게 하는 악녀 귀신을 수쿠부스Succubus라고 함.

하루는 술에 떡이 되어 삼천포 어느 미장원 아가씨를 데리고 와, 여백을 옆방으로 내몰고 큰 방을 차지하여 아껴두었던 원앙금침 한 채를 꺼내, 베고 덮고 그녀 요분질 소리가 삼이웃이 들릴 정도로 생지랄 염병을 떨다 곤히 자고는, 여백이 정성껏 차린 아침을 둘이서 겸상을 하고는, 그 여자 고맙단 인사도 없이 궁둥이를 짤짤 흔들며 떠났다.

그녀가 가고 나서 너무나 서러워 훌쩍이며, 남편한테 너무한다고 나무라자, 적반하장도 유순수지, 자기가 언제 여자를 데리고 왔냐며, 이 여자 사람 죽일 인간이라고 오히려 고래고래 고함지르니, 어디 사람이 견딜 수가 있어야지.

여백은 평소 정신이 온전치 못한데다 폭력에는 더욱 민감해서, 결국 도망쳐 나오다시피 친정으로 와서 쇠죽솥 옆 작은방에 하루 종일 틀어박혀 에밀리Emily[18]처럼 두문불출했다. 그 방은 식구는 물론 마을 그 누구도 범접하지 못하는 금단의 방이 되었다. 다들 잠자리에 든 한밤중 부스럭거리며 외양간 앞 쇠지랑물 위 무화과 한 그루 심어져 있는 담보랑 아래 한뎃부엌 차려놓은 곳에서 밥을 해, 장독간과 열어 논 부엌에 가서 몇몇 반찬을 바가지에 담아서, 귀신같이 몰래 가져가곤 했다.

저옥무당은 기척을 느끼면서 간섭하지 않고 긴 한숨만 내쉬곤 했다. 그렇게 궁색을 떨며 지랄발광 떤 지 이태가 지난 어느

---

[18] 윌리엄 포크너의 단편소설 「에밀리에게 장미를(에밀리에게 바치는 한 송이 장미)」에 나오는 여주인공. 큰 저택에서 사랑하는 남자를 죽여 침대에 눕혀 두고 두문불출한 채 매일 밤 그 옆에서 잠.

날 그러니까 5·16인가, 그 다음 날인가 아무도 몰래 야음을 타 여백은 독한 마음을 먹고 남편 학교 화장실에 가서 목을 매고 죽었다. 아무래도 남편을 저주하고 골탕 먹이려는 심산心算이었을 것이다. 그 소식을 듣고 저옥무당은 불현듯 사위를 찾아갔으나, 그는 장례도 치르지 않고, 이미 살던 집을 처분하고, 가재기물을 몽땅 싣고, 아무도 모르게 어디론가 날라버리고 말았다.

이몽룡은 그 생각이 여기까지 미치자 더욱 힘껏 코 풀어 미루나무 거친 껍데기에다 쓱싹 문지르고 어금니 앙다물고 눈에 힘빡 가득 주더니 그 눈초리 원망서린 눈초리가 노름방 쪽을 향해 쏘아붙이더니 다짐하듯 그동안 길고 긴 악연을 끝내려 굵은 가래침을 긁어 뽑아 홱 내뱉고 마침내 긴 호흡 가다듬어 발걸음 되돌린 몇 년 후 고래 등 같은 집을 이루었나니. 이름 하여, 면에서 제일가는 부자요, 효자 효부네라 칭송이 자자했으렷다. 그가 바로 박부거 매형이었다.

파라냐를 무섬과 공포의 대상으로만 여겼지 실상은 겁이 많아 떼를 지어 다니는 줄 모르며, 수억 마리 메뚜기 떼가 아이러니컬하게도 서로서로 공간 확보를 하기 위해 떼로 나는 줄 모르는 내 착하디 착한 이웃을 그리워하며, 어느덧 각시붓꽃 한 포기와 만첩(萬疊, 만첩(겹))홍도 한 송이가 대지를 꽃 피우는 황진이의 오동지 긴긴 밤이여!

어느 5월 양광이 청춘처럼 싱그러웠던 날, 서울 인근 야산에서 보았던 여인의 심벌을 닮은 각시붓꽃과 꽃이 붉어 슬프나 그렇다고 매실도 아니며, 더더구나 복숭아도 아닌 만첩홍도를 서

초구 잠원 일원에서 처음 보았을 때의 남다른 감흥을 느꼈던 것이다. 만첩홍도는 잎이나 줄기가 복숭아나무와 닮았고 붉은색 꽃이 겹으로 피는데, 생김새는 겹사꾸라, 즉 겹벚꽃이고, 꽃색은 진한 담홍색의 겹벚꽃과는 다르다. 석양이 지던 봄 한철, 여의도 일대 윤중로의 벚꽃을 보면서, 일찍이 에즈라 파운드가 극찬해 마지않았던 일본 단가 하이쿠인 '꽃잎 하나가 떨어지네. 어, 다시 올라가. 나비였네'를 자연스럽게 읊조렸다. 불현듯 바람이 불자 꽃잎들이 하늘하늘 허공에 떨어지고, 그 지는 꽃잎 중 하나가 도로 나뭇가지로 펄럭이며 올라간다. 놀라서 자세히 보니 그것은 꽃잎이 아니라 나비였다고. 파운드는 시를 멜로포에아(음악시), 파노포에아(회화시), 로고포에아(논리시)로 분류도 했지.

이영훈의 '옛 사랑'에서 '하얀 눈 하늘 높이 자꾸 올라가네' 일찍이 이영희 님은 하이쿠가 우리 향가에서 전래되었다고 피력한바 있다.

飛舞翩翩去却回 비무편편거각회
춤추듯 펄펄 날아 물러갔다 다시 오고

倒吹還欲 上枝開 도취환욕상지개
아래에서 불면 다시 올라 와 가지에 꽃피네.

無端一片粘絲網 무단일편점사망
어쩌다 꽃잎 하나 거미줄에 달라붙으면

時見蜘蛛捕蝶來 시견지주포접래
때마침 거미가 나비인양 잡으려 오네.

고려의 김구金坵의 한시 '낙이화落梨花'에서 일어 연은 하이꾸와 거의 유사한 발상이 아니겠는가. 참고로 그 하이꾸를 지은 승려 시인 아라키다 모리타케荒木田守武의 생몰년도는 1473년~1549년, 김구는 1211년~1278년. 그러니 누가 진정 표절자인가.

04장 호박떡거리에서 만난 사람

　앞산에 비가 개니 살진 향채香菜 캐오리라. 삽주 두릅 고사리며 고비 도랏 으아리를 일분은 엮어 팔고 일분은 무쳐 먹세. 낙화를 쓸고 앉아 병술을 즐길 적에 산처山妻의 준비함이 가효佳肴가 이뿐이라.

　저옥은 부모를 잃고 몽민을 찾아 정처 없이 떠돌다 몸도 마음도 지쳤을 때 우연히 대산 외외가外外家 육촌오빠의 주선으로 사천 읍내 유명한 요정에서 설거지를 했다. 어느 날 스님들이 변장하여 요정에 왔다. 비록 변장을 했지만 마담과 오래된 색시들과 종업원은 다들 목례로 인사를 주고받는 듯했다. 그들이 부산하게 움직이는 것을 보니 상당히 큰 물주임에는 틀림없었다. 그들이 기거하는 구룡사는 어느 대통령의 장모가 드나드는 사찰로서 이 일대에 그 위세가 살벌할 정도로 널리 퍼져 있었다. 특히 큰 스님으로 통하는 주지는 천하가 자기 발 아래였다. 한창 흥이 무르익을 무렵 큰기침을 하면서 큰 스님이 통싯간을 가는 것이었다. 마담은 저옥한테 뜨뜻하고 알맞게 데운 물수건을 들고 통싯간 바깥에서 기다리라고 일러주었다. 스님은 용무를 마치고 헛기침을 하면서 머리를 쓰다듬었다. 순간 대머리가 달빛인가 수은등인가에 반짝하고 빛났다. 저옥은 순간 앞이 캄캄해졌다. 이내 정신을 가다듬었다. 스님과 눈이 마주쳤다. 그들이 통싯간에서 기차게 별인 향연은 서로에게 모처럼 맛보는 감로수였던 것이다. 그들이 통싯간으로 들어가자 어둔 벽 옆에서 몰래 지켜보던 마담이 흐뭇하고 야릇한 미소를 띠며 무슨 결심이 서서 각오라도 한 듯 기침을 억누르며 목에 힘을 주고는 치마를 낚아채듯 추스르면서 방 쪽으로 향한 것을 당사자 둘 다 몰랐다.

억수 같은 장대비가 어제 한밤중까지 연이틀 퍼붓더니, 오늘은 새벽부터 말끔히 씻은 듯 창공이며 산천이 맑디맑아 눈부시도다. 점점 불볕이 온 마을을 짓누를 기세로 위협하였고, 여기저기 빗물에 젖었던 풀들이 뜨거운 김을 내뿜기 시작하구나. 마치 며칠 굶은 소가 풀 뜯으며 내뿜는 콧김처럼 아니면 산푸른부전나비가 날아다니던 11월 비온 뒷날 우면산牛眠山 산길이며, 꼬마잠자리와 고추잠자리, 그리고 큰 밀잠자리가 조심스럽게 이 돌 저 돌, 이 줄기 저 잎으로 날아다니던 우면산 자연생태공원 저수지 방천의 열기처럼. 그 냄새가 세월 타고 오는 듯하구나. 무너진 돌담 패인 길과 길가에 여기저기 부려져 널브러진 포플러의 크고 작은 줄기와 가지들 흙탕물에 범벅이 되거나 찢어져 여기저기 흩어진 이파리들 그리고 마을 한가운데로 흐르는 개천 물은 아직 분기가 빠지지 않아 벌그스름한 황토를 무섭게 머금다 내뿜고 또는 거칠게 안고서 내달리는구나. 개천 둑과 함께 무너질 때 직통으로 넘어진 수양버들 뿌리는 열대 지방 허연 뱀이거나 혹은 껍질 벗긴 붕장어가 되어 시간이 갈수록 몇 가닥만 간신히 건너 편 둑에 걸쳐진 몸통을 부여잡고 달랑달랑 가지 마라, 애원도 하며, 육중한 몸통은 센 물살 위에서 간헐적으로 방아 찧고 물방이질 하는구나. 그 위에 큰이십팔점박이무당벌레 한 쌍이 바로 옆 장다리 밭에서 용케도 날아와 어부랭이를 시도하다 벌건 대낮에 남세스럽다고 마뜩찮은 듯 도리질하며 암놈은 휭 하며 날아가고, 수놈은 무안한 듯 홀로 남아 날개만 펼쳤다 오므렸다 아코디언 하며 황조가를 부르노라. 영화 〈카밀라〉의 도입부나 중간에 십팔점무당벌레가 나와 자연에 순응하고자 하는 여주인공 라라를 상징하고 있다. 영화 〈블릿 트레인〉에서 무당벌레가 일곱 개 무거운 운명의 짐을 지고 산다고 했다. 보통 무당벌레는 칠성무당벌레가 대표종이다.

드디어 비구는 마른 침을 삼키며 이 마을, 소능마을 가장 큰 집, 골라 들어가는데, 마침 아래채라 사립문이 없고, 돼지, 염소, 토끼, 닭이 함께 있는 바깥채 외벽은 잎줄기로 눈 아래 위에 끼워 눈을 크게 하며 놀기도 하는 눈풍개로 온통 덮였고. 며칠 전 돼지 마구간 위에서 쥐를 물어 삼켰던 먹구렁이가, 어찌어찌하다가 바닥에 떨어져, 중돼지 두 마리와 사투를 벌였으나, 아나콘다가 퓨마한테 꺾이듯 끝내 돼지 밥, 저승 밥이 되고 말았으니.

한때 돼지가 새끼 낳는 날, 신기한 듯 마을 아이들 몇몇이 호기심이 발동하여 낄낄대고 훔쳐보던 그 순간, 걸귀는 괴상한 울음을 울고는 낳는 족족 씹어죽이고 말았답니다. 어디 그 돼지놈뿐이겠습니까. 옆 닭장 위에 옥탑 방처럼 알맞게 자리 잡은 토끼집에서, 빨간 색 눈을 한 어미가 제 새끼를 물어죽이며 씩씩댔으니, 이런 변괴가 세상천지 또 어디 있으리오. 치가 떨리고 심장이 벌렁거리는 그날 밤을 어찌 잊을쏜가. 그만큼 동물마다 탄생의 순간은 상상을 초월하도다. 식물의 탄생 고통도 상상해 본다.

여기, 얌전하기로 근남골이나 친정 용현면에서도 소문난 새터新基댁도, 줄줄이 여섯 딸 아들 낳을 때마다, 그 괴성은 차마 입에 담지도 못하리니. 황소 소리, 늑대 소리, 돼지 멱따는 소리 하며, 보지도 듣지도 못했을 법한 호랑이 소리를, 장장 네댓 시간 번갈아 질러댔으니. 마을 소위 산파인 떠돌이 무당인 길평댁은 항상 신수 좋은 얼굴로 싱글벙글 다니는데, 아마 마을 여인들의 정보가 마치 QR 코드에 저장되듯, 아니면 USB 삼 기가 정도 꽉 차지 않았나 보오. 여기서 생각해 보노니, 러스킨이 부인의 아랫도리를 보고 이혼을 결심한 것은 누구의 잘못이런가. 우리의 길평댁이 소상히 밝혀주었더라면 간단히 해결될 일인데. 모친의 엄격한 청교도적인 도덕률 아래 자란 러스킨은, 고대 그리스 조각품이 보여 주는 무모無毛의 아름다움에 길들여져 왔다가 초야初夜에 신부의 무성한 음모를 보고 자지러질 정도로 놀라 기겁을 하여 잠자리를 멀리했다고 전해진다. 살아있는 여체, 정상적인 여성에 대해 오히려 혐오감을 느낀 뒤로 아내를 멀리하다가, 결국 결혼 육 년 만에 자녀 없이 이혼을 했고, 이혼한 아내는 화가 밀레이와 재혼해서 사남 사녀를 낳아 알콩달콩 잘 살았다고. 여성에 대한 혐오가 아니라 해도 영화〈상과 하〉에서는 여성이 안 보인다.

왼편 화단의 산수유나무, 무화과나무, 수국, 불임不稔불두화,

매실나무, 갓 심은 벚나무, 조팝나무, 율무, 테킬라 마을 용설란 닮은 흰줄종꽃실유카, 어린 해바라기, 그리고 담장의 구기자나무와 덩굴장미가 서로 서로 몸과 마음과 그윽한 향내가 뒤엉켜, 6월의 양광을 만끽하며, 세월아 네월아 가지를 마라며 노래하는데, 마침 쪽대문 옆 거미줄에 갓 걸려든 된장잠자리의 파닥거림은 어찌할 거나.

이제 저 비구 동작 좀 보소. 반쯤 열려져 있는 안채 대나무 대문에 달린 불알종소리를 피해, 조심스레 몸을 틀어 안으로 들어서려 하는 모습을. 마침 대문 중간에 붙어있던 털매미 한 마리가 자지러지게 놀라 내빼는구나.

그때 치자나무 진한 향이 훅 하니 정신이 혼미해졌다. 마치 소나기를 만난 푸성귀처럼 생기가 돌기 시작하며 며칠 참다가 드디어 한껏 발산하는 듯하였다. 그 옆, 모란과 작약, 부용화가 서로의 마지막 자태를 뽐내려는 듯, 아니면 올 봄 서로의 지나친 아름다운 경쟁에서 다소 지친 듯, 고개를 갸우뚱 숙이고, 토종 벌통 옆에 서 있는 유자나무는 벌써 십 년이 지났건만, 결실의 시기를 몇 년째 놓친 채, 서너 송이 꽃은 피었으나, 올해도 결과結果의 기대는 금물이리라. 아마도 이곳은 서남 해안이나 인근 섬보다 더 춥긴 추운가 보다. 하기야 모종 심기와 접붙이기에 일가견 있다는 대내竹川 박 씨는, 황칠나무를 심어 수익 좀 짭짤하게 내보겠다고, 제법 큰 소리쳤으나 쫄딱 망하여, 식솔을 거느리고 마산으로 줄행랑칠 수밖에. 여기저기 소위 말해 제법 많은 투자자가 있었다. 하기야 투자였으니 갚을 의무는 없지만, 사람

사는 모양이 그럴 수야 없지. 아무튼 여기는 강진이나 해남 땅과는 기후가 천지 차이렷다. 우리의 달콤한 벌들은 해마다 연례행사처럼 찾아온 개미들의 대공습과 장마에 거의 초토화되었고, 그래도 혹시나 씨를 말릴까 저어하여, 벌통 어귀에 서성거리는 개미를 온 식구가 일일이 짓이겨 죽였다. 베르나르 베르베르나 최재천이 울고 갈 일이라면 일이리라. 이번에 받은 충격으로 벌통에서 연일 윙윙 엉엉 통곡 소리가 들리는 듯하는구나.

꿀벌은 아까시 꽃 필 때 순하고 밤 꽃 필 때 사납다고 했던가. 일벌은 벌통에서 삼 마일까지 날아가며 하루에 일만 개의 꽃송이를 방문한다. 일 초에 스무 번 날개를 팔락이며 동료에게 채취 장소를 알려주기 위해 벌집 앞에서 정교한 춤을 춘다. 여름 밤에 벌통에 귀를 대면 꿀에서 습기를 빼기 위해 수만 마리가 날개를 파닥이며 잉잉거리는 소리가 기막히다. 브레이크램프처럼 빛나는 뒷다리의 오렌지색 꽃가루 덩이를 보는 것도 그렇다. 특히 벌통을 열었을 때 나는 꿀과 밀랍의 싱싱한 냄새가 기막힌데 이 냄새는 꿀벌들에게는 애벌레들의 상태 그리고 여왕벌의 건강과 나이와 산란능력에 관한 최신 뉴스를 제공하는 정교한 정보망이라고 한다.

바쁜 꿀벌은 슬퍼할 겨를이 없다The busy bee has no time for sorro는 말이 있다. 속담처럼 유통되는데 본래 윌리엄 블레이크의 〈지옥의 격언 초抄〉에 나오는 대목이다. 슬퍼할 틈이 없는 꿀벌의 수명이 겨우 다섯 주라는 것은 애처롭게 느껴진다. 그러나 벌통을 둘러싼 자연의 신비와 경이는 우리를 황홀하게 한다.

비구는 가는 기침으로 목을 다듬고는 안에 누구 계시냐고 작고 낮게 소리 냈다. 적막을 깨는 그 소리에 벌통 어귀에서 벌 몇 마리가 배시시 바깥을 내다보다가, 별 탈 없다 여기곤 기어 나와, 비구 머리 주변에서 몇 번 날갯짓하다가 돌아 들어가고, 남은 한 마리가 대문 옆 석류나무 붉디붉은 꽃 한 송이 어귀에 살며시 붙어, 속으로 들어갈까 망설이자마자 꼭지가 톡 하고 떨어졌다.

벌은 놀라 날개야 나 살려라 저만큼 날아가다 다시 와, 석류나무 꼭대기까지 가서 맴돌다 에라, 모르겠다, 비리틈 쪽 밤느정이를 찾아 날아가는구나. 아마 집안 여기 저기 이미 핀 꽃들에겐 싫증났는가 보다. 그러자 또 한 송이 석류꽃이 떨어졌다. 조금 전에 떨어진 긴 종 속 같은 꽃 속으로, 노란 꽃술을 헤치며 개미 두 마리가 들어가고, 이미 나무에 올라 꽃 속에 들어간 놈은 생각지도 못한 낙하에, 그만 번지 점프를 한 꼴이 되어 떨어지는 그 순간, 놀라 부리나케 빠져나와 걸음을 재촉하는구나.

집 뒤뜰 오른쪽 담장 옆엔 응개나무 한 그루가 마치 기가노토사우루스 형상에다 듬성듬성 난 잎이며 가시가 밤 부엉이와 연관되어 더욱 무서움을 안겨주었다. 바로 옆 곧추선 가죽나무 옆엔 덜 마르고 솔보굿이 듬성듬성 남은 긴 막대로 어리 삼발이, 즉 작수발(작사리)을 만들어, 너른 광주리를 올려 안에 든 오동통한 제상祭床 도적을 말리는 중이었다. A cat has nine lives, 얼룩 고양이 한 마리가 그 막대를 연신 긁으며, 오르려고 용쓰는 동작하다가 옹이에 붙은 관솔 진이 왼발에 묻어 발을 탈탈 털 때,

마침 비구 소리에 화들짝 놀라 외양간 쪽으로 잠자리같이 나는구나.

바람담 마맛자국할매 고양이는 열 되짜리 말만큼 커, 클레오파트라 옆 치타처럼 골골골 그랑그랑 처핑Chirping하다가 자다가 긴 하품하면서, 만고태평 거드름 피우는데, 어쩌다가 이 불쌍한 놈은 눈치만 백단이 넘어 백여시가 다 되었구나.

가뜩이나 많은 일곱 제사와 두 명절을 지내기 위해 주로 삼천포 판장으로 사천시장으로 직접 가거나 또는 함티를 이고 다니며 파는 남지아지매나 구룡 키다리여편네[19]한테 특별 주문한 고기를, 앞마당, 뒷마당 햇볕 따라 말릴 때, 전생에 무슨 죄가 커서, 그놈의 하고많은 생선도적냄새에 코만 잔뜩 벌려놓아, 할 수 없이 밤마다 고양이는 자기 전용 유일한 동그란 문을 — 그 문 위에는 사시사철 걸려있는 청산리 벽계수야 하는 시조가 검은 바탕에 하얀 금박 글자로 된 걸개가 걸려 있었음. — 눈에 불을 켜고 입엔 한가득 쥐 한 마리를 물고, 스리살짝 머리 내밀고 방안으로 들어올 때, 귀 밝은 저옥은 빗자루로 호통을 치나니. 화들짝 놀란 놈은 들어왔다가, 후다닥 머리를 부딪치다시피 도로 그 문으로 냅다 내달리고 마는구나. 깔끔한 저옥이 세상에서 제일 징그러운 게 쥐가 아니던가.

햇살이 문풍지를 뚫고 들어올 정도로 강렬한 눈 내린 아침에,

---

[19] 구룡마을에서 생선을 이고 다니며 팔았고, 약간 신기가 있어 점을 쳐 주기도 함. 남편은 반편이. 막내아들은 사천군에서 가장 영리하다고 소문날 정도. S공대를 나와 L그룹에 다니다가 젊은 나이에 교통사고로 죽음.

어린 제백은 고양이와 구슬놀이 하였다. 울퉁불퉁 방바닥에 구슬은, 여기저기 또르르 살아있고, 고양이는 신이 나서 구슬을 어르며, 이리 저리 구르고 난리법석이렷다. 섣달 제삿날 시할매 궁둥이를 보란 듯이 크게 지져놓은 아랫목 시커멓게 탄, 요강만한 넓이의 장판 주변이 골인 지점이었다. 이리저리 날뛰다 지쳐 바닥에 아무렇게 드러누우면, 빡빡 머리를 까끌까끌한 혓바닥으로 핥아주는구나. 한 곳을 집중하면 쓰라려 머리를 돌리면 따라와 그 부위도 영락없이 핥아주나니. 제백은 스르르 눈을 감았다. 고양이도 어린 제백의 팔에서 잠이 들었다.

먼 산 무지개 아른거리는 앞마당에 두 아기 얼룩고양이가 오색 공 갖고 놀다 싫증났는지 살금살금 참나리 옆으로 가, 꽃 위의 칠성무당벌레 귀여운 모습에, 마치 거북을 희롱하는 치타처럼 이리 집적 저리 집적, 눈동자는 점점점 부풀어 오르고, 그런 다음 피곤하여 오색 공을 부둥킨 채 잠이 들었답니다. 배추흰나비가 머리 위에 앉고 또 앉고 채송화가 빵끗 웃는 잔잔한 오후. 모처럼 포근한 잠과 꿈이었어요.

비구는 훅 하고 치자 꽃향기에 취한 채 발밑으로 굴러온 석류꽃을 멈칫 바라보다가, 하염없이 물끄러미 바라보다가, 이내 정신을 가다듬고는, 엉겁결에 마당 안으로 들어섰고, 마침 결혼을 보름 앞둔 넷째 딸이 방안에서 바느질을 하였으니, 그때는 혼인 날짜를 받은 처녀는 집 밖에 나가지 못했고, 부득불 나간다 해도 타성바지 젊은 남정네와 눈을 마주친다거나 대화를 할 수 없는 얄궂은 풍습이 있었다. 여하튼 인기척이 없자 축담에 놓인 여자 흰 고무신을 보고 마당 한 가운데까지 들어와서, 또 누구 없느냐고 조심스레 말하네. 처녀는 뒤늦게 나간다는 것이 여간 쑥스럽기도 해서 모르는 체, 마른 침을 삼키며 조용히 창호지 문 아랫부분에 붙여진, 어른 손바닥만 한 유리 뙤창으로 살짝 훔쳐보고는, 마치 죄지은 것처럼 그렇게 꼼짝 하지 않았다. 일찍이 제백은 명동 극장에서 상영한 낯 뜨거운 장면을 보지도 못하고 눈 감았고, 그 장면이 지나가길 찡그리며 실눈으로 보았고. 그 캄캄한 극장에서 누가 보기라도 하는 듯. 괜스레 부끄러워서. 그뿐 아니라 거리의 마네킹도 제대로 보지 못할 정도였다오. 볼록 나온 젖가슴 때문에. 괜스레 부끄러워서.

그때 비구가 목이 타 장독대 앞쪽 마당, 우물에 두세 차례 힘겹게 두레박질하고, 당연히 먼우물(먼물)이라 여겨, 고개는 쳐들고 두레박을 약간 올려, 물 먹던 비구 눈과 그래도 궁금하여 방문을 살며시 배시시 열어 그냥 목례 시늉만 한 처녀와의 눈 맞춤. 순간, 비구는 엉겁결에 두레박을 시멘트가 약간 떨어져나간 땅바닥에 떨어뜨렸고, 그 두레박이 두 바퀴 구르며 멈췄다.

장독대 옆 탐스런 붉은 넝쿨장미 — 신경숙의 자전적 소설인 『외딴방』에도 샘가의 장미꽃들이 풍기던 냄새가 나온다. — 가 비에 꺾여 축 쳐져 있는 것을, 조심스레 담에 기대어 놓고는, 싱그러운 앵두가 먹음직스럽겠다는 생각도 잠시, 세종대왕께서 가장 좋아한 앵두여, 경복궁에 널리 심어두고 아드님인 문종이 직접 따다 드렸다는 앵두. 단오쯤이면 벌써 익기 시작하므로 가장 먼저 익는 과일로서 종묘에 제사 지낼 때 꼭 올렸다는 앵두. 잘 익은 열매는 해맑은 붉음이 너무 예뻐서 미인의 입술을 앵순櫻脣이라고 한다. 용산 새남터 순교성지 가는 구름다리 옆 공터의 앵두는 태어나 이제껏 본 것 전부를 합친 것만큼 많았다. 단지 모기가 극성이라 욕심을 낼 수 없었다. 우면산 남부터미널 쪽 산길 어귀의 제법 큰 앵두는 익자마자 없어졌다.

아무튼 마른 땀 두 방울이 맺힘을 느꼈다. 유리 뙤창으로 겨우 새어나온 그 모습을 본 비구는, 크나큰 충격을 받았는지 한동안 멍한 채 서 있다가, 고개를 반쯤 허공을 향하고 손을 이마에 댄 채, 터벅터벅 대문을 나섰다.

몇 년 전 마산에서 진주로 가는 시외버스 뒷좌석 어떤 낯선 여성이 무심코 뒤를 돌아보자마자 제백과 눈이 마주쳤다. 제백은 근 일년이 넘도록 그 여인을 잊지 못했다.

올 때와는 판이하게 대책 없이 대문을 생각 없이 짝 열어 종소리가 요란하게 울렸다. 적막을 깨는 종소리에 벌이며 가축들은 놀라자빠졌다. 그때 벌 한 마리가 놀라서 까까머리 비구의 맨들맨들 정수리 정중앙에다 한 방 야물게 놓았것다. 올 때는 양순하더니만 갈 적엔 무슨 심상치 않은 조짐을 눈치 챘다는 듯이. 언젠가 설악산 매표소 앞에서 많은 사람들이 차례를 기다리는데 갑자기 벌 한 마리가 날아와 순간의 머뭇거림도 없이 곧장 사십 대 초반으로 보이는 아저씨의 대머리에 공격하고 사라졌나니. 햇빛이 너무 눈부셔. 저, 그리스 최초의 비극작가인 아이스킬로스는 점쟁이가 머리에 무언가 떨어질 점괘이니 조심하라 일러, 이 액운을 피하기 위해, 허허 벌관 한가운데에 있었는데,

기상천외한 일이 일어나고야 말았으니. 하늘에서 떨어진 거북이 한테 머리를 맞아 즉사했다고. 이 거북이는 독수리가 낚아챈 것으로 아이스킬로스의 대머리가 햇빛에 눈부시게 반짝거려 아찔해져서 그만 놓쳤던 것이라오.

단 한 번의 눈 맞춤! 목격자에 의할 것 같으면, 비구는 그 길로 능화 숲길을 향하다 사라졌다. 틀림없이 숲 앞 큰 냇물에 휩쓸렸을 거라 짐작만 갈 뿐. 이것도 사달이 일어나고 나서야 유추해 본 것이다.

며칠이 지났을까. 처녀의 목에 조그마한 실뱀 한 마리가 붙었다. 부모 친척은 기가 막힐 노릇이었다. 결혼 날이 다가오자 부모는 초조하여, 소문 없이 용하다는 김 판수를 불러, 처방을 듣고 될 수 있는 한 조용히 몇 차례 굿을 하였다. 그러나 모든 게 효험이 없었다.

바람담 혹부리할배[20] 회갑 날, 대구에서 놀러온 둘째손자 저수지에서 멱 감다 개자리에 들어가 죽어 행한 씻김굿보다 더 큰 굿이었다. 그 손자 놈 중학교 이학년이었는데도 자지 한번 실하게 생겨, 큰 일꾼이 될 거라 소문이 났었다. 그놈 칭찬에 취해서 그랬는지 너무 엉뚱한 야망을 부렸던 것이다.

한때 제백 일행이 청진동 유서 깊은 청진옥 맞은 편 이층 바

---

20) 소능마을에서 두 번째 부자인 혹보할배 회갑은 마을 생긴 이래 최고의 잔치였음. 가천 초등학교 교사와 기관장, 심지어 손녀가 다니던 사천중학교 선생들과 군내 3대 걸인패들이 다 몰려와 더욱 잔치가 풍성했음. 외아들이 대구 선출직 시의원으로 있어 혹보할배는 연신 싱글벙글 목에 힘이 잔뜩 들어감. 마치 영화 〈박 서방〉에서 박 서방이 당신 생일에 큰 며느릿감한테 받은 시계를 차고서 자랑하고과, 왼쪽 소매를 걷고 거드름 피우는 것과 유사함.

에서 술을 얼큰하게 마셨다. 마침 동업자 여주인 두 명 중 좀 야윈 마담은 노래가 절창이라 한번 그 노랫소리를 들은 사람들은 좀처럼 그냥 지나치지 못할 정도였다. 그날도 마담은 노래를 계속 불렀다. 송창식의 〈새는〉, 안치환의 〈새〉, 그리고 해바라기의 〈갈 수 없는 나라〉를 불렀던 것이다. 나름 명문대 운동권 동지와 결혼 후 연달아 낳은 자식들이 비정상으로 태어나 몇 해를 못 넘기고 죽었다. 주위사람들은 그녀가 임신 중에도 술과 담배를 즐겨했기 때문이라고 한목소리를 냈다. 그 후 남편은 아내를 남긴 채 고향으로 귀농하여 혼자 살다가 멧돼지와 싸워 큰 상처를 입었다. 그 상처가 덧나 이 다리 저 다리 다 자르고, 그 통에 운동부족으로 비대해져, 결국 양 팔도 자르고 말았다. 그러다가 며칠 전 장례를 치렀다고 했다. 그러니까 오늘 이 노래가 떠나간 남편에 대한 진혼곡인 셈이었다.

모두들 그 사연을 듣고 숙연해졌다. 그때 한 반백의 남자가 잊자, 잊어버리자고 외치며 흥을 돋우는 것이었다. 결국 옆 손님들과 합석하여 노래하고 춤을 추었다. 그중 한 명이 『8억 인과의 대화』의 저자였다.

어느 때 제백은 출판대학 학생들한테 〈그리운 금강산〉이 북진독려가란 말과 북한의 위정자들이 호사를 누리는 것은 몇몇뿐이며 남한의 것과 비교도 안 된다는 말을 들었다.

아무튼 산돌림이 갑자기 쏟아졌는데도 아랑곳하지 않고, 마을 또래들은 나무 밑이다 바위 아래다 다들 요령 있게 피했는데. 그놈은 굵은 빗방울이 큰 물결에 파묻혀 아슬아슬 보이다가 끝내 보이지 않아, 저 건너로 헤엄쳐 간 줄 알고 예사로 여겨, 소나기가 그치자마자 애들은 모두 달려 마을로 오고야 말았다. 그 슬픈 소식은 한밤중에 마을 호롱불과 횃불을 다 동원하여 오동나무 옆 벽오동나무 아래, 손자 놈 옷 벗어 놓은 자리에다 베이스캠프를 차려놓고, 쇠스랑을 들고 물속을 한식경 훑어, 물컹거리는 감이 들어, 쇠스랑 던져주고 들어가 꺼냈것다. 그 수고는 몽땅 마데이 몫이었다.

아랫마을 당병소보다 더 깊다는 큰 소 위에서 처녀에게 소복을 입혀 앉혀 놓고 밤새껏 굿을 했다. 여기 저기 옮겨 다니며 그러기를 무릇 몇 차례인가. 전혀 꿈쩍 달싹도 안했다. 이제 이판사판. 마지막으로 마을에서 가장 높은 이구산마루 상사바위 끄트머리에 앉혀 놓고 마지막 굿을 했다. 어지간한 상사뱀은 그렇게 큰굿을 하면 떨어진다는데. 애달고나, 애달파. 어찌하여 큰물에 휩쓸려 죽은 비구의 화신이 된 이놈의 상사뱀은 죽어도 떨어질 줄 몰라 하는가. 드디어 발악하듯 천하가 울리도록 초악신 소멸주草惡神 消滅呪를 읊고 읊었것다. (이십일 회回 외우면 차도가 있으니 한밤중에 병자가 모르게 욀 것)

전奠 욱旭의 삼세노 수동三世奴壽童의 처妻라 문지여등聞之汝等이 회행여리回行閭里하야 거 사천군居泗川郡 사남면 소능마을 모년 모월 모일 생 김업경을 간일혹間日或은 침범문浸犯聞하니 여지죄만만통해汝之罪萬萬通害라. 석수石首의 삼석三石을 지고, 명일효두明日曉頭에 즉각 촉내사來事 암암급급여율령 사바하唵唵急急如律 令娑婆河

저 쪽 귀신이 한 수 위인 주문으로 공박하면 이쪽에서 또 다른 주문으로 맞대응했소. 그러기를 몇 순배하다가 드디어 이쪽에서 마지막 퇴귀문退鬼文을 목청껏 읊고 읊었것다.

헷세사, 동방 삼신제왕을 물리치는 것도 아니요. 성주 인왕仁王을 물리치는 것도 아니고, 객귀잡신을 물리치는 것이니. 썩, 나가릿당 너희들 성도 알고 이름도 아는 고로 외여 먹이고 불러 먹이나니. 몰랐다 하지 말고, 추진 것은 먹고 가고 모린 것은 지고 가고, 썩, 나가릿당 산중귀, 야중귀, 거리 노중귀, 유주有主 무주無主 고혼귀, 염증·궤질 사자귀使者鬼, 물에 죽은 수살귀, 총각 죽은 몽달귀, 처녀 죽은 손말명·요귀, 김류金瑬의 부인, 김경징金慶徵의 아내, 왕후의 조카딸, 왕비의 언니, 윤방尹昉의 후처, 장신張紳의 며느리, 윤탄尹坦의 어머니, 절사節死한 제팔 여인, 무참히 죽음당한 제구 여인, 이성구李聖求의 처, 절벽에서 투신한 여인, 소년 유생의 여인, 아름다운 외모와 송죽 같은 절개와 능숙한 언변을 지닌 여인, 젊은 선비의 아내, 기생 등아. 속거천리, 원거만리 하라. 근자에 역고혼역대귀신歷孤魂歷代鬼神이 잠간부접暫間付接이라. 남주작 북현무 인태세지신人太歲之神도 일시자퇴어든 황요묘지신況妖妙之神이야 하가입래何可入來리오. 암암 급급 여율령 속거 천리 원거 만리하라. 헷세사, 헷세사, 헷세사.

사력을 다해 굿을 했으나 막무가내였다. 뱀은 목에서 떨어질 줄 몰랐다. 무슨 고래 심줄보다 더 질긴 연이기에……. 결국 부모와 합의하여 무당이 눈을 찔끔 감고 회한에 찬 얼굴, 원한 섞인 괴성을 지르며, 처녀를 상사바위에서 세차게 차버렸으니. 혹자는 두원 운석처럼, 또 다른 사람 가라사대 고란사 삼천궁녀처럼 하롱하롱 떨어졌다고 뒷소문이 자자했다.

저옥은 마담과 여인들과 종업원 언니, 그리고 숯불 피우는 떠꺼머리총각의 부러움과 아쉬움을 남기고 대처승 따라 택시를 타고 구룡사로 향했다. 훗날 들은 이야기로는 주지가 마담한테 중매 감사조로 논 세 마지기 값을 치르고도 남을 정도의 거금을 지급했다는 것이었다. 그날 밤, 부엉이와 올빼미가 교대로 울어 대고 간혹 여우의 캑캑거림과 비행기의 낮은 음향을 들으면서 밤새 야사夜事에 몰입했다. 겨우 일어나 새벽공양을 하던 스님이 진홍빛 코피를 한 대접 쏟은 것은 어쩔 수 없는 일이었다. 왠지 저옥은 이곳이 고향마냥 포근히 다가와 신바람 나는 나날이었다. 간혹 삼천포 팔포나 실안에서 싱싱한 회를 떠와 둘이서 곡주를 마시곤 했다.

다음 해 이란성 쌍생아 궁백과 여백麗百을 낳았다. 바깥 모습으로는 두 아이가 멀쩡하게 보여 그 당시로는 드문 현상이었다. 대개 그 시절은 여자 쪽이 지체부자유가 되는 경우가 많았다. 애들이 다섯 살 때 어느 큰 비로 저옥과 두 자녀가 큰물에 쓸려 가는 것을 남편이 구해 놓고 막상 본인은 힘에 부쳐 허무하게 떠내려가고 말았다. 구룡사도 절반 이상이 쓸려나갔다. 며칠이 지나고 햇볕이 강렬한 날 남편의 시신이 못 중간 방천에 걸려 있었다. 그곳은 제백이 마지막 휴가를 내, 고향에서 쉬었을 때 누군가 순순이네 논 옆 최 씨네 무덤가 솔버덩 아래에서 해 질 무렵 수많은 잉어가 뛰논다고 정보를 주었다. 제백은 은어잡이용 뭇을 숫돌에 갈아 그곳으로 갔다. 물속에서 쏜살같이 다니는 잉어 떼를 본 순간 호흡이 막힐 정도로 흥분했다. 때를 맞춰 힘껏 내리찍었다. 물크덩, 하고 감이 좋았다. 그런데 바닥이 논이고 낙엽이 쌓여 있어서 그만 버둥개를 쳐 달아나고 말았다. 놓친 놈 큰 법이라, 몇 번 시도하다가 그만 허탕치고 말았다. 한 삼일이 지났을까. 저옥 남편이 발견된 바로 그 방천에서 자나큰 죽은 잉어가 걸쳐 있어서 마침 폐결핵으로 요양 중이던 문헌수가 가져갔다.

구룡사 주지인 대처승이 죽자 인근의 무당이나 역술가 등 소위 말해 신기神氣가 조금 있다는 사람들의 왕래가 잦았다. 그들은 부서지고 휩쓸려간 절간을 온전히 세운다는 명분으로 많은 시주를 얻어 나름 물자가 풍족해지자 연일 목수와 목공의 힘쓰는 소리며 노동가가 울려 퍼졌다. 그들 중 선지무당이라 부르는 영특한 여인이 있었다. 육대 독자를 바라는 애절한 기도를 하다가 그만 신이 내렸다. 선지무당은 '선녀 할머니'로서 평소 이 할매 방언 한번 들어보소. 너무도 그럴싸하다. 그 누가 이 할매 대적할 자 나와 보소. 일자무식 이 할매 저 사설 좀 들어보소. 춘향가 박씨전은 호리뺑뺑이며, 심지어 후적벽부를 마을 최고 식자識者가 원본 자구 짚어가며 연신 탄복하는구나. 와룡산 새섬봉을 한식경에 다녀오는 축지법은 어디서 배웠는고. 항불에 당신 육신이 사라졌다 나타나는 요샛말로 순간 이동을 감행했을 때 너도나도 혀를 내둘렀다. 서당 개 삼 년이면 풍월 읊고 세운 상가 삼 년이면 앉은뱅이가 서서 다닌다고 했던가. 선지무당을 만난 지 꼭 삼 년 만에 또 한 명한테 신이 내렸다. 드디어 마을엔 무당이 열다섯 명이나 되었다. 성인 여자 사분의 일이 무당인 셈이었다. 밤마다 징소리, 꽹과리소리, 북소리가 천지를 진동하였것다. 똥개들도 신이 나 목청껏 짖어대곤 했다. 이 마을 매미들도 다른 마을 매미들보다 크게 운다는 소문이 나돌 정도였다.

창결은 소 먹이러 왔다가 이곳 구룡사에 잠시 들르기도 했는데 그는 항상 손에 책을 들었다. 일자무식인 저옥무당한테는 그것이 너무 부러웠다. 일찍이 첫 남자가 글을 깨우쳐 주었다면 하고 원망도 해 봤다. 두 번째 남자인 주지는 의외로 까막눈이였다. 그런데도 염불을 외는 게 신통했다. 하기야 몇 년 전 사천읍 내 수석동 동장도 일자무식이었지만 밝은 눈썰미로 업무를 무난히 수행했다고 전해진다. 깊은 산간 마을로 들어가면 할머니들 한글 모르는 사람이 너무 많다. 학교도 안 가고 신문도 안 보고. 그런데 이 노인들이 세상만사를 다 알고 있다. 환경을 어떻게 대해야 하는지 알고 개돼지를 어떻게 대하고 외지 사람은 어떻게 대하고, 이웃과는 어떻게 살아야 하는지를 다 안다. 알 뿐 아니라 그걸 평생 실천하고 있다. 공부한 사람 처지에서 볼 때 굉장히 부끄러운 일이다. 책을 읽어서 이기심만 발달하고 자신의 똑똑함을 늘 증명하려고 하고. 그러니까 책을 읽지 말라는 것이 아니고, 책을 읽은 것은 그다지 대수로운 자랑이 아니라는 것이다.

  창결은 고선의 높은 학구열로 진주고보를 다니다가 전국적인 학생운동에 '주의 하십시오', 학생으로 낙인 찍혀 그가 서署에 구속되고, 고선이 나서서 무슨 물량 공세를 퍼부었는지, 사일 만에 용케 풀려 나왔으나, 한번 불붙은 혈기는 고향에 안주하지 못하고, 일단은 순한 양처럼 달포 지났을까. 오동나무로 만든 고비 안에 비밀스레 감춰둔 열쇠로, 온갖 희귀한 것이 들어 호기심을 자극하는 적송 궤짝을 열고 털어 알천만 갖고 날랐다. 그 길로 일본으로 밀항하였다.

  반 년이 지난 어느 날 오사카에서 보았다는 제보 받고, 고선은 힘 좋고 한량인 창결의 사촌형과 인근 마을 실한 장정 두 명 등 모두 세 명을 노자와 수고비를 두둑하게 찔러주고 관부 연락선을 이용하게 했다. 붙들러 온 창결의 몰골은 폐암 삼기 같았고, 마을사람들이 모인 마을 복판 입향조가 심었다는 둥구나무 아래 타작마당에서, 그 잘난 고선의 엄한 매의 다스림을 받아야 했으니. 그 얼마나 아프고 창피함을 삭히느라 앙다물었는지, 그날 이후 그 좋았던 이빨이 허물어지기 시작했다. 이후 마치 폐인처럼 허허로운 생활을 하다가 어느 여름, 마음도 진정할 겸 친구 오예동과 도산밭골에 올랐다. 하늘먼당과 명지재를 거쳐 다시 도산밭골로 내려와 소나무 숲 밑에서 땀을 재웠다. 마침 갓 담배를 배운 창결이 예동한테 담배 한 개비를 건네고 호주머니에서 종이성냥을 꺼냈으나 물기가 있어 돌 위에 올려 말려 조심스럽게 불을 붙였다. 한번 쭉 빨다 그만 사래가 걸려 연거푸 기침을 하였다. 그 소리는 메아리쳐 돌아오고 산새들도 놀라 날아갔다.

그때였다. 창결네 동자아치였다. 이제 나이 삼십 대 후반이었는데, 애를 빼앗기고 반 실성하여 밤마다 세 번째 사랑에서 꺼억꺼억 우는 소리가 들렸다. 만약 반벙어리가 아니었다면 얼마나 주변 사람들의 애간장을 태웠겠는가. 이제는 부엌일도 안 하고 그냥 방치상태로 내놓았다. 그녀는 보라색 도라지꽃이 지천에 깔려 있는데도 유독 귀한 흰색 도라지꽃을 한 움큼 쥐었다. 기다리다 기다리다 꽃이 된 도라지의 전설처럼 그렇게 기다림을 향해 그들한테 다가왔다. 놀라 둘 중 누구라고 할 것도 없이 순식간에 뿌리치며 밀친다는 게 그만 절벽 아래로 떨어졌다.

그날 예동은 힘들고 길었던 하루의 일기를 피 토하듯 적었다. 그날 이후 창결은 짐을 싸 오랜 유랑 생활에 들어갔다. 결국 지리산 와룡산 파르티잔 아무개 밑에서 온갖 짓거리 끄나풀이 되었고, 지리산에 있을 때, 호랑이가 산나물 캐던 여동지의 목덜미를 물고 찢어먹는 참상을, 굴참나무 위에서 아슬아슬하게 목격한 그 순간, 바로 백발이 되었고, 마치 토크빌의 모든 친척들이 로베스피에르의 테러통치 동안 기요틴의 제물이 되는 바람에 그 충격으로 토크빌 아버지가 스무 살 때 이미 백발이 되었듯, 셰에라자드 아버지가 삼년 가까이 동안 불안과 긴장으로 인해 머리가 하얗게 새어 버렸듯이 소능마을을 다시 찾았을 땐, 누구의 원한에선지 누구한테 당했는지 불알망태는 이미 빠진 상태라, 소위 말해 석남石男이요, 고자가 되었다. 아무튼 불알은

빠졌고, 김부식같이 죽진 않았으나 힘겹게 안고 다니는 때 묻은 비닐봉지 안에는, 빨다만, 빨간 아메다마 서너 개가 서로 엉켜 들어 붙어 있었는데, 누가뻬까 여남은 개와 함께 유일한 생명 끈이었다. 한마디로 소갈消渴이 심했다.

그해 겨울, 저옥무당과 창결은 정식으로 결혼식을 올렸다. 신랑과 신부의 우인대표가 뚜렷이 구별할 수도 구별할 사람도 없이 서로가 다 잘 아는 사이지만 편을 갈라 밤새워 돌림노래를 불렀다. 젓가락 장단 소리와 노랫소리가 잘 화음이 되어 사방 천지로 울려 퍼졌다. 그런 날은 마을 똥개도 꼬리를 치켜들고 신이 나 있었다.

어느 추운 겨울날밤, 창결이가 친척 동생 장가가는 데 있어서 우인 대표 선정 작업 협의차 예동을 찾았다. 그 당시 시골 결혼식은 신부집에서 치러졌다. 흔히 말하는 우인대표는 신랑 친구나 친지들로 구성되는데 대개 다섯 명에서 많게는 열 명 정도였다. 보통 우인 대표가 나서서 축사를 했다. 아들딸 많이 낳고 잘 살라는 으레 상투적인 내용이었다. 제백은 고교 시절부터 소능 마을을 비롯하여 인근 아는 사람들 결혼 축사 짓기를 도맡다시피 했다. 제백은 매번 아파치족 인디언의 결혼 축시인 '두 사람'을 인용했다. 아무튼 질펀하게 먹으면서 밤이 새도록 신부 마을 청년들과 노래를 부르며 밤을 지새웠다. 마치 노래 대회라도 하는 양. 결혼식이 보통 겨울에 거행되기 때문에 눈 내리는 날이 많았다. 그런 고요한 밤에 그들의 장단 소리를 멀리 떨어져서 들으면 아늑한 기분이 들곤 하였다. 서로 돌림노래를 하기 때문에 선수를 빼앗기지 않으려 며칠 전부터 메들리를 작성해 연습을 하기도 했다.

한때 같은 소능마을에서 신랑 경칠과 신부 순동의 결혼식 때, 마을 청년 스무 명 남짓이 모여 거방지게 뽕을 뺄 정도로 밤새 놀았는데, 그때 제백 나이 스물한 살. 그 당시를 회상할 때 가장 안타까웠던 일은 용현면 덕곡 우인 대표 한 사람이 조금 난하게 굴었다고 변소 갈 때를 기다렸다가 반 강제로 불러내 폭력을 가한, 마을 억판이로 소문난 갑분이 오빠 을민은 손님맞이 기본정신이 결여된 자였다. 그 자는 그 후에도 시건방을 떨다, 결국 산청 생초로 친구들과 물고기 잡으러 갔다가 친구의 다이너마이트 조작 부주의로 그만 미리 터져 온몸이 갈기갈기 찢어졌다.

제백의 할아버지는 결혼 첫날 거꾸로 매달려 발바닥을 다듬잇방망이로 잘못 맞아 이마가 크게 찢어지는 불상사가 일어나 하마터면 두 마을간 싸움으로 번질 뻔했다고 한다. 결국 그 상처가 깊어 두고두고 머리칼로 감췄고, 처가에 발을 뚝 끊었다. 아마 그 매달아 패는 풍습은, 우리 마을에 힘깨나 쓰는 자가 많으니 신부를 함부로 대하지 말라는 반 엄포가 아닌가 한다.

창결이 왔다고 모두들 반기며 예동네 사랑에서는 도가에서 받아온 막걸리 잔치가 벌어졌다. 그리고 예동 남동생 예식瀓湜[21]이 신문지 쪼가리로 몰초 몇 대를 말아줘서 피웠다. 시국에 관한 진지한 대화도 나누었다.

---

21) 예식은 창결과의 악연으로 실성했고, 끝내는 여름날 저수지에서 실종되어 두 달 만에 시신을 수습하였음.

어느덧 얼큰히 취해 배웅 받으며, 막 팽나무, 말채나무, 피나무 높이 솟은 숲길로 들어서자마자, 남서쪽 하늘이 붉어지기 시작하고, 악을 쓰는 고함 소리가 진동하여 달려가 보니, 그들이 즐겁게 막걸리 잔을 주고받았던 방에서 순식간에 일어난 큰 불이었다. 불길이 높아 하늘에도 불이 난 것 같았다. 원인은 창결의 담뱃불이 재떨이에서 잘 비벼 꺼지지 않았고 배웅 차 무심결에 덮었던 이불을 예사롭게 밀친 것이 재떨이를 덮쳐버렸다. 불은 담 너머 숲까지 번지려 혀를 날름거렸으나 마침 불에 잘 안 타는 아왜나무와 녹나무, 동백나무가 정원수로 심어져 있어 천만다행이었다. 아예 더글러스퍼 나무가 온 마을에 심어져 있다면 어땠을까, 하고 엉뚱한 생각이 들기도 했다. 이백육십 도도 끄떡없다니 말이다. 누구는 예동 수양누나인 예선濊瑄이 꾸민 짓일 거라는 의심도 했다. 불낸 자 혼내지 말라는 말에 가장 적중된 경우기 에식이었다. 아버지의 격한 혼쭐에 그만 혼이 나가고, 그날 이후 근남골 두 번째 미치광이 대열에 들어서게 되었다.

  세월은 흘러 예동은 면장 되고……. 제일 먼저 저수지 조성에 전력을 바쳤다. 구룡마을 위에 댐을 쌓으면 소능마을은 수몰되지 않고 농토만 일부분 수몰된다는 그럴듯한 입지적 조건을 내세워 강제 착공했다. 그 수몰 농토가 마을 사람들이 소유한 논 전체 넓이의 칠십 퍼센트에 해당할 정도로 넓었다. 예동은 영악했다. 예동의 마을 아래, 약물보 골짜기의 산과 산 사이가 가장 가까웠다. 그래서 경비 절감이 된다고 판단하여 처음에는 그곳으로 지정했다. 그러나 저수지가 조성되면 그 마을은 거의 수몰

되고 따라서 예동의 집과 전 농토도 수몰되기에 적극 반대하기에 이르렀다. 원래는 계곡 쪽 깊은 산골이 집이었으나 아랫담으로 제금 났다. 그러니 면장이란 권력으로 다시 협상한 것은 당연한 일이었다. 두말 하면 잔소리요, 물론(물논) 개구리 운동장, 오리 방석이라[22] 알 배때기 없다[23]고 잡아뗐으나 그 누가 속을손가. 창결네와 예동네는 이 사건과 화재 건으로 불구대천지원수가 되었다. 결국 창결만 감무뜰에 대다수 논이 있어서 마을에 남았다.

한국전쟁 때였다. 배운 자 잡아간다는 말에 창결은 넛할아버지가 사는 삼천포 이흘동耳笏洞 구실耳谷 마을 안골 토굴에다 임시 거처를 마련하였다. 그곳은 예동의 배다른 누나이자 동갑나기 예선이 시집살이 하는 곳이기도 했다. 그런데 여기저기에서 예선의 출생에 관한 희한한 소문이 점점 가까이 그리고 자주 들려왔다.

어느 날 예선이 친정 나들이를 하였다. 아버지 제사가 있었다. 제사 당일 남동생인 예동이 외출하고, 반미치광이 남동생도 마

---

[22] '물론'을 '물논'으로 하여 개구리는 넓어 수영장 같은 운동장이지만, 오리는 얕아 방석밖에 그 구실을 할 수 없다는 뜻의 어릴 때 흔히 하던 언어 장난. 어리 적 이와 비슷한 말 놀이가 많았음.

[23] '알 배[비]없다'의 '배'와 '배[腹]'가 같은 데서 착안한 언어유희. 보르헤스와 움베르토 에코 같은 언어유희 자질이 풍부한 사람들이 많은 곳이 소능마을임. 특히 문장을 거꾸로 하는 것도 유행함. 예를 들어, '아백제, 리빨 리빨 라너오(제백아, 빨리 빨리 오너라)'. 제백의 군 시절 한 선임병은 회식 때마다 남진의 '울려고 내가 왔나'를 한 소절 한 소절 거꾸로 불러 박장대소하기도 함. 즉 '고려울 가내 나왔'으로. 약간 비음을 섞어 부르면 왜색이 묻어나기도 함. 따라서 형용모순形容矛盾도 일종의 언어유희.

을 나가고 없었다. 예선은 방마다 털고 쓸고 닦았다. 그때 예동 방의 열려져 있는 개인 물건 보관함이 눈에 들어왔다. 그곳에 〈청춘 일기〉란 일기장 한 권이 놓여 있었다. 처음에는 매일매일 쓴 일기라 양도 많아 다 읽기도 뭐해서 대충 들쳐봤는데, 어느 날 이후부터 백지였다. 마지막 일기는 몇 십 번 들쳐봤는지 손때가 묻어 있었다. 일기 마지막 쓴 날이 바로 예선 엄마가 죽은 날임을 알았다. 그녀는 떠도는 소문이 헛소문이 아님을 알았다.

어머니가 벼루에 떨어져 죽던 날을 슬프고 가슴 아프게 묘사해 놓았다. 그 복수심의 불꽃이 당겨진 것이 창결의 소재를 고해바쳤다.

창결은 예선의 눈빛이 수상하여 친척 중 가장 마음이 맞고 같은 나이에 학교도 같이 다닌 이종 사촌이 살고 있는 고성 하일면 무산골로 장소를 옮겼다. 깊고 깊은 산골이라 안심했으나 가서보니 그곳도 안심할 수 없었다. 이종 사촌이 이미 적과 내통하고 있었다. 형제간의 정치적 갈등을 다룬 영화 〈보리밭을 흔드는 바람〉이 떠올랐다. 토굴로 옮긴 지 사흘이 되던 날이었다.

어두운 토굴에서 창결은 자기를 부르는 소리에 어리벙벙하고 있었다. 더구나 눈이 부셔 누가 누군지 분간할 수 없을 그때 인민군들은 창결을 재빨리 낚아챘다. 그 당시 창결의 재당숙이 와룡산 파르티잔 대장이라 도움을 받을 수 있으리라 큰 기대했는데, 그가 이미 군 경찰에 의해 마안도(일명 질매섬, 경남 고성군 하일면 춘암리)에서 즉결 총살당했다니, 청천벽력도 유분수라.

삼으로 굵게 꼰 포승에 묶여 있는 열댓 명은 덮개가 열린 트럭 화물칸에 타고 있었다. 트럭은 더 이상 운행을 하지 못할 정도로 한길이 좁았기 때문에 소능마을에서 다 내리게 했다. 소식을 들은 저옥은 차마 길게 보지 못하고, 잠시 눈 바래기 하고는 느티나무 뒤에 숨어 수건을 막고 꺼억꺼억 통곡했다. 만에 하나 기적적으로 '살아만 오십사'하고 빌고 빌었다.

끌려가는 사람들을 따라가면서 궁백은 울부짖었다. 마을을 돌아 또 돌아돌아 그들이 정해 놓은 초등학교 안마을 깊은 계곡에까지 다다르자, 인솔자 네 명 중 한 명이 궁백한테, 가지 않으면 쏜다고, 총을 장전, 노리쇠 후퇴, 그 순간 창결은 너무 놀라, 순간 번뜩이는 묘안을 냈다. 오른쪽 산언덕, 갈대며 수크령을 헤치면서 가던 궁백이를 큰 소리로 불렀다. 뒤돌아 본 궁백의 얼굴엔 땀과 눈물로 얼룩진 땟국과 원망과 슬픔이 가득했다. 순간 창결의 세찬 발길질에 굴러 떨어졌다.

궁백은 영문도 모르고 엉겁결에 당해 피범벅이 되어 고래고래 고함을 질렀다. 그날따라 매미들은 약 올리듯 세차게 울어댔다. 마침 대열을 한참 뒤에서 조심스레 밟아온 마데이가 궁백을 발견했다. 얼마 후 수십 발의 총성이 울렸다. 마데이의 등에 업혀온 궁백의 몰골은 말이 아니었다. 진달래 삭정이에 왼쪽 눈이 찔려, 그만 일목一目 신세가 되었다.

그날 이후, 궁백은 아버지를 원망하면서 긴 세월을 보내게 되었다. 기구한 아버지와 아들의 운명을 생각했다. 마치 자기 아들이 자기 명령 없이 전쟁에 참가했다 하여 자기 아들을 처형한 로마 집정관 토르카투스와 자기 아들이 전복 음모에 가담했다 하여 아들을 처형한 브루투스[24]가 켕겼다. 그리고 코르시카 섬에 살고 있던 마테오 팔콘이라는 농장주가 생각났다. 어느 날 집으로 올 때 자기 집에서 경찰이 범죄자를 체포해 가는 것을 목격하였다. 급히 집에 들어가 보니 아들이 고가의 시계를 차고 있었다. 알고 보니 조금 전 잡혀간 범죄자가 집 안에 숨겨준 대가로 주었다. 그제야 그는 범죄자가 경찰에게 체포되어 나가면서 대문에 침을 뱉으며, "이 집은 체면이 없는 가문이다!"라는 저주를 퍼붓고 나가는 이유를 알게 되었다. 그것은 아들이 범인에게 시계를 받고 집에 숨겨 주겠다고 약속을 해놓고, 경찰이 오자 배신하여 범죄자의 위치를 알려주었다. 그는 분노에 치를 떨면서 아들을 숲속으로 끌고 가 총으로 쏴 죽이고 가문의 명예를 되찾았다.

궁백은 인근에서 소문날 정도로 운동도 잘 했고, 공부도 잘 했다. 비록 한쪽 눈은 실명이었지만 착한 성정을 지녔다. 그러다가 혹보네 아들의 왕따 놀음에 시달리다가 서서히 자기 것에 대한 소유의 집착이 강해졌다. 그리고 남의 불행을 즐기는 듯한 묘한 성격이 자리 잡기 시작했다.

최초의 사고는 적선골에서 일어났다. 보통 소 먹이는 연령은 주로 초등학교 저학년이었으니, 궁백 또한 초등 이학년으로 마을 애들이 산중턱에 소를 풀어 놓고 베짱이를 잡아 갈대로 만든 집에 집어넣기도 하고, 너럭바위에서 고누도 두고, 몇몇은 계

---

24) Brutus, Lucius Junius, 기원전 오 세기경, 로마의 건국 신화에 나오는 로마 공화제의 전설적 창시자. 카이사르를 암살한 브루투스Brutus, Marcus Junius와는 다른 인물임.

곡 아래 못에 가서 멱 감기도 하면서 즐겁게 놀다가, 갑자기 내린 폭우로 몇몇은 바위 안으로 몇몇은 토관 속에 들어가 소나기를 피하고 있었다. 그러나 워낙 어려서 국지성 소나기와 계곡물의 깊은 속성을 알 턱이 없었다. 궁백은 바위 안이나 큰 나무 밑이 벼락에 위험하다고 담임선생이 알려주었다면서 비가 오면 토관 속에 들어가 비긋기를 하는 게 상책이라고 했다. 물론 적은 양의 비를 피할 때는 상관없겠으나 이날의 비는 장대비에다 한 시간 이상 들이퍼붓는 소낙비였다. 토관 안쪽에는 말라 새까맣게 변한 똥 무더기가 두세 군데 보였다.

다섯 명 중 한 명만 겨우 살고 나머지는 쓸려가 며칠 후 건져보니 온 몸이 찢어지고 할퀴어져, 이것이 어디 사람 모양이런가. 너덜너덜 나달나달 걸레조각처럼 되었다.

초등학교 사학년 담임은 자기 아버지와 궁백 작은아버지 간에 면의원 자리를 두고 두 차례나 극렬하게 겨루어, 결국 자기 아버지가 선거에 패한 후 시름시름 앓기 시작했다. 그런 후, 어느 달 밝은 음력 보름 전날, 가족 몰래 새벽녘에 용소龍沼에 뛰어내려 생을 마감했다. 용소는 명주실꾸리 한 타래가 다 들어가도 끝이 없을 정도로 깊은 곳이었다. 그런 악연이 있어 그런지, 궁백을 심하게 구박했다. 그래서 궁백은 사학년 때만 우등상을 받지 않았다. 성적표의 생활기록부에도 '성격이 잔인하다.'라고 적어 놓았다. 그게 초등학생한테 할 소리인가. 궁백의 저주가 칼을 갈고 있었다. 결국 그는 폐결핵에 고생하다 본처와 둘째 부인의 칼부림을 막다가 낫에 찔려 급사했다.

제백 오촌 숙모는 제백더러, '너는 사람이 참 좋았느니라.'했고, 사촌 형수는, '젊었을 적 제백 도련님은 우리의 기억 저편에 늘 좋은 사람으로, 편안한 사람으로, 정 많은 사람으로, 보기만 해도 즐거운 사람으로 가끔씩 눈썹 휘날리는 소리를 하는, 때론 엉뚱한 사람으로, 구름 잡는 소리로, 유능한 글쟁이로 그렇게 각인되어 있는 자랑하고픈 멋진 시동생이랍니다.'

세월이 흐르다보니 졸업식 때가 그리웠다. 선배들을 떠나보내는 오학년 학생의 송사에 여기저기서 어깨를 들먹이며 훌쩍거리는 소리가 들리다가 졸업생 대표의 궁백의 답사에는 이내 눈물바다를 이루곤 했다. 그 당시는 대개 초등학교 졸업이 곧 배움의 끝이었다. 특히 여학생들에겐. 1960년대 초반에는 대한교련(한국교육연합회 전신)이 제정한 노래가 불리기도 했으나 당시 사회분위기와 맞지 않다는 까닭으로 그리 오래 지속되지는 못했다. 궁백이 나온 초등학교는 이 노래가 그의 졸업 때 꼭 한 번 불리고는 영영 사라졌다. 그런데 강원도 어디에는 1960년대 후반까지 사용했다.

두 번째 사건은 앞산 정상 상사바위를 무너뜨리는 일이었다. 재 너머 수치水淸마을의 어린애 네 명과 같이 상사바위 이층 상단과 하단 사이에 들어 있는 작은 받침돌들을 마치 젠가Jenga 게임하듯 기술적으로 빼내서 상단을 무너뜨렸다. 원래는 삼단이었는데 한국전쟁 몇 달 전에 자연적으로 무너져 내려, 그날 이후 한동안 마을은 재앙이 끊이지 않았다.

두 개 중 하나만 쓸쓸히 남아 옛 위용에 젖어 있는 상사바위 위에서 자라던 정육면체 산돌生石;礧石들은 이 마을 저 마을 악동들의 무서운 재작으로 영영 사라졌는데 그 사라진 날이 흥무산興霧山 해오라기난초 멸종하던 날이었다. 한때 소능마을 주변에 살기殺氣를 막아준다는 숲이 있었으나, 겨울철에는 걸인들이 숲에 모였다가 끼니때가 되면 마을로 올라와 구걸을 하고, 여름철에는 읍내나 면 관리들이 찾아와 피서 놀이를 했는데, 그럴 때면 마을에서 술과 밥, 그리고 안주를 장만해서 바쳐야 했기 때문에, 마을 어른들이 큰맘 먹고 숲을 없애 버렸다. 그래서인지 숲이 있는 인근 마을보다 큰 인물이 태어나지 않고, 우환이 잦다고들 했다. 지금도 자갈이 깔린 물가 여기저기에는 어린 느티나무가 자라다가 죽고 또 자라고 있었다. 이날 감무뜰에서 분무기로 농약 살포를 하던 사람들 중 한 청년이 돌 구르는 소리에 놀라서 분무기를 논 가운데 두고 논 바깥을 뛰쳐나왔다. 미처 논길 옆 큰 미루나무를 베고 있는 줄도 몰랐다. 결국 미루나무가 넘어지는 줄을 모르고 머리를 크게 다쳤는데, 이틀 후 죽고 말았다.

궁백이 중학교 이학년 때였다. 쪼다라는 별명을 가진 생물 선생이 유독 궁백을 미워했다. 그해 여름 방학 직전이었다. 좀 떠든다고 중간쯤에 앉아있는 궁백의 머리를 쥐어박았다. 상아로 된 모난 도장으로 소위 꿀밤을 주었던 것이다. 아팠다. 교탁 쪽으로 가는 선생의 와이셔츠에 잉크를 가득 머금은 필기구로 세차게 뿌렸다. 몇 방울은 꼭뒤까지 튀겼다. 그 시절은 잉크가 흐르지 않게 잉크병에 스펀지를 넣었고, 필기구 끝에 강철을 감아

스프링으로 만들어 잉크가 오래 가도록 했다. 그때 학생들이 우와, 하고 크게 웃었다. 선생은 궁백 짓임을 직감하고 뒤돌아 왔다. 가방을 대충 챙겨 창문을 넘었다. 그 길로 학교를 접었다.

궁백은 점점 거짓말이 늘다가 마을 가축에까지 손을 대기에 이르렀다. 통제 불능이었다. 궁백을 통해 세상에는 죄수, 도적, 살인자라고 불리는 특별한 종류의 사람들이 존재한다는 사실을 알게 되었다. 특히 가장 가까운 친척 중 한 명이 그 부류에 속한다는 사실을 알고 소스라치게 놀랐다. 궁백의 특이하고 무시무시한 영혼을 생각해보았다. 어쩌면 옛날 전래동화에 등장하는 인물처럼 돋보이기까지 했다. 그러나 이웃집 염소를 궁백이 몰고 읍내로 가서 팔았다는 소문을 들은 어느 날 동틀 무렵은 결코 잊을 수 없다.

키쿠유Kikuyu[25]족에는 정직을 시험하는 방법인 '기싸니'의 시련이 있다. 즉 거짓말을 한다고 생각하는 사람의 혀에 뜨겁게 달군 칼을 대어 그 사람이 혀를 데면 거짓말을 한다고 믿는다. 거짓말하는 사람은 긴장하기 때문에 침이 말라 혀를 덴다고 생각했다.

마을 중학교 또래 여자애들이 마을 총각들이 장난삼아 행하는 젖가슴 만지기에 길들여져, 벌써부터 암내를 풍기기 시작했다. 그러니까 집안 대주인 남자 어른이 없는 몇몇 집에 처녀들이 모여서 놀다가 잠을 자기도 한다는 정보를 터득하여, 야음을 틈타 젖가슴 만지기에 돌입했다. 간혹 민감한 처녀는 "엄마야, 이

---

25) 케냐의 중앙 고지에 사는 반투계系의 유력한 농경민족.

뭣고."하면서 잠결에 소리치면 날쌔게 담을 넘는데 잘못하여 담이 와르르 넘어지면 온 마을 똥개들이 연쇄적으로 짖어댔다. 특히 제백 무리들이 가천 지서 옆 낡은 전봇대 애자를 깨서 그 안에 든 황을 꺼내 형들과 닭서리를 했다. 닭장 앞에 황을 반 주먹만 두어도 닭들은 옴짝달싹 못했다. 그들의 악행이 탄로 난 것은 이구산 상사바위 두 번째 바위가 무너진 다음날이었다. 해당자 전원이 마을 회관 마당에서 동네 매 맞을 보았다.

저옥무당은 궁백과 함께 눈알도 주문하고 시신경이 죽지 않게 하기 위해 자주 진주 칠암동에 있는 옥 안과에 다녔다. 궁백의 성격은 도를 넘는 경우가 많았다. 궁백은 햇볕 쨍쨍한 본채보다 마데이와 육손이 외삼촌과 가객이나 장사치들이 기거하는 구석진 세 번째 사랑이 더 좋았다. 마루 끝에서 소변을 볼 수 있게 만든 오줌버캐 가득 낀, 돌로 만든 소매구시며[26], 은어잡이용 못과 전짓대와 간짓대를 보관하는 두엄집, 마데이의 부싯돌의 섬광, 해질녘 쇠죽솥에서 나온 시커멓고 매캐한 연기가 인상적

---

26) 오줌이 말라붙거나 가라앉아 엉겨 붙은 찌꺼기 모양의 허연 물질로서 한방에서 '인중백'이라 하여 약재를 씀. 기원전 121~63년, 흑해 연안 폰투스 왕국의 미트리다토스왕이 독약을 먹고 지내도록 자기 위장을 단련시켰다고 함. 조선시대에는 여러 사람이 사약을 받고 쉽사리 죽지 못해 '고생'을 했다. 십육 세기 문인인 금호錦湖 임형수林亨秀가 대표적이다. 그는 사약을 먹다가 안주를 권유받는 기괴한 경험을 했다. 임형수는 1547년(명종 2년) 일어난 양재역벽서사건(조정을 비난하는 내용의 벽서가 발견된 사건)에 연루돼 마흔셋 나이에 사약을 받았다. 그런데 사약을 탄 독주를 열여섯 잔이나 마시고도 멀쩡했다. 결국 종이 울면서 안주를 내오는 지경에 이르렀다. 그는 끝내 안주를 물리치고 독주 두 잔을 더 들이켰지만 아무 일도 없자 결국 스스로 목을 맸다. 보통 소마구시는 오줌을 받아 모아 두는 통나무 구유처럼 판 것으로서 대체로 구유보다 짧고 깊고 높음. 제백네와 구홍네, 남평 문 씨 재실인 용덕재龍德齋, 마을 회관, 청탄정의 소마구시는 모두 돌로 되어 있음.

이었다. 낮고 비뚤어진 굴뚝 왕잠자리가 낮게 왕복 비행하는 어둡고 칙칙한 그곳은, 어린 한 때는 무섬의 장소였고, 온갖 해괴망측한 것이 만들어지는 만화경 같은 곳으로, 태[27]와 팡개와 짚신, 소리(조리), 살포[28]가 만들어졌다. 옛날엔 본채와 통할 수 있는 쪽문이 이제 막혀 있으나, 변소는 벽을 사이에 두고 같이 썼다.

본채 건넌방에는 이혼 준비한답시고 친정에 틀어 박혀 연지 찍고 곤지 찍고, 두 가닥 실을 꼬아 한 가닥 입에 물고, 한 가닥 얼굴에 밀어, 얼굴 잔털 빼주라 보채는, 호랑이가 물어가도 시원찮을 푼수 덩어리 되모시 시누이가 고선과 같이 기거하였다.

그토록 비웃었던 까꾸낸가 아니면 송암松巖의 박구시[29]나 비린내[30] 예식이가 부럽구나.

저옥무당의 시아버지인 천경은 김녕 문중의 소장학자로서 문중 최고의 송성할배를 기리고자, 홀로 재산을 털어 청탄정 빛나

---

27) 논밭의 새를 쫓는 데 쓰는 물건. 짚으로 지게의 밀삐(지게에 매어 걸머지는 끈)처럼 만들고 삼으로 가늘고 길게 꼬리를 달아 머리를 잡고 획획 돌리다가 거꾸로 힘차게 잡아채면 '딱'하며 큰 소리를 냄. 영화 〈아웃 오브 아프리카〉에서 가축 몰이할 때 비슷한 긴 채찍이 나옴. 비슷한 것으로는 '스쿠리다'가 있는데 이탈리아 북부 돌로미터의 한 농촌 지역에서 사용한다. 채찍처럼 보이지만 맞은편 산에 있는 사람과 소통할 때 소리를 내기 위해 사용하는 도구로 쓰임. 그리고 페루의 작은 마을 미토Mito에서 1월초에 벌어지는 우아코나다Huaconada는 무서운 표정의 탈을 쓰고 사람들에게 긴 채찍을 휘두르는 우아코네스Huacones들이 거리를 장악하는 축제인데 그 긴 채찍이 인상적임. 또 인도 영화 'RRR: 라이즈 로어 리볼트'에서 인도 제국 총독 내외가 보는 앞에서 알루리 시타라마 라주가 독립운동가 코마람 빔을 긴 채찍으로 치다가 피를 흘리지 않는다고 총독 부인이 가시 달린 태를 던져주어 온몸이 찢어지는 아픔을 참음.
28) 늙은이가 들에 나갈 때 지팡이 삼아 들고 다니는 농구. 궁백은 어느 해 새벽녘에 당신 산에 무단으로 퇴비용 풀을 베는 먼 친척 청년 김계용을 혼내 주러갔는데, 그가 오히려 방귀뀐 놈 성낸다고 궁백이가 들고 간 살포를 빼앗아 반으로 부러뜨려, 그것을 휘둘러 머리 쪽으로 내리치자, 궁백이가 엉겁결에 손목으로 막아, 그것이 손목에 박히는 불상사가 남(사람들은 머리를 안 맞은 것만 해도 제왕님 덕분이라고 혀를 내둘렀음. 이 일을 계기로 두 집안은 급격히 친해졌음.).

는 정자를 세웠나니, 그것은 슬프고 원통한 조상의 눈물겨운 역사를 되돌아보는 크나큰 계기가 되었다. 송성은 연재 송 선생 문하에서 수업한 학자로서 많은 후학을 길러내어 유생이 무려 칠백여 명이 되어 매년 음력 3월 27일 향사를 올린다. 그 즈음, 김녕 김 씨 재실인 청탄정에서 궁백에 대한 문중 운영위원회의 후, 심한 추달을 하고 곧이어 돌림 매질이 있고 나서 중대한 결정(가장 큰 벌은 마을에서 쫓겨나는 것.)이 있을 예정이 있었으나 고선이 회의장에 불쑥 나타나 당신의 알량한 손자에게 고함과 매질로 선수를 쳤으니[31]. 서아프리카의 바벰바족은 무책임하거나 정의롭지 못한 행동을 한 사람을 마을 한복판에 혼자 아무런 족쇄 없이 서 있게 한다. 하루 일과가 끝나면 마을의 모든 남녀노소가 그 사람 주위로 모여 큰 원을 만든다. 그런 다음 한 사람씩 돌아가면서 원 중앙의 그 사람에게 그가 이전에 행한 선한 일들을 이야기하기 시작한다. 그가 가진 긍정적 자질, 선한 행동, 힘과 친절함을 하나하나 기억해서 쏟아낸다. 그러면 원 중앙에 있던 그 사람은 타인에게 비친 자신의 모습을 되돌아보면서 위축

---

29) '박구시'는 송암마을 출신의 미치광이를 일컫는데, 한 여인과의 비련에서, 일설에는 고시 공부를 너무해서 그만 실성했다고 함. 종종 아랫도리를 벗는 시늉을 해서 눈살을 찌푸리게 했음. 초등학생들에겐 무섬과 공포의 대상이었음. 아주 미남으로 기억됨. 어느 추운 겨울날 '약물보'위 신작로와 바위 사이에 빠져서 얼어 죽고 말았음.
30) '비린내'는 연천마을을 말하며, 마을 뒷산이 황토산으로 마치 쇠고기 살점같이 보여 쇠고기에 비유하고, 건너편 동쪽 산 형태가 솔개가 날개를 펴고 쇠고기를 먹으려 비하飛下하는 형국임.
31) 로마 최초의 집정관이었던 유니우스 브루투스는 자신의 아들들이 갓 출범한 공화정을 전복하려는 음모에 연루되었음을 알고, 몸소 재판관이 되어 사형을 선고했다. 그리고는 사형집행 책임자가 되어 아들들의 목이 도끼에 의해 잘리는 모습을 끝까지 지켜보았음.

되었던 자존감을 회복한다. 그렇게 칭찬이 끝나고 나면 그가 새 사람이 된 것을 인정하는 축제를 벌이고 그는 공동체의 품으로 다시 돌아간다.

궁백은 후다닥 뒷산 조릿대를 붙잡고 사라졌다. 회의고 뭐고 모든 것이 허사가 되었다. 그때 이미 궁백은 동거 중이었다. 궁백이가 여수 술집인 〈서울집〉에서 주인한테 돈을 주고 반강제로 데려온 여성은 이미 어느 놈의 애를 밴 지 오 개월이 넘었던 것이다. 아이가 태어나고 보니 귀티가 나는 예쁜 여식이었다. 능화 회민 옹한테 이름을 부탁하여 '김리金梨'라 부르게 되었다. 회민 옹은 작명과 주역에는 일가견이 있다지만, 엉뚱한 고집, 자기가 보고 생각한 것 외는 인정하지 않는 성격이었지만, 여인과 한 잔 술에는 솜사탕같이 녹아버리는 성격이라, 새댁이 방금 거른 청주를 들고 작명이나 신수 보려 가면 공짜로 해 준다는 소문이 팽배했다. 결국 원양어선 타러간 둘째아들 마누라를 넘본다는 소문이 자자하자, 당사자인 며느리가 저녁상 잘 차려놓은 채로 이웃집 마을 가듯 소리 소문 없이 저수지에 빠져 죽고 말았다.

김리는 점점 자라면서 키도 크고 노래도 잘하고 하여간 귀딸임에 틀림없었다. 어느 동짓달 안택安宅꾼을 따라다니며 장구도 곧잘 치니, 마을사람들 가라사대 씨도둑은 못한다고. 비록 남의 핏줄인 여수 뱃놈 자식이지만, 마치 죽은 사름이가 환생되어 찾아온 양 빛나게 아름답게 자랐다. 그러나 행복은 여기까지. 영특하여 읍내 중학교에 보냈겄다. 남녀공학이라 쬐끔 찜찜했으나 마을에 여자애가 세 명이나 다녀서 어느 정도 마음을 놓았던 게 불찰이던가. 그날따라 학교에서 단체관람으로 사천극장에 〈에밀레종〉을 보고 그만 친구 두 명을 놓치고 말았다. 이왕지사 늦은 김에 길섶의 네 잎 클로버를 찾느라고 늦었다.

한때 제백도 네 잎 클로버 찾기에 여념이 없었다. 부천 동성아파트 구백이십칠 동 뒤, 한양대 안산캠퍼스 내, 잠원 둔치 동호대교 아래, 남부터미널과 양재역 사이, 삼청동에서 정릉 쪽 고개의 골프연습장 옆, 대전 유성구 갑천 다리 근처, 금호동 한신아파트 백일 동 앞 금호 유치원 옆 — 해마다 자라던 것을 어느 핸가 뿌리째 뽑혀나가고 그 위에는 너른 돌로 덮여 있었는데 아마도 애들이 네 잎 클로버 찾느라 정신이 팔려 있는 꼴을 못 보는 우리 젊은 아줌마의 극성에 따른 조치라고 감히 단언한다. —

이제는 아파트가 많이 들어서서 옛 모습은 거의 사라졌지만 금남시장 가는 길이나 한신 아파트 옆 골목은 여전히 좁다. 박달재고개 노래비 근처, 제주도 영어마을 〈빵 가게〉 앞 도로 옆 등에서 찾아, 신문지 안에다 잘 말려, 문방구에 가서 코팅하여, 물경 이천여 장을 여럿한테 선물했다. 영화 〈두 여인, 1961년, 비토리오 데 시카 감독〉에서 체시라(소피아 로렌 분)가 청년 미셸리노(쟝 뽈 벨몽도 분)에게 네 잎 클로버 한 잎 따서 건네주는 장면이 나온다. 그런데 청년은 퇴각하는 독일군의 길 안내를 해 주고도 오히려 사살된다. 그런데도 체시라와 딸 로제타의 마음속에 그는 영원히 살아 있게 된다.

김리는 헤매다 자시고개를 넘고 구룡마을을 지나 까꾸막길을 힘겹게 올랐다. 저수지 둑 위 산허리도로를 접어들자마자, 갑자기 무섬증이 온몸을 엄습하여 부들부들 떨면서 산쪽 가장자리로 걸어갔다. 음력 5월 그믐날이라 칠흑 같은 어둠, 고독을 불러올 어둠 속에 간간히 개똥벌레가 날아다니고, 베짱이 울음 사이로 소쩍새 소리가 들렸고, 저 너머 삼밭골 쪽에서 깩깩 하고 노루 울음도 들렸다. 다니는 사람도 뜸한 음산한 밤이었다. 그때 김리의 입을 틀어막아 산 위 묏덩거리로 안다시피 하여 옮겨 놓고는 강제로 추행을 시도했으나, 다행히도 그날이 달거리 기간이라 아랫도리를 열어보고는,

"에잇, 재수 없어."

발로 엉덩이를 냅다 차고는 유유히 사라졌다. 김리는 절대 발설하지 않으리라 다짐에 다짐했건만 그날 밤 태도와 다음 날부터 학교 가기 싫다는 말에 궁백은 꼬치꼬치 묻지 않을 수 없었다.

대충 인상착의를 알아낸 궁백은 예리한 낫을 꼬나들고 아랫마을로 행했던 것이다. 알고 보니 그놈은 구룡무당할매 수양아들로 판명이 나고, 결국 구룡무당할매의 간곡한 설득과 애원 속에 타협 본 결과, 그놈 왼쪽 새끼손가락 하나 자르고 막을 내렸다. 평소 구룡무당할매집에 들르면 그녀는 사시사철 오리털로 된 조끼를 입었다. 하얀 모시소복을 입을 경우도 마찬가지였다. 그리고 항상 석쇠에 구운 떡을 홍시나 꿀에 찍어 먹었다. 약간 비뚤어진 입이지만 가지런한 하얀 이빨로 쫀득쫀득 잘라 먹는 모습에 어떤 결단을 앞둔 장군이나 위정자의 근엄함이 보였다. 그러나 창백한 얼굴은 멘스가 끝난 여인의 냉랭함이 서려 있었다.

김리는 학교 가기를 너무도 꺼려해, 가까운 공민학교에 집어넣기로 결론을 내렸다. 그러나 김리는 그곳도 며칠 다니다가 못 다니겠다고 해서 결국 부산에 있는 박부거 어망공장에 들어가기로 했다. 박부거는 젊어서 생고생을 하다가 우연히 어망회사에 들어가게 되었다. 사장은 그의 성실함에 정식 직원으로 채용했고 언청이 수술도 해주었다. 그 당시 그곳에는 소능마을을 위시하여 이웃마을의 여자애들이 사오십 명 정도 합숙했다. 다들 초등 중퇴, 초등 졸업생들인데 김리와 같이 중학 중퇴자는 드물었다.

　궁백의 버릇은 결혼이고 뭐고 해도 달라진 게 없었다. 마치 고선과 짜고 치는 고스톱에 궁백은 문을 박차고 사라져, 그 길로 근 삼년 동안 소식 없다가 뺨빠라 장고처럼 유유히 나타났으니, 대처에서 한 여인과의 사이에 갓 돌 지나 거머리가 생생한 옥동자를 데리고 왔다. 그 여인은 싱글 뱅글, 비뚤배뚤 보조개에 웃음이 걸어 나왔고, 자식을 안겨주어서 그런지 고선의 온갖 구박받는 김리 어머니는 머리를 헝클어뜨린 채, 고래가 차고 비가 올 날이라, 제 아무리 불쏘시개인 지저깨비가 있어본들 물에 젖었으니 무슨 소용 있으며, 더구나 생솔갱이는 두 말하면 잔소리요, 쪼다학곤육모되치미지[32].

　오히려 아궁이 쪽을 연기가 쏟아지는 쇠죽솥 앞에서 풍로도 소용없고……. 토치램프는 어디서 무얼 하며 시절을 못 따라 왔던고. 그 얼마나 많은 눈물을 흘렸던가. 그 눈물이 연기냐, 서러

---

32) 언어유희의 일종. '되치미', '몽치미'는 '목침木枕'의 경남 사천 방언.

움의 것이냐는 아무도 알 수 없었다. 고선의 극성은 거기에서 멈춘 게 아니라 곧바로 저옥무당한테로도 날아왔다. 궁백은 아이보리 바탕에 검은 띠를 두른 페도라 아래로 포마드 살짝 바른 올백머리를 하여, 그 모양이 하도 요란하여 마치 바깥 구경이 그리워서 빨리 인사하기만을 고대하는 듯했고, 옻칠 단단히 매끄러운 청려장 휘휘 반쯤 돌리며, 시건방을 떠는 모습을 고선은 어여뻐했다. 고손자를 안겨주었기 때문일 것이다. 궁백은 터울이 심한 친동생 제백과 몇몇 친척한테 바람개비 무늬 든 일본산 오색 유리구슬을 대여섯 개씩 나눠주었다. 어디서 구했냐고 물으면 특유의 씨익 웃음만 남겼을 뿐이다.

전쟁은 언제나 민간인에게는 창살 없는 감옥일 수밖에 없었다. 한국전쟁 한 해 전에 태어난 쾌백快百은 낮에는 동굴로 밤에는 집으로 이중 생활하던 중, 어느 날 청탄정 옆 동굴로 친척아저씨뻘 되는 와룡산 파르티잔 대장의 충일한 심부름꾼이 찾아와, 인민군들이 창결네 일부를 비워달라는 전갈을 갖고 와, 창결은 불길한 마음이 들어 그 길로 구실로 피신하였다. 저옥무당은 평소 배포가 세다고 여겼으나 연신 부들부들 후들후들 떠니, 팔척장신 인민군 대장이 두 손 잡으며, 너무 염려마시라 안심시켰다. 그 와중에서도 그 자의 볼우물이 신기하여 잠시라도 무서움을 잊게 했다. 이미 큰방에는 인민군 복장의 여자 네 명, 마당 여기저기 남자 오륙 명이 있었다.

마을엔 여기까지 포함해서 네 군데로 분산되었고, 그들이 소능마을을 택한 것은 지난 세월 부역자가 많았고, 탑골 옆 능선에 오르면 사방팔방 사주 경계 쉬운 두메였기 때문이었으리라. 밥 좀 빨리 부탁한다며 어린 쾌백은 자기들이 볼 테니 내려놓으라 했으나, 무서워 수양딸한테 대신 업혔으나, 이상하게도 오늘따라 쾌백이가 몸부림이 심해 일을 할 수 없었다.

결국 인민 여군 앞에 눕게 되고. 그들 앞에서 재롱을 떨었던 것이다. 제백의 넛할배인 육손이는 그들의 심부름에 열을 올렸고, 매끼마다 소고기, 드디어 마을 고기가 동이 날 즈음 그들이 준 돈으로 이웃 마을 능화에 가서 소를 사가지고 오기도 했다.

어느 먹구름 드리운 날 새벽녘 그들이 바삐 철수하던 날이었다. 작은방 부엌 옆 가로세로깊이 약 사십 센티미터에 모래 구덕이 있었다. 언젠가 제백이 딱 한 차례, 밤 두 개를 파내 먹다가 들켜, 제물을 신성시하는 어머니한테 크게 혼난 적이 있었다.

행사 때 사용할 밤을 저장하던 구덕 앞에서 최고 상관이 어머니한테 수고했다며, 신문지에다 둘둘 만 뭉치를 건네주었다. 그러나 어머니는 돈이란 것을 직감하고 벌벌 떨며 한사코 거부했더니, 그는 껄껄껄 웃으며 도로 담아 유유히 사라졌다.

쾌백은 영오潁悟하여 책을 읽으매 열 줄을 한꺼번에 보아나가고, 눈에 한번 거치면 곧 외웠다. 마치 이덕무의 부친이 이덕무에게 한문을 가르치고자 중국 역사책인 『십구사략』을 읽혔는데, 일편도 채 끝나기 전에 훤히 깨우친 것과 같았다고나 할까. 1963년 하짓날, 해마다 연례행사로 치러진 사천비행장 풀베기 작업에 중학교 전교생이 총동원되었다.

집을 나설 때 좀체 신경질을 부리지 않았던 쾌백이 그날 아침에 도시락 반찬 문제로 어머니와 약간 다투었던 것이다. 오징어를 물에 불려 고추장과 참기름을 섞어 볶은 것이든, 새끼 꼴뚜기를 밤새 찬물에 불려 막장에 버무린 것이든, 꼭 빈 약병을 구해다 반찬그릇을 해달라고 며칠 전부터 신신당부를 했는데, 그만 며칠째 돼지가 부정을 타서 그런지 제 새끼를 낳는 즉시 물어 죽여, 온 식구가 며칠 밤을 새워, 미처 준비 못했다. 그날 밤 저옥무당은 쾌백 시신을 옆에 두고, 빈 약병 두 개를 양손에 잡고, 하늘을 치고 땅을 치며 울고불고 애고 애고, 그것이 두고두고 한이 되고 원이 되었다. 도시락 말이 나와서 말인데, 도시락 밥 옆에 반찬을 넣으면 영락없이 반찬국물이 뜨거운 밥에 스며들어 밥은 맥이 없어지고 밥이 식어 쉰 듯한 냄새가 나서 빈 약병이 가장 도시락 반찬 그릇으로 제격이었다. 그놈의 비행기가 착륙 때 주로 일어나는 버티고도 아니고, 햇빛에 눈이 부셔 일어난 뵈르소도 아니고, 아무튼 조종사 잘못인지, 관제탑의 실수인지, 아니면 천재인 쾌백이 무슨 골똘한 생각에 잡혀 현기증 날 정도로 무더운 활주로로 왜 갔는지 도통 모를 일이다. 자기가 무슨 〈북북서로 진로를 돌려라〉 손힐도, 케리 그랜트도 아니고. 군용기의 오른쪽 날개에 부딪혀 즉사하고 말았다. 여기서도 햇빛이 작용했을까.

좀 엉뚱한 이야기지만 쾌백이 그렇게 싫어한 그 풀베기 작업이 그 사건으로 인해 영원히 사라지고 말았다. 그렇게 중학교 이학년의 천재는 학생들의 애도 속에 사라지고 말았다. 그 일이 있고 난 후, 궁백의 엉뚱하고 지나친 장난이나 비뚤진 행동은 도를 넘었다. 그렇게 세월은 흘러 마을 어린애들이 냇가에서 잡아온, 사분 크기만 한 남생이 한 마리를 잡아서 타작마당 옆 개울에 웅덩이를 만들어 작은 붕어와 미꾸리를 먹이 삼아 길렀다. 남생이 등에 새겨진 열셋 마름모꼴은 한겨울 온 가족이 호롱불 켜고 채취했던 마을 집집마다 기르는 토종 꿀벌 집과 비슷했다.

여기서 조치원 어느 퇴직 경찰 조 씨는 굳이 겨울에 벌꿀을 따지 못한다고, 자기가 양봉하면서 경험한 것에 파묻혀서 괜한 고집을 부려, 동래 온천장 여관 앞 재첩국집에서 제백과 한바탕 입씨름했다. 자기가 하는 모든 것은 정당하고 자기가 모르는 것은 무조건 믿으려 하지 않고, 심지어 일주일에 한 번 정도 변을 보는 것을 변비라고 해도 절대 아니라고 하면서 똥고집을 부리다가도 직속상사의 한마디에는 굽실굽실 방아깨비가 울고 갈 지경이었다. 경찰서 정보과에 있을 때 그 후 대통령이 된 사람의 사무실에 자주 놀러갔노라고 자랑을 하기에 그가 아무럼 미워서 대통령까지 덩달아 소원해졌다. 그뿐만이 아니었다. 대한민국 R&B, 발라드, 록 음악 가수이자 한국 최초 헤비메탈 밴드의 일집 보컬리스트가 그와 한자도 똑같은 동명이라 자연히 그 가수와도 멀어지는 계기가 되었다. 그는 관내 한약방에서 탕약 짓고 남은 찌꺼기를 모아 고향으로 싣고 가서 과수원에 뿌렸다.

남생이는 겁에 질린 듯 두 눈만 껌벅거리면서 통 먹이를 먹지 않았고, 어린애들은 대나무에다 철사를 끼우고, 고무줄을 연결한 작살 총에다 미꾸리를 끼워, 남생이 입가에 이리 저리 갖다 대곤 했으나 눈만 껌벅거리며, 점점 기력을 잃어가는 듯했다. 아마 환경 탓도 있겠거니, 하고 내일은 냇가에 도로 갖다 놓아주리라 맘먹고 손을 씻으려 할 찰나, 궁백이 꼴망태를 무겁게 메고 오다가, 아무렇게나 벗어 젖혀 놓고서 날다람쥐처럼 달려왔것다. 신기한 듯 한참 바라보더니, 얼른 작살 총을 빼앗듯 낚아채어 남생이의 눈에다 겨냥하는 시늉을 했다. 모두 기겁하여 죽을힘을 다해 말렸더니 씩씩거리며 꼴망태를 메고 집으로 향했다.

그러니까 그날은 그런대로 무사히 지났다. 아니나 다를까, 남생이가 보이지 않았다. 그들은 개천을 왔다 갔다 하면서 헤매다가 한참 만에 저만큼 멀리 바위 아래 웅덩이를 찾았다. 그때 도랑 위 길에서 '헤헤'하고 침을 흘리면서, 자기가 숨겨놓았다고 약을 올렸다. 그는 재빠르게 개천으로 훌쩍 뛰어 내려와서는 사정없이 총을 뺐다시피 낚아채고는, 남생이를 자갈 위에 올려놓고 왼쪽 눈을 향해 쏴버렸다. 남생이는 곤두박질쳤으며, 자갈 여기저기에 선혈이 낭자했다.

선혈 — 잔치 때 쓸 돼지 멱따는 광경과 흑염소 피를 받아먹던 임신부가 주마등처럼 지나갔다. 그는 좋아라, 엉덩이를 손바닥으로 번갈아치며 발을 구르는 춤을 추고, 세 번인가 네 번 공중으로 껑충 뛰어오르더니 그때마다 발뒤꿈치를 서로 철썩, 하고 맞부딪치기도 했다. 또 머리를 사타구니 밑까지 구부려 혀를 쏙 내밀며, 우리를 약 올리고는 이내 어른 머리만한 돌멩이를 기를 쓰며 들고는 남생이를 향해 내리꽂았다. 우린 씩씩거리며 말렸으나 그의 발길질에 저만큼 밀려났다. 우리는 일제히 입을 앙다

물고 종주먹질을 해댔다. 그래도 차마 애꾸 흉내는 내지 않았으나 모두들 내심 섬뜩해했다.

그런 일이 있은 후, 모두들 그를 의식적으로 피했다. 그는 뱀이며, 개구리며, 귀제비red-rumped swallow를 주로 잡았다. 귀제비는 칼새white-rumped swift라 부르기도 하고 맹네기라고 부르기도 한다. 이상하게도 소능마을 사람들이 배의 갈색 줄이 없는 제비는 좋아하고, 가슴과 배에 긴 세로줄이 있고 허리가 붉은 것이 있는 귀제비는 싫어해서 마을에서 좀 떨어진 청탄정에서만 서식했다. 귀제비는 모양이 날렵하고 멋있게 생겼다. 그는 마을에서 나름대로 신성시하는 두꺼비까지 닥치는 대로 잡아 사정없이 죽였다. 그런데도 도랑 끝머리쯤에서 고기 낚기를 하는 물총새가 이 마을을 떠나가지 않았다. 여름 철새인데도. 제주도에서 몇 마리씩 겨울을 난다고 학계에 보고되었으나 소능마을에는 1950, 60년대에도 한겨울을 위시하여 사시사철 목격되었다. 청호반새는 보기가 드문 편인데, 그것은 사람을 두려워하기 때문이었다. 그는 청호반새 새끼를 각각 두 마리씩 훔쳐 기르다 방심하여 한 쪽은 개한테, 한 쪽은 도둑고양이한테 물려 죽었으므로 해서, 그 이후로 눈에 띄지 않는다고 마을사람들은 믿고 있었다. 개미 같은 미물도 싸움을 붙여 이긴 놈을 손톱으로 으깨기도 하고, 마당의 길앞잡이 유충이 살고 있는 구멍에다 지푸라기에 침을 묻혀 마치 바닷가 모래에서 쏙 낚듯 집어넣었다 뺐다 하여 낚아 올려 햇볕에 단 마당에다 몸부림치게 두었다가는 발로 밟아 으깨기도 했다. 이삼 령 된 유충이었다. 닭들이 쪼려고 하면 쌍욕과 함께 사력을 다해 쫓곤 했고, 심지어는 새총으로 쏘아 즉사시키곤 했다. 여름밤 개똥벌레를 대 빗자루로 잡아 서랍 속에 넣었다가 죽은 것을 닭한테 던져주기도 했다.

그런데 그가 유독 집념을 보이는 대상은 매미였다. 이 마을엔 말매미, 참매미, 유지매미, 애매미뿐이었는데 용케도 어리바리한 암컷만 종류별로 잡아, 가는 삼실을 다리에 묶어 가지고 놀다가 싫증을 내고는 바로 바늘로 눈을 꼭꼭 찔러 날려 보내곤 했다. 매미들이 날다가 나무나 돌담에 부딪치면 좋아야 낄낄대곤 했다.

그뿐만 아니었다. 저수지가 조성되기 전에 신작로인 작은 소인 웅덩이 옆 징검다리를 건너자마자 오른쪽 이구산 비탈 앞의 봉긋한 언덕에 박혀 있던 수많은 탄알을 주웠다. 한국전쟁 때 그곳에 소나무, 잣나무 등을 베어 잘라 쌓아 놓은 것을 미군 폭격기가 사람으로 오인하여 기총소사(MG 50)했던 곳이었다. 탄알이 마치 화수분처럼 파고 또 파도 계속 나왔다. 집에 한 움큼 가져와서는 버드나무로 만든 제법 그럴싸한 모의 권총에 넣어 겨누며 쏠 태세를 할 때면 영문도 모르는 사람들은 기겁초풍을 했다.

세월이 흘러, 마침내 궁백의 눈 수술이 성공리에 끝나고 다소 늦은 나이지만 병으로 입대해서 하사관으로 지원하여 직업군인의 길로 들어서게 되었다.

05장 도라지 도라지 백도라지, 심심산천에 겹도라지

파일날 현등懸燈은 산촌에 불긴不緊하니 느티떡 콩찌니는 제때의 별미로다. 앞내에 물이 주니 천렵을 하여 보세. 해 길고 잔풍殘風하니 오늘 놀이 잘 되겠다. 벽계수 백사장을 굽이굽이 찾아가니 수단화水丹花 늦은 꽃은 봄빛이 남았구나.

집집마다 돌아다니면서 장사를 하는 이들의 중간 귀착지가 저옥무당네였다. 건넛마을에 살며 비단 장사를 하는 은이빨 여인이며, 사천강가 옹기장수며, 해마다 초봄쯤 왔다가 내년 이맘때 와서 외상값을 받아가는 담양 죽세장수들도 단골 축에 든다고 하겠다. 워낙 집도 크고, 방도 많고 인심도 후하다는 소문이 나서 그런가 보다.

어떤 장사치는 아무도 없는 부엌에 들어가 솥에 든 밥과 장독간에서 김치나 장아찌를 꺼내와 살강 위의 밥그릇과 수저를 챙겨 마당 그늘에 놓인 대나무 평상 위에서 먹고 설거지도 하고, 마루까지 닦고는 평상에 누워 코까지 골면서 자기도 했다. 그러던 차에 올해는 약간 중키에 다부진 체격을 한 쌍둥이 형제가 죽세품을 팔려고 이 마을에 들어섰다. 그들은 처음으로 이곳까지 왔던 것이다. 산 그림자가 축담 너머 소죽솥이 있는 사랑채까지 넘어간 5월 어느 오후 다섯 시경이었다. 한 사람은 비교적 값이 싼 죽세품을 양 어깨에 가득 메고, 한 손에는 돌려도 돌려도 소리가 달아나는 비루먹은 윤성개, 또 한 손엔 버즘나무 줄기 같은 트럼펫 들고, 다른 한 사람은 제법 값나가는 죽세품을 한 쪽 어깨에 메고, 또 한 쪽 어깨엔 비상용품을 넣은 큰 포대 같은 것을 새끼줄로 묶어 메었고, 한쪽 손바닥 위에는 길들인 올빼미 암컷이 놀란 듯 사주경계를 하였다. 그들 모두 훗날에는 도라지아저씨라 별명이 붙여졌다. 하도 도라지 노래를 즐겨 부르는 탓이다. 형인 백길白桔, 즉 백도라지 머리는 올백에다 포마드를 진하게 바르고, 좌우 어깨를 까딱까딱 흔들며, '사뿐사뿐' 이다 싶을 정도로 가볍게 걸으며, 늘 웃음을 머금고 양 볼은 움푹 패어 있었으며, 식사 전후 때는 종종 휘파람을 달고 다녔다. 동생인 첩길疊桔, 즉 겹도라지는 형과 닮았으나 형보다 좀 더 포악하고 잔인한 성격을 지녔다.

아무튼 그들의 공통점은 여색에 미쳐 있고 호기심과 손재주가 능하다는 점이었다. 마치 1980년대 말, 방송국 심야토크 쇼 사회자가 제법 유명세를 타고 있을 적에, 서울의 나름대로 내로라 하는 논다이[33] 처녀들 간에, 그에게 러브레터를 받는 게 큰 유행이었던 것과 너무도 유사했고, 파리 사교계에서의 단눈치오[34]도 마찬가지였으며, 맹팔이나 깨철이보다 더한 정조 탐색가여서, 인근 마을까지 여인들의 가슴에 멍들게 할 조짐이 보인다

---

33) 보들레르의 소네트 이행시 〈논다니들, Les gaupes〉 — '논다니들을 너무나 사랑했기에, 젊어서 두더지 나라에 내려간 자, 여기 잠들다.'

고 술렁댔다. 마을 가난한 어린이 대다수가 저옥무당네에서 적당한 일거리를 찾아서 밥값을 하곤 했다. 그러나 그들 모두 몸을 깨끗이 해야 밥을 얻어먹을 수 있다는 조건이 따랐다. 그래서 쇠죽을 퍼낸 쇠죽솥에 물을 한 가득 붓고 다시 끓여 쇠죽찌꺼기와 터실터실, 까끌까끌한 석돌인 푸석돌로 싸잡아 빡빡 문질러야 밥이 나오는 것이었다.

저옥무당은 어린 제백이 다리미질하다가 맘에 들지 않으면 석류나무 회초리로 때리곤 했다. 하물며 푸쟁까지 참여시켰던 것이다. 그리고 머슴용 밀주를 담그기 위해 누룩을 디디기도 했다. 되처럼 생겼으되 밑 없는 고지에다 누룩을 넣어 발뒤꿈치에다 힘을 주어 디디는 것이었다. 발이 큰 사람은 발이 고지에 안 들어가서 부득이 제백이 그 일을 하게 되었는데, 어린애라 힘이 달려 몇 배로 더 눌러야 했다. 또 어떤 때는 비온 뒤 닭장에 있는 닭을 마당에 풀어주고, 저옥무당은 장 보러 가고, 닭들은 마루에 오르락내리락 하면서, 발자국 역력히 찍혀, 연방 따라가서 닦지 않는 한, 마른 후 닦으면 이미 때는 늦었다. 그것이라면 좀 낫지. 연두색에 하얀 색이 섞인 똥은 어찌할꼬. 아무렴, 햇빛 쨍쨍한 날도 나름대로 고역이었다. 치자나무 밑이나 무화과나무 아래의 흙무더기에서 암탉들이 교대로 땅까불을 해댔으니. 심

---

34) 백육십 센티미터 남짓한 키를 가진 대머리임에도 불구하고, 그는 묘하게도 많은 귀족 여성들과 엮였는데, 프랑스의 여배우 시몬은 그의 부드러운 음색과 화려한 관용구와 찬사, 로맨스를 섞은 화법에 빠져들 수밖에 없었다고 한다. 그리하여 과감하고도 은근한 눈길로 여성을 사랑에 빠지게 했다. 여러 귀족 영애들을 유혹하다 결국 갈레세 공작의 딸과 결혼함으로써 귀족 사교계에서 두각을 나타내기 시작했음.

지어 참새까지 합세하고. 그 흙먼지 솔솔 날아 대청마루까지 당도하면 그 뒤처리는 어찌할꼬. 웃음이 난다. 화순 태생 민閔 시인은 어릴 적 신나게 놀다, 저녁 무렵 어머니한테 몇 대 회초리를 맞고서야, 하루 일과가 끝났다나 어쨌다나.

그렇게도 허망하게 세월은 흘러, 삼남에 예사롭지 않은 눈이 억수같이 퍼 내린 다음 날, 비보가 날아들었다. 마을에서 유일하게 정붙여 하던 우리의 예언자 선지무당이 친정인 고읍 됭기에서 임종 직전이란 거였다. 저옥무당은 그 소식을 듣고 하루가 어떻게 지났는지 모른 채 해가 지자 깨미음을 쑤어 이고 불원천리 자시고개 넘었다.

그 고개는 화전, 구룡, 소능, 능화, 연천 마을 학생이 읍내 중학교에 다닐 때 넘나들었던 야트막한 고개로서 성황당산 서쪽에 위치했다. 그곳은 인근 마을 학동들의 온갖 비행非行이 자행된 곳이고, 종종 미치광이들이 출몰하여, 읍내 극장에서 단체 관람 영화를 보고 오는 늦은 날은, 산으로 들로 도망 다니느라 큰 곤욕을 치르기도 했다.

고개 너머 바로 아래 바느실 박 부자 탱자 울타리에 떨어진 씨 알 굵은 밤알을 꺼내 먹고, 노릇노릇 탱자 하나 주워 들고, 아이 시어, 하며 반룡골 옆 마늘 냄새 문둥이마을 근방 곧장 지나 능구렁이가 득시글거린다는 예수리 방천 지나니, 이미 어둑어둑 여기저기 돌각담들이 엎드린 농부를 연상케 하고, 눈이 내려 약간 언 눈 위를 걸으면 마치 청어(청어의 종류는 QR 코드를 통해 알아보시길 바람.) 알 씹는 소리가 칼바람 사이로 청아하게 들렸다.

아까부터 뒤에서 어떤 낯선 사내의 인기척이 나는 것 같기도 하여, 송골송골 오금이 저려 오기도 하고, 불길한 생리 불순 그것도 나흘이나 앞에 찾아와, 갑자기 터진 월경을 느끼면서, 에라, 모르것다 버선 신은 채, 사천강을 건너 할매집에 도착했것다. 윔블던 테니스 선수처럼 허연 천으로 머리를 동여맨 할매가, 한겨울인데도 방문을 반쯤 연 채, 마치 온다는 기별이라도 받은 양,

"저옥 아가, 방금 니 뒤에 중절모 쓴 청년 안 따라 오더나?"
"네, 그런 기척이 있었심더. 자시고개를 넘자마자 담배를 피우며, 간혹 헛기침을 하면서 따라 오는 것 같았습니더."
"그래, 그 사람 내가 보냈느니라."
"네?"

저옥무당은 염치 불구하고 물 묻은 버선발로 잽싸게 마루를 지나 방안에 들어가 이불을 쓰고 한동안 부들부들 떨었다. 저옥무당은 비몽사몽간에 주마등같이 오늘 일이 지나갔다 끊어졌다 했다. 분명 백도라지가 바래다준다고 저수지 둑까지 같이 온 것은 뚜렷했다. 그리고 어디 캄캄한 동굴 비슷한 곳에서 몸을 맡겼고, 그 희열에 둥둥 떠서 좀처럼 내려오길 싫었던 것이다. 순간 어둑어둑한 격납고格納庫 동굴 바깥은 하얀 눈밭이었고, 남자는 부리나케 도망을 가는 모습이 눈에 선했다. 저옥무당은 희미하고 야릇한 미소를 띠우며 매무새를 고치고는 곧 버선을 신은 채 내를 건넜던 것이다.

갑자기 〈양철북〉의 한 장면이 떠오른다. 오스카의 할머니가

젊은 시절 농사일을 하였을 때 쫓겨 도망쳐온 한 남자를 너르고 풍성한 치마 속에 감추었다. 그리고는 잡으러 온 사람들한테 시치미를 뚝 떼고 딴 곳을 가리켜 그를 구해 주었다. 결국 그가 오스카 할아버지가 된 셈이었다. 이어 또 다른 한 장면이 떠오른다. 그것은 바다 속 말 머리 안에 든 바닷장어 무리의 우글거림은 마치 가터뱀garter snake, 즉 정원뱀garden snake으로도 불리는 뱀이 번식기나 겨울잠 직전에 행하는 것과 유사하다.

그날 밤, 선지할매는 저옥무당 두 손을 꼭 잡은 채 둥개둥개 머나먼 저 곳으로 날아갔다.

결혼 전 제백은 게으렀다. 특히 몸에 대해서는 지나칠 정도로 무관심했다. 언젠가 사무실에서 냄새가 지독하게 났다. 그래서 주변에 냄새가 날 만한 곳을 둘러봤으나 없었다. 알고 보니 제백 자신의 몸에서 났다. 그리고 우산을 쓰고 다니기 싫어해서 온몸을 비에 맞고 들어와 누군기와 방안에서 종종 술을 마시면서 마른 때를 벗기는 것이었다. 으레 팔꿈치와 무릎 주변에는 때로 달무리가 져 그곳을 걸레로, 혹은 손가락으로 문지르면 상쾌해지기도 했다.

그는 목욕탕 가는 것도 꺼려했다. 뜨거운 탕 안에 들어가면 일종의 공포감이 엄습해 오는 느낌이었다. 갑갑하고 뭔가 조여 오는 느낌이 들었다. 그리고 머리도 한 달에 한두 번 정도 감았다. 감지 않은 처음 삼사 일은 근지럽다가 일주일이 지나면 아무런 느낌이 들지 않다가 보름이 지나면 꿈속에서 머리에 구더기가 바글바글해서 송곳으로 파내는 기막힌 퍼포먼스가 행해지는 것이다. 그러면 하이타이 같은 분말 세척제로 머리를 감았다.

도라지 형제들은 고향인 담양을 갈 생각은 아예 없는 양 저 옥무당네에 붙어서 마을의 맥가이버 노릇을 했다. 마을사람들도 그들한테 호감을 갖기 시작했고, 온갖 수리물품을 갖고 왔다. 부서진 나무 밥상, 뚫어진 쟁개비, 싼 값으로 찬장 만들어주기며, 밤에는 윷성개를 틀어놓고, 잔칫날에는 트럼펫까지 불어대니, 이거야 참 이 마을로선 땡이 아닐 수 없었다. 그가 작업을 하면서 부르는 '유정천리有情千里'의 혜숙이며, '한 많은 청춘'의 동수와 혜련과 경애, '두 남매'의 금희, 심지어 오기택의 '항구의 사랑'의 영희마저 혜련으로 싸잡아 부르는 습관이 있었다. 그를 지켜보면서 그렇게 섬세한 자가 어떻게 폭력과 잔인함을 가졌는가 하는 것이다. 하기야 형사콜롬보를 보면 가장 지능적인 범죄자가 뛰어난 예술적 소양을 지녔음을 보여 주었다. 그들의 마각은 이 마을에 온 지 삼년 만에 드러나고 말았다.

어느 칼바람 불던 영등할머니가 오는 날, 즉 할만네 돌만네 하루 전날이었다. 소능마을은 이날이 되면, 주로 분깃담 뒤 산길 옆에서 황토를 파다가 문 앞에 뿌려 신성하게 하며, 대나무나 오색 헝겊을 달아 사립문에 매달고, 부정한 사람의 출입을 금하며, 창도 바르지 않고, 고운 옷 입는 것도 삼가는 금속禁俗이 있었다. 제백 어머니가 손 비비는 데는 마을 그 누구보다 유달라, 외양간, 돼지우리, 염소우리, 닭장과 토끼장(토끼의 오줌이 독해 닭이 전염병에 걸리지 않는다고 해서 닭장 위에 토끼장을 만들었음. 그 토끼장 냄새는 신선한 풀냄새와 비슷해서 오랫동안 기억에 남음.), 부엌, 장독대, 쇠죽솥 앞, 고방 앞,

세 군데 변소 앞 등에다 어른 주먹만한 황토 덩어리를 쪼개어 각각 서너 개씩 두었다. 저옥무당과 시누이가 상머슴과 같이 집 앞 다리 건너 집안 대종가 화릉댁의 삐꺽거리는 디딜방아에 고춧가루 빻아오는데, 그동안 극진히 대해주던 고선이 대뜸 상머슴하고 무슨 변괴가 있었길래, 이렇게 늦게 오냐는 성화에 시누이가 나서서 그런 저런 변명하는데,

"네 이년들, 쇳동가리를 잡아 뺄 년들, 가락으로 귓구멍을 확 쑤실 년들!(그 무서운 말을 그 얼마나 참았으며 마땅한 구실 찾기에 그 얼마나 고심했던고.)

상머슴이 잠시 도랑으로 씻으러 간 사이, 갑자기 시누이 손에 든 도드미를 뺏다시피 낚아채서 시누이 머리를 툭 하고 치더니, 마루 구석에 놓인 고지를 던지고, 급하게 달려가 무화과나무 옆 담장에 흩어진 큰 이징가미 한 개를 가져와 아무 데나 그으려고 하자, 시누이가 피해 그만 쪼그린 채 앉았고, 그것으로 부족하다 싶었는지 부엌으로 쫓아가 부지깽이를 들었다가 또 아니다 싶었는지 반질반질 새까만 살강에 놓인 부엌칼을 집어 내리쳤나니⋯⋯. 저옥무당이 재빨리 시누이 밀치고 그것을 대신 받고야 말았다. 갑자기 내뿜는 왼쪽 손목은 선혈로 낭자했고, 그때 해는 도산밭골로 유성처럼 빠르게 넘어 갔으나, 시간은 고작 오후 네 시 반 정도였을 뿐(소능마을의 겨울은 오후 세 시 반 정도면 산 그림자가 드리워짐. 그래서 제백은 훗날 동시집을 냈는데, 그 제목이 『아침에 해 지는 마을』이었음.).

'도산밭골'은 '돌산밭의 골짜기'의 방언으로서, 경남 사천시 사남면 화전리 구룡마을 뒷산의 구룡산과 소능마을 뒷골이 만나는 정상에 위치한 고원 지대로서 삼면이 벼루로 둘러싸여, 눈

온 다음 날은 고원의 관목의 줄기나 마른 잎에 내린 눈이 밤새 얼어, 그것이 햇볕에 녹아 흘러내리는 모양이 마치 수많은 보석이 반짝이는 것과 비슷했다. 어네스트 헤밍웨이의 『누구를 위하여 종은 울리나』에서도 이와 유사한 장면이 나오는데, 그가 이곳에 와보고 작품을 쓴 게 아닌가, 착각이 들 정도였다.

천만 다행히도 사랑에서 새끼 꼬다 비명소리에 놀라, 단걸음에 달려온 마데이의 신속한 장노뿌리 처방으로 급한 불은 껐다. 고선을 쏘아보는 마데이의 눈빛이 예사롭지 않았다. 그것은 으스스한 살기와도 같았다. 먼 훗날을 기약하는 으스스한 분위기였다. 그날 밤, 억울하고 원통하고 서러워, 머슴들 몫인 밀주를 거르고 난 술지게미에다 사카린을 서너 개 넣어, 두세 번 집어 먹고 얼굴이 싸 올라, 내친 김에 삼베 마전하면서 잠시 허리를 쉬었던 꺼꾸리네 집 뒤 물 깨끗한 방천에 가서 목 놓아 한없이 흐느꼈다. 그날 밤 백도라지가 물레방아에서 늦게까지 기계를 손보는 줄 미처 몰랐으나 저옥무당의 발걸음은 자동적으로 그곳을 향했다. 그리고는 몇 차례 정을 나누었지만 겹도라지인지 백도라지인지 구분할 수 없었다.

'에라 모르겠다. 그놈이 그놈일 테지'

한번 맛본 고선의 성화는 날로 심해, 오히려 〈전쟁 데카메론〉의 열쇠할매는 열서너 개의 열쇠 꾸러미를 치마 고름에 차고 다니며, '니케아의 배'에서 활보했지만, 우리 고선은 색대와 열쇠 꾸러미를 들고, 이 고방에서 이 가마니, 저 고방에서 저 섬을 쑤시고, 나들이 갈 땐 채독에 든 쌀 위에 나름대로 주로 토끼 그림을 그려 놓고는 트집을 들이대며, 공포 분위기를 조성하며 옥죄기 시작했다. 그토록 소드래를 조심하라고 했는데, 저옥무당 그만 깜박했는지 약간 맛이 갔는지, 아무튼 이제 고방 열쇠를 며느리한테 넘길 때가 되었다고 입소문 냈다. 또 하나는, 고선의 딸이 소박맞은 것은 고선을 쏙 빼닮았기 때문이라고 했다. 특히 드센 기상이. 더구나 고선이 되라[35]여서 일찍부터 남편한테 마치 호주머니 속 공깃돌처럼 무시당했다는, 마을 최고의 정보망인 길평댁이 끝짐이아줌마한테 흘린 말을, 여과 없이 여기저기 소곤소곤 수군수군 발설한, 천인공노할 크나큰 불경죄를 지었다.

끝짐이아줌마를 말할 것 같으면 이 근방 최고의 미녀로서 키도 크고 마음도 선했으나 소드래를 일으키는 데는 막을 자가 없었다. 그녀는 코끝에 점 하나 있다 해서 붙인 별호. '끝점末点이'는 무당으로서 선지무당을 도와 따라다녔다. 그러니까 서열로 따지면 선지무당을 정점으로 구실할매, 구룡할매, 석거리石溪할매, 무짠이 누님, 그 다음으로 끝짐이아줌마였고, 맨 끄트머리에 저옥무당이 있었다.

저옥무당도 한가락 하는 잘난 얼굴이라 일각에선 예쁜이 저옥무당이라고도 불렀다. 끝짐이아줌마는 소능마을에서 초전으로 시집갔는데, 남편은 국민보도연맹사건으로 총살당하여 유복자 한 명을 잘 길렀다. 그런데 그 대학생 아들이 어느 겨울 방

---

[35] 거웃(생식기 둘레에 난 털.)이 없는 여자. 다른 뜻으로는 '논밭을 갈아 넘긴 골'. 시골이라 출산할 때 마을 여인이 산파를 맡아 산모의 해산 뒷담화나 신체 구석구석을 소리 소문 없이 퍼졌음. '그 여자의 음부에 체모가 없다고 하는데 나는 그걸 보았지 황홀한 것이었어…. ─라파엘 살리야스가 엮은 시집 『스페인의 과오: 언어, 1896.』에서.

학 음력 정월 열 이튿날, 바깥출입이 힘들 정도의 추운 날 점심 머리, 경운기에 목재용 소나무를 가득 싣고, 읍내 어머니가 소경이며, 무당인 제백의 수양어머니 격인 만경의 목재소로 급히 가다가 가파르게 비탈진 곳인 가풀막길 한가운데 물 내려가게 파놓은 갈개에 경운기가 빠진 동시에 두 동강 나고, 그가 운전대에 끼어 숨이 막혔다. 그날따라 단 한 사람의 행인도 없었다.

그녀의 팔자가 왜 그리도 기구한지, 그 사고가 있고 완전 실성해 이 마을 저 마을 떠돌다 다음해 저수지 둑에 강간된 사체로 발견되었으나 사건은 유야무야 끝나고 말았다.

소능마을의 김녕 김 씨 중엔 여자 남자 할 것 없이 코끝에 점이 있는 자가 많았으며, 남자의 경우 대다수 고환 밑에 있으니 희한한 일이 아닐 수 없다. 그리고 식사 때 남녀노소를 막론하고 허리띠를 푸는 버릇이 있었다. 고선은 자기에 대한 모든 소드래를 못 들은 척 시치미를 떼었으나, 며칠 동안 오장 육부가 뒤틀리고 치가 떨려, 이구산 꼭대기를 치고 넘는 듯했다.

네 이년들! 그렇게도 소드래에 휩싸이지 말라고 여러 번 강조하고 실례까지 들어주었건만. 어느 날 용현면 구월에서 시집온 여인은 산제당 쪽 채전으로 오줌 담긴 항아리를 이고 가다가 차마 못 볼 것을 보았다. 저옥무당과 겹도라지(아마 백도라지는 물레방아에서 일하였을 것임.)가 교접하는 것을 저 쪽 총림叢林 사이로 아른아른 보여 기다시피 가까이 가 훔쳐보았다. 하얀 대낮에 벌거벗은 남녀의 무르익은 형상에 어지럼증이 생길 정도였다. 그날 목격한 겹도라지의 잘 익은 근육과 저옥무당의 보얀 살결이 떠나지 않고, 밥솥, 댓돌, 장독대에도 붙어 다녀 심기를 불편하게 했고, 그럴수록 입이 근질근질 색사色事고픈 충동에 봄날은 매정하게 다 지나가는구나. 늦게 군에 간 낭군 생각에 봄날 저녁은 왜 이리 길기만 한고. 드디어 그 마을 촉새아줌마한테 발설했고, 마을 똥개도 알 정도로 쫙 퍼져버렸다. 하루는 채전에 가는 그 여인을 목격하고는 형제가 일을 내고 말았다. 그것도 완전 범죄처럼 쥐도 새도 모르게 흘러갈 수 있었으나 한 열흘 지나 메숲진 저 소나무, 전나무, 편백나무, 일본잎갈나무 위로 까마귀 열대여섯 마리 까악까악, 구룡사 절벽에서 날아온 듯한 독수리 네댓 마리 선회하여, 드디어 주재소 순사 두 명과 마을 청년 칠팔 명이 수색 작업 벌인 지 불과 두 시간 만에 솔가리에 덮인 시신이 발견되었다. 얼마나 밉고 미웠던지 해탈문解脫門:玉門에다 돌과 피우다만 담배꽁초 두 개비를 집어넣었다. 영화 〈빌로우 제로Below Zero, BAJOCERO, 영노 이하〉에서 전직 경찰관의 열세 살 먹은 딸 솔레가 축제장에 가서 두 남자한테 윤간 당하고 난 후 거의 비슷하게 죽었다. 여기서 이 비극적인 상황에서 갈비를 언급하지 않을 수가 없구나. 갈비는 표준말이 '솔가리'라 하며, 말라서 땅에 떨어져 쌓인 솔잎으로서 불쏘시개로는 뎃빵이라, 제백은 초등 고학년 때와 중 일이학년 때 그것을 까꾸리(갈퀴)로 모아 작은 짚동처럼 만들어, 사천 장날에 지고 가서 팔아, 꿈에도 못 잊을 찐빵을 사먹었다.

06장 내 고향 음식 철학사

촉고(數罟)를 둘러치고 은린옥척(銀鱗玉尺) 후려내어 반석에 노구 걸고 솟구쳐 끓여 내니 팔진미(八珍味) 오후청(五候鯖)을 이 맛과 바꿀쏘냐.

요리는 아첨의 한 형태이다. 해롭고 기만적이고 비열하며 천한 행위이다. 모양과 색깔을 바꾸어 보기 싫은 것을 없애고, 아름답게 꾸며서 사람의 눈을 속이는 일이다.

— 플라톤의 『고르기아스Gorgias』에서.

먹는다는 것은 문명의 최고 행위이자 살아있음에 대한 축하이다.

— 알베르토 요리.

부엉부엉 무어먹고 사니 콩 한 말 꿔다 먹고 산다. 언제 언제 갚니 내일 모레 장보아 갚지.

맵다→매콤하다→매큼하다→매움하다→매옴하다→맵싸하다→맵짜다→칼칼하다→얼큰하다→알근하다→얼근하다→아리다→아릿하다→어릿하다→얼얼하다→알싸하다→알알하다.

특히 고향의 한 해 후배와 같이 솔가리를 작은 짚동처럼 만들어서 한 짐 지고 사천 읍내 장에 가서 팔았다. 그리고 벼르고 벼렸던 읍내 찐빵 집에 들어갔다. 제백은 아직 먹고 있는데 후배는 마파람에 게 눈 감추듯 빨리 먹고는 설탕이 묻은 빈 접시를 핥고 있었다. 주인아저씨가 한참을 지켜보다가 "이제 그만 핥아라."하고 반강제로 낚아챘다.

종종 제백과 동무들은 가천초등학교 앞, '윤닝구'니 '난닝구'니 하면서 놀림을 받는 윤영구 문방구에서, 물건을 사거나 혹은 용케 훔친 아메다마를 서로서로 일정한 거리까지 돌려가면서 빨다가, 길 위의 납작한 돌에 대고 깨서 나눠먹는데, 사실 방금 전까지 빨던 사탕이라서 침이 묻어 있었다. 그래서 깨었으나 큰 파편 몇 조각만 튕겨나갔고 대부분은 받침돌에 붙어 있어서 그것을 몇 명이 돌려가며 핥았다.

소능마을엔 창영네 가게, 촛대할매네 가게, 장흥네 가게가 있었는데, 장흥네는 여주인인 장흥댁이 인물이 반반하고 보조개가 매력적이라 소능마을이나 인근 마을 남자의 선망의 대상이었고, 마침내 장흥네에 손님이 모여들자 창영네, 촛대할매네 가게가 저절로 문을 닫게 되었다.

흉년에 어머니는 배곯아 죽고, 자식들은 배 터져 죽는다고 했던가. 가난아, 가난아, 슬픈 시절아. 무서워라, 징그러워라, 사라 태풍아. 세월은 가고오고 태풍은 여지없이 닥쳐와, 제백이 사흘이 멀다 하고 다니는 우면산마저, 그 귀여운 노란 망태버섯마저 결딴내고 말았도다. 그놈의 콤파슨가, 캠퍼슨가, 컴퍼슨가, 분도긴가, 연 이태 무너진 골골을 보면서 자연을 거슬리는 인간의 군대가 산꼭대기에 군림하는 한, 이를 피할 길 없는데, 아무도 방송에 나와 군을 건드리는 발언은 하지 못하고, 변죽도 제대로 못 울리는구나. 마치 방송은 주정뱅이처럼 별 영양가 없는 사건들을 되풀이 되풀이만 하였다.

쓸어가고 훑어가니 함함頷頷한 마을사람들. 교교월색 마을사람들은 마치 좀비처럼 검은 망토를 쓰고, 예리한 낫 한 자루를 들고 아직도 뜨거운 피가 철철 흐르는, 베어져 눕혀진 소나무 시신 앞을 스멀스멀 소리 없이 접근하였다. 모두가 말없이 속살의 맛을 음미하는 것이었다. 소나무 속살이야말로 물기를 잔뜩 머금어 마치 가을운동회 때 먹어본 솜사탕이나 삼각형 단물보다 더 달콤했던 것이다. 그러나 통나무 주인은 한사코 그런 행동을 용납하지 않았다. 껍데기가 난도질당한 것을 누가 진정한 상품으로 여기겠는가.

소나무는 수지樹脂를 많이 포함하고 있다. 소나무 껍질을 벗기면 송기라는 하얀 속껍질이 있다. 이 얇은 껍질은 지방분과 단백질을 함유하고 있다. 이 껍질을 절구로 찧은 뒤 물에 담가 쓴맛을 빼고, 말려서 가루로 만든다. 이것에 쌀을 더해서 떡으로 만든 것이 바로 송기떡이다.

그해 제백 사촌이요, 후덕하게 생긴 남해형수는 갓 잡은 흑염소 피를 몇 차례 숨을 고르면서 마셔댔고, 그때 입술에 묻은 선홍색 피가 정오의 햇빛과 반짝반짝 번들번들 따바리잎과 교접하는 장면을 그려 보면서, 그날 밤 꿈속에, 제백은 남해형수를 안고 두 차례 몽정에 시달려야 했다.

길들여짐. 습관. 많은 동물들은 규칙적인 식사를 하지 않는다. 배가 고프면 하고 그렇지 않으면 놀거나 잠을 잔다. 물론 새끼가 딸린 경우는 예외다. 개중에 동물들은 폭식을 하고는 육 개월 동안 먹지 않기도 한다. 길들여지지 않은 동물이나 심지어 야생이었을 때 인간들도 굳이 규칙적인 식사가 필요했을까? 위 胃에 관한 온갖 병들이 폭식으로 인해 더 나빠질 것인지 아니면 오히려 괜찮을지 모를 일이다. 언젠가 『단丹』의 실제 주인공인 권태훈權泰勳도 한 번에 생쌀 한 말을 솔잎과 같이 먹고 한 달을 굶는다고 했다. 그는 아흔다섯 살까지 살았다.

잡식성이 아닌 동물은 한두 가지를 먹으며 살아간다. 인간도 쌀밥만 고집하는 경우도 있고, 보리밥만 먹으려고 하는 자가 있다. 제백 먼 친척 사내아이가 있었는데 참 순둥이로 소문났다. 그러나 그놈이 유독 앙탈을 부리며 울고불고 할 때가 보리밥을 주지 않았을 때이다. 까다로운 놈 일찍 간다고 하더니, 무얼 그리 급했는지 삼십 초반에 북망산천을 한달음에 달려갔다. 자의 반 타의 반으로. 그러니까 해양연구원으로 있던 중 망망대해 선상에서 몹쓸 병을 얻어 귀국했다. 막상 항구에 내렸으나 국내에서 의료분쟁이 심한 터라 치료를 받을 수 없었다. 차일피일 시간이 지나고 결국 죽고 말았다.

아, 어제는 모메이삭(메싹), 오늘은 둥천에 올라 삐삐 뽑아 먹는데 막상 무릇을 못 먹는 까닭을 모르겠네. 탐스런 뱀딸기와 까마중과 댕댕이덩굴 열매, 참나리 살눈과 나아가서는 나주 강진의 보리된장국이며, 경상북도의 된장잠자리, 충청남도의 귀뚜

라미, 강원도의 땅강아지, 충청북도의 소금쟁이(똥방지)와 물방개(참방개), 평안북도의 구멍벌, 딱정벌레 계통 갈색거저리유충을 못 먹는 까닭도 모르겠네. 파주, 문산 그 많던 싱아는 누가 다 먹었는지. 고등어 맛인 전라북도의 물땡땡이, 물방개는 들기름과 함께 사라졌는가? 하물며, 김제 어느 곳에서 즐기던 쥐 고기는 어떻고? 여기서 상어는 그 사나운 꼴이 아무리 잘 봐주려고 해도 시카고의 갱족族을 닮았다. 날씬한 꽁치는 영국 왕실의 근위병, 배가 불룩한 복어는 중국인 브로커, 전어는 그 민첩한 스타일이 일본 상인과 비슷하고, 도미는 의젓한 품위로 봐서 고급관리라 해둔다. 사팔뜨기가 하나의 매력이라고 역설하는 사람에게 보여주고 싶은 건 도다리, 낙지는 크나 작으나 제정 러시아 말기의 테러리스트, 갈치는 일제강점기의 순사들이 차고 다니던 사벨 외엔 연상할 게 없다.

  독사를 죽여 옹기그릇에 담고 막걸리를 붓는다. 그러면 구더기가 생긴다. 이 구더기를 달구 가리(어리)에 든 닭한테 먹인다. 뱀 구더기를 먹은 닭이 취해 털이 빠지면 그 닭을 고아먹는다. 이것이 용봉탕이란 것인데 최고의 강장제였다.

  굶으면서도 이것저것 가려먹는 내 고향의 DNA를 원망한다. 하기야 오죽 음식이 맛이 없었으면 영국인들은 죽어서 지옥은 안 간다고 하지 않았던가. 맛없는 음식 먹으면서 죗값을 다 치렀기 때문이라지. 그에 비해 내 고향은 좀 다른가.

  어느 여름 밤, 제백네 감무뜰 웅덩이 있는 논에 메기가 천지삐 깔이었다. 소능마을사람은 말할 것도 없고, 인접 능화, 연천 청소년까지 한 백여 명이 넘었다. 메기는 〈티코〉란 영화의 물고기보다 더 많았다. 심한 가뭄으로 발버둥치는 오카방고 습지의 메기 떼보다 더 많으면 많았지 적지는 않았다. 아프리카 말리의 일 년에 열리는 안토고 호수의 메기 잡이를 연상해 보면 아, 그렇구나 하고 어느 정도 이해가 갈 것이다. 장마의 큰물 따라 들어왔다가 웅덩이와 논두렁 때문에 미처 빠져나가지 못했던 것이다.

강백, 주백 등 제백 친척 형들은 마을 논이나 냇가, 그리고 저수지 조성을 틈타 여러 가지 놀이와 먹을거리를 제공했다. 특히 누구네 흑염소가 땅벌한테 쏘여 잡았던 고삐를 세게 끌고 가는 바람에 주인 애가 넘어져 크게 다친 일이 있었다. 형들은 밭 임자한테 오늘밤 계획을 소상히 설명하여 양해를 구했다. 또 한 번은 제백 친척 동생이 땅벌한테 쏘여, 앙갚음 한답시고 한밤에 횃불에다 정미소 경유를 묻혀, 밝혀, 벌집이 있는 논둑을 허물어 벌집을 통째로 들어냈다. 그러고는 나름 논둑을 원상 복구했다고는 하나 애들 솜씨라 아무래도 어설펐다. 마을에서 비난이 심했다.

며칠 후 장마가 지나고 난 후 냇가에 붙은 논에서 수많은 참개구리를 잡아 냇가 돌 위에서 구워 먹었다. 가끔은 좀 귀하게 태어난 아들을 데리러오는 엄마도 있었다. 그것은 개구리를 많이 먹으면 뱀에 물렸을 경우 즉사한다고 믿었다. 목화 풋것도 많이 먹으면 문둥병자 된다고 못 먹게 했다. 그들이 방동사니와 물풀이 키를 넘게 자란 저수지의 물 빠진 너른 곳에 풀을 적당히 베어내고, 멀리뛰기, 달리기, 높이뛰기, 씨름을 하다가 해가

질 무렵, 형들은 모의재판을 열었다. 죄인은 형량에 따라 자기가 마련한 꼴을 몇 모숨 주는 것으로 정했다. 물론 죗값으로 준 것만큼은 다시 베어야 했다.

죗값 중에 가장 가치 있는 벌금은 혹간 보이는 개똥참외와 개똥수박을 찾아오는 것. 이것들은 누군가 그것들을 먹고 대변이 되어 나왔거나 뱉은 것이다. 그런 만큼 작고 여물었다. 시대가 변해 요즘은 작은 것을 더 선호한다고 한다. 즉 오 킬로그램 수박이 사인 가족 기준에 딱 맞는다. 다시 말해 십 킬로그램 이상 나가는 것은 수도권 쪽에서는 아예 찾는 사람도 없고, 지역에서나 조금 팔리는 정도다. 식구가 적다 보니 크기가 크면 거추장스럽고 처치도 곤란해 시장 가치가 떨어지는 것 같다. 수박뿐 아니라 고구마, 무, 호박 등도 마찬가지다. 못 먹고 사는 시대나 큰 것을 좋아했지, 요즘은 과일이고 채소고 조그마한 것이 인기가 많다.

해가 저수지 위에서 붉은 물감을 퍼뜨리고 사라질 즈음 한바탕 깔깔거리며 놀다가 풍덩하고 물속으로 뛰어든다. 여기서 창결 친구인 구오사와 아키라의 대표작인 〈7인의 사무라이〉가 생각난다. 그 영화에서 마을 도적을 퇴치한 주인공이 마을을 떠나면서,

"이긴 것은 저 농부들이다!"라고 말한다.

그것은 농부들의 영리함과 영악함을 말한 것인데, 그 장면과 제백 어린 시절의 고향 풍경이 오버랩 되곤 했다.

소능마을은 조상이 물려준 그대로의 땅과 농사법을 고수했

던 것이다. 어떻게 보면 순진무구한 사람들이라고 할 수 있고, 또 한편으로는 변통성이 없는 사람들로 치부할 수 있다. 그래서 농촌 계몽과 특수 작물의 재배기술 도입은 엄두도 내지 못했다. 그들에게 요령이란 만부득이萬不得已이었다.

서두름도 게으름도 없고, 일확천금을 꿈꾸지도 않았다. 씨 뿌려 추수할 때까지 하늘이 주는 햇볕과 비와 바람에게만 의존하며, 그저 땀과 정성을 쏟을 뿐. 봄이 가고 가을이 와야 소출이 있을 뿐, 조기 수확이란 상상조차 못할 때였다. 오로지 정직만 갖고 자연의 순리에 맞춰 삶을 영위할 뿐이었다. 오로지 벼, 보리, 밀, 고구마, 감자 등 대표 작물만 고집하고, 아니 고집하기보다도 천명으로 알고 삶을 영위해 왔던 고향의 이웃들이다. 그러니 농촌 사정은 항상 배고픔의 연속이었다.

그러나 이제는 그것들마저 애틋한 옛 일이 되고 말았다. 그것들 중에 제일은 가래장이었다. 그러나 그것은 크나큰 아이러니였다. 왜냐하면 입맛을 돋우는 거였기 때문이다. 어떤 집은 밥 먹고 고구마 먹으면 양식이 이중으로 축이 난다고 해서 고구마 먹고 신물이 나면 밥 먹기가 곤란하다고 그 방법을 쓰면서 어머니들은 부엌에 들어가 몰래 눈물을 훔치기도 했다.

어쨌든 가래장은 추억이다.

아주 특별한 뜻으로 다가오는 식물이 있다. 방아가 그 주인공. 고향 마을 어디를 가도 녹색 잎에서 강한 향을 풍기는 방아가 가득했다. 특히 방아는 초피와 함께 고향 음식에 빠질 수 없었다. 전남 광주광역시에선 추어탕에 초피를 넣지 않는다. 아무튼 방아는 고추 지짐이, 고추장떡, 된장국, 추어탕 등에 넣었다. 가래장은 마른멸치로 만든 육수에 밀가루를 풀어 약간 묽은 죽 상태에서 방아와 말린 홍합, 매운 고추, 감자를 넣어 만든 일종의 풀죽이다.

그해 가을, 초전 오촌의 히트작 자부락이 없었다면, 월화와 고종시로 우리의 미각을 다 채울 수 없는 일. 악초구惡草具라도 원 없이 먹었으면 한이 없으련만…….

서울에서의 추억은 맛난 음식점과 술집이라 해도 과언이 아니다. 공군사관생도였던 제백 사촌형이 외박 나올 때마다 같이 갔던 명동 한일관의 갈비탕의 육질과 국물은 어린 시절 고향에서 도가니를 고아 먹었던 맛과 동일했다. 그리고 나신전업 때 천연동에서 먹었던 천연탕天然湯은 들깨 맛이 일품이었고, 통인 시장 정육점 앞에 앉아 구워 먹었던 그 소고기 맛은 어디 갔는가. 출판대학 시절 음식마니아인 노 원장과 같이 갔던 삼각지 평양집의 석쇠 불고기 맛과 인사동 진주집의 소 곱창은 도저히 잊을 수 없다. 그러나 뭐니 뭐니 해도 제백 형이 새벽 출장 갈 때 저옥이 마련한 국밥을 잊을 수 없다. 국물에 밥을 넣고, 손질하지 않은 큰 멸치 몇 마리 넣어 끓인 후 계란을 깨뜨려 넣는데 절대로 계란을 휘젓지 않고 그대로 두는, 어떻게 보면 가장 쉬운 요리법이다. 계란이 극락조 꽃처럼 생겨, 인상적이었다. 제백은 형이 남긴 것을 맛나게 먹었다.

요즘 한창 주가를 올리는 맛 칼럼니스트 황 모 씨도 출판 교육을 받았다. 그가 농민신문사 월간지 기자로 활동하면서 자기 나름대로 꿈을 키워왔던 것이 이제야 때를 만난 것이리라.

한 때 작품 구상한답시고 신사동 참치집 사이끼리에 두세 시간 앉았다가 영동 설렁탕에서 그날 구상한 것을 끝내고 근린공원 벤치에 앉아 진동횟집에서 먹었던 갈치 국을 고향의 것과 연관 시켜보기도 했다. 광화문 시인통신과 엉터리 집은 제백의 단골집이었다. 엉터리집 주인은 제백이 현찰을 내기 때문에 반겼다. 단, 한 번도 외상을 지지 않았다. 특히 엉터리집의 뚱뚱한 여주인은 문을 열고 들어서기가 무섭게 반겼던 것이다. 그녀는 통의동 뚱네와 비슷한 체형이었다. 통의동 뚱네는 비빔밥이 일품이어서 정부청사를 위시해서 소문이 자자했었다. 그런데 그녀는 빼빼 마른 여인과 동업을 하였다. 마치 뚱뚱이와 홀쭉이란 영화를 연상하기도 했다.

신사동 큰집 옆 공을기孔乙己란 중국집에 들어가 서민적인 노신을 생각하며 음식을 시켰다가 너무나 비싸, 귀족이 된 노신이 나타난 듯 크게 실망했던 적도 있었다.

그래도 뭐니 뭐니 해도 연안부두 충무식당을 빼놓고 갈 수는 없지. 막내동서네와 제백네가 함께 찾았던 허름한 일층 식당에 갔을 때 큰 충격을 받았다. 그것은 주인 남자가 손수 밑반찬을 진열했는데 그 누구도 반찬을 옮기거나 합쳐선 안 되는 법칙이 있었다. 마치 예술가의 마음가짐이었다고나 할까. 그가 바다가 보이는 너른 이층으로 옮기고 나서 또 내세운 법칙은 단체 손님은 열 명 이상 받지 않는다는 것이다. 그것은 골고루 여러 명이 음식을 즐기라는 깊은 배려가 깔려 있었던 것이다. 세월이 흘러,

부인이 병환 중이라 문을 몇 개월 간 닫기를 반복하다가 마침내 부인이 죽고 그도 시들시들해졌다.

이런 이야기는 그런대로 여담처럼 들어도 별 위화감이나 불쾌감이 덜 하지만, 몇 년 전 압구정동 음식점 〈애슐리〉에서 목격한 것은 살 떨리는 것이었다. 평생 처음 아는 자의 주선으로 그곳을 가게 되었다. 점심때였다. 그런데 어귀 쪽에서 한 스무 명 넘을까 말까 한 체크무늬 치마를 입은 여학생들이 모여 식사를 하였다. 제백이 종업원한테 조심스레 여쭤봤다. 그런데 그 학생들은 길 건너 남녀 공학 고교생이었고, 매일 같이 식사하러 온다는 것이었다.

젊어서 바위 위에 굴러 떨어져 구부정한 상태로 다니며, 헛소리나 흰소리 등 싱거운 자로 낙인 찍혀 무짠이라고 별명을 붙였다. 그는 기원전 오 세기 말의 아테네 사람인 티몬처럼 사람을 싫어하기로 유명했다. 인사를 해도 꼭 토를 다는 바, 즉 '진지 잡수셨습니까?'하면, '밥 먹었으면 어쩔래. 이 마시마 손아.'하는 등 알 수 없는 말을 하여, 대개 그가 나타나면 피하려 했다. 어떤 이는 가던 길을 멈추어 눈을 딴 데로 돌리거나 남의 집에 들어가든지, 아니면 마음 약한 자는 되돌아가기 일쑤였다. 그런데 그 무짠이의 동생이 부산 온천장 새벽 길거리 청소하다 주운 복어를 구워 먹고 즉사했던 것이다. 복어 독 '테트로도톡신'은 자연계에 존재하는 강력한 독 중 하나이다. 알, 간, 창자, 혈액, 껍질 등에 들어있다. "복어 한 마리에 물 서 말"이라는 속담도 있는데 그만큼 복어를 손질할 때 독이 든 혈액을 없애려면 물이 많이 필요하다는 의미다. "복어 알 먹고 놀라더니 청어 알도 마다한다."는 속담처럼 복어 독은 무섭다. 산란기인 5월에서 7월에 복어 독이 절정에 이르는데 "나비가 날면 복어를 먹지 않는다."는 말도 있다.

주제넘은 짓을 하는 사람에게,

"칠산 바다 조기 뛰니 제주 바다 복어 뛴다."

실속은 없으면서 거만한 사람에게는,

"복쟁이 헛배 불렀냐."라는 말도 쓴다.

종류가 매우 다양한 복어는 세계적으로 백이십여 종이 있는데 그중 일부가 맹독을 가지고 있다. 우리나라에서 식용이 가능한 복어는 스물한 종이다. 복어는 다른 물고기와 달리 배지느러미와 비늘이 없다. 단단한 이와 턱 근육으로 새우·게·불가사리, 작은 물고기 등을 잡아먹고 사는 육식성 어종이다. 이빨과 턱이 강해서 낚싯줄도 잘 끊는다. 서로 물어뜯고 공격하는 습성이 있어서 양식장에서는 복어 이빨을 일일이 잘라내기도 한다.

그날 오후, 마을에서 키가 제일 크고 우스갯소리 잘하는 가난한 젊은이인 달필이 형이 사고를 냈다. 그 달필이가 어렸을 때였다. 어느 여름날 저녁 무렵 식구들이 평상에서 저녁을 먹다가 아버지가 장난기 발동이 도져, 갑자기 생뚱맞고 능청스럽게도 사립문 쪽을 쳐다보며,

"누님 우짠 일로 이리 늦게 오시능교?" 말하며 놀라면서 일어서려고 하자 모두들 한눈처럼 쳐다보았겄다. 모두들 속은 것에 내심 분했다. 며칠 동안 조용히 흘러갔다. 다들 잊고 있을 즈음

막내아들이 음모를 꾸몄다.

　며칠이 지난 저녁, 막내아들이 똑 같은 짓을 흉내 내었다. 영화 〈오두막〉에서 보트를 타고 가다가 딸 게이트가 일어나 아빠한테 노를 들고 자랑하다가 보트가 뒤집혀서 사고의 단초가 되었다. 아뿔싸, 모두들 진짜로 여겨, 일어서다가 평상이 기울어져 밥상이고 뭐고 공중을 치솟고 말았다나 어쨌다나. 그 달필이 형이 논에 키워 그 뿌리를 전량 일본에 수출했던 비단 뿌리를 먹었다가 피를 토하며 죽어가는 그 고통소리에 별똥별까지 놀랐다. 영등포 오 형제 식당은 아침마다 복어 알 먹으러 오는 단골손님들이 있다. 아주 조금씩 조금씩 먹다보면 면역이 생긴다나 뭐한다나. 하기야 배가 너무 고파 쭈쭈바인줄 알고 플라스틱 비닐에 든 빨간 액체인 쥐약을 먹고도 어린애가 살았다나 뭐했다나. 살무사 독도 입안에 상처가 없으면 먹어도 상관없다고 한다.

　복어가 음식 되기까진 그 숱한 희생이 따랐었는데. 〈본초강목〉의 이시진이나 〈동의보감〉의 허준은 독초를 몇 잎이나 몇 뿌리나 먹었는고. 궁금하기 짝이 없구려. 신농씨는 아득한 옛날 약초와 독초를 구별했다는구나. 상극相剋에 해당하는 음식물을 같이 먹지 않고 따로 먹을 경우 두 시간의 시차를 두어야 한다! 우주 안에는 먹는 자와 먹히는 자가 있을 뿐이다. 궁극적으로는 모든 것이 먹을거리라고 우파니샤드는 말한다. 인간의 마음이나 정신만큼이나 음식에 대한 관심 역시 매우 중요하다. 문학 속 인물이 음식을 먹는 태도와 그가 먹는 음식을 통해 그의 성격이나 심리, 그가 살고 있는 세계와 문화적 가치에 대해 읽을 수 있다는 점, 곧 음식이 문학 비평에 있어 중요한 요소이다. '음식'과 '성'은 인간의 기본적인 욕구(개체 유지를 위한 음식 섭취, 종족 보존을 위한 생식 행위)로, 식욕과 성욕은 사회적·문화적·생물학적으로 밀접히 연결되어 있다. 식욕과 성욕을 이성에 의해 통제되어야 하는 비천한 '욕망'으로 보았던 고대 그리스와 중세를 거쳐 현대의 프로이트와 정신분석에 이르기까지 성욕과 식욕은 동일선상에 놓여 왔으며, 일상생활이나 문학작품에서도 성적 행위는 흔히 먹는 행위로 표현되어 왔다.

도스토옙스키의 작품들 속에서 음식 섭취는 맛, 즐거움, 영양 공급의 차원이 아니라, 폭력, 공격성, 지배의 차원으로 드러난다. 고기는 폭력적으로 공격하고 소비해야 할 것으로 다루어지며, 이와 목구멍처럼 음식물을 씹어 삼키는 기관에 독자들의 관심을 집중시킨다. 마찬가지로 성교라는 신체적 행동은 에로틱한 체험보다는 폭력적인 행위로, 상호간의 성행위보다는 성폭력으로 이해되는 경우가 많다. 도스토옙스키의 작품이 먹는 행위와 성적 행위를 이렇듯 폭력적인 형태를 띠는 것으로 묘사하는 것은 곧 자본주의적 경쟁이 치열하게 일어나는 다원의 세계를 사회심리학적인 관점에서 그려낸 것이다. 무자비한 사회경제적 동물로서 먹어치우지 않으면 먹히는 상황에 처한 인간은 잔인하고 공격적인 존재가 될 수밖에 없다.

반면 톨스토이의 작품 속 인물들은 도스토옙스키의 작품에서와는 달리 '먹어 치우기'보다는 '맛을 보는' 경향을 지닌 것으로 분석된다. 톨스토이의 작품 속 남성 인물들은 감각적 즐거움 때문에 음식과 성에 탐닉하는 경향이 있으며, 톨스토이 작품 속에서 여자와 음식은 남성을 유혹하고, 정신적 실현으로만 성취 가능한 영혼의 만족 대신 일시적인 육체적 감각의 희열만을 제공하는 상징으로 반복적으로 등장한다. 특히 톨스토이의 후기 작품 중 하나인 「크로이체르 소나타」는 '먹는 행위'와 '성적 행위' 사이의 이러한 연관성을 잘 보여 주고 있다. 하지만 톨스토이의 작품들이 탐닉하는 인물들을 그려내고 있음에도 불구하고, 잘 알려진 바와 같이 톨스토이는 말년에 엄격한 기독교적 금욕주의를 신봉하게 된다. 식욕의 측면에서나 성욕의 측면에서나 강한 본능적 충동을 지니고 있었던 동시에 도덕적 자기완성에 대한 집착 또한 강했던 톨스토이는 점차 반쾌락주의와 반에피쿠로스적 철학에 깊이 침잠했고, 성욕뿐만 아니라 미각과 위胃의 쾌락까지도 포기하게 되었다.

07장 본래 한 뿌리에서 태어났건만

 오이밭에 첫물 따니 이슬에 젖었으며 앵두 익어 붉은 빛이 아침볕에 눈부시다. 목맺힌 영계 소리 익힘벌로 자로 운다.

 모범수로 교도소살이를 마친 두 도라지 형제가 소능마을에 오지 않았다. 그렇다고 고향인 담양에 간 것도 아니었다. 백도라지는 교도소 취사장에서 허드레 일을 했는데 어느 날 왼쪽 등짝에 하얀 반점이 서너 개 나타났다. 죄수들은 말했다. 육고기를 갑자기 많이 먹은 탓일 거라고 했다. 직감으로 문둥병의 시초였다고 믿었다. 그렇다고 소록도에 가긴 싫었다. 일제강점기 때 거세를 했다는 소문 때문에 겁이 났던 것이다. 그래서 일본으로 밀항하기로 맘먹었다. 오사카에 고모가 있다는 사실만 알고 무작정 갔다.

 겹도라지는 소능마을에서 얼마 떨어지지 않은 재 너머 구월마을과 명지재 사이에 산속 움막을 짓고 살았다. 아랫마을이나 재 너머 가천마을의 궂은일은 도맡아 하다가 백천재 오르는 산길 옆 외딴집 처녀와 혼례를 올렸다. 그러나 마누라의 심상치 않은 태도에 실망하여 주야장천 투전판이나 개 잡아 먹는 무리에 합세하기도 하고, 술이 어느 정도 각근이 되면 흰창을 드러내 위아래 없이 시비를 붙다가, 결국 주변 사람들한테 진창 두들겨

맞고는, 곧장 코를 골다가 뉘엿뉘엿 해거름에 염소 꼴 몇 모숨을 바지게에 담아 쩔레쩔레 집으로 가는 것이었다.

그러던 그가 첫아들 낳고는 그 아들이 자기와 닮은 것을 보고 마누라한테 향하던 의심도 가셨다. 그러나 아무래도 사시사철 찾아오는 방물장수가 눈에 거슬렸것다. 더구나 그놈이 요즘은 거의 달포에 한 번꼴로 왔다. 드디어 연놈의 행태가 들키고야 말았다. 그날따라 용현 신복리 관동마을에 문상 갔다가 이상하게도 용치龍峙를 넘고 싶은 강한 충동이 일었다. 무심결에 넘다가 저 아래 계곡 하얀 바위에서 두 연놈이 벌거벗은 채로 희희낙락하며 주의를 게을리 했다. 저만큼에 둔 아들이 깨어나 울 때 아내는 어느 정도 회포를 푼 후인데도 귀찮다는 듯이 벗은 채로 가서 젖을 먹였다.

부처도 돌아앉는다는 그 광경에 그만 놀라 꼭뒤가 당겨, 어질어질 그만 계곡에 굴러 떨어지고 말았다. 연놈은 후다닥 놀라 급하게 옷을 입은 둥 만 둥 아이를 내팽겨 둔 채 허겁지겁 어디론가 날라버렸다. 악을 쓰며 우는 아이를 안고 집으로 와 겨우 달래서 모깃불 옆 평상 위에 재웠다. 어느 정도 경황이 지나자 아까 계곡에서 굴러 떨어질 때 생긴 상처가 아리고 시려 아까징끼, 요오드팅크를 온 몸에 발라 칠갑을 한 후, 담배 한 대 말아 피우고 대선 강소주 한됫병 절반을 들이켰다. 언덕 아래 먼 창공에선 유성이 날아갔고, 여기저기 반딧불이가 주변을 살며시 왔다가 가곤 했다.

무라카미 하루키의 『상실의 시대』(『노르웨이의 숲』, 1987.)에는 반딧불이에 대한 언급이 세 쪽 반이나 나온다. 몇 년 전 '컨벤셔널 conventional한 형식의 소설'로 발표된 「반딧불이」에도 유사한 내용이 나온다. 결국 이 작품을 고쳐 쓰고 늘려서, 다시 말해 점점 뻗어나가 대장편이 되었다.

겹도라지는 도리질로 얼른 추억을 지웠다. 아무렴, 열 아빠가 돌본다 해도 엄마 한 사람 몫을 하랴. 며칠이 지나자 아이는 칭얼대기 시작하여 산비탈 축축한 음지에서 씨알 굵은 지렁이를 잡아 잘 씻어 고아 그 국물을 먹이기도 했고, 지난 해 채취한 초피나무 껍질을 벗겨 말린 전피를 빻아 그 가루를 산 계곡 여기저기 뿌려, 솟구치는 뱀장어 몇 마리 잡아 푹 고아 삼베주머니에 넣어 짜서 먹여도 시들하긴 마찬가지였다. 그러다가 먼 창공 큰 별똥별이 떨어지던 초저녁, 그 어린 것은 제명을 다하지 못하고 말았다. 그는 넋이 나간 듯 한참을 바라보다 무슨 결심을 한 듯 제사 때 마른 문어 다듬고 밤 치던 날카로운 칼을 숫돌에다 갈기 시작했다. 그리하여 차마 인간의 탈을 쓰고는 행할 수 없는 참극을, 소위 말해 유영철도 흉내 못 낼 잔인한 작업에 돌입했다. 그렇게 그렇게 고대 이집트 사람이나 카나리아 제도의 구안체인과 뉴기니·오스트레일리아 사이의 토러스 해협 연안에 사는 부족, 또는 아메리카의 잉카인들이 미라 만들듯, 아이의 내장을 꺼낸 후 굵디굵은 천일소금으로 채워, 공업용 길고 굵은 바늘로 꿰맨 후 바랑에다 집어넣어 들쳐 업고 그 길로 명지재를 넘어 석거리에 도착하니, 저녁 아홉 시가 막 되었다.

국도를 가다가 산길로 가다가 결혼 첫날밤을 생각했다. 아내가 그토록 요란하게 요분질한 것을 이미 많은 경험이 있었다고 단정하여 아내에 대한 정나미가 떨어졌다. 그날 밤 이후 단 한 번도 아내를 가까이 두진 않았다. 여하튼 아내 찾아 삼백리 길을 감행하여 이 마을 저 마을로 떠돌기 두 달 남짓, 드디어 어찌어찌 요리조리 수소문 하여, 마침내 어느 소도시 여관 조바로 있는 아내를 머리채를 잡아 붙들고, 아니 질질 끌다시피 하여 택시를 타고 와 명지재 넘어 하얀 바위 옆 팽나무 그늘에 앉아 업은 아이를 돌려내려 젖을 먹이라고 하자, 여자는 콧물 땟물 훔쳐내고 앞가슴을 풀어헤치기 시작했것다. 방물장사와도 헤어진 지 한 달이 넘었다고 울먹이며 이실직고했다.

아뿔싸! 팅팅 불어 성이 나 불거진 푸른 실핏줄에다 작은 붉은 반점이 깔린 오른쪽 젖가슴을 흘깃 쳐다보다가 아이를 안겨주는 동시에 예리한 낫으로 아내의 오른쪽 젖가슴을 난도질 해버리고 말았다. 그 길로 다시 명지재를 넘어 아이의 시신을 덕대마냥 도장나무[35] 덤불 아래를 파서 묻고는 사남 지서에 가서 자수하기에 이르렀다.

세월이 흘러 겹도라지가 교도소 동지와 같이 석거리에 점占집을 열었다. 이미 그곳에서 점쟁이 노릇을 하던 교도소 동지가 지인 몇몇과 완도군 청산면 여서도麗瑞島로 돗돔 잡이 배낚시 갔다가 풍랑을 만나, 그 교도소 동지만 겨우 살아나왔으나, 이미 기가 빠져 숨통이 오르락내리락 하였다. 마지막 병 문안 갔더니, 권리금도 없이 그 노른자위 정보를 주고 조용히 눈을 감았다. 얼마 안가서, 삼천포, 사천, 진주, 심지어 고성 갈래까지 용하다는 소문이 파다하게 나서 요즘 말로 대박 중에 대박이었다. 그러나 꼬리가 길면 밟히는 법. 결국 그들의 비행이 탄로 난 것은 한 방울의 물 때문이었다. 집 구조는 이층으로 된 단독주택인데, 일층은 사무장이 일차 접견하는 곳이자 점보는 장소이고, 그 옆에 대기실이 있어 손님들이 차례를 기다렸으며, 이층은 점쟁이인 겹도라지가 있었다. 그러니까 평소 엄격하게 시간 지키기로 해 놓고, 한 사람씩 부른다. 사무장은 커피나 녹차, 그리고 철철이 나오는 과일을 대접하고는, 전혀 눈치 채지 않게끔 마음 느슨하게 했다가, 담배 한 모금 깊이 빨아 내뿜고는, 눈을 지그시 감은 채로 단 세 가지 분야로 질문한다.

첫째로 집에서 기르는 닭, 돼지, 염소, 소가 몇 마리냐,

둘째로 남편에 관한 것이며,

셋째로는 자제분에 대한 것이었다.

보라! 그러한 모든 행위를 이층에서 점쟁이가 다 듣고 머리에 차곡차곡 입력시키고, 헛갈리는 것은 자기 나름대로 손바닥에 메모해 놓고. 시간이 지나 사무장이 종을 치면, 이층에서 내려온 것을 속이기 위해, 다른 쪽으로 내려가서 다른 문으로 들어오는 것. 그 순간 사무장이 나가고, 곧바로 접견실에 앉자마자, 기선 제압 차 눈을 똑바로 쏘아보면서,

첫 번째로 '보름 전에 낳은 송아지는 잘 있재',

두 번째로 '남편이란 놈이 노름에 미쳐서 환장이구먼',

---

36) 원래는 회양목을 말하는데, 이곳에선 화살나무를 말함. 초등학교 때 손 솜씨 좋은 학생이 도장을 파서 나눠주곤 했다. 인주가 없어 잉크로 찍곤 하였음.

세 번째로 '둘째 아들 곧 제대 하겠네'.

그러면 백에 백은 모두들 부들부들 떨면서 솔솔솔 술술술 다 부는 것이었다. 불지 않고 어찌 배기랴. 누가 점쟁이고, 누가 손님이런가. 어리석고 순한 손님은 스스로 모든 것을 이실직고 하고는, 부적符籍 몇 장 많은 현금으로, 혹은 외상으로 사면서도 연신 고맙다고 조아리며, 마치 임금님 앞에서 신하 물러나듯, 뒷걸음질하는 저 꼴을 한번 보게. 어떤 물주한테는 큰 굿 날짜까지 잡았다. 점쟁이는 이번에는 구룡, 다음에는 사천읍, 그 다음번엔 석거리 등의 규모가 작은 무당에게 차례차례로 아래 도급을 주고, 그 대가를 절반 이상 챙기는 수법을 썼다. 그러기를 몇 년. 진주 옥봉남동에 양옥집, 삼천포 늑도의 풍광 좋은 곳에 별장을 각각 두 채 마련할 정도로 돈을 벌었다. 늑도는 프랑스의 어느 시인의 고향이자 그의 대표시 '해변의 묘지'의 무대인 '세트Sète'를 연상시키는 곳이기도 하다. 그리고 점점 요정 출입이 잦아졌다. 일주일에 두 번, 즉 월, 목은 정기 휴일이었다. 그렇게 애타게 해야 손님이 바글바글해진다는 것이다. 서울 아동서적을 펴내는 어느 출판사는 그냥 '드림' 할망정 '덜이'는 없다고 소문이 나고는 판매가 급성장해 강남 노른자위 땅 몇 천 평을 손쉽게 사들일 정도였다.

점쟁이 무리들은 인근 진주, 사천, 삼천포의 유지급 인사들을 초청해서 마시고 놀았다. 그들의 초대에 끼지 못한 자들은 별 영향력이 없다고 만큼 그들의 위력이 대단했다. 그들의 단골집은 진주 '귀로정歸路亭'이란 요정이 있었다. 그러나 다시 말해 그들의 찬란 벅적지근하던 영광은 단 한 번의 물방울 실수로 끝나고 말았다. 어느 날 모 신문 진주 지사 젊은 진陳 모 주재기자 모친과 마을 사람 몇몇이 점 보러 갔다가 이층에서 떨어지는 물방을 맞고 토요일 고향집에 들른 아들에게 대수롭지 않게 이야기했다. 그 기자는 이 고장 발발이 똥개가 되어, 좋은 일 궂은 일 가릴 것이 그에게 한번 걸렸다 하면 돈 액수에 따라 기사의 폭이 좌우되는 무소불위의 권력자였다. 그래서 이미 이 점집도 관례대로 언질을 주었으나, 그 액수가 터무니없이 많고 평소 정기적으로 상납해온 터라 '설마'하고 예사롭게 지냈다. 그러나 통할 게 따로 있지. 프레스카드제가 절실했던 시절이었다. 아무튼 용호상박의 싸움은 시작되었다. 제보 받은 경찰 한 명은 아직 때가 묻지 않은 신삥이었는데 사복 차림에다 손님으로 가장하였고, 또 한 명은 주변을 탐색했으며, 주재기자는 어귀 쪽에서 망을 보았다.

이번에도 겹도라지는 이층에서 귀담아 듣다가 아래층 손님의 목소리가 작아 더 가까이 가려다 그만 실수로 또 녹차가 엎질러졌다. 사무장 구실하던 자는 잡히고, 점쟁이 역의 겹도라지는 스라소니 이성순이나 태껸 기능보유자인 송덕기宋德基보다 더 날렵했다. 이번에 교도소 가면 삼세판이라 인생 종친다고 여겼다.

죽음이 임박하면 고향을 찾는다 했던가. 진짜 고향은 담양이라 멀고 제이의 고향을 찾느라 밤새 풀밭에서 잤다가 드디어 소능마을에 도착하니 날이 완전히 샜다. 마침 어떤 새댁이 마을 우물에서 물을 길어 이고 가다가 겹도라지의 부스스한 모습 때문인지 원래 인사성이 밝아서 그런지 몰라도 약간 놀라며 뒷걸음질 치다가 안심하고는 살짝 웃었다. 똥 싼 놈이 화낸다고 했던가. 순간 겹도라지는 그게 자기를 크게 비웃는다고 생각했던 것이다. 더구나 아침햇빛이 유난히 도톰한 그녀의 입술 주변에 묻어 더욱 큰 반짝거림이, 그에겐 비웃음으로 보였다. 순간 그만 화를 참지 못하고 근처에 내뒹굴던 주먹만 한 모오리돌을 움켜쥐고 꼭뒤를 향해 힘껏 던졌다. 불과 이삼 미터 거리였으니 그 파괴력은 이만저만이 아니었다. 피가 낭자했고, 깨진 동이며 물에 피가 섞여 낭자했다. 설마 하고 겹도라지도 눈이 동그래지며 어쩔 줄 몰라 부들부들 떨었다.

자운영 풀밭에서 마냥 울고만 있었다. 자운영 풀밭에 누워 양떼구름을 쳐다보는 것만큼 행복한 순간이 있었던가. 약간의 상큼한 풀냄새하며. 자운영. 녹비綠肥를 권장해 농작물 증산을 독려하던 일본 제국주의 관리들은 자운영의 채취를 엄격하게 금지하여 만약 그것을 캐면 경찰서에 잡혀가곤 했다. 그래서 자운영 풀밭에서 마냥 뒹굴다가도 능구렁이가 도사리고 있을 것 같은 무섬을 동시에 느끼는 것은 아마 우리 민족에게 무섬의 DNA를 지녔기 때문이리라.

세월은 하 가고 일은 감당 못할 정도로 터지니. 바람담혹보할배 회갑 때 모인 자칭 사당패 마이크[37]와 콩케이[38], 굴뚝새영감[39], 마데이와 한바탕 어우러진, 그 햇볕 이글거리던 열굿대[40]보다 더 맵고 더운 폭양의 축제날, 사건은 크게 벌어져 닿을 줄 몰랐다. 그날따라 새벽부터 삼둘이네 황소가 마치 코끼리의 머스트musth처럼 고삐를 끊은 채 영각을 치며 너무도 길게 울면서, 고샅을 날뛰며 발광하여 여기저기 담장을 무너뜨리고, 온 마을이 발칵 뒤집히고 중천의 태양이 멈추려는 순간, 커다란 운명은, 하나의 음모를 안고 서서히 목조여 왔다. 드디어 분노는 흠뻑 젖은 땀을 먹고, 마치 미친 늑대 탈을 쓴 인간이 된 일가붙이 장정들이 쇠스랑이면 쇠스랑, 곡괭이면 곡괭이, 참나무 몽둥이면 몽둥이, 어떤 이는 홍두깨까지 단단히 들고 메고 씨익씨익 휘달리며, 이리 찍고 저리 찍어 문드러진 겹도라지 시신을 오리 길 약물보까지 질질 끌고 갔다 왔던 것이다. 그 순간에도 피가 낭자했던 새댁 옆에 시어머니가 통곡하였고 지지리도 재수 없는 남편 놈은 콧물 줄줄 흘리며 흐느끼고 있었다. 그에게는 세

---

37) 사천 엄폐호 주위에 터를 잡고 구걸하는 거지 두목으로서 키가 크고, 목소리가 굵직하고 창과 시조를 잘해 모두들 그의재주를 아까워했음. 일본 와세다 대학 불문학부에 다니다 징용 시 탈출하였고, 한센병이 발생하여 고향 논산을 떠나 이곳 사천까지 와서는 소록도에 보내기 위해 다니는 기관원의 눈을 피해 언제나 경계의 끈을 놓치지 않음. 일본 유학 시엔 유명 영화감독 구로사와 아키라와 이웃에 살며 가깝게 지냈다고 함. 나이도 동갑이고, 키도 둘이 엇비슷 커서, 쌍둥이로 혼동하기도 했다 함.

38) 콩다콩 콩다콩 한다 해서 붙여진 별명. 여동생(화룡댁) 마을로 이주한 부부는 모두 생활 능력이 부족했으나 남편은 가야금과 서도창이 일품임. 항상 부부가 괴죄죄한 검은 망토 비슷한 외투를 입고 다녔음. 실제 나들이가 드물었음. 세 아들은 각기 특색이 있었으며, 마을 사람들과 어울리지 않고, 그럭저럭 살다가 소리 소문 없이, 다들 빠르면 십대, 늦으면 20대 초에 절명함.

39) 비록 체구가 몹시 작았으나 목소리가 커서 마치 오십 명을 합친 목소리를 낸 호메로스 『일리아스』의 스텐토르를 연상시키기도 하는데, 마을 외우리 일(일명 외장치기로서 마을 울력이나 회의 같은 공동 행사 소식을 외쳐 알리는 일.)을 도맡아 함. 주로 저녁 때 분깃담 구실할매집 뒤 무덤 옆에서 '내일 아침 감무뜰 역시(役事) 하러 나오이소.' 하고 외침. 창을 잘해 〈도리깨 타령〉과 〈성주풀이〉가 일품임. 콩케이와 거의 쌍벽을 이룸. 제백이 훗날 나신전업 시절에 만난 수금사원 어수열과 비슷한 재주꾼임. 농악대의 작은 북(소구, 버꾸)도 잘 돌림.

40) '여뀌'의 경남 사천 방언.

번째 부인이었다.

둘 다 나력瘰癧으로 잃었다.

첫 번째 부인은 파이드라Phaedra를 연상시킬 정도로 소문난 미인이요, 천성이 비단결이나 솜사탕 같았다. 그러나 고된 시집살이 탓인지 여름이면 대마 연기 탓인지 서서히 목의 통증이 다가왔다. 그것은 일종의 나력이었다. 두 번째 부인 또한 세요미인細腰美人이었다. 나력을 말할 것 같으면, 이 마을엔 얼굴이 하얗고 목이 가늘고 허리가 야들야들한 여인이 잘 걸리는 병이라는 속설이 전해졌다. 옛날에 파리한 문학청년이 폐결핵에 잘 걸린다는 속설과 비슷했다.

제법 쌀쌀한 음력 동짓달 중순이었다. 마을 가운데, 타작마당은 화톳불 삭은 잿불을 피운 채, 화릉댁과 잡보실할매[41]의 길쌈이 한창이었다. 암탉 두세 마리가 여기저기 한가로이 다니고, 약한 회오리바람이 꾀꼴 서너 개를 들어 올리다가 힘에 부친 듯 근방에 떨어뜨리고, 그때 몸이 온전치 못한 쌍점이가 괴성을 지르며, 뒤뚱거리며, 엄마 화릉댁을 어푼 빨리 오라고 손짓하였던 것이다.

또백은 소능마을에 최초로 4H구락부를 도입하여 농촌 재건 운동에 심혈을 기울였다. 근대 농예 화학의 아버지이자 식물 성

---

41) 마을 두 번째 욕쟁이. 손자가 연이어 여섯 명이나 죽음. 특히 큰 손자는 눈썹이 길고 얼굴이 예뻐 한동안 마을사람들을 슬픔에 빠지게 했다. 아주 간단한 의료 실수로 인해 아깝게 갔다. 친정은 사천읍 장전리에 속한 마을로서, 옛날 포수들이 노루밭에서 노루를 쫓아 이 지점까지 오면 틀림없이 잡을 수 있다 하여 자포실子抱室이라고 하고, 아이를 못 가진 여인이 이곳으로 이사를 하면 아이를 갖는다고 함.

장에 필요한 삼대 요소인 질소, 인산, 칼륨을 밝혀낸 독일 화학자 유스투스 폰 리비히란 인물도 그에게서 처음 들었다. 그리고 시인·종교가·역사가로 덴마크 부흥에 기여한 농민 교육자인 니콜라이 그룬트비에 대한 것도 많이 들었다. 또 통신강의록이나 펜팔 등, 개화된 문물을 도입하는 데 앞장 서 마을을 한 단계 높여 놓았다. 그가 마을 회관에서 일곱 살 제백 또래들에게 들려준 동화가 있었는데 그것은 〈붉은 암탉과 밀알〉이었다. 인자하고 학구적이었으나 아깝게도 동생 쌍점이가 죽은 다음해에 간경화로 죽었는데 술하고는 전혀 무관했다. 살다보니 개똥밭에 굴러도 살 놈은 산다. 아무튼 예외도 있겠지만 대체로 술 좋아하는 놈은 영락없이 최우선으로 갔다.

 제백도 젊은 한때 술 좋아하는 놈들 축에 최상으로 지목되어 늦게나마 정신 차려 금주하기에 이르렀다. 그러나 시인은 술을 마셔야 한다는 시인 고은의 말이 늘 신경을 어지럽혔다. 또백은 어렸을 때부터 사람과 책을 좋아했으나, 그 흔하디흔한 『삼국지』(나관중의 『삼국지통속연의三國志通俗演義』) 일이 권 굴러다니지 않은 것은 이상했다. 그것은 마을의 정신적 지주인 천경할배가 삼국지가 폭력성과 권모술수로 가득 찬 책이라 선비에겐 백해무익한 것이라고 가르쳤기에 때문이다.

 쌍백은 제백을 무척 좋아해서 제백을 다섯 살 때부터 가설극장에 데리고 가기도 했고, 자기 큰누님 댁이고, 제백의 고모 댁이 있는 고성 송내松川에 갈 때 수리조합에 다니는 작은아버지 도장을 훔쳐오라고 하여, 제백이 훔쳐오다 들켜, 혼쭐이 나기도 했다. 쥘 베른은 열한 살 때인 1839년, 동갑내기 사촌 누이에게 연정을 품고 있어 산호목걸이를 구해다 선물하려고 인도로 가는 원양선에 몰래 탔다가 배가 프랑스 해안을 벗어나기 직전 루아르 강어귀에서 아버지에게 붙잡혀 호된 꾸지람을 들었던 것이다. 또 장골이나 큰골에 소 먹이러 갈 때 여뀌 잎 아랫부분의 마른 잎과 버드나무 낙엽 등을 섞어 비벼 담배를 만들어 피우면서, 제백에게 피워보라고 전할 정도로 짓궂은 장난도 친, 여러 가지 성격을 지녔다. 요새로 말할 것 같으면 사이코패스라 해도 무방한 소위 다중인격자가 아닌가 한다. 아마도 쌍둥이 여동생에 대한 상처가 심한 듯하여 도저히 감당할 수 없었지 않았나 하고, 생각했다. 규율을 무시하는 제임스 조이스를 제자인 소녀들이 좋아했으며, 때로는 부모에게도 숨겨온 비밀을 그에게 털어놓았다. 어느 날 친구 구치의 누이동생이자 제자인 엠마는 담배 사는 것이 금지되어 있기 때문에 정원의 장미 잎들을 말아서 담배를 만들어 몰래 피웠다고 조이스한테 털어 놓았다. 담배는 안질(조이스는 녹내장으로 고생했음.)의 원인이 될 수도 있다고 걱정하던 조이스는 한 번만 피워보자고 간청했다. 두세 번 피워보고 난 후 그는 담배에서 농장의 향기가 난다는 찬사의 말을 시작했다. 건초, 가축, 꽃 그리고 — 쇠똥 냄새를 맡을 수 있기 때문이었다(소설 『율리시스』에 반영되어 있다. "담배를 피우면 자라지 못한다고 그에게 말해라. 괜찮다! 그의 인생은 장미 화원이라고는 할 수 없지.").

쌍백의 친할아버지가 침쟁이라 소문난 김녕 김 씨 종가의 연소 할배이다. 인근에 유방암과 나력 치료사로 소문 자자했으나,

원숭이도 나무 위에서 떨어진다는 속담이 여기까지 당도할 줄 그 누가 짐작이라도 했던가. 하기야 그 할배 몰골 좀 보소. 김성일이 본 도요토미 히데요시도 저리 가라, 조조도 저리 가라, 끝내는 일본원숭이가 제격이라. 방안에는 환자와 연소할배와 새댁뿐이었고, 숨죽이고 벌벌 떠는 마루 아래는 일가붙이 칠팔 명이 있었는데, 갑자기 친척 여자의 대성통곡 소리 산천을 진동하였다.

이제껏 오륙십 명이 넘는 나력 여인을 깨끗이 치료했는데, 하필 친척 장조카 마누라한테 실패를 하다니. 살무사를 나력 부위에 조심스레 물게 했는데, 하도 아랫목이 뜨끈뜨끈하게 슬슬 끓는 할배 방이라 그런지 그놈의 파리, 한겨울에 파리 한 마리[42]가 할배 콧등에 앉아 노닐고, 간질간질, 마치 석청 따려다 줄사다리를 타고 이백 미터 높이로 올라가 작업하다가 콧등에 벌 한 마리가 기어 다니면 — 차라리 쏘면 한 순간 따끔하지만 — 자연히 손을 뻗칠 수밖에. 영화 〈Once Upon A Time In The West〉의 도입 부분의 파리를 상상해 보라.

할배가 한 손으로 휘젓다가, 순간 살무사가 고개 돌려 환자 쌩짜살을 물었으니, 목덜미에 직방 물렸으므로 제 아무리 천하 화타, 편작이나, 손사막, 허준이라도, 더 나아가 저 그리스의 유명한 니칸더라도 어떻게 손을 쓸 수 없었을 것이다. 설마 하고 방심하여 해독약도 마련하지 않았으니. 여기서 파리의 위력을 말하지 않고 무엇을 말할 수 있으리. 그러니까 우리나라 건국 오

---

42) 톨스토이의 『소년 시절』 첫 부분에 비슷한 장면이 나옴.

십 년사에서 가장 쇼킹한 사건인 의령 우 순경 총기 난사. 마을에서 한 잔 걸친 우禹 순경이 애인 집에서 잠을 자는데, 파리 한 마리가 잠자는 우 순경 주위를 맴돌자 애인이 파리를 쫓으려다 그만 작은 부주의로, 우 순경의 뺨을 내리치게 되면서 발단이 되었다. 그런데 희한하게도 1953년에도, 의령에서 오십육 명이 죽는 사건이 발생했다. 남한 빨치산 총책 이현상 휘하의 이영회 부대는 전투경찰대에 의해 오십륙 명이 궤멸됐다. 그로부터 이십구 년 뒤 우 순경에게 그대로 빙의가 되었다.

제백 절친 큰 처남은 한국 유수 대학 섬유공학과 학부와 대학원을 나와 교토 대학교 섬유관련 연구원으로 한 이 년 남짓 있었다. 지도교수는 미혼녀로서 나이가 지긋했는데 처남을 무척 아껴, 마침내 처남은 그 교수를 수양어머니로 모셨다. 한국 측 친지와 일본에서 상견례를 가졌는데 그분과 그분 친척들의 지극한 예의에 모두들 탄복했다. 처남 측에서도 한 번 모시기로 하여 서울 신촌의 어느 이름 있는 한정식으로 모셨다. 그런데 그놈의 파리들이 여기에도 당도하여 친구는 창피하기도 하여 파리를 쫓느라고 음식을 제대로 먹지 못했다고 했다. 마포 공덕동 어느 돼지 머리고기 집은 음식보다 파리가 더 많아 모두들 아예 파리를 쫓으려 하지 않고 파리에 대한 생각을 하지 않으려 술만 퍼 마셔 그곳에서 나오는 대개의 문인들은 초저녁인데도 불구하고 고주망태가 되기 일쑤였다.

제백은 고향 찬장 옆에 둔 파리통을 보면 밥맛이 떨어져 오히려 부엌 안에 쪼그려 앉아 먹곤 했다. 음식점에 갔을 때 파리채가 있으면 자연히 양미간이 찌그러진다. 파리채로 때려잡은 파리의 터져 나온 내장을 보면 얼른 그 집에서 나오는 것이었다. 제백 동료의 충남 예산 상가喪家 큰방에서의 파리는 영화 〈300〉의 전사보다 더 전투적이었다. 콜라나 사이다의 열린 병 속으로 필사적으로 직하하는 그놈들을 보면서 모두들 고개를 절레절레할 수밖에 없을 정도였다. 아마 옛날과 달리 집 옆에 축사가 있어 파리가 들끓고 있는 게 아닌가 한다. 영화 〈콜 미 바이 유어 네임Call Me by Your Name〉의 엔딩 장면에서 열일곱 소년 엘리오는 아버지 보조연구원인 스물넷 청년 올리버를 그리워하며 부엌 벽난로 앞에 앉아 눈물을 삼킨다. 창밖에는 눈이 하염없이 내리고. 그런데 엘리오의 셔츠 위로 기다가 날다가 하는 한 마리 파리가 있었다. 그러나 뭐니뭐니 해도 징그러운 파리의 모습은 영화 〈라스트 페이스〉에서 라이베리아 내전으로 희생된 어린이들의 시신 무더기를 둘러보고자 커튼을 젖힌 국제구호단체 감독관인 렌(샤를리즈 테론) 앞에 펼쳐진 광경. 그것은 파리 떼였다. 날거나 상처에 붙어 헤집고 다니는 무서울 정도의 기세는 분봉分蜂할 때 이상이었다.

오, 피카디리 극장 남자화장실은 대림에서 만든 소변칸통 안 아래쪽에 그려진 파리 그림이 주로 늙은이들이 휴식 차 많이 찾는 곳이라 그들의 늙수그레한 귀두만 쳐다보다 허송세월 다 보내는 게 아닌가. 어린 새끼를 위한 일념으로 이구아수 거센 폭포를 뚫고 날아다니는 큰 검정칼새의 반복된 모습에서 오줌싸개 동상 Manneken Pis을 연상하노라. 영화 〈제인도The Autopsy of

Jane Doe[43]〉에서의 여인 시신 오른쪽 코에서 나온 똥파리여!

제임스 조이스의 『율리시스』 제십장 거리(배회하는 바위들 에피소드)의 열아홉 개 단편 중 열여덟 편에 "아빠의 얼굴은 그전의 붉은 얼굴과는 달리 온통 회색빛을 띠고 있었고 파리 한 마리가 아빠의 얼굴 위를 눈까지 기어갔지. 사람들이 관棺에다 나사못을 틀어박았을 때의 덜거덕거리는 소리. 그리고 사람들이 관을 들고 아래층으로 운반할 때 쿵 부딪치는 소리. 아빠는 관 속에 있었고 엄마는 울고 있었으며……."

철부지 사촌고모는 눈물 반 콧물 반 흘리며, 철딱서니며 소갈머리 없이 고무 꽈리만 간헐적으로 불었다. 꽈리는 풍선초 또는 풍선덩굴로서 주로 제백 아랫집 담장에 많이 열렸는데, 꽈리는 짧은 통 모양의 꽃받침이 열매를 감쌌는데 그 모양이 마치 초롱처럼 곱고 예뻐서 누구나 따서 갖고 싶은 마음이 들 정도였으며, 주황색으로 익은 것을 따다가 꼭지를 따고 씨앗을 빼낸 다음, 열매껍질을 공처럼 부풀려 입에 살짝 넣어, 구멍 뚫린 쪽을 혓바닥에 대어 막고, 윗니로 위쪽을 지그시 누르면 속에 있던 공기가 빠져 나오면서, '꽉꽉' 소리가 나는데 잘 찢어져, 여러 가지 색

---

43) 미국에서는 수사 당시에 신원이 밝혀지지 않는 사람을 '존 도John Doe'라고 부르고, 여성의 경우에는 '제인 도Jane Doe', 아이에게는 '베이비 도Baby Doe'라고 한다. 본디 영국에서 토지 점유 회복 소송에 쓰인 원고의 가상 이름으로, 여기에 피고 '리처드로Richard Roe'와 함께 '원고와 피고'를 나타내는 가상 이름으로 많이 쓰임. 신원미상 시체가 발견된 때에 'J.Doe'라는 이름이 붙어 처리된다. 존 스미스에서의 스미스와는 달리 '도Doe'는 흔한 성이 아님. 익명성의 문제로 정말로 있을 법한 이름을 오히려 쓰지 않는 편이 좋으므로 그런 의미에서는 적절한 이름임. 한국 이름으로는 예시적으로 사용되는 '홍길동'이나, 익명자 표기에 사용하는 '아무개' 정도에 해당한다고 할 수 있다. 오늘날에 와서는 미국·캐나다 등에서 광범위하게 쓰임. 영화 〈더 룸〉에서도 부모 살인자인 정신병자로 '존 도'가 나옴.

을 입힌 고무로 된 인공꽈리가 대량으로 생산되었다.

아무튼 꽈리는 아랫집 지후 누나를 떠올리게 했다. 어느 여름 적막이 감도는 정오, 매미소리만 여기저기서 들려올 뿐이었다. 그때 집으로 오는데 담 너머 아랫집에서 세찬 소리가 나서 담 구멍으로 훔쳐보았다. 누나는 수채에서 소변을 보면서 하얀 엉덩이를 까고 무심코 꽈리를 연방 불었다. 새댁이 죽고 난 닷새 후, 판돌이네 웅덩이에 갈기갈기 너덜너덜 찢긴 주검이 떠올랐다. 겹도라지였다. 첫 목격자가 궁백이었고, 옆에 있던 자의 말을 빌리면, 그의 눈에 파란 빛이 스쳐갔다고.

어느 해거름 때 한 대의 자전거가 삼솥이 있는 다리를 향해 쏜살같이 달려왔다. 아마 이 마을에 대한 죄스러움이 자격지심 되어 힘차게 달렸던 것이리라. 그는 한 손에 파란 비닐 우의를 썼다. 그는 이 마을 대다수의 불구대천의 원수요, 여려의 아버지인 예동이었다. 그가 저수지 아랫마을에 내려갔다 하면 한잔 걸치곤 했다. 그날도 저수지로 큰 혜택을 받는데 대한 고마움으로 한 잔 얻어먹고 오는 길이었다. 그가 자전거와 함께 다리 밑으로 추락한 것은 순식간이었다. 마침 마데이가 소꼴을 한 짐 해서 바지게에 지고 오는 길이었다. 그가 신음 소리 따라 바지게를 작대기에 받쳐두고 다리 밑으로 내려갔을 때 목이며 머리에서 선혈이 솟구쳤다. 얼른 업고 제백네 사랑 대청마루에 눕혔다. 마을사람들이 많이 모였다. 결국 그는 고선의 무릎 맡에서 눈을 감았다.

그런데 예동은 무덤까지 가져가야 할 비밀을 희미한 말로 꺼낸 것이다. 그것은 저수지가 예동 마을 어귀로 최종 확정될 즈음, 창결과 창결 막내아버지가 마을대표 자격으로 수리조합에 가서 예동 마을 어귀가 천혜의 입지적 조건이 좋아서 경비 절감 등 효과가 있으나, 저수량이 적을 뿐 아니라 이미 바로 윗마을에 저수지가 있기 때문에 저수량이 많아지면 윗마을 저수지 둑이 무너질 수도 있다고 설명했다. 그렇다면 왜, 창결과 창결 막내아버지는 그러한 천인공노할 일을 저질렀는지 궁금해진다. 그것도 좀 깊이 생각해 보면 당장 해답이 나올 수 있었다. 그것은 고선할매가 창결은 많이 배웠다고 감무뜰 박토만 주고, 다른 자식과 조카들은 지금은 수몰되었지만 그 당시는 고래실이었던 곳을 유산으로 준 데 대한 반감이었다. 막내아버지 또한 고선의 배다른 시동생이었다.

이 소식이 사방팔방 퍼져, 창결은 영원한 배신자로 낙인이 찍혔다. 예동이 죽기 직전 마을사람들이 찾아왔다. 그들은 죽어가는 예동을 흘금 보고 이내 제백네를 나서면서 입에 담지 못할 쌍소리를 해대며, 여기저기에다 가래침을 내뱉었다. 임종이 다 가오자 예동 처자식들이 당도했다. 모두들 혼이 나간 표정이었다. 그리고 무슨 얄궂은 운명인가, 원수가 외나무다리에서 만난 격이 되고 말았으니. 달구지에 실린 시신을 따라 친인척 한 무리가 슬픈 덩어리가 되어 뒤를 따랐다. 다 지난 일이지만 고선은 자기 아들인 창결이 석남인줄 몰랐다. 저옥무당은 그 사실을 숨기며 혼자 삭혔다. 어떤 때는 설고 서러워서 삶의 마감을 시도하기도 하였다. 몰래 큰 방 횃대 들쳐 모시옷 갈아입고, 정화수 떠

놓고 몇 마디 빌고, 술지게미 한 주먹 집어먹고 개똥벌레 휘휘 손사래 치며 달려가, 휘휘한 마음 독하게 진정시키고, 치마에 돌 가득 담았다. 거북꼬리 우거지고, 거북이, 능구렁이, 물땡땡이가 유독 많은 차안웅덩이[44]에 몸을 던졌다. 그때 마침 뒤따라온 독구가 사방팔방 악을 쓰며, 짖어대는 바람에 살아났다. 행주산성 여편네들아, 니들은 되레 행복했을지니라. 조선이란 나라 구한다는 명분이 있었으나 저옥무당 치마에 든 돌들은 무슨 꼴인고. 차라리 미쳐 웃음이 부족하면 갈황색미치광이버섯[45]먹고 맘껏 웃으며 이곳저곳 쏘다니고 싶구나. 어느 해 동짓달 초아흐레, 그날은 고선 남편 제삿날이었다. 제백은 금전삼촌 뒤만 졸졸 따라다녔다. 제상에 올릴 문어 다듬다 떨어뜨린 조각은 무조건 제백 몫이었다. 정오 갓 지난 시각, 고선은 기상이 살아 악쓰며, 심지어 기와를 잘게 깬 가루로 놋그릇 닦는 곳이며, 떡메 치는 초전 오촌, 떡쌀을 물 묻혀 뒤집는 근남골 최고 미인 문동숙모, 작은방 부엌에서 시루떡을 쪄낸 후 생선을 찌는 와중에 사그라져 가는 불로 잘 씻고 씻은 닭 내장을 못대에다 굽는 금전삼촌한테까지 가서는 오늘따라 유독 이런저런 간섭과 잔소리를 해댔다.

  뒷날 친척들은 입을 모았다. 그때 할매가 정을 심하게 떼려고 한 소행이라고. 그러기를 정신없이 다니다가 점심 잔치국수 몇

---

44) 창원댁 소유의 웅덩이.
45) 이 버섯을 먹으면 자꾸 웃음이 나온다고 함. '살이 도톰하고 모든 버섯 가운데 가장 아름다운 독버섯들, 즉 빨간 갓의 표면에 흰좁쌀 같은 무늬가 점점이 박혀 있는 광대버섯….'
— 움베르토 에코의 『로아나 여왕의 신비한 불꽃』(이세욱 역, 2008.7.3. 열린책들).

술 뜨다 속이 미식미식 울렁울렁 아랫목에 자리 보존 그것이 성한 시절 마지막이었다. 애달프고 원통한 것, 그 기상 한번 솟으면 그 피해 여지없이 주로 저옥무당한테 와서 정통으로 꽂혔다. 만만한 게 홍어 거시기라 했던가. 알고 보니 홍어 수컷의 거시기가 두 개라고. 아무튼 그 높고 큰 기상도 중풍 앞엔 소용없고 솔개 앞에 진박새라. 한 발짝도 못 내다보는 인생사 허무해라. 이 세상은 불행이 가득 찬 길거리에 지나지 않는다. 그리고 우리는 그곳을 오가고 있는 순례자일 뿐이라고. 그 누가 말했던가. 더 기막힐 노릇이 저옥무당 외에는 비록 친딸일망정 절대로 당신의 추한 꼴, 똥구멍 파고 오줌 누이는 것 보이기 싫다는 몸부림이 있었다. 혹은 노파심으로 넘겨볼 때 거웃의 비밀을 알았기에 그랬는지도 모를 일이다. 아무튼 거부하는 그 아귀 한번 세다. 사람이 죽음에 가까울수록 아귀힘은 어디서 나서 그토록 치솟는고. 그로부터 장장 팔 년 하고도 사 개월 열이틀의 중풍 세월이여! 지극 간병으로 향리 유생들이 저옥무당을 효부라 칭송 자자한들 빼앗긴 젊은 세월을 그 누가 보상하겠는가.

드디어 서서히 무서운 음모가 어두운 골방에서 싹텄다. 그해 고추바람이 매섭게 치던 날 밤, 둘째 사랑에 동네 머슴들이 모여 저수지에 청둥오리, 가창오리, 떼까마귀, 오, 새의 군무! 마치 크나큰 그물처럼, 매미채처럼, 저승사자 고깔모자처럼. 이는 울산 태화강대공원과 십리대숲에 찾아드는 떼까마귀보다 더 장관을 연출했다. 산과 들에 장끼, 산비둘기, 산토끼 잡이. 모두들 화로 옆에 옹기종기 앉아 할비비로 콩 껍질이 망가지지 않게 조심해 중간정도까지만 구멍을 파거나, 여름이나 가을에 잡아 말려놓은 메뚜기에다 구멍을 뚫어 사이나 가루를 집어넣어, 촛농으로 봉한 뒤, 동물들이 다니는 길목에 두었다. 특히 기다리던 눈이 많이 오면 양지 쪽 눈을 쓸어내고 몇 개씩 놓으면 먹을거리를 찾아다니던 동물들이 먹고 비명횡사하는데, 이삭 줍듯 줍는다. 그때는 신발이 시원치 않아서 양말이 다 젖어 동상에 걸릴 뻔해도 그저 좋았고 즐거웠다. 그날 밤 마데이가 갑자기 문을 열고 들어오고, 곧 바로 벌불이 번져 있는 등잔불이 꺼지고, 그 사이 육손이와 찬실이가 함지박에 든 사이나 넣은 콩알 서너 개를 몽태쳤것다. 제법 그럴싸한 작전.

그날, 궁백은 읍내 장에 가서 술을 얼마나 퍼 마셨는지, 초전 오촌 달구지에 실려 와서 감실숙모 생쌀 간 물에 겨우 호흡 정리했다. 마을사람들이 장날, 소나 돼지를 판 날은 몇 명이 만취되어, 뻗은 상태로 달구지에 실려 오기도 했다. 그러면 부인들이 동구 밖으로 달려와 쌀무리에 쑥을 빻아 섞어 먹이면, 이내 토악질을 하고는 안정을 찾곤 했다. 어떤 이는 바지에 똥오줌을 싸기도 했다. 그것이 오히려 그 당시 유일한 구경거리였으며, 신선한 충격이었던 것이다. 보국대나 한국전쟁 때 과부가 된 여인들은 그것도 남정네가 있어서 사서하는 고생 아니냐고 부럽게 여기곤 했다.

저옥무당은 산제당 지킴이 구실할때 양식을 떠돌이 막내머슴 금식이가 지고 산제당으로 가고 없었는데, 금식이는 금식나무 잎처럼 페인트 방울이 묻은 것처럼, 얼굴에 백반이 점점 번지는

데, 세월이 흘러 점점 얼굴 전체에 번져 눈도 잡아먹고 마음까지 잡아먹어 병들게 했다. 서울 어느 택시기사가 요요치료로 백반이 씻은 듯 나았다고 금식이한테 일러줬지만, 콧방귀도 뀌지 않았다. 금식이의 귀여운 아내요, 저옥의 이복딸인 차집이 아닌 동자아치는, 잠시 일을 하면 얼굴이 붉게 달아오르고 코 주위에 땀이 송골송골 맺히고, 네댓 살 때 오른쪽 눈에 삼이 서서 결국은 애꾸눈에 사팔뜨기가 되었으며, 키가 컸으나 어린애를 갖지 못하는 돌계집, 즉 석녀인 영립이는 제백을 데리고 윗담 끄트머리 순순이네 불구경을 갔던 것이다.

순순이네는 마을 가장 위 서쪽에 위치한 남평 문 씨 종가로서 사대가 한집에 살았던 것이다. 대대로 성질이 유순했으나 최근에 와서 술주정뱅이 큰 손자가 태어나 말썽을 부리다가, 어느 여름 폭양이 혀를 날름거리는 정오쯤, 생전 지게질이라곤 해 본 적이 없는 자가 그날따라 지게 지고, 큰 톱 하나 들고 자기네 갓인 적선산으로 휘파람 불며 불며 가서는, 소나무 한 놈 처치하여 그 기둥줄기를 예닐곱 개로 잘라서 지고 오다, 한 번 쉬고 신작로를 들어서기 전에, 두 번째 또 쉬고 나서 지려고 추스르다가, 땅벌 한 마리가 땀 냄새를 맡으며 얼굴로 접근하는 것을 무심결에 한 손으로 손사래 치다가 기울어 그만 나무가 꼭뒤를 내리쳐 파르르 떨면서 즉사했다. 길 가던 누군가가 있어 급히 다가갔으나 이미 몸은 굳어져 차갑게 변한 후였다. 결국 병든 고선을 두 사람에게 맡긴 게 불찰 중 불찰이었다. 고선은 김족을 마름질 맡겼으나, 워낙 천성이 유약하여 이리 이용, 저리 이용당하다가, 스스로 북간도로, 용정으로 이모 몰래 떠나고, 한국전쟁이 터지자 살판난 사람처럼, 의용병으로 두 번 갔다가 백두산 영봉靈峰에 태극기 꽂고 온다는, 다소 허허로운 발상을 하다가 끝내 불귀의 객이 되고 말았다. 육손이가 군에 갈 수 있었다니 엔간히 사람이 귀하긴 귀한 때였나 보다. 오손이는 군대 가기 싫어 사손이, 삼손이로 만드는데[46], 우리의 육손이는 두 차례나 자원입대했다니, 국가니, 정부가 있기는 있었던가.

그런데 전사한 줄로 알았던 그가 나타났다. 한국전쟁 때 두 번이나 전선에 나갔는데도 무탈하다니! 다행히 육손이는 수술을 받아 온전했다. 영화 〈반드시 잡는다〉의 육손이와 비슷하다. 북한에도 몇 차례 다녀온 HID 요원이었던 것이다. 같은 요원이었던 제백 외가 아저씨는 김족의 후배가 되는 셈이었다. 같이 근무할 때는 잘 모르고 지내다 전역 후 제백 주선으로 두세 차례 만났다. 김족은 육군 보안대 준위로서 고선의 살해를 뒤에서 교사한 장본인이었다. 그의 서울 소격동 집엔 많은 도서가 비치되어 있었다. 특히 거실에는 한국의 유수한 출판사의 전집물이 즐비하게 진열되어 있었다. 그는 말했다. 출협에서 전국적으로 납본納本을 받는데, 그중 문광부 몫을 보안대 상사가 분기별로 출협으로 가서 군부대 지원용으로 가져온다는 것이다. 그러니까 일선 병사한테는 썩종이[47]로 된 무협지 등을 보내고 좀 값

---

46) 로마인들은 엄지손가락을 다친 자는 전쟁에 나가는 것을 면제했는데, 초대 황제인 아우구스투스는 아들의 엄지손가락을 고의로 벤 자의 전 재산을 몰수했고, 원로원은 자기 엄지손가락을 벤 자를 종신형에 처하고, 전 재산도 몰수하여 그 제도를 악용한 자를 엄중히 다스림.

나가는 것은 부대장과 윗선에 보낸다는 것이다. 돼지발에 편자 꼴이랄까.

우리의 '꿈을 깨우는 자'인 운동권 출신 출협 소속 시인은, 출협이 보안대 상사한테 놀아난다고 놀려댔다. 그가 종종 맥주집에서 취기가 오르면 자기의 무용담인 소위 고문당한 이야기를 꺼낼 때는 모두가 숨을 죽이고 들었다. 즉 승강기 안에다 혼자 가두고 사방 문을 조였다가 신음과 괴성에 천천히 풀기를 반복한다는 이야기는 그런대로 예사롭게 들을 수 있었다. 그러다가 늦어 여직원이 다 가고 없을 때만 꺼내는 레퍼토리가 있었다. 즉 성기 안에다 종이를 배배 꼬아 집어넣기를 반복한다는 이야기에 우리의 눈과 귀는 호기심에 젖어들었고, 숨마저 제대로 쉴 수 없을 지경이 되곤 했다. 다 듣고는 모두들 몸을 부르르 떨며 한 잔 쭉 마시는 것이다. 결국 제백은 무심결에 노가리 씹다가 앞니가 부러지는 불상사가 일어나고 말았다.

그 시인은 경상도 중 대구 사람을 극히 싫어했다. 그는 전라도에 대한 높은 자긍심을 갖고 있은 반면에 경상도는 총칼과 금전으로 일관하는 천박한 족속이라고 여겼다. 그래서 그들은 경상도 정권에 저항했다. 그것은 별 거 아닌 미개한 족속들이 자기들의 고결한 영혼을 짓밟는다는 이유였다. 사실 그 사람뿐만 아니라 대다수 전라도 사람들은 굴종을 용납하지 않는 무언가의 정신이 있었다. 그는 어느 회식자리에서 직장 상사인 어떤 동화작가를 비판하다가 휴가 나온 군인인 직원의 구둣발에 얼굴이

---

47) 갱지更紙

크게 상했던 적도 있었다. 그 시절이 시적 감수성을 지닌 경상도 청년 제백에겐 크나큰 고역이었다. 그는 제백더러 경상도에 태어난 것만으로도 한 칠 년 정도 전라도에 대한 미안함을, 천형天刑으로 여기며 자숙하라고도 했다. 그는 자기가 당한 것이면 차라리 참겠지만 자기 처남이 당한 것을 생각하면 치가 떨린다는 것이었다. 처남은 L호텔에 근무하고 있었다. 어느 날 대통령이 참석하는 세종문화회관 대강당에서 연회가 있었다. 행사 만찬을 L호텔이 주관했다. 평평하게 깐 카펫 안의 전선이 약간 튀어나와 조심스레 서빙을 했다. 그날따라 홀은 밝지 않았다. 경호 관계로 불빛을 낮추었다. 대통령이 스카치 한 잔을 주문했다고 경호원이 급히 와서 지배인인 처남한테 알렸다. 그는 달리다시피 빠른 걸음으로 다가갔다. 아뿔싸! 그만 튀어나온 전선에 넘어져 유리잔이 대통령의 오른쪽 구두 바로 앞에 뒹굴었고 모두들 놀라 혼이 나간 모습이었다. 그날 처남이 중정에서 얼마나 당했는지는 아무도 모른다. 누구는 말했다. 종종 그를 세종문화회관 옥상이나 주변에서 목격했다고. 흔히 전철이나 거리에서 본 장애우들처럼 혼자 실없이 웃고 울고 간혹 괴성도 지르는데 먼발치에서 어머니가 지켜보고 있다가 좀 심하다 싶으면 말려 억지로 데려간다는 것이다. 어린 아들 딸은 마누라가 데리고 간 지도 몇 년이 지났다. 그러다가 어느 해 봄 어머니가 잠시 자리를 뜬 사이 두 장정한테 끌려가서 영영 불귀의 객이 되고 말았다.

그 당시 납본이며 출판사 등록 등은 법률보다 대통령의 행정

지시가 더 우위에서 군림하던 시절이라 그것을 설명하느라 제백의 하루는 피곤했다. 그만큼 많은 해프닝과 일화를 머금었다. 그리고 구청마다 출판사 등록 서식이 제 각각이라 나름대로 일관성 있게 만드느라 애를 먹기도 했다. 그런데 그로부터 삼십 년이 지난 지금도 같은 사안을 놓고 서울 시내 구청이 제 각각이었다. 똑같은 통계 업무가 구청마다 별개로 이루어짐이 자유민주주의의 모습이라고 할 수 있을까. 가뜩이나 심란한데 주소까지 구 주소, 신 주소로 만들어 국민을 헷갈리게 하고 있다. 복덕방이나 노인들은 신주소인 도로 명 주소를 알지 못하고 있고, 젊은이들은 이것도 저것도 무관심 일변도인데 건물에만 신주소가 외롭고 의미 없이 부착되어 있어 그나마 제백 같은 조사원만 눈이 빠져라 활용하고 있는 실정이다.

한때 출협 세미나 주제집에 오탈자가 보여 제백이 지적하자, 사회자가 말을 되받아쳤다. 민주주의이기 때문에 오탈자가 생긴 것 같다고. 그렇다면 자유민주주의 나라이기 때문에 주소마저 혼란을 주는 것인가.

김족은 같이 근무하여 친해진 제백 처이모부와 짜고 제백 장인의 송화유조란 바다주유소를 강탈하기 위해 수많은 악행을 저질렀다. 처이모부는 육군대령이었는데, 직원이 폐유를 섞어 팔게 하여 들통이 나면, 유수의 신문사에 제보하여 실리게끔 작전을 짰다. 그러면 자연히 동서인 자기에게 도움을 요청하리란 정교한 작전이었다. 마침내 장인은 동서의 힘이 필요했고, 그래서 동서는 회장, 김족은 사장의 자리에 앉게 되었다. 김족은 최우선으로 경리여직원을 유혹, 강간하고, 틈만 나면 열쇠꾸러미를 돌리며 깐죽대는 석희산이란 만능 재주꾼 운전사를 자유공원 숲속에서 린치를 가하여, 몇 푼 집어주고는 자발적으로 퇴사하게 만들었다.

이제 세상천지가 자기들 것이었다. 그런데 몇 년 후 동서도 회장 자리에서 내몰렸다. 김족에게 당한 것이다. 이북 출신이요, 열혈 성질을 못 이겨, 결국 술을 먹고 월미도 앞 바다로 돌진하여 죽고 말았다. 그의 나머지 가족은 모두 캐나다로 떠나버렸다.

어느 봄날, 가까운 안산 대부도 가는 길 오른쪽 무인도에 직원 야유회를 갔다. 그곳은 장인의 섬으로서 큰가리기 섬이라 했다. 사실 그 섬은 장인도 자기 소유란 사실을 한동안 잊었는데, 어느 날 고향 친구가 찾아와,

"자네, 그 돌섬의 돌을 팔게."

하는 통에 아차 하고 문서를 찾았다. 이십 년 넘게 모르고 지냈다. 그러니까 이십 년 전 기름 값 이십만 원을 대신해서 받은 섬이었다. 마침 장롱 속에 고스란히 잘 간수했다. 그러니 전 대통령한테 고마워해야 할 것이로다. 평화의 댐 공사에 돌이 필요했으니까.

세상사 엉뚱하고 요상해서, 한때 작가 '사람의 아들'의 형이 말했다. 자기들은 연좌제에 묶여 제주도도 갈 수 없었는데, 아이러니컬하게도 전 대통령 정권 때 그 제도가 풀려 비행기로 제주도로 가면서 감회에 눈시울이 뜨거웠다고 했다. 말이 나와서 말인데, '사람의 아들' 형제가 중국에서 아버지를 만나고 어머니

한테 경과를 말씀 드렸더니, 그 양반 앞으로 입에도 올리지 말라고 단호하게 말했다고 했다. 남편의 생사를 모를 적엔 제사를 모신다, 뭐를 한다, 부산을 떨고 그리움에 애간장 태웠으나 막상 남편이 북한에서 남의 남편이 되어 처자식을 두었다니, 누군들 기절초풍 안 하겠는가. 그런 점에서 한 세기에 한 번 태어날까 말까하며, 예수를 가장 닮았다는 장기려 씨는 훌륭한 가장인 바 이광수의 사랑의 모델이 되고도 남았겠지.

어느 날 큰가리기 섬 절벽 가까이 너른 바위 위에서 술파티를 벌였는데, 한 직원의 꼽추 춤에 다들 박장하였고, 김족 사장님은 고개 젖혀 창공 보고 크게 웃다가 마침 지나가던 갈매기 똥이 눈에 들어가 길길이 날뛰다가 절벽 아래로 떨어져 즉사했다. 얼마 후 떠오른 그놈 모습 좀 봐라, 떨어지면서 벗겨졌는지 가발은 온데간데없고 대머리에다 육신은 열십자로 얼굴을 바다로 향한 채 쭉 뻗어 있었다.

오탄친 팔레오로구스![48)

---

48) 나쓰메 소세키의 소설 『나는 고양이로소이다』의 중간 부분에, '오탄친 팔레오로구스'라는 말이 자주 나온다. 팔레오로구스는 비잔티움 즉 동로마 제국의 마지막 황제인 콘스탄틴 팔레오로구스를 가리키는 말이다. 멍청이나 얼간이를 뜻하는 일본 에도 시대의 속어인 오탄친이라는 말을 붙여서 오탄친 팔레오로구스라고 부른다. 비잔티움 제국의 마지막 황제인 콘스탄틴 팔레오로구스는 백성들을 생각해서 끝내 수도를 버리지 않고 끝까지 남아서 병사들과 함께 오스만 튀르크의 십만 대군과 맞서 장렬하게 항전하다가 전사한 군주이다. 귀축미영鬼畜米英이라고 욕하던 미군한테 패배하고는 '나는 아무런 권한도 없었고 신하들이 시키는 대로 했을 뿐이다.'라고 비겁한 핑계와 변명을 대면서 책임회피하고 항복해 목숨을 구걸하던 비굴한 일본 왕과 비교된다. 이 작품은 일본 패망 훨씬 전인 1905년 1월부터 1906년 8월까지 연재된 작품으로 조너선 스위프트의 『걸리버 여행기』와 로런스 스턴의 『신사 트리스트럼 샌디의 생애와 의견』의 영향을 받았다고 함.

한 여직원은 사장님 대머리를 처음 봤는데, 의아한 눈으로 놀라 웃으려다가 옆 여 동료가 꼬집자 놀라 무안스레 진정하는 눈치였다.

한 유명 잡지 편집자가 있었다. 그가 대머리인줄 아무도 몰랐다. 그런데 서울 근교 한적한 사우나장에서 대머리인 그를 만났다. 제백은 머리에 수건을 올린 그를 대번에 알아 볼 수 있었다. 평소 인사성 밝아 앞뒤 안 가리고 인사를 올렸다. 그때 그가 놀라 수건을 떨어뜨렸다. 무안해 하는 그 모습을 잊을 수가 없었다. 더 이상한 일은 그가 그때 어떤 충격을 받아서 그런지 몇 개월 안 가서 죽고 말았다.

오빠인 궁백은 무밭에 무 빼듯 잘 나왔는데, 동생은 생고생을 했다. 그만 자궁 문턱에 걸려 빠져 나올 줄 몰라라 하다, 구룡사 스님들이 총출동하여 진통부터 모두 장장 열두 시간 만에 겨우 꺼내다시피 하여, 그 별명도 거룩한 꺽순이라 불렀다. 낳을 때 그렇게 고생고생 했으니 정신이야 제대로 섰겠는가. 얼굴이야 낙원동 떡집 아가씨처럼 불그레하고 달덩이 같았으나 왠지 성질머리하곤 불뚝성이 있어, 동생들은 누나 눈치 보기에 급급했것다. 혹간 자기를 무시하는 눈치만 보여도 찔뚝거리며, 고래고래 욕을 해대며, 쫓아가 붙들리면 반 초죽음으로 만들어 놓기 때문에, 어른 아이 할 것 없이 슬슬 피했다.

정동 놀래의 제백 중학교 친구 어머니가 남편이 하루 종일 무료하게 화투 패만 뜨며 시간만 죽이고 있는 것에 정나미가 떨어졌다. 마치 매일 서재로 쓰는 방에 틀어박혀 하는 일이라고는 고작 누워서 잠만 자는 오블로모프처럼.

 어느 날 오후, 어머니는 제백 친구를 포함한 삼남매를 선산이 있는 뒷동산에 불러 모아 놓고, 내일 죽을 거라며 죽음을 예고했다. 결국 전날 갔던 뒷동산 도래솔 중에 제일 큰 소나무에서 목을 매고 자살하였다. 요 네스뵈의 〈스노우 맨〉의 도입부에서 엄마가 자동차를 몰고 와 어린 아들을 내리게 하고 문을 잠근 채 언 호수에서 자동차와 같이 자살하는 것을 목격한 것과 비슷했다. ― 시인 실비아가 아버지의 자살을 목격하였던 것과도 비슷했다. 마치 스테판 츠바이크가 죽음을 예언한 것과도 유사했다.

 다음 해, 큰 아들은 새엄마가 들어온 것을 못마땅하게 여기던 차에 아버지의 지청구에 화살이 새엄마에게로 꽂혔다. 결국 그녀를 야구방망이로 머리통을 때리고는 마을을 쏘다녔는데, 그때 마을 똥개며 진돗개가 그가 지나가기만 하면 슬슬 꼬리를 내리며 피했다. 그런 친구도 결혼하여 그럭저럭 살았는데 하루는 대학생 큰 아들이 강화도로 놀러갔다가 하루 사백 밀리미터가 넘는 장대비에 휩쓸려 행방불명이 되었다. 한 일주일이 지났을 때 예성강에서 발견되었다고 북한에서 통보해 왔다.

 궁백이 사천에서 제일 악독하기로 유명한 놈과 어울려 다니던 자가 군 미필자라 군대에 끌려가다시피 했는데, 두 차례 탈영하여 사천 수양다방 레지를 두고 사천 미나리깡에 살던 깡패 서 씨와 칼부림 끝에 서 씨를 살해하여 미나리깡에 파묻었다. 또 그 레지가 자는 다방 안 숙소에 가서 마침 들른 레지 친척 등 다섯을 참혹하게 죽인 희대의 살인극을 자행했다. 아마 레지가 변심하여 서 씨와 동거하는 것을 심히 못견뎌했다.

공군 헌병대가 소능마을에 들이닥쳐 궁백과 도산밭골에서 강소주를 마시는 현장을 덮쳤다. 궁백 말에 의하면, 다 마시고 곧 절벽 위에서 자살하려고 했다. 체포하여 육군에 이첩하여, 결국 처형당하고 말았다.

그놈은 사천읍 찐빵이란 찐빵은 다 주워 먹었는지, 항상 두툼한 입술이 불그스레 물기에 젖어 있어 보기만 해도 찐빵 먹은 직후를 연상시키곤 했다. 사실 그놈은 제백 중학 선배였고, 그의 동생이 제백과 동기였다. 하루는 등굣길에 뒹기 들판을 거쳐 막 둑을 지나려는데 중학교 삼학년인 그가 건방지다는 명분으로 중학교 정문 맞은편 둑 아래에서 제백 윗마을 선배를 반초죽음이 되도록 팼다. 진홍색 피는 점점 흑갈색으로 변하고 입에서 핏덩어리가 토해서 나올 지경까지 짓이겼다.

언젠가 삼성초등학교에서 열린 면 체육대회 때 두 고등학생이 싸워서 서로 찾느라 관중 사이로 쫓아다니던 모습이 떠올랐다. 그들은 작년에도 가을운동회 날에 그렇게 싸우더니 그날도 둘 다 코피를 질질 흘리면서 운동장 바깥을 돌았다. 그렇게 찐빵한테 맞은 학생이 사실은 한 해 꿀려서 이학년이지 사실은 같은 학년이라 엔간하면 넘어갈 수 있었는데, 해도 너무했다. 그렇게 억울하게 맞은 선배도 마을에선 안다이 박사로 통해 제법 깝죽대는 축에 들기 때문에 딴에는 맞을 만해서 맞았을 것이라 고소해 하는 자들도 있었다.

그는 어린 시절 꼴 여물 썰다 오른쪽 가운뎃손가락이 꼴 속에 싸잡혀 들어가는 바람에 그만 잘근 잘렸는데, 한 여름 해거름 때라 얼음찜질도, 뭐도 할 수 없고, 통통통 튀는 듯한 손가락을 뒤뜰 한 쪽에 파묻었다. 다행인지 그는 군에 가지 않았다. 그런데 그가 생업에 투자하여 고자실 고개 밑에서 삼만여 마리의 돼지를 키웠다. 그러나 마을사람들이 그 냄새며 오물 때문에 골치가 아파서 몇 번 몰래 진정을 내도 막무가내였다. 어떻게 해서든 알음알음 몰래 찾아가서, 진정서를 작성하고 제출한 자를 찾아 갖은 공갈 협박에다 술주정까지 심하게 부려, 당최 온전하게 생활할 수 없었다.

그 해 큰물이 졌을 때, 돼지우리가 파손되어 그 많던 돼지가 흔적도 없이 다 쓸려가서 쫄딱 망하고 말았다. 사람들 말해 의하면, 저수지 수면 전체가 돼지 천지여서 마치 지옥의 끓는 물 속에서 아우성치는 죄인들의 모습과 비슷하다고 했다. 그날 이후, 저수지는 상수원으로서의 자격과 기능을 상실했고, 물빛도 점점 갈색으로 변해 갔다. 안다이 박사도 그 사건 이후, 쫄딱 망해 부산 등 대처를 걸인행세로 떠돌다, 결국 어느 무덥고 노을이 짙게 물든 저녁 으스름 때 고향 저수지에 와서 투신하고 말았다.

정월 대보름날이었다. 머슴들은 지난 해 섣달 그믐날 새경을 받고 설날부터 오늘까지 보름간의 휴가가 끝난다. 소위 프로 선수들처럼 그 집에 지난해와 같은 조건으로 있을 것인지, 아니면 좀 더 높일 것인지, 그도 저도 아니면 다른 집으로 갈 것인지, 혹여 다른 마을로 가는 변괴가 생길 것인지에 대한 협상이 오늘로 끝나는, 뜻 깊은 날이기도 하다. 정월 대보름에는 이 외에도 풍요와 안녕을 기원하는 많은 세시 풍속이 있다. 우리나라 전체 세시 풍속의 이십 퍼센트 가량이 대보름날에 치러질 정도로 절기 중 가장 다채로운 명절이다.

"서숙, 수시, 퐅 넣은 찰밥 많이 자셨는교?"

정월 대보름에는 찹쌀, 서숙이나 차잔수, 수시, 퐅, 6월 본디 등 다섯 가지 곡식으로 밥을 짓는데, 소능마을에서는 오곡밥을 '찰밥'이나 '잡곡밥'이라 부르며, 찹쌀, 팥, 밤, 대추, 곶감 등으로 밥을 지었다. 새벽부터 마을은 축제준비에 한창 들떠 있었다. 집집마다 오곡찰밥을 해서 가까운 친지한테 돌렸다.

아이들이 친구들 이름 부르는 소리가 메아리쳐 왔다.

"○○아, 일 년 열두 달, 내 더위 다 가져가거라!"

동무의 이름을 부르면 무심결에 대답했다간 일 년 병을 다 안기 때문에 될 수 있는 대로 정신 바짝 차려 대답 없이 눈과 몸짓으로 대답한다. 그러나 이 해괴한 놀이도 태양이 뜨면 그만두어야 한다. 간혹 싱거운 말을 좋아하는 아이들은 외국말 한다면서,

"보름에 촬밥, 논도롬, 재똘이."라고 씨부리기도 했다.

오곡찰밥 먹고, 리어카와 달구지가 동원되어 여기저기 가짓대, 옥수숫대, 해바라깃대, 고춧대며 심지어 흩어진 희아리까지 주워 담고, 두더지와 찬 서리에 솟아오른 보리밭을 밟으며, 루루랄라 달집거리가 가득 찬다. 달집이 완성되면 아랫마을 구룡마을과 석전石戰을 벌였다. 몇 년 전에는 소능마을 청년이 박이 터

졌지만, 그 후로는 제법 용기가 있는 청년이 가까이 돌멩이만 던지고는 달아나는 것으로, 그야말로 형식적인 돌싸움으로 그치는 경우가 되었다.

마침내 동편 능화에서 보름 상아(孀娥)가 왕욱의 큰 사랑처럼 뜰 때면, 서녘, 쑥수걸레 자궁 같은 대나무 숲[49]을 멍하니 바라보기 일쑤였다. 여기 왕욱과 경종비의 비련을 노래한다. 그러한 하고많은 세월 속에서도 또다시 다섯 살에 죽은 그리운 앵혈의 왕고모는 첫사랑 되어, 진홍빛 되어, 오버암머가우촌(村)인 향리[50]로만 가는데, 재 너머 어떤 이는 결혼 첫날밤 신부가 요분질 잘한다고 새벽에 처가 마을을 나와, 고향을 한달음에 달려와 파

---

49) '쑥수걸레'는 '아주 더러움'을 나타내는 방언. 어두운 밤 대나무 숲이 마치 더러운 자궁 같다는 뜻. 제백은 어릴 적 정월 대보름날 마을사람 모두가 흥에 취해 동쪽, 즉 앞마을 능화 뒷산에서 보름달이 떠오르기를 고대했을 때, 오히려 소능마을 서쪽, 쑥수걸레네 대밭의 그 을씨년스러운 모습을 즐겼다고나 할까. 그곳 대나무는 유독 깜부기가 많아 분깃담(마을 한가운데에서 황토밭으로 가는 길 양쪽의 집들을 말함.) 주변 아이들의 간식거리였음.

50) 독일 바이에른 주의 주도(州都). 성가극인 오버암머가우 수난극Oberammergauer Passionsspiel이 매 십년마다 상연됨. 1632년 페스트로 마을 주민의 절반가량이 목숨을 잃은 후 1634년부터 예수 수난극을 상연해왔다. 이 수난극은 점차 더 정교해져 다섯 시간 삼십 분 동안 공연되고 있다. 대부분의 주민들이 직접 참여해 이루어지는 이 행사는 질병으로부터 마을을 보호하고 마을 주민의 공동체 의식을 함양하는 등 축제를 통한 도시 가꾸기 행사로 마을의 좋은 전통이 되었다. 5월에서 10월 사이 수십만 명의 관광객들이 공연을 보러 이 도시를 찾는다. 제백 고향도 그곳 못지않게 연극이 성행했음. 특히 어린 젖먹이들이 말을 배울 때 엄마, 아빠하고 처음 부르기보다 '햄릿'을 먼저 말할 정도로 셰익스피어나 소포클레스의 극이 각색되어 명절 때나 축제 때 공연되었음. 제백도 초등학교 오학년 때 희곡을 지어 그것을 중학교 일학년 때 〈울지 마라 두 남매〉 조연출과 남자 주인공 역을 맡은 바 있음. 이는 영화 〈후라이드 그린 토마토〉의 원작자인 패니 프래그 여사가 이미 초등학교 오학년 때 「야단법석 소녀들」이라는 극본을 써서 직접 출연하고 연출을 한 것과 유사하다고 자랑하고 다님. 그 당시 정동면 학촌에서 갓 시집 온 친척 형수가 마을 회관에서 연습 중일 때 놀러 와서는, 연극 중간 복수하러 떠나는 장면에 유행가 '타향살이'를 삽입하자고 제안하여 큰 반향을 불러일으킴. 그 이후 이것이 각 마을 연극에 있어서 하나의 전범이 되었음.

혼을 선언했다. 어떤 나라는 초야 때 묻은 수건을 깃발로 만들어 들고 말 달려 외치기도 했고, 어떤 나라는 전쟁에 나가면서 자기 마누라한테 정조대를 채워 그 열쇠를 갖고 가기도 했으며, 또 어떤 나라는 초야권인가 뭔가를 만들어 생지랄 오두방정을 떨기도 했으니, 이것과 왕고모의 것과는 차원이 다르지. 아무렴 오해마시라.

제백 있기 수십 년 하고도 봄 한철 전, 디프테리아에 목이 걸려 가뭄처럼 말라 타버린 세월의 마지막 날, 애매미가 그렇게 울어 그 소리 가을 고추 속에 꽂혀 박혀 눈이 따가워……. 개꽃이 한창인 사위를 떠돌며 그 빛, 저수지의 황혼과 합해져, 그 여름의 뙤약볕은 거섶[51] 부근에 떼 지어 능구렁이와 교접하는 지네만 포복하게 하였다[52].

산 중턱, 비탈진 황토 저승 나무 옆에서 고선할매의 추상追想처럼 다시 피어나 반겼을 때, 큰골 산코숭이에 그리움으로 남아

---

51) 삼을 찔 때, 삼굿(삼의 껍질을 벗기기 위하여 찌는 구덩이나 큰 솥) 위에 덮는 풀. 삼굿은 한길(신작로)이 있는 마을 맨 아래 다리 옆 개천가에 두고서, 마을 남정네가 모여, 갓 베어 묶은 삼단마다에 서로가 자기 몫을 알기 쉽게 표시한 후, 적당히 물을 붓고, 거섶을 얹고 삼굿 주변에 갓 갠 흙을 발라, 한참 동안 삶음. 마을 삼대 큰 행사(음력 칠월 보름 백중날의 도산밭골에서나 감무들 앞 냇가의 호미씻이, 정월 대보름 달집 짓기) 중의 하나임. 삼 껍질을 벗겨낸 삼대, 즉 겨릅대(사투리로 제릅, 제릅덩구, 제릅대)는 불쏘시개로 쓰이고 어린애들은 그것의 윗부분을 구부려 삼각형을 만들어 거미줄을 잔뜩 입혀 잠자리나 매미 잡는 데 사용하기도 하는데, 힘이 센 말매미(일명 왕매미)는 몸부림치다 빠져나가기 일쑤여서, 삼이 다 벗겨지지 않은 채 몇 가닥 남아 있는 겨릅대가 튼실하여 사용하거나 말꼬리나 소꼬리로 올가미(훌개미, 훌갱이, 훌붕개)를 만들기도 함. 말매미는 일년에 한 마리 잡기가 어려웠음. 요즘 도회지의 말매미는 그 당시 것보다 순발력이나 탄력성이 많이 부족하고 떨어짐.
52) 삼 삶는 시절은 우기雨期 때라 능구렁이와 지네가 득시글거렸음. 특히 밀과 콩에 사카린을 넣은 간식거리를 볶을 때면, 그 고소한 냄새 때문인지 더욱 기승을 부렸음. 그 시절 마을은 성이 아주 문란하였음을 상징적으로 표현함.

있는 미지의 동굴을 휘감고 돈, 골안개가 마을 먼동을 찾아 헤맬 때, 아침 내에 피어오르는 안개를 보시거든 임이여, 그대 그리워 한숨짓는 내 입김으로 아옵소서. 산 너머 사천 읍내에서 들려온 정오의 오포 소리는, 저녁연기 같은 봄비만 재촉하였을 뿐[53].

 그때였다. 포플러 숲 뒤에 우뚝 솟은 껍질의 왕이요, 황금나무인 굴참나무 꼭대기에서 부들부들 떨던 꿈속의 파우스트[54]가, 열두 밭 꼰[55]이 새겨진 너럭바위 위로 투신하였다. 메피스토펠레스의 기습이었나. 어쩌면 제백이 밀쳤는지 모른다. 봄비가 마주나무에 비계질하고, 허공에 뜸베질하였는지 더욱 모른다. 아니면 물박달나무가 철가면 되어 저질렀는지도······.

 꽃 봐라, 꽃 봐라! 병아리꽃에 물든 시신, 제백 홀로 산역꾼이 되어 왕고모 곁에 봉안하였다. 다무시를 달고 다니던 맹랑한 아이가 와룡산 참꽃 꺾어 순이네 앞마당에 흩뿌린 어느 봄날, 어

---

53) 읍내에서 들려오는 정오의 사이렌은 기계음이 전혀 없는 시골에선 아련한 추억일 수도 있고, 저녁밥 지을 때쯤 들과 밭 그리고 산에서 돌아오는 마을사람들과 소와 염소들의 모습은 정겹기 한량없음.
54) 굴참나무 껍질은 코르크의 원료로 쓰이고, 껍질의 모양은 가장 이상적인 배치로 짜임새뿐만 아니라, 탄력 있고 골이 깊어 골참나무라 불리어졌으며, 그래서 '나무의 왕樹中王'이라 칭할 만함. 파우스트가 인간 중에서 최고의 지성이기에 나무 중에 굴참나무와 비견됨.
55) '고누'의 방언. 마르고 평평한 땅이나 종이, 평평한 바위 위에 말밭을 그려 놓고 두 편으로 나누어 말을 많이 따거나 말길을 막는 것을 다투는 유희의 한 가지. 대개 시골의 마을 한복판 마당 옆 정자나무 아래나 산 어귀 나무 그늘 아래 고누판이 새겨져 있음. 말은 주로 공기놀이에 쓰일 만한 크기의 돌이나 바람이 없을 때는, 아까시나무나 느티나무 작은 잎을 사용하며, 급할 때는 침을 사용하기도 함. 산제당 가는 길 옆 느티나무 아래 너른 바위 위에 그려진 고누는 창결이가 새겼다고 전해짐. 이를 두고 윗마을사람들은 아랫마을사람이 자기들 터에 와서 놀이판을 만들어서 자식이나 일꾼들이 게을러 대학 가는 자가 없다고 트집을 잡기도 했다. 마을 복판과 적선골에도 있는데 말이다.

리 속 병아리 한 마리가 탈출하여 당병소唐兵沼를 건넜다.

큼직한 새하얀 꽃이 병아리처럼 너무 예뻐서 병아리꽃. 가을에는 반질반질한 새까만 콩알 굵기 열매가 사람들의 눈길을 끈답니다. 정원의 가장자리에 여러 그루를 모아 심으면 더욱 운치가 살아나는 아름다운 우리 꽃나무입니다. 독구와 같이 뒤쫓던 아이의 입가엔 봄볕이 반짝거렸고, 노란 병아리는 어느새 병둔들 보리밭을 지나 방지포구[56]로 내달렸다. 어디선가 보리피리 소리가 한 잎 두 잎 떨어지고……

광포만 갯벌에서 머드팩 마친 셋은 올 때는 한가득 함박웃음을 띠며, 싸리문을 들어섰다. 그렇게 무덥던 여름날처럼 아쉬운 듯 떠밀려나고, 가을이 석류처럼 농익어 쩍 벌어졌다.

미당은 석류꽃은 영원으로 시집가는 꽃이라 노래했지.

그 외 많은 시인들이 노래했나니.

신라에는 석류를 해류, 해석류, 나류라 하여 귀하게 여겼다. 그런데 신라의 석류는 어느 때인가 사라져, 십칠 세기 무렵에 일본 석류인 왜류가 조선에 들어왔다. 신라에 있었던 석류가 사라진 까닭은 겹꽃이기 때문이었다. 겹꽃은 암·수술의 생식기가 꽃잎으로 변한 성 불구의 꽃이 많아서 열매를 제대로 맺지 못하기 때문이었다.

세월 속에 병아리는 수탉 되어 새벽마다 불규칙 홰를 쳐, 제사 시간 우롱하기도 하고 대밭 위에서 곤히 겨울잠 자던 흰 눈

---

56) 사남면 맨 아래 바다에 인접한 마을로 사시사철 햇빛이 좋아, 마치 에게해의 산토리니를 연상케 함.

을 마침내 낙하시켰다. 어머니, 당신은 어찌 나의 일상이 되지 못한 채 점점 멀어지려 합니까? 당신의 회억만 간신히 부여안은 이 부덕한 몸은 진정 이 혹독한 초봄을 홀로 보내야 하는지요. 당신의 잔영마저 꿈결처럼 흩어지고 어느새 때 아닌 진눈깨비가 흩날렸다. 어디선가 코러스가 들려왔다. 고향아, 그리움으로 남지 말라고.

꽁, 꽁, 무겁게, 거만하게, 탈 기교技巧롭게, 한여름 소남풍 같게, 큰골 산 무지개 같은 현혹도, 비리틈 바위 소, 소골소골 〈멀고 먼 푸른 바다〉만큼, 바람산 옹달샘 무당올챙이만큼, 천지뻬깔 곱사리 떼가 영락없이 걸려든 수수깡 낚시도, 수수깡 안경도, 넙죽 엎드려 풀기 죽은 조실부모 한글도, 화전 들 비닐하우스를 결딴 낸 올봄 설이雪異도, 장우 아범 찢어진 밀짚모자 날리던 만돌이굼터 소소리바람도, 계절 성 쌓고, 호豪 파, 여유 부리는 화려, 화미華美 일란성쌍생자들과 같이, 진종일 와룡축제로 식음 전폐하다시피 한 청탄정 현관은 오늘 같은 봄날에 명주바람을 기다렸는가.

느개 눈물 적시던 짧디 짧은 '제논의 화살' 닮은 한글의 수태受胎는 창공 향해 얇게 항변하고, 한 줄기 수액에서 만화방창까지, 비린내 위 들판 굴참나무 군락지 사슴벌레, 장수풍뎅이까지, 노랗게 물든 미루나무 잎 오물거리는 앙골라의 빨간 눈까지, 가천초등 교문 옆 왕벚까지, 삼학년 교실 창틀에서 해바라기하던 미모사까지, 몽골의 목동들은 그 얼마나 무료했으면 한 목에 두 가지 이상 소리를 내었는가. 후미hoomi여. 폭양의 정오도, 말매미의 우렁찬 소리도, 바위에 살포시 스며드나니, 하이쿠여. 별꽃은 잔디가 훅하고 토해낸 따스한 열기를 들이마신 후 곧바로 양수가 터져 기나긴 진통 마쳤다. 아무리 추억이 질투를 불러온다 해도, 추억이 선악을 삼키듯이 꽃도 그렇게 꿀꺽하고 말 테지요. 그리하여 단말마 황홀함도 떠난 첫 여인같이 미워하게 되겠군요. 이제야 온갖 앙탈부리며 저수지에 메다꽂아 박히는 기동사격 소나기처럼 곧추서서 왔다. 탑골 밖, 씨산이 누님 장녹발長綠髮 장화홍련 어느 틈에 풀어헤쳐, 흰 고무신 벗어 양손에 거머쥐고, 한 발 떼고 애고 애고, 두 발 떼고 어찌할꼬.

통곡 소리 요란하게 소복되어, 황소바람 되어 들어서는데, 쑥대머리 애달피 그리워서 매달려 보지만, 저 꽃은 이만큼 하늘 하롱 사천만 까치놀 되어, 능화 숲 너른 내 피라미 튀는 휘영청 달밤 운슬 되어, 날선 작두 위 산제당 무녀 되어, 마지막 염력 다해, 가산댁 다섯 살 난 외동딸 잃은 설움같이, 송암 편백 같던 미녀인 위주 할매 죽인 자에 대한 미움같이, 5월 감무뜰 사름처럼 주야장천 퍼부어라, 퍼붓게 되노라.

그토록 연실蓮實처럼, 쥐라기 공원처럼, 기다려 보기로 해요. 지구 멸滅은 어느새 구름산 절벽 산파같이 가녀리고, 아직도 융단 고드름은 옛 학동學童 그리워하며 산풍山風, 곡풍谷風 마다않고 아래로만 신작로만 쳐다볼런가. 그날의 왁자지껄은 좌관처럼 펼쳐놓은 채로. 긴 세월 염색으로 가늣해진 머리칼 같은 곡조가 가얏고 열한 줄 타고 흐르는 이 한밤, 살의殺意 안고 태어난 자목련 한 송이가 장난기 심한 개미 한 마리 돌출행동으로, 그 무게로 천수天壽 근처에 맴돌다 '도라 도라 도라' 직강하 하였다.

감무뜰 큰배미 쟁기질같이 이리저리, 요리조리 휘파람 불며, 고읍들에 울려 퍼지던 행진곡처럼. 그날 밤 와룡산은 우주의 중심에 선 듯 떠난 꽃들을 그렇게 노래하였다. 미웠던 꽃, 어디 있었으랴. 긴 한숨 카클케 맹감나무[57]연한 잎에 손을 문지르며, 새벽 는개 사이로 〈립 밴 윙클〉을 꾸었지요. 〈도화원기〉도 꾸었답니다. 오, 천하 이상향을 모두 꾸었어요. 몽환의 자식이 된 몸뚱어리는 어느 것도 남김없이 잊고 삼키는 소남풍이 되어 태양의 마지막 작열을 생각할 겨를도 없이 치자꽃 진한 향기만 남긴 채 석신골로[58], 선진 포구로 내달렸다.

시골은 술 단속, 나무 단속, 문둥병 단속이 심했다. 하는자[59] 마을에서 가장 욕 잘하기로 소문난 가봉할매[60]가 술동이를 이고 들판에 가다가 밀주 단속원 두 놈한테 딱 걸렸다. 단속원과

---

57) '청미래덩굴'의 방언. 어린 순은 나물로 무쳐 먹고, 잎은 쌈으로 먹으며, 뿌리는 약에 씀. 혹자는 망개 잎이 위장약인 암포젤엠 원료로 쓰인다고 알았음. 제백이 군 제대 후 암포젤엠을 세 병 정도 복용함. 어릴 때 산에 채꾼이 되어 소 먹이러 갔을 때, 잎을 엮어 모자를 만들어 쓰기도 하였고, 당원(糖原, 糖原質, 글리코겐, glycogen)을 푼 샘물을 연신 떠먹는 데 사용하기도 함.

58) '적선磧善골'의 경남 사천 방언. 옛날 적선사磧善寺가 있었다 하나 지금은 희미한 터만 남아 있음. 제백 고향의 저수지 새길 중간쯤에 위치한 골 깊은 곳으로 밤나무, 꿀 밤나무(상수리나무와 도토리나무) 오른쪽 능선엔 소꼴이 많고 무성하여, 여름철 오후에 소를 놓아먹이는 동안, 골짜기를 타고 저수지에 내려가 멱을 감고, 땡볕 해바라기, 고누 내기(집으로 가져 갈 소꼴 내기.), 산딸기를 따먹기도 함. 또 장수풍뎅이와 사슴벌레, 말벌집도 많았음. 무섬이 가득한 전설 많은 골짜기이기도 하고, 마을 대다수의 다랑이 천수답이 몰려 있는 주변엔 살무사가 창궐하여, 제백 어머니는 제백 허리춤에 주머니를 만들어 백반白礬을 지니고 다니게 했음. 또 계곡 끝 저수지와 이어지는 곳에 암초, 그러니까 우리말로'여'가 있어, 물이 잠길 때 여간 조심해야 함.

59) '어느 한때'의 경남 사천 방언.

실랑이질하다가 할매 에라 모르것다. 오늘 삯일꾼 술참은 없다고 생각이 불현듯 미치자,

"네 이놈들, 단속은 니미 × 단속이나 해라!"
하고 냅다 도랑사구를 개천으로 던져버렸다.

그 당시 주속(酒贖)이 얼마나 무서웠던가를 여실히 보여준 장면이었다. 증거 인멸, 단속원들 기가 막혀 마른 침을 억지로 뱉고 담배 한 대 불 붙여 꼬나물고 사라지는 소능마을의 얄궂은 또 하나의 전설을 만들었다.

어느 해 제석이었다. 제백이 두 번째 휴가를 나왔다. 명동 코즈모폴리턴[61]이었다. 한 미녀가 난쟁이를 데리고 들어왔다. 난쟁이[62]는 미녀의 손목에 대롱대롱 매달린 듯 관자놀이에 새파란 실핏줄을 보이면서 겁에 질린 표정이었다. 미녀는 그지없이 만

---

60) 마을 제일가는 욕쟁이할매. 성질머리가 고약하고 아주버님이 한국전쟁 때 죽고, 재가한 동서가 두고 간 여조카를, 미울사람들 보는 앞에서 때리고, 머리끄덩이 잡아 흔들기 예사였음. 콧날이 뾰족하고 하관이 쭉 빨아 마치 백설공주의 마귀할멈 닮았음. 젊었을 때는 아주 예뻤다는데, 점점 성질머리가 고약해졌는데, 그 까닭인즉슨 아들이 없고 딸만 조카까지 합쳐서 여덟이었음. 결국 남편이 재취를 들여 길 건너 살림을 차렸는데, 남편이 없으면 찾아가 대관 싸움. 그 쪽은 아들 둘, 딸 한 명을 둠. 서양에선 1746년 불경스런 욕설 방지법에 따르면, 욕을 할 때 부과되는 벌금은 욕하는 사람의 신분에 따라 책정되었는데, 십이 페니는 신분이 낮은 사람에게 해당되는 벌금이었으며, 귀족들은 액수가 더 컸음. 이 법을 일년에 네 번씩 일요일에 교회에서 낭독하도록 함. 제백의 제자격인 편집장이 전국 욕 대회도 기획하고, 김열규의 『욕, 그 카타르시스의 미학』도 출간케 함. 호머의 『일리아드』에 등장하는 욕쟁이의 전형인 테르시테스는 입이 걸었다. 다른 트로이 전쟁의 영웅들이 왕이나 장군인 데 비해, 그는 계급이 낮은 평민으로 지독한 독설가이자 수다쟁이. 권력에도 굴하지 않은 비평적 인물의 상징으로 많은 철학자들과 평론가들로부터 자주 거론. 호메로스는 이례적으로 테르세시스의 못생긴 모습을 자세히 묘사. "그는 일리오스에 온 사람들 중에서 가장 못생긴 자로 안짱다리에 한 쪽 발을 절었고 두 어깨는 굽어 가슴 쪽으로 오그라져 있었다. 그리고 어깨 위에는 원뿔 모양의 머리가 얹혀 있었고 거기에 가는 머리털이 드문드문 나 있었다." — 『일리아드』, 제2권.

족스런 표정으로 좌중을 둘러보았다. 마치 미녀 경연대회에서 무대를 거니는 것과 비슷했다. 미녀와 제백이 눈을 마주쳤다. 제백은 양미간을 깊이 찡그리며 인상을 썼고, 미녀는 이내 시선을 거두고 난쟁이와 맞담배를 피우는 거였다. 자욱한 다방에 그들이 내품는 연기는 진하고 선명했다. 둘은 약속이나 한 듯, 뽕 뽕 뽕. 도넛 혹은 고리를 만들었다.

갑자기 영화 〈백주의 결투〉의 한 장면이 생각났다. 그러니까 불행한 운명을 타고난 펄(제니퍼 존스 분)이 텍사스 대 목장주의 장남 제시(조셉 코튼 분)가 담배연기로 고리를 만들 때 자기도 해 보고 싶다고 당돌하게 요구했다.

말이 나와서 말인데, 제백은 중학교 때 본 서부극 중에 유독 바위와 여자만 주로 생각났다. 그래서 모리 오하라, 진 시몬즈, 제니퍼 존스가 바위산을 무대로 펼치는 장면을 무척 좋아했다.

얼마 후, 그녀는 초콜릿을 한 개씩 꺼내,

"귀여운 페피야!"

하면서 건네주면 난쟁이는 그 말이 그것이 무엇인지도 확인하

---

61) 서울 명동 성당 길 건너 근처에 있었던 다방으로 둥근 탁자가 있어 마치 만민주의, 세계주의 논하기에 적격이었고, 즉석 미팅이 유행했고, 한때 마담이 인심 좋고 멋쟁이라 대인기였음. 피우면 종이 타는 소리가 인상적이었던 구하기 힘든 '청자'담배도 그곳에서는 구할 수 있었음.

62) 1903년 발표한 헤세의 환상동화 「난쟁이」. 미녀인 마르게리타 카도린과 난쟁이 필리포 사이의 비극성을 묘사. 고급 창녀 피암메타는 조각 같은 미모로 로마 추기경의 정부가 되지만, 전쟁은 스물한 살의 그녀가 쌓아올린 부와 명성을 한꺼번에 앗아감. 재기의 칼을 갈며 그녀가 자리 잡은 곳은 베니스. 그녀는 어머니로부터 훈련받은 직업적 재능과 충실한 하인이자 파트너인 난쟁이 부치노의 도움으로 상류사회로의 재진출을 노림. 피암메타의 계획대로 유명 화가의 모델이 되어 성공가도를 달리지만, 그녀는 창녀라는 자신의 신분을 망각한 채 열일곱 살 소년과 사랑에 빠지는 치명적인 실수를 저지르고 마는데.

지 않고 불수의근不隨意筋처럼 얼른 받아 주머니에 쑤셔 넣곤 했다. 많은 사람들이 그들의 행동에 넋이 나간 것은 당연한 이치였다. 밤이 점점 지나서야 사람들의 관심은 서서히 자기들만의 송년의 축제로 돌아갔으나, 제백을 비롯한 일행은 시선을 뗄 수가 없었다. 미녀는 심심한 듯, 난쟁이를 낚아채듯 또 다른 장소로 자리를 옮기려 채비하였다. 제백은 일어나 안개 속을 걷듯 그들을 뒤따랐다. 일행도 마지못해 행동을 같이 했다.

민원 다방, 챔피온(원래 간판 상호), 본전 다방, 목신의 오후, 길 다방, 가람 다방으로, OB'S 캐빈에서 맥주 한 잔씩 들이켜고, 그렇게 몇 차례 장소를 옮겨 돌아다닌 후 자정이 가까워지자, 미녀는 덕수궁 옆 골목 으슥한 곳에 들어가 난쟁이한테 뭔가 건네주면서 쏜살같이 사라졌다. 난쟁이는 엉겁결에 받아 쥐고는 가로등 아래에서 펴 보고 몇 장의 종이돈이란 것을 알고는,

"×년!"

하며 찢어버리고 미녀를 찾아 달리는 거였다.

미녀가 시청, 서린 호텔, 보신각 앞의 군중이 움집한 곳으로 빨려 들어가는 것을 보았다. 난쟁이는 사람을 헤치고 들어갔으나 도저히 더는 헤쳐 나가지 못했다.

어느덧, 보신각에서 첫 종이 울렸다. 그때 한 무리의 사람들이,

"저기 봐! 저기 사람이 죽었어, 매달린 채로!"

하고 고함 소리 요란했으나 안타깝게도 이내 종소리에 파묻혀 버렸다. 서른세 번 종소리가 끝나고 사람들은 아까 그 소리의 진원지를 찾기 시작했다.

누군가 큰 소리로 외치며, 손가락질 했다. 사람들의 시선이 한 곳으로 쏠렸다. 전신주 위에 대롱대롱 매달린 난쟁이였다. 미녀를 찾으려다 그랬는지, 제야의 종소리의 타종 모습을 보고자 그랬는지 모를 일이었다. 미녀는 깊은 안도의 숨을 내쉬며, 종소리의 여운과 수런거리는 군중을 뒤로 한 채 어디론가 바삐 갔다. 제백 일행도 깊은 한숨을 내쉬고는 더 이상 미녀를 쫓지 않을 작정이었다. 난쟁이를 도운다고 전봇대에 올린 자가 제백 일행일 거라는 강한 의문만 남긴 채……

몇 년이 지나 우연히 그 미녀를 만났다. 대화 중 무심결 알게 되었다. 그녀는 여려 동생인 소려少麗였다. 소려는 그날 밤 그 행위에 대해, 무대에서의 울림증을 풀기 위해 시도한 해프닝이었다고 깔깔거리면서 둘러댔다. 결국 그녀는 이십대 초반에 유명한 트로트 가수가 되었다. 오, 트로트를 들으면 영등포의 밤 풍경이 생각난다. 한때 홍대입구역에만 가면 비가 내리는 착각에 빠지기도 했다. 아무튼 제백이 가사를 쓰고 여려가 곡을 붙인 '낙엽은 지고(은찬도 비슷한 곡을 붙임.)'와 '인생별곡', 그리고 제백이 군대 회식 때마다 부른 '이 한 밤'을 약간 개작하고 여자 버전으로 불러 크게 히트를 쳤다. 그러나 그녀의 집착과 알량한 자존심이 인생을 망치고 말았다. 우리는 종종 만나 무료한 시간을 말장난으로 채웠다.

〈월남에서 온 김 상사와 월남에서 오지 않은 김 상사에 대한 비교연구〉니 〈서울로 간 섬마을 선생과 서울로 가지 않은 섬마을 선생에 대한 비교연구〉를 예를 들어 나름대로 진지하게 풀어 나갔다.

아버지가 불의의 사고로 죽고 난 후 부산으로 간 여려와 소려의 부산 생활은 궁핍했고, 그래서 절망적이었다. 섹스의 상처는 섹스로 치유된다고 했던가. 일찍이 맛본 이성에 대한 그리움을 지울 수 없는 나이에 접어들었을 때, 그들은 능수능란한 이성 사냥꾼이 되어 있었던 것이다. 그렇게 되기까지 둘은 몇 차례 윤간을 당한 이력이 있었기 때문이었다.

동생은 대학 진학을 포기하고 연예기획사 보조요원으로 아르바이트를 하여 언니의 학비를 마련하였다. 그러나 그 일이 만만치 않았다. 첫 한 달은 하루 평균 두 시간 정도 눈을 붙일 수 있을 만큼 가혹했다. 그런데다 선배 연출가는 술과 담배에 찌들어 눈동자가 흐리멍덩해가지고는,

"이번 해 목표는 남자 수십 명 따먹는 거야, 알아!"

하면서 담배를 쭉쭉 빨며 가혹 도넛을 만들기도 하고 커피를 홀짝홀짝 마시는 것이었다. 『노르웨이의 숲』에서는 기숙사에서 한 남학생이 민달팽이를 세 마리 먹어치웠고, 그의 물건이 대단해서 지금까지 여자 백 명은 해치웠다는 내용이 나온다. 전국섬에 있는 산을 찾아간다든가, 강원도 일천 고지 산을, 올 겨울 정복한다는 말은 들어봤으나 여자가 그런 말을 했다니 믿기지 않았다. 생전 처음 듣는 말이었다.

어느 해 크리스마스이브엔 남자 다섯 명을 상대로 가뿐하게 KO시켰다고 너스레를 떨기도 했던 것이다. 마치 성도性道 유단자나 되는 것처럼. 더 이상 견딜 수 없어 퇴사하여 곧바로 대형

서점에 취직했다. 그들이 한국일보 옆 빌딩에서 대위를 떨어뜨린 일이 있었다. 멀리서부터 치근대던 대위와 근처 포장마차에서 술을 마시다가 언니가 가까운 빌딩 화장실에 가자 대위도 따라나섰다. 한참 지나도 둘이 오지 않아 동생이 가보니 여자 화장실에서 언니를 능욕하려는 참이었다. 둘은 있는 힘을 다해 창문 밖으로 넘겼다. 마침 자정이 가까운 시각이었고, 밑이 건설 현장이라 쥐도 새도 몰랐다.

그들이 사간동 외딴 옥탑 방에다 이사를 하고는 뭇 남성을 받아들이기로 했다. 작은방이 두 개라 서로 일체 간섭하지 않고 살기로 했다. 자매를 눈여겨 본 자들은 집 근처 공터에 서성이며, 저 방은 불이 켜져 있으니 남자가 없겠고, 어두운 방은 남자와 같이 밤을 보낼 요량이라고 여기며, 침을 꼴깍 삼키며 하염없이 쳐다보곤 하는 것이었다.

여러 자매는 강명화가 연인과 궁핍한 동거 생활을 했을 때를 남의 일처럼 여기지도 않았을 뿐더러, 그녀의 자살 소식을 접한 나혜석의 추도 글을 두고두고 떠올리면서 인간에 대한 편협함을 거부하려고 무진 애를 썼다.

제백 어머니는 창녀였고, 제백 아버지는 바람이고, 운석이었으며, 대나무이고, 햇빛이며, 파르티잔이었다. 제백은 사생아였고, 제백 형제자매는 모두 아버지가 달랐다. 제백은 아버지가 담양 죽공예 전수자로서 소능마을에 죽세품을 팔러 다니다가 엄마와 눈이 맞은 두 도라지 중 한 명일 거라고 여겼다.

다른 남자의 씨가 분명하다. 아내도 무심결에 비밀을 털어놓지 않았는가. 중국 작가 위화余華는 『허삼관매혈기許三觀賣血記』에서 장남 일락이는 아내가 결혼 전에 잠시 만났던 남자의 아이가 분명한데도 허삼관은 끝까지 감싸 안았다. 바람을 피운 아내를 둔 남자를 두고, '오쟁이 졌다.'고 한다. 영어에선 이런 남자를 뱁새가 뻐꾸기cuckoo 새끼를 키우는 것과 같다고 해서 'cuckold'라고 한다. 야생에선 심하면 한 둥지의 새끼 중 사십 퍼센트가 다른 둥지 수컷의 씨로 드러나기도 한다. 아내에게 속아서 남의 아이를 키운 남자 얘기는 영국의 대문호 제프리 초서나 윌리엄 셰익스피어의 작품에도 등장할 만큼 역사가 오래됐다.

제백은 매일매일 아버지들을 차례차례 죽이는 꿈을 꾸었다. 아버지를 죽이는 방법이 떠오르길 바라고 바랐다.

영화배우 스티브 매퀸은 서커스단에서 스턴트맨을 하던 아버지와 창녀 일을 하던 방탕한 어머니 사이에서 태어났다. 아버지와 어머니는 매퀸이 태어난 후 곧 헤어졌다. 매퀸은 스타가 된 이후에도 새아빠를 "개새끼"라고 불렀다. 그러던 어느 날, 새아빠가 엄마를 무지하게 팬 것도 모자라, 매퀸을 계단 밑으로 던져버리는데, 이에 매퀸은 새아빠에게, "한번만 더 내 몸에 손을 댄다면 내 맹세하는데 당신을 죽여 버리겠어."라고 협박한다.

영화 〈몰리스 게임Molly's Game〉에서 딸 몰리 블룸 역의 제시카 차스테인이 아버지 래리 블룸 역의 케빈 코스트너한테, "제 아빠는 나쁜 새끼였어요!"

진정 제백의 아버지가 누군지, 어머니마저도 모르는 눈치다. 형제자매나 친척들, 마을사람들도 모른다. 누구는 백도라지라고 하기도 하고, 겹도라지라고 하기도 하고, 불알망태가 빠졌다고 소문난 아버지 창결도 사실은 몸에 이상은 없었을 거라며, 심지어 오여려의 아버지인 예동까지 소문의 선에 올려놓고 있었다. 마데이나 육손이며, 금식이, 영택이 등 머슴을 언급 안 한 것만 해도 천만다행이었다. 사실 제백은 바로 위 형이 돌이 되기 전에 죽어서 면사무소에 알리지 않고 형 이름을 바꾸지 않고 그대로 사용했다. 그러니 제백이야말로 진정 제백인가, 아니면 형인가, 그도 저도 아니면 둘 중의 중간인가, 잘 분간할 수가 없다. 그래서인지 제백은 어려서부터 지나치게 타인을 의식하며 자신의 존재의식보다 타인의 구미에 맞추려는 아부근성이 강하다.

어머니는 폭력성이 강했다. 형 궁백을 어릴 때 때려 고막이 나가기도 했고, 누나를 때려 박이 터지기도 했으며, 제백을 때리고 고방에 가두기도 했다. 그래서 어머니의 회초리인 석류나무만 쳐다보면 부들부들 떨 정도였다.

제백은 보았다. 어머니의 이중성을. 고선할매한테 잘 하는 것 같지만 어떨 때는 고선할매한테 부엌칼로 목에다 겨누기도 하였다. 그리고 특히 백도라지와 싸우는데, 결국은 백도라지가 어머니의 머리칼을 잡고 목침에다 머리를 뒤집어 목을 따려고 엄포를 놓기도 하였다. 지금도 그때의 광경이 떠오를 때면 식은땀이 주체할 수 없이 흐르곤 한다. 그런 어머니가 무당이 되어 저옥무당으로 불리면서 좀 더 배짱이 두둑해졌고, 짝인 까꾸내[가천佳川] 경문쟁이 학습 무인巫人 황칠수黃漆秀와 며칠씩 집을 비우기 일쑤였다.

황 씨는 성격과 말소리가 야들야들 부드럽고 여성스러웠다. 그는 유행가 '나그네 설움'의 작곡가이자 이봉조의 스승이기도 한 이재호와 일본 음악학교에서 같이 배운 사이였다. 둘 모두 바이올린 전공자였는데 이재호가 대중작곡가의 길로 들어서자 크게 실망하여 자기가 아끼던 바이올린을 부수고 산속으로 숨었다. 그는 무당이나 박수가 사람의 액을 쫓거나 병을 낫게 할 목적으로 외우는 기도문과 각종 주문인 무경巫經과 잡가에 능했고, 유행가에도 일가견이 있어 배호의 노래나 이재호가 작곡한 노래는 거의 다 부르곤 했다. 그러나 배호의 열렬 팬이면서도 배호가 부른 안개 낀 장충단 공원에서 장충단을 장춘단으로 부른 것에 대해 부산 촌놈이 그렇지 하고 투덜대기도 했다. 천부경, 옥추경, 산신경, 명당경, 축귀경, 상서서문, 독립선언문, 후출사표, 송인送人[63], 송원이사안서, 춘망사와 동짓달 기나긴 밤을, 이화에 월백하고 등 시조도 있었고, 하이꾸도 수십 편 옮겨 적어놓았다. 더욱 놀란 점은 플라톤의 국가에 나오는 '동굴 속의 불빛 그림자'와 정약용의 '국화의 그림자를 읊은 시의 서문'까지 필사했다는 점이다.

그뿐만 아니었다. 그는 영화에도 관심이 많아 여기 저기 메모를 남겼다. 특히 베르나르도 베르톨루치의 〈순응자〉에 대해서

---

63) 〈송인送人〉— 정지상.
해마다 이별 눈물 강물을 보태는 것을別淚年年添綠波.
〈비 오는 남산〉— 이인선 작사, 배상태 작곡, 배호 노래.
눈물을 흘려서 강물을 더해주고 그 님을 불러서 메아리 더해주고 한숨을 쉬어서 바람을 더해줘도 가슴을 치면서 슬픔을 더해줘도.

는 제법 긴 글을 남겼다. 파시스트인 주인공과 반파시스트인 스승의 만남은 영화를 관통하는 장면이다. 그들은 재회한 자리에서 '동굴의 우상'에 관해 이야기를 한다. 플라톤이 말한 동굴에 묶인 죄수와 그저 그림자를 통해 그것이 진실이라고 믿고 있는 것에 대한 이야기이다. 그렇다면 그들이 말하는 허상은 파시즘의 잔혹함을 말하는 것일까? 이 이야기는 체제의 이념도, 개인의 열정도 그저 교차할 뿐 둘 다 허무하다는 것이 아닐는지. 결국 인간에 대한 깊은 허무가 자리하지만 인간의 진정한 면모는 수호자도 파괴자도 아닌 순응자라는 통찰이 고개를 숙이게 한다.

  그는 모든 내용을 족제비 털로 만든 작은 모필로 정성들여 쓰고 곱게 접은 4×6판 크기의 절본折本에 담았다. 본문과 표지 전체는 치자 물로 염색했고, 표지는 콩기름을 바른 듯했다. 그런데 알고 보니 그것이 나름대로의 원본, 즉 소장본이었다. 그리고 물감을 들이지 않은 한지로 되어있는 절본 책자는 페이퍼북인 셈이었다. 그는 자기를 과시할 때는 물들인 것을 꺼내 거드름을 피웠고, 평소에는 한지 그 상태의 책자를 보는 것이었다. 아무튼 애지중지, 틈나는 대로 꺼내 낭송하는 버릇이 있었다. 거의 암송했지만 책을 손에 쥔 모습이 더 돋보였다.

  사실 상서서문도 그가 가르쳐 준 것이었다. 제백이 네 살 때였다. 간혹 돋보기안경이 햇빛에 반사될 때는 약간 무서워 보이기도 했다. 종종 제백을 앞혀놓고 노래를 시키거나 갓 배운 상서서문을 외우게 한 후 크게 칭찬하면서 갈색에다 울퉁불퉁 무늬가

든 지갑을 열어 지폐를 꺼내 줄 때 제백이 그의 안경 속에서 작은 모습으로 웃고 있었다. 내년 다섯 살이 되면 정지상 이상 될 거라고 하며 칭찬도 해 주었다. 그리고는 다섯 살 되던 해에 소능小能이란 호도 지어 주었다. 어렸을 때 문장에 능했다나 뭐했다나. 물론 일곱 살에 처녀 시집 『파리의 하늘』을 내서 화제가 된 미누 드루에Minou Drouet와는 상대도 되지 않지만. 그가 제백의 호를 지을 때 두보 호가 소릉少陵이라는 것을 알고나 있었는지 무척 궁금하다. 물론 그 때는 아직 명함도 못 내밀 나이의 이 어령의 호가 소능 거꾸로인 능소凌霄란 것도 몰랐을 테지.

그 당시 제백 고향마을이나 인근에 기독교회나 가톨릭성당이 없었던 것이 제백에겐 그 얼마나 다행이었던가? 영원히 따라다니는 일생의 구속이었을 테니 말이다. 중국 무협영화 〈건양강호: 운뢰검법의 비밀Amorous Swordsman,2017〉는 무혈도 교진봉은 건양산장에 쳐들어와 징주 운뢰검법과 오검을 내놓으라고 한다. 그러나 심우산이 거절하자 그를 신식 병기로 죽인 뒤, 스스로 장주라고 칭하며 운뢰검법을 연마한다. 제자 소능은 사부가 죽자 교진봉을 새 사부로 모시며 운뢰검법 연마를 돕는다. 하지만 교진봉이 운뢰검법 연마를 마치고 무림 고수들을 불러 대혈투를 벌이는 날 모든 진실이 밝혀진다는 내용이다.

그런데 그 황칠수가 죽었다. 그는 고급 국산 난 전문가이기도 했다. 그는 한때 가천초등학교 교사였다. 그는 진주 옥봉동 창녀를 데리고 사택에서 신접살림을 하고 살았다. 그런데 그는 부인이 없는 날은 제자 여학생을 데리고 사택에서 초저녁을 보내고 울먹이는 제자를 달래며 집까지 데려다 주곤 했다. 그 당시 여학생의 거의 평균 나이가 두세 살 내지 심지어 다섯 살 많았다. 특히 체육 시간에 유독 한 여학생을 못 잊어 다들 운동장에 나가고 난 뒤 그 여학생과 음란 행위를 하다가 마침 교감 선생한테 발각되어 시말서를 쓰고 난 두 달 후 사직서를 제출했다. 아마 교감 선생의 공갈 협박에 못 견디지 않았나 싶다. 그는 이 학교 소사로 시작하여 교사가 되었는데 그는 대판 고교 출신이라고 떠들어댔다. 알고 보니 대판이 대지진으로 화재가 나서 웬만한 학교의 문서가 다 소실되어 학적부를 뗄 수 없는 사실을 알고 거짓말을 그럴듯하게 둘러댔다. 그 당시 그 사람 외에도 그런 짓을 한 자가 몇몇 있어 소문이 쫙 퍼졌다.

그가 퇴직 후 제백 어머니와 한 달에 절반 정도를 같이 하고, 절반은 이 산 저 산으로 난을 채취하러 다니곤 했다. 가천초등학교 뒷산 홍무산이 자기 소유 산인데 난 채취자들과 실랑이질하다가 밀쳐져 절벽 아래로 추락사했다. 그의 죽음은 난 채취자 중 윗선에 줄을 대고 있는 자가 있어서인지 읍내 공의가 왔으나 결과적으로 단순 실족사로 처리되는 것을 두고, 사람들은 말하기를 고등룸펜인 친동생이 형의 내연녀인 저옥무당을 사이에 두고 애정 싸움을 하다가 원수지간 되어 이참에 저 쪽 편이 되었다고 했다. 형이 죽었는데도 동생은 해맑은 표정이며 특유의 껄껄거리며 웃는 함박웃음에 그의 음모가 묻어난다고 다들 수군댔다. 그러나 동생이 비싼 비로드 사들고 어머니를 찾았으나 어머니는 이미 중병이 들었다.

아무튼 황칠수는 왕년의 초등학교 교사답게, 혹은 동심을 간직한 순수 열정이 남았는지 박용래의 '강아지풀'을 종종 읊고 다녔다. 그것도 무당들이 단 한 명만이라도 있을 시는 절대 꺼내지 않았다.

제백이 아주 어렸을 때 당시 유행하던 홍역으로 인해 제백은 죽은 아이가 되어 둘둘 말아 뒤뜰산 돌무덤에 묻으러 가고 있었다.[64] 그 순간, 어머니가 상머슴과 마데이를 막아서서 간절하게 애원했다. 한번만 꺼내, 마지막 정성을 쏟아보자고. 그런데 세상이 곡할 노릇이 있나, 천지가 개벽할 일이 있나, 참으로 기적이 일어났대요. 따뜻한 온기를 주었더니 부스스 눈을 뜨고 살아나더란 거요. 온 집안 식구는 물론 마을사람들이 기뻐 덩실덩실 춤추며, '이 아이의 수명이 남들 두 배는 길 것이다.', '분명 북두칠성이 점지한 유별난 애다.'라며 몇 날을 두고 찧고 까불며 회자되었다.

그 이후 마을사람들은 제법 잘 생긴 제백을 '좋은 아이'라고 부르게 되었다. 그러나 자라면서 희한한 버릇이 있어 가족들의 애를 먹였다. 그것은 세 살 때부터 마루 밑에 기어들어가서 마른 흙을 파먹는 버릇이었다. 이것저것 사탕으로 달래보기도 하고 매질도 해 보았지만 허사였다. 결국엔 누구의 귀띔으로 화릉집 뒤뜰에 서 있던 소태나무 가지를 꺾어 빻아 흙과 버무려 마루 밑 여기저기에 발라두었다. 그에겐 엄청난 고통이요, 시련이었던 모양이었다. 그날 이후 다시는 마루 밑에 내려 갈 생각을

---

64) 고대 로마에서는 아이가 죽으면 밤에 횃불과 촛불을 밝히고 매장함.

하지 않았다.

 또 지남철, 즉 자석을 갖고 놀기를 좋아했다. 그는 자석 위에서 쇳가루가 춤추는 광경을, 하얀 종이 위에 곤추서서 자행되는 군무를 보고 있노라면 황홀하기까지 했다. 마침 마을 어귀에 있던 성냥간도 눈여겨 본 장소였다. 그곳의 혹부리 주인할배가 풀무를 차려 놓고 벌겋게 달구어 익은 쇠뭉치를 꺼내, 연신 두드려 패며 메질하는 모습을 한동안 무심히 쳐다보곤 했다. 그리고 길가까지 튀어나온 파편을 몰래줍기도 했다. 또 무엇보다도 잊을 수 없는 추억거리는 큰 사랑에 있던 목침. 모서리가 닳고, 때 묻은 것. 서까래엔 해묵은 볏단 같은 누리끼리한 메주들이 달려 있고, 송진을 태운 방은 그을음투성이였다. 담배냄새, 쇠죽냄새, 마데이 냄새가 나뭇결 속에 깊숙이 스며 있었다. 반들반들 윤이 난 그 목침을 몇 해 전까지도 곁에 두고 있었다. 쇠죽솥 굴뚝에서 새어나오는, 매캐한 저녁연기 속에도 아랑곳 않고, 하루살이나 모기를 잡으러 같은 공간을 왕복 쉴 새 없이 되풀이 하여 날아다니던, 초저녁 그 왕잠자리들에게도 스며 있었다.

 하루살이, 긴꼬리하루살이Palingenia longicauda들이 헝가리 부다페스트 남동쪽으로 약 백삼십오 킬로미터 떨어진 티자쿠르트Tiszakurt 인근 티서Tisza 강에서 어부랭이를 한다. 강 인근 마을은 매년 늦은 봄에서 초여름 사이에 약 세 시간 동안 긴꼬리하루살이들이 어부랭이 하는 장엄한 모습을 보려고 찾아온 관광객들로 이름난 곳이 되었다. 긴꼬리하루살이는 티서 강 바닥 진흙에서 삼년간 유충으로 있다가 어부랭이 철인 늦은 봄에 성충이 되어 강물로 올라와 암컷을 찾아 필사적으로 어부랭이하기 위해 비행을 한다. 하루살이 수컷 성충들은 어부랭이를 끝으로 죽음을 맞이한다. 입이 없어 먹을 수도 없고, 단 몇 시간의 생존과 짝짓기와 알 낳기를 하고는 죽고 만다.

한때 소능마을의 아침은 제백 집 위 뒤쪽 작은할배 대밭과 집안 몇몇 수목 사이 새소리와 홰를 치는 닭과 가축들의 부스럭거리는 소리가 자명종이었다. 죽지소슬쇄명주竹枝蕭瑟碎明珠라. 청명하고 볕이 고른 날에도 대숲에서는 늘 그렇게 소소한 바람이 술렁이었다. 개기일식을 보면서 세상이 종말을 맞는 것 같은 무섬을 느끼면서 유리 조각에 그을음을 묻혀 태양을 보곤 했다.

여기서 최명희『혼불』몇 소절 들어간다. 널리 용서해 주리라 믿는다. 그것은 사그락사그락 댓잎을 갈며 들릴 듯 말 듯 사운거리다가도, 쏴아 한 쪽으로 몰리면서 물소리를 내기도 하고, 잔잔해졌는가 하면 푸른 잎의 날을 세워 우우우 누구를 부르는 것 같기도 하였다. 사실 최명희 님은 제백과 인연이 깊다. 『일업일생一業一生』의 저자이자 전 일조각一潮閣 한만년韓萬年 사장이 출협 회장으로 있었을 때, 최 선생과 연을 맺게 된다. 그것은 그녀가 출협의 유서 깊은 독후감상문 대회에서 고등부 최우수상을 받게 된 이후부터였다. 그 당시 최 선생은 전주 기전여고 학생이었다. 그녀가 종종 출협에 올 때마다 출판부장이 안내를 했다. 주로『신동아』에 연재되었거나 연재할『혼불』원고를 복사하려고 왔다. 그때만 해도 복사기가 귀한 시절이었다. 복사담당이 자료실 여직원이었는데, 그녀가 복사기 불빛에 눈을 보호하기 위해 색안경을 끼고 복사를 할 때 출판부장과 최 선생과 제백은 복사기 주변에서 많은 대화를 나누었다. 특히 출판부장이 최 선생한테, 혹여 소재거리가 떨어지면 제백을 찾으십시오. 경험이 무궁합니다.

어린 시절을 추억하고, 그리하여 잊었던 고향과 부모 친척을 상기시키면서 우리의 삶에 활력소를 불어넣는 계기로 삼아야 할 고향의 모든 일에 관심을 갖는 것이다. 그 시절, 어디어디서 사슴벌레와 장수풍뎅이를 보았다느니, 능구렁이를 처음 본 날의 그 섬뜩함, 아름다운 꾀꼬리의 노랫소리, 새벽안개, 쌍무지개, 비가 연방 내리는데 햇빛은 쨍쨍인, 여우 장가가는 모습이며, 경기가 들어 태어난 지 백 일도 못 넘기고 죽은 이웃 동생의 항아리 무덤하며. 여름날 모깃불 피워놓고 먼 창공의 별을 헤다 들려오는 비행기의 아련한 소리에 이국에 대한 그리움을 가슴속에 담았던 나날들에 대한 상념이 오늘의 꽉 짜인 틀 속에 사는 내게 부족한 '비타민 그리움'을 가득 채워 한껏 상기된 기분으로 삶을 풍요롭게 하는 듯했다. 어찌 보면 제백은 신의 축복 속에 생을 영위하고 있는지도 모를 일이었다. 그것은 핏속에 보배로운 시골인 고향의 물비린내 나는 정서가 함유되어 있기 때문이었다.

콩밭 매다 짬짬이 하늘 보며 굽은 등을 펴시던 어머니를 그리워한다. 밭은 어머니의 학교요, 놀이터요, 한풀이 장소였다. 어머니는 밭에 오로지 백태인 메주콩만 심었다. 대우도 부룩도 멀리한 채 오직 한 가지만 고집한 것은 별 다른 까닭이 있는 게 아닌, 평소 잡스런 것을 좋아하지 않는 성격이 묻어난 것이라고 할 수 있겠다.

아무튼 어머니의 콩밭은 마치 작은 터널이 뚫려 있는 것 같았다. 이쪽에서 고개 숙여 저 쪽을 바라보면 너무도 깨끗하게 뚫려 있었다. 작은 잡초 하나도 용납하지 않았다. 방학 때 병둔 사거리에서 걸어, 탑골 전거비 앞 두둑 위에서 어머니를 부르면, 어머니는 항상 그곳에 계셨다. 아이고 내 새끼야, 하면서 그 반갑고 급한 마당에도 오른손엔 흙 묻은 호미를, 왼손엔 새끼 쇠비름, 개미자리, 바랭이 몇 포기를 들고 날다시피 달려오다 비켜 덩이에 넘어지던 그 모습. 그 모습이 애잔토록 아름다웠던 날로 기억된다.

소능마을에서 막 모퉁이를 돌아 학교 길에 접어들면 바로 오른쪽에 근엄하게 앉아 있는 바람산이 새벽 새소리와 이슬에 눈 뜨면 하루가 시작되었다. 그리고 바람산에 땅거미가 져, 외양간의 암소의 거친 숨소리 따라 누우면, 비로소 고단하던 하루가 끝이 났다. 그러니까 능화야말로 어린 시절, 아쉬움과 희망을 제공하는 원천적인 곳임이 틀림없다. 소능마을 탑골 옆 밭이나 밭둑에서, 연싸움하다 날려 보낸 방패연은 노란 꾀꼬리가 간혹 내려앉는 능화 숲을 지나, 깜빡깜빡 그렇게 날아, 고자실 재를 넘어 가곤 했다.

그리고 제백이 최초로 연극을 본 곳도 능화였다. 아마 그때 아마 셰익스피어의 「햄릿」 공연이 아닌가 한다. 그 후로 차범석의 「불모지」도 공연하였다. 사천수양예술제에 출품하려고 맹연습을 하였다. 그러다가 둘째아들인 경재 역을 맡은 제백 두 해 후배가 마마에 걸려 그만 죽고 말았다. 그래서 이웃마을 제백한 테 맡아달라고 사정을 하였던 것이다. 불과 사흘 후 공연이 있었다. 제백은 밤을 새우다시피 맹연습을 하여 하루 전날 리허설을 성공리에 마쳤다. 사천읍공관 큰 무대에선 제백은 평소의 끼를 유감없이 발휘했다. 결과는 대상이었다. 마을의 연극 기원은 제백 아버지와 이웃 마을 오여려 아버지가 분명했다. 두 사람은 어렸을 때부터 막역한 사이였고, 진주에서 서로 학교는 달라도 같이 자취를 했다. 그리고 각각 자기 학교 연극반에 들어가 활동했다. 그들은 「햄릿」을 마을 실정에 맞게, 한국 정서에 맞게, 그리하여 등장인물들을 마을 실제 사람들과 접목시켜 한국식 이름으로 지었다. 그들이 유독 이 작품에 애착을 갖는 것은 여러 이유가 있겠지만, 무엇보다 〈유령의 출현〉과 〈부모에 대한 복수〉, 그리고 〈치정어린 살해〉가 우리의 정서와 부합된다고 보았기 때문이었다. 설이나 추석 때도 그 작품을 두 마을에서 공연하였는데, 주인공 햄릿 역은 우람하고 남성적인 오여려 아버지가 맡았고, 오필리어 역은 아무래도 곱상하게 생긴 제백 아버지가 맡았다. 연극의 인기는 소문이 나서 멀리서도 구경 오곤 했다. '백도라지', '겹도라지'란 별명이 붙은 형제가 마을에 정착하고 나서부터 그들의 의견을 받아들여 연극은 더욱 강한 힘이 느껴졌다. 그리고 어떤 남자가 미군부대에서 손전등을 가져왔는데, 그것이 빨·노·파 삼색 조명 장치가 되어 있어, 그동안 사용하던 반짝 색종이 시대는 가고 말았던 것이다.

그 당시 밤마다 연극 연습을 하느라 마을 회관 안에는 화약 연기가 자욱했다. 신파극은 권총이 필요했고, 고전극은 칼이 필수였기 때문인데 주로 신파극을 선호했다. 간혹 불이 꺼질 때를 기다려 큰 성냥갑 옆면에서 뜯어낸 유리가루와 규사, 규조토로 된 종이를 뜯어내 사기그릇 위에 놓고 불을 붙여 타고 남은 액을 손가락에 문질러 비비면 마치 도깨비불이 되는 것이다.

차라리 그리운 가설극장이여. 한 해 한두 번씩 가천초등학교 옆 창고나 그 옆에 가설극장이 섰는데, 제백이 다섯 살 때 마을 또백 형과 같이 최초로 본 영화는 영화 〈옥단춘〉이었다. 눈물의 여왕 전옥의 〈저 언덕을 넘어서〉는 제백에게 형제애를 일깨워주었던 것이다. 황해의 〈현상 붙은 사나이〉는 오래도록 그의 얼굴이 무섬과 죄악의 아이콘으로 남아 있었다. 그러나 워낙 벽촌이라 그런지 오래된 영화는 필름이 낡고 결함이 있어 스크린에 줄이 주룩주룩 생기고 불똥 같은 것이 번쩍거렸고, 종종 약에 취해 스르르 눈 감기듯 아예 화면이 꺼지기 일쑤였다. 그럴 때면 제법 힘깨나 쓰는 청년들이 연달아 한 쪽 엄지와 검지나 중지로 아랫입술을 비틀어 휘파람을 불거나 검지와 중지를 혀 양쪽에 집어넣거나 혹은 양 손가락 검지와 중지 두 개씩 혀를 구부린 입 양쪽에 집어넣어 야유조 휘파람을 불러대곤 했다. 휘파람 말이 나오니 생각이 난다. 그러니까 에스파냐에 속한 카나리아제도 라고메라 섬은 휘파람을 언어로 사용한다. 언어의 이름은 실보 고메로the Silbo Gomero, 2009년에 인류무형문화유산으로 등재되었다. 에스파냐 언어를 휘파람으로 모사한 것이라고 한다. 휘파람 언어로 유일하다고 설명하고 있지만 사실 휘파람 언어는 산악지대나 섬 등 넓게 마을이 펼쳐진 경우라면 드물게 발견된다. 튀르키예의 쿠스코이 마을이 대표적이다. 쿠스코이 마을에서는 휘파람으로 "차 다섯 잔만 타와, 한 잔은 연하게." 같은 일상적인 의사소통을 휘파람으로 할 수 있다. 젊은 세대는 전화를 사용하기 때문에 휘파람 언어를 사용하지 못한다고. 영화 〈킬빌〉에서 엘 드라이버가 휘파람을 부르는 첫 등장신은 명장면으로 뽑힌다.

여기서 가설극장의 비뚤어진 두 가지 풍속도를 말하지 않고 갈 수 없다. 첫째가 각 마을 형들의 힘자랑인데, 한창 피가 끓어오를 때라 온몸이 근질근질했것다. 어디다 대놓고 풀길이 없던 차에 옮거니, 그때는 서울에 간 사람들이 거의 없었고 주로 부산·마산에서 태권도, 권투, 합기도 등을 어설프게 배운, 반 껄렁패가 마을 단위의 싸움을 일으키곤 했는데 그렇다고 악다구니 패싸움은 아니었다. 그때는 누가 제일 세다는 게 공공연하게 알려지곤 했다. 두 번째는 연애 사건이었다. 지내놓고 보면 근남골의 상열지사가 만만치 않았음을 알게 하는 계기가 되었다.

아무튼 영화는 그렇게 연을 맺어 지금껏 지나칠 정도로 보노라니, 언젠가 제백 가라사대, 죽음은 두렵지 않으나 영화 못 보는 아쉬움만 남을 거라고 했다. 아인슈타인은 "죽음이란 모차르트를 못 듣는 것이라오." 영화에 몰입한 제백은 자기가 운영한 출판사의 첫 출판을 자네티의 『영화의 이해』를 번역하여 흑백으로 출간했다.

한 사람만 노력해도 세상은 달라지는 법이라고 영화 〈스파이더맨3〉에서, 그리고 한 사람의 소신이 이 세상을 바꾼다고 〈아웃 오브 아프리카〉에서 말했다.

좀 비슷하기도 하고 좀 확대 해석할 필요가 있는 리더의 힘듦을 말해 보겠다. 가설극장을 오갔을 때 제백이 형들을 따라 다녔을 때는 무섬을 전혀 느끼지 않았는데, 중학생 때 마을 동생들을 데리고 갔을 때는 골짜기를 지날 때마다 모골이 송연했던 것이다. 특히 저 멀리 흥무산 쪽에서 오늘 낮에 갓 무덤을 쓴 곳에 망자의 안녕을 확인하기 위해 망자 가족들이 호롱불로 다녀가는 모습은 더욱 무섬을 자아냈다. 한 번은 마을 형들이 간담 센 자를 찾는 게임이었다. 그것은 마을에서 제일 무섭다는 적선산 상사목 위 양 갈래 계곡 왼쪽 밤나무 옆에 말뚝을 박고 오는 것이었다. 채점자가 가서 확인하고 상을 주는 것인데, 제백도 참여하여 빛나는 성과를 올렸던 것이다. 상품은 운동화 한 켤레였다.

여기서 가설극장과 연애 사건을 말할 때 빠뜨릴 수 없는 것이 마을처녀들의 삼베길쌈질이었다. 여름에는 낮에도 저녁 늦게까지도 했다. 특히 대낮에 처녀들은 굵고 튼실한 허연 허벅지에 대고 삼 가닥을 말아 잇곤 하는데 그 살 때리는 소리와 보름달 휘영청 여름 저녁, 땀띠 죽인다고 찬 샘물에서 목물하는 그 물소리에 마을 총각들 꽤나 발정을 느꼈으리라.

어느 여름날, 화전리 예의 마을에 무지개를 물고, 자시 황톳길을 달리던 그 잿빛 산토끼는 지금은 어느 영마루로 쉼 없이 달리고 있는가[65]. 고향의 앞산 장골의 산비탈로 굴러 떨어진 외톨 상살밤(회오리밤)은 바위와 돌과 벌집이 많은 산 너덜에 있어 줍거나 따먹으려다 벌에 쏘이기도 하는 개암나무 낙엽더미 속에서 배태의 설렘에 두 손 꼬옥 모으고 있는가. 언젠가 제백이 어머니 저옥무당한테 괜한 역정을 내기도 했다. 마치 소설가 '몰개월의 새'가 월남에서 제대하여, 한동안 낮엔 자고, 밤엔 멀뚱멀뚱, 극도로 민감한 상태에서 전전반측하고 있었다. 동생이 잘못하여 발을 헛디뎌 발을 밟자, 버럭 고함을 지르고, 기물을 던졌다고 전해진다. 제백도 그 이상이면 이상이지 이하는 아니었다.

"무참히도 짓밟히는 노방초여, 비웃는 얼굴에 피 뿜을 때까지 오늘도 내일도 뼈를 갈아라."

"나는 오늘도 나의 성에 갇혀 있는 수인囚人이다. 아름답고픔과 따스한 태양과 산들바람도 멀리한 채, 안으로만 나의 성을 견고히 견고히 쌓으리라. 그리하여 성취의 잔을 높이 드는 훗날만을 생각하리라."

이것이 대학입시 공부하며 되뇌며 마음을 다잡는 데 필요한 좌우명이었다.

---

65) 프랑수아 비용의 유언시 한 구절'작년의 눈은 어디 갔는가.'와 유사하다고 이의를 제기할 수 있겠다. 혹자는 표절 운운 하겠지만, 표절에 대한 명쾌한 답은 이 시대 명철한 저작권 학자인 허희성의 저서 『저작권축조개설』 앞부분에, 비록 이광수의 『흙』과 같은 작품이라 할지라도 저자가 『흙』이란 작품을 보지도 않고썼다면, 표절이 아니라고 언급해 놓았다. 약간 아리송하겠지만, 저작권이란 원래 그런 것이다. 귀에 걸면 귀걸이, 코에 걸면 코걸이다. 다시 말해 이 시대 무소불위의 법인 것이다. 그렇다고 하늘 아래 새로운 것은 없기 때문에, 좀 더 신중한 접근이 우선되어야 할 것이다. 관례에 의존해야 하는 한계가 있음.

제백이 우리말 중, 가장 아끼는 낱말이 사름과 윤슬이었다. 물론 왕고모의 이름도 사름이지만. 사름은 사전에 잘 설명이 되어 있으나 윤슬은 사전에 잘 나타나지 않는 낱말로서 '햇빛이나 달빛에 비치어 반짝이는 잔물결'이라고 설명하고 있었다. 모내기를 끝내고 사오 일 지난 후, 능화 숲이 보이는 들판에 가본 이와 이슥한 밤, 그 들길 너머 숲 옆 내를 건너본 이는 알 것입니다. 이것이 사름이고, 저것이 윤슬이라는 것을. 사름 상태에서 시원한 바람이라도 불라치면 덩달아 이리저리 살랑살랑 흔들리는 푸른 융단의 아늑한 요람, 그리고 차가운 달빛, 눈부신 반짝거림이 흩어지다 모이는 내의 향연, 침묵의 교향악. 거기에 한 마리 피라미라도 튀어 오르는 순간. 그 빛나는 모습이 정적을 깨고.

 제백이 항상 잠을 청할 때 눈 감고 집중시키는 데가 능화 숲으로 가는 그 들판과 옆 냇물이었다. 그러면 어느 샌가 잠이 들고 만다. 다시 말해 잠과 꿈의 고향인 셈이지요. 그렇다면 많고 많은 지역과 숱한 상념 속에서 굳이 그곳을 거의 밤마다 몸부림치듯 부여안고 추억하면서, 혹은 그리움에 흐느끼면서 보내는 근원적 동기란 무엇일까요? 거기에는 한 여인이 존재했던 것이었다. 옥녀란 여인. 제백의 최초 여인인 셈.

 그 시절, 어린 청춘들에겐 하굣길의 폭양이 내리쬐는 한낮에 약물보 깊은 소는, 간혹 먼 사천읍내에서 마을을 찾아와 외치는 그 갈색 팥고물이 든 아이스케키보다 더 달콤한 놀이터였다. 약물보 길 위 높이 칠십 미터, 폭 사십 미터의 바위 표면에 사시사철 물이 흘러내려, 마치 주렴을 드리운 듯 진주처럼 떨어지며, 그 물이 약이 된다는 유래가 있었던 것이다. 겨울철 고드름 맛이 일품이었다. 그리고 봄이나 여름철에는 비탈진 바위 위 옆에 물기가 자작한 이끼 사이로 산 부추와 알이 통통 밴 삐삐는 한량없는 간식거리였다.

도시락이나 생고구마를 통학 산길 옆 바위틈에 숨겨 놓고 방과 후 꺼냈을 때 고구마는 절반 이상 산쥐가 갉아 먹었고, 도시락밥에는 주름개미 천지였다. 장이 나쁜 제백은 학교를 가다오다 자주 변을 보기도 했다. 그러면 아이들 대여섯 명이 화장지를 대신하여 맨들맨들한 돌멩이를 주워 닦아서 대령하곤 하였다. 또한 깡통 뚜껑으로 만든 쌩쌩이(실팽이, 끈팽이)를 만들어 나뭇가지를 자르기도 하였다. 뚜껑 테두리를 톱니바퀴처럼 만들었기 때문에 잘못하다가는 큰 상처를 낼 수 있는 위험한 장난감이었다. 그것도 싫증이 날 때면 다들 제백의 무료함을 달래준다고 교대로 옛날이야기를 들려주곤 하였다. 만약 모두들 이야기가 끊어지면 또 무슨 싸움을 붙이거나 구멍가게에서 물건을 훔쳐 오라고 시킬까 봐 전전긍긍했다. 제백은 소위 악동의 왕자였던 것이다.

어릴 때 마을 한 복판 느티나무 옆에서 하루 종일 울면서 "엄마, 그만 울까?"하고 엄마한테 묻기도 할 정도로 고집불통이었고, 제삿날 일찍 깨우면 일찍 깨운다고 울고, 늦게 깨우면 늦게 깨웠다고 트집삼아 울었다.

제백이 오학년 때였다. 추석이 다가오고 있었다. 마을에 연극

공연 준비가 한창이었다. 그런데 마을 여기저기 눈에 띨 만한 곳에 붙은 조악한 포스터 제목을 '햄릿'으로 해야 하는데 실수인지 의도적인지 '제백'으로 표기했던 것이다. 그날 이후, 제백은 마을뿐 아니라 학교 전체의 놀림감이 되었다. 죽었든 살아 있든 아버지 이름을 누가 불러도 불경죄가 될 정도로 이름을 신성시했던 시절이었다. 며칠 후 가을 운동회 총연습을 하고 해거름에 집으로 가는 길이었다. 그때 마을에서 가장 키가 크고 힘이 센, 한 해 선배가 올해도 백군이 이길 거라고 장담했다. 제백은 사년 간 매 번 청군이었고, 단 한 번도 백군한테 이기지 못했다. 그것이 시발이 되어 말싸움은 선배와 제백, 단 둘만의 서로에 대한 인신공격으로까지 번졌다. 곧 죽어도 지기 싫어하는 제백이 먼저, 선배의 약점인 많은 버짐과 콧방귀 뀌는 버릇, 그리고 선배 아버지의 지나친 식욕까지 확대되었고, 선배는 제백을 햄릿, 갈팡질팡, 어리바리한 성격, 이머니를 행실 나쁜 여자라고 놀렸다. 왠지 궁백은 언급하지 않았다. 하기야 마을 개들도 궁백이 나타나면 꼬리를 내려 살금살금 지나가곤 했다.

여하튼 그때 제백은 논에서 마을로 돌아오는 한 늙은 농부의 '살포'를 재빨리 낚아 채 선배의 머리를 향해 찍었다. 마침 주변 애들이 '와'하는 소리에 선배는 언급 결에 왼손을 들어 머리를 감쌌다. 살포 한 곳이 선배의 왼쪽 팔뚝에 꽂혔다. 그날 밤, 마을은 온통 야단법석이었고, 저옥은 중죄인마냥 계란 한 꾸러미를 들고 선배네 마당에 엎드려 죽여 달라고 용서를 빌었다. 이상하게도 그날 이후 선배는 순한 양이 되었고, 소문은 학교 전체로 번져, 제백은 작은 영웅이 되었다.

  등하굣길에는 줄을 세워 다녔고, 제백의 주변, 즉 권력층들은 줄 바깥에서 굴렁쇠를 굴렁쇠채로 받쳐서 굴리기도 했다. 개중에는 굴렁쇠에다 줄을 묶어 그것이 굴러갈 때 굴렁쇠 채를 좌우로 쉼 없이 움직여 균형 맞춰 밀었다. 굴렁쇠의 주재료는 똥장군 테였다. 어떤 어린후배는 외가나 읍내에서 구해온 자전거바퀴를 제백한테 상납했다. 자전거바퀴는 가운데 살을 모두 빼고 겉의 둥근 부분만 이용한다. 자전거바퀴는 가운데가 움푹 패어서 적당한 길이의 굵은 철사만 있으면 된다. 간혹 철사를 'ㄷ'자 모양이 되게 구부린 것을 사용하기도 했다. 소위 캐디처럼 제백에게도 책보를 들고 가는 어린이와 또 하나 여분의 굴렁쇠 채를 가지고 다니는 어린이도 있었다. 그들도 줄을 서지 않아도 되는 특혜를 누리는 것이었다. 아무튼 그것이 굴러가면서 내는 쇳소리는 청량감마저 들었다. 모두들 부러워했다. 언젠가 자기들도 권력의 으뜸에서 한번쯤 누려보려는 꿈이 있었을 것이다. 제백만의 굴렁쇠. 그것을 넘보는 자가 있을 수 없었지만 간혹 그것을 몰래 만졌다가는 오랫동안 왕따(삐짜)를 당했다. 그리고 큰 선물이나 이야기를 매일 들려주지 않으면 거의 매일 싸움을 시켰다. 그것도 야비하게. 즉 힘이 세면 후배 서너 명을 붙여 균형을 맞추는 방식으로 했다. 또 하굣길에 계곡에서 굴렁쇠를 모래와 풀로 반짝반짝 광을 내는 것도 바로 밑 후배들의 몫이었다. 다음 서열이 줄에 묶은 굴렁쇠를 가졌다. 그만큼 특혜였다. 제백과 같은 육학년생들이 해당되었다.

여기서 꼭 집고 넘어가야 할 일이 있다. 그것은 재외동포(F4)로 한국에서 법인대표나 개인 사업을 하거나를 막론하고 모두 모두 불친절하다는 게 리서치를 담당하는 사람들의 공통된 소감이었다. 그들의 뿌리는 분명 한국이다. 미국에서 한국인 부모 밑에 태어난 자이거나 어릴 때 이민 갔거나 아니면 국내에서 주로 경제적인 범법을 해서 도피행각을 하다가 공소시효가 지나서 다시 국내로 들어온 자들이거나 간에 부부가 모두 불친절하다는 것이다. 특히 변호사로 근무하고 있는 자들이 더 심했다. 그들은 미국에 있을 당시 미국 법도 일일이 따지고 어겼는지 묻고 싶다. 통계법의 제32조는 의무조항이며, 제41조의 과태료 항목에는 백만 원의 과태료를 부과할 수 있다고 명시되어 있다. 아무튼 그것은 같은 시기의 일본인, 인도인, 독일인, 미국인들의 응대와는 영 딴판인 것이다. 제백은 생각했다. 이창래의 『영원한 이방인』에서 이방인으로 존재할 수밖에 없던 한 인간의 삶과 정체성 문제를 그리고 있다. 그들이 미국에서 이방인 다루어지다가 그 서러움을 한국에 와서 분풀이를 하고 있는 것은 아닌가. 마치 상전 노릇을 하려는 것은 아닌지, 그저 서글퍼진다. 과연 우리 민족은 국가를 만들어 세계열강과 어깨를 겨룰 자격은 있는 것인가. 현대 사회에서 국가가 영토의 합침과 단일 민족이란 명분으로 해결될 것인지, 심히 어지럽다. 차라리 독일이나 콩고민주공화국처럼 아홉 개 국가로 둘러싸여 있는 편이 낫지 않을까. 독일은 북쪽으로 덴마크와 접경해 있으며, 서쪽으로 네덜란드, 벨기에, 룩셈부르크, 프랑스와 접경한다. 남쪽으로 스위스, 오스트리아와 접경해 있고 동쪽으로 폴란드, 체코까지. 콩고민주공화국은 북으로 중앙아프리카공화국, 수단이요, 동으로 우간다, 르완다, 브룬디, 탄자니아이며, 남으로 잠비아, 앙골라, 그리고 서쪽은 콩고가 있다.

한 친구가 있다. 미국으로 이민 가서 뷰티 숍을 경영하고 있다. 그 슈퍼에는 주로 흑인 여성 가발이 주 판매품목인데 그 제품의 생산자가 주로 한국인인데 아들한테 이 업체를 물려주고 싶어도 아들이 한국말을 하지 못해 부득이 한국말을 잘 하는 매니저를 채용해야 한다고 푸념을 늘어놓곤 했다. 그에게 미국은 천국 같은 나라임에 틀림없으렷다. 그래서 미국의 크나큰 품속에 안겨서 그런지 자식들은 한국말을 아예 할 줄 몰랐다. 딸 둘이 시카고 대학교 의학부 출신이란 데에 큰 자부심을 갖고 있다. 특히 세계에서 가장 학구적인 그 대학교의 표어 '지식이 불고 또 불어(샘솟아) 인간의 삶이 풍요로워지어라(풍요로워지록) Crescat scientia vita excolatur'를 외우기 좋아했다. 만고의 최고 문장이라면서.

언젠가 한 케이블 TV 프로의 서민갑부에서 아르헨티나 우수아이아에서 꽃 농장을 삼 대째 경영하는 이들이 있었다. 두 손자는 모자에 태극기를 박아 썼고 우리말이 전혀 어색하지 않았다. 제백은 생각했다. 할아버지가 한국에서 마포고교 국어선생 출신일 정도로 식자였고, 개척기여서 너무 고단하고 외로워서 고국을 생각하면서 그 모든 것을 참아내지 않았는가. 그리고 아직은 아르헨티나의 품속에 안기기에는 자존감이 앞서지 않았을까.

　1992년 초였다. 서태지란 그룹이 '난 알아요'란 랩이 들어가 있는 노래를 들고 나와 문화충격을 주고 있었다. 그날 제백은 너무도 서글펐다. 그는 거의 저녁마다 AFKN을 들으면서 술 취한 밤을 지내곤 했다. 그는 생각했다. 어떠한 TV프로이든 각본이 있고 스태프가 있으니 만큼 한 편의 작품일진대 어떤 프로그램도 예사롭게 취부하고 넘길 사안은 아니라고 말이다. 아무튼 그 방송을 들으면서 랩이 흐르는 음악을 수도 없이 들었다. 그런데 서태지와 아이들이 랩이 깔린 노래를 하고 그것이 문화적 충격이라니! 제백은 부끄러웠다. 표절이니 모방이 이럴 때 적용되어야 하지 않을까.

　여기서 '희한한 갑질'을 소개한다.

　일반적으로 세무회계사무소는 해당 업체의 세금업무를 의뢰받아 서비스를 제공하고 일정한 수수료를 받는 곳인데도 자기 손안에 해당업체가 있다는 착각에 사로잡혀 앞뒤 구분을 못하는 경우가 존재한다. 어느 날 리서치 해당 관세사 사무실에 수십 차례 전화 끝에 담당 이사와 통화를 했다. 며칠 전 직접 찾아가 해당 업체의 아이디와 패스워드가 적힌 협조공문을 건네며 인터넷 조사에 응해 주십사고 사정사정했다. 그런데 우리나라 업체 대개는 폭압과 폭정에 억눌리거나 길들여져서 법무부나 국세청이 아닌 통계청이라고 소개하면 그곳이 뭐하는 곳이며, 설령 있다고 해도 우리와 무슨 상관있냐고 되묻곤 하는 게 일반적인 반응이다. 그러니 그곳에서 임시 일하고 있는 제백은 그들에겐 별 볼일 없는 사람으로 치부되기 일쑤였다. 그래서인지 그날 해당 관세사의 소개로 세무회사로 전화를 했더니 담당 과장이라는 여자는 자기 이름이 잘못이라고 시비조로 까칠하게 답하고는 해당업체의 사업자등록번호를 묻고 소개해준 사람의 이름도 묻고는, 리서치를 안 하면 안 되겠냐고 하여, 그냥 서너 항목만 여쭤보면 끝난다고 했더니 해당 서류를 보내라고 했다. 그래서 제백은 말했다. 지금껏 관세사 리서치 몇 십 군데를 했는데 당신 세무회계사무소에서 이렇게 해당업체보다 더 까다롭게 구는 것은 처음이라 무척 당황스럽다고 했다. 똥 싼 놈이 성낸다고 화를 냈다고 통계청 국민 신문고에 민원을 올렸던 것이다. 참 희한한 갑질 다보겠다. 그것보다 더한 갑질, 이것은 갑질이라기보다 차라리 횡포라고 해야 적확한 표현일 것이다.

제백이 복사복제전송 계도를 다닐 때였다. 서울 인근 소도시 검찰지청을 찾아 며칠 전 보낸 협조공문을 상기시키면서 신학기 대학가 단속을 부탁했다. 당차게 생긴 젊은 검사가 A4 백지에다 '체포장'라 쓰고 서명 아래 당신 도장을 찍었다. 뒤늦게 안 사실이지만 그것의 위력은 실로 어마어마하다는 것이었다. 하기야 평검사들은 대통령도 겁내지 않을 정도로 그 위세가 대단했다. 문제는 그 체포장을 받아든 수사관 두 명과 동행했다. 그런데 그들은 일일이 복사업소를 다니는 게 아니라 한 군데 눌러앉아 시시콜콜 사무실에 비치된 모든 서류나 인쇄물 등을 꺼내라고 명령하면서 하루 일과를 소비하는 것이었다. 결국 뒤늦게 그 복사업소는 좀 과할 정도의 벌금을 얻어맞고 말았다.

역사적 갑질의 태동은 어떻게 생기는가? 영원불멸의 새로운 왕국을 꿈꿨던 폭군에 대한 모든 역사적 사례에서 우리는 이들이 젊은 시절에 겪었던 참혹했던 경험을 발견할 수 있다. 이들은 존경받을 만한 경력을 쌓지도 못했고 또한 폭력적이고 무관심한 부모 밑에서 자랐으며, 따라서 가문의 이름 자체를 부끄러워했다. 그리고 상류 사회에서 내쳐진 듯한 느낌도 받았다. 이런 경험을 한 청년들은 불의와 모욕에 대한 복수를 하기 위해 모든 것을 파괴하려고 하며, 그 복수의 대상은 자신들을 경멸하며 나쁘게 대우했던 잔혹하고 냉담한 실력자들에서 부지불식간에 사회 전체 계층과 권력으로 옮겨가게 된다. '부르주아', '반동주의자', '귀족', '유대인' 등이 역사에 등장한 그 복수의 대상들이었다. 따라서 만일 히틀러가 미술 학교에 제대로 입학할 수 있었고, 레닌의 형이 반역죄로 처형당하지 않았더라면, 마오쩌둥이 농사꾼 집안 출신이라는 열등감에 빠지지 않았더라면, 독일과 러시아 그리고 중국은 이들의 정권 찬탈에 따른 엄청난 고통을 겪지 않아도 됐을 것이다.

여름날 하굣길이었다. 그들은 주로 용소보다 약물보에서 멱을 감았다. 용소는 한길과 멀리 떨어져 있었고, 약물보는 한길 바로 밑에 있었다. 홀라당 벗어던지고 물놀이를 하고 있을 때 누군가가 한 떼의 여학생들이 내려오고 있다고 외치면, 고학년들은 제법 부끄러워 그녀들이 지날 때까지 가장 깊은 곳에 잠수하여 한참 있곤 했다. 능화로 가야 할 그녀들은 아이들이 있는 깊은 웅덩이 바로 위쪽의 징검다리를 건너야 하는데 아이들이 물놀이를 하고 있으니 부득이 윗길로 빙 둘러가야만 했다. 아이들의 본의 아닌 방해로 인해 고학년 여학생들은 하얀 무명 책보로 오른쪽 얼굴을 가린 채, 소능마을로 가는 신작로를 종종걸음으로 뛰다시피 갔다. 또 가천초등학교 설립 이래 최초로 트로피를 선사한 쾌거가 있었는데, 이는 사남면 체육대회에서 사남면 소재, 네 개 초등학교 대항 남녀 사백 미터 이어달리기 경기로, 남학생과 여학생 각 둘씩, 모두 네 명이 출전하였다. 그중, 그 장한 일에, 능화 여학생 두 명이 편성되었다. 물론 남자 중엔 제백도 있었다. 그 당시 산간벽촌에 문맹퇴치 바람이 불어 나이든 사람들은 마을 회관 내의 야학교에서 밤마다 배웠고, 제법 용기 있는 여자는 초등학교에 입학을 했다. 그래서 초등학교 졸업과 동시에 결혼을 하는 여자들이 많았다. 그러니 면사무소 부근의 좀 개화된 곳보다 나이든 여학생이 많은 산간벽촌 학교에게 다소 어드밴티지가 작용한 것은 아닌지.

3월 삼짇날, 강남 갔던 제비가 돌아오던 그 어느 해, 옥녀는 제백의 열 칸짜리 깍두기공책에다 '그리운 강남(일명 강남제비, 강남 아리랑)' 노랫말을 여러 동무들이 보는 앞에서 적어 주었다.

그런데 이 소식이 교실에 쫙 퍼져서 우리 둘은 놀림감이 된 적이 있었다. 이 사건은 몇 년 후 오여려와의 사귐 때도 하나의 데자뷰가 되어 너무 놀랐던 것이다. 두 여인의 광대뼈가 좀 튀어나온 외모도, 몸에 대한 콤플렉스(옥녀는 입 주변에 하얀 버짐이 깔렸고, 여려는 무릎에 십 원짜리 동전 크기만 한 검은 반점이 있었음.), 제백을 일방적으로 이끄는 적극적인 성격, 그리고 크고 아담하고, 아름다운 필체도 둘은 많이 닮았던 것이다.

그리고 그 다음 핸가, 제백은 가천 명지재 근처에 소풍을 가서 영화 〈캬츄샤〉의 삽입곡인 '원일의 노래' — 내 고향 뒷동산, 특히 옥녀야, 잊을 소냐 헤어질 운명을 — 를 목소리 높여 불렀다. 그날의 '와아' 하고, 반 야유 섞인 함성을 지금도 잊지 못한다. 제백이 난생 처음 옥녀한테 러브레터를 보내려고 시도하다가 끝내 용기가 부족하여 못 보낸 경우도 있었다. 그때가 초등학교 오학년인가, 육학년 때였다. 나름 제법 조숙했겄다!

노래라면 생각난다. 누구는 제백이 초등학교 때 소풍가서 '이별의 부산 정거장'을 불렀다고 하고, 어느 해는 일 년 내내 '배신자'를 불렀는데, 어느 경연 프로에서 우승한 가수보다 더 나았다고 횟집을 경영하는 후배가 말했다. 그런데 사람들이 제백을 기억할 때 노래를 떠올리는 게 이상했다. 어떤 서클 멤버는 '갈대의 순정'을, 다른 멤버는 '추억의 백마강', 그리고 많은 대화를 나눈 멤버는 '외나무다리'를 말이다. 외나무다리는 몇 만 번 불렀을 것이다. 어떤 친구는 원곡자보다 더 낫다고까지 했다. 그런데 어떤 이는 제백이 노래를 잘못한다고 여기고 있다. 언젠가 제백이 말했다. 눈치 보며 부른다고. 그러니까 점잖은 자리에서는 실력을 감춘다는 것이다. 여기서도 '일부러'가 작용했다. 여기 숱한 노래와 동영상 중에 어느 TV에서 지나가는 장면을 보았는데 그게 오랫동안 잊지 않았다. 칠십 대 여인이 흥얼거린 노래였다. 파도치는 등대 아래 이 밤도 둘이 만나 바람에 검은 머리 휘날리면서 하모니카 내가 불고 그대는 노래 불러 항구에서 맺은 사랑 등대 불 그림자에 아 정은 깊어 가더라. 그 노래에 사랑과 청춘과 그리움과 늙음과 애잔함과 허무가 다 녹아 있었다.

병약한 제백이 어렸을 때 임파선결핵으로 목둘레에 좁쌀 같은 돌기가 생겨, 마침 이때다 싶을 만큼 기회를 얻은, 많고 많은 무당들이 온갖 감언이설로 꼬드겨 곡식을 얻어가곤 했다. 어떤 이는 손으로 한 알 한 알 주물러 깨겠다고 큰소리치기도 했다.

요샛말로 주치의도 있었다. 총각인 차 의사도 있었고, 한약방을 운영한 맹 의원도 있었다. 아마 차 의사는 근남골을 책임 맡은 의사가 아닌가 한다. 그가 돌팔이인지 뭔지 알아 볼 생각조차 들지 않을 정도로 마을사람들은 순했다. 그가 하모니카를 즐겨 부는 것도 종종 목격했다. 가끔 하곳길에서 만나 제백의 목을 만져 보고는 주사를 한 대 놓아주기도 했다. 지금도 그가 하트 모양 앰플 카터기로 앰플을 자를 때 그 소리가 몸서리치듯 들려왔다.

세월이 지난 어느 해 현충일에 비보가 들려왔다. 그러니까 사천군에서 제일 인물이 좋다고 소문난 처녀를 얻어 아들 낳고 딸 낳아 알콩달콩 살아오다가, 그놈의 술이 사람을 잡았다. 평소에도 술이 과했던 차 의사는 소능마을 바람담에다 식당을 열었다. 어느 여름날 제백이 비린내 친구와 그의 큰어머니, 친어머니를 모시고 식사를 대접했다. 모처럼 제백이 차 의사를 뵈러 살림방으로 올라갔으나 그가 없다고 사모님이 알려주었다. 알고 보니 방에 있는데 몰골이 창피하여 부인이 만나주길 꺼려했다. 그로부터 며칠이 지난 밤, 부부는 크게 싸웠고, 부인이 친정으로 가겠다고 하고, 의사는 좋다, 그러면 마지막 친절을 베풀겠다고 차를 몰았다. 차 안에서도 다툼은 여전했다. 죽자, 살자 하며 악을 쓰다가 부인이 그만 핸들을 꺾었다. 저수지에서 가장 위험한 도깨비 계곡이었다.

제백은 어머니와 같이 한 달에 한 번꼴로 개양에 있는 맹 의원한테 찾아갔다. 맹 의원은 이북 말투를 구사했는데, 그 말을 먹고 싶을 정도로 맛깔났다. 그리고 간혹 청진기로 제백의 가슴을 진찰할 때 커튼 사이로 햇살이 그의 금니에 비춰지면 제백이 그 강렬한 빛에 눈을 감곤 했다. 마치 〈나 홀로 집에1〉의 도둑(조 페시, 2019작 〈아이리시맨〉에서 보스 역으로 나옴.)의 반짝거리는 금니와 너무도 유사했다.

중학교도 약에 취해 힘겹게 허송세월로 보낸 탓에 학교공부가 너무도 힘겨웠다. 고교에 진학하려고 일단 방학을 기해 안국동 〈실력센터〉에 등록하였다. 요즘 말로 보습학원인 셈이었다. 학생 다섯 명에 선생은 수학 방일모, 영어 지용식이었다. 강의는 시골 읍내 중학교 선생과는 비교할 수 없을 정도로, 그 해박하고 청산유수 언변이 한마디로 빛이 날 정도였다. 그래서 사람이 나면 서울로 가라 했던가. 그날 이후 학원을 선호하게 되었다. 학원생활 마지막 이틀 남겨놓은 수업 때였다. 그날이 고교 입학 원서 마감 날이었다. 수업 시간에 선생이, Do it at once를 수동태로 만들어 보라고 해서 언젠가 경기고 입시문제를 본 기억을 더듬어, Let it be done at once. 라고 했더니 놀라며,

"너, 경기고 지원했니?" 하고 물었다. 당황했던 것이다. 그 당

시는 평준화 전이라 학교의 등급이 나름대로 매겨져 있었다. 동물들이 부화하거나 태어날 때 처음 본 것을 영원히 기억하듯 어느 학교 출신인가가 인간의 삶에 많은 비중을 차지한다. 특히 고교가 심하다. 하물며, 보성고와 중앙고, 진명여고와 창덕여고와 수도여고의 우열을 놓고 내기를 하며 술맛을 돋우기도 한다. 그 당시 왜 친척들은 그토록 제백의 실력을 평가절하 했던가. 촌놈이라 지레 겁을 먹은 것은 아니었는지. 결국 등급이 낮은 학교에 지원하게 되었다. 고종사촌형과 발표를 보러갔다. 그런데 학교가 다시 실망을 안겨 주었다. 삼백육십 명 중 십 등이라니, 너무나 실망이었다. 꼴찌에서 몇 번이라면 모를까, 이 정도 학교가 자기를 지켜줄 것인지 무척 염려스러웠던 것이다. 그때부터 폐쇄적인 생활이 이어졌다. 가뜩이나 탄생 때부터 기가 죽은 그에게 학교는 치명적이었다. 그는 자격지심에 단어장을 들고 다닐 수 없어 손바닥에 볼펜으로 적어서 외웠다. 그리고 버스 앞문보다 뒷문만 사용했다. 극도의 열등의식이었다.

홍제동 안성여객 종점의 독서실에서 날밤을 새우기 일쑤였다. 그리고 동양극장 터 근처 독서실과 〈4·19 도서관〉에서 마치 학교의 명예를 걸 듯, 공부에 열중했다. 하루는 안성여객 종점 독서실에 왼쪽 코 옆, 사마귀 달린, 경기여고 학생이 바닥을 훔치고 버린 구겨진 쓰레기 공책 한 장을 잘 주워 잘 펴서 지갑에 넣어 가지고 다니면서 자극을 받기도 했다.

일본 〈주부생활〉에 실린, 영화 〈고백〉의 여주인공인 리즈 사진을 도려내 지갑 한 쪽에 넣고 언젠가 연인으로 삼겠다는 원대한 꿈을 꾸면서 간혹 그녀를 상대로 용두질하기도 했다. 재수학원에는 리즈를 꼭 닮은 여학생이 있었다. 가까이 갔더니 온 얼굴이 주근깨투성이였다. 크게 실망했다. 명동 앞 국립도서관 벤치에 앉았다 서서 단추를 끼었다 뺐다 하는 미치광이 고시생을 보면서 더욱 돈독한 정신을 가지려 무진 애를 썼다.

고향집 대청방은 나이제라짓, 아시아짓 등 결핵약과 원기소, 그리고 벌꿀 냄새가 물씬 풍기는 별천지였다. 그러나 항상 지네가 기어 다니는 착각에 빠져들기가 일쑤였다. 바닥이 지네 색깔이었기에. 그리고 매일 사천읍내 중학교에서 험한 길을 자전거를 타고 온 후, 밤에 넷째 작은아버지한테 주사를 맞고 그 약이 온몸에 퍼져나가는 삼십여 분의 그 통증을 참으며 죽음의 그림자를 엿보기도 했다. 그러니 친척들은 당연히 제백이 공부를 할 수 없었을 거라고 말했다.

한 인간의 감수성은 열네 살 이전에 거의 결정지어진다고 카뮈가 말했던가?

아무튼 어려서부터 신기가 온몸 가득 차고 넘쳐 흠뻑 물든 절정기인 고작 아홉 살 여름 장마 끝난 정오 햇비린내가 훅, 대기가 들떠 마치 공중 부양을 하는 듯했고, 싸움 때 터진 코피를 무당개구리 알이 지천에 깔려있는 뜨듯한 바람담 양 갈래 길 옆 도랑에서 흐느낌을 억누르며, 세수한 뒤처럼 양 볼에 양광의 탱글탱글 은혜로움과 어떤 성스러움마저 팽팽하게 느끼면서, 또는 창공에서 빛나는 버드나무 이파리의 정령소리를 들으면서, 버드나무 숲길을 깨꾸막질로, 스키핑도 하며, 또는 공글라뛰기로 교대하며, 심지어 모두발질을 하면서 상쾌하게 달렸다. 작은 늪에는 큰 밀잠자리 수컷이 진흙 위에 앉았다 날았다 암컷 주변을 맴돌며 산란 경호를 서고 있었다. 그러한 수컷은 마을에선 여간 구경하기가 힘들었다. 주로 이곳의 냇가나 둑에서 종종 볼 수 있었다. 남색을 띤 회색이며 흰 가루가 덮여 있는 모습이 여느 잠자리와는 달랐다. 제백은 여태까지 두 차례 잡아본 기억이 났다.

숲길 끝나는 곳을 막 지날 때였다. 비바람으로 큰 버드나무가 뿌리째 뽑혀 파인 곳에 작은 웅덩이가 생겼다. 그곳에 쥘부채 길이만한 황금빛 붕어 한 마리가 비스듬히 누워, 간헐적으로 파닥이고 있었다. 제백에게는 벅찬 횡재가 아닐 수 없었다. 제백의 고기잡이 인생 경륜에 있어서 세 번째의 경사였다.

그 첫 번째는 제백 집 앞 아래 큰 수양버들이 동굴처럼 괴물처럼 군림하고 있는, 다리 밑 도랑의 방천 사이에서, 맨손으로 잡은 몸 직경 일 센티미터 크기의 뱀장어였다. 고대 그리스의 철학자 아리스토텔레스가, 강바닥 진흙의 지렁이가 돌연 변이한 것이라는 그 뱀장어를 꼬마가 잡았다는 소문이 일파만파로 퍼졌고, 그때 마침 모시 적삼 멋쟁이요, 소능마을 미남인 막냇삼촌 활결이 방학을 맞아 집에 왔으니. 그 기쁨은 이루 말할 수 없었다. 영화배우 최무룡 닮았다 해서 '김무룡'으로 통했고 오히려 키는 최무룡보다 더 컸다. 그 당시 D공대 토목과를 나와 부산시청에 근무하고 있었다. 뭇 처녀들 마음은 오로지 그에게로 쏠렸으나, 마침내 잭팟jackpot은 남해 출신 초등교사에게 넘어갔다.

그녀는 이름이 특이해 누구나 들으면 도저히 잊으려야 잊을 수가 없었다. 탁창순. 그녀의 집요한 구애 작전은 노처녀들한테 귀감이 되었으나, 인간의 마음은 간사한 법, 끝내 불행한 결혼 생활이 이어지던 중, 외아들마저 비행기 사고로 잃고, 숙모는 파라과이로 의료 봉사차 가서 그곳에 귀화했고, 삼촌은 처가 마을 근처에서 굴 양식장을 경영하고 있었다가 솔로몬 군도에서 대왕조개 양식한다고 갔다가 대왕조개한테 물려, 결국 바다 속에서 많은 피를 흘려 명을 달리했다.

두 번째는 이미 조사釣師의 경지에 들어섰음을 보여 주는 빛나는 쾌거였다. 능화 마을 소녀들의 자지러지는 웃음소리 가까운, 바람보 맑은 물길 담비와 수달이 이리저리 뛰달리는, 방천 아래 돌 사이에 새끼 미꾸라지 한 마리를 미끼삼아, 짧은 대나무 낚싯대를 앞뒤로 넣고 빼는, 유인책을 쓴 지, 썩백이네 큰 둥글 난감 한 개 먹을 시간이 되었을까.

여기서 전설의 썩백이를 건너뛰고 갈 수는 없지. 본명은 곽석백. 제사 끝 무렵 조상이 밥 아홉 숟갈 먹을 시간에 문을 닫고 절을 하는 절차가 있는데, 그 사이를 못 참고, 구부려 엎드린 그 상태로 코를 골기 일쑤고, 여름날 밤, 마을 다리 위에 마을사람들이 활발히 이야기를 주고받는데, 그는 난간 기둥이건 가릴 게 없이, 앞이나 뒤에 어떤 물체든 간에 머리가 닿기만 하면 그냥 잠이 들 정도였다. 요즈음 흔히 말하는 기면증嗜眠症과는 달랐다. 그는 또한 음식탐도 많아서 그래선지 위하수는 마치 안녹산의 배를 연상시켰다. 안녹산의 심벌은 매부리 형상이었고 양귀비는 그곳에 쌍가락지가 들어 있어, 둘은 작업에 들어갔다 하면 서로 죽고 못 살았다.

찬쇠는 마을에서 둘째가라면 서러울 정도로 키나 몸보가 작았다.

어느 아침에 똥장군을 메고 탑골 옆 산등성이를
치고 오르는 모습을 보고
마을 사람 대다수는 땅꼬마치고는 힘이
강감찬이라고 혀를 내둘렀다.
그런 일만 주야장천 해대는 일꾼이었다면 얼마나 좋았을꼬.
그랬으면 여기 첫 번째로 남의 입질에
오르내리지도 않았을 것을.

그는 밤이 되면 야수로 변해 한 여인을 탐하게 되나니.
사연은 이렇게 흘러갔다.

둥글 단감이 응달 윗담 재작부리는 악동 몇 놈의 구미를
혹은 유혹 부리는 집에서 선지할매 수제자가 되어
가는 곳이란 게 고작 산제당뿐이라
늘상 백년 묵은 이무기처럼 집구석에만 붙어 있더라.
초저녁 변변찮은 밥숟가락 놓자말자 무슨 철천지원수인양
물어뜯고 찌찌고 할퀴며 부부는 싸움을 했다.
오호 통재라, 폭군한테 사지육신 내팽개치고

못 죽어서 사는 천하절색 쇠실띠를 보라.

남정네는 아이큐가 짱이지만
음식 앞에는 사족을 못 쓰는 별난 사람, 즉 걸귀였다.
토끼처럼 군 턱진 목이 일렁일 정도로
한 술 두 술 퍼 먹어,
많은 별명이 붙어 다녔다.
마치 대식가, 그러니까 촌놈말로 먹보왕인
가르강튀아 아버지 그랑 구지에를 닮았다는 소문이 자자했다.
수제비를 할 것 같으면,
'털먹신짝'만큼 크게 해야 목에 넘어 갈 때,
목젖이, 목울대가 쫀득쫀득할 정도로 질겨야 한다고 했고,
나무하러 가서는, 자기 도시락은 얼른 해 잡숫고
남의 도시락에 젓가락을 갖다 대면서,
딴은 양심이란 게 붙어 있어
미안함을 회피하기 위해,
"서지터에서 수확한 쌀이냐?"
"감무뜰 쌀이냐?"라고 했것다.

그 자는 자식을 돌 같이 여겼는데
찬쇠와 붙어 낳은 자식이라 짐작한 둘째 아들은
날이면 날마다 허구한 날
눈이 오면 눈이 온다고

가뭄 해갈하는 비가 오면 비가 와서 좋다고
기둥에 묶어놓고 석류나무 회초리나 수릿대로
죽을 만큼 휘둘러 팼다.

원래 찬쇠는 쇠실띠 친정인 종가댁 머슴이었으나
쇠실띠 가족이 쇠실에서 아랫마을에서 살다살다
힘에 겨워 할 수 없이
처가살이하는 이곳에 무슨 잔일거리라도 있는가
기웃기웃한 게 단초였으나
속내는 쇠실띠 수양버들처럼 호리낭창 큰 키와
조막만큼 작은 빛나는 얼굴에 반한 것은
삼이웃이 다 아는 처사였다.
그러니 틈만 나면 드나들기 일쑤라
쇠실띠 체취를 맡아야 하루 일과가 쫑 나는 것이렸다.

그 놈 부부 싸움이 한창일 때는 사립문 근처에서 염탐하다가
싸움이 끝나고 남편은 아래채에 내려가고
쇠실띠는 풀어헤친 가슴과 헝클어진 머리를
손바닥으로 쓸어 올려 입에 물고 있던 비녀를 꽂으면서
그 기막힌 상황에서도 은근슬쩍 찬쇠 오기만 기다렸다.
큰 여식은 시집가고 다섯 자식 오글오글 두서없이
자는 방에 들어와서는 대짜고짜 덮쳤다.
찬쇠란 놈은 예의범절을 어디다 내팽개치고 이토록 무대뽀인고.

대갈통이 큰 몇은 영락없이 침을 꼴깍거리며 훔쳐봤을 것이지만
연놈은 아랑곳하지 않았다.
쇠실띠 자지러지는 괴성을 찬쇠가 방바닥에 뒹굴던 걸레로
틀어막았다.
연놈이 방사를 마치자마자 뒤란 대밭에서 솔부엉이가 울었다.
솔부엉이도 방사가 끝나기를 기다린 제법 예의가 묻어 있었다.
찬쇠는 가는 기침을 하고 걸레로 땀을 재운 뒤
쇠실띠 젖가슴과 아랫도리를 만지작거렸다.
쇠실띠 또한 여기 질세라 찬쇠의 심볼을 세웠다.
참으로 절륜한 도가 턴 연놈이 아니고 무엇이랴.
또 한 번의 광풍, 연놈은 완전 녹초가 되었다.
내팽개쳐진 무당개구리가 파르르 떨며
마지막 단말마에 발악하는 모양이었다.
그때 이때를 기다렸다는 듯이 남정네란 작자가 큰 기침을 하며
마루 끝 오줌버캐 가득 낀,
돌로 만든 소마구시에서 비몽사몽 잠에 취해 소변을 보았다.
아마 모든 것을 알고도 방치하는 게 아닌가.
그리고는 이제 가라는 신호가 아닌가.
동네방네 소문나면 좋을 게 없으니까.
김동인의 감자 복녀 남편처럼 대가를 받은 게 있는가.
또 하나 궁금한 것은 그 당시 찬쇠는 떠돌이 신세였다가
마을 반푼이 처자와 그렇고 그런 사이가 되었다.
그 사연 기막혀 반푼이 집에서 오빠 동생 사촌 육촌

힘센 장정들이 다짜고짜 강제로 잠자던 찬쇠방에 반푼이
집어넣고 강제로 방문을 걸어 잠갔다나 뭐했다나.
아무튼 그날 이후 작답 논 두 마지기
밭 열 평 남짓 던지다시피 집어주고
강제 폭압으로 동거에 들어가게 했다.
찬쇠는 성이 없었다.
그래서 김 씨 집에 머슴 살면 김찬쇠요,
최가집에 살면 최찬쇠가 되었나니.

— 연작시 「머슴들의 전성시대」 중 '찬쇠타령'에서.

 순간, 그 찰나, 손이 마구 딸려 들어갈 정도의 가늘고 묵직한 힘과, 큰 전율에 놀라 씹고 있던 밀껌이 물 위로 떨어져, 저 만큼 곤두박질치며 떠내려가고 있었고, 순발력, 드디어 꼬마 제백은 일을 내고야 말았다! C사이즈 배터리 두께의 뱀장어였다. 얼른 낚아채 서덜에다 던졌다. 송골송골 맺힌 땀을 한 줄기 오리나무 잎을 애무한 바람이 씻어 줄 때 제백은 어떤 자신감을 느꼈다.
 한 번은 제백과 고향 친구들이 안골 산제당 아래 물 맑기로 소문난 발원지로 발길을 돌렸다. 그들은 제피 뿌리껍질을 볶아 가루를 내거나 혹은 때죽나무 껍질과 가래나무 잎을 짓이겨 상류 쪽에 풀어 놓아, 독한 맛에 못 견뎌 풀밭 쪽으로 기어 나오는, 뱀장어를 두 양동이나 잡았다.
 아무튼 냄새 맡기로 유명한 썩백이가 그 사실을 알았던 것이다. 어쨌든 새끼를 꼬고 있던 곳인 제백 사랑에 낫을 들고 와서,

죽일 듯이 으름장을 놓았다. 그곳은 욕심쟁이 썩백이가 혼자서 야금야금, 며칠에 한 번씩 새끼 미꾸리 미끼로 한두 마리 뱀장어를 잡아먹고는, 입을 싹 닦고 지내는 자기만의 터전이었던 셈이었다.

먼 훗날 제백은 어른이 되어 주책없게도, 일본, 중국의 민물고기 이름까지 거의 외우고, 익히면서 일주일에 두 번씩 일곱 개 어항에 물갈이하다가 허리 병이 생긴 것이 마치 훈장이나 되는 양, 입에 게거품을 물고 주저리주저리 사설을 늘어놓고 있기도 했다. 마치 이런 게 행복이지, 뭐 별 게 있냐는 표정으로. 이러한 소소한 일들은 거제 용산에서의 뱀장어 잡이에 비하면 새 발의 피요, 피발의 새일 뿐이었다. 군대 선배는 소를 산 중턱에 놓고 바닷물이 드나드는 강가에서 여뀌를 갈아 풀면 여기저기서 몸부림치는 뱀장어와 은어들을 버드나무 가지에 끼워 집에 가져가면 엄마의 세찬 고함에 저 멀리 개울에다 전부 던져버려야 했다.

다들, 성서 교독문 칠십육 편이나 불경 천수다라니 팔십이 구는 달달 외우고, 이군 사령부 부관 참모부 사병계 어느 병장은 대대병 군번과 주민번호를 줄줄 꿰면서도, 내 이웃의 풀과 꽃과 나무와 새, 곤충, 그리고 물고기의 이름을 부르는 데는 너무도 인색하다. 제백은 친척 여동생들이 외국어 전공을 하여 자기를 도와주길 원했다. 그러나 거의가 국어국문학과로 진학하여 약간 실망했다. 그중 S여대 국어국문학과에 다니던 고종사촌 여동생이 그 멋진 글씨와 탁월한 글 솜씨로 제백을 우쭐하게 만들었다. 그녀는 진주 개천예술제 단골 백일장 장원으로 중학생 때부터 이름을 날렸다. 입술 선이 뚜렷하고 예뻤다. 그런 입술을 가진 여자일수록 인중이 짧은 흠이 있으나 이빨은 가지런해 그 결점을 감싸는 것이다. 아무튼 제백이 다닌 대학교 국어국문학과에는 제대로 문학하려고 온 자가 서른 명 중 두세 명이라 제백 집안은 문학적 소질이 많다는 하나의 방증傍證을 동생이 보여주어서 우쭐했다. 동생이 발췌하여 편지로 실어 보낸 글을 모처럼 꺼내보았다.

제백의 대학 생활은 절망투성이였다. 물론 문학 공부하려고 온 학생이 적은 탓도 있겠지만 모두 시험에만 열을 올렸다. 특히 새로 도입된 현대영어의 오랄 테스트oral test는 죽을 맛이었다. 가뜩이나 국어점수 구십 점으로 합격한 것만 봐도 영어는 젬병이었다. 영어단어는 사전을 외울 정도였으나 회화나 작문은 죽을 맛이었다. 어떤 이는 약삭빠르게 S대 친구를 데리고 와 대신 시험을 치르기도 했고, 서울 친구 오륙 명은 어떻게 그 길을 잘 알았는지 학점 구걸에 성공하기도 했던 것이다. 촌놈인 제백은 그들이 다 써먹고 버린 방법을 주어서 선생을 찾아갔으나 이미 싫증 날대로 싫증난 터라 선생한테 된통 혼만 나고 문화사 선생은 당장 장사꾼의 길에 들어서라고 면박을 주었다.

제백 주위엔 청춘과 젊음과 문학에 대한 깊은 이해가 있는 자가 없었던 것이다!

실러는 소설가를 시인의 '이복동생'으로 불렀을 만큼 소설을 자신의 문학 활동에서 부산물로 여겼으며 예술적 완전성을 인정하지 않았다.

오늘날 세계에서 시는 대부분 잘 팔리지 않는다. 상을 타고 비평의 주목을 받으면서 수익을 내고 영화로 만들어지는 것이 소설이라는 사실은 다들 알고 있다. 그렇다면 왜 한국시가 지난 이십 년 간 한국소설보다 영어로 그렇게나 많이 출간되었는가? 이 물음에 대한 한 가지 답변은, 한국시는 소설보다 훨씬 재미있고 활기차다는 것이다.

많은 한국 시인들은 번역으로 전달될 수 있는 방식으로 특정한 한국적 삶의 경험에 대해 쓴다. 그들의 시는 살아 있고 설득력이 있으며 독특하게 인간적이다. 물론 그 시적 효과를 위해 주로 한국어의 특징에 의존하는 시인들은 번역으로 제대로 표현될 수 없다. 외국독자들에게 어떤 한국시들의 영향은 강렬하고 잊을 수 없는 것이다. 이와는 대조적으로 한국소설을 읽은 독자들은 으레 이렇게 묻는다.

"작품이 왜 이렇게 우울한가?"

시는 자주 고통스러운 상황에 복합적이며 개인적인 반응을 간결하고 강렬하게 표현하면서 독자로 하여금 인간적인 목소리를 듣게 한다. 물론 소설은 시의 한 형식으로 간주되기도 하지만, 한국소설가들은 이 점을 보지 못하고 있다. 우아한 문체, 다양한 서술 리듬, 해석의 모호함, 여러 서술자들의 목소리, 글쓰기 전략에서의 복합성 등은 모두 시로서의 소설이 갖는 근본적인 특성들인데, 한국 작가들의 작품에는 너무나 부족한 것이다.

출판계 저작권 세미나장에서 종종 목격하는 한 장면이 있었는데 그것은 한국문예학술저작권협회의 부회장이요 실질적으로 그 단체를 설립했다고 해도 과언이 아닌 자와 물리학계 태두인 회장 간의 기막힌 신경전이다. 그 협회에서 주관하는 세미나장에서나 총회에서 마이크를 한번 잡으면 여간해서 놓지 않는 부회장의 말을 자르려고 회장은 크게 종을 울리는 것이다. 물리학자다운 발상의 결과물이었다. 그런데도 부회장은 계속 말을 이어가곤 했다. 결국 아무도 못 말리는 그를 회장이 얼굴을 붉을락 말락 해가지고 억지로 마이크를 뺏고서야 끝나는 것이었다. 그 당시 그들의 나이는 칠십대 후반이었다. 그들의 신경전은 회장이 먼저 죽고 나서 끝났다. 회장이 죽자 부회장도 점점 기력을 잃더니만 몇 년 후 죽었다. 그는 민법학계 유명인이었을지는 몰라도 공문서 하나 제대로 작성하지 못해 제백한테 무언의 항변을 받아야만 했다. 그 나이 때는 어느 누구 할 것 없이 소위 구두쇠 짠돌이지만 그는 더 심했다. 협회 카드를 사용하면서 생색은 더 냈다. 이빨이 빠져 주로 냉면을 먹었는데 제백이 틀니 운운 했더니 귀찮다고 했다. 남도 신경 써야지 자기 편리 — 편리할 것도 없으면서 — 만 내세우는 독선이었다.

제백은 이 협회에서 한국 굴지의 대학자와 작가, 시인 등 문학가와 작사가와 작곡가를 만나 단 한 점의 배움도 없이 인간의 물욕과 명예와 시기 등 치부만 보았다. 그들 대다수는 자기 인생의 작은 성취물을 몇 배 부풀려 평생토록 우려먹는 날강도들이었다. 그리고 자기는 수많은 저작권법을 어겨, 어느 정도 사업 기반이 다져지면 내가 언제 저작권 위반을 했냐는 듯이 거드름을 피우고 오히려 불법 복사물 단속센터를 적극적으로 추진하면서 그 장이 되려고 사투를 벌이기도 했다.

 그들에게 무슨 양심이 있겠는가.

 약자인 직원들은 달달 볶으면서 자기들은 C&P란 복사업자 모임의 회장과 암암리에 골프를 치고 다녔고, 심지어는 순천 모 대학의 복사업자가 단속이 되었는데 제백한테 급히 전화가 와서 받아보니 그 업자의 단속을 없던 일로 해 주라고 명령했던 것이었다.

 이러한 일은 비단 그 사람뿐이 아니고 제백 회사의 이사장이란 자는 대학교 교수인데, 자기 제자의 부친이 단속에 걸려 빼주라고 했다. 그가 몇 년 후 그 대학 총장이 되기도 했다. 그해 추석머리에 그가 제백더러 고향 가느냐며 만약 표를 못 구했으면 터미널 근처 구두수선소로 가서 구하면 된다고 했을 때 제백으로서는 큰 충격이었다. 여기서도 엄숙주의가 발휘되었던 것이다. 어찌 일류대학 법대 교수가 저런 말을 할 수 있는가 하고. 그러니 제백 직장 상사란 자도 단속된 물품을 되돌려 팔자고 제안을 하기도 했고, 그것도 부산에서 검사가 단속한 복사물인데. 또한 그는 출장비가 나오면 자기 몫도 챙겨달라고도 했으며 명절 때가 되면 으레 가격을 부풀려 챙겼다. 그는 제백 책 팔천여 권을 수거해 가지고 처음엔 자기가 아는 여성을 불러다 무슨 도서관 명판을 찍고 그 위에다 누가 기증(?)했는지 사분의 일 정도만 기재를 하다가 마구 흩뜨려놓고는 더 이상 누구 것이라는 것을 없애버리려는, 결국 자기 소유물로 만들려는 고도의 수법이었던 것이다. 여기서 대체로 사기성이 농후한 자의 특징은 쉽

없이 아이디어를 내어서 뭔가 사업성이 있다는 둥 하여 주변 지인들을 현혹하면서 감언이설로 꼬드긴다는 점이다. 이 점 참고하시라.

여든 셋에 『대변동: 위기, 선택, 변화』를 출간한 재레드 다이아몬드(1937.)는 아직도 UCLA에서 학부생에게 지리학을 가르친다. 매일 로스앤젤레스의 협곡에서 들새를 관찰하고, 일주일에 서너 번씩 체육관에서 근육 단련 운동을 하며 은퇴를 전혀 계획하지 않고 있다. 그는 일주일에 한 번씩은 이탈리아어 회화를 공부하고, 실내악단 소속으로 피아노를 연주한다. 최근 내셔널 지오그래픽에서 드라마로 방영 중인 〈Barkskins〉의 원작자는 여든한 살의 원로 여성 작가 애니 프루Annie Proulx인데, 오랜 창작생활 중 다섯 번째로 발표한 신작이다. 네 번째 작품을 발표한 지 십사 년 만에 내놓은 소설이다. 그녀는 퓰리처상과 내셔널북어워드의 픽션부문을 동시에 수상했다. 이 소설은 십칠 세기 캐나다의 퀘벡 주 '뉴 프랑스'의 우빅이란 숲속 작은 정착지에서 산림에만 의존해 살아가는 두 가정 후손들의 삶의 궤적을 추적하면서 버림받은 사람들, 선량한 사람들, 그리고 범죄자들이 한데 뒤엉켜 반목과 화해, 번영을 일궈나가는 가운데, 본토의 교회에서 보낸 예수회 사제가 원주민을 개종시키려는 움직임을 보이자 불안하기만 했던 정착민과 원주민 사이의 갈등 등 삼백년에 걸쳐 수많은 인물들이 등장하는 장대한 스케일의 작품이다. 제백도 세계적인 작품을 창작해 보려고 많은 해당 작품들을 섭렵했으니, 이십 세기의 가장 위대한 서사시라 불리는 발터 벤야민의 미완성 작품 『아케이드 프로젝트』, 멜빌의 『모비 딕』[66]과 조이스의 『율리시즈』를 합친 것과 같다는 토머스 핀천의 『중력의 무지개』, 금세기 최고 소설로 평가가 되는 로베르토 볼라뇨의 미완성 작품 『2666』. 볼라뇨는 칠레 출신의 작가였는데, 오래전부터 블라네스에서 살고 있었다. 그 해안 마을은 바르셀로나와 헤로나 사이의 국경 마을이다. 상당한 수의 장서들이 있고, 히피 잡상인 같은 아주 개성 있는 분위기로, 유럽에 망명 와 있는 자기 세대의 수많은 라틴 아메리카 사람들에게 골칫거리로 여겨질 법한 사람이었다. 볼라뇨는 2003년, 간 부전으로 세상을 뜨기 전 생애 마지막 인터뷰에서 자신이 애호하는 작품들을 밝힌 바 있다. 볼라뇨의 표현대로 '오천 권에 버금가는' 다섯 권의 목록은 다음과 같다. 세르반테스의 『돈키호테』, 멜빌의 『모비 딕』, 보르헤스 전집, 코르타사르의 『팔방놀이』, 툴의 『저능아들의 동맹』(『바보들의 결탁』[67] 이라는 제목으로 출간).

---

[66] 대표작 『모비딕』은 1840년 리처드 헨리 데이나Richard Henry Dana의 『최후의 지옥선』(원제: Two Years Before the Mast)이라는 소설에서 영감을 받아 멜빌 자신이 포경선을 타고 태평양을 항해하였던 시절(열여덟 달 간)을 바탕으로 썼다. 『모비딕』은 그의 야심작이었지만 독자들의 반응은 냉담했다. 대중은 실험적이고 철학적인 경향을 띤 그의 소설을 좋아하지 않았다. 그가 이 작품으로 벌어들인 인세 수익은 고작 오백오십육 달러 삼십칠 센트에 불과했다. 멜빌의 재평가는 이십 세기 들어 이뤄졌다. 탄생 백주년인 1919년에야 연구자들이 멜빌의 생애와 작품을 연구하며 멜빌 부흥 Melville revival 운동이 일어난다. 비록 살아서는 난해한 작품 성향 때문에 작가로서 인정을 받지 못했지만 1920년대 이후로 재평가 받아 미국 문학을 대표하는 소설가가 되었다. 멜빌과 그의 작품이 세상의 관심을 다시 얻게 된 데에는 레이먼드 멜보른 위버(Raymond. M. Weaver, 1888~1948)의 활약이 컸음.

[67] 저자 존 케네디 툴John Kennedy Toole, 1937~1969은 1937년 미국 루이지애나 주 뉴올리언스에서 태어났다. 튤레인 대학을 우등으로 졸업하고, 컬럼비아 대학에서 문학 석사학위를 받았다. 박사 과정을 밟던 중 미 육군에 징집되어 복무하게 되면서 『바보들의 결탁』을 쓰기 시작했다. 이 작품에 강한 확신이 있었기에 그는 제대 후 뉴올리언스로 귀향해 원고를 완

아르헨티나의 작가이자 저널리스트인 로드리고 프레산이 말한 그대로, 볼라뇨의 작품에서 유일한 주인공, 그의 책들의 진정한 주인공은 바로 문학 그 자체인 것이다. 그러므로 책을 사랑하는 우리 모두는 볼라뇨다.

"읽는 것은 언제나 쓰는 것보다 더욱 중요하다."

작가들 사이에서라면 오해를 불러일으킬 수도 있을 법한 볼라뇨의 이 말은, 문학을 사랑하는 독자에게는 더없이 반가운 말이다. 그러나 볼라뇨가 숨을 거둔 바닷가 소도시 블라네스에서 그가 어떻게 살아나갔는지 또한 알 필요가 있다. 스페인 바르셀로나에서 북쪽으로 육십 킬로미터쯤 떨어진 그곳에서 볼라뇨는 하찮은 장신구 장사로 밥벌이를 했다. 그리고 밤이면 두꺼운 공책에 하루 장사를 결산한 후, 바닥에 엎드려서 글을 썼다_(그는 책상이 없었다.).

"좋은 글쓰기란 어둠 속으로 머리를 들이밀 줄 아는 것, 허공 속으로 뛰어들 줄 아는 것, 문학이 기본적으로 위험한 소명임을 아는 것이다."

로베르트 무질의 소설 『특성 없는 남자』[68]는 프루스트의 『잃어버린 시간을 찾아서』[69], 조이스의 『율리시즈』와 함께 이십 세

성시켰으나, 이를 받아본 유명 출판사 사이먼 앤 슈스터는 출간을 거절한다. 이어지는 원고의 수정과 출판사들의 퇴짜, 그리고 어머니와의 불화로 그는 점차 심한 우울증과 편집증에 빠져들었다. 그리고 1969년 그는 끝내 스스로 목숨을 끊는다. 그러나 툴이 자살한 지 수년 후에 어머니가 아들의 원고를 세상에 선보이는 데 성공했고 1981년 소설 부문 퓰리처상을 수상했음.

68) 『특성 없는 남자』는 1938년 나치 정권에 의해 독일과 오스트리아에서 판매가 금지되었다. 이후 이 작품을 완성하기 위해 스위스로 이주했으나 질병과 생활고에 시달리다가 결

기 모더니즘의 삼대 걸작 중 하나로 꼽히는 작품이다. 그리고 세계 문명사에 결정적인 영향을 끼친 책이자 지난 한 세기 가장 기억에 남는 책으로 꼽힌다. 또 현대의 고전이며, 이십 세기의 가장 독특한 '사유 소설'로서 밀란 쿤데라와 존 쿠체 같은 현대 작가들에게 지속적인 영향력을 끼쳤다. 그리고 유럽 자유주의의 몰락을 파헤치면서 파시즘의 대두를 예견하였다. 그렇게 많은 사상과 문화에도 불구하고 왜 유럽이 야만 상태로 빠져들었는지를 말해준다.

우리 고전인 『화산선계록華山仙界綠 80권 80책』, 『명주보월빙明珠寶月聘 100권 100책』, 『완월회맹연玩月會盟宴 180권 180책, 혹은 93책』 등이 있다.

몇 년 전이었던가. 농촌 소설가로 이름깨나 있는 이 씨와 술자리를 같이 하면서 우리나라 민물고기에 대해 이야기한 적이 있었는데, 그와 같이 농촌 소설을 즐겨 쓰신 자도 그 자리에서 제백이 꺼낸 '송사리'란 말을 그 당시 이십여 년 만에 처음 듣는다고 토로한 적이 있었다. 흔히 붕어 중에 색깔 곱고 잘생긴 놈을

국 미완성인 채로 제네바에서 숨을 거두었다. 생전에 평단 외에 큰 주목을 받지 못했던 이 작품은 아돌프 프리제가 유고를 정리한 전집이 출간되면서 세계적인 관심을 끌었고 지금은 이십 세기에 발표된 가장 중요한 독일어 소설로 꼽히고 있음.
69) 『잃어버린 시간을 찾아서』의 제일권 『스완네 집 쪽으로』는 1911년경에 대체로 완성을 보았으나 출판사를 구하지 못하여 1913년이 되어 가까스로 자비 출판되었다. 출간된 당시만 해도 그의 소설이 지닌 진가를 제대로 알아보는 사람들은 적었다. 작품에 대한 평가는 가혹해서, 불분명하고 복잡한 문체에다 특별한 주제나 내용도 없다는 혹평을 받았다. 당시 출간을 거절한 이들 중 하나였던 앙드레 지드(자신의 일기에서 프루스트에 대한 동성애적 사랑을 표현하기도 했는데)는 후에 프루스트의 진가를 알아보지 못한 당시의 일을 두고 자신의 일생일대의 실수라 토로한 바 있음.

참붕어라고 하는데, 사실 참붕어는 피라미처럼 길고, 시흥 물왕저수지에 많이 서식하고 있으며, 북한산, 도봉산, 청계산 계곡에 주로 많이 살고 있는 어종이 버들치란 것을 조금만 더 관심을 가지면 알 수 있을 것이다. 또한 미꾸라지와 미꾸리는 모양이나 이름이 비슷해 보일 뿐 별개의 물고기이다. 이명異名이 미꾸라지는 강추江鯭이고 미꾸리는 니추泥鰍이며, 미꾸라지의 서식지는 진흙이 있는 하천의 중·하류인 데 반해 미꾸리는 진흙이 있는 늪, 논, 농수로이다. 그리고 미꾸라지의 몸의 색은 황갈색 바탕에 등은 암청색, 배는 회백색이고 몸통에 작은 반점이 산재해 있고, 미꾸리는 노란색 바탕에 등은 암청갈색, 배는 담황색이며 꼬리지느러미가 시작되는 부분에 검은 점이 있다(※차라리 도표로써 설명하는 게 좋을 듯함.).

몽골이 우리 강토를 침입하여 초토화시킨 그 세월 너머 우리 모두 몽골의 후예다. 경기도 여주의 여주 덩굴이 담장 가득한 초가에서 시 운동 펼치며, 한 여인에게 상흔을 남긴 시인은, 이렇게 외쳤다.

"우리 모두 몽蒙 씨다!"

라고.

그는 강원도 화천 오지에서 한글사랑을 한답시고 나무나 돌에 먹물을 입히고 있다. 무슨 운동이네 단체를 선호하는 자치고 사기성 농후하지 않은 자 어디 있던가! 그 대표적인 것이 정치인일 것이다.

그건 그렇다 치고 하늘 아래 인간사에 처음이 어디 있는가?

1947년 11월 11일, 내 나라 북한산의 향기로운 수수꽃다리(털개회나무)가 미군정 원예가인 미더에게 빼앗겨 미스킴라일락으로 품종 개량되어 오히려 우리나라가 비싼 로열티를 물어가면서 역수입하고, 1910년, 아득한 날에 떠나간 아메리카여. 구상나무 푸름이 크리스마스트리로 난도질당한들, 그 누가 애틋한 부모 있어 위안 하겠는가. 한라산 고향만 그리워질 뿐. 1980년, 우리는 또 하나 어둠 속의 침입자를 스스로 맞이하게 되나니. 그 또한 아메리코 베스푸치여. 배리 잉거 아시아 식물 담당자 빛나는 광택으로, 서해 바다를 눈부시게 만들어, 뱃사공 뱃길 잊게 한, 우리의 로렐라이 홍도비비추가 입양되어, 잉거비비추로 탈바꿈했다. 금강초롱꽃은 한국에서만 자생하는 꽃으로 국내에서는 흔하게 찾을 수 있지만 국제적으로는 심각한 멸종위기종으로 분류된 식물이다. 금강초롱꽃은 초롱꽃과에 속하는 식물로, 다른 초롱꽃과에 비해 조금 늦은 8월~9월에 가장 큰 초롱꽃을 피우는 식물이다. 꽃은 보라색이고 꽃잎이 열리는 부분이 마치 드레스처럼 갈라진 종 모양이다. 날씨 변화에 민감한 편으로 해외에서는 '다이아몬드 블루벨Diamond Bluebell'이라는 명칭으로 불린다. 드물게 흰색으로 자라는 개체는 흰금강초롱꽃이라는 아종으로 별도 분류된다. 금강초롱꽃은 국제적으로는 심각한 멸종위기종으로 취급돼 세계자연보전연맹IUCN 적색목록에 '위기EN, Endangered종'으로 분류됐다. 반면 국내 멸종위기종복원센터는 금강초롱꽃 개체수가 안정적인 편으로 보고 보전이 시급한 종으로 분류하지는 않는다. 금강초롱꽃이 국지적 관점에서 보면 당장 보전이 시급한 종으로 분류되지 않지만, 전 세계적 관점으로 봤을 때 한반도가 매우 협소한 서식지로 구분되기 때문이다.

국립수목원은 금강초롱꽃을 희귀식물, 기후위기에 민감한 종으로 분류하고 있다. 금강초롱꽃은 경기도 양평군과 가평군에 걸친 유명산, 경기도 가평군과 강원도 화천군에 걸친 화악산, 경기도 가평군에 위치한 명지산, 강원도 원주시·영월군에 있는 치악산, 강원도 강릉시·홍천군·평창군에 걸친 오대산, 강원도 속초시·양양군에 있는 설악산 등에 군락지가 퍼져 있다. 북한 지역으로는 강원도 금강산과 두류산, 설봉, 명이덕산 등에 분포한다.

금강초롱꽃은 한국에서만 자생하지만 '하나부사야 아시아티카Hanabusaya asiatica'라는 일본식 학명이 붙었다. 이는 초대 조선 공사를 지낸 일본 제국 외교관 하나부사 요시모토花房義質를 기리기 위한 이름이다. 일제 강점기 조선총독부 지원으로 한반도 식물을 연구하던 일본 식물분류학자 나카이 다케노신中井猛之進이 학계에 등록했기 때문이다. 이런데도 부어라 마셔라, 쓸개도 간도 없앤 지 이미 오래, 그래도 세월은 철철 넘치는구나. 버들피리, 보리피리, 갈피리, 풀피리를 불며 불며, 탱고리에 쏘여 부은 손가락에 비료를 발라주던 문조리 오촌[70]은 지름쟁이, 눈쟁이, 맑디맑은 소沼의 바위 위에 새까맣게 서식하고 있어 빈 미끼에도 낚이는 곱사리를 볶아 어린 조카 제백에게 먹여 주기도 했다.

---

70) '문절망둑'의 경남 사천 방언. 초전 오촌이 바다 근처 초전으로 이사 갔는데 그 바닷가에는 문절망둑이 밀어처럼 아무 미끼나 다 무는 성질이 있고, '대체로 말이 많아' 붙여진 별명.

그 여름날 땡볕에서 징거미새우 놈을 쫓아 들춰낸 돌멩이와 자갈의 많은 숫자며, 깊은 바위굴에 들어갔을 때, 잠수하여 막대로 쑤셔대며 기다리고, 등짝은 불이 화끈화끈 해가 지고 만다. 말매미 잡기만큼 세련된 기술이 필요하고, 어른들은 복수라도 하려는 듯 잡은 징거미새우를 산 채로 껍질째 질겅질겅.

과연 물방개와 물땡땡이를 온전히 구별하여 부를 수 있는 날이 올 수 있는가? 찔레꽃 붉게 피는 남쪽 나라 내 고향에 눈을 씻고 봐도 흰 꽃만 보인다. 색맹인가 아니면 건성건성 소문으로 작사했는가. 간혹 가다, 서울 구름산 너머 얕은 능선에 지천으로 널린 하얀 찔레꽃 사이에 살포시 분홍색 찔레 몇 송이가 보여 흥분과 감탄을 자아내게 하였다. 아무튼 그 노래가 나왔던 1940년도에는 분홍색 찔레가 있었던 것으로 보인다. 아침에 피었다가 저녁에 지고 마는 나팔꽃이 세상 어디에 있으며, 군인 간 오라버니가 어디 있는가. 하물며 어디서 레슨을 배우는가. 장밋빛 인생일 때 장미는 빨간색이었겠지만 지금은 초록색 장미도 있다. 설총은 무슨 연유로 모란을 꽃의 제왕으로, 장미를 간사한 아첨꾼으로 묘사했는가. 먼 훗날 DNA의 변종이 번창할 때가 올 지라도 아직은. 두옹杜翁을 도스토옙스키로 알고 지낸 지난 사십 년 세월이여!

제백은 촌놈 출신이요, 보리문둥이어서인지 몰라도 말하기, 듣기가 다 부족했다. 출판대학 교무 일을 보면서 강사를 소개할 때도 표준말을 쓰려고 잠시 더빙 시간을 갖고 천천히 말을 꺼내곤 했다. 유행가의 가사에서 〈처녀뱃사공〉 중 '삿대를 저어라'를

'사태를 쳐라'라고. 해마다 고향에서 장마로 인한 산사태를 염두에 두었다. 그리고 〈눈물을 감추고〉에서 '내 야윈 가슴에'를 '메아린 가슴에'로, 〈단장의 미아리 고개〉에서 '화약 연기'를 '하얀 연기'로, 〈승리의 노래〉의 '초개草芥로구나'를 '조개로구나'로. 제백이 즐겨 부르던 유행가 〈잊을 수가 있을까〉에서 마지막 구절 끝의 '우는 두 연인'을 대다수 가수들이 리바이벌해서 '우는 두 여인'으로 부르고 있다. 제발 생각 좀 하고 살아라. 그 노래를 작사 작곡을 한 이호(본명 이신행)가 1931년생에다 독신으로 살았는데, 설령 호모적인 기질이 있다 손쳐도 레즈비언적인 노랫말을 지었겠는가. 그 때가 1969년이었고 엄혹한 시절이었는데 말이다. 그리고 김상진의 〈도라지 고갯길〉이절 첫 구절에 '백도라지 꽃잎이 지던 고갯길'에서 진다는 것이 떨어지진 않아도 본래의 모습보다 달라진다는 뜻일 수는 있겠으나 대체로 도라지꽃은 시들 때 핀 그곳에 그대로 붙어있다. 꽃은 구조적으로 크게 '통꽃'과 '갈래꽃'으로 나눈다. 통꽃은 꽃잎이 모두 붙어 있거나 밑동 부분이 붙어 있는 꽃으로 나팔꽃, 호박꽃, 도라지꽃, 철쭉, 백합 등이 이에 해당되며, 갈래꽃은 꽃잎이 한 장씩 서로 떨어져 있는 꽃으로 목련, 벚꽃, 장미꽃, 유채꽃, 냉이꽃, 무꽃, 닭의장풀, 배추꽃 등이 여기에 해당된다.

문학의 한계를 뛰어넘은 작자들 중에서도 도스토옙스키는 오늘날 가장 위대하다. 이 격정적인 사나이, 이 비정상적인 인간처럼 많은 영혼의 신대륙을 발견한 사람은 하나도 없다. 오스트리아의 문호 스테판 츠바이크의 말이다. 한마디로 말한다면, 제백에겐 도스토옙스키가 길잡이라 해도 과언이 아니었다. 다만, 펠리에톤feuilleton[71] 형식에 능하다는 것이 맘에 걸리긴 해도. 그가 톨스토이나 투르게네프보다 투박하고 정제되지 않은 문장을 구사하는 것에도 자기와 유사하다며 의미부여를 했다. 도스토옙스키 소설의 인물들이 각자 목소리를 내며 심한 갈등을 빚는 대신, 톨스토이 소설은 작가가 전지적 시점으로 모든 인물을 내려다본다는 것이 크나큰 차이점이다. 그리고 괴테가 『파우스트』로 일생을 바쳤다면, 제백은 세계 최대의 고전 중 하나로 손꼽히는 『카라마조프가의 형제들』의 속편을 만드느라 분주했다. 제백이 도스토예프스키를 사숙한 나머지, 출판사 상호를 〈도스토예프스키〉라 할 정도였다. 여기서 제백이 만든 기생어寄生語에 속한 것 몇몇을 예로 들어본다. 즉 곰이나 개도 인형人形이라 하고, 오, 어릴 때 갖고 놀았던 그리운 세라믹 코끼리 인형도 마찬가지. 풀이나 나무를 인위적으로 만든 것을 모두 조화造花라고 하며, 소가 달구지를 끌어도 마차馬車라 한다. 또 개들의 인생人生이라고도 한다. 그리고 송진松津을 잣나무 진까지 확대하고, 밀의 지푸라기, 우기에 비가 안 오다, 늙은 고아는 무엇을 뜻하는가. 에스키모인은 눈雪에 관한 단어가 무려 쉰 개 정도라고 하지 않는가.

『카라마조프가의 형제들』에,

"……기침이나 재채기가 나오면 어쩌나……"

---

[71] 정치, 사회, 문화 전반에 걸친 최근의 사건이나 유명인의 가십, 신간 소개, 세태 비평 등을 다룬 일종의 경문학.

와 플라톤의 『향연』에,

"딸꾹질을 멈추게 하려고 이 짓 저 짓하다가 마지막으로 재채기를 하자 딸꾹질이 그치고 말았다."

두 천재의 기막힌 재치에 까무러질 정도가 된 적도 있었다. 나쓰메 소세키의 『나는 고양이로소이다』에서 고양이 〈나〉의 주인 이름이 〈진노가 구샤미〉인데, 〈진〉은 일본의 재래종 애완견이고, 구샤미는 〈재채기〉이다. 즉 재채기하느라 찌그러진 진처럼 못생긴 얼굴이란 뜻이 된다. 히라노 케이치로의 『달』 마지막 부분에 엔유의 느닷없는 재채기와 그 겨를에 흘러내린 백발 한 줌을 어떻게 해석할 것인가. 영화 〈제미니 맨〉에서 헨리가 자기 복제 아들인 클리어 주니어(쟤손)한테,

"너는 늘 재채기 네 번을 하지 않느냐?"며 자기와 닮은 것을 강조하는 장면이 나온다.

어느 논문에 따르면, 리카온은 무리 내에서 의견을 정할 때 재채기로 투표를 한다고 한다. 재미있는 점은 서열마다 동의에 필요한 재채기수가 달라지는데, 동의하는 수만 충분하다면 이론상 서열 최하위권이라도 의견이 받아들여질 수 있다는 것이다. V.S. 나이폴의 『비스와스 씨를 위한 집』에서 재채기는 불운을 가져다준다고 했다. 동화 『피노키오의 모험』에서도 불꽃을 먹는 사나이란 별명이 붙은 인형극장 단장이요 극장 주인이며 서커스 단장이며 흥행사이기도 한 만자후오코가 피노키오의 착한 마음씨에 감동을 받아 재채기를 몇 차례 하더니 피노키오를 용서해 주는 장면이 나오고, 상어의 먹잇감이 된 아버지와

피노키오가 기지를 발휘해 상어가 재채기를 할 때 상어의 뱃속에서 빠져나오는 장면이 퍽 인상적이다.

또한 제임스 조이스의 『율리시스』 제구장 국립도서관(스칼라와 카립디스)에 다음의 문장이 돋보인다.

"그녀는 그의 싸구려 책들(chapbooks, 청교도들의 종교 팸플릿이란 뜻도 있음.)을 「유쾌한 아낙네들」보다도 더 좋아하며, 그들을 읽었든지 아니면 읽혀 받았소, 그리고 그녀의 밤의 분비액을 변기(요르단)에 흘리면서, 그녀는 신자(信者)들을 바지의 훅이나 단추 구멍 그리고 가장 경건한 영혼들까지도 재채기하게 하는 가장 정신적인 코담뱃갑(Hooks and Eyes for Believers' Breeches, The Most Spiritual Snuffbox to Make the Most Devout Souls Sneeze. 청교도들의 정절 및 정조에 관한 팸플릿의 제목들.)에 대해 생각했소."

궁백이 네덜란드로 갔다. 군인 세상이라 이리저리 안 통하는 데가 있을쏜가. 네덜란드 농업인 교육을 받기 위함이지만 속셈은 파라과이에 있는 농장에 눈독을 들였다. 그 많은 정보는 대전이 고향인 군대 친구 꺽다리 특무상사가 주었다. 특무상사는 체질적으로 술을 못했다. 소주 반잔만 넘어가면 그때부터 호흡이 가빠오고 가뜩이나 검은 피부인 데도 발바닥이 검붉게 변하기 때문에 아는 자들은 일절 권하지 않았다. 그러나 담배는 체인 스모커라 만나면 만남이 시작될 때부터 끝날 때까지 불을 끄지 않을 정도였다. 조기 명퇴하여 강남 일대에서 PC방과 서울대 근처인 신림동 고시촌에다 복사업소를 열기도 했으나, PC방은 젊은 놈들 싸가지 없는 통에 밥맛을 잃었고, 복사업은 불법이라 매번 단속이 와서 영 지랄이요, 아니 올시다였다.

여기서 좀 거창하게 짚고 넘어갈 사안은 복사업인데, 한국사회의 1980, 90년대 복사업은 문제투성이였다. 소위 불법복제란 저작권법에 위반되기 때문에 이용허락을 사용료나 구두口頭로 받아서 일정한 양만 복제를 해야 한다는 것인데, 그것이 말이나 글처럼 쉽지 않다는 것이다. 노래방, 체이스컬트 판매 대리점, 하물며 용산에서 색싯집까지 살짝 하다가 이게 아니다 싶어 아는 사람한테 부탁하여 재봉틀 넉 대를 들고, 마누라와 남매를 데리고, 미국 LA를 경유하여 장장 이십사 시간을 타고 머나먼 상파울루에 내려 또 버스를 타고 부에노스아이레스 인근에 도착하였다. 그 당시는 브라질은 한인 이민자가 너무 많고 역사도 깊어서인지 서로 알력이 심했으나 이곳은 좀 달랐다. 주로 의류업자들인데 한 블록이 한인 가게였다. 그래서 자기가 직접 봉제를 하는 사람들은 먹고 살기가 수월했다. 오죽했으면 옷감에 담배 니코틴이 뺄까 봐 담배를 끊었던 것이다. 근 사년이 좀 지나 인근에 큰 공장을 세워 직원이 팔십 명 정도 되었다. 공장 앞에는 작은 강이 흐르고 있었고, 악어가 살고 있기 때문에 철조망을 대충 쳐놓고 있었다.

궁백은 친구인 껵다리 도움으로 파라과이 아순시온 근방에 약 사백만 제곱미터를 구입하여 사업구상에 들어갔다. 껵다리는 언제 어떻게 꼬드겼는지 제니퍼 존스 닮은 검은 머리에 가슴이 팡팡한 중키의 젊은 여성을 두고 있었다. 사람들은 입방아를 찧었다. 어디를 가든, 무슨 일을 하든, 최우선으로 여성을 구한다고. 그만큼 성이 절륜하다고 할 수 있겠으나 어린 시절 부모의 정, 어머니의 애정을 듬뿍 받아보지 못한 소치가 아닌가 한다. 그런데 희한한 일은 마누라가 전혀 내색을 하지 않는다는 것이다. 아마 가난에 찌든 친정에 거금의 생활비를 달마다 꼬박꼬박 부쳐주기 때문일 것이다. 사업이 점점 번창하자 숨어있던 끼가 발동했는지, 더위가 무기력하게 했는지, 그래서 삶이 무료했는지, 아무튼 비행기로 라스베이거스로 원정 도박을 하게 되었고, 점차 마약과 히로뽕에도 손을 댔고, 어느 새 마약상들과도 줄을 대고 있었다. 그러니 조강지처인들 눈에 들어왔겠는가.

미국에 유학 간 남매 몫을 떼어주고, 마누라와 합의이혼을 하게 되었다. 그때는 마누라가 대한민국에 있었다. 제니퍼 존스는 이 공장 수석 디자이너이자 의류분야 연구원이었다. 전 남편과의 사이에 딸이 한 명 있었다.

하루는 그 연구원과 강둑 풀밭에서 정사를 벌리다가 악어의 공격으로 놀라 돌아보는데 갑자기 성기를 공격하여 잘려나가 피를 줄줄 흘리면서 공장으로 뛰어왔고, 마침 공휴일이라 큰 창피는 면했으나 그 일 후로는 모든 면에서 무기력해졌고, 시들시들해졌다. 별별 짓을 다해도 소용없었다. 심지어 오랄 섹스를 해주겠다고 해도 거부했다.

꺽다리는 친구 궁백을 불러 사실대로 까발리고 상속에 대한 증인을 서주었으면 했다. 여인은 의외로 착해 주는 대로 받겠다고 해서 친구는 그녀의 착한 마음에 탄복하여 궁백 몫과 자기 여생을 위한 것 외는 몽땅 그 여인에게 넘겨주었다. 남매 자식은 공부시킨 것으로 마침표를 찍었다. 궁백도 더 이상 이래라 저래라 할 힘이 없었다. 이미 둘은 쇠약해졌던 것이다. 궁백과 슬프고 우울한 밤을 보내고, 궁백을 전송하고 어디론가 떠날 차비를 했다. 여인은 직감했다. 이미 기력이 쇠한 한 장년의 쓸쓸한 모습을.

그러던 어느 날 꺽다리는 페루로 향했다. 카사 드 라 플로라 호텔Casa de La Flora Hotel에서 일박했다. 마추픽추 유적지는 깊은 산속에 있는 탓에 어느 위치에서 바라보느냐에 따라 모습이 전혀 다르게 다가왔다. 어떤 곳에서는 유적지의 일부가 보이지만 몇 발자국만 더 이동하면 곧 사라져 버린다. 그리고 산모퉁이를 돌 때면 어김없이 다른 풍경을 보여 주는 웅장한 안데스 산맥과 골짜기 사이를 흐르는 우루밤바강이 연출하는 풍경도 절대로 놓칠 수 없는 장관이다.

마추픽추를 둘러보았다. 그에겐 콘도르신전이 인상 깊었다. 지하 죄수들이 갇혀 있던 곳이 더욱 마음을 아프게 했다. 그는 젊은 봉우리인 와이나픽추의 달의 신전까지 힘들게 올랐다. 저 아래 우루밤바강에서는 하얀 물안개가 뭉게뭉게 피어올랐다. 그는 돌로 만든 세계의 배꼽, 당당하게 치솟은 세계의 배꼽, 이제는 사람이 살지 않는 세계의 배꼽 한 가운데 서 있었다. 그는 자신이 초라한 미물에 불과하다는 생각이 들었고, 갑자기 북받쳐 오르는 슬픔을 가눌 수가 없을 정도였다. 그는 더듬더듬 겨우 터를 잡은 뒤 '제비'를 크게 틀어놓고 파블로 네루다의 서사시 『마추픽추의 산정』을 펼쳐 일부를 읊었다. 심호흡을 하고, 지

그시 눈을 감고 마침내 산 아래를 선회하던 날개 길이 삼 미터가 넘는 안데스콘도르를 따라 공중 낙하하였던 것이다. 그는 평소 영화를 즐겨 보진 않았지만 〈와일드 번치〉만은 일주일에 한 번 정도 감상했다. 특히 멕시코 주민들이 '제비'를 구슬프게 부르는 장면을 가장 인상 깊게 보았던 것이다. 그 장면을 보면서 한참을 울다 보면 그는 그동안 서럽고 힘들었던 것들이 눈 녹듯 사라졌는데, 요 몇 달 간은 그것마저 보지 않고 있었다.

궁백은 친구의 시신을 잘 수습하여 소원대로 풍장하고, 파라과이 대지를 대충 정리하고 고국으로 돌아갔다. 그는 소능마을에 틀어 박혀 대마와 아편 피우기에만 연연하고 있었다. 간혹 여름날엔 이타이푸 댐에서 타고 즐겼던 모터보트가 생각이 나서 거금을 주고 한 대 장만했다. 그리고 저수지에서 사흘에 한두 번 타는 게 고작이었다.

요즈음 정부가 오래 전에 구입한 뒤 지금까지 방치해 온 남미의 땅을 농업용지로 개발하는 방안이 추진되고 있어 눈여겨봤다. 농업기반공사는 "외교부로부터 아르헨티나 '랴흐타마우카 농장'과 칠레 '테노 농장'의 소유와 관리권을 농업기반공사로 이관하는 것이 어떻겠느냐는 의견을 묻는 공문을 받았다."고 밝혔다. 이 관계자는 "국가 차원에서 방치돼 있는 국유지의 관리 주체를 농업 전문기관으로 이관해 개발 방향을 모색해야 한다는 점에는 공감하지만 현재 상태로는 개발 가능성에 대한 판단이 어렵기 때문에 타당성 조사가 필요하다는 의견을 농림부에 제출한 상태."라고 말했다.

아르헨티나의 수도 부에노스아이레스에서 북서쪽으로 칠백 팔십육 킬로미터 떨어진 산티아고 델 에스테로에 위치한 랴흐타 마우카 농장은 정부가 1978년 농업 이민을 위해 시범농장용으로 이백이십일만 달러를 들여 구입한 땅으로 농장 넓이는 여의도 넓이의 칠십 배에 이르는 약 삼억 제곱미터에 달했다. 꺽다리가 죽기 전 그와 궁백은 같이 두 농장을 찾았고, 정부에 건의도 올렸다. 정부는 파라과이는 작은 나라라고 별 관심을 두지 않았으나 그 당시 아순시온 외교가의 주택은 우리나라 부천 중동 아파트 값과 비슷했다. 그들이 다니면서 느낀 점은 국경 경계에 서 있는 경찰도 꾸벅꾸벅 졸면서 응대했고, 대체로 경찰 보기가 가뭄에 콩 나듯 귀했던 것이다.

어망공장에서 일했던 김리가 늦은 나이에 외국어대학교 영어과를 졸업하여 외국 귀빈이 오면 연례적으로 열리는 공식 파티에 초대되어 유창한 영어와 매너와 박학다식으로 국격을 드높이는 데 일조했다. 전 대통령 정부가 들어서자 그녀는 이제 이 물에 놀긴 싫증난다고 툴툴 털고 아버지가 있는 남미로 향했다. 결국 상파울루의 〈포에〉란 술집을 운영하고 한인회 부회장도 맡아 열심히 활동했다. 브라질의 정식 이민의 시작은 최초의 한국인이 일본인의 이름으로 브라질 땅을 밟은 지 삼백년이 지나서이다. 한국전쟁 휴전 후 반공포로들 중 일부가 UN의 주선에 의해 당시 중립국[72]이었던 브라질을 제 삼국으로 택했다. 1956년 2월, 북한군 출신 오십 명과 중국군 출신 다섯 명이 인도印度를 거쳐 리우데자네이루에 도착한 것이 최초의 한국이민인 셈이다.

일부분의 인민군과 중공군 포로들이 본국을 거절하고 인도로 가서 중립국 배정과 출국허가를 기다리고 있었다. 희망대상인 미국은 참전국이고 스위스는 거절을 당해 가지 못하고 남은 나라들이 브라질, 아르헨티나와 멕시코이었는데, 멕시코는 절차가 늦어져 지장이 많아 대부분이 브라질과 아르헨티나를 가는 곳으로 정하게 되었다.

최인훈의 소설 〈광장〉을 보면, 광복 직후, 이명준은 남한과 북한 모두에 환멸을 느낀다. 한국전쟁 때 인민군으로 참가했다가 포로가 된 그는 석방과정에서 남도 북도 아닌 중립국을 선택하게 되고, 결국 배를 타고 제 삼국으로 떠나게 된다. 그러나 그는 떠나는 도중, 배에서 뛰어내려 자살을 하게 되는데 아마 자살을 하지 않았더라면 인도를 거쳐 브라질로 갈 가능성이 있었을 것이다. 그만큼 당시 브라질은 살만한 나라, 풍요로운 신천지, 유토피아로 그려졌던 곳이었다.

브라질은, 한인회의 파벌이 너무 심했다. 서로 청부살인까지 하려는 움직임이 있었다. 브라질 사람들 대개는 순진하여 우리나라 사람들처럼 큰 소리로 나무라든가 엉덩이를 발로 차든가 하면 살인도 서슴지 않는다. 어떤 가정부가 앞니 몇 개가 빠져

---

72) 1900년에서 1902년까지 주 일본 공사로 있던 제정 러시아 외교관인 알렉산드르 페트로비치 이즈볼스키가'한국의 영세 중립안'을 건의했으나 일본의 반대로 철회했다. 한국기독교장로회 형성과 조선신학교(현재 한신대학교) 설립에 공헌한 장로교 김재준(金在俊, 1901~1987) 목사도 국제정책에서 우리나라가 영세중립국으로 가야 한다고 보았다. 침략을 받지도 말고 침략하지도 않는 나라를 지향하는 국제정책이다. 이 정책이 실현되려면 현실적으로 군사력이 막강해야 하고, 국력이 군사력을 뒤받침 해야 하며, 국제 외교력도 강화되어야 할 것이라고 봤음.

있어, 가이드한테 물었더니 이곳 사람들은 놀이문화가 팽배해져 있어 돈을 벌어도 이빨을 해 넣기보다 해변이나 다른 놀이터에 가서 즐기려는 문화가 앞선다고 했다.

한인회의 한글학교 개설 기념으로 한글 책을 1만여 권을 갖고, 소위 〈사랑의 책 보내기〉 행사 차 상파울루에 내렸다. 한국에서 문광부 직원, MBC 직원 두 명과 출협 쪽에서는 제백이었다. 원래는 제백 친구인 문세섭이가 가이드 하기로 되어 있었는데 안타깝게도 며칠 전 사고로 죽어, 대신 김리가 마중 나왔던 것이다. 제백은 깊은 슬픔에 빠졌다. 소능마을에서 가장 양순했던 세섭이가 경산에서 대학 다닐 때 하숙집 여주인과 정분이 나, 그 학교가 발칵 뒤집히고 그는 관광버스 기사 남편한테 죽사발 나고, 증거인멸 차원에서 그 연놈이 같이 비틀즈의 노래 중 몇몇 노래를 같이 불러 녹음한 테이프를, 글쎄 경산에서 대구까지 걸어가면서, 한 컷 한 컷 손으로 잘랐다나 뭐했다나. 참으로 죄짓고는 못 살지. 음, 그렇고말고.

초등학교 때에는 달리기를 제대로 못할 정도로 몸이 안 좋아서, 시도 때도 없이 바지에 똥을 싸기도 하고, 낮이나 밤이나 친척집에 불쑥불쑥 들이닥치는, 생각이 좀 못 미치지만, 어디서 들었는지, 만화를 많이 봐서 그런지, 이야기가 보따리 가득하여 집집마다 그를 불러 이야기 듣기를 원했다. 마을에 비사치기를 전파한 것도 그였다. 중선포 장차[73)]가 삼일마다 삼천포에서 사천으로 제백이 다니던 초등학교 길을 통과했다. 하굣길에 모두들 홀라당 짐칸에 올라타는데, 오직 한 명인 세섭이만 저만큼에서 마치 아장아장 걷듯 와서, 한 쪽에선 운전석에 대고 좀 천천히 가자고 큰 소리로 애원했다. 또 한 쪽에선 세섭이를 향해 어 뿐어뿐 오라고 손짓과 고함을 질렀으나, 무정할 사, 차는 그냥 달리고 말았다. 다음 장날, 제백과 그의 졸개들(초등 후배들)이 골탕을 먹일 요량으로 찻길 군데군데에 바위나 돌을 쌓았다. 그 일로 제백을 비롯한 소능마을 대표급 고학년들은 교무실에 불려가 심한 꾸중을 듣고는, 씩씩거리면서 곧장 교실마다 다니면서 소능마을 어린이 전부를 불러내, 모여, 면 소재지가 있는 병둔 삼성초등학교에 전학 갈 거라며, 소위 말해 으름장을 놓고 시위를 벌여, 결국 제백 숙모인 탁 선생의 간곡한 부탁으로 간신히 무마되었다.

그 후, 세섭이는 그래도 공부는 잘해 읍내 중학교 일등으로 들어갔는데, 이학년 때 어떤 여학생과 염문이 나, 어린애까지 배게 했으니, 여학생은 그 길로 퇴학 조치가 내려졌다. 제백도 중일학년 크리스마스를 앞둔 방학시작 하루 전, 읍내 키 큰 남자 동창한테 엽서를 건네받았는데, 그 엽서를 준 장본인이 바로 옆 좌석의 꼬마 여학생이었다. 커서 보면 별 게 아닌 카드에다 연필로 몇 자 쓴 크리스마스 축하 엽서였지만, 그 당시는 어른스러워진다는 게 마치 죄 지은 듯해서, 서랍 속에 넣어두고, 제사라든

---

73) 사천이나 삼천포 장날에 차편이 없는 근남골 장꾼에게 누이 좋고 매부 좋다는 식으로 다니던 유일한 교통수단. 중선포가 처가로 유달리 검은 얼굴의 중년 사내가 소유자인 지엠시G.M.C.. 그도 아들이 군대 가고 큰 사고를 겪은 후 비린내 유부녀와 눈이 맞아 도망을 갔으나 몇 개월 후 저수지 상류 쪽에서 그 여인과 같이 시신이 떠올라 읍내 공의公醫가 자살로 판명.

가 아무튼 친척들이 모이면, 그 궤짝 앞에서 지키고 있어 상당히 행동반경이 좁아져, 누구나 조금만 관심을 갖고 지켜보았더라면 금방 들통이 날 행동이었다. 사방천지 공간이 많았을 텐데, 그렇게 숨겨놓을 장소가 귀했던가. 여하튼 읍내 그 여학생은 당돌하고 대범했다.

세세이가 미국 가기 전날 밤, 제백에게만 전해 준 이야기는 기상천외였다. 그러니까 한 번은 경산 자취집에서 혼자 있다가 우연히 여주인이 펌프 수돗가에서 알밤 까듯 엉덩이를 내려 세차게 용변을 보는 것을 문틈으로 훔쳐보면서 용두질을 해댔다는 것이다. 마스터베이션이 자유가 박탈된 상태라는 하나의 표현이 틀림없었다.

그날 이후, 룸메이트가 없는 사이 천장을 뚫어 바로 옆 화장실 위까지, 땅굴 아닌 천장 굴을 뚫기로 결심하고 서서히 실행에 옮겨, 테이프와 끌과 송곳 등을 갖추었다. 테이프는 천장 종이와 뗐다 붙였다 하기 위한 것이고. 그렇게 그렇게 불과 벽돌 한 개 정도의 거리가 남았을 때 일이 터지고 말았다. 그것은 룸메이트가 군대 가고, 하루 종일 틀어박혀 고시공부를 하는 선배로 교체되었는데, 집 주인이 천장과 벽을 새로 도배해 준다는 것이다. 그 일로 들통이 났다. 군대 간 친구의 소행이라고 둘러댔으나 여주인의 입가엔 야릇한 미소가 번졌다.

그 대범함이 오히려 여주인을 낚는 데 큰 도움이 되어, 주야장천 놀아나게 되는 계기가 되었다. 결국 여주인과의 관계가 알려졌다. 그것은 고시에 합격하여 집을 옮긴 선배 후임으로 새로 들어온 고교 친구가 세섭이 부모님한테 보낸, 발신인 불명의 투서였다.

만약, 여주인이 눈감아 주지 않았더라면 세섭이는 인생이 쫑날 수 있었을 것이다. 구약의 보디발 아내 줄라이카나 자신의 아들을 원나라 황태자로 만들기 위해 차기 원나라 황제이자 황태자인 순제 사촌 동생인 앤티구스를 음모에 빠뜨린 기 황후. 그리고 젊은 사자들의 그레첸이 아닌 게 천만다행이었다. 그러나 수잔나와 두 노인에 대한 이야기는 여자의 유혹만 있었던 게 아님을 보여 주는 이야기였다. 그는 제백과 의기투합하여, 첫 월급 때 같이 돈을 모아 마을 어르신들한테는 양말, 서로의 가까운 친척한테는 빨간 속내의를 사주기도 했다. 그가 미국에 간다고 했으나 사실은 브라질 상파울루에 있는 김리와 연결이 되어 그녀의 적극적인 주선으로 한국인 상대로 관광 가이드 노릇을 하고 있었다. 그 당시 부인은 뉴저지에서 우체국에 다니고 있었고, 하여 일년에 한두 번 만나는 게 고작이었다. 미국에서 우체국 직원의 급료는 상당히 열악했다. 그래서 그들이 본국으로 오려면 자기 나름 큰 경제적 손실을 감수해야 하는 것이다. 그것도 모르고 고국 부모 형제자매들은 원성만 잦았다.

하루는 부인이 찾아와 모처럼 휴일을 만끽하고 있었는데, 그때 햇빛이 눈에 부셨다. 순간 청개구리 한 마리가 창문 틈에서 그들의 모든 행위를 보았다는 듯이 노려보았던 거야. 무슨 까닭인지 그놈을 잡아 두 다리를 들고 혼내주려고 두꺼비 집을 열어 어찌 어찌 전선과 연결하여, 전선에 댔다 뗐다 장난질 쳤던 거야. 키이라 나이틀리처럼 하관이 쭉 빠진 부인은 피곤한 듯 누워 실눈을 뜨고는 하지 말라고 도리질하는 그 순간, 찌릿찌릿 그만 가슴이 터지고 말았던 것이다. 약간의 화약 연기만이 '픽' '퍽'하며 햇빛 속으로 피어오르고 있었다.

그게 끝이었다. 섭이의 사건은 너무나 슬픈 일이라서 잠시 섭이의 연인을 생각해보니 얼굴 하관, 즉 턱이 빠진 사람이 떠오른다. 그러니까 제백이 직장 상사의 소개로 한 여성을 만나게 되는데, 진짜 그 당시 대통령 부인과 턱 모양이 비슷했고, 이름이 같아 이상한 기분까지 들었던 것이다. 그런데 그녀가 장미 운운하는 노래를 가장 좋아한다고 해서 무슨 대단한 노래인가 하고 궁금하던 차 마침 같이 있던 카페에서 노래가 흘러나오니까 바로 저 노래라고 했던 것이다. '장미 한 송이'란 노래였다. 그 실망감은 이루 말할 수 없었던 것이다.

그 노래 이후 둘의 관계가 서서히 식어갔던 것이다. 그 이후로도 제법 많이 이러한 류의 일로 인해 멀어졌다. 심지어 맞춤법 '찾'을 '찿'으로, '엎드려'를 '업드려', '업다', '옆다'로 표기한다든가, 그럼에도 불구하고, 해안가, 해변가, 부락을 거리낌 없이 사용한다거나 혹은 벌을 쓰다를 벌을 서다로(물론 벌칙 중에는 서 있는 벌칙도 있지요마는), 경위가 바르다를 경우가 바르다로, 표고버섯이 참나무에 달렸다고 해야 할 것을 참나무에 열렸다라고, 그리고 폭포소리로 해도 되는 것을 구태여 폭포물소리라고, 포효咆哮하는 호랑이 울음소리, 또 어느 아나운서는 연락을 안 받는다는 등등을 잘못 사용하면, 그 인간 전체를 무시하는 경향이 있었다. 그리고 병충해에 걸리는 것은 뭐며, 두 부부, 두 형제, 두 남매는. 오, 서글렁탕이나 설농탕이라 해도 어차피 통하긴 마찬가지라는 생각이 우울하게 만든다. 그러나 혹자는 이러한 생각을 갖는다는 것에 한마디로 엄숙주의 극치라고 쏘아붙인다.

여기서 이어령의 겹침말에 대한 견해를 듣고 잠시 주춤했다. 실망했다. 황토흙, 동해바다, 처갓집, 모찌떡, 빵떡, 깡통, 라인선상은 잘못된 말이 아니라, 우리 어법이라는 주장이었다.

그건 그렇고 극장에서도 누가 음료수를 마시거나 팝콘 등을 먹으면 일단 그 영화보기는 글렀던 것이다. 딴엔 앞 광고나 예고편을 보면서 마음을 추스른 다음 본 영화를 보아야 직성이 풀린다는 자기변명 내지 자기 합리화. 이 시대 탁월한 번역가이자 소설가인 안정효의 『헐리우드키드의 생애』와 『밀림과 오지의 모험』에서도 그 엄숙주의는 통했다. 그래서 직접 DVD 숍이나 거리가게에서 구입해 컴퓨터로 혼자 보곤 했다.

제백은 활박活博, 즉 활동사진 박사라 불릴 정도로 영화 마니아였다. 한설야韓雪野처럼 영화 줄거리를 소설로 옮겨보기도 했다. 그것뿐만 아니었다. 제백은 제목에 대한 일종의 알레르기 반응이 있다. 제 아무리 제목이 같다 해서 저작권 위반은 아닐지라도 좀 더 국제적 시각으로 신중하게 제목을 달아야 하지 않을까. 더 나아가서 우리나라에서 새로 제정한 기념일이 이웃 나라의 슬픈 추모의 날이라면 좀 신중하게 접근해야 하지 않겠는가. 『우리들의 일그러진 영웅』은 중앙일보사 출판국에서 1982년도에 출간한 드리외 라 로셸의 『우리들의 일그러진 청춘』과 유사하다. 물론 원 제목이 『질Gilles, 1939』이라서 제목이 우리나라에서 어감상語感上 오해의 소지가 있음직하여 번역자인 정명환 교수와 이평우 교수가 고심 속에 새로 지은 것인지 아니면 번역할 때 참조한 일본의 집영사集英社에서 이미 사용한 것을 그대로 사용했는지 알 수가 없다. 그리고 나림那林의 장편소설 『지오콘다의 미소』와 올더스 헉슬리의 단편소설이 같은 제목일 때 과연 우연의 일치이런가. 언뜻 읽으면 논픽션 같기도 했던 불필요한 오해를 없애기 위해 편집인은 이병주가 붙인 제목 앞에 '소설'을 덧붙였다. 그래서 『소설 알렉산드리아』가 탄생하게 되었다. 그런데 그 이후 그 제목을 인용하여 『소설 동의보감』, 『소설 천추태후』 등 많은 제목 앞에 '소설'을 붙였다. 사실 제목까지 독창성 있게 지을 필요가 있을까, 하는 의문점은 있다.

08장 유리구슬

아기 어멈 방지 찧어 들바라지 점심 하소. 보리밭 찬국에 고추장 상치쌈을 식구를 헤아리되 넉넉히 능을 두소.

어느 봄날, 바람 하나가 내 품에 안겨왔다. 어디서 왔으며, 왜 내게로 왔는지 알 수가 없다.[74] 바람은 팔랑개비 무늬가 든 유리구슬 네 개를 목숨마냥 움켜쥐고 있었다. 나는 막연한 두려움에 구슬을 빼앗아 창공에 던져버렸다. 구슬이 태양에 반사되어 천지사방으로 오색 빛 되어 뻗쳐나가는 모습을 보면서, 다가올 내 청춘을 어렴풋이 예감해 보았다. 그때 내 품에 있던 바람은 빛 따라 여러 살래로 나눠 날아갔고 형언할 수 없는 설렘과 흥분에 사로잡혀, 만추의 제법 따스한 햇살에 취해 황금빛 버드나무 잎사귀의 찬란한 반짝거림을 멀리한 채 한동안 그렇게 눈시울만 적시고 있었다. 십이 열차의 입석도 감지덕지 오감해서 한걸음에 내달리기 일쑤였다.

바람 따라 청춘도 그렇게 갔는가? 한양천리의 숱한 세월 속에, 청계산의 솔바람 속에서도, 자시재를 넘어 뒹기 들판에 힘

---

74) 어떤 평자評者는 이 구절을 놓고 나쓰메 소세키의 소설 『나는 고양이로소이다』의 첫 문구인 '나는 고양이다. 이름은 아직 없다. 어디서 태어났는지 도무지 알 수 없다.'와 비교하며 표절까지 운운하였다. 사실 작가가 평소 나쓰메 소세키를 문학의 길잡이라고 떠들어대서 웬만한 지인은 고개를 끄떡이곤 했음.

차게 들려오던 '쌍독수리 행진곡'과 '콰이마치'는 아직도 내 귓전에 회억되어 맴도는데, 나는 아직도 '큰 파도 흔들리는 오대양 중심'[75]이 아닌 고작 청계의 매바위 위에서, 단풍에 물든 신갈, 떡갈, 참개암, 졸참 나무 산등성이에 피어나 자태를 뽐내는 짙푸른 소나무의 거만함을 보면서, 아쉬웠던 세월에 대해 스스로 질책도 해 보면서, 비탈진 계곡 위에 봄가을을 굳건히 지키는 우리의 생강나무를 기쁘게 노래한다.

적요寂寥한 산길, 여기 저기 아스라이 내깔려 있는 군락群落 속의 난무亂舞. 차마 황홀이라 말하지 않는 것은 홀로 핀 모습이 그저 을씨년스럽기 때문이다. 진달래나 산벚과 어울릴 때 비로소 황홀이 제격이다. 왜 생강나무는 노란 한 가지로만 피어, 개나리의 영역까지 침범하려 드는가. 색의 신神, 색의 고향에서 따져볼 문제인가. 아무튼 한 인간의 다양한 성격처럼, 셰익스피어 서른여덟 편 주인공 성격처럼, 그대도 다양한 색깔이었으면. 꽃잎을 헤아리기 어려워서 그런지 우리는 모두 생강나무를 산수유라 부른다. 산에 핀 꽃이기에 당연하다고 여긴다. 결국 생강나무는 남의 이름으로 사는 셈. 혹 잘못 붙여진 이름이라 책하면 눈을 부라리며, 오히려 스스로 역정을 내면서 쉬 빛이 바래서 떨어져, 바람 속에 낙엽 속에 파묻히고 말 테지. 모르면서 잘난 체 한다고 되받기 일쑤. 칡꽃보다 더한 감미로운 까뜨린느 드

---

[75] 저자가 졸업한 사천중학교의 교가의 한 소절. 어느 해인가 잠실 교통회관에서 재경 사천중학교 송년회가 있었다. 그날 마치면서 교가를 들려주었는데 모였던 약 사백여 명이 눈시울을 적시며 감회에 젖곤 했다. 저자는 평소에도 교가를 흥얼거릴 정도로 좋아했음.

뇌브를 닮은 향내. 그렇다면 그대의 정체는? 진정한 이름은? 1600년경 열대 아시아에서 생강生薑이 도입되기 전, 이미 우리 할매는 생강나무를 생강 대용품으로 사용했대나 어쨌대나. 생강 밭에 생강나무가 제격이지. 가사 일러, 그 누가 통용된 이름마저 스리슬쩍 바꿔서 달리 부르며, 마치 그게 사실인양, 몇 백, 몇 천 년을 〈전우치〉처럼 훌쩍 뛰어넘었다면, 이건 좀 너무하여 생각해 볼 문제가 아닌가 싶기도 하고.

어쨌든 법열法悅에 나부끼는 부처님의 설법을 마치 황칠나무 수액 뒤집듯 쓰고 다니는 저기 저 자들. 예수님의 가시 면류관을 〈마켄나의 황금〉으로 도배하여 쓴 여기 이 자들. 그렇고 그런 숱한 맹교盲敎에 빠져 허우적거리는 내 이웃들 하며. 그들 모두가 산수유 같은 자들이다. 거친 껍데기를 원망하며, 맨들맨들 날씬한 몸매의 생강나무에 빌붙어 거짓 삶을 사는 행위는 거절되어야 한다. 단연코 거절되어야 한다. 비록 자신의 의지가 아닌 타인들의 일방적 무지에서 나온 명명일지라도 원인제공은 그대 자신에게 있는 것. 하필 춘삼월 강남 갔던 제비가 돌아오고, 눈보라를 벗고 새 천지에 아롱다롱 청춘의 봄바람이 불어대는 하필 요때, 동시상영으로 피고 염병을 떨고 야단이니, 오해 살 만도 하지.

그런데도 용케 비탈진 산비탈에서도 꼿꼿이 서는구나. 구부린 가지는 자유의사이고. '내 마음의 자유천지다'. 자유는 존경받아야 하므로. 아, 그대는 아는가? 이 세상 만물은 하나만이 오롯이 정체를 드러내는 법이 없다는 것을. 모든 것이 경쟁하듯 둘 이상. 흔히 비유되는 모차르트와 살리에리처럼. 이 마당에 한마디 더 하자면, 크고 작고, 많고 적고, 길고 짧고, 태어나고 죽고가 서로 영역 다툼으로 지랄발광을 떨어도, USB 오 메가바이트만도 못한 송충이 같은 우리 인생 아닌가. 생강나무에 산속의 수다쟁이, 진박새의 다양하고 요리조리한 노래가 묻어난다. 새끼 후투티인가, 노랑턱멧새를 다가가는 내 모습을 보며 꽃은 수줍게 웃는다. 그 웃음이 잣나무 잎 사이로 뇌쇄적이다. 산길에 남녀가 오수를 즐기고 있다. 볼록 나온 가슴에 섹스가 불끈 용틀임하다 이내 착각에서 벗어난다. 산찔레도 핏대가 서 어서서 피워보자고 재촉하고 있구나. 바람도 재촉에 한몫 거들고. 나의 애매한 관찰, 거부하려는 몸놀림, 산속은 적막하여, 일상적이지 못하다고 장끼는 한낮의 깊이 잠든 고요를 영락없이 깨우며 거센 날갯짓과 굉음으로 치솟는다.

불로문 돌문바위 위에서 깊고 푸른 소나무를 본다. 일 미터 남짓 되는 떡갈나무와 그 옆 십오 센티미터 되는 개옻나무가 바위 사이에 뿌리를 내려 힘겹게 가을을 보내고 있다. 매바위에서 바라본 산 아래 소나무는 배신자요, 이단자였다. 가을이란 '가을'이란 말속에 있다고 했던가. 이 가을 모두가 단풍을 준비하고 있는데, 소나무만은 더욱 싱싱하게 진한 푸름을 뽐내고 있음이 밉살스럽기도 하다. 마치 이때를 기다렸다는 듯이 단풍 속의 소나무는 그렇게 자신의 잘남을 남의 것에 기대어 자랑하고 있다. 지난 봄, 소나무를 살리기 위해 참나무류를 솎아낸, 이웃의 슬픈 죽음과 그 시신이 무더기로 비닐에 싸여 눈앞에서 이 계절을 보내고 있음을 살아남은 그들은 안다. 무슨 제도에 희생당하는 불쌍한 것들. 내 주위에는 퇴직하여 빌빌거리는 자 숱하게 많다. 모두가 제도의 희생이다. 그들의 일과는 오로지 죽음과 건강뿐이다. 그들에게 정년이 십오년만 연장되어도 인생 설계의 비전은 달라졌을 것이다.

오늘도 어김없이 마을 나온 바람은, 그제는 사천 수양루 현판, 어제는 마라도 갯쑥부쟁이와 결별의 입맞춤, 내일은 일본 규수 지방 삼나무 숲을 지나, 솔로몬군도 태평양 깊은 속 뉴조지아 섬, 대왕조개의 볼 살에 깊이 박혀, 영롱한 진주되어 춤추리라.

아, 누군가 바람의 고향을 묻는다면, 누군가 바람의 고향, 고향을, 굳이, 묻는다면, 나는 말하리라. 나뭇잎이 떨어지는 게 아니라, 바람이 한 잎 두 잎 떨어지고 있는 것임을. 그리고 그 이파리가 바로 바람, 그러니 이파리의 고향이 당연히 바람의 고향임을.

이 순간, 바람은 상수리나무 열매를 익게 하고, 굴참나무 껍데기를 더욱 탄탄하게 하며, 붉나무 넓은 잎사귀에 한없이 볼을 부비다, 숨이 차서 그런지, 은행나무에 다다라서는 노랗게 노랗게 떨어져버리고······. 그러한 사계의 끝자락에서, 떨어진 바람은 엽영과 같이 흔적도 없이 사라지고 마는 것인가?

우리는 여기 이렇게 다 모여 있는데. 서로가 가슴 속에 파고드는 새로운 바람을 맞이하기 위하여, 자, 누군가 말하리라, 이제는 그 시절처럼, 오색 유리구슬을 창공에 던지자고, 던져버리자고. 비록, 순진한 바람이 끝 간 데를 모르고 이 산, 저 계곡을 헤맬지라도.

불이 난 폐사에서 세 사람이 죽어 있었다. 쾌백은 가운데로 반듯하게 눕고 양쪽에 여인들이 각자 한 손을 쾌백 가슴팍에 얹은 채로 죽어 있었다. 화염 속에서도 흐트러지지 않은 집착과 집념과 의지력에 놀랄 뿐이었다. 장독대의 간장, 된장, 장아찌가 든 항아리가 거의 깨지고 터져 불에 그슬리고 태워져 흉물로 변해 있었다. 맨 안쪽 큰 항아리에 물이 절반 담겨 있었는데, 그 속 가운데다 박 바가지 두 개를 마주보게 하여, 단단히 밀봉한 것을 꺼내보았다. 유리구슬이 빤짝거렸고, 창호지를 몇 겹으로 풀칠한 치자색 표지 안 십여 쪽에 글이 적혀 있었다. 사람들은 말했다. 불이 나고 밤새 장독대 쪽에서 피리 같은 울음소리가 들렸다고 했다. 아마도 유리구슬의 통곡이 아니었을까.

때는 서기 996년 7월 24일, 귀양 온 왕욱이 어린 아들 왕순이 지켜보는 앞에서 숨을 거둔다. 그때 그의 손에는 탁구공만한 유리구슬이 들어 있었다. 그 구슬은 왕욱의 연인인 헌정왕후가 왕욱의 귀양길을 울며불며 배웅하면서 손에 꼭 쥐어준 일종의 정표였다. 그런데 그 구슬은 신통하게도 나라의 변고가 있을 때마다 색이 검게 변하곤 했다. 그래서 구슬은 한때는 구중궁궐의 임금님 손 안에서 놀기도 했고, 정몽주의 주검 때는 관 속에 들어가기도 했다. 참으로 이상한 것은 나라의 변고 때 꼭 그 당사자의 근처에 있다는 사실이다. 사람들은 말했다. 검게만 변하지 말고 사전에 변고를 막는 신통력을 부려 줄 것을 기대했으나 그것은 후대 사람들의 바람일 뿐이었다. 어떨 때는 구슬의 존재를 잊고 있다가 그 존재를 알고는 소문에 소문으로 많은 사람들이 알게 되었다. 구슬을 손 안 가득 만져본 사람은 마치 구슬이 살아있는 느낌이 든다는 것이다. 호흡을 하는 것 같기도 하다는 뜻이다.

구슬은 오랜 세월 동안 숱한 주인이 바뀌는 수난을 겪었다. 그러다가 다시 구룡사로 들어왔다. 이 구슬이 구룡사에 다시 들어온 것은 아무도 모른다. 그리고 분실되었는데, 저옥무당이나 궁백의 짓일 거라고도 했다. 그러다가 청탄정으로 가서 할배와 윤 씨 처녀의 사건에 개입했다. 그러다가 저옥무당이 불쌍한 쾌백 손에 꼭 쥐어줬던 게 아닌가 한다. 아무튼 여기저기 다 저옥무당이 걸린다. 이도저도 아니면 구룡사 측에서 선지무당에게 주었고, 그게 저옥무당에게로 전달되었을 것으로 다들 알고 있었다. 참, 임진왜란 막바지에 사천에서 이순신 장군의 수발을 들던 송 씨 여인한테 이 장군이 노량전투에서 임종할 때 손에 꼭 쥐어줬다는 소문도 돌았다. 그 당시 그 구슬을 탐낸 장군 측근이 그 사실을 알고 송 씨 부인을 찾으려 했으나 바람처럼 사라졌다. 그녀가 충북 진천으로 시집가고 남양주로 이주, 정묘호란 즈음 남편 사별 후 삼년 상을 치렀다. 어느덧 송 씨 부인이 나이도 들고 죽음도 임박하자 이 장군이 뼈에 사무치게 그리웠다. 그래서 외아들을 데리고 다시 남해 노량까지 갔다. 그때까지 사천에서는 외지인만 오면 주막이다 어디다 할 것 없이 유리구슬에 대한 이야기를 묻는다는 것이었다.

카라차라파우파우플레이

 아들의 손을 잡고 송 씨 부인은 무엇에 끌린 듯, 아니 구슬 형상을 한 소복 입은 여인에게 이끌려 소능마을로 오게 되었다. 이 마을은 이미 달성 서 씨가 터를 잡아 자손이 번성하여 십여 가호가 오순도순 살고 있었다. 마을 큰 어른이 이 사정을 듣고, 자기 집에 와서 허드렛일이나 하면서 살라고 하였다. 이때가 1642년이었다. 송 씨는 이곳에서 십여 년을 살다가 죽었다. 그녀가 죽기 전 도산밭골로 데려다 주기를 아들한테 부탁해 그 험한 산길을 업고 갔다. 그녀는 동쪽을 향해 무언가를 주문하면서 손에 쥐고 있던 구슬을 창공을 향해 던졌다. 어디서 그런 힘이 나왔는지 아들은 의아해했다. 구슬은 윙, 소리를 내면서 큰골 동굴 속으로 빨려 들어갔다.

09장 마카렌세스[76], 그리고 외나무다리

때마침 점심밥이 반갑고 신기하다. 정자나무 그늘 밑에 좌차를 정한 후에 점심 그릇 열어 놓고 보리단술 먼저 먹세. 반찬이야 있고 없고 주린 창자 메운 후에 청풍에 취포醉飽하니 잠시간 낙이로다.

대학 새내기 늦가을, 광화문 덕수제과 이층에서 다섯 개 대학 서른 명이 모여 클럽을 결성했다.[77] 처음엔 문예클럽으로 시작했으나 회원 중 대다수가 그냥 모임이 좋아서 학과가 문학 관련 학과라 참석은 했지만, 문학적인 소질도 흥미도 잃었던 차에, 한 회원의 친지가 체코슬로바키아에서 〈줄 인형극〉인 〈마리오네트 인형극〉을 본격적으로 공부하고 귀국하여 회원들 앞에서 시연을 해보고 싶다는 통보를 하는 것이었다. 그 누구도 반대할 이유가 없었다. 마리오네트는 성서 속 '동정녀 마리아Mary'에서 나온 말이다.

한국은 주로 천이나 솜을 이용한 인형들을 사용했다. 그러나

---

76) makarenses. 토마스 모어 『유토피아utopia』에 나온 말로 '행복한 나라'란 뜻인데, 토마스 모어가 만듦.
77) 문예 클럽인 '마카렌세스'를 말함. 고대, 숙대, 연대, 이대 국문학과와 서울사대 국어교육학과 새내기 일학년 학생 등 학교별 각 여섯 명, 전체 서른 명이 〈덕수제과〉에서 첫 모임을 갖고 결성됨. 첫해 정동 젠센회관에서 제 일회 문예의 밤 행사를 함. 제백은 〈사라진 판문점〉이란 다소 철학적인 산문을 발표하여 큰 호응을 얻었는데, 현재 그 글과 초등학교 오학년 때 지은 첫 희곡 〈꿈: 울지 마라 두 남매〉는 분실된 상태.

체코에서는 나무나 플라스틱을 깎아 만든 인형들이 많다고 했다. 위에서 조종하므로 날아다니는 표현이나 껑충 뛰어 오르는 표현, 그리고 팍 주저앉는 표현이 힘들었다. 무엇보다도 인형의 각 부분에 연결된 줄이 서로 엉키지 않도록 조심해야 했다. 어떤 사람들은 줄 인형을 인형극의 원조라고 말하기도 한다. 줄이 많으면 많을수록 세밀하고 자연스러운 연기가 가능했던 것이다. 제백은 몸 관절들을 쉽게 분리시켜 움직이는 마리오네트 인형극이 좋았다.

첫날 푸른 바탕에 하얀 네모 무늬가 박힌 외투 입은 여학생이 유독 제백 눈에 들어왔다. 그녀는 왼쪽 볼에 얕은 보조개가 귀엽게 박혀 있었다. 그녀는 입속에서 뭔가를 우물거리고 있었는데 자세히 보지 않으면 표가 나지 않을 정도였다. 그녀가 약간의 경상도 억양으로 몇 가지 의견을 제시했다. 순간 여려에 대한 제백의 사피오섹슈얼sapiosexual이 발동하기 시작했다.

더구나 어디서 본 듯한 여려의 얼굴과 기억에 남을 만한 소녀들의 몇 장면이 오버랩 되었다. 특히 초등학교 일학년 담임선생님의 큰 딸의 모습과, 육학년 때 부산에서 전학 온, 유리창 청소할 때 빛나던 그 빨간 팬티의 얼굴 하며.

그날 오여려는 제백을 어렴풋이 알고 있었다. 나이는 동갑이었으나 제백이 한 해 일찍 초등학교에 들어갔기 때문에 후배인 여려는 선배인 제백을 기억할 수 있었다. 그러나 제백이 재수를 했기 때문에 이제는 다 같이 대학 신입생이 된 셈이었다. 둘은 주변 학생을 물리치고 단 둘이 모이기로 했다. 우선, 신촌 연대 앞 굴다리 아래 세전다방에서 만나기로 하고, 여러가 먼저 이대 앞에서 내렸다. 친구들은 제백이 홍제동 집 쪽으로 안 가고 신촌 쪽으로 타고 가니, 의아해했다. 다방에 온 여러는 그 사이 버건디색 브라우스에 연두색 멜빵슬랙스로 갈아입었던 것이다. 연대 앞, 고이 때 담임 선생님 댁에서 언니와 자취를 한다고 했다.

  가져온 빨간 사과와 신탄진 한 갑을 탁자 위에 놓고, 길고긴 이야기의 밤이 이어졌다. 그녀는 입 안에 든 껌을 꺼내 휴지에 싸서 재떨이에 살며시 놓았다. 갑자기 어린 시절, 씹은 밀에 크레용 파란 물감을 넣은 데에 쫀득한 열매와 송진을 넣은 껌을 씹었다. 그러다가 용케도 용돈이 생기면 우선적으로 가로세로 사오 센티미터인 껌 겉표지에 이름난 여배우가 들어 있는 껌을 몇 개 샀다. 그러면 하루 종일 들떴다. 그 배우들은 신년 특집호 〈자유의 벗〉이란 잡지에 또 나타나 어린이들은 무한한 꿈을 꿀 수 있었다. 미국 프로야구나 프로농구 경기 중에 질겅질겅 씹는 선수들의 모습이 중계 카메라에 잡힌다. 야구선수들 중 투수들이 씹는 경우는 긴장감 완화의 목적도 있지만 이를 악물고 던지는 투수들의 경우 치아 보호를 위해 마우스피스 대용 목적으로 씹는 경우도 있다. 이런 선수들은 보통 한 번에 거의 한 통씩 입에 한가득 씹는다. 제이차 세계대전 때도 미군 병사들에게 껌이 보급품으로 주어졌고, 많은 미군 병사들이 전장에서 껌을 씹어대며 소모했다. 긴장을 푸는 데 효과가 탁월했다. 전후 미군이 진주한 일본에서는 아이들이 미군 병사들이 씹다 뱉은 껌을 주우러 돌아다니기도 했다. '로알드 달'은 껌을 너무 오래 씹는 것에 대해 경계했는데, 이는 영화 〈찰리와 초콜릿 공장〉에 잘 나온다. 껌을 씹는 것이 하루 일상이나 다름없는 바이올렛이, 윌리 웡카가 만든 식사 껌을 계속 씹어대다가 몸이 불어나면서 블루베리로 변해버리는 참변을 당하고, 몸 자체는 어떻게든 돌려놨으나 색깔만은 그대로라서 평생을 보라색 몸을 가진 채 살아야 하는 운명이 되었다.

아무튼 여려의 껌 씹는 것이 영화 〈밤의 열기 속에서〉 남부 경찰서장 역을 맡은 로드 스타이거 배우가 시도 때도 없이 껌 씹는 것과 〈비열한 거리〉에서 로버트 드니로와 〈별들의 고향〉에서의 오경아, 〈리얼〉에서의 김수현과 오버랩이 되었다. 〈스피닝 맨〉의 베테랑 경찰역으로 나오는 피어스 브로스넌이 가볍게 껌을 씹고, 필리핀의 로드리고 두테르테 대통령도 정상회담 중에 가볍게 껌을 씹는다. 또한 영화 〈인사동 스캔들, 2009〉의 모티브가 된 홍콩 영화 〈종횡사해縱橫四海, 1991〉에서 아해 역의 주윤발도 시종일관 껌을 씹고 있다. 야구선수가 껌을 씹는 경우는 허다하지만 배구 선수가, 그것도 여자배구선수가 껌을 씹다가 액션에 들어가면 껌을 볼에 붙이는 행동을 볼 수 있는데, 그 장본인이 2020도쿄올림픽의 미국 대표팀의 1993년생 왼손잡이 안드레아 드류스Andrea Drews이다. 싱가포르를 여행하는 여행자들은 껌의 판매가 금지되어 있는 사실에 놀라게 된다. 과거에는 껌의 반입조차 금지되어 있었으나, 2004년 '껌 금지법'이 일부 개정되어 금연용과 치과치료 보조용 껌은 판매되고 있으며 신분증을 제시해야만 구입할 수 있다.

  제백과 경양식 집에서 오므라이스를 먹고 맥주도 몇 잔 하고는 당인리 발전소 앞 갈대밭까지 각각 길 양쪽으로, 마치 영화〈케미칼 하츠〉도입부의 두 연인처럼 걸어가기로 하다가, 한참 후 제백이 먼저 가서 같이 걸어갔다. 둘은 쉴 새 없이 이야기를 이어갔다. 이야기 도중에 여려가 껌을 양 볼에 붙이는 모습이 종종 눈에 들어오곤 했다. 갈대밭에 앉으니 두꺼운 외투 사이로 그녀의 온기가 전해졌다.

  그들은 드디어 어린 시절 추억을 찾아냈다. 그 추억은 '박구시'란 한 미치광이한테 가서 멈췄다. 그때는 이 마을 저 마을에 미치광이와 거지가 많았다. 초등학교 일학년 때였다. 제백이 살고 있던 마을은 오여려가 살고 있던 마을을 지나가야 했다. 어느 날 둘이 집으로 가고 있었다. 그때 미치광이 남자가 저만큼에서 오고 있었다. 둘은 길 아래로 굴찬나무, 신갈나무가 있는 곳으로 내려가 장수풍뎅이 두 마리를 잡아 붙들고 길 위로 올라갔다. 그 미치광이를 물리치는데 장수풍뎅이가 최고란 소문을 들었기 때문이었다. 아니나 다를까, 제백이 양손에 장수풍뎅이를 들고 흔들었더니, 미치광이는 기겁하여 산 위로 내달렸다. 언젠가 장난이 심한 어느 마을 청년들이 그 미치광이를 붙잡아 옷을 발가벗기고 장수풍뎅이 여러 마리를 몸 부위마다 물게 하자 울고불고 몸부림을 쳤다는 거였다.

  또 한 번은 둘이 집으로 오는데 길 위 물봉선이 한 무더기 자라고 있던 옹달샘 근처 난티잎개암나무 군락지 옆 국수나무 아래에서 어치 두 마리가 날갯짓을 세게 하며 온갖 소리를 흉내 내며 울부짖고 있었다. 가까이 가보니, 알집에는 알이 한 개 남아 있었다. 그때 너구리 한 마리가 놀라 저만큼 달아나고 있었다. 틀림없이 그놈 짓이었을 거라고 믿었다. 제백은 새둥지를 조심스럽게 뜯어내 높은 곳에다 안전하게 올려놓았다. 그리고는 학교를 오갈 때마다 새둥지를 살폈다. 몇 개월이 지났을 때 어치 세 마리가 제백 가는 길옆에 와서 온갖 새소리를 내며 반겼다. 아마 어치 부부와 새끼 한 마리였을 거라고 믿었다.

제백이 순간 카프카의 성城을 떠올렸다. 흔히 처음 만나서 무슨 색을, 무슨 음식, 무슨 책, 영화를 묻고 묻다가 점차 손가락, 손목, 입술로 진행하는데, 그 작품은 만나자마자 관계부터 하고 점차 진지하게 사귐이 진행되었다. 그것은 무려 팔십육 년 차이가 나는 알랭 드 보통도 감히 상상도 못하는 것이었다. 보통은 『낭만적 연애와 그 후의 일상』(원제 '사랑의 강의' Course of Love)에서 주인공인 두 사람은 첫 번째 데이트에서 키스, 두 번째 만남에서 관계를 치르며 본격적인 연애를 시작한다. 제백은 흔한 말로 밀당을 못하는 체질이었다. 그것은 여려도 마찬가지였다. 쉽게 말해 눈치 안 보고 활활 탄다는 뜻이었다.

제백이 그러한 성격을 갖게 된 데는 그럴 만한 이유가 있었다. 그것은 형, 누나, 어머니 등 가족에 대한 콤플렉스가 그를 억누르고 있었다. 그래서 그의 마음속에는 맘에 드는 여자는 우선 저지르고 본다는 나름대로 기준이 굳게 자리 잡고 있었다. 그렇지 않고는 자기 같은 열악한 가족사를 이해해 줄 리 만무하다고 생각했다. 여려는 또 껌을 씹었다. 자기가 하시라도 섹스 파트너가 되어 주겠다며 깔깔깔 웃어댔다. 그러나 단 한 가지 전제조건은 갈구하는 눈 주위에 눈물이 촉촉이 맺혀야 한다는 것이다. 무슨 핑기 불 끄는 소리도 아니고. 여려는 분위기를 바꾼다고 제법 그럴듯하게 그 당시 한창 유행하던 'Casa Bianca', 즉 'The white house 하얀 집'을 불렀다. 꿈 많던 어린 소녀시절 고향의 하얀 집에 대한 슬픈 기억이 나는 내용인데, 제백을 그리는 여려의 심경을 토로한 것 같은 뜻을 부여했다. 좀 숙연한 기분이 들자, 이씨스터즈가 부른 'Johnny Get Angry 쟈니는 답답해'를 몸을 흔들며 불렀다.

~ 쟈니(제백) 제발 내 속 태우지 말아요 ~
~ Oh Johnny get angry, Johnny get mad ~

쟈니를 제백이라고 부르는 데서 둘은 깔깔대며 웃었다.

제백의 고향 먼 친척 중에 한 사람이 있었다. 그는 초등학교 오학년 중퇴였다. 먼 훗날 초등학교에 기부금과 장학금을 내었더니, 졸업장이 나왔다. 그뿐만 아니었다. 인근 중학교에서도 연락이 자주 왔다. 그 쪽에도 장학금을 주었더니, 그 중학교에서도 고맙다면서 졸업장을 받으러 오라고 하기에, 그건 좀 뭐하다고 거부했더니, 등기 소포에다 졸업장과 이 시대 가장 존경받을 만한 인물이라는 격려 편지를 함께 보내주었다. 사실 그 중학교는 그와 생면부지였는데 말이다. 아무튼 그 당시 소능마을 김 씨 중 여섯 명이 부산대학교에 들어갔다. 그러나 그 혼자 서울 염춘교 근방에서 '진주'란 별명을 가진 악질 깡패가 되어 있었다. 그 당시는 사천이라고 해봐야 아는 사람들이 거의 없었다.

이후, 그가 회개하며 착실한 생활인으로 자리 잡은 데는 그만한 이유가 있었다. 그는 이름 난 백화점 종업원을 꼬드기게 되었다. 감언이설과 반 공갈협박으로 여관에 데리고 가서 자기 사람을 만들었다. 물론 결혼 후도 몇 번 옛날 버릇 이 되살아 난 적이 있었다. 결혼, 아니 동거에 들어간 후 다락에 살면서 주로 상가喪家에서 벌어지는 노름판에서 개평을 뜯는 일이었다. 종종 노름꾼들은 그가 귀찮고 싫어서 장소를 옮겨 다녔다. 그래서 어떻게 해서든 택시비는 갖고 다녀 그들을 뒤따랐다.

그렇게 알토란 같이 모으고 모은 돈을, 하루는 눈앞에 38광땡이 어른거려 돈을 집어 들고 나갔다. 결국 타짜들한테 당했다. 그날 그는 독한 마음을 먹으면서 그 실천의 일환으로 오른쪽 검지를 잘랐다. 일거양득이었다. 군에도 안 가고. 기생 강명화가 사랑의 위력을 보여 주기 위해 왼쪽 중지를 자른 것과는 사뭇 달랐다.

그 후, 그는 청량리에서 복권 판매상을 해서 돈을 벌고, 다방, 모텔 등을 했는데, 드디어 청량리상인협회 회장까지 역임했다. 그는 초기에는 염춘교 다리 밑에서 양말 장사를 하였는데, 경찰이 수시로 단속을 나와 장사꾼들, 여자들은 물건을 빼앗기기가 일쑤여서, 그는 경찰 모자를 강제로 몰래 벗겨 멀리 던지면 장사꾼들은 그 틈을 이용하여 물건을 챙겨 도망가곤 했다. 그 후,

그가 파출소에 가서 뒤지게 맞기를 밥 먹듯이 하다가 깡패만이 살 길이라 생각하고 어느 힘 있는 자의 꼬붕이 되었는데, 두목이란 자가 무식하고 욕심 많아 독자노선을 걸었다. 마치 왕건과 궁예쯤으로 비교하면 될 것 같다. 시골에서는 그가 대학 나온 여섯보다 더 고향을 아끼며 불우한 이웃돕기 등 선행에 앞장선다고 칭송이 자자했으나, 골초만은 못 면해, 결국 폐암으로 돌아가게 되었을 때 고향 사람들이 버스를 전세 내어 두 차례나 문병 왔다.

어느새 함박눈이 내리고 있었다. 둘은 추위도 잊은 채, 함박눈 속에서 함박꽃처럼 활짝 열려, 마치 안개 속을 걷는 것처럼 그렇게 오래토록 연달아 원 없이 관계를 했다. 사실 놀랍게도 제백으로선 동정을 바친 셈이었다. 여려의 가슴에 파묻혀 울었다. 멀리서 다리 위를 질주하는 불빛에 현기증이 일어났다.

그날 이후, 둘의 만남은 지속되었으나 클럽 회원들의 눈을 피해 다녀야만 했다. 그녀는 '외나무다리'를 잘 불렀다. 여려를 만난 약 일년은 관계로 시작하여 관계로 끝난 세월이었다. 결국 정신이란 것도 육체 속에 맴도는 위선의 산물일 뿐이었다. 관계 전의 수많은 대화도, 술도, 사랑도, 모든 한순간의 관계를 위한 리허설에 불과한 것이다. 더 나아가 거창한 문학도, 예술도, 관계의 전희에 불과하다. 관계가 없는 청춘은 이미 죽은 것과 다름 아니다.

보라, 세링게티의 저 수많은 동물들을! 인간이라고 무엇 하나 다르랴. 교묘함과 트릭과 허장성쇠만 가득할 뿐이다. 오히려 그들이 더 솔직하고, 담백하고, 산뜻하고, 탄력성 있고, 그리하여 탁월함까지 보인다. 문희의 〈재생再生〉을 보며, 그 여주인공과 닮은꼴인 여려에 취해 버렸다. 또 남정임의 〈유정有情〉을 보면서, 눈 덮인 시베리아와 바이칼을 배경으로 눈밭을 헤매는 남주인공의 처절한 모습이 마치 제백 자신과 같아 어떤 불길한 예감마저 들기도 했다. 그리고 〈의사 지바고〉에서 설원의 눈 속을 헤치고 달리는 기차의 장엄함을 보면서 두 손을 꼭 잡기도 했다. 그러다가 장인, 부인, 아들과 잠시 기거하던 '바라키노'에서 잠시 짬을 내어 거닐던 유리 앞에 펼쳐진 자작나무 잎의 반짝거림. 햇빛에 반사되어 마침내 눈부심이 한없는 회한과 슬픔을 자아내게 한 그 광경이 제백이 수술 후 찾아갔던 원미산 얕은 구릉의 은사시나무 잎을 보면서 생명의 소중함을 느껴 긴 호흡을 내쉬었던 것과 너무도 비슷했다. 그들은 지칠 줄 모른 채 신촌을, 동교동 친구네 연극 연습장을 그리움을 안고 다니기 일쑤였다. 연습장은 큰댁과 본댁의 양가독자인 제백 친구의 서울생활을 위해 마련한 고래 등 같은 이층 주택이었다. 그곳에서 연극 연습을 일 개월 가까이 했다. 그는 당시 가난하고 그래서 꾀죄죄한 친구를 거둬 먹이느라 재산이 꽤나 축이 났을 정도로 희생적이었다. 그러나 그의 부인이 아들 둘을 키우며 고대광실 같은 집에서 외동아들의 탕아 기질이 다분한 남편을 기다리다 깜빡 선잠이 들었다가 어느 여름밤 커튼이 바람에 흩날리는 소리에 깜짝 깨었다가 하면서 무섬증이란 병이 들었다. 그래서 평소에도 작은 충격에 깜짝깜짝 놀라기도 했다. 그래서 부인을 데리고 고향으로 내려갔는데, 다들 기피하는 오토바이를 타고 다니다가 결국 고향 언덕에서 오토바이 사고로 절명하고 말았다.

그가 서울을 떠나기 몇 달 전 일이었다. 그날 청량리 광장에 도착하자마자 비가 내리기 시작했다. 제법 굵은 빗방울이었다. 제백과 남자 친구 셋, 여자 대학생 셋이 강촌으로 모처럼 나들이 가는 날이었다.

토요일이라 그런지 역 안팎이 젊은이들로 붐볐다. 일행은 일박 예정이었다. 동교동 친구가 안 보였다. 그는 일행의 물주이기도 해서 그가 빠지면 김빠진 사이다 격이 되고 만다. 제백이 여학생 재촉 성화에 못 이겨 공중전화를 걸었다. 큰어머니가 받았는데 엊저녁에 외박하고 아직도 소식이 없다고 했다. 일행은 그를 두고 그냥 떠나기로 했다. 그날 여자 친구 중 한 명이 외국에서 아직 못 와 한 명이 언니를 데리고 왔다. 일행이 청량리에 만날 때 그렇게 내리던 비가 대성리 역에 내릴 때에는 말끔했다.

역 주변에는 코스모스가 피어 있었다. 토요일이라 무척 붐볐다. 오늘은 민박을 하고 다음날은 강촌 역으로 가서 등선폭포에 오르기로 했다. 일행은 등선폭포 위 잔디밭에 앉았다. 일행은 자리를 펴 막걸리를 마셨다. 흥이 오르자 제백은 '외나무다리'를 불렀고, 여자 친구는 나나무수구리의 '사랑의 기쁨$_{\text{Plaisir D'amour}}$'을 불렀다. 언니는 '동숙의 노래'를 불렀는데 제백은 이제껏 그렇게 그 노래를 그렇게 잘 부르는 것을 들어보지 못했다. 다들 앙코르를 했으나 언니는 쑥스러운 듯 영화 〈창살 없는 감옥〉의 주제가인 '님'을 불렀다. 그리고는 연거푸 마시기 시작했다. 언니는 동생보다 네 살이 많았다. 그러니까 둘은 자취를 하고 있었다. 언니는 S대 철학과 다니던 플라톤 전공자와 깊이 사귀었다. 어느 날 고향 갔다 오다가 새벽 서울역 광장에서 교통사고로 죽고 말았다. 그들 사이에 어린애가 태어나 언니는 학교를 중퇴하고 금호동 달동네에서 혼자 자그마한 카페를 운영하고 있었다. 그러던 어느 날 유치원 다니던 아들이 단체로 경복궁 구경을 갔다. 유치원에서 대형버스를 대절했다. 그러나 아들이 대형버스가 후진하는 바람에 치어 그만 죽고 말았다. 언니는 식음을 전폐하고 집에만 박혀 근 삼년을 살다가 오늘이 첫 외출하는 날이었다.

이후 제백은 언니를 찾아가 밤새 통음하는 날이 잦았다. 어느 날은 입술과 가슴만 밤새 빨았지만 진작 관계는 하지 않았다. 언니의 집요한 접근을 슬기롭게 해결하는 듯 했으나 어느 폭설이 내리던 날, 언니는 금호산 정상에서 몸을 던지고 말았다.

또다시 여려가 보고 싶어졌다. 제백이 고교 때 지은 단편 〈구룡못〉과 〈굴〉, 그리고 〈3분 전〉, 특이한 콩트 〈사라진 판문점〉를 놓고 아지트인 '가람 다방'이나 그 외 여기저기서 둘만의 품평회를 가졌다. 마침내 단편소설 〈빨간 모자〉와 〈태양과 불개미〉가 탄생하기도 했다.

또 제백이 초등학교 사학년 때 짓고 그린 동시들을 같이 읽으면서 제백의 조숙한 글 솜씨를 칭찬해 주기도 했다. 사실 그 동시 중 두 편은 제백 자신도 무슨 뜻인지 몰랐다. 아더메치족[78]이 유혹해도, 1960년대 말에 유행했던 핫팬츠 입은 멋쟁이 여대학생이 많이 출입하여 인기가 있던 명동의 반 지하 막걸리 집인 〈25시〉가 손짓해도 그곳이 너무 시끌벅적해서 둘만의 호젓한 공간만을 찾았다.

어느 작달비 내리던 응암동 도원극장 뒤쪽 동산에서 그 비를 맞으며 둘은 채털리 부인의 사랑이 되기도 했다. 그뿐만이 아니었다. 승객이 가득한 강화행 시외버스 안에서도 여려의 손이 영락없이 제백의 것에 접근해 난감하기 짝이 없었다. 물론 제백이 점퍼를 벗어 아랫도리 위를 덮었기에 망정이지. 여주강의 금모래밭은 도꼬마리가 듬성듬성 자라고 여기저기 사람 몇 명이 숨을 만한 모래 구덩이가 많았다. 여려와 제백은 한 군데에 들어가서는 고개를 빼좀히 들어 사방을 둘러보고 재빨리 파라솔로 주요 부위를 가리고 관계를 즐겼다.

그 누가 말했던가. 연애의 묘미는 범죄성을 띠어야 매력이 넘친다고. 그러나 시골에선 천둥번개 때는 관계를 하지 말라고 전해 오는데, 그것은 클라이맥스에 돌입할 때 그 소리에 놀라 그만 복상사하기 때문일 것이다. 그래서 여인들은 머리 뒤쪽에 바늘을 꽂고 다녔던 것인가. 둘은 제법 이름 있고 자연적이며 원초적인 곳을 선호했다. 그들이 〈원초적 본능〉을 보던 중간에 나와서 바로 인근 여관을 향했을 정도였다.

그들은 멀리 강원도 제장마을도 찾았다. 여장을 풀고 강으로

---

78) 1960년대 말과 1970년대 초에 유행했던 퇴폐풍조로서, "아니꼽고, 더럽고, 메스껍고, 치사함"의 합성어. 한국 코미디 영화의 대부인 심우섭 감독, 배삼룡 주연의 1975년 개봉된 코미디 영화 〈운수대통〉에 이 말이 대사로 나옴.

내달렸다. 모래밭엔 보라색 동강할미꽃이 여기저기 피어 있었다. 그들은 그 꽃과 꽃 사이에서 또 큰 회포를 풀었다. 제장 마을 자연 공동체를 운영하고 있는 후배 부부와 밤새 고기 굽고 술에 취해 노래 부르고 놀았다. 후배는 기타 솜씨가 일품이었다. 클래식 기타, 하모니카, 퉁소 등 음악과 글쓰기, 책 편집에도 일가견이 있었다. 한때 워커 힐에서 기타리스트로 이름을 날렸으나 육군 중령 부인과의 염문으로 부대원들의 폭력으로 개 패듯 맞아 오른쪽 다리 신경이 나가고 말았다.

사실 중령과 그는 같이 환경운동을 한 처지라 익히 잘 알고 지냈는데, 여럿이 모여 모닥불 놀이를 하고 있었을 때 부인이 후배 어깨에 고개를 좀 숙인 채 잠들었다고 갑자기 화를 내며 사라졌다. 전부터 친하게 지낸 것을 못마땅하게 여기다가 드디어 결정적인 장면을 포착했다. 부대원 다섯 명을 시켜 무지막지하게 폭력이 가해졌다. 후배를 아끼는 몇몇이 그 사실을 알고 방송사와 신문사에 제보하자고 했으나 후배는 극구 말렸다.

그 일이 있고난 후, 중령 부인은 혼자 백운산 등산에 나섰다가 동강할미꽃 군락지 절벽에서 추락하였다. 다들 실족사가 아닐 것이라고 입을 모았다. 후배는 커다란 슬픔을 딛고 출판사에 입사하여 그곳 편집부에서 지고지순한 여인을 만나게 되었다. 술만 먹으면 괴로워 흐느끼는 후배를 지극 정성으로 보살피면서 정이 들었다. 그들이 백운산 근처 제장마을을 원했던 것도 중령 부인과 무관하지는 않았을 것이다. 소문에는 후배 부인이 고집해서 오게 되었다.

언젠가 친구 광마는 말했다. 신촌 대학 캠퍼스만 벗어나면 불야성의 섹스 광란이 일어나는데, 그 누가 자유로울 수 있겠는가. 제백과 여려는 망월사역에 내려 도봉산으로 향했다. 햇빛 찬란한 골짜기 바위 위에 앉아서 꽃잎을 띄워 보내기도 했다. 마치 〈내 청춘에 한은 없다〉의 문정숙과 최무룡처럼. 무료해졌다. 한적한 산중턱으로 올라갔다. 햇볕에, 그 눈부심에 스스럼없이 한 겹 두 겹 옷이 벗겨졌다. 스스로 벗었는지 누가 벗겼는지 알 수 없었다. 자연스레 나체가 되었다. 워낙 강박관념에 시달린 제백인지라 용기를 가질 수 없었으나 여려의 능수능란한 손길에 이끌려, 마침내 제백이 바위를 등지고 여려는 마지막 열정을 한 방울도 남김없이 다 태우듯, 육체의 구석구석 마디마디 애무하고 요凹와 철凸이 정미소 발동기 피스톤처럼 쉴 새 없이 되풀이하니, 마치 구름 속을 거닐 듯 천상을 오가는 듯. 저 멀리 등산객 오륙 명이 보일락 말락 희미하게 쳐다보는 듯했다.

여려는 님포마니아였고, 제백은 사티리아시스였다. 누가 더하고 누가 덜함이 없는, 둘 다 똑같은 희대의 색광이었다. 특히 제백은 섹스를 할 때마다 네크로필리아necrophilia를 떠올리곤 했다. 시체에 대하여 성욕을 느끼는 성도착증의 한 증상을 말하는데 정신분석학자 에리히 프롬Erich Fromm은 이를 인간의 성격 유형으로 확장하여 분석하였다. 그는 《인간 파괴성의 해부The Anatomy of Human Destructiveness》에서 네크로필리아에 대하여 '모든 죽어 있는 것, 썩은 것, 타락한 것에 열광적으로 끌리는 성향이요, 살아 있는 것은 죽은 것으로 변모시키려는 정열이며, 파괴를 위하여 파괴하려는 정열'이라고 정의하였고, 히틀러를 네크로필리아적 성격으로 분류하기도 했다.

헝가리 영화 〈누명Strangled, 2017〉에서도 연쇄살인마가 그 성향을 보이고 있다. 「크로이체르 소나타」에는 인간에게 자연스러운 것은 먹는다는 것이지요. 무엇을 먹는다는 것은 즐겁고, 힘들지 않고 유쾌하며, 애초부터 조금도 부끄러운 일이 아닙니다. 남녀 간의 성행위는 더럽고 부끄럽고 부자연스러운 것입니다. 그렇습니다. 그건 절대로 자연스런 행위가 아닙니다.

어떤 이가 움베르토 에코에게 물었다.

"당신 작품 속 어디에고 짙은 에로티시즘이 묘사되어 있지 않은데, 그 이유가 뭔가요?"

"묘사보다 실제를 더 잘합니다."

약간 빗나간 이야기지만 소포클레스는 노년이 되어 성욕을 못 느끼니까 아쉽지 않냐는 질문에 무슨 끔찍한 말을! 잔인하고 사나운 주인에게서 도망쳐 나온 것처럼 나는 이제 막 그것으로부터 빠져나왔는데, 라고 말했다.

제백이 보기에 놀랍기 짝이 없는 여려의 다정함과 헌신적인 사랑이 그의 자제력을 잃게 만들었다. 그래서 쥘리앵 소렐처럼 용기를 내어 예고 없이 그녀 곁을 떠나고 싶었다. 사실 제백보다 여려가 루 살로메적인 사귐을 원하는 것 같아 미연에 방지하고 싶었다. 더 큰 아픔을 막기 위해.

여려가 여덟 살 때 어느 여름날, 속이 안 좋아 조퇴를 하고 집으로 들어오는데, 어떤 여인의 신음 소리가 들렸다. 건넌방 기둥을 잡고 엿들었다. 어머니는 벌써 나흘 전 외할머니 임종을 보려고 외가에 가고 없는데 이상한 일이었다. 무슨 일을 끝냈는지 아버지의 기침소리가 들렸고, 연이어 고모의 깔깔거리는 소리가 들렸다. 어머니가 없기 때문에 홀로 사는 고모가 닷새 전에 왔다. 훗날 그것이 운우의 정을 나누는 소리였고, 여려 자신이 그 둘의 소산이라는 소리도 들려왔음을 미루어 그들의 관계는 오래 전부터 있어왔지 않았나 미루어 짐작만 할 뿐이었다.

제백은 어머니가 소죽솥에 발을 쳐놓고 목욕을 하고는 건넌방에서 몸을 닦는다는 사실을 알고 장작을 쌓아둔 뒷문 창호지에다 침을 발라 몰래 훔쳐보았는데, 뒷날 또 보려고 살그머니 갔더니, 쾌백 또한 보고 있었다. 둘은 서로 당황하고 민망해졌다. 그 이후 제백은 다시는 보지 않았다. 그것이 늘 수치스러움으로 남아 있었는데, 훗날, 보들레르도 어머니가 옷을 갈아입거나 화장하는 걸 유심히 지켜보았으며, 어머니가 목욕하는 것을 훔쳐보기도 했다는 것을 읽고 다소 안심이 되었다. D.H. 로렌스도 비슷한 경험이 있었는데, 그것은 어릴 때 마을의 사모하던 소녀의 그림을 그려 대문 사이에 끼워 놓고는 대처에 나가서 한동안 잊고 있다가 찾아가 그 그림을 꺼내 보고는 얼굴이 화끈거렸다고 했다. 제백 역시 중학교 시절 자시재를 넘어 반룡못 근방에서 선후배들 앞에다 대고 무심결에 '내 마누라는 어디에 살고 있을까'했던 것이 두고두고 부끄러운 일이 되어 후회를 했던 적이 있었다.

제백은 그녀와 숱한 관계를 감행하면서도 늘 꿈을 꾸었다. 그녀가 자기를 배신하고 떠났으면 하는 꿈을. 한편으로는 시인 예이츠와 그의 마음속의 영원한 평생 연인인 모드 곤Maud Gonne과의 관계처럼 서로가 대代를 이어 사모했으면 하고 기대도 했다. 이 작품에서 만나자 마자 관계를 가진 것은 예이츠의 경우를 밟지 않으려는 굳은 결심이 깔려있었다. 사실은 그들의 사랑과 유사했다.

여려가 제백한테 보낸 편지 중에는,
"한 평 남짓한 황토밭에 홀로 핀 코스모스만 평생 바라보고 살아가게 할 수는 없어요. 어서 저를 떠나세요. 당신은 박 대통령보다 더 훌륭한 사람이 될 거예요. 저는 당장 수녀가 되어도 좋아요!"
오여려는 베키오 다리가 나오는 자니 스키키의 '오 미오 밤비노 카로'를 마리아 칼라스보다 더 멋지고 구슬프게 불렀다. 훗날 김서 신부도 이 곡을 선호했는데 주임신부 등이 너무 여성적이니 레퍼토리를 바꿔보라고 해도 고집을 꺾지 않았다. 제백은 브라질 출신 카르멘 모나카를 좋아했다. 아무튼 그들이 명동 극장에서 〈폭풍의 언덕〉을 보고 인근 꼬치집에서 꼬치안주에다 정종 한 잔씩 마셨다. 둘은 마치 비극의 주인공이 된 양 한동안 서로를 응시했다. 제백은 이미 히스클리프를 자기화했다. 언젠가 여려가 명동 어느 음식점에서 '축배의 노래'를 불렀더니 식당 손님들이 우레와 같은 박수와 앙코르를 청해, '동심초', 판소리 '춘향가' 중의 사랑 노래, 마지막으로 박재란의 '님'을 일절은 그대로 부르고, 이절은 판소리 버전으로 불렀다. 그녀는 배구, 탁구, 농구 등 운동에 소질이 있었고, 마산에서의 고교시절 학생장까지 맡아 매사 꽤 적극적이었다. 사실 그게 흠이라면 흠이었다.

제백은 후회했다. 너무 빨리 진행된 것에 대해. 사람들은 말했다. 너무 빨리 관계를 시작하면 빨리 식는다고. 관계란 베토벤의 운명 교향곡처럼. 고향에서의 토끼 교미를 상기해 보라고. 단, 삼 초 후 뒤로 나자빠지는 것을. 뱀의 칠십다섯 시간에 비해 터무니없이 짧다.

한 번은 제백 스스로 결별을 다짐하기 위해 외도하기로 맘먹었다. 그는 백마 화사랑을 찾아 곤드레가 되도록 마시고, 그곳에서 대학 사학년 노래패 여학생과 눈이 맞아 노래 부르고 일어나니, 인근 여인숙이었다. 여성은 계면쩍은 표정을 지으며, 치약이 묻은 칫솔을 건네는 것이었다. 밤새 그녀를 애무만 하면서 흐느끼는 모습이 너무나 측은해서 혼자 가려다 옆에서 뜬 눈으로 지켜봤다는 것이었다.

제백은 그날의 인연으로 그녀의 졸업논문에 큰 영향을 미쳤다. 그 전만 해도 유행가는 여러 면으로 싫어했다. 특히 클래식은 가사가 없어서 좋아했다. 가사가 있는 노래를 들으면 자꾸 옛 사연도 떠오르고, 노래 가사가 다 자기 얘기 같고. 그런데 클래식은 가사가 없으니까 곡만 음미할 수 있어 좋았다. 그런데 그녀의 졸업논문 제목이 〈유행가로 통해 본 고향의 일고찰〉이란 것인데, 그로 인해 제백의 유행가 실력이 전문가 수준이 되었다.

한마디로 유행가 여행을 한 셈이었다. 황문평 님의 친절한 편달 아래 무난히 마무리를 지었다. 그러나 아쉬운 점은 우리나라 유행가가 세대 별로 단절이 되어 있음이 안타까울 뿐이었다. 한마디로 우리에겐 우리 모두가 즐길 수 있는 노래가 없다 해도 과언이 아니었다. 어디 노래뿐이랴.

 옛 어른들은 사심 없이 내주는 분들로서 맞춤법의 미승우 님도 친절했으나 이를 뽑다가 갑자기 돌아가셨다. 민물고기 최기철 님도 친절하셨는데, 제백이 중국, 일본, 한국의 민물고기에 대한 비교 분석을 제안했는데, 그만 가시고 말았다.

 노래패 여학생은 졸업논문 출간 기념으로 여자 친구 네 명과 강원도 치악산으로 등산 갔다가 길섶에 있는 밤나무 말벌 집을 지나다 놀라 모두들 걸음아 나 살려라 도망가다가 친구 한 명과 같이 계곡 절벽에 내리꽂혀 즉사하고 말았다.

 여름방학 때 제백과 여러가 고향 재실 청탄정 큰 방에서 방장을 쳐놓고 고콜[79]에 희미한 등잔불만 밝혀둔 채로 관계를 맺고 있었다. 그때 방 뒷문 쪽에서 '뭘 해!' 하고 동생 규백의 목소리가 들렸다. 동생은 염치고 체면이고가 없는 후한무치의 소유자였다. 그는 형이 잘되는 것을 죽어라고 싫어했다. 여기 브라질에서 가장 존경받는 어떤 대주교가 있었다. 브라질 이야기가 자주 언급되는군. 하여튼 그의 인품은 성인 경지에 올랐다. 그런데 식사 때 어느 주교가 찾아와 귓속말로,

 "대주교님, 친동생이 추기경에 올랐답니다."

---

[79] 관솔불을 끼워 켜 놓을 수 있도록 바람벽에 구멍을 뚫어 놓은 자리.

라고 전해 주자, 대주교는 부르르 떨며, 포크를 바닥에 떨어뜨렸답니다. 제 아무리 훌륭한 인격자도 질투와 시기는 존재 하는가 봅니다. 물론 정도의 차이는 있겠지만. 약간의 시기와 질투는 약방의 감초가 아닐는지. 일종의 성장하는 데 윤활유라면 지나친 비약일지 모르겠다. 일본과 한국, 중국이 이웃해 있기 때문에 잘 지내면 본전이요, 못 지내면 원수인 것이다. 한국이 아프리카 보츠와나와 무슨 원한이 있을 수 있겠는가. 아프리카 초원에서 먹고 먹히는 동물도 다 이웃해 있다. 가장 가까운 사람들이 가장 가슴을 아프게 하는 법이다.

제백 친척 중에 극도로 자기중심적인 사람이 있었다. 그에게는 나이 차가 물경 열다섯 살이 나는 유약한 동생이 한 명 있었다. 그들 부부는 그 동생의 유산을 가로챈 것은 물론이요, 온갖 험담을 하였다. 그리고 끝내 동생을 한정치산자로 몰아서 자기가 유산을 가져가야 하는 데 있어 합리화를 하기도 했다. 그는 질투심이랄까 시기심이 하늘로 치솟았다. 동생이 잘되는 꼴을 못 보는 것이었다. 동생이 초등학교 때 성적이 줄곧 일등이라고 하면 코웃음을 치기 일쑤여서 동생은 되도록이면 말을 섞지 않으려 했다.

대학입시 소집일이었다. 제백은 재수생이었다. 그날 운동장에 모였는데 마침 바로 뒤에 초등학교 한 해 후배가 서 있는 것이었다. 지금도 또렷이 기억난다. 잘난 얼굴인데도 주근깨가 심했다. 그날 밤, 얼마나 기도했는지 모른다. 그가 "떨어져"라고. 기도는 이루어졌고, 그는 재수하여 어느 대학 약대에 들어갔다는 소식을 뒤늦게 알았다. 그리고 또다시 그의 비극적 삶을 듣게 되었다. 약국을 경영하고 있었는데 갑자기 폐결핵으로 생을 마감했다는 것이었다. 아마 협소한 곳에서 약 제조하느라 폐가 상한 게 아닌가 한다. 제백 친동생 규백은 여려가 고향으로 내려왔다는 소식을 듣고는 여려의 고향 마을로 찾아가 수없이 애원했다. 썩어문드러질 육신, 당신은 많은 사람과 관계를 해서 예사롭겠지만, 자기에겐 더할 나위 없는 크나큰 영광이 됨을 말했다. 얼굴과 배움의 차이 등도 토로하였다. 단, 한 번만 소원을 풀어주면 집안 대대로 내려온 원한을 일시에 없는 것으로 해 주겠노라고. 만약 그렇지 않으면 제백과의 관계를 문중에 알려 다시는 고향 땅을 밟지 못하게 하겠노라고 협박과 애원, 강요와 호소, 엄포와 사정을 늘어놓았다. 그러면서 가설극장에서 본 〈장마루촌의 이발사〉의 모든 장면을 현실로 착각할 정도였다. 특히 김지미의 단발머리, 벨벳 치마, 하얀 저고리와 상큼하고 싱그러운 미소를 오여려로 접목하고 있었다. 그러나 맘뿐, 여려는 바위처럼 꿈적도 안 했다.

　여름 방학 때였다. 규백이 여려에 대한 갈망이 물 건너가자 형 제백한테 진지하게 접근했다. 평소 사모하던 같은 마을 처녀에게, 자기의 심정을 간접 고백해 줄 것을 간절히 호소했다. 제백은 쾌히 처녀를 마을 맨 아래 다리 위에서 만났다. 동생의 애틋한 심정을 나름대로 문학적으로 그럴듯하게 돌려 전달했다. 처녀는 제백의 고백을 들으러 왔는데, 이게 웬 말인가? 처녀는 불쾌한 마음을 억누르느라 입술을 일직선으로 굳게 하여, 연신

침만 삼켰다. 제백은 처녀가 자기를 좋아한다는 것을 직감했다. 불행은 한꺼번에 찾아온다고 했던가. 동생 규백은 영리했으나, 한 쪽 눈이 실명인 데다 얼굴마저 얽어 그런지 마음마저 마마자국이 가득했다. 그런데다 중학교 이학년 중퇴라, 시작부터 성사가 힘든 일이었음을 미리 간파했어야 했는데, 다만, 문학적인 것이 모든 것을 허용하는 줄 알고 나선 것이 불찰이었다. 사실 처녀는 초등 출신이지만 키가 크고 성격 좋고 인물 또한 도회지 여자한테 결코 처지지 않았다. 살결 또한 보얗고 그래서 쌀뜨물을 진하게 풀어놓은 것과 비슷했다. 그날 일을 어찌 잊으랴! 동생은 다리 밑에서 피핑 톰[80] 처럼 그들의 대화를 다 엿듣고 있었고, 거의 가망이 없자, 집에서 농약 음독자살을 감행했다. 제백 처지에서는 겸연쩍어 어떻게 해서든 오해 없기를 바라는 마음으로 달래며, 다리를 떠나 저수지 쪽으로 걷고 있을 때, 한 대의 자전서가 헤드라이트를 켜고 자갈길을 털털거리며 쏜살같이 지나갔다. 의사가 오기 전에 임시방편으로 비눗물로 위세척을 하였다. 대종가의 막내라 온 마을이 발칵 뒤집혔다. 힘들게 읍내 의사를 데려와 다시 위세척을 몇 번했다. 천만다행으로 그가 깨

---

80) Peeping Tom. 엿보는 사람. 관음증 환자의 뜻으로 쓰임. 십일 세기 초 영국 어느 지역의 봉건 영주가 주민들에게 가혹할 정도로 세금을 부과하자, 영주의 부인 고다이바가 남편한테 세금을 낮추라고 간절하게 부탁했다. 그러자 영주는 단호히 거절하면서 부인이 알몸으로 말을 타고 성 안을 돈다면 그 부탁을 들어줄 수 있다고 해괴망측한 제안을 하는 것이다. 부인은 실행했다. 그러는 동안 주민들은 집 안으로 들어가 문을 닫고 창문을 가렸다. 그러나 오직 한 사내만이 집 안에서 부인을 훔쳐보았다. 그 사내 이름이 톰이었다. 그런데 그는 천벌이라도 받은 것처럼 장님이 되어버렸다는 역사와 전설이 혼합된 이야기가 전해오고 있음.

어났다. 그 사건으로 인해 제백은, 처녀의 사촌 오빠에게 심한 모욕을 받아 고향에서의 행동, 이성 문제에는 무관심하려 애썼다.

동생 규백은 평소 활달했으나 그 처녀 앞에서만 맥이 풀렸다. 그 당시 많은 마맛자국이 난 자들은 '낙엽'의 구르몽처럼 고독하게 생애를 보냈다. 동생은 제백더러 그렇게 인물이 좋은데, 무슨 문학이냐고 대들기도 했다. 문학은 극도의 콤플렉스가 있는 자의 전유물이 되어야 한다고 했다. 그는 무슨 연유인지, 모 월간지 부록으로 나온 솅키비치의 『쿼바디스』를 너덜너덜한 상태까지 애독했다고 했다. 아마 리디아같이 청순한 여인을 그리면서 청춘을 보내고 있으나, 여려는 그가 꿈 꾼 여자가 아님을 이미 잘 알고 있을 터였다. 그런데도 포기하지 않는 것은 형에 대한 시기와 질투가 깔려 있는 것은 아니었는지 모를 일이다. 아니면 형의 여인을 단 한 순간이라도 품속에 넣어 같이 호흡하면 형과 원초적 교류를 하고 있을 것이라 착각을 하고 있는 것은 아닌지 정말 알다가도 모를 일이다.

제백은 근 삼 년 간 겨울 방학 때는 사랑에서 사천 농고와 사천 여상 다니고 있던 후배 칠팔 명을 놓고 영·수·국을 가르쳤다. 밤이 이슥해지면 배가 고파서 구멍가게에서 라면을 열 개 사서 여백이 장독대 옆 담보랑 아래 한뎃부엌에서 사용했던 솥에서 끓였다. 그리고 시험지는 가천공민학교에 가서 직접 수제 등사기인 가리방鐵筆으로 만들어 오곤 했다.

제백과 여려는 제백이 영장을 받고 고향으로 내려가기 전 〈앙포르메의 집〉이란 민속 주점에서 모의했다. 여려가 충동질했다. 교사(教師)가 살인을 교사(教唆)한 셈이었다. 처음엔 그가 명작 속 주인공이 자살할 때 사용한 독극물에 대해서 이야기하다가 서양과 한국의 작품 속에 맹인에 관한 것까지 이어져, 마침내 서양의 오이디푸스 왕과 심청전을 비교하면서, 똑같은 맹인일지라도 서양의 맹인은 비극으로 끝나고, 한국의 맹인은 해피엔딩으로 끝난다고. 마치 큰 발견이나 한 것인 양 자랑삼아 떠들어대곤 했다. 그리고는 술을 연달아 마셨다. 서로가 탁자에 팔꿈치를 구부린 채 서로 상대방을 눈이 빠져라 응시하며, 제백이 먼저 해바라기의 '갈 수 없는 나라'를 부르기 시작했다. 낮은 목소리로 속삭이듯 부르자 여려가 작은 기침으로 목을 가다듬기 시작하고는 술 한 모금을 홀짝 마셨다. 곧 노래를 불렀다. 노래는 '현경과 영애'가 불렀던 '아름다운 사람'이었다. 워낙 노래 실력이 출중한 터라 간막이 여기저기에서 고개를 들고 훔쳐보는 손님들이 많았다. 내킨 김에 삼 절까지 불렀다. 그러나 곧 진정하고 여려가 〈겨울 매미〉에 대해 말을 꺼내자 제백이 순간적으로 버럭 화를 냈다. 제백과 오여려는 한동안 〈겨울 매미〉에 관해 잊고 있었던 것이다. 며칠 전 일요일 둘은 북한산 숨은 벽 근처까지 산행을 하였다. 갑자기 하늘이 어두워지더니 함박눈이 내려 앞뒤를 분간할 수 없을 정도였다. 그러나 그들은 당황하지 않았다. 워낙 눈이 귀한 남도 태생이라 그런지 몰라도. 그들은 눈 내리는 날보다 눈 내린 다음날의 풍경이 더 정겨웠다고 회상했다. 제백은 김인관의 〈유선도〉, 심사정의 〈화훼조충도〉나 정선의

〈송림한선〉에서의 매미보다 〈여뀌와 매미〉의 매미에 관심을 더 가졌다. 사실 매운 여뀌에 붙은 매미가 측은했기 때문이기도 했지만, 그보다도 고향 어귀 개울에 많이 자라던 고마리와 여뀌에 대한 추억과 궁백이 매미를 무척 싫어하는 것에 대한 일종의 반발심의 발로가 아닌가 한다. 궁백이 매미를 그토록 싫어하게 된 동기는 어렸을 때 서당에서 배운 육운陸雲의 〈한선부寒蟬賦〉란 한시에서부터였다. 뭐가 싫으면 뭐까지 싫다고 훈장은 궁백의 주위 산만함에 자주 면박을 주었다. 훈장은 주로 여름날 수업 시작하기 전에 울려 퍼지는 매미 소리를 들으며, 특유의 걸걸한 목소리로, "두상유관대頭上有冠帶, 시문是文이요"라고 하면 궁백의 양미간이 찌그러지기 시작하는 것이다. 제백은 동생 규백한테 폴란드 출신의 위대한 작가인 볼레스와프 프루스를 길잡이로 삼아 글을 써보라고 권하기도 했다. 프루스는 어린 시절 부모님이 돌아가 친척집에서 자랐다. 열일곱 나이에 러시아의 압제에 저항하는 1863년 '일월 봉기'에 참가했다가 한쪽 눈을 잃었다. 바르샤바대학교에서 사회학과 경제학을 전공했으나 경제적인 이유로 중퇴하고 가정교사, 야금 공장 노동자 등으로 일했다. 폴란드 문단에서는 실증주의 문학의 최고봉으로 일컬어지며, 흔히 '폴란드의 발자크'라 불린다. 세계문학사적으로도 매우 독창적인 문학세계를 가진 작가로, 톨스토이에 비교되는 서사적 스타일과 체호프에 견줄 수 있는 소박한 유머를 겸비했다는 평가를 받았다. 1911년 교육적인 소설 『변화Przemiany』를 쓰기 시작했으나 이듬해 죽음으로써 미완성으로 남게 되었다. 또 『특성 없는 남자』의 로베르트 무질의 경우를 예로 들기도 했다. 무질이 태어나기 사 년 전 단 하나의 누이가 될 뻔한 엘자가 한 살도 못 돼 사망했다. 이 사건은 무질에게 깊은 정신적 상처가 되어 평생을 따라 다녔으며 여러 작품의 모티브가 되기도 했다. 가정사의 불행은 그것에 그치지 않았다. 어머니는 매우 복잡하고 예민한 성격의 소유자였다. 게다가 아버지의 묵인 하에 다른 남자와 부적절한 관계를 평생 유지했는데 이는 무질의 유년과 청년기를 지배한 또 하나의 깊은 그늘이 되었다.

이 작품의 저자도 태어나기 이년 전에 누이가 디프테리아로 죽었다. 그뿐만 아니라 외할아버지와 외할머니의 불의의 사고에 의한 죽음과 서얼, 양자 등으로 인한 가족 해체, 그리고 친가의 복잡한 가족 관계와 어머니의 남다른 히스테리에 어린 시절 매일 매일이 짐승의 세월이었던 것이다. 그리고……

10장 겨울 매미

원두밭에 참외 따고 밀 갈아 국수하여 가묘家廟에 천신薦新하고 한때 음식 즐겨 보세. 부녀는 헤피 마라 밀기울 한데 모아 누룩을 드리어라, 유두流頭국을 켜느니라.

남도의 한적한 고원 지대인 도산밭골. 그곳은 가을 억새가 고양이털처럼 부드러웠어요. 마을 사람들은 가끔 마을 잔치를 하러 이곳으로 오지요. 소위 회취會聚[81]라고 하지요. 주로 냇가에서 하지만 가뭄이 들 때는 기우제를 올릴 겸해서 이렇게 산에서도 하지요. 회취에서 결코 빠질 수 없는 게 바로 돼지고기지요. 돼지는 주로 제백네 야외 외양간두엄 위에다 새 짚을 깔아놓고 잡지요. 죽는다고 고래고래 소리치는 놈의 다리를 붙잡고 주로 강천 아저씨나 운백 형이 도끼를 돌려 힘껏 콧등 위 양미간 사이를 정통으로 내리치면, 꽥 하고 네 다리를 파르르 떨며 쭉

---

81) 봄가을에 어렵고 힘든 농사일을 끝내고 마을 사람들이 함께 강·산·들 등으로 나가서 음식을 나누어 먹으며 노는 민속놀이. 오늘날의 소풍이나 야유회와 같은 개념으로 볼 수 있음. 예를 들면, 단오쯤이면 숨이 넘어가던 농사일이 한 고비를 넘게 되므로 마을마다 남녀노소 머슴과 아이 할 것 없이 온 마을 사람들이 같이 어울려 춤추고 노래하고 휴식과 화목을 도모하기도 하였음. 지역 양반을 중심으로 열리던 회취는 이백여 년 전부터 민가로 파급되어 봄가을로 연례행사처럼 끼리끼리 모여 들에서 음식을 펼쳐 놓고 노는 보편적인 놀이가 되었음. 1941년 조선총독부에서 발간한 『조선향토오락조사』에 따르면 김천 지방에서는 군수를 중심으로 향내의 선비들이 감천甘川 냇가로 나가서 솥을 걸어 놓고 물고기를 잡아 끓여 먹으며 하루를 즐겼다고 기록되어 있음.

뻗어요.

동시에 날카로운 칼이 멱을 찔러 손 빠른 여인이 양재기를 얼른 대, 펑펑 쏟아 내리는 붉디붉은 피 — , 소 피는 그 자리에서 마시고 곧바로 소금을 찍어 먹으나(돼지 피는 소금을 먹으면 피가 응고된다고 절대로 먹지 못함.), 돼지 피는 삶아요. 뜨거운 물이 든 양동이가 두 번 왔다 갔다 하면서, 곧바로 두 사람이 튀하지요[82]. 털이 어느 정도 제거되면 배를 갈라, 간과 쓸개를 들어내고 앞 개천으로 옮겨요. 거기서 본격적인 해체 작업이 시작되고, 오줌통(오줌보)은 당연히 꼬마들 몫이지요. 잡은 돼지를 몇몇이 나눠 이고 지고 와서 큰 솥에다 고기, 당면, 대파, 마늘, 굵은 소금을 넣어 푹 삶지요. 내장은 별도로 손질하여 술안주로 내 놓기도 해요. 국 한 그릇에다 밥 한 덩어리 넣고 훌렁훌렁 저어 먹으면 그 맛이 꿀맛이지요. 간혹 튀 작업이 덜 되어 비계에 털이 듬성듬성 붙어 있어도 그냥 꿀맛으로 알고 먹지요. 그러면 사람들의 왁자지껄하는 소리며 덩실덩실 춤추는 모습이 마치 구름 속에 떠다니는 것 같았어요. 가장자리 나무 잎사귀도 햇빛에 반짝반짝 춤추고 있었어요.

영화 〈라스트 모히칸〉에서 흰 구름 아래 산과 들에서 피가 솟구치는 전쟁이 자행되는 것을 보면서, 자연은 예나 지금이나 마냥 그대로인데, 그 내용물인 인간은 숱하게 바뀌었음에 무상함을 느끼기도 한답니다.

동쪽 끝 바위절벽은 정말 무서워요. 바위 절벽 아래 주상절리

---

[82] 새나 짐승을 잡아 뜨거운 물에 잠깐 넣었다가 꺼내어 털을 뽑음.

는 신비할 정도로 아름다워요. 바다는 푸른 하늘보다 더 푸르지요. 바위절벽 독수리는 가오리연보다 더 멀리 날지요. 잘못하다간 〈솔로몬과 시바의 여왕〉이나, 혹은 그리스 아르키메데스의 살인광선 효력을 알고 있던 병사들의 수많은 방패들이 즐비하게 모여서 햇빛에 반사되면 마치 거울이 아니라 살인광선 같은 효과를 낼 수 있겠지요.

그 해 한겨울 함박눈이 내렸어요. 연사흘 쉬지 않고 내렸어요. 앞뒤를 분간할 수 없을 정도로 펑펑 내렸어요. 아마 이 마을, 이 고원이 생긴 이래 최고의 적설량이 아닌가, 해요. 세상이 뒤바뀔 것 같은 착각이 들 정도의 눈 세상이었어요. 먼 옛날의 혼돈을 잠재우는 적막 같다고 노래했겠지요. 끝날 줄 모르고 내리던 눈발도 어느새 잦아져 햇빛이 한꺼번에 쏟아지는 듯 너무 눈부셔 새들도 설맹雪盲에 걸릴 정도였어요. 화이트 아웃white out도 보였어요. 눈 내린 밤에 솔부엉이 울음소리가 무섬을 자아내기도 했고, 간혹 얼었던 눈이 지나가는 바람에 못 이겨 떨어지는 소리 하며, 아침햇살에 눈이 녹아 연방 떨어져, 무지개같이, 혹은 보석같이 반짝이던 그 황홀한 광경을 지금도 잊을 수가 없어요. 진정 새벽이슬처럼 빛나고 아름다웠어요.

눈이 내리고 며칠이 지났어요. 바위절벽 가까이 서 있던 자작나무 세 그루 중 키가 가장 큰 나무줄기 중간지점에서 한 마리 매미가 태어났어요. 매미는 추위를 이겨내야 했기 때문에 껍질은 점점 두꺼워져 꽤 딱딱한 껍데기로 변했어요. 날개도 점점 굳었어요.

어느덧 따뜻한 봄이 왔어요. 주위에는 아지랑이가 한들한들, 새싹이 파릇파릇 돋아났어요. 매미는 긴 동면에서 깨어난 듯 기지개를 켜고 기어 다니는 법을 배웠어요. 넘어져 가슴이며, 다리에 상처를 입었어도 봄기운에 아픔도 잠시였어요. 예뻐 꼬집어 주고 싶은 노랑 양지꽃이 보였어요. 저만큼 산비탈에서 혼자 얼굴을 다듬는 각시붓꽃도 보였고요. 어치 한 쌍이 이 나무 저 나무줄기 사이를 씨익씨익 날갯짓 하며 탱글탱글 생동감 넘치게 날아다녀요. 탱글탱글, 해남 땅끝마을 근처 저수지 위 작은 계곡 가재와 탄천 하구 벽을 타고 오르던 참게, 생동감 넘치지요. 아마 어부랭이 춤을 추나 봐요. 매미는 부딪칠까 봐 무서웠어요. 실가는 데 바늘 간다고 했던가요. 산초나무가 여럿 보이고 산제비나비 한 쌍이 부채춤을 추고 있었어요. 저 멀리 산골 마을 뒷동산이 보였어요. 그곳은 마을이 한눈에 내려다보이는 곳이에요. 위쪽으로 무덤 한 쌍이 다정하게 있고, 그 나머지는 꽤 너른 잔디밭이에요. 오른쪽 중턱에는 산에서 자라는 조릿대와 사사sasa 몇 무더기가 빽빽하게 들어차 있어요. 그곳에 참새와 흔히 뱁새라 불리는 붉은머리오목눈이가 새벽부터 날아왔어요. 서로 영역 다툼하느라 이리 날고 저리 날며 정신이 없어요. 바람이 불면 잎사귀의 싸각싸각 소리와 함께 정말 시끄러워요. 포구나무가 있어 꼬마들이 그 열매를 따서 즐겁게 딱총놀이를 해요. 거짓으로 팽, 쓰러진다고 해서 팽나무라 하지요. 마을 어귀 쪽에는 보리와 밀이 바람에 일렁일렁 파도가 되지요. 용이 꿈틀꿈틀 오고 가고 있는 듯해요. 밀물이 되었다 갑자기 썰

물이 되기도 하지요. 아까시 꽃향기가 하늘하늘 날아와 매미 코 끝을 어루만져요. 간질간질 매미는 향기에 계속 재채기를 해요. 매미는 마을이 궁금해졌어요. 마을에서 꽃향기들이 오라고 손짓하니까요. 보리와 밀도 손짓하고 있어요. 노고지리도 창공으로 솟으면서 발짓, 날갯짓해요.

봄은 아쉬운 듯 저만큼 가고, 태양이 열기를 품은 여름날이 되었어요. 봄은 아쉬운 듯 저만큼 가고, 태양이 열기를 품은 여름날이 되었어요. 매미는 제때를 만난 듯 우쭐대고 싶었나 봐요. 그도 그럴 것이 우리 강산 매미란 매미는 다 모였으니까요. 깽깽매미, 두눈박이좀매미, 말매미, 세모배매미, 소요산매미, 쓰름매미, 애매미, 유지매미, 참깽깽매미, 참매미, 털매미, 풀매미(고려풀매미), 호좀매미 말예요. 늦털매미는 안 보여요. 계절이 이른가 봐요. 매미는 목이 간질간질해서 미칠 지경이었지요. 그러나 아무리 소리치고 싶어도 웬걸 소리가 나오지 않았으니, 이를 어쩌나. 매미는 동료의 노래하는 모습을 한동안 바라보았어요. 그리곤 동료들이 날개를 옆구리에다 쉴 새 없이 비비며, 요동하는 것을 자세히 보았어요. 매미는 굳어진 날개를 나무 껍데기에 쉼 없이 문질렀어요. 상처가 나도 꾹 참았지요. 그런데 동료들은 엉덩이를 세차게 흔들면서 마지막 노래를 끝내고 오줌을 사정없이 찍 ― 갈기고는 한 점 부끄러움도, 미안함도 없이 날아가고 말았어요. 매미는 온몸에 오줌 세례 받고 말았어요. '얄미운 것들' 매미는 입을 이죽거렸어요. 매미는 못내 상심했지요.

며칠이 지났어요. 하늘은 온통 검은 구름으로 뒤덮여서, 마치 비나 눈 내리기 전과 비슷했어요. 황새가 동편 능화 숲 쪽을 향해 날아가고, 황구가 풀을 뜯어 먹고, 무짠이 누님의 왼쪽 어깨에 붙은 작은 유과 모양의 혹이 심하게 욱신거렸으며, 소녀풍까지 불기 시작했어요. '아닌 밤중에 웬 홍두깨, 눈이 내리려나.' 생각하며, 기뻐한 매미는 마음 바쁘게 땅 위로 기어갔어요. 그런데 이게 웬 날벼락인가요. 갑자기 맹감만한 물방울이 떨어져 내렸어요. 열기에 단 땅에서 모락모락 김이 나기 시작했고, 점점 물줄기가 거셌어요. 영락없는 한여름의 폭풍우였어요. 캄캄해져서 나무들은 위협적이었어요. 게다가 엎친 데 덮친 격으로 회오리바람마저 불어와 나무를 쓰러뜨리고, 나뭇잎의 연한 뒤쪽 속살을 보이자 부끄러워하고 있었어요. 매미가 이리저리 떠밀려 다닐 지경이었어요. 바람에 몸부림치고 있는 나무들을 보면서 매미는 날개를 공작의 날개처럼 떨었어요. 매미는 간신히 고목 가지를 붙잡았어요. 상처가 이만저만한 게 아니었어요.

며칠이 지나 나뭇잎 사이를 뚫고 햇살이 쨍쨍 내리비쳤어요. 바위 위엔 민달팽이가 허연 흔적을 남기며 기어가고 있었고, 청개구리 무게에 못 이겨 휘청하던 습지 쪽 물봉선 이파리도 천천히 몸을 일으키고 있었어요. 곧이어 이구산 상사바위에는 뭉게구름이, 들판에는 비단을 펼쳐놓은 듯 부드러운 느낌이 들었어요. 눈 아래 저수지 위에 점차 붉게 물던 노을도 어둠에 쫓겨 어디론가 총총 걸음으로 사라지고 있었어요.

그때 신갈나무 가지가 내 앞에 똑 떨어졌어요. 거위벌레 짓이었어요. 신기한 듯 푸른 도토리를 손톱으로 힘껏 눌러 열어 보앉어요. 그랬더니 그 속에는 장방형으로 생긴 작은 알이 영롱하게 빛나고 있었어요. 거위벌레는 도토리에다 긴 주둥이를 넣어 알을 낳는대요. 그리고는 가지를 뚝 잘라 떨어뜨린답니다. 도토리 홀로 떨어지면 충격으로 알이 상할까 봐 가지에 붙은 잎들과 같이 떨어뜨린대요. 나선형으로 떨어지면 충격이 덜해진다네요.

산길 옆 여기저기에는 애기나리, 청미래덩굴이 한창 멋을 내며 얼굴을 내밀고 있었어요. 굴참나무, 은사시나무 잎 사이로 비치는 햇빛에 눈이 부셔요. 그날부터 열심히 노래 연습을 했어요. 점점 하나 둘씩 매미 주위를 떠날 채비를 서두르는 듯했어요. 그때서야 매미는 도레미파 정도 부를 수 있는 수준이 되었어요.

나무 그림자가 길어지고 수확에 대한 고마움의 기도도 드리고, 고요의 시간을 갖게 하는 선선한 날이 왔어요. 자기보다 훨씬 작은, 마치 구기자나 산수유 열매를 닮은 애매미가 날아와서 노래를 불렀어요. 이 마을에선 이 매미를 고추매미라고 부르지요. 고추와 고추잠자리 수컷과 고추매미가 한결 어우러지는 가을의 그지없이 정겨운 정경이지요. 매미는 고추매미가 부르는 그 노래를 계속 따라 불렀어요. 그랬더니 고추매미는 신경질이 났는지 그만 노래 도중에 날아 가버렸어요. 워낙 의심 많고 신경질적인 놈이라 정평이 나 있어요. 그래서 그 매미 가까이 가려면 노랫소리가 한창 궤도에 올라 몰아지경 되었을 때라야 되지요. 매미는 그들이 부른 노래를 몇 소절 기억할 수 있었어요. 그 노래를 되풀이해서 불렀어요. 그런데 이게 어찌된 노릇인가요?

그만 열중하다가 그 노랫가락을 놓쳐 버렸어요. 그야말로 게슈탈트 붕괴현상Gestalt collapse phenomenon이 일어나고 말았던 거예요. 어떤 대상에 지나치게 집중하다보니 그 대상에 대한 개념 또는 정의定義를 잊어버리게 되는 현상 말예요. 매미의 고민이 이만 저만이 아니었어요. 노랫가락을 기억하려 하고 있을 때 멀리서 이상한 노래 소리가 간헐적으로 들려왔어요. 자기도 모르게 따라 불렀어요. 한참을 따라 부르다 보니 정말 여름 날 동료들의 노래와 같다는 생각이 들었어요.

며칠 지난 어느 날이었어요. 마을 꼬마들이 개를 앞세우고 토끼 사냥을 하고 있었지요. 토끼는 눈 덮인 산정을 향해 기를 쓰며 달리고 있었어요. 매미는 힘닿는 데까지 크게 노래를 불렀지요. 갑자기 토끼를 뒤쫓던 개가 어리둥절한 표정을 짓더니, 조심스럽게 매미가 있는 나무 밑에까지 왔어요. 뒤따라온 꼬마들도 눈이 휘둥그레져서 나무 위를 쳐다보았어요. 매미는 더욱 힘이 솟았어요. 그런데 이게 무슨 소리인가요? 꼬마들은 앞 다투어,

"어디야. 어디. 여우가 우는 곳이!"하는 것이었어요.

매미는, '설마 자기는 아니겠지.'하고 마음 놓은 채 계속 불렀어요. 그러자 그들 중 얼굴이 가장 검고 머리 새집 부근에 두 군데 버짐이 난, 맹랑하기로 소문난 빤쟁이가 매미가 있는 쪽을 가리키며,

"나무 위에 있어, 저것 봐, 보이지!" 하며, 재빠르게 기어 올라오는 것이었어요.

그때서야 깨달았지만 이미 때는 늦어 어쩔 수 없었어요.

"봐, 요게 요상하게 생겨 먹었어. 매미가 아닌가 봐. 눈깔도 없나 봐, 이렇게 눈이 깔린 줄도 모르고 말야. 더군다나 이 껍데기 좀 봐, 사슴벌레 같아. 아무래도 이상해 죽이기는 아까운 걸. 마을로 가져가서 구경시키자!"

매미는 마을 한복판 널따란 마당에 서 있는 둥구나무 위에 올려졌어요. 마을 사람들은 신기한 듯, 머리를 갸우뚱 보곤 했어요. 너무 놀라, 매미는 모든 노래를 잊어버렸어요.

겨울 날씨치곤 의외로 따듯하고, 방학이라 너른 마당 여기저기, 재빨리 움직이는 삼팔선놀이인 덴카이轉回를 편을 갈라 놀고 있고, 그 주변을 어린애 몇몇이 히히, 해해, 가댁질을 하고, 아낙 한둘은 정자나무 바로 밑에서 귀한 아들 둥개둥개 둥개질, 앞산 보고 내 새끼, 하늘 보고 우리 강세이, 시장질에 신나 있고, 개울 양달쪽에는 제법 나이든 아이들이 연줄에 갬치를 먹이느라 부산을 떨고 있었어요. 그러던 음력 2월 초하루였어요. 마을 머슴들은 오늘 하루 푹 쉬는 날이었어요. 이날 매미는 며칠 전 들었던 것을 몇 번이고 되풀이 외쳤어요.

"내일 아침, 숲길 고치러 오세요! 괭이와 소쿠리와 바지게도 꼭 잊지 마세요!"

모처럼 쉬던 사람들이 헛걸음쳤어요. 또 한 번은 윗마을에서 가설극장이 선다고 선전하고 다니는 것을 따라했어요.

"금일 밤 여러분들을 모실 영화는 〈검사와 여선생〉입니다."

그날 밤, 둥그런 말벌 집만 한 벌건 혼불이 동남쪽으로 훅하고 날아갔어요. 큰 오동나무집 욕쟁이할머니가 돌아갔어요. 다음날 아침에 사람들은 수많은 꽃으로 꾸민 기다랗고 커다란 상자를 타작마당 한가운데 놓고 또 울고불고 하고 있었어요. 소복 입고, 머리 풀고, 양손에 신발 들고, 도착하자마자 상여를 부여잡고 구슬프게 통곡하는구나. 드디어 상두꾼 십여 명이 상여를 들어 올리더니, 선소리꾼 따라, 그 자리에서 한 바퀴 돌고 마을 정면을 향해 서서, 다시 세 번 올렸다 내렸다, 하직 인사를 했지요. 이윽고 서서히 상여 머리가 장지로 향했어요.

살던 살림 헌신같이 벗어두고
대궐 같은 집을 빈집같이 비워놓고,
청춘 같은 사람에게 어린 자식 맡겨놓고
극락세계 내가 가네.

선소리꾼이 상여 머리를 잡고 선소리를 길게 하면,

에헤, 에헤여 월여저쳐애해요.

하고 상두꾼이 받으며 그렇게 마을을 떠나갔어요. 울음 사이로 들려오는 그 은은한 노래 소리는 너무 감동적이었어요. 매미는 슬픔보다 그들이 부른 노래에 정신이 빠져 있었어요. 매미는 따라 또 따라, 되풀이 또 되풀이 불렀어요.

또 며칠이 지났어요. 마을은 어느 정도 평온을 되찾았어요. 매미는 적막감을 이길 수 없어 한 곡조 신나게 뽑아 봤어요. 그러나 마을 사람들에 의해 그 곡조도 오래가지 못했어요. 그들 중 한 사람이 그를 움켜쥐고는 개울에다 냅다 던져버렸기 때문이지요.

"재수 없는 것! 가뜩이나 요즘 마을 우환이 잦는데, 이것까지 속 썩이나."

그러고 보니 매미는 그만 만가挽歌를 불러댔던 것이었어요. 하필이면 뽀족한 사금파리에 왼쪽 눈을 찔린 매미는 서글픔이 와락 안겨 왔어요. 그러자 갑자기 고향이 그리워졌어요. 다쳐 아프고 쓰라린 상처를 감싼 채 태어났던 그 고원을 향해 하염없이 기어갔어요. 고난이 심했어요.

밤새 함박눈이 펑펑 내렸어요.

> 처음엔 은하수가 혹은
> 언 강이 거꾸로 흐르나 했더니
> 점차 짙푸른 산봉우리가 무너질 정도로
> 펑펑 함박눈이 쏟아져 내렸습니다.

아침에야 그곳에 도착한 매미는 고개를 들고 고원 서쪽 솔수펑이를 쳐다봤어요. 그런데 숲은 보이지 않고, 잎사귀마다 많고 많은 물방울들이 섬뜩할 정도로 반짝이고 있었어요. 소나무 숲이 아니라 거대한 무지개 동산이었지요. 잎사귀마다 쌓여 붙은 눈이 녹고 얼어 밤새 고드름 되어, 아침햇살에 반사되는 장엄한 광경이었어요. 매미는 그 황홀한 모습에 호흡을 가늘 수 없을 정도였어요. 그때 마침 산골짜기 계곡 얼음 아래 물 흐르는 소리가 들려 왔고, 서쪽 하늘의 붉은 구름이 서서히 걷혀가는 소리며, 저 멀리 포구에서 출항하는 뱃고동 소리가 은은하게 울려퍼졌어요. 한참 만에 눈을 떠보니 물방울이 다 떨어져 검디검은 원래의 소나무 숲이 무섭게 다가왔어요. 매미는 맹맹했어요. 매미는 다짐했어요. 비참한 현실보다는 그 황홀한 순간을 영원히 간직하자고 제법 고차원적인 맘을 먹기로 했어요. 매미는 제법 딴에는 대의를 내세워 죽음을 불사르는 전사처럼 마음을 굳게 다잡았어요. 매미는 주목 가지에 성한 오른쪽 눈을 세차게 또 세차게 부딪치고 부딪쳤어요. 피가 눈 위에 선홍색 자국을 만들었어요. 매미는 이미 저쪽 고원 끝의 절벽 쪽으로 더듬더듬 힘겹게 기어가고 있었어요. 햇빛은 잘 빚은 유리구슬처럼 빛나고 있었어요. 그 빛이 매미를 꿰뚫듯 내리쬐고 있었습니다.

며칠 후 여려는 규백의 뒤를 밟았다. 구룡사가 보이는 하늘면당 옆까지 가서야 그의 모습을 찾을 수 있었다.

규백은 당황했다. 제백과 같이 당신을 죽이려고 만든 살인모의서라고 꾸밈없이 말했다. 규백은 닭똥 같은 눈물만 하염없이 흘리고 있었다. 너무도 측은해졌다. 여려는 와락 규백을 꼭 껴안았다. 가슴을 풀어헤친 여려의 뽀얀 살결에 규백의 호흡이 가빠오고 어느새 둘의 격렬한 요동은 산새도 비켜갈 정도로 힘 있고, 지속적이었고, 아름다웠다. 여려는 이유를 알 수 없으나 눈물을 삼키고 있었다. 그것은 강간이 아니라 쌍방의 합의요, 굳이 따진다면 여려가 강간한 셈이었다. 이것은 절대로 값싼 동정이 아니라 진정 사모했노라면서.

그런 일이 있은 다음 날 초저녁, 여려는 대범하게도 헝겊을 싸지 않은 채로 술병을 들고 제백이 글 쓰고 있는 청탄정으로 찾아왔다. 긴히 할 말 있다고 애원하다시피 하여, 자리를 좀 옮기자고 했다. 뒷산을 올라 도산밭골로 가서 술을 마시기 시작했다. 그리고 어제 일을 솔직히 말했다.

제백의 강한 손찌검에 화들짝 놀랐다. 여려는 약간 취기가 돌아 양볼이 불그레했다. 또 술 한 잔을 받아들고 긴 한 숨을 쉬며 하늘의 별을 올려다보았다. 지난밤 자기가 죽었더라면, 제백이 어떻게 행동했겠는가 물었다. 제백은 콧물 반 눈물 반 흘리면서 자기도 죽었을 것이라고 하였다. 둘은 한동안 부둥켜안고 있었다. 그러기를 무릇 몇 시간이 지났을까. 저 멀리 삼천포항에 귀항을 알리는 뱃고동 소리가 들리자 여려는 제백을 밀치며, 빨리 자기를 가지라고 애원했다. 구멍이란 구멍은 다 막아 외부에서 다신 어떠한 것도 들어오지 못하도록 해달라고. 그래야만 어제의 악몽이 덮어지지 않겠냐고.

어두운 밤, 두 젊음은 밤이 내뿜는 소리에 동화되듯, 모든 것을 잊고 죽음처럼 한 몸이 되어 오랫동안 그렇게 그렇게 주고받고, 받고 주고 하며 흐느적거렸다. 모처럼 맛보는 희열이요, 감격이었다. 이미 우주는 정지되어 적막감이 감돌 뿐 서서히 창조의 태동이 시작되는 듯했고, 일몰의 사그라짐 속으로 혼신을 내려놓는 기분이었다.

몇 년 전 제백한테 자서전 출간에 대한 조언을 듣고 싶다는

지인으로부터 전갈이 와서 당사자를 만났다. 그 당시 그녀는 일흔네 살인데도 매력이 넘쳤다. 고운 살결에다 탱글탱글하기까지 했다. 역시 나이로써 평가해서는 안 되겠다는 확신이 서는 순간이었다. 그러나 그녀는 한 많은 과거사를 안고 힘겹게 살고 있는 듯했다. 요즘은 심심찮게 보도가 되는 사건이지만 그 당시만 해도 드문 일이었다. 사건은 그녀가 여고 일학년 때 새아버지네로 들어갔던 것이다. 새아버지는 수양딸과 새 마누라와 한 방에서 잘 정도로 집안 사정이 넉넉지 못했다. 그런데 점점 새아버지의 못된 버릇이 도를 넘고 있었다. 어느 날 어머니가 없는 틈을 타 강간했다. 그 사실을 어머니한테 눈물로 이실직고했으나 어머니는 냉담했던 것이다. 며칠이 지난 어느 날 밤 어머니가 아버지한테,

"여보, 이제 저 아이 고삼이에요. 그만 괴롭혀요?"

그 다음 날 가출하고 말았던 것이다. 그러한 내용을 안고 살아온 그녀가 자서전을 거의 완성했던 것이다. 그러나 제백은 장성한 아들딸이 있는 판에 자서전을 출간한다는 힘겨운 모험을 감행해도 될지 모르겠다는 의견을 남기고 그 일에 손을 떼기로 했다.

최근 경찰에 보고된 자료에는 외아들의 용두질을 직접 해 준 어머니가 있다는 것이다. 왜 그랬을까? 아마 바깥에 나가지 말고 공부해라는 것, 너는 내 소유물이라는 지나친 집착, 아니면 일중독이거나 술 먹고 가정을 소홀히 하는 남편에 대한 적개심의 발로는 아닐는지.

태곳적 페르시아에는 이런 민간신앙이 있었는데, 그것은 '현명한 마법사는 근친상간에 의해서만이 태어날 수 있다.'이다. 근친상간은 문학에서 매우 중요한 소재이다. 문헌상 근친상간이 최초로 기록된 것은 『그리스 로마 신화』의 오이디푸스로 전해진다. 몰리에르는 평생 동안 근친상간을 했다는 비난을 받고 살았다. 그의 아내 아르망드의 출생이 불명확했기 때문이다. 마들렌 베자르의 막내여동생으로 되어 있었지만, 몰리에르와는 나이 차이가 스물한 살이나 난다. 마들렌의 딸이라면 그녀의 오랜 연인이었던 몰리에르의 자식일 가능성도 있다는 것이다. 카이사르는 루비콘 강을 건너 로마로 진군하기 전에 자신의 어머니와 동침하는 꿈을 꾸었다고 했다.

옛날, 한 부부가 딸을 낳았다. 점쟁이가 "훗날 애비와 붙어먹을 것"이라는 점괘를 내놓았다. 아버지는 딸의 한쪽 눈을 멀게 한 다음 멀리 내다 버렸다. 이십 년쯤의 세월이 흘러 아버지는 어느 잔치에 참석했고 술에 취해 잠이 들었다. 일어나보니 옆에 벌거벗은 여자가 누워 있었다. 간밤에 그 여자와 관계를 한 것이다. 그런데 여자의 한쪽 눈이 없었다. 여자는 "어렸을 때 내 아버지가 내 눈을 멀게 한 다음에 내다 버렸답니다."하고 심드렁하게 말했던 것이다.

방이 하나면
근친상간[83]의 소문을 무릅쓰고
어머니와 아들이 함께

지낸다. 아니

아들과 어머니 사이에

진짜 근친 같은 일이 벌어지기도 한다.

— 장정일의 첫 시집 〈햄버거에 대한 명상〉 중 '방' 일부.

거센 바람이 바다에 휘몰아칠 때 해변에 서서 지독한 고생을

---

83) ① 『구약성서』 창세기 19:30~38의 롯과 두 딸의 경우.
  ② 미르라는 아버지인 티아스 왕과 관계해서 아도니스를 잉태.
③ 크로노스는 누이동생 레아와 관계함.
④ 베르나르도 베르톨루치 감독의 영화 〈몽상가들, The Dreamers, 2003.〉 남매간 근친상간.
⑤ 장용학이 1962년에 발표한 장편 소설 『원형의 전설』에서의 오빠 오택부와 누이동생 오기미, 아들 이장과 이복 여동생 안지야 간의 이대에 걸친 근친상간.
⑥ 이건영의 1965년 발표된 장편 소설 『회전목마』.
⑦ 가브리엘 가르시아 마르케스Gabriel Garcia Marquez의 『백 년 동안의 고독』은 백 년의 근친상간.
⑧ 히틀러와 여조카 겔리.
⑨ 바이런과 이복누나 오거스타 리.
⑩ 토마스 만의 『선택된 인간』.
⑪ 김성종의 〈어느 창녀의 죽음〉
⑫ 가와바타 야스나리川端康成의 〈센바즈루千羽鶴〉.
⑬ 소포클레스 〈오이디푸스 왕〉.
⑭ 사드의 『소돔 120일』.
⑮ 마르그리트 드 발루아(일명 왕비 마르고)는 샤를, 앙리, 에르퀴르라고 하는 세 친남매들과 근친상간.
⑯ 『백설공주』 초판본에는 백설공주와 친부인 왕과 근친상관이 있었다고 함.
⑰ 제임스 조이스의 『피네간의 경야經夜, Finnegans Wake』 Finnegan's Wake를 조이스가 의도적으로 아포스트로피apostrophe인 인용 부호를 표기.
⑱ 파올로와 프란체스카, 단테 『신곡』의 「지옥편」 제5곡에 나오는 영혼들로 시동생과 형수 사이인데, 불륜의 사랑으로 함께 죽임을 당하였고 지옥에서 같이 벌 받고 있다. 두 사람의 사랑 이야기는 『신곡』에서 가장 많이 인용되는 에피소드들 중의 하나이다.
⑲ 사남면 초전에서 남매가 유달리 친하게 지내다 어느 여름밤 순한 암소를 몰고 도망갔는데, 몇 년 후 대구에서 다섯 살 난 딸아이와 동냥 다니는 여동생을 목격했는데, 오빠는 단칸방에서 폐결핵으로 사경을 헤매다 죽고 나서 한 달이 지난 후 집주인이 왔을 땐 거

하는 뱃사람들을 바라보는 것은 얼마나 흐뭇한 것인가.[84]

마치 소나기가 억수로 내리는 날 제백 아랫집인 진백네 큰방 뒷문을 열어 뒤란의 연잎에 비 내리는 소리가 안정감을 준다. 더욱 밀과 검은 콩을 섞어 볶은 것을 먹으면서 감상하노라면. 그것은 남의 괴로움을 보고 기뻐하는 것이 아니라, 나 혼자 재난을 모면하고 있음을 알고 기뻐하는 것이라고 쇼펜하우어가 인용한 『사물의 본성에 관하여』에서 루크레티우스는 노래했다.

장마와 태풍이 지나간 다음, 마을 도랑에 벌건 황톳물이 치솟듯 용솟음치면서 내려가는 아찔한 모습을 보면서 느끼는 짜릿한 쾌감을 제백은 잊지 못한다.

10·26이다, 12·12다 한창 지랄염병을 떨고 있던 참혹한 시기에 마치 동창생 중 제법 잘 나가는 직위에 있는 자를 부러워하

의 미라 상태였다고 함.
⑳ 제백이 자취하던 홍제동의 앞집은 아버지와 과년한 딸이 그렇고 그런 사이라고 소문 자자하여, 퉤퉤 침 뱉으며 이사 가는 자 많았음.
㉑ 누쿠이 도쿠로의 『우행록愚行錄』.
㉒ 클리메노스Clymenus, Clymenos 그리스 신화에 나오는 아르카디아의 왕. 친딸 하르팔리케를 사랑하여 범한 뒤 아내처럼 데리고 살았다. 견디다 못한 하르팔리케는 클리메노스의 두 아들, 즉 자신의 남동생들을 죽여 그 고기를 아버지에게 먹였다. 클리메노스는 딸을 죽이고 자신도 자살함.
㉓ 쿠라하시 유미꼬倉橋由美子의 『성聖소녀』.
84) 프루스트 『잃어버린 시간을 찾아서』(6권, 298쪽, 민음사)에서, 엄청난 부와 명성을 지녔지만 타고난 바람기로 아내의 마음을 아프게 한 게르망트 공작(바쟁)이 수아베 마리 마그노suave mari magno(거대한 바다가 바람으로 요동칠 때 타인의 불행을 보는 일은 감미롭도다.)의 심정으로 말했음. 그리고 '구권, 이백구 쪽'에서는, 자유로운 알베르틴이 길을 잃고 "바다가 바람으로 요동칠 때면 감미롭도다."라는 말처럼 감미로움을 맛보는 물결인 양 부서졌다. 여기서 "바람으로 요동칠 때"를 문맥에 맞게 수정했음. 또한 '십일 권, 이백칠십일 쪽'에서도, "…난 그들이 스스로 해결하도록 내버려 둘 거예요." 바로 이것이 '수아베 마리 마그노suave mari magno'가 말하는 태도인 데라고 언급함.

는 것처럼. 그가 제아무리 엉터리 정부에 빌붙어 먹는 자라 할지라도 그는 부러움의 대상이 되는 것이다. 그러니까 '여우와 신포도'는 어려서부터 총기가 남달라 늘 쭉쭉빵빵이었다. 소위 그가 12·12의 재상이 된 것이다. 아니나 다를까, '북망, 멀고도 고적한 곳'에서 생난리가 났다. 개교 이래 최초의 영의정이 탄생했으니 말이다. 교지에 도배를 하고 축하 퍼레이드가 지축을 흔들며 포효하였다. 그 옛날 부정선거 규탄에 맨 먼저 거리로 뛰쳐나왔던 그 기개와 정의를 위한 불굴의 정신은 이미 낙동강에 흘러 보낸 지 오래인가. 제백은 그 기사를 읽고 이 나라는 양식과 지성이 있기는 있는 나라인가하고 괴로워했다.

규백은 한동안 코빼기도 보이질 않다가 이 개월이 지난 여름날 새벽에, 제백이 기거하는 청탄정으로 찾아왔다. 한 되짜리 강소주와 새우깡을 들고 왔다. 제백은 선잠에서 깨어나 약간 신경질 반응을 보였다. 제백이 방에서 나오자마자 규백은 대청마루에 앉더니 갑자기 품속에서 비수를 꺼내 마룻바닥에 내리꽂았다. 몇 순배 소주가 돌았다. 제백은 목구멍이 짜르르 하여 스테인리스 자리끼 그릇을 들고 옹달샘에 가서 찬물을 떠 왔다. 꿀꺽꿀꺽 들이켰더니, 다소 속이 편했다. 갑자기 규백이가 제백을 노려보면서 자기가 저지른 행동이 너무 어설프기 짝이 없었노라고 머리를 쥐어짰던 것이다. 차라리 오여려를 죽이지 못한 게 한이 된다고 뇌까리기도 했다. 달빛이 마루 끝에 비수를 꽂고 가던 서늘한 새벽이랄까, 최명희 같은 싸늘한 새벽이랄까.

〈불란서 영화처럼〉을 노래했던 시인은 최명희를 하얀 소복을 입고 치마를 추스르는 무당 같은 여인이라고 회상했다. 순간 한 영화에서 본 형제의 갈등이 떠올랐다. 주인공이 형벌에 처해졌다. 그것은 바닷가 바위에 묶여 밀물이 차오르면 자연히 질식하게 하는 형벌이었다. 점점 차오르는 밀물과 달려드는 게들. 그리고 서로 상대의 신분을 모르는 상태에서 칼싸움을 하다가 형이 동생의 존재를 알아보고 찌르지 않고 멈칫 하는 사이, 그 틈을 이용하여 동생이 형을 찔렀다. 뒤늦게 안 동생의 후회는 회한만 남길 뿐이었다. 오, 바이킹!

또 불란서 영화처럼은 회고했다. 그것은 우리가 오래토록 한 시인에 대해 지나치게 관심을 주고 있는 것에 대한 것이었다. 그가 검은 잎의 죽음을 노래한다. 그가 왜 파고다 공원 옆 남정네만 드나드는 극장에 가서 주검으로 발견되었는지 의문이었다. 시인의 부음을 듣고 제백은 그날 밤 그 극장에서 심야 영화를 관람했다.

그곳은 관람객들이 주로 서서 관람했다. 거의가 호모였다. 이순신과 원균에 관한 평가처럼 우리는 냄비 뚜껑 같은 민족성을 갖고 있어서 그런지 너무 빨리 끓고 빨리 식는다. 박수도 빨리 치고, 잘 잊고. 보라, 이승만을. 죽일 듯이 악을 쓰다가 운구 행렬이 지나가자 언제 그랬냐는 듯이, 울고불고 생난리 지랄법석을 떨었다.

제백이 출협에 근무할 당시 검은 잎은 출입기자로서 섬세한 글 솜씨가 매력적이었다. 그러나 그 당시 만화협회 회장이 M출판사 사장이었는데, 그는 칠십 대였다. 출협에서 만화 정책에 관한 의견을 묻는 자리에 출협에서는 제백, 언론사에선 검은 잎, 그리고 그 회장까지 단 세 명만 참석했다. 그런데 평소에는 그렇게도 얌전하던 검은 잎이 회장을 대하는 불손한 태도에 몹시 실망했다. 아마 그의 인식 저변엔 만화에 대한 인식이 나빴던 것인지, 그래도 그렇지, 간담회 중에 회장의 만화에 대한 소신을 피력하자 마치 귀찮고 듣기 싫다는 듯이 바지를 걷어 올려 털을 뽑는 것이었다. 그 무례한 행동에 얼굴이 화끈거려 당장 뺨을 때려주고 싶을 지경이었다. 일찍이 이런 모습을 전혀 본 적이 없어서 당황했다. 혹여 황석영과 김현같이 만화에 우호적인 자였다면 어땠을까, 하고 궁금했다. 아무튼 그때가 그가 죽기 이 개월 전이었다.

언젠가 속리산에서 출협 주최 경영자 세미나가 열렸을 때 귀빈석에 앉아 있어야 할 출협 회장이 무료한지 양말을 벗었다 신었다 하고, 바깥에 나외 바지를 벗었다 올렸다 하는 것을 보고 별로 당황하지 않은 것은 이미 검은 잎에 단련되어 있었기 때문은 아닌가 한다. 출입 기자 중 말뚝 간사가 있었는데, 제백과 대학 입학 동기였다. 신입생 삼십 명 중 문학을 전공하려고 지원한 자였다. 다들 좋은 대학 좋은 학과에 가려다 떨어진 자가 많았다. 누군가 금은동에서 금이나 동을 탄자는 만족해하는데, 은을 탄자는 굳은 표정이라 지적했듯이, 학우들은 거의가 축 처져 있었다. 그러나 말뚝 간사처럼 문학에 뜻을 둔 몇몇은 밝았다. 그는 노동 운동을 하고 중동 석유 파문에 관한 책도 번역했다. 모 신문사 부설 월간지 기자로 출발하여 신문사 최고위급으로 승진한 입지전적인 인물로 정평이 나 있었다. 대체로 사설이나 칼럼을 소신 있게 잘 쓴다고 정평이 났었다. 그러나 그가 출협 기자실에서 출판사 사장이나 관련된 자들과 고스톱을 치는 게 자주 목격되었다.

몇 차례 제백의 호소 섞인 하소연을 멀리한 채 그들과 어울려 놀고 있었다. 제백은 실망하여 그와 멀어지고 있었다. 그 당시 제백은 집행부와 싸워 자천 상태였다. 사람들의 변신과 표변을 읽고 듣고는 해봤지만 직접 목격하고 보니 서글펐고, 인간에 대한 존경심이랄까 존엄성이 무너짐을 느꼈다. 그러다가 우연히 길에서 만났는데, 시건방짐과 좋은 게 좋다는 식의 제도권에 편승한 태도를 보였다. 그러면서 제백더러,

"이제 그만해, 나이가 몇이야, 이제 순응할 때도 되지 않았어. 그렇게 매사 촉각을 세우고 살면 너만 피곤하지, 안 그래!"

결국 노름과 술과 담배에 찌들어지더니, 영영 불귀의 객이 되고 말았다.

사실 기자실은 D서적과 D출판공사를 함께 운영하던, 정치 성향이 강한 자가 출협 회장을 하면서 만들었다.

그의 김광주 『비호飛虎』 출판 비사秘史는, 결국 나쁜 선례만 남기고 회자되다가, 지금은 아득한 옛일이 되고 말았다. 제백이 출판부에 입사했을 당시만 해도 기자들은 출판부장 옆 의자에 앉거나 서서 기삿거리를 힘들게 취재하곤 했다. 그들의 재촉도 아랑곳 하지 않는 만년 출판부장이 턱 버티고 있었다. 동아의 이종석, 경향의 이광훈, 조선의 이상민, 중앙의 정규웅, 한국

의 정달영, 연합통신 서정순, 소년 조선 유경환, 소년 한국 김수남, 일간 스포츠 양평 등 기라성 같은 기자들이 대기하고 있었다. 그 부장은 독특한 버릇 두세 가지가 있었다. 그 하나는 기분이 상했을 때 가래침을 목안에 넘겼다가 도로 '움, 훼 엑,'하고 토악질하듯 되뱉는 더러운 습성. 두 번째는 모나미 볼펜 껍데기를 모으는 것, 그래서 그의 책상 오른쪽 깊은 서랍 속에는 몇 십 년 동안 모은 그것이 헤아릴 수 없을 정도였다. 그리고 지갑 깊숙한 곳에 콘돔 한두 개를 넣고 다녔다. 최근에는 현장 취재가 없어지고 자료를 만들어 배포하니 기자들은 자연히 시간이 남을 수밖에. 제주도로 경영자 세미나를 갔을 때 일이다. 가서는 여장을 풀고, 골프 팀, 바다낚시 팀, 등산 팀으로 나눴는데, 이미 세미나 자료집은 인쇄되어 배포가 끝났다. 그런데 제일 주제 발표자가 나타나지 않았다. 부인이 어느 이름 있는 절로 불공드리러 갔다가 강도한테 강간 살해를 당했다. 보라, 신문 한 면에 세미나 기사에 그의 이름이 올라 있고, 다른 면에는 아내가 살해된 기사가 나왔다. 결국 세미나 현장에 오지 않은 유령이 발표한 꼴이 되고 말았다!

가래침 이야기가 나왔으니 말인데, 제백이 가장 싫어하는 것이 가래침과 침을 뱉는 행위였다. 그런 행위를 하는 자를 두 번 다시 만나지 않을 정도였다. 제백이 좌천되어 전국복사업소를 출장 다닐 때, 팀원 중 나이 일흔을 갓 넘긴 한 사람이 뜨거운 욕탕 안에서 침을 뱉는 버릇이 있어, 술의 힘을 빌려 호되게 나무란 적이 있었다. 그래서 되도록이면 식사 도중엔 축구나 야구

경기를 시청하지 않으려 애를 썼다. 모 신문에 게재된 성병조 씨의 글 〈침 뱉는 운동선수 보기 흉해〉를 인용한다.

— TV를 통해 운동경기를 시청할 때마다 '왜 저런 일이 근절되지 못하고 지속될까'하고 의아한 게 있다. 영상 기술의 발달로 갈수록 생생하게 드러나기에 더욱 그렇다. 경기 중 선수들이 시도 때도 없이 운동장 바닥에 침을 뱉는 모습이다.

"그냥 생리적인 현상 아니냐"

고 변명할지 모르지만 이해하기 어렵다. 불결하고, 무엇보다 시청자들에 대한 예의가 아니다. 근절이 어렵다면 줄이려는 노력이라도 해야 옳지 않은가. 침을 자주 뱉는 것은 잘못된 습관과 정신에서 비롯된다고 생각한다. 경기 전에 대소변은 미리 처리하면서 가래침은 왜 아무렇게나 뱉어대는 것인가.

농구장이나 배구장에서는 상상할 수 없는 이런 일이 야구나 축구장 등에서 나타나는 데는 이유가 있을 것이다. 장소가 실내인가 실외인가, 바닥이 마루인가 흙이나 잔디인가에 따라 선수들 태도가 다를 수는 있을 것이다. 하지만 근본적으로는 개개인의 마음 자세에 기인한다. 운동장에서는 침을 뱉어도 된다는 그릇된 관념 때문이다. 이를 자질 문제라고 하면 지나친 표현일까. 침 뱉는 모습을 시청자들이 볼 거라는 생각은 하지 못할 수 있다. 선수들 스스로 문제를 인정하고 습관을 바꾸기 위해 노력해 달라. 체육계가 나서고, 감독과 코치의 의지가 수반된다면 어려운 일이 아니다.

인사할 때 상대방 얼굴에 침을 뱉는 마사이족이나 상대방 손바닥에 침을 뱉는 동아프리카 키크유족은 아무리 문화라지만 이해하기가 어렵다. 물론 물이 귀한 사막에서 수분을 함께 나눈다는 뜻을 가지고 있다지만 그저 어안이 벙벙해지고 만다.

식사 때 테이블에서 손수건을 꺼내 코를 팽 푸는 미국인들을 보면서 말문이 막히고 만다. 언젠가 아이스하키 대학 리그를 응원하려고 동대문아이스링크에 간 일이 있었다. 그날 상대 운동선수들 간에 공포에 가까운 험한 욕설을 내뱉는 것을 보고 큰 충격에 빠진 일이 있었다. 그날 생각했다. 만약 제백의 평소 생각대로 축구공 안에 녹음 장치를 넣는다면 생동감 있는 숨소리뿐만 아니라 심한 욕설이 여과 없이 생중계되지 않을까, 하는 걱정이 앞서는 것이다.

아무튼 욕설과 침 뱉는 습성에 대한 비판은 아무리 해도 지나치지 않을 것이다. 제백은 추위와 공포에 질려, 꼭 무슨 일이리도 일어날 것 같아 눈을 내리깔고 동생이 주는 술잔을 받아먹었다. 농구공이 덩크 줄에 쓸리는 소리, 예수리 들에서 꺾은 벼 이삭을 까먹을 때, 시려오던 이빨처럼 기분 나쁜 새벽이었다. 석 잔째 받아먹을 때 방장 중간 부분에 지네 한 마리가 기어가고 있었다. 제백의 시선이 머물자 규백은 마루 밑 디딤돌 옆에 아무렇게나 흩어져 있던 슬리퍼 두 짝을 얼른 집어 들고는 딱 하고 치며 짓이겼다. 비록 동생과 그런 일이 있었다 해도 자기의 여러에 대한 사랑의 감정은 변함없다고 하자, 규백의 표정이 갑자기 슬프게 변했다. 그리고 침을 질질 흘리며 꺼억꺼억 숨죽여 울었다. 그 얼마나 카스트로와 플럭스 형제처럼 지내고 싶었던가!

 몇 분이 지났을까. 규백은 먹던 것을 남겨두고 비틀비틀 힘없이 대문을 벗어나고 있었으나, 제백은 그 모습을 보며, 아무 생각 없이 한동안 그렇게 멍하니 앉아 있었다. 갑자기 한때 규백과 같이 지냈던 감무뜰 새 쫓는 막사를 떠올렸다. 형제에겐 감무뜰 들판으로 가는 게 가장 즐거운 일 중 하나였다. 규백도 그때가 가장 행복해 보였다. 햇볕과 공기부터 갓 태어난 것처럼 달랐으니까. 주기적으로 줄을 흔들면 수많은 깡통과 허수아비가 제멋대로 흔들리고 춤추고 참새는 놀라 떼를 지어 나르고.

 새 막사 밑 틈으로 보이는 농수로에는 분홍물봉선 잎에 앉은 물잠자리 한 마리와 방동사니, 강아지풀이 흐르는 맑은 물에 닿을 듯 말 듯 방아깨비처럼 춤추었다. 큰 밀잠자리 수컷이 진흙 위에 앉았다 날았다 암컷 주변을 맴돌고 있었다. 산란경호였다. 개체수가 많은 것들만 산란경호를 서는 것이다. 워낙 경쟁이 심하니까. 된장잠자리, 고추좀잠자리도 마찬가지로 산란경호를 선다. 그때 놀란 벼메뚜기 한 쌍이 강아지풀에 붙었다가 너무 무거워 다시 힘을 모아 들판으로 날아가고. 미꾸라지, 새끼붕어, 송사리, 물방개도 지나가고 있었다. 소능마을엔 하도 물이 맑아 됭기 들판처럼 참게도 없고, 늪지가 없어 가물치도 구경할 수 없었다. 새막사 틈 사이사이로 비치는 햇빛이 너무 맑았다. 마치 돋보기에 모아든 햇볕처럼 강렬했다. 그때 돌다리 옆 풀 속으로 능구렁이 한 마리가 나타났다. 바람담과 여기는 능구렁이가 많았고, 적선골엔 살무사가 많았으나 제법 있을 법한 산제당 길에는 없었다. 아마 향내가 진동했기 때문이리라. 동생 규백과 아름다웠던 시절을 생각하며 제백은 한동안 서글프게 울었다. 그렇게 규백은 마지막 모습을 남기고, 그 새벽에 도산밭골로 향한 것은 마치 〈겨울 매미〉에 세뇌된 자 아니고선 이해가 가지 않았다. 무슨 귀신에 홀린 것처럼 안개 속을 걷는 것처럼. 구룡마을 나무꾼이 발견하고 읍내 공의가 실족사로 결론 내려(대부분의 사건을 이렇게 처리함.) 부검도 없이 되도록 간소하게 장례를 치렀다. 그는 그 옛날 반벙어리인 동자아치가 죽은 곳과 같은 장소에서 추락했다. 차마 창피하고 남세스러워 이 사실을 발설하기 뭐한데, 그날 밤 규백이 여려한테 접근하면서 되풀이되풀이 한 말은,

"내가 누나를 얼마나 사랑했는지 아느냐, 누나를 커서 다시 본 그 순간부터 나는 일이 손에 잡히지 않았단 말야. 나무나 별이나 모든 것에 누나의 모습만 가득했어. 나는 벌써 누나 아버지, 오 면장을 용서했어. 누나를 본, 그때부터 말야. 제백 형이 정말 미워 죽겠어. 누나도 알다시피 그 자가 내 형이냐 말야. 내 친형도 아닌데 너무 잔소리가 심하고, 사람 무시하고, 잘난 체해. 죽이고 싶도록!"

여려와 규백이 관계를 맺던 날, 여려는 오히려 홀가분해졌다. 묵은 체증이 내려간 심정이랄까. 다만, 그녀의 마음속에는 도저히 만족할 수 없는 또 다른 뭔가가 꿈틀거리기 시작했다. 그녀는 눈을 반쯤 감고 아스라이 '브로켄의 요괴Brocken spectre'를 보았다. 곧이어 하나의 그림이 눈앞을 막았다. 그것은 제백의 얼굴이었다. 여려는 아무 생각 없이 나신을 드러낸 채 누워 있었다. 규백

은 무정하게 산길을 내려가고 있었다. 여려는 다짐했다. 곧 다가올 제백의 입대를 계기로 그동안 사귐을 청산하리라는 것을.

사실 규백의 실명은 전적으로 제백의 책임이었다. 제백이 예닐곱 살 때였다. 5월 어느 햇볕 쨍쨍하던 날 강아지 다섯 마리가 뒤뚱뒤뚱 걷기 시작하자 제백과 규백이 마을 동무들을 불러 모아 강아지 훈련을 시킨다고 야단이었다. 멍석을 돌돌 원통형으로 말아 그 속에 강아지를 한 마리씩 넣어 이쪽으로 나오면 석류나무 회초리로 얼굴을 때리고 저쪽으로 나와도 또 때렸다. 소위 순둥이 똥개 강아지 성질을 독하게 만든다는 이유에서였다. 조금 지나자 그것도 무료해졌다. 제백이 고방에서 낫을 꺼내 인원수대로 건네주었다. 뒤뜰 조릿대 밭에서 대나무 활을 만들기로 했다. 화롯불에 쬐어 구부린 다음 연결시키는 연심聯心 과정을 거쳐야 하는데도 뭐가 그리 급했는지 활줄을 삼실로 하고 화살도 조릿대로 뾰족하게 대충 만들어 하늘을 향해 화살을 메워 쏘기도 했다.

다시 멍석을 말아 그 속으로 차례차례 활을 쏘아 누가 제일 멀리 나가나 겨루기를 했다. 한참이 지나 그것도 시들해졌다. 저녁때가 가까워 오자 동무들은 한두 명씩 집으로 갔다. 그때 제백은 멍석 한쪽에서 저만큼 떨어진 축담 밑에서 자고 있는 강아지를 쓰다듬고 있던 규백을 향해,

"쥐 봐라! 쥐!"

라고 큰 소리로 외치자 동생이 뛰어와 저쪽 구멍으로 얼굴을 들이밀었다. 순간이었다. 규백의 얼굴이 멍석 저쪽을 막아 깜깜했

다. 제백은 무심결인가, 지나친 장난기의 발동인가, 아무튼 그쪽을 향해 화살을 날렸다. 오른쪽 눈에서 쏟아진 피. 마침 들일을 마치고 들어온 마데이의 빠른 대처가 빛을 발휘했다. 읍내 병원까지 들쳐 업고 장장 삼십 리 길을 한달음에 달렸다. 그러나 실명을 면하기는 어려웠다.

버릴 것도 간직할 것도 없는 이 허망한 젊음이여. 어서 나에게서 떠나가 버렸으면 이 한밤을 밤이슬 먹는 절규의 나날로 보내진 않았으리. 한 잔의 술로 만난 사랑은 카바레의 플로어에서 무르익고, 통행금지에 그 사랑은 연분홍으로 다가와 미라지 여관에서 절정에 치닫더니, 한 잔의 모닝커피로 별리를 고하고 만다. 떠나는 사람도 떠나보내는 사람도 없다. 누구를 구태여 원망하리오. 모두가 떠나버린 날 나는 홀연히 지리산으로 향하리라. 천왕봉 산정, 나는 그 산정 위에서 한 마리 성난 늑대모양 포효하다가 쓰러시리라. 내 쓰러진 시체 위에 까마귀 떼가 와도 독수리 떼가 와도 내 영혼은 고이 웃으리라.

여려는 아버지가 죽고 나서 엄마, 여동생과 부산으로 이사 갔다. 공부는 동생보다 여려가 더 나았다. 소려는 이미 연예계를 선망하는 눈치였다. 언제부터인가 담을 사이에 둔 이웃집 대학생 오빠가 그들을 가르치겠다고 드나들었다. 오빠는 동생을 더 귀여워했다. 그래서 여려는 더욱 약이 올랐다. 하루는 엄마와 집주인 내외, 그리고 초등학생 두 딸과 함께 부산공설운동장에서 열리는 공연에 갔다 오겠다고 점심을 먹고 나갔다. 마침 제헌절 공휴일이라 모두들 신바람이 났다. 동생 소려는 음악 학원에 가고 집에 없었다. 그들이 떠나고 오빠와 여러는 오붓한 시간을 보냈다. 오빠가 동생을 찾는 모습에 더욱 오빠를 유혹했다. 그런데 그만 넘지 말아야 할 선을 넘고야 말았다. 그것까진 좋았다. 오빠의 성난 무기는 물불을 안 가리고 사정없이 공격해 와 그만 그곳이 찢어지는 불상사가 일어났다. 위안부 김영숙 할머니가 이제 막 열세 살 적에 일본 순사한테 끌려가 중국 심양의 일본군 주둔지에 넘겨져 일본군 장교한테 당했다. 그런데 자기 성기를 넣으려 시도하였으나 끝내 들어가지 않자 주머니칼을 꺼내 그곳을 찢었다. 김 할머니는 회상했다. 그렇게 하곤 자기 할 노릇을 했는지 아무튼 까무러쳐서 기억이 없다고. 놀란 오빠는 부축하여 가까운 병원에 갔다. 그런데 대기실에서 청천벽력 같은 뉴스를 듣게 된다. 그러니까 바로 오늘, 1959년 7월 17일 오후 다섯 시, 부산 구덕운동장에서는 『국제 신보』가 개최한 제이회 시민 위안의 밤 행사가 진행되었다. 이날 출연한 연예인은 그 당시 기라성 같은 초호화판 멤버였다. 이런 탓에 행사는 얼추 십만여 명의 관중이 참가, 입추의 여지가 없는 가운데 시작되었다. 그런데 이날 17일이 화창할 것이라는 일기 예보와는 달리, 행사 도중인 여덟 시 사십오 분쯤 갑작스런 폭우가 쏟아지면서 상황이 벌어졌다. 공연이 중단되면서 관중이 비를 피해 서로 먼저 빠져 나가려 어귀로 몰리면서, 넘어지고 짓밟히는 사고가 일어났다. 당시 경비 경찰관들이 정문을 막아서서 공포 스무여 발을 쏘는 등 혼신의 노력을 기울였으나 밀물처럼 쏟아져 나오는 관중을 막기에는 불가항력이었다.

이날 시민 위안의 밤 행사 참사 사고로 모두 쉰아홉 명이 숨졌는데, 이들 대부분이 부모들을 따라 구경을 나온 어린이였다. 한꺼번에 밀려나오는 인파 속에서 어린이들이 어른들에 밀려 엎어지고 밟히면서 무참하게 사고를 당했다. 『국제 신보』는 사고 이틀 뒤인 7월 19일 자 석간에 이례적으로 긴 제목의 통사설을 실었다.

고인의 명복을 빌고 시민 여러분께 심심한 사과를 올립니다. 시민을 위한 정성이 참변을 가져온 결과에 애석한 동정 있기를 빕니다.

이 사설의 쓴 자가 소설가 나림이었다. 이날 이후 몇 차례 더 애도의 글을 실었는데, 이 글을 본 조선일보의 주필은 그를 눈여겨보았다는 후문이 떠돌았다. 그런데 안타까운 것은 주인집 막내딸이 참사를 당했다. 결국 곧바로 짐을 싸 부산 감만동 언덕으로 이사했다. 우연이라면 너무도 필연적인 것이, 그로부터 딱 두 달 만인 1959년 9월 17일 추석에 사라호 태풍 참사를 맞게 되었다. 구덕운동장 대참사가 일종의 소남풍少男風이었다. 뇌우雷雨 직전의 거대 먼지폭풍 하부브Habūb라고 하면 지나친 과장일까.

11장 그리움을 잊고 사는 사람들에게

 산채는 일렀으니 들나물 캐어 먹세. 고들빼기 씀바귀요 조롱장이 물쑥이라. 본초本草를 상고하여 약재를 캐오리라. 달래김치 냉잇국은 바위를 깨치나니 창백출蒼白朮 당귀當歸 천궁川芎 시호柴胡 방풍防風 산약山藥 택사澤瀉 낱낱이 기록하여 때맞게 캐어 두소.

 고선이 죽기 하루 전 날, 고계도 교도소에서 중풍으로 쓰러졌다. 그리고 고선과 한 날 한 시에 죽었다. 교도소 측에서는 그토록 오래 교도소 생활을 했기 때문에 연고자가 혹여 있다 해도 쉬쉬하며 거들떠보지 않으리라는 교도소 측 자체 판단 아래 근처 야산에 화장도 하지 않은 채 묻었다.
 고선은 소능마을 장골산 중턱에 묻었다. 며칠이 지난 어느 깊은 여름 밤, 소나기와 큰 바람과 천둥번개가 요란했다. 마치 천지가 개벽하는 것 같았다. 잠시 후, 하늘이 찢어질 듯한 굉음이 나고 천지가 훤해졌을 때 고선과 고계 무덤에 벼락이 내리쳤다. 두 시신이 바깥으로 튕겨나갔다. 그러자 언제 그랬냐는 듯이 천지가 고요해졌다.
 그때 마치 기다렸다는 듯이 왕지네와 통통한 살무사가 시신의 정수리와 심장 쪽으로 물고 뜯고 야단이었다. 한식경이 지났을까. 둘은 언제 죽었냐는 듯이 벌떡 일어나 치마를 툴툴 털었다. 오히려 죽기 전보다 더 생생하고 활기가 넘쳤다.

고계는 한달음에 고선 쪽으로 달려갔다. 둘은 긴 포옹을 한 후 바로 사름이 묻힌 산으로 갔다. 덕대를 파헤쳐 사름을 깨웠다. 이미 탈골이 다 되어 한참이 지나서야 온전한 모습으로 돌아올 수 있었다.

자, 지금부터 본격적인 행동에 돌입해야 하는데 과연 누구와 같이 움직여야 하는지를 의논했다. 즉 고선과 고계와 사름이 같이 행동하는 것. 아니면 고선 자매. 다음으로 고선과 사름. 마지막으로 고계와 사름 등이었다.

뒤뜰 산 정상에서 그들의 진지한 의논은 끝날 줄 몰랐다. 결국 셋이 한 팀이 되어 행동하기로 결론을 내렸다. 그들의 손엔 지팡이가 들려 있었는데, 고계는 살무사 무늬, 고선은 호랑이 무늬, 그리고 사름은 왕지네 무늬가 상감象嵌이 되어 있었다. 그리고 자매의 지팡이 안에는 당구 큐가 들어 있었다.

소위 러시안 인형Russian Doll인 마트로사카matroska처럼 만들어져 그들은 그것을 '사름 지팡이'라고 불렀다. 그들은 소일거리로 당구를 즐기기도 했다. 당구 클럽에 가서 남매가 게임을 즐길 때는 사름이 게임돌이가 되었다.

당구는 고계가 교도소에서 배운 취미활동의 하나인데 처음엔 포켓볼로 시작했으나 너무 시시하다며 사구四球로 바꾸었다. 흔히 말해 대대에서 평균 사백 점을 치는 실력자가 되었다. 그리고 스리쿠션도 배웠는데 대대에서 평균 스무 개를 쳤다.

고선은 고계한테 배웠는데 요즈음은 실력이 무척 늘어 고계의 절반 정도였다. 그들의 취미는 영화 관람인데 사름이 미성년이라 주로 애니메이션을 볼 수밖에 없었다.

그들은 세계 어디에든 갔다. 그리고 날씨나 낮밤을 가리지 않았다. 또 다루어야 할 사항은 정해져 있지 않고 그날그날 이슈나 화젯거리를 중심으로 다루었다.

그들의 무시무시한 행동을 눈치 채는 이는 아무도 없었다. 그만큼 그들은 손오공이나 해리포터나 수많은 무협지에서 보여주는 것보다 더한 신기神技를 지니고 있었다.

한마디로 동서고금에서 듣지도 보지도 못한 기상천외한 마법을 부려, 스스로들 우리 시대 마지막 마법사라고 자부하고 있었다. 그들이 오랜 의논 끝에 우선 포괄적으로 '그리움을 잊고 사는 사람들에게'를 정했는데, 그 첫 번째 세부 사항을 형제간의 재산 다툼을 다루기로 했다.

왜냐하면 그리움을 상실한 것은 근본을 잃은 자의 소행으로 여겼기 때문이었다. 특히 사회의 귀감이 되어야 할 작자들이 서로 물고 할퀴어 이전투구 하는 것을 종종 목격하게 된다. 그들이 도저히 개전의 정을 보이지 않으면 단호한 마음으로 제일 주요인물을 낚아채서 일단 도산밭골 정상으로 데려왔다.

"일찍이 솔로몬은 헛되고 헛되니 모든 것이 헛되도다라고 했고, 정산종사鼎山宗師 역시 공수래공수거라 했거늘, 네놈은 성경을 읽지도 않았느냐, 듣지도 않았단 말이냐? 내 영혼이 기뻐하는 것에 세 가지가 있으니, 형제간의 화목과 이웃끼리의 우정, 그리고 부부간 금슬이라고 하지 않았느냐.

공자도 제 자식 중히 여기는 것은 하등동물들도 하는 것이니 모름지기 인간의 탈을 쓴 자는 부모와 형제를 중히 여겨야 한다고 했지. 이놈아!"

고계가 지팡이로 머리를 툭툭 치면서 호통을 쳤다. 이놈은 울며불며 살려달라고 애원했다.

연달아 고선이,

"이 천하에 몹쓸 잡종 인간아! 그렇게 동생 것을 빼앗아 먹으니 세상을 모두 얻은 것 같더냐. 더럽고 치사한 인간아! 퉤!"

하며 가래침을 그놈 면상에 뱉었다. 그러고는 코털을 뽑고 불알 망태를 뽑았다. 아파 발악하는 그놈의 괴성에 산새와 산짐승이 놀라 자빠질 정도였다.

사름이 다가와서 음모를 몇 가닥 뽑아 후 하고 불면서 즐거워하고 있었다.

개과천신하여 착하게 살겠다고 콧물인지 눈물인지 분간이 안 갈 정도로 울고불고 했으나 모두들, 가래침을 뱉고,

"이놈아, 저승에 가서 잘해 보거라."

하고는 바로 사정없이 한꺼번에 절벽으로 차버렸다.

훗날 그들이 전한 그의 죄목을 『흥부전』에서 살짝 빌려 기록했다. 더 궁금한 점이 있거든 공광규 '나쁜 짓들의 목록'을 참고하시라. 장석주도 통탄했다.

만물이 한 몸으로 연결된 생명공동체, 세월 인연으로 얽힌 인

---

85) 화엄경에 나오는 말로, 불교 우주관에 나타나 있는 무수한 하늘나라 가운데 제석천 궁전에 드리워진 그물을 뜻함.

드라망因陀羅網[85]속에 있는데, 오직 사람만이 우주의 주인인 양 제멋대로 산다고. 저리도 많은 나쁜 짓을 하고서도 도무지 부끄러운 줄을 모른다고.

12장 초병哨兵, 나비 잡다

호박나물 가지김치 풋고추 양념하고 옥수수 새맛으로 일없는 이 먹여 보소. 장독을 살펴보아 제맛을 잃지 말고 맑은 장 따로 모아 익는 족족 떠내어라.

군대였다. 태양이 작열하는 정오에 대지는 뜨겁게 달구어져 열기를 토해내고, 시간마저 멈춘 듯한 착각에 빠지게 했다. 뭔가 사건을 만들어야 이 질식할 것만 같은 멈춘 시간이 움직일 듯했다. 훈련소에서의 일이었다. 그러니까 제백이 훈련병일 때 폭양이 엄습하는 8월 중순의 피알아이PRI 교장은 죽을 맛이었다. 오 분간의 휴식 시간 때 그는 천인공노할 발설을 하고 말았던 것이다. 소위 금수저로서 배경도 있고 공수 특전사에서 점프 오십 회를 한 혁혁한 무공을 쌓은 조 중위 앞에서. 훈련이 지쳐 파김치가 된 동료 훈련병이 그늘 아래 모여 있는 곳에서, 제백이 대뜸,

"씨팔, 이렇게 지겨운 훈련을 해서 뭐해. 삼팔선을, 김일성이가 당장 밀고 내려오기라도 한담. 형님들이(미국과 소련을 지칭함.) 싸움을 붙여야 하는 거지. 차라리 군에 오고 싶어 환장한 놈이나 아니면 용병제도나 외인부대, 아니면 복제인간들을 편성하면 될 게 아냐. 개새끼들!"

하고 푸념 반 욕설 반 발설했었는데 하필 바로 뒤에 그놈의 악

질 조 중위가 있었던 것이었다.

아, 그날을 어찌 잊으랴! PRI 통제대 아래서의 물구나무서기 삼십여 분. 원한서린 유격장 달려갔다 오기. 그것은 낮이었고, 그날 밤, 조 중위한테서 넘겨주고 넘겨받은 제백의 몸뚱어리는 살짝 마맛자국 악바리 박 중사의 사디스트와 마조히스트 기질을 유감없이 발휘케 한 날이기도 했다. 교교한 달빛이 원망스러웠다.

일과 후인데도 부대 방송실에서 조영남의 '이등병과 이쁜이'와 '병사의 휴식'이 은은하게 들려왔다. 그런데도 며칠 후 입소식과 육 주 후 퇴소식 선서를 했으니 얄궂은 일이로다. 그 중사가 부대 근처 깡통마치 서울집 작부의 칼에 난도질당했다는 소식을 접한 것은 훈련소 수료 이틀 전이었다. 달아난 작부가 붙잡혔는지 그것은 관심 밖이었고, 아무튼 그 폭양의 여름은 끝나지 않았다.

아무도 사름 무리가 그의 죽음에 관여한 줄 몰랐다. 그들은 작부의 칼에 난도질당하는 그를 낚아채 도산밭골에서 문초하고 통곡하게 하고는 절벽으로 발로 차 버렸던 것이다. 그리고 조 중위도 마산 완월동 어느 홍등가 색싯집에서 불러내 도산밭골 정상에서 주리를 틀고, 제백이 당한 것과 비슷하게 저 산비탈까지 뛰어갔다 오기, 약한 나무줄기에 물구나무서기를 시켰다. 특히 물구나무서기를 할 때는 약한 줄기라 발을 기댈 수 없어 자꾸 꼬꾸라져서 사름이 솔잎을 따서 뭉쳐 장단지에 피가 나도록 찔렀다. 그런 후 셋이 절벽으로 세게 차 버렸다.

시간을 죽이는 작업을 위해 나비를 죽이기로 했다. 한 마리 배추흰나비가 철조망 위로 날아들면 낮은 포복, 높은 포복, 철조망 통과 시늉을 하면서 나비에게 접근하여 사격 자세를 취한 후 곧바로 총대를 휘두르거나 총을 던져 나비를 잡았다. 잡힌 나비의 파닥거림, 곧이어 마지막 숨을 거둘 때 느끼는 축축한 감흥. 손바닥에 남은 은빛 가루들……

손바닥을 떨면 흩어져 햇빛에 반사되는 광경을 보면서 초등학교 때, 규백이 능화 숲에서 잡아 죽인 황금색 어린 꾀꼬리를 빼앗아 학교길 산길 작은 바위 옆에 묻어두고, 우리 모두 그 위에 작은 표지석을 세워 오며가며 감자, 고구마, 감을 올려놓고 묵례했던 일이 생각났다.

철조망에 붙여놓은 나비의 시신. 그러한 작업을 서너 번 끝내고 먼지와 풀물에 더럽혀진 총을 헝겊(군에서는 수입보라 함.)으로 닦다보면, 어느 정도 시간을 죽일 수 있었다. 밤에도 어김없이 초병 생활은 이어졌다. 어린 시절, 풀벌레 소리와 외양간에서 소가 뒤척이는 소리가 간간히 들려오는 여름 초저녁, 마당에 모깃불을 피우고 왕대를 쪼개 만든 평상에 드러누워 별 하나 나 하나 별들을 세다가, 별똥이 하늘에 하얀 금을 그으며 떨어지는 신비한 광경에 아득한 꿈결을 걷는 기분이었다. 그리고 지그시 눈을 감고 창공의 특정한 별과 자기 사이에 통로를 만들어, 낮에 죽인 나비를 가련한 여인으로 만들어 날려 보내면 끝없이 눈이 시려 오기도 했다.

자대에 배치된 삼 개월 남짓 음력 정월보름, 무슨 놈의 군대가, 아무리 힘없고 백 없는 졸병이라고, 장장 여덟 시간 탄약고 보초를 세우는가. 너무나 피곤하고 지겹고, 갑자기 고향의 보름날이 물결처럼 밀려왔다. 얼마가 지났을까? 부대가 왈칵 뒤집혔으니, 탄약고 보초가 사라졌다! 오늘 어떤 미친놈이 순찰 오랴 싶어, 마음 놓고 탄약고 옆 갈대밭에서 누웠던 것이다. 그 탄약고에는 부산 시내 삼분의 일을 단번에 날려버릴 수 있는, 아니 죽일 수 있는 가스가 탱크에 저장되어 있었던 것이다. 세월 지나 제대병한테 그 탱크에 대해 아느냐고 물었으나 담당 업무를 보았던 자들까지, 심지어 그것이 있었는지조차 몰랐다고 했다. 다들 경탄하지 않는 삶을 영위하는구나.

깜박 잠이 들었는가, 그가 눈을 떴을 때 이미 사건은 심각하게 전개되고 있었다. 부대장의 순시. 그것도 탄약고의 보초가 행방불명이었으니. 부대장 김 대령이 CP실에 가서 일직 사령관한테 조인트를 까고 지휘봉으로 어깻죽지를 마구 때리며 호통을 쳤는데, 사실 부대장과 일직사령관 윤 대위는 육사 동기동창이었던 것이다.

화학학교 부대장은 화학감을 끝으로 전역 후 또 제법 솜씨가 있어, 하기야 군 세상이니 그 정도쯤이야 식은 죽 먹기였을 테지. 그는 우리나라 최대 국영기업체 전무이사로 재직했다. 사름 무리가 부랴부랴 그의 뒤를 밟았다. 그들은 그를 도산밭골로 데려와 문초하고 뉘우치고 통곡하게 한 후 급사急死케 했다. 희한하게도 그 다음 부대장도 다른 부대 부임 후 연탄가스를 마셔, 절명했다. 그의 죽음은 사름 무리가 관여하지 않았다. 아무튼 일직사령관, 당직하사관, 선임자 병사 등 십여 명이 날벼락을 맞아 급히 언덕을 올라, '김 이병! 보초!'를 연호하여 제백을 찾았다.

군형법, 제40조(초령 위반) ① 정당한 사유 없이 정하여진 규칙에 따르지 아니하고 초병을 교체하게 하거나 교체한 사람은 다음 각 호의 구분에 따라 처벌한다.
 1. 적전敵前인 경우: 사형, 무기 또는 2년 이상의 징역
 2. 전시, 사변 시 또는 계엄지역인 경우: 5년 이하의 징역
 3. 그 밖의 경우: 2년 이하의 징역
② 초병이 잠을 자거나 술을 마신 경우에도 제1항의 형에 처한다.

마침내 행정과장인 배 소령이 위원장이 된 자대징벌위원회가 열렸다. 자대에서 해결하자는 측과 연대의 군기 교육대를 보내야 한다는 의견과 시범케이스로 사다 영창으로 보내야 한다는 의견이 떠돌았다. 제백의 멍한 표정에 반성과 회개를 전혀 찾을 수 없다며, 참석자 전원이 탁자를 쳤고, 어떤 장교는 사형을 시켜야 한다고까지 했다. 특히 특무상사는 이때가 기회다 싶었는지, 남한산성으로 보내야 한다고 했다. 특무상사와 제백의 악연은 1970년대 초 국민투표일로 거슬러 올라갔다. 국민투표를 앞두고 부대는 특식에다 외출외박이 잦았다. 그날 투표소는 작전과와 행정과 사이 통로에 마련되었다. 투표소란 게 별 게 아니라 나무 책장 같은 것을 세워두고 앞에 하늘 색 커튼을 쳐, 한 명만 겨우 들어가서 기표하고 기표함에 넣는 것이었다. 투표소에

서 불과 이삼 미터 떨어져 원통형 석유난로가 놓여 있었다. 철제의자에 방석을 깔고 앉은 특무상사는 검은 안경을 끼고 있었다. 평소 때는 어리보기였는데 그날 안경 안으로 보이는 매서운 눈초리며, 지휘봉을 손바닥에 딱딱 치는 것이 영 딴 사람 같았다. 제백은 불쾌했다. 제백은 찬반 투표용지를 만지작거리다 몰래 구겨 들고 나와서 찢어버렸다. 특무상사의 눈을 속였다. 그런데 저녁 때 야단 굿이 났다. 한 표가 부족했다. 아무래도 미심쩍어 제백의 소행이라고 결론을 내렸다. 교수부장, 행정과장, 일보계日報係 사수, 조수가 동원되어 일보日報를 조작, 이날을 소급하여 제백을 휴가로 처리했다.

순찰자들이 보초를 찾는 그 순간 제백은 오여려와의 그 숱한 관계를 더듬고 있었다. 군 생활 내내 단 한 번도 여려와의 추억을 상기하지 않았던 것인데 이상했다.

영창 생활. 그의 몸은 망가졌고 정신은 초롱초롱해졌다. 출감한 후 쾨쾨한 냄새가 진동하는 2·4종 창고에서 보급품 반납과 지급 업무를 보면서, 이 개월 간 매일 이백 자 원고지 오십 장 분량의 반성문을 썼다. 그 귀중한 자료가 최 하사의 사건으로 인해 분실되었다. 최 하사는 소년병으로 입대한 장기하사였다. 그는 부산 다대포 출신으로서 부모가 일찍 돌아가고 자기도 사라 태풍에 천장이 내려 앉아 다리가 부러지는 사고를 당해 치료를 받고는 갈 곳도, 배운 것도, 형제자매도 없어, 결국 교도소나 군대를 놓고 생각 끝에 군대에 와서 월남까지 갔다. 그러나 워낙 천성이 곱고 여려서 월남에서의 전투병으로서 적응을 못하고,

결국 고향 선배의 도움으로 이 부대까지 흘러왔다. 그런데 이 부대의 학벌이 카투사 비슷하게 높다보니, 더 열 받았다.

　마귀가 인간을 타락시킬 때 가장 많이 주는 선물이 '비교의식'입니다. 인생을 살며 가장 비참한 순간이 비교하는 순간입니다. 레비스는 "악마가 인간을 파괴하기 위해 사용하는 가장 강력한 무기는 비교의식이다."고 말했다.

　토크빌이 말했던가. 혁명은 어디에고 숨어서 기회를 엿본다고. 비록 보편적으로 윤택한 살림일지라도 상대적인 빈곤을 느끼면 불평불만을 갖게 되는 법. 다시 좀 고상하게 말한다면, 혁명이란 사태가 악화되는 과정에서만, 가장 억압받는 사람들에 의해서만 일어나는 것은 아니다. 가장 압제적 정부에서 아무것도 불평 없이 잘 참아내다가 그 압력이 완화되는 순간 발화될 수 있다. 혁명에 의해 파괴된 체제는 대개 바로 그 앞선 체제보다 낫기 마련이다. 혁명 세력은 구체제를 완전히 무너뜨리고 새 세상을 만들지만, 그래서 구시대나 이전 체제의 병폐를 몰아내지만, 그 순간부터 전혀 예상하지 못한 또 다른 모습의 악을 쌓아나가기도 한다. 앙시앵 레짐(구체제)을 몰아내고 위대한 업적을 이룩한 프랑스 인민들은 새롭게 만든 자유와 평등을 어떻게 실현시킬지 방법을 몰랐다. 결국 나폴레옹 군사독재의 굴 안으로 스스로 들어갈 수밖에 없었다. 과연 매일 일정한 노선으로 운행하는 버스 운전사에게 혁명은 무슨 의미인가? 타령에도 언급했지만 여기서 다시 한 번 칭송한다. 즉 최근 탈북자 한의사 삼형제의 큰 형수의 적극적인 배려와 예지로 두 시동생을 반 강제로 우격다짐하듯 공부시켜 똑 같은 한의사로 어엿하게 사회에 내보낸 그 형수를. 형제간이 서로 상대적 빈곤을 느끼면 형제애는 깨지기 싶다는 게 그녀의 지론이었다.

말이 나와서인데, 비좁은 나라에서 국민 각자의 행동은 거의 미국을 따라잡고 있다. 미국같이 오사리잡놈들이 다 모여 사는 합중국은 국가가 아니다. 한 사람 건너 아는 사람이 있게 마련인 한국에서, 그것도 할아버지, 할머니와 손자 손녀가 같은 공간에서 살면서도 가치관이나 도덕은 다를 진대, 공통된 도덕률을 실행해야 함에도 온갖 애정행위나 입도 가리지 않고 하품하는 등, 보기 흉한 모습에 살맛이 나지 않는다. 우리나라 여중고생의 목소리도 언제부터인가 가성假聲을 넣어 굵고 투박하게 변했다.

일찍이 어떤 유학생이 들려준 말이다. 미국이 마치 풍기문란의 극치처럼 영화에 비춰지지만 영화란 게 그 당시 삼 대 수출품의 하나라 저개발국에다 팔려면 자연히 말초신경을 건드리는 내용이 많아야 한다고. 누군가 말했다. 미국이나 일본의 경우는 상류사회의 문화가 아래로 내려와 국가 전반적으로 격조 높은 문화를 향유하지만, 우리나라는 천민문화와 군사문화가 뒤죽박죽 섞여 위로 올라 가다보니 죽도 밥도 아니라는 것이다. 이 나라 교육 또한 어찌 온전하다 할 것인가. 차라리 미국의 한 주州로 편입하든지, 중립국으로 가든지, 아니면 무정부주의로 선언해야 하지 않는지 심히 우려된다. 육칠십 년대만 해도 버스나 공공장소에서 유행가가 여과 없이 들려오진 않았다. 미국 네브

래스카 오마하에서 사업을 하고 있는 군 선임자는 말했다. 미국, 미국, 하며 우린 미국의 한 단면만 보고 비판을 하지만 그들의 수준 높은 국민 의식을 보면 부끄러울 따름이라고, 그러면서 한 예를 들었다.

선임자의 이웃에 한 중년부부가 두 차례 해외에서 어린애를 입양을 했다. 한 애는 태국, 그리고 몇 년 후에는 한국 애를. 사실 그들이 낳은 자식도 남매가 있었다. 그런데 입양한 두 아이는 소위 몸을 가눌 수 없을 정도로 심한 장애를 갖고 있었다. 그런데 그 부부는 그들이 미세하게나마 발전 반응을 보이면 마치 천하를 다 얻은 양 기뻐한다. 그게 바로 기독 정신이 아닌가.

사실 미국에선 여자들이 오후 일곱 시 전에 귀가한다고. 하기야 그런 명령을 내린다고 범죄무풍이 되어 다 해결되는 것은 아니지. 제백과 같이 근무했던 어떤 경찰은 경찰생활하면서 볼 것 못 볼 것 다 봐서 그런지, 여대생 딸의 귀가 시간을 정해 놓고는 어기면 허리끈을 풀어서 태질 하였으나 딸의 뱃속엔 이미 사 개월 된 애가 들어서 있었다. 딸은 사윗감과 같이 와서 결혼 승낙을 받아낸 것은 당연지사였다. 역시 우린 왕년의 전설적인 농구 선수 박신자의 미국 시집살이를 듣고 있다. 소위 미국의 명문가의 예의범절이며 높은 도덕률을. 그런데 옆 담요처리 부대와 종종 내기 축구 겨루기를 했는데, 부대장이 축구 잘 하는 최 하사를 종종 놀려댔다. 땅꼬마라고. 몇 번 다 이긴 게임을 그가 뒤집혀 놓은 경우가 허다했기 때문이었다.

어느 무더운 날 정오 가까운 시각, 내무반에서 몇 발의 총성이 울렸다. 다들 무서워 가까이 가지 못하고 언덕과 나무와 화단 벽을 엄폐물로 삼고 동태를 파악하고 있었다. 제백은 최 하사 소행이라 직감했다. 마침 토요일인 어제께 담요 세탁하는 처리중대원과 연병장에서 축구 겨루기를 가졌다. 팽팽하던 연장 후반에 제백이 패스한 것을 최 하사가 논스톱 터닝슛을 하여 삼 대 이로 이겼다. 그런데 끝나고 연병장 한쪽 구석 플라타너스 그늘에서 진 쪽이 간단하게 마련한 막걸리를 마시고 있었는데, 그쪽 중대장이 대뜸 하는 말이,

"어이 땅꼬마, 땅꼬마가 제일 잘하더구먼."

하고 최 하사의 최대 약점인 아킬레스건을 건드리고 말았다.

"개새끼, 한두 번도 아니고. 당장 쏴 죽여야 원 없겠어!"

저녁까지 분을 삭이지 못하는 그를 제백이 달래느라 식당 뒤 수양버드나무 아래에서 거의 밤을 새다시피 술을 마셨다. 그와 제백은 말귀가 서로 통하는 사이였다. 더구나 같은 행정과에 제백은 장교계將校係였고, 그는 행정과 수발受發을 맡고 있었는데, 선임 중사가 행정과장 지시라면서 하사관 후보생들 송금분 돈을 챙기라고, 이번에는 강력하게 지시를 내렸다. 하사관 후보생 한테 오는 우편물의 어떤 것『샘터』책갈피 사이사이에 만 원짜리를 넣고 풀칠했는데, 그것은 이미 진부한 수법이었다. 새로 개발된 것은 모나미 볼펜심에 만 원짜리를 도르르 말았다. 곁으로 보기엔 그냥 볼펜이라 여기지만 일단 눌러보면 안 눌러지는 것이었다. 볼펜 열두 개였으니 한 개당 만 원으로 해서 많게는 십이만 원을 말 수 있었다. 그것을 들고 취사장 뒤에 가서 당사

자를 만나 흥정을 한다. 지금 전부 가져가려면 절반을, 아니면 저축해 놓을 테니 수료식 때 가져가라고 하면, 어느 누군들 긴 세월을 기다리겠는가.

어디 그뿐이랴. 평소 우편물을 모아서 우표를 다 떼고는 무료로 보내는 날, 군사우편이란 고무도장을 찍어 보내고, 그 뗀 우표는 다시 PX에 가서 몇 퍼센트 할인하여 팔았다. 그들 간엔 이미 묵계가 되어 있었다. 이것이 최 하사한테는 고역이었고, 괴로움이었다. 차라리 행정과장인 장교가 시켰다면 사고라도 치고 싶지만 같은 장기 하사 신 중사의 간곡한 부탁이라 한두 번 해 보고는 이게 아니다 싶어 이러지도 저러지도 못하고, 낮엔 악행, 저녁에 괴로워 술만 퍼마셨다. 그는 제법 의협심이 있어 경리과 선임이 제백을 괴롭히는 것을 몇 번 눈여겨봤다가 하루는 저녁 식기를 씻으러 세면대에 갔는데, 인솔하던 경리과 선임이 제백한테 비눗물 묻은 식기로 머리를 몇 번 내려치는 것을 최 하사가 늦게 식사하고 식기를 세면대에 놓고 가려다, 목격하고는 큰 소리로 선임을 불렀다.

그날을 절대 잊진 못하리. 최 하사의 날렵한 발차기에 제법 덩치가 큰 선임은 푹푹 쓰러지고, 일몰의 태양이 플라타너스 잎 사이로 비치면서 선임의 입가에 묻은 피와 교접을 하는 것이었다. 선임은 한신마냥 가랑이를 붙들고 비굴하게 용서를 빌었다. 그의 피 묻은 얼굴과 비굴하고 괴로워하는 눈빛이 제백과 마주쳤다. 제백은 순간 움찔하며 뒷걸음쳤다. 그날 이후 선임은 순한 양이 되었다. 제대 후 들리는 바에 의하면, 그는 군대 오기 전

유수의 제일 금융권에서 제법 잘 나가다가 제대 후 국내 몇 손가락에 드는 조직폭력배 큰 처남과 사업에 손을 댔다. 알래스카 사슴을 들여오는 사업이었다. 결국 가까운 동창한테 사기를 당해 폭삭 망했다. 자기만 당했으면 좋았으련만 칠팔 명 가까운 친척까지 연대보증을 서서 동반 몰락의 길로 가고 말았다. 그러다가 원양어선에 오르게 되었다. 아프리카의 라스팔마스에 내려 또다시 인생을 활짝 펼쳐보려고 했다. 라스팔마스는 한국 원양어업의 아프리카 전진기지로서 백십팔 명의 선원이 잠들어 있는 곳이기도 했다. 그는 GSGM의 옷을 수입해서 제법 짭짤하게 수입을 올렸다. 그는 좀 더 시장을 확대하고자 카메룬 사위한테 머물고 있던 친구를 수소문했다. 마침내 친구를 찾아 카메룬으로 갔다. 드디어 GSGM 한국 본사와 제휴하여 그곳에서 생산되는 의류를 대상으로 거대한 상권을 형성하였다. 그리고 제백이 잘 아는 글 쓰는 이들에게 기존에 있는 자료를 그럴듯하게 짜깁기하여 다듬게 하고, 그림은 몇몇 한국화 전문 화가에게 부탁하였다. 그렇게 하여 마침내 프랑스어로 번역된 〈한국 전래 동화 전집〉(한 질 200권)을 출간하게 되었다. 천 질 수입하여 큰 이문을 챙기기도 하였다.

결국 카메룬 국왕의 신임과 총애를 받아 궁에 초대되는 특혜를 누리기도 했다. 사실 GSGM과 도서출판 마카렌세스의 상품을 적극적으로 도와 준 이가 바로 제백이었다. 군이란 특성이 다들 한 번씩은 선임 시절을 겪는지라, 다들 묵은 감정을 한때의 해프닝으로 치부하고 말았다. 그러니 자연 그들도 그 순리에 따를 수밖에 딴 도리가 없었다.

그런데 어느 날 그가 며칠 전 뉴스에 나왔다. 그가 주로 여신도를 대상으로 하는 〈44소교〉란 사교를 만들어 큰 사기를 치다가 신도의 남편들에게 붙잡혀 난도질당했다는 것이었다. 제백으로서는 큰 충격이 아닐 수 없었다. 〈44소교〉란 제백이 만든 신흥 종교여서 그 책임을 크게 느낀 첫 번째 사건이 되었다.

이런 작은 신장도 군대에 올 수 있을까 할 정도로 최 하사는 작은 키였다. 한 때 제백 대학 동기생 한 명은 키 높이 구두를 신었다. 또 어떤 키 작은 이는 맞선 볼 때 당장 키 높이 깔창을 구할 수 없어(그때는 그런 것이 유행하지 않아 거의 없었음.) 우선 스티로폼을 구두 뒤쪽에 집어넣었다는 것이다. 이층 음식점 신발장에 넣어둔 신발이 나가는 손님이 잘못 빼다가 떨어져 그만 들통이 나고 말았다. 그 길로 끝장이었다. 제백이 대학 이학년 때 같이 도서관 아르바이트한 친구는 총명하고 다정했지만, 고교 선생을 할 당시 삼십 대 초반에 간경화로 죽었다. 그리고 S대 약대를 나온 제백 중학 친구도 비슷한 성격이었으나 그와 비슷한 나이에 죽었다. 그 둘의 공통점은 키가 작았고, 얼굴이 검었다는 점이다. 둘 다 술은 멀리한 자였다.

제백이 내무반에 도착해서 문을 두드리자 또 한 방의 총성이 울렸다. 그것으로 모든 것이 끝이었다. 제백은 부리나케 목공실로 달려가 장동차랑이라는 일본식 이름을 가진 간과 폐가 망가진 선임병한테 부탁해서 노루발과 망치를 얻어와 문을 부수고 들어갔더니, 최 하사는 깨진 어항 옆에 피를 낭자하게 쏟으며 게 거품을 물고 무언가 손짓을 하는 것이었다. 제백이 얼굴을 감싸고 눈을 감겨 주었다. 긴 탁자에 놓여 있던 어항이 박살이 나서 긴 형광등 파편과 수많은 열대어들이 깨져 바닥을 드러낸 어항 속이나 바닥 여기저기에 파닥거리며 피와 뒤엉켜 있었다. 특히 레드플래티는 피와 구분이 가지 않을 정도였다. 제백은 얼마 동안 최 하사 업무인 문서수발과 자기 고유 업무인 장교계 업무를 동시에 보았다. 마침 약방 감초 같이 눈치코치 영리하고 빠릿빠릿한 권 문관이 있어 한결 일이 수월했다. 근신이 끝나고 이제는 탄약고 보초보다 한 급 낮은 외곽 초보의 신세가 되었다. 자대에서 근무하는 게 아니라 인근 부대에 파견 형식인지라 그 서러움을 어찌 필설로 다하랴. 인간 못된 놈은 어느 단체에도 있게 마련. 여기 외곽 보초병들은 선임이든 신병이든 참 인간 말종이 많았다. 특히 이미 언급한바 있고 최 하사한테 얻어맞았던 최 병장은 무슨 상곤가 나와 매달 서울 경리단에 가서 봉급을 타오다 보니, 마치 자기가 봉급을 그냥 선심을 쓰는 양, 시건방을 떨고 있던 자대 선임이 보기 싫어, 이곳 파견을 원했다. 이곳에 오니, 서울 어디 대학에 다니다 온 매끄럽게 생긴 놈이 교묘하게 괴롭혔다. 무슨 콤플렉스가 그렇게도 많은지.

　사흘 무리가 내무반에서 곤하게 자고 있던 두 놈을 불러내어 명태 엮듯이 묶어 도산밭골로 끌고 왔다. 장대비가 억수로 내리던 밤에 도착하여 얼차려 시키고 나서 초죽음이 되도록 패고 기절시켰다. 아직 젊고 잘못을 뚜렷하게 인지했고, 제백의 간곡한 부탁도 있고 해서 셋이 의논 끝에 살려두기로 하고, 소나기에 젖은 옷을 말리고는 발길로 차 내무반에 넣었다.

제백은 이상의 초상화를 구본창 화백이 그린 〈문학사상〉 창간호며, 신구문화사의 노벨문학상 수상전집 중 하나인 사르트르의 『말』을 강제로 빼앗겼다. 제백이 살아오면서 많은 것을 내준 셈이었다. 그중 책은 수없이 많았다. 책 도둑은 도둑이 아니라서 그런지 가져간 사람들은 아예 돌려줄 줄 몰라 했다. 특히 용산 미군 도서관 여사서가 가져간 『호비트』(도서출판 열음 출간.)는 창작과 비평사에서 나오기 훨씬 전 출판물이었다. 그리고 이청준, 김승옥 등의 〈산문시대〉, 이규헌의 『포(炮)』, 김광섭의 『성북동 비둘기』, 박목월의 『경상도 가랑잎』 등이 대체로 가까운 사람들이 빌려갔던 책이다. 그러나 빌려가고는 영영 소식이 없었다.

그는 행정과 사무실 천장 한 구석에 비밀리에 더플백(duffel bag, 한국에선 속칭 '더블백'으로 많이 불림.) 한가득 책을 두고 있었다. 선임들도 허락했다. 그렇게 되기까지는 어떤 한 사건이 계기가 되었다. 그러니까 국군의 방송 촬영을 인근 야산에서 했는데, TNT를 실제 터뜨려 실감나는 촬영이었다. 그런데 최고선임 위(魏) 병장이 제대 말년이라 심심하여 따라와 먼눈을 팔았을 때, 폭약이 터지기 일보 직전이었다. 순간, 제백은 그를 안고 바위 뒤쪽에 몸을 파묻었다. 그날 이후 제백은 어항 불이 밤새 밝히는 최고선임 위 병장 옆에서 글을 쓰고, 책을 읽는 특혜를 누렸다. 이러한 것들이, 시기와 질투가 심한 경리과 선임에겐 눈에 가시였다.

언젠가 아르헨티나 어떤 신문 편집장의 망명기를 감동 깊게 읽었는데, 고문할 때 아주 무식한 자의 고문은 차라리 쉽게 받아들일 수 있는데, 제일 힘든 고문은 고문자가 고문당하는 자를 능가할 정도로 식견이 풍부할 때란 거다. 제법 지성인인 척 하지만 무척 건조하고 메마른 지성, 감수성이라고는 파리 ×대가리만큼도 없는 놈인 것이다. 특히 그러한 인간들은 군 같은 폐쇄적이고, 획일화된 조직에서 많이 나타난다. 참으로 섬뜩할 정도로 무서운 존재인 것이다. 그래서 삼천포 늑도勒島 동쪽에 있는 작은 섬인 학섬鶴島에서 머슴살이 하다 입대한 최 상병이 오히려 편했다는 역설이 통했다. 비록 배트로 치고 호통을 쳐도 그뿐, 뒤끝이 전혀 없었다. 『쿠오바디스』에서 리디아를 호위하는 거인 우르서스만큼 컸으나 그에 비해 코가 작아 먹을 때나 담배 필 때 씩씩거리며 호흡이 가빴다.

한 번은 취침점호가 끝나고 PX에 과자를 사려고 문을 빼꼼 열었더니, 학섬 최 병장이 부르는 것이었다. 어느새 병장이 되어 있었다. 그러나 뭐 따질 건 못된다. 그 당시 위병소나 외곽보초병은 마이가리가 많았다. 그가 PX 담당 황 하사와 소주를 마시고 있었다. 그는 반갑다는 듯이 몇 잔을 연거푸 건네는 것이었다. 제백이 갑자기 급하게 받아먹은지라 약간 취기가 오르자 자기도 모르게 대뜸,

"황 하사님, 황 하사님께선 고아이신가요?"

그러자 그가 떨면서 술잔을 바닥에 떨어뜨린 후, 펑펑 울면서 제백을 부둥켜안기도 하면서 오랫동안 흐느꼈다. 그의 아버지는 보성고보 출신으로 한국전쟁 때 월북했고, 어머니는 자기가

두 살 때 캐나다로 재가해서 누님과 할머니, 삼촌과 같이 살았다. 그는 고교 럭비 선수였다. 그리고 꿈은 육사 진학이었으나 아버지의 자진 월북으로 인한 연좌제에 묶여 사관학교는 엄두를 낼 수 없었다. 할 수 없이 Y대 법학과 체육 특기생으로 진학하였다.

그는 항상 '콜로라도의 달'을 부르면서 그랜드 캐넌으로 여행 가서 콜로라도 강의 달 밝은 밤을 만끽하고 죽었으면 원이 없겠다고 푸념을 해대곤 했다. 아마 캐나다로 간 어머니가 그리웠는지도 모를 일이었다. 얼굴도 모르는 어머니를. 그의 쓸쓸한 모습을 부대 여기저기서 목격하였다. 그는 제백만 보면 불러 담배를 권하고, 간혹 벤치나 잔디에 앉아 PX의 술을 사와서 같이 마시자고 돈을 건네주기도 하였다. 그리고 한창 마시는 도중에도 제백을 꼭 껴안아, 마치 호모로 여길 수 있을 정도였다.

아니나 다를까, 제백이 제대하고 이 년 후 황 하사의 슬픈 이야기를 듣게 되었다. 그가 회사 동료 세 명과 같이 미국 출장을 갔다. 그들이 경비행기를 타고 후버 댐을 구경하고 그랜드 캐넌의 절벽과 그 아래의 콜로라도 강을 감명 깊게 보고는 숙소인 라스베가스 〈엘 라라, 힐턴 그랜드 베케이션스 클럽〉으로 돌아와 각자 자유 시간을 가졌다. 그가 늘 자그마한 성경책을 들고 다녀 만나는 외국 사람들 대개가 '굿모닝 바이블'하고 인사를 건네면 즐겁게 인사를 받아주곤 했다. 일행이 아랍토호의 도박 게임하는 것을 보기도 하고, 호텔 주변의 무료 쇼도 구경하면서 소일하고 있었다. 그런데 그가 언제 일행한테 빠져나갔는지 행방불명이 되었다. 할 수 없이 일행이 먼저 귀국하고 난 일주일이 조금 지났을까. 그가 콜로라도 강 하류 절벽에 떨어져 죽어있는 것을 래프팅 하던 사람들이 발견하였다. 마치 영화 〈127시간〉처럼 바위 틈새에 끼여 좀처럼 발견이 쉽지 않은 위치였다. 온 몸이 너덜너덜 똥걸레가 되어 있었다. 그가 일행을 벗어난 날짜가 음력으로 열나흘이라 제법 달 밝은 콜로라도 강이었음을 미루어 짐작케 하는 것이다.

그는 늘 선들선들 우스갯소리를 잘했다. 특히 자주 인간은 운칠기삼이란 말을 입에 달고 살았다. 마치 개미가 떼를 지어 다니는 곳에 진흙을 뭉쳐 힘껏 내리쳐도 죽을 놈은 죽고, 살 놈은 용케 산다는 숙명론자였다. 제 아무리 의사가 처방 운운해도 종자만 좋으면 살게 되어 있다는 것이었다. 제백 먼 친척 중 사형제 모두 단명한 것을 보면 오로지 종자, 즉 DNA뿐이란 것이다. 이런 현상은 사회 여러 곳에서 나타나고 있다.

운運도 재능才能이라고 했던가. 황 하사가 체육 특기생으로 명문대에 들어갔던 그해는 〈대학별 자격고사〉가 실시되어 사실상 무시험으로 입학이 가능했다. 그러나 다음해엔 〈예비고사제〉가 도입되었다. 그는 자기가 너무도 운이 좋은 놈이라고 말했다. 어느 해 제백은 고향 마을에 찾아간 일이 있었다.

그해 눈 내리던 1월 보름 하루 전날, 능화마을 친구 겸 머슴 육칠 명이 모여, 모레면 서로 새로운 집으로 머슴살이 간다며 중돼지 한 마리를 잡았다. 무창골에서 반 강제로 데려온 순둥이 아내와 속눈썹이 유난히 검었던 아들을 둔 제백 사촌형은 평소 술이 과할 정도로 마셨으나 그 즈음 아내를 데려온 이후 자제하여 한 달에 막걸리 딱 한 잔정도 마실까 말까 거의 안 마셨다. 그가 돼지 간을 권해 먹은 것이 죽음으로 가는 길일 줄이야. 혹시 소주하고 먹었더라면 어쨌을까 하고 다들 아쉬워했다.

이웃 고성 어느 누구는 위암 말기라 이판사판, 첫새벽에 일어나 마치 정화수 떠서 기원하듯 소주 한 사발을 가득 부어 숨도 안 쉬고 쭉 마시기를 한 달 조금 지나자 점점 차도가 있었다나 뭐했다나. 그들은 말했다. 암세포가 첫새벽 독한 소주에 놀라 자빠지고 넘어지고 염병 떨다 몰살됐다고 전해졌다.

알퐁스 도데는 말했다.

"어린 시절의 나는 참으로 대단한 감각 장치와도 같았다. 아마도 나의 몸에는 바깥의 사물이 들어올 수 있는 구멍이 여기저기 뚫려 있었던 모양이다."

어린 시절 제백의 신기랄까, 예지력은 이미 소문이 날 정도였다. 일찍이 제백은 곧잘 틀림없는 예언을 했었기에, 그 영민함을 무디게 해야만 제명에 살 수 있다고 믿었다. 그의 집 뒤란 채전에는 큰 감나무 한 그루가 있었는데 그 감나무엔 희한하게도 가을 늦서리가 오기 전, 감이 어느 정도 익을 때, 떫은 것과 단 것, 그리고 떫거나 단 두 가지 맛이 동시에 나는 감들이 열렸다. 그런데 그는 대여섯 나이에도 어느 것이 단감인지 손가락질을 하면서 맞추는 신통함을 보였다. 그래서 어른들이 높이 열린 세 가지 감을 전짓대로 따서 결과를 증명해 보이곤 했다. 그 나무에는 세 가지 종류의 감인 갑주백목, 월하시, 부유가 함께 열렸다. 아마 그 감나무에 세 가지 접목, 즉 깍기접기, 눈접, 짜개접 한 게 아닌가 한다. 그 후 제백은 많은 예언이 적중하여 주변에서 범상치 않은 자로 치부했다. 또 마을에서 군에 간 남편이나 아들의 편지가 언제 올 것이며, 언제 휴가 올 것인지를 용케도 맞추는 것이었다.

우연이건 필연이건 미래의 일을 정확히 알아맞히는 영매靈媒라는 것이 가능한 것일까. 호화여객선 타이타닉호가 침몰하기 십사 년 전에 영국작가 모건 로버트슨이 『퓨틸리티徒勞Futility』라는 소설을 발표했는데, 현실이 되었다. 그리고 유명한 저널리스트이자 교령술사였던 윌리엄 토머스 스테드는 타이타닉호의 비극을 그가 쓴 단편소설로 이미 예언했다. 그러나 그 자신도 결국 그날 희생자가 되었다. 어린 시절 글짓기라고 하면 한창훈, 최인호, 김시습 등도 빠질 수 없지만, 보르헤스는 아홉 살에 영어로 다섯 페이지 분량의 단편소설을 썼고, 오스카 와일드의 「행복한 왕자」를 번역해서 신문에 투고까지 했다. 베르나르 베르베르는 여덟 살에 「어느 벼룩의 추억」이란 단편소설을 썼다니 실로 놀랄 노자로다. 뿐만 아니다. 프랑스의 시인인 미누 드루에 Minou Drouet는 일곱 살에 처녀 시집을 내서 화제가 되기도 했다. 그러나 위작 시비에 말려들기도 했다.

한 번은 제백이 자기 직장인 출협에서 해마다 『한국출판연감』을 만들고 있었다. 도서목록 띠지 작업을 할 때는 수위만 빼고 청소원까지 총동원되었다. 모두 강당으로 모였다. 긴 접이 책상을 직사각형으로 배치한다. 모두들 각자 의자에 앉아서 가로 이십오 센티미터, 세로 칠십 센티미터로 된 누른 종이 위에 배열된 도서목록을 딱풀로 붙이는 것이었다. 아무나 하는 단순 노동이었다.

다 끝난 목록은 오십 개씩 철을 하여, 다 된 것을 묶어 인쇄소로 보낸다. 그러면 문선공들이 한 자 한 자 문선하여 조판한다. 조판하여 인쇄된 교정쇄와 원본을 대조하는 것이 교정 아르바이트생의 주 일거리였다.

거창한 문제 아닌 사소한 일투성이의 일상 영역에서도 사람들은 대체로 진실에 대한 의지를 가지고 있다. 우리는 틀린 것을 고치거나 맞는 것으로 바꾸려는 성향을 가지고 있다. 자기 이해관계에 중대한 침해가 되지 않는 한 맞고 옳은 것 쪽으로 마음이 쏠리는 것이 인지상정이다.

뉴욕타임스NYT가 오래전의 기사를 바로잡은 사례를 보도했다. NYT는 3월 4일자 신문 정정란訂正欄에 1853년 1월 20일자에 실린 기사에서 사람 이름을 잘못 표기했다고 알렸다. 당시 기사는 납치돼 노예로 팔렸다가 십이 년 만에 자유를 되찾은 흑인 솔로몬 노섭Solomon Northup의 삶을 소개했다. 그런데 노섭의 이름이 기사 본문 'Northrop'으로, 제목에는 'Northrup'으로 각각 잘못 표기돼 이를 바로 잡은 것이다. 〈노예 12년〉이란 영화 때문에 노섭이 다시 관심의 대상이 되고 그런 과정에서 1601년 전 기사의 정정이란 희한한 미담을 낳은 것이다. 1970년대 초 그 신문 특집에서 한국에 대한 꽤 긴 기사가 있었는데 정확하지 못한 대목이 있어 실망했던 기억이 있다. 그러나 어쨌건 사소한 착오라도 이를 바로잡는 관행은 무던한 덕목일 것이다. 그런 맥락에서 우리 쪽을 돌아보는 것도 부질없는 일은 아니다. 일년 전쯤 어느 일간지에 "과거사위 결정만으로 국가배상 인정되는 것 아니다."란 표제의 사회면 기사가 났는데 이런 대목이 보인다.

 대법원 전원합의체(주심 박병대 대법관)는 16일 진도 국민보도연맹 사건에 연루돼 희생된 박 모 씨와 곽 모 씨 유족 7명이 국가를 상대로 낸 손해배상 청구소송에서 '유족들에게 일인당 130만 원, 880만 원을 지급하라.'고 결정한 원심을 파기하고 사건을 광주고등법원으로 돌려보냈다. 박 씨와 곽 씨는 1950년 한국전쟁 당시 진도를 점령한 인민군에 부역을 했다는 혐의로 경찰에 연행된 뒤 사살됐다…….

 위 기사의 작성자는 국민보도연맹 관련 사망자와 인민군 치하에서 협력한 이유로 처형된 부역자가 다른 것임을 모르고 있다. 광복 직후 남로당 등에 입당했다가 정부 수립 후 탈당성명을 내고 국민보도연맹에 가입한 사람들이 한국전쟁 직후 예비검속 당한 후 희생된 경우가 많았다. 세칭 국민보도연맹 사건이다. 당연히 희생자들은 인민군에게 부역할 기회가 없었다. 위의 기사에는 또 작은 활자로 된 해설 박스가 첨부되어 있다.

국민보도연맹國民保導聯盟 **사건**
 — 개요: 한국전쟁 중 국군·경찰·반공극우단체 등이 "인민군에

부역했다"며 "국민보도연맹" 조직원들을 집단 학살한 사건.
— 대상: 30만~100만 명(추산).
— 진상조사: 과거사정리위원회, 2009년 11월 "한국전쟁 기간 대한민국 정부 주도로 국민보도연맹원 4934명이 희생된 사실을 확인했다."고 발표.

국민보도연맹원과 부역자를 구분 못한 것은 기사에서와 같다. 더욱 불편한 것은 계도 대상을 삼십만에서 백만으로 제시한 것이다. 아무리 추산이라 하더라도 삼십 만에서 백만이란 숫자는 어이없게 한다. 당시 남한 인구와 성인 비율을 참작해서 추산한다면 이런 고무줄 숫자는 나오지 않을 것이다. 과거사정리위원회가 제시한 사천구백삼십사 명이 객관적으로 확인한 숫자여서 축소되었을 개연성은 있다. 그러나 희생자 수 이십만 명이라는 낙차 큰 수치가 여러 관계 서적에 제시되어 외국에도 그리 소개되고 있다. 계산기와 PC 시대에 주먹구구로 과거를 산출한 게 아닌가?

당대를 살아보지 않은 이가 국민보도연맹원과 부역자를 구분 못하는 것은 있을 수 있는 일이다. 그 부분의 오류를 지적하고 정정을 당부하는 정중한 메일을 기사 작성자에게 보냈다. 주요 일간지가 잘못된 기사로 독자를 오도하는 것을 방관하는 것은 당대 경험자의 도덕적 태만이라 생각돼 혹시나 하고 보낸 것이다. 예상대로 정정기사는 나지 않았고 메일에 대한 답장도 없었다. 과오 시인이 책임을 동반하는 일이어서 그러려니 하고 웃어

넘겼다. 자신의 과오나 불찰을 시인하는 것은 쉬운 일이 아니다. 그러나 우리 사이에선 과오를 시인하는 관행이 미개未開 상태에 있다. 역사적 사실뿐 아니라 사소한 사항에 대해서도 그렇다. 전자 우편 한 줄로 족할 답장을 않는 것 또한 디지털 시대의 야만이 아니고 무엇인가?

그 당시 출판계에서 교정 깨나 본다는 두 사람과 보조 한 명을 채용했다. 대구 C대 출신인 김 선생은 신성일과 경북고 동기동창임을 자랑으로 삼고 있었다. 그의 완벽한 교정 업무에 많은 이들이 나자빠지기도 했다. 제백은 그의 성실함에 감동했고 늘 칭찬을 보냈다. 그런데 그가 왼쪽 다리를 심하게 절뚝거렸다. 무심코 버스정류장에서 차를 기다리고 서 있다가 갑자기 달려온 자전거에 부딪쳐 그만 사고를 당하고 말았다. 그는 한자 교과서 교정, 교열에 일가견이 있었다.

이 씨 성을 가진 경남 양산 출신 노처녀도 금성출판사 등에서 교과서를 교정, 교열했고, 현암사의 법전을 교정, 교열했다니, 그 실력이 대단했다. 그리고 또 한 여성이 있었는데 실력은 차치하고 늘 미소가 아름다웠다. 노처녀의 사회 후배였다. 아무튼 제백이 총책이 되고, 세 명이 돕는 체제에서 연감작업은 지속되었다.

하루는 날이 무덥고 식곤증이 와서 다들 눈을 좀 붙였다. 얼마 후 그들이 깨어나자마자 제백이 노처녀한테 불쑥 운명 비슷한 것을 이야기했다. 그러자 노처녀는 마침 그 이야기가 송광사 주지 스님이나 전국 유명 사찰 주지스님 네 분이 말한 내용과 일맥상통한다며 놀라서 부르르 떨었다.

너무도 신기한지 그녀의 후배도 사주팔자를 봐 주라고 졸랐으나 어찌된 일인지 말 한마디 하지 않았다. 그런데 그 친구가 그 일을 끝내고, 보름 후 병명도 알 수 없는 병으로 죽었다. 결국 제백의 점괘엔 그녀의 운명이 정지 또는 백지화 상태였다. 그는 그러한 신묘함이 그를 배태했을 때부터 이미 형성되었다고 믿고 있었다.

그를 낳기 위해 부모님은 근 오년 가까이 하루도 빠짐없이 선지무당이 기거하던 산제당에 가서 기도를 드리고 말동무가 되어 주기도 했다. 그리고 매일 동냥하러 오는 걸인이나 시주 하러 오는 스님을 위해 잘 도정된 쌀보리를 준비해 놓았으며, 하루도 목욕을 거르지 않았다.

군 시절에 있었던 일로써 다들 듣도 보도 못한 이야기이리라. 하루는 제백에게 행정과장의 부름이 있었다. 부름이라기보다도 수발계에서 과장 앞으로 불려간 것이었다. 과장은 엄숙한 표정으로 행정과의 업무연장이라면서 한 사고병을 부대 정문 옆 〈사랑방 다방〉 이층에 가서 넘겨주고 넘겨받으라는 것이었다. 아마 다들 가기 꺼리니까 만만한 게 홍어 거시기라고 제백을 불렀다.

갑자기 들어간 다방이라 어두컴컴했다. 두리번거리고 있으니, 한 쪽 구석에서 오라고 손짓한다. 얼굴이 불그레하고 좀 안된 표현이지만, 인간 고릴라형으로, 세월이 지나고 회상해 보니 마치 미녀 레슬러 세이블의 십일 년 연하 남편 브록 레스너를 그대로 닮았었다. 그 당시는 그 선수가 태어나지도 않았던 1977년생이었는데도 말이다. 외형은 그대로인데 아마 레슬링을 어설프게 한 게 아닌가 생각했다. 제대로 운동한 자라면 사고 병으로 낙인 찍혀 나타나지 않았을 테니까.

그런 분위기에서 조금 코미디 같은 것은 그의 계급이 병장이 되어도 모자랄 판에 작대기 하나인 졸병 이등병이었다. 큰 덩치에 이등병이라, 그 긴장된 분위기에도 실소를 금할 수 없었다. 그가 제백의 기분을 읽었는지 약간 양미간을 찌푸렸다. 생김새와 계급이 너무도 어울리지 않는 궁합이었다.

그 자의 제안 좀 들어보소. 첫 번째는 내무반 매트리스 쌓는 커튼 안쪽에 침실을 마련하되, 장교도 넘보지 않는 하얀 시트를 갈아놓을 것. 두 번째는 졸병들이 취사장에 가서 하얀 쌀밥에다 사제 고추장에 멸치, 그리고 장교식당에 가서 김치를 마련해서 내무반으로 가져올 것. 세 번째는 자기는 일과 생활이나 내무생활도 열외이기 때문에 점호 시간도 없으니 그 시간에 자기는 보일러실에 가 있겠노라고 하며, 마지막으로 매주 토요일 외박증을 마련하고, 마이가리 병장 계급장 준비해 줄 것 등, 특별 부탁 아닌 반 공갈협박으로 엄포를 놓았다.

그놈의 제안을 들고 행정과엘 가서 보고했더니, 뽈래기 행정과장 배 소령은 연신 담배만 피워댔다. 학생부장 홍 중령한테 가서 보고했으나 뾰족한 해답을 얻지 못했다. 결국 배 소령은 모든 것을 각오한 듯 연거푸 줄담배 세 대를 피우고는 천하의 산적 같은 부대장한테 가서 조인트를 까인 후, 선임 중사와 속삭이더니, 외박증만은 문제의 소지가 있어 차후 상의하기로 하고 나머지는 그 자의 요구를 관철시켰다.

 몇 달 후 그 자가 다른 의무부대로 전출가고 나서 부대는 축제 분위기였고, 마침 남 병장이 전입한 첫날이기도 해서 회식이 시작되어, 밤새,

— Hey hey hey it's a beautiful day···Ha ha ha beautiful Sunday. This is my my my beautiful day.
— 당신이 날 정말 사랑한다면 핸드빽꾸 하나만 사주세요. 핸드빽꾸가 무엇이냐. 개통망태가 어떠냐. 아이 아이 난 싫어 난난 싫어요.
— 이십 세의 청년이라면 깡패의 해당자, 정든 고향 뒤에 두고 감방으로 갑니다. 캄캄한 감방에서 영자 씨가 그리워 탈옥하여 살아 볼 날 기약합니다.
— 육이오 때 따발리총에 맞았나 똑 튀어 나오긴 왜 나왔어.

에로쏭 가수 '정희라'도 울고 갈 정도였다.

남 병장은 연거푸 몇 잔을 들이켜고는 고개를 약간 숙인 채 앉아 있었다. 분위기 쇄신을 위해 모두들 큰 소리로 건배를 외쳤다.
"자, 다 같이 한 잔 합시다. 자, 남 병장도 한 잔!"
그는 밝은 표정으로 잔을 받았다. 한창 회식이 무르익자 좌중에서 남 병장을 부추기면서,
"노래 한 곡조 쾅!" 했다. 그는 마지못해 일어섰다. 그리고 노

래 대신 일장 연설을 토했다.

"에 — 군대란 말이죠. 조명이 어두워야 합니다요. 모름지기 내무반엔 담배 연기가 자욱해야 하며, 멧돼지 뒷다리라도 굽는 야성이 필요하다 이겁니다. 뭐랄까? 신라나 백제의 전쟁 등 옛날의 전쟁은 그 얼마나 야성적이었습니까? 여기저기 피가 낭자하고 죽는다고 아우성치고 시신이 즐비한 것이 전쟁의 진정한 모습이요, 본질이지요? 헤헤 —

그리고 삼지창이나 언월도, 혹은 극戟에 찔리고 베어져 사경에 처했을 때라도 자기의 죽음을 인식할 수 있는 여유, 그 여유가 있다 이 말입니다. 그런데 현대전을 보십시오. 특히 이스라엘과 애급의 '육일六日 전쟁' 말입니다. 사지가 갈기갈기 찢어지거나 혹은 폭삭 재로 변한 상태에서 어떻게 생각을 집중하여 죽음을 맞겠습니까?

그 매캐한 화약 냄새하며, 사막의 열기 속에서는 분명 이중삼중 죽음 올시다. 현대전 치고는 그래도 월남전이 은밀한 축에 들지요. 누가 적인지 누가 아군인지 구별 못한 채 싸우면서 기력이 쇠하고 무기력해지는 개 같은 싸움 말입니다. 무슨 전쟁이든 전쟁에서 이겼을 때가 가장 기분 나쁜 법입니다. 승리에 도취된 것은 한 순간일 뿐이지요.

오랫동안 간직해 온 지론입니다만, 전쟁은 국력이 비슷한 나라끼리, 아니면 한 나라와 두세 나라가 붙는 겁니다. 장소는 히말라야 산 밑이나 태평양의 사모아 섬이나 아라비아 고원에서 한바탕 붙는 겁니다.

　심판은 유엔 사무총장이 좋겠지요. 헤헤 ―

　그는 허리를 뒤로 젖히면서 고아 조수 죽음을 흉내를 냈다. 모두들 그 궤변과 마지막 행동에 죽어라 웃으며 발을 굴렀다. 술방울이 튀고 폭소가 천장을 뚫을 정도였다.

　몇 분이 지났을까. 모두들,

　"앙코르! 이번엔 노래 일발 장전!" 하고 외쳤다.

　그는 '네순 도르마' 첫 소절을 부르기 시작했다. 그러나 모두들 격에 맞지 않고 분위기만 조진다며 집어치우라고 아우성이었다. 그는 피익 웃으며,

　"속물들!"

하고 한 잔 술을 아무렇게나 따라 마시곤 좌중을 둘러보고 헛기침을 몇 번 한 후 노래곡목을 바꾸었다.

　이 한밤 마시고 싶네. 마음껏 취하고 싶네. 세레나를 잃어버린 아픈 내 가슴에 그 누구가 글라스로 사정없이 때려주면 미친 듯이 달려가는 항구 밤거리 궂은비 쏟아지면 더욱 좋겠네.

　연달아 이절도 불렀다.

　이 한밤 새지를 마오. 마신 술 깨지를 마오. 세레나가 가고 없는 카바레에서 내가 던진 글라스에 샹들리에 깨어지면 쓸쓸하게 돌아서는 어두운 해변 돌부리 사나우면 더욱 좋겠네.

육본에서 특수자녀를 우대하지 말라는 공문이 내려오면 뭘 해. 이미 썩을 대로 썩은 게 대한민국이었다. 이급 비밀취급 인가자인 제백은 상부에서 내려오는 대외비 문서를 보면서 이 나라에 정의가 존재하지 않는다고 결론을 내렸다. 행정과 사병계 사수는 자기 사수로부터 전통적으로 부대장 사인을 며칠을 두고 뼈빠지게 연습에 연습을 거듭해서 완전무결한 사인으로 태어나는 것이었다.

어느 날 제백이 내무반 불빛을 흐리게 하고 불침번을 서고 있었다. 마침 자정 무렵 내무반장인 박 병장이 들어오기에 제백이 얼른 뛰어가 불을 켜려고 하였다. 그때 박 병장이 검지를 입에 대고 쉿 하더니, 그 자리에 꼼짝 말고 서 있으라고 하였다. 그는 말했다. 제백 온 몸에 황금빛 광채가 나더란 것이다.

그 소리를 들은 며칠 후 제백 동기가 휴가를 마치고 이바지로 백설기를 가져 왔는데, 그만, 최고선임이요, 천하악질이요, 고수머리인 윤 병장 것을 남겨놓지 않았것다.

아이쿠, 이 일을. 마음씨 좋은 차 일병과 윤 일병 등과 조용히 상의하여 식관에 남은 것을 모아 조몰락조몰락하여 원래 모양같이 그럴듯하게 만들어 보관해 놓고 기다렸다. 될 수 있는 한, 불을 켜지 않고, 어항 불과 보조등을 희미하게 밝힌 채 기다렸다.

자정이 가까워지자 윤 병장이 얼큰하게 취한 채 조용히 들어왔다. 잠시 불을 켜고 귀대병이 조용히 신고하니, 다들 자니까 방해하지 말고 빨리 소등하라고 하였다. 곧이어 두 단계로 떡과 담배를 준비 대령하니, 그 떡은 너희들이 먹고, 담배 한 대만 주려무나. 오, 살았다, 하느님!

오죽 내무 생활이 고달팠으면 다들 가기 꺼려하는 유격 공수 훈련을 매년 자원했을 정도였다. 백 있는 병사는 총과 더블백을 부대 앞 구멍가게나 세탁소에 맡겨놓고 휴가를 떠나는 것이었다. 트럭으로 갈아타고 공수유격장으로 향해 갈 때 마침 훈련을 마치고 트럭을 타고 나오는 병사들이 외쳤다.

"×빼기 쳐라, 우리는 간다!"

도착하여 연병장에 모인 병사를 향해 인솔자는 반 편성을 하고, 이발, 목공, 차드 등 소위 필수 요원병사를 호명하는 것이었다. 서로서로 짜고 뺄 놈은 다 빼는 줄 훈련을 받으면서 알게 되었다.

그들의 특권 놀이에 심사가 뒤틀렸다. 군 생활이란 배고픔과 얼차려인데, 공수 유격 훈련 시는 점호도 없고 내무 생활도 없다. 제백은 돼지 국물이 묻어 허옇게 된 식기를 닦지 않고, 때마다 국물을 받아 돼지기름 동동 뜬 국물을, 마치 돼지 국물로 착각하며 먹곤 했다. 본대는 김치를 자대에서 담가 먹었는데(원래는 옆에 있는 급양대에서 공수해서 먹음.), 그 맛이 천하 일미였다고 제대병 모임에서 자주 회자된다. 훈련 중 산속에서 선착순과 씨름, 그리고 막타워Mock Tower 뛰어내리기가 너무도 체질에 맞아 즐겁게 보낼 수 있었다.

씨름이라, 제백은 대학 때 산정호수로 야유회를 떠났다. 촌놈답게 한 말짜리 막걸리를 메고 갔다. 길에서 그는 멀리 지나가는 자의 나이를 알아맞히는 신통력을 발휘하기도 했다. 느르게 자리를 잡고 놀고 있다가 지나가던 해군과 씨름을 하게 되었다. 오륙 명을 넘어뜨리자 시인 강창민, 그 당시 과대표가 자기와 겨뤄보자고 하였다. 그가 일찍이 레슬링 선수였다는 사실을 모르고 붙은 게 잘못이었다. 저 멀리 메다 꽂혔다. 아마 해군들과 겨루다 힘이 빠진 탓도 있겠고. 아무튼 그 일로 인해 강 시인은 지금까지 괴로워(?)한다는 문자를 받은 적이 있었다.

우리는 본다. 군이란 철저한 계급 사회에 길들여져 온 자들이 사회에 나가면 비굴할 정도로 굽실거린다. 특히 생계가 직결된 직장 생활에 들어가 군대 생활의 위계질서를 더욱 실천한다. 위아래 할 것 없이 대화로 푸는 저 알렉산더 대왕이 고개 숙여 조아리는 타 민족의 풍속[86]에 너무나 당황했던 것처럼, 우리는 흔히 대통령의 비서실장을 충복이니 하면서 충성 운운 한다. 참 역겨운 짓거리다. 지금이 왕조 시대인가. 그럴 거면 방송에서 매일 매시간 개미와 벌들의 조직 생활을 방영하라지.

실제로 고대 그리스인들은 왕 앞에서도 무릎을 꿇지 않았다고 한다. 무릎 꿇지 않을 자유liberty는 신으로부터 부여 받은 것이기 때문이다. 그리스 남자가 무릎을 꿇는 경우는 딱 두 가지인데 신 앞에서와 청혼을 할 때다. 차이가 있다면 신 앞에서는 두 무릎을 모두 꿇고, 청혼을 할 때는 한 무릎만 꿇는다. 결혼이라는 행위가 '자신의 자유를 절반쯤 포기하는 것'임을 고대 그리스인들도 알았다고 생각하면 웃음이 나온다.

---

86) 영국인들은 신이나 여자들 앞이 아니면 누구도 무릎을 꿇지 않음.

군이란 푸른 제복 속에서 사병은 지극히 말초신경적인 삶을 영위하게 된다. 이성과 논리보다 한 그릇의 쌀밥과 흰 매트리스 침실, 사제 고추장이 우선이며, 지연, 학연, 생김새의 우열에 인간이 좌지우지되기도 한다. 그것은 그럴 수밖에 도리가 없는 듯했다. 인간의 규격화 앞에는 그리고 그 규격화를 위해서 인간은 극히 원초적 사고를 가지고 그것에 자극받아 하루하루의 시간을 죽일 수밖에 없었다.

일례로, 경상도 출신이다 전라도 출신이다 하여 선을 그어 놓고 하루를 생활하다 보면 인간은 자연히 서로의 감정 대립으로 초조하기도 하고 기쁨을 맛보기도 한다.

그것은 고향에서의 두레 길쌈하는 여름밤의 정경과 비슷했다. 길쌈하는 여인, 그녀들은 낮에도 일하고 밤늦게까지 삼을 삼는 작업이야말로 죽을 맛이다. 그런데 그 밤의 작업에 활력소 구실을 하는 것은 아이러니컬하게도 각자에 대한 가까운 사람들로부터의 험담과 비방과 소드래란 것이다.

누가 너를 어디서 비방했노라. 너의 시누이가 올케가 시어머니가 너를 못마땅해 했다는 등 화제가 서로의 말초 신경을 건드리면 괘씸함과 분함으로 인해 그 무덥고 긴 여름날에 모기의 성화나 천근만근 누르던 눈꺼풀이 한결 가벼워진다는 것이다.

아무리 작은 부대에서도 우리나라 전군全軍이 돌아가는 것을 다 알 수 있다. 그것은 서울에서 제법 큰 회사 간부들이 모르는 것을 지방 읍내 우체국장이나 면장이나 농촌지도소 소장들은 알 수 있는 것과 같다. 그들에게는 정부나 당의 지시에 따른 정보를 우선적으로 접하기 때문이다. 그래서 시골 면장은 서울의 웬만한 사람을 우습게 보는 경향이 있다. 위패에도 삼성전자 전무보다 면장이 더 돋보이는 것이다.

군대도 인생사의 한 줄기라, 사무치게 그리운 이도 있게 마련이다. 작전과 키다리 옥 상병은 이십사 시간 대기라 제백이 근무하던 행정과와는 현관만 지나면 바로 이웃했기에 이틀이 멀다 하고 PX에서 인삼 한 뿌리가 목욕하고 간 노란 구론산D 색깔 소주와 꽁치 통조림으로 청춘을 이야기했다.

전북 군산의 상고 출신 이 병장은 완벽한 일꾼이요, 필체가 조각 같아 아무리 군대라지만 똑 부러지게 일을 하는 자는 그 누구도 넘보지 못한다는 것을 보여 준 산 증인이었다. 그는 행정과 일보계 병사라 매일 시내 복판에 있는 상급부대로 일보를 제출하려 다녀, 너도나도 필요한 것을 부탁했다. 그가 제백한테 주려고 조선일보에 연재된 〈별들의 고향〉을 1972년 9월 5일, 제일회부터 1973년 9월 14일까지, 단 한 번도 빠뜨리지 않고 사왔다. 그것도 자기 돈으로.

화학학교란 특수성 때문에 병력이 매일매일 들고 나고 하기 때문에 일보가 매우 중요했다. 그래서 매일 부산 양정에 있는 군수기지사령부 부관참모부에 일보를 제출하였고, 한 달에 한 번은 대구 이군사령부로 출장을 다녀오기도 하였던 것이다. 그는 매일 시내로 출장 갔다 오는 길에 서면 뒷골목을 거쳐서 버스를 타곤 했다. 그 뒷골목은 온갖 길거리 장수들이 갖은 수법을 동원하여 물건을 팔고 있었다. 약 장수의 뱀 쇼며, 아바위

꾼 등.

특히 조선일보를 근처 보급소에서 사가지고 어깨에 맨 가방에 넣고는 그 구경을 신나게 하고 있었다. 그만 가방 채 소매치기를 당했다. 그는 가방보다도 별들의 고향이 실린 신문이 더 아쉬웠던 것이다. 다시 보급소로 갔으나 문이 굳게 닫혀 있었다. 그는 시내 가판대로 돌아다녔다. 몇 시간을 헤맨 후 겨우 구했다. 그가 휴가나 며칠 출장을 가면 그 가판대 아줌마한테 특별히 부탁하기도 했다.

다음은 천하의 하리마오요, 졸병의 길잡이요, 월남 병장 물병장의 위상을 송두리째 뒤흔든 남 병장. 제백이 자기 동기의 잘잘못을 졸병들 앞에서 낱낱이 까발려 공격한 용기도 그에게서 배웠다. 제백은 너무 온실 속에서 자라 세상 풍파와 모진 고생을 겪어보지 못했으나 남 병장은 같은 나이인데도 너무 어른스럽기도 하고 아리스토클래틱하기도 했기에 자연히 그에게 푹 빠지고 말았다.

그는 동양화, 중국화에도 일가견이 있었다. 전통의 중국화엔 비단잉어가 한 마리 이상인 것은 없다고도 했다. 그것은 왕이나 황제가 한 사람이기 때문에 두세 마리를 그렸다면 역심을 품었다고 단정내릴 수밖에 없다. 그러니 만약 잉어를 한 마리 이상 그렸다가는 삼족 내지는 구족까지 멸할 대역죄인이 된다고 했다. 그러한 그림은 정규과정으로 그림을 배우지 않은 뜨내기 환쟁이 그림일 경우가 많다. 그는 철학이며, 문학이며, 종교며, 르네상스식 해박함이 레오나르도 다빈치나 움베르토 에코를 능가

할 정도였다. 그러나 무엇보다 제백을 잠 못 이루게 한 것은 월남 전선에서의 〈디어 헌터〉 유사한 경험이 더 매혹적이라, 밤마다 그의 무용담을 듣고 새기니, 정신 영역이 점점 더 확장됨을 감지할 수 있었다.

알고 보니, 그는 호모였다. 어느 크리스마스 전 날 이상야릇한 편지가 제백한테 왔다. 보낸 이는 제백이 문서수발병이라 제일 먼저 읽어 보리란 것을 알고 보냈다. 만약 이 편지를 다른 이들이 보았다면, 그리고 이 사실이 들통 나면 그가 곤란해질 수 있는 내용이었다.

살아오면서 제백은 기억나는 것만도 남 병장 외 오륙 명의 호모에게 시달렸었다. 첫 번째는 초등학교 때 고향 초등학교 동창의 형으로서 마라톤 선수였다. 두 번째는 중학교 때 아랫마을 중학교 두 해 선배였다. 세 번째도 중학교 때 사천 읍공관이라는 극장 맨 뒤에 앉아 인검 하던 자. 네 번째는 고등학교 때 전차가 다니던 시절, 독립문에서 출발하던 전차 기사로서 제법 통통하고 나이가 있었다. 그리고 그가 아는 두 군데 출판사 대표 등이다. 그들의 공통점은 일반 남녀 관계와 별반 다르지 않았다. 선심을 쓰고, 집요했고, 애무에 가까울 정도로 몸을 밀착하기를 좋아했다. 남 병장은 아무리 졸병이라도 '~ 소라는 하오체 종결어미를 붙였다. 그는 시도 때도 없이 철조망 너머 순이네에서 막걸리 몇 사발 얻어 걸치고는 제백을 껴안고 볼이며 이마에다 입술을 비비곤 했다. 그래도 제백은 싫은 내색을 하지 않고 그의 참전기 듣기를 원했다. 그는 별 엉뚱하고 희한한 짓을 다해서 주위 사람들을 놀라게 했는데, 특히 우리나라 언어를 창제한다고 몇몇과 편지질하다가, 통신보안 검열에 걸려 호되게 당하기도 했다. 사실 지금 한국에스페란토 협회장으로 있는 이영구 외대 중문과 명예교수와 교류하기도 했다. 그것은 언어 창제에 대한 관심의 일환이었다. 자기는 멘스만 없을 뿐, 아니마가 칠십 퍼센트가 내재해 있고, 셰익스피어 전 작품의 주인공 성격을 다 갖춘 특이한 성격이라며 너스레를 떨곤 했다. 그의 기행奇行이 부대원들에게 소문나 있었는데도 생각보다 크게 부각되고 있지 않은 것은 천만다행이었다.

1972년 12월 말, 남 병장은 린호아 백마사단 사령부 월남 신병으로서 구일 간 교육을 받고 오박 육일 작전에 참가했다. 참가 병사는 백육십 명 정도였다. 배낭 무게가 오륙십 킬로미터 될 정도로 무거웠다. 각자 수통 일곱 개에다 물을 채워 떠났지만 사흘이 지나자 물이 거의 바닥이 났다.

신병들은 물 뜨러 우포늪보다 더 넓은 곳으로 향했다. 정글 끝에 다다라서 바라보니 백사장과 푸른 물이 너르게 펼쳐져 있었다. 다들 함께 움직이면 위험할 것 같아 이인 일조가 되어 살금살금 조심스럽게 물을 뜨러 갔다 오곤 했다. 그들이 갔다 오는 시간이 삼사 분 걸렸다.

그가 일어서서 물 뜨러 가려고 하자 선임하사인 내무반장이 조용하게 부르면서 자기와 이야기 좀 하자고 했다. 그리고는 고국에 있는 자기 애인한테 멋진 연애편지를 부탁한다고 했다. 연애편지 대필은 남 병장으로서는 늘 있는 일이었다. 이런 저런 이야기를 하고는 전우들의 눈치가 보여 느지막이 수통을 준비하여 늪으로 향했다. 우선, 물을 마시고 세수를 했다. 물은 흙냄새가 심해 비위에 거슬렸다. 구역질이 날 정도였지만 참고 구겨 넣을 정도로 마셨다. 그런데 그가 내무반장과 이야기하는 통에 아까 내려진 지시사항을 못 들었던 것이다. 물을 떠가지고 왔더니, 아직 물을 안 가져온 사십여 명이 있어, 다들 어디 갔냐고 물었다. 그들 중 한 병사가 검지를 입에 세워 쉿 하는 것이었다. 그러면서 왔던 쪽을 가리켰다. 그때 같이 갔던 전우는 칠팔 미터 뒤에서 어기적어기적 걸어오고 있었다.

한참 만에 야영 주둔지에 남아 텐트를 치고 있는, 같이 작전에 나온 병사를 만났다. 그들은 물 뜨러 간 백이십 명의 병사가 어디 갔는지 모르고 있었다.

연초록 미모사 군락지가 군데군데 바둑판처럼 널려있다. 바람에 하늘거리는 풀 무리를 정글화 발로 반원을 쓱 그으니 신기하게 풀들이 일제히 고개 숙여 포복하다가 잠시 뒤 슬그머니 양기 발동하듯 일어난다. 즉 높은 곳에 있는 잎에서 눈을 땅으로 돌리면 양치식물과 미모사의 잎들이 아주 아름다웠는데 어떤 곳의 미모사는 몇 인치의 높이로 땅바닥을 뒤덮고 있었다. 이렇게 무성한 미모사 속을 걸으면 민감한 잎들이 늘어지면서 자국이 길게 만들어졌다.

갑자기 얼차려 받을 생각을 하니 난감했다. 근처 9사단 사령부가 있는 닌호아의 호네오 산山을 방향타를 삼아 정글을 질러 가기로 맘먹었다. 가보니, 큰 개활지가 나왔고, 베트콩들이 난도

질한 나무가 여기저기 있었다. 근 한 시간 반을 정글 속에서 헤매다 풀밭에 앉아 마음을 정리하기로 했다. 단말마의 고통을 생각하니 온몸에 경련이 일었다. 억지로 서부영화를 기억해냈다.

특히 총잡이들이 총에 맞아 깨끗이 죽는 모습을 연상하면서 자기도 미련 없이 죽음을 맞이해야 할 시점이라고 생각했다. 각오를 하고 일어서려는데 하늘에서 하얀 정찰기가 떠, 직감으로 자기를 찾고 있다고 생각했다. 그러나 신호를 주지 못했다. 사방팔방에 베트콩들이 깔려 있었기 때문이었다. 그가 사활을 걸고 헤매다 본대로 왔을 때, 두 시간 반이 지난 후였다.

소대장 중위는 대뜸,

"이 개새꺄!"

하면서 남 일병의 철모를 벗겨 머리에다 두세 번 사정없이 내리쳤다. 복숭아만한 혹이 생겼고 피가 철철 흘렀다. 아픈 줄도 모르고 부동자세로 섰더니,

"야이 새꺄, 파월 장병 삼십만 명 중 너같이 재수 좋은 놈은 처음이야. 백발백중 다 죽었어. 잡히면 영락없이 포를 떠, 철조망에 널어놓는데, 너는 기적이란 말야."

그날 이후, 그는 내무반장과 어울림으로써 그러한 변을 당했다고 여겨, 살아가면서 다시는 편법과 아부와 아첨을 하지 않기로 다짐했다.

한편으로 그날의 경험이 더욱 배짱을 갖게 했다. 내무반에 대기하고 있는데 사단 수색대에서 차출하러 직접 왔다. 다들 수색대 차출을 꺼려했다. 잘못해서 이십팔 연대에 가면 돌아오기

힘들다고 소문이 났기 때문이었다. 다들 침상 한 쪽에 들어서서 그들을 기다리고 있었다. 남 일병은 그중 가장 키가 컸다. 제일 마지막에 서 있었다. 그 바로 앞 병사도 덩치가 크고 약간 시건방지고, 구부정한 자세였다. 수색대 소령이 지휘봉으로 옆 병사의 아랫배를 꾹 찌르면서 물었다.

"110×××××, 05입니다."

순간 남 병장도 기지를 발휘했다.

"510×××××, 05입니다."

사실 남 병장의 주특기는 의장대였는데, 주특기가 보안대나 헌병일 경우는 차출에서 제외된다는 것을 알고 있었다. 05가 헌병 병과임을 안 남 병장의 번뜩이는 기지였다. PX 판매병인 전田 상병은 남 병장보다 군복무가 팔 개월이나 빨랐다. 전 사병은 논산 군번이었고, 남 병장은 예비사 창원 군번이었다. 둘은 해묵은 감정이 있었다. 전 상병의 제대도 얼마 남지 않았고, 지난 날 엎드려뻗쳐를 시킬 때 남 병장이 노려보며,

"나는 병장이오. 어디 감히 상병이 나에게 빠따를 친단 말이오." 하고 야전 침대 나무 봉을 빼앗아 문 쪽으로 던지고, 내무반 문을 박차고 나가버렸다.

이 부대는 만년 상병이 많았다. 행정과나 경리과, CP 당번, 서무계 등 소위 보직이 좋거나 백이 있는 병사는 제때 진급했다. 진급 심사란 게 매주 목요일마다 실시하는 총검술과 이순신 장군에 대한 실력만 갖추면 되는데도 진급이 어려웠다. 전 군적인 현상이었다. 모든 게 금전이었다.

군에서나 사회에서나 마찬가지이겠지만 가령 동기 중에 누군가 병장을 먼저 달았을 때 달지 않은 한 사병이 술 먹고 포효하는 모습은 참으로 가관이다. 그 진급이, 군에서의 사병의 진급이 뭐 그리 대단한가? 가령 한 판에 단돈 십 원짜리 내기 화투를 친다 해도 점점 열기가 달아오르면 돈보다 승부에 집착하여 마침내 으르렁대곤 하는 것이다. 언젠가 제백이 좌천되어 직장 낭인으로 떠돌았을 때였다. 경찰생활 삼십여 년을 거의 같이 한, 두 사람이 퇴직하고 제백 밑으로 왔었다. 소위 복사단속이란 직이었다. 그들을 위시하여 여섯 명이 전국적으로 단속을 다녔다. 그런데 그 친한 둘 사이에 틈이 생기기 시작한 것이었다. 그것은 몇 푼 받은 뇌물의 분배에서 싹이 텄던 것이다. 결국 크게 한바탕 다투고 의절 상태가 되었다.

그로부터 몇 년 후 제백의 전 직장에서 어른 일자리 모집을 한다 해서 몇몇을 추전했다. 나이가 예순이 넘으면 좀 점잖을 거란 기대는 산통박살이 나고 말았다. 이는 사회 전반에 대대적으로 공표해야 할 주요 사안이다. 그들의 업무는 두 사람이 한 팀이 되어 지정한 지역을 돌면서 법에 저촉되는 것들을 신고만 하는 것이었다. 그런데 너무 구성원들이 말썽을 피워 한 오년쯤 뒤에 없어졌다. 한국사람 '돈내기'에는 죽을 똥 살 똥 한다는 말이 적중한 경우였다. 그들에게 매월 세 단계로 영 원, 삼만 원, 육만 원의 성과급을 도입하여 실시하다 보니 서로서로 안면 몰수였다. 소위 질시와 악다구니만 남아 지옥에서의 파뿌리를 잡으려는 사람들처럼 아귀다툼이 말이 아니었다. 그리고 잠시 쉴 때도 거의가 서로 배려는커녕, 왕년의 자기 위상만 내세우고, 또는 습관적으로 육식을 못하는 동료를 비웃고 배척하기 일쑤였다.

그뿐만이 아니었다. 전 직장이 그곳인 자가 자주 최상위 실적을 올리면 본부석 농간이라 하고, 심지어는 실무자한테 뇌물을 주었다는 모함까지 흘러나왔다. 나이 많은 이들의 아집과 위선과 노회함이 절정을 이룬 경우가 또 한 군데 도사리고 있었는데 그곳이 소위 리서치를 대행하는 곳이었다. 우두머리는 배 씨는 매일 술에 절어 있고, 자기가 놀고 있지 않음을 보여 준다고 컴퓨터 앞에 앉아 일거리를 분배하는 꼴이 우습게 다가오는 것이었다.

마음만 먹으면 한 십 분 할 일을 고추를 불어가면서 오전 내내 하고도 출력된 자료를 오후 서너 시까지 주무르고 있는 꼴이란, 내 원 참! SKY학벌로 매사 사사건건 자기주장을 하는 것까지는 좋은데 검증받지도 않은 것을 그럴듯하게 자기화 하는 버릇이 있었다. 그런 류들은 명확한 증빙자료를 들이밀지 않는 한 고집을 세운다.

그들의 특징은 귀하게, 시쳇말로 오냐 오냐 키웠기 때문에 가까운 사람의 충고에도 감정이 상하는 수준 이하의 속물들인 것이다. 그러나 그 행위보다도 그에 속한 사람들이 얼마 안가 병이 든다는 사실이다. 소위 말해 눈치만 살아서 동료 간의 끈끈함이 사라진다. 마치 독재국가의 국민과 같다고나 할까. 언젠가 고향에서 한 친구한테 고향을 좌지우지하는 한 인물의 장남에 관해 물었더니, 주위를 두리번거리면서, 이 눈치 저 눈치 보면서 말하기를 꺼려했다.

언젠가 제백이 통계청 리서치를 할 때 재외동포 사업가가 기거하고 있는 어느 아파트에 들렀다. 부인의 불친절함에 경비원한테 푸념을 늘어놓았더니, 그놈은 남편인 사장한테 주저리주저리 말을 옮겼다.

또 언젠가 인사동 〈학교종이 땡땡땡〉이란 술집에서 소설가 하 선생님이 술을 마시다가 갑자기 눈동자가 풀리면서, 제백한테,

"야, 너 뭐야, 임마!"

고래고래 소리 질러 다들 당황했다. 그 자리엔 이호철 님도 있었다. 최근 이호철 님은 『우리 문단골 이야기 1,2권』를 냈는데, 거기엔 "평생을 두고 단 한 편의 작품, 「메밀꽃 필 무렵」 같은 작품을, 그러한 단 한 편의 작품을 위해 분투노력하면서 일생을 보내라."고 후진들한데 충정어린 부탁을 했다. 얼마 지나자 하 선생님은 미안하다며, 술에 취하기만 하면 중정中情에서 당한 것이 불현듯 떠올라 자기도 모르게 습관적으로 된다는 것이었다. 제백은 시치미를 뚝 떼고 아무렇지도 않은 양 대화를 이어갔다. 그러고 보니, 제백에겐 남모를 비열함과 능청이 있는 것은 아닌지 모를 일이다. 한때 제백을 좋아했던 출협 출판부 상사는 제백더러, 베리야 같은 사람이라고 했다. 누구는 로버트 케네디라 좋게 평했으나 베리야는 뱀처럼 야비하고 악랄한 철면피였으니 말이다. 획일적이고 일률적인 생활을 오래 하다 보면 인간이 점점 순치되어 기계적으로 사고하고 행동할 수밖에 없다. 그러나

자료조사과 여직원과 국제부 여직원은 제백더러, 이리 봐도 물건이요, 저리 봐도 물건이다. 출협에 근무하기엔 너무나 아까운 인물이라고 극찬하기도 했다. 아르헨티나 백성들이 군부독재가 지나고 나서 국민정신 건강을 체킹해 보니, 약 칠십 퍼센트가 소위 말해 공포증으로 병들어 있었다 한다.

― 인민의 행복을 위해 자신의 기득권을 내려놓은 독재자는 없다. ―

회식이 있은 몇 주일 후였다. 또 제백의 기행이 들려왔다. 그는 마치 수많은 기행의 레퍼토리를 회임懷姙한 자인 양. 그는 야간 보초병의 만류에도 불구하고 밤늦게 연병장 트랙을 약 두 시간 가까이 돌았다. 그것도 팬츠 바람에다 군화까지 신고서 말이다. 그런데 그것으로 끝이 난 게 아니었다. 그는 또 사고를 치고 말았다. 작전을 하루 앞둔 날 화염방사기의 다룸 부주의로 옆 교관의 얼굴에 중화상을 입힌 큰 사건이었다. 모두들 그 사실을 전해 듣고 어떻게 해서든 영창만은 피해 보려고 노력했다. 그러나 화염방사기 사용법은 가장 기초적인 것으로 부대의 명예에 똥칠을 하는 셈이었다. 더구나 벌써 보안대 병사가 알고 있었다. 더욱 점입가경인 것은 이번에도 그가 추호도 뉘우치는 기색이 없다는 데 문제의 심각성이 있었다.

결국 또 영창을 갔다. 세 번째였다. 그가 왜 전날 밤 연병장 트랙을 혼자 달렸는지, 그리고 왜 사고를 저질렀는지 못내 궁금했다. 그가 보름간 영창 생활을 하고 돌아온 날 밤 수양버들 아래에서 소주를 놓고 대화를 가졌다. 그러니까 오소려가 면회를 왔다. 오여러 동생이었다. 그녀는 스물을 갓 넘긴 자그마한 체구에 긴 머리와 초롱초롱한 눈망울의 깜직한 여성이었다. 오른쪽 눈꺼풀에 작은 사마귀 두 개가 마치 아침이슬처럼 붙어 있었다. 그녀는 트로트 가수였다.

그녀는 쉽게 감동하는 성격의 소유자였으며, 무척 인정이 많았다. 그들은 부대를 빠져나와 한적한 〈길모퉁이 카페〉에서 오랜 시간을 보냈다. 그들은 들판과 산길을 거닐었고 시내로 내려와 여인숙 문을 두드렸다. 그날 밤, 어떤 운명의 신에게 끌리는 듯 안개 위를 걷는 듯, 밤의 정령이 사는 아득한 곳, 그녀의 가장 깊고 내밀한 곳으로 저어가 자신의 피곤한 육신의 배를 정박했다.

새벽처럼 오소려는 떠나고, 그 떠난 자리에 이성理性처럼 오여려의 분노어린 얼굴이 자리하고……. 오소려가 보여준 관능은 아쉬움만 남아 그를 괴롭혔다. 육신이 정신을 지배하는 익히 느껴보지 못한 감정을 가누지 못한 채 부대로 터벅터벅 들어와선 PX에서 소주 세 병을 연달아 나발 불고 연병장을 향했다. 그는 말했다. 화염방사기 사건이 아니었더라면, 누군가를 살해하려 했을 거라고.

그 당시 한 통의 짤막한 편지 한 통이 날아들었다. 여려가 보낸 것이었다.

…… 당신이 동생을 죽이고 내가 당신 죽이는 날, 그날 웃겠어요. 정말 당신은 모르십니까? 아, 당신에 대한 내 사랑을 어떤 희생의 산

물이라고, 희생에서 태어났다고 돌리진 마세요. 비록 주간지 같은 발상이지만, 차라리 우린 대도시의 이름 모를 다방에서나, 오색등이 휘황찬란한 나이트클럽에서나, 기적이 울리는 소도시 역 앞 코스모스가 피어 있는 벤치에서 우연히 만났더라면 얼마나 좋았을까요? 과거 없이 다시 시작하기로 해요. 당신에게 모든 것을 털어놓고 싶어요. 당신은 말했지요. 모두들 『카라마조프가의 형제들』의 알료샤처럼 당신한테서 법희法喜를 느낀다고요. 그러한 당신이 표변할 수 있습니까? 당신은 내 동생 소려가 당신을 사랑한다고 생각하십니까? 그 애는 분명 우리가 동침했던 현장이라도 불쑥 들어올 애예요. 내가 심은 씨앗의 열매를 그 애가 거두려하다니요. 그 애는 언젠가 당신의 그 물기어린 눈을 죽도록 좋아한다면서 그 눈물마저 빨아먹고 싶을 지경이라고 하더군요. 오히려 영혼을 삼키고 싶다는 게 더 합당한 표현일지 모르지요. 제백 씨, 아니 나의 디포르메여! 난 어쩌면 좋습니까? 난 알아요. 그 애는 당신에게 조숙하게, 불붙듯 대하다가 그 열정이 식으면 당신을 경멸할 거예요. 당신을 죽일 거예요. 이 점을 간과해선 안 돼요. 많이 성숙해지세요. 잘 가세요. 강해지세요. 철저하게 강해지세요. 그러나 절대 소려는 안 돼요. 당신은 우리와는 차원이 달라요. 소려와 지속한다면 당신을 죽일 거예요. 나의 온갖 것을 쏟아 부어 만든 당신이 저 외 누굴 사랑한단 말입니까? 절대로 용납할 수 없어요. 당신이 천박해지는 것을 더 이상 묵과할 수 없어요. 비록 저를 멀리하더라도. 이 점 명심하세요.

제백은 읽고 바로 찢어버렸다. 그리고 곧 편지를 보냈다. 이것이 처음이자 마지막 편지였다.

  어젯밤 긴 꿈을 꾸었소. 꿈속에서 당신한테 편지를 쓰려고 볼펜을 꺼냈소. 그런데 볼펜심에서 죽어 뭉개진 검정 벌레가 나왔던 거예요. 다시 장면이 바뀌었어요. 언젠가 제가 그대에게 말했듯이 제 꿈의 주 무대는 거의 제 고향과 그대 고향 사이의 그 산길 아래 널따란 바위가 있고 그 주변엔 억새가 가득한 곳이라오. 소설의 본문에서는 능화가 꿈의 주 무대라고 옥녀란 여인을 생각하며 썼어요. 당신도 이미 알고 있지요. 그러고 보니 제 꿈의 주 무대는 여인을 따라 달라지는가 보오. 그러니까 꿈의 계절은 늦가을이나 초겨울이겠지요. 꿈의 고향이 왜 그곳인지 나는 모르오. 어떤 때는 천연색으로 보이기도 하지요. 그곳은 제가 아무리 불면의 고통이 있을 때라도 몇 분 동안 그곳을 집중하면 스르르 잠이 들곤 한다오. 어제 꿈속에서 이발소를 찾고 있었소. 제 헝클어진 머리며, 많은 비듬이 무척 저를 괴롭히고 있었던 거예요. 그래서 머리를 깎기보다 감으려는 의도로 이발소를 찾았던 거예요. 그런데 그 이발소 가는 길 위 동쪽에서 직사각형 마차가 여덟 빛깔의 광채를 발산하면서 서쪽으로 서서히 움직이고 있었다오. 그 아름다운 보석의 빛남을 어떻게 표현해야 할지 모르겠소. 그 마차를 따라갔으나 멀리 멀리 가버려, 저는 그 자리에 덜컥 주저앉고 말았다오. 꿈을 꾸고 난 후 안경을 벗어 제가 기거하고 있는 산제당 옆 계곡에다 던져 버렸소. 그것은 제가 얼마나 제 삶에 충일하지 못했는가를 깨달았기 때문이오. 아, 안경을 벗고 나니, 사방 서너 평 밖은 안개가 자욱했지만, 제 안은 더욱 돋보이기 시작했다오.

참으로 우스운 것은 이 안경 하나로 인해 제가 깨달음을 갖고 스스로에게 구원받을 수 있다니, 정말 모를 일이었소. 괴테가 굳이 안경 끼는 것을 싫어한 이유도 알 것 같았소. 제 과거는 깨어진 안경알처럼 허무한 것이었소. 도대체 많은 사람을 이해시킨다는 것이 무엇을 뜻하는 것인가요. 진정 바깥의 공기를 호흡하기엔 하나의 창만 필요하다고 생각했소. 전 인류의 몇 분의 몇이 저를 이해해야 제가 언제 죽든 여한이 없겠다는 생각이 들까요. 또 제가 죽으면 동 시대 전 인류가 죽고, 이 세상도 영원히 끝난다고 믿고 있고도 싶소. 그 얼마나 이기심의 극치인가요. 이제 저는 극한의 허무에 접어들었소. 진정 아버지와 궁백이 한국전쟁 때문에 희생되었다고 보오? 아니라고 생각해요. 전부 당신 아버지 때문이었소. 그런데도 원망하지 않아요. 않는 것이 아니라 안 하기로 했어요. 저는 우리의 사랑이 그 발생부터 불순하게 보고 있소. 오히려 제 동생이 당신한테 저지른 그 행위야말로 참신한 축에 든다고 보오. 비록 복수심이 전제가 되었다 손치더라도 육체에 대한 탐욕이 앞섰기 때문이라 백 배 천 배 사랑의 길에 근접한다고 믿소. 그것은 육체가 정신을 지배한다고 믿고 있었기 때문이오. 아, 오늘 이 순간 이렇게 용감해 질 수가 있다니, 정말 제 자신이 대견스러워요. 이것은 분명 치욕스런 비극이에요. 분명한 비극. 이렇게 자신을 확인시키면서 당신과의 그 추억 어린 곳들과 당신의 아름다웠던 모습이 떠오르기보다 제 아버지나 궁백이나 어머니, 당신의 아버지가 겁먹은 듯한 모습으로 보이고 그 위에 당신과 제가 그들을 위무하는 것은 무엇을 의미하는 걸까요. 그런데 이상한 노릇이에요. 당신 동생만은 물기가 촉촉하고 때론 솜사탕처럼 보드라워 가슴에 와 닿는단 말예요. 그렇다면 제가 당신 아버지를 미워하기 때문에 당신을 느끼지 못한다는 것과는 너무도 달라요. 왜냐하면 당신 동생도 똑같이 미워해야 할 텐데 말예요. 이런 결론으로 볼 때 저는 분명 당신과는 너무나 먼 곳에서 존재하거나 존재하고 싶어 하는 것 같아요. 당신의 동생을 어찌해야겠습니까? 저의 업보가 어디까지 갈 수 있을까요? 저는 차마 당신 동생한테는 편지를 보낼 수가 없어요. 그것은 저의 사랑은 당신 동생이기에 더 이상 충격을 줄 수 없고 먼 훗날 솜에 물 스미듯 알게 되기를 바랄 뿐이라오. 저는 『양철북』의 오스카가 세 살 때 성장을 멈춘 것처럼[87], 국민학교 오학년 이후 나름 올곧은 생각이 멈추었다오. 그 이후는 모두가 허위이며, 가식이었고, 위선이었소. 왜냐하면 그때 목에 임파선 결핵이 발병하여 근 삼년 동안 심한 고생했으니까요. 그건 일종의 천형天刑 같은 것이라서 병에 대한 공포에 늘 휘감겨 살고 있다오.……

영창에서 돌아와 풀이 죽어 지내는 제백을 눈뜨고 못 볼 일이었다. 그러나 모두들 광주 상무대로 부대 이동이라는 크나큰 일이 우선이라 낮밤이 따로 없을 정도로 바빠서 제백과 잦은 대화도 못하다가 어떤 때는 담가를 들고 다니는 초라한 모습도, 어떤 때는 영농장營農場 주변을 어슬렁거리는 것을 보았다. 제백은 군에서 제일 특과인 영농장을 부러워했다. 돼지, 염소, 토끼를

---

[87] 영국 시인 알렉산더 포프는 열두 살 때 결핵 합병증으로 곱사등이 되어, 키는 백삼십칠 센티미터로, 다리를 절었으며, 평생 편두통에 시달렸다. 신체적 불구와 병약함 속에서도 문학적 재능을 꽃피웠음.

기르는데, 어떤 경우도 점호나 집합에 예외였다. 제백 고종사촌 형은 육촌 형 주백의 배려로 영농장에 근무하는 특혜를 누리며 열심히 공부하여, 제대 후 바로 사법고시에 합격하여, 지금도 그 두 분 사이는 친형제 이상으로 끈끈한 유대가 형성되고 있는 것이다. 이곳 영농장의 조 상병은 낮이나 밤이나 오기택의 '우중의 여인'과 영화 〈사랑, 1968〉의 주제가인 김하정의 '사랑'을 즐겨 부르곤 했다. 그가 입대 전까지 교사였는데 사귀던 여인이 어느 날 보니, 영등포 유곽에서 마치 〈애수, 워터루 브리지〉의 비비안 리처럼 생활하는 것을 보고 자살을 시도하기도 했다는 사연 깊은 노래였다. 영화 〈사랑〉은 전설적인 배우요, 제백의 고교 선배인 임지운이 남자주인공이었다.

구로공단 둑에서 처음 만나 정을 나눴지만, 병든 오빠와 두 어린 남매동생을 건사하기에는 녹녹치 않았을 터. 그들 모두 멕시코로 이민 가 버린 것을 안 것은 친한 후배가 면회 와서 알려 줬다. 사실 그 소식을 편지로 보내면 간단할 수 있었으나 그가 일자무식이라고 기록부에 적혀 있고, 이미 부대원들 사이에도 정설로 되어있기 때문이었다. 부득불 면회로 온 것이었다. 용의주도요, 주도면밀함이 엿보이는 장면이었다.

그가 이 부대의 유일한 문맹자로 통하여 영농장에 근무했다는 사실을 아무도 몰랐다. 아무도 몰랐는데, 제대를 열흘 정도 남기고 이실직고했다. 그것도 남 병장과 제백한테만. 그는 문사철에 능통한 학자다운 면모를 보였다. 특히 남명 조식의 실천사행實踐思行을 말할 때는 눈이 빛이 나기도 했으나, 자신을 속이는 게 남명과는 잘 매치가 되지 않았는지 튀어나온 입술을 이죽거리기도 했다.

한 번은 제백과 남 병장은 부산 시내로 외박을 나갔다. 둘은 군수사에서 복무하던 고향 동생이자 친구를 불러내 온천장 일대에서 퍼마셨다. 고향 친구이자 동생뻘인 공백은 의리맨이었고, 힘이 장사였다. 제백과 같은 해에 태어났지만 12월 말경이라 제백에게 꼬박꼬박 존댓말을 썼다. 그것은 고향 집안 어른들한테 배운, 실로 본받을 만한 것이었다. 그러나 습관이 되어, 간혹 동기생들이 있는 자리에서 높임말을 쓰다가 다른 마을 동창들한테 빈축을 사기도 했다.

온천장 친척이 운영하던 소금구이집에서 한창 마시고 있는데, 헌병 세 명이 들이닥치더니 연거푸 마셔대다가 제백 쪽을 보면서 오라고 손짓하는 것이었다. 못 본 체 하고 딴청 피우며 떠들어대고 있었는데, 그중 한 놈이 다가와 파이버로 남 병장의 머리 쪽을 내리치자마자 공백이 일어나 달랑 들어 바닥에다 내동댕이쳐 버렸다. 그러자 그 쪽에 있던 두 놈이 눈을 부라리며 씨익 씨익거리며 다가오고 있었다. 결국 음식점 바깥 공터에서 삼대 삼의 결투가 벌어졌다. 그 누가 일당백이라고 했던가. 제백과 남 병장은 근처에 얼씬할 겨를 없이 공백의 완력에 끽 소리 못하고 구경만 하는 처지에 놓였다. 그들은 싹싹 빌었고 마침내 헌병대 지프차까지 불러내줘 타고, 군수사를 거쳐 화학학교로 타고 왔다.

제백은 남 병장이 자기한테 이상한 눈빛으로 접근해 오는 것도 거북하고 한편으로는 너무 무료하게 지내기에 마침 면회 온

소려를 소개했다. 소려는 첫눈에 반한 눈치였다. 그래서 한두 번 면회 왔을 때는 제백도 같이 나갔으나 다음부터는 자기를 부르지 말고 둘만 오붓한 시간을 보내라고 했다. 그들을 소개해 준 지 이 개월이 되었을까 말까. 비가 억수같이 내리는 날 위병소 앞에서 한 처녀가 가슴을 드러내놓고 퍼질러 앉아 통곡하고 있다기에 호기심 반 무섬 반으로 내려갔더니, 그게 다름 아닌 소려였다. 결국 부산진구 초읍동 부산정신병원으로 이송되었다. 그 후 제백과 여려가 몇 차례 면회를 갔으나 자기의 히트송만 중얼거리듯 부르며 눈동자는 이미 초점을 잃고 허공만 불안하게 보고 있었다.

소려가 미친 이유는 외박 때 남 병장이 눕혀놓고 온 몸을 관찰만 한 데 대한 심한 모욕감에 자존심이 무척 상하지 않았나, 짐작해본다. 그도 그럴 것이 만나는 남자마다 첫 순간부터 그녀를 못 잊어 하는데 유독 남 병장만이 거들떠보지도 않았으니 말이다. 지난날 난쟁이를 데리고 자기의 미를 가꾸던 특이한 개성의 소유자인데 말이다. 소려한테 다녀온 그날 밤 제백과 여려는 취하도록 술을 마시고 서면 어느 다방에서 어니언스의 '편지'를 거듭 신청하여 계속 들었다. 그날 제백이 쏟은 눈물량은 그동안 살아오면서 흘렸던 양보다 더 많았다.

그런 일이 있고난 다음 주 토요일이었다. 남 병장은 무료함을 달래기 위해 영농장을 자주 찾았다. 그날은 제백도 참석했다. 3월 초 늦은 밤이라 추위를 이기고자 모닥불을 피워놓고 영농장에서 키우던 토끼 한 마리를 구워, 철조망 옆 민가에서 막걸리와 생두부를 시켜서 모처럼 회포를 풀 요량이었다. 소위 전역 파티인 셈이었다. 외곽 보초한테도 손짓하여 술과 안주를 주었다. 마침 갓 이등병 계급장을 뗀 일등병한테 희망을 갖고 열심히 근무하라는 충언도 곁들였다. 세 명은 모닥불에 불을 쬐고, 남 병장과 조 상병은 좀 떨어진 곳에서 토끼를 통구이 하려고 땅을 움푹 판 게 불찰이라면 불찰이었다. 그 판 곳에 철봉 형태를 만들고 불을 지폈다. 한 십여 분 되었을까. 그 둘은 즉사했고, 제백은 얼굴에 파편을 맞아 피가 낭자했다. 한국전쟁 때 묻은 폭탄이 열기를 받아 폭발하고 말았다. 하필 탄약고 위, 작은 고원이라 가을이 되면 갈대가 우거져 〈워더링 하이츠〉의 히스꽃을 연상하기도 했다. 이곳이 바로 한국전쟁 때 피아간의 격렬한 전투가 벌어진 곳인 줄 그 누가 알았겠는가.

외곽초병 생활은 제백에게 작품 구상을 하는 가장 좋은 공간이요, 시간이었다. 순찰자가 다가오는 바스락 소리가 나면 그만 암구호를 잊어버리기 일쑤였지만.

암구호라, 하인리히 뵐의 〈휴가병 열차〉가 그리워졌다. 전시란 엄혹한 상황에서도 한 휴머니즘이 넘치는 장교가 암구호를 잊어버린 병사를 애정 어린 눈으로 감싸주는 내용이었다.

제백 고향 재 너머 용현면 금문리琴聞里에 기거하는 정 작가의 『백정』이라는 작품 속에 나오는 암구호, 다시 말해 변말인, '하모'와 '에나'가 문득 떠올랐다.

어느 소나기가 내리던 새벽이었다. 한 몸 겨우 들어가는 크기의 초소 안에서 판초 우의를 걸친 채, 주간지의 선정적인 장면을 연상하면서, 세 번 놀란다는 타이피스트 손 문관 — 뒤태와 목소리가 은쟁반에 옥구슬인 데 반해 얼굴은 광대뼈가 툭 튀어나와 뺑덕할멈을 연상시키는 — 의 엉덩이를 생각하면서, 드라마 〈꿈나무〉의 싱그럽고 풋풋한 여배우를 연상하면서 한없는 반복을 하고 있는데, 저만치에서 어둠의 침입자인 순찰자 천 상사가 긴 그림자의 프랑켄슈타인이 되어 다가오는 것이었다. 미처 바지도 올리지 못하고 엉거주춤한 채, 큰 소리로 근무 이상 없다고, 고래고래 힘주어 말했고, 천 상사가 수고한다, 격려하며, 지나갈 때 참았던 것이 봇물 터지듯 솟아나오고. 온몸이 한동안 경련과 희열에……. 그동안 손으로 흘려보낸 아쉬움이여[88].

그날 제백은 다짐했다. 너절한 변명은 기형적인 자존심과 그에 따른 이율배반적인 불안과 초조를 조성할 뿐 일말의 값어치가 없다고. 가장 병폐적이요, 육감적인 생활은 괜히 척추를 아프게 한다는 큰 깨달음을 주었다.

그 얼마나 어리석은 위선과 합리의 연속이냐. 무엇일까? 아직도 오솔길 마다마다엔 코스모스 여덟 청춘이 시새움하며 창공과 텔리파시 접순을 하고 있다. 이 무궁한 신비 앞에서 아무리 철학적이라도 지나칠 것이 없다. 그것은 또한 과도기의 가능성이기 때문이기도 하다.

---

[88] 꿀이 내 혈관을 타고 파도처럼 밀려온다. 무엇을 먹은 뒤끝처럼 목구멍이 싸하고, 머리는 터질 듯하고, 사타구니에서는 힘이 쪽 빠진다. 나는 겁에 질리고 축축하게 젖은 채로 몸을 일으킨다. 원초적인 육즙으로 액화하는 열락에 빠져 들었으니, 내가 아주 끔찍한 병에 걸린 게 아닌가 싶다. 이게 나의 첫 사정일 것이다. 내가 알기로 이건 독일 포로의 목을 베는 것보다 더 엄격하게 금지된 일이다. — 움베르토 에코의 『로아나 여왕의 신비한 불꽃』(이세욱 역, 2008.7.3. 열린책들).

13장 백도라지가 나타났다

소채 과일 흔할 적에 저축을 생각하여 박 호박고지 켜고 외가지 짜게 절여 겨울에 먹어 보소.

백도라지가 밀항해서 오사카에 살고 있는 고모를 찾았다. 고모는 남편이 죽자 담양에 과년한 딸 한 명을 남겨두고 오사카에 와서 식당 종업원으로 있다가 마침내 그 음식점까지 소유하게 되었다. 그러나 소유한 지 몇 달 만에 고모는 심장마비로 세상을 떠났다. 아무런 물증이 될 만한 서류도 뭐도 없어 그야말로 앉은 자리에서 오롯이 같이 일했던 나이 지긋한 일본 여종업원한테 식당이 넘어가고만 이후였다. 하숙집에 와서 고모의 체취가 묻었을 것 같은 공책 한 장과 청주 한 병, 그리고 사탕을 놓고 명복을 빌었다.

한 재일교포를 만났다. 그 교포는 오래 전에 밀항하여 이 집 저 집 전전하다가 일본인이 운영하는 자동차 정비업을 찾아 일 좀 하게 해달라고 애원하다시피 했으나 막무가내였다. 그는 매일 새벽 그곳에 가서 청소를 했다. 종업원들은 방해된다고 심하게 핍박을 주었는데도 아랑곳하지 않고 그 일을 묵묵히 하다가 어느 날 사장의 눈에 띠어, 허드렛일부터 시작했다.

결국 그의 성실성에 매료된 사장은 막내딸과 결혼을 시킨 후

회사의 운영을 맡기게 되었다. 마치 도서출판 향학사 노 사장이나 평화당인쇄소의 유 사장의 일화와도 일맥상통했다. 교포는 백도라지의 기계 다루는 솜씨며, 성실함에 큰 점수를 주었다. 그러나 백도라지의 역마살과 방랑벽은 막을 수 없었나 보다. 결국 그동안 모아두었던 꽤 많은 급료를 들고 천리교회를 찾았다. 그 당시 길에서 천리교를 전도하는 재일교포를 눈여겨봤다가 찾아갔다.

천리교는 이미 고향 담양과 소능마을에도 이미 전파가 되어 낯설지 않았다. 그가 천리교의 성지인 나라현 천리시의 천리본부 사무실로 가 많은 기부금을 냈다. 그리고 말했다. 자기는 고국에서 한센병에 걸려 이곳에서 치료하기 위해 밀항을 했노라고. 결국 그는 천리교본부에서 생활하면서 화장실 청소를 전담했다.

몇 달 후, 그는 자기 몸이 좋아지고 있음을 알았다. 그는 감사의 뜻으로, 천리교의 창시자 나카야마 미키中山美伎의 일대기를 한국어로 번역, 출판하는 데 앞장을 섰다.

마침, 대한출판문화협회 출판부에 근무하고 있던 제백에게 의뢰했다. 그때 제백이 당황했던 것은 그 일 때문이 아니고 백도라지의 존재에 대한 것이었다. 백도라지는 몸이 완전히 나았다. 고국이 그리웠고, 제백이 너무도 보고 싶었다.

그나저나 백도라지는 고모의 일이 마음에 걸려 도저히 일이 손에 잡히고 않았고 정신마저 혼미해져 가는 것을 느꼈다. 그는 입을 앙다물고 결행을 다짐했다. 그는 이슥한 밤에 한 잔 술을 걸치고 그 고모가 운영했던 음식점을 찾았다. 종업원도 다 퇴근하고 부부가 막 문을 닫으려 하고 있었다. 곧 고국으로 가는데, 고모의 딸한테 얼마만큼이라도 좀 줘야 하지 않겠냐고 했더니, 부부는 냉소를 퍼부었다. 그가 남편을 전화기로 머리통을 몇 차례 짓찧었다. 경찰차가 왔고, 그는 오사카 경찰서에 연행되었다. 몇 달 후 교도소에서 간수를 때려눕혀 탈옥, 밀항하여 도착한 곳이 바로 부산 태종대였다.

그날, 백도라지는 햇볕이 너무 쨍쨍하여 그늘을 찾느라고 도로에서 얼마 떨어지지 않은 길 위를 올랐다. 노릿노릿 노린재나무, 누릿누릿 누리장나무 그늘이 드문드문 드리워진 바위 위에서 땀을 재우고 있었다.

그때, 저만치 찌그러진 팻말 붙은 정류장에서 어떤 중년 아낙이 무슨 보따리를 깔고 앉아서 버스를 기다리다 지쳐 꾸뻑꾸뻑 조는 모습이 그의 시선에 들어왔다. 한참 만에 버스가 먼지를 풀면서 오자 그녀는 정신없이 맨몸만 올라탔다.

그녀가 깔고 앉았던 보따리 근처에 가서 주변을 둘러보았다. 호기심 반, 그것을 들고 바위 위에서 풀어보았다. 이게 웬 떡이냐, 돈 보따리였다. 순간, 수많은 유혹에서 갈등하다가 갑자기 천리교가 떠올랐다. 힘들게 마음을 정리하고 어떤 상쾌한 미풍에 연거푸 길게 심호흡을 하고, 나름대로 비장한 각오로 도로 들고 내려가고 있을 즈음이었다. 아까 그 여인인 듯싶었다. 막 길모퉁이를 돌아 가슴을 풀어헤쳐 축 처진 젖가슴이 상하좌우로 요동을 치면서 뛰어왔다.

예, 악한 것을 제거하고 도와주소서. 나무 천리 왕님이시여. 잠깐 이야기 천신의 말을 들어 보소.

그게 인연의 단초가 되어 드디어 영도시대 최대의 신도이자 물주이자 아내로 자리매김하였다. 그녀는 이북출신으로 하야리야 부대(캠프 하이얼리어, Camp Hialeah) 근처 수입상을 하고 있었는데, 들리는 바에 의하면, 그 시장에서 두 번째로 큰 재력가의 아내였다. 그러나 남편이 재산을 일구고 나니, 갑자기 계집질과 노름에 빠져, 이제 장사고 뭐고 관심 밖이 되어, 그래서 아내는 야금야금 상품을 팔아서 태종대 일대 땅을 사 모으기로 하였던 것. 그러나 그것도 개발에 밀려 빨리 처분하는 게 장땡이라 그날 선금을 받고 오는 길이었다.

하도 많은 신도를 접하다보니, 백도라지 눈이 범상해져서 사물과 사리를 꿰뚫는 혜안이 생겨 교인들의 병은 대충 봐서도 치료가 가능해졌다. 그러나 1980년 초 없어져야 할 종교 단체로 지목되어 사라질 뻔했는데 제백 아는 자가 청와대 경호실에 있어서 부탁했다. 결국 여당이 선거 때 표를 의식해서라도 종교 단체는 치지 않는 게 순서라고 설득했다. 컬러 TV 두 대로 요로요로 이렇게 저렇게 손을 써 간신히 해결을 봤다.

그 당시 문광부 종무실에 근무하는 자와 식사 자리를 마련했다. 그놈의 종교, 말도 많고 탈도 많아, 공무원들도 종교에 관련된 부서에 근무하고 나면 학을 떼기가 십상이고, 판검사들도 종교에 관련된 고소 건이 접수되면 재수 없다고 치부하며 손사래를 친다.

제백 주변에는 어느 국회의원 아버지의 사업체에서 일하다 인생이 망가져도 여간 망가지지 않은 일흔을 넘긴 한 사람이 있다. 그는 지금도 회생하기 위해 몸부림쳐보지만 그야말로 바위에 달걀치기다.

그뿐이 아니다. 제백의 제자뻘 되는 여성의 아버지 경우는 진주에서 소문난 부자였으나 그놈의 정치판에 뛰어드는 바람에 배신을 밥 먹듯이 하는 곳에서 거듭 공천 한번 못 받아, 결국 음독자살을 하게 되는데, 유서에는 자식들에게 절대 정치판 근처에도 가지 말 것을 당부하고 있었다. 제백 고향의 국회의원 출마자들을 보면 그들에겐 당이니 이념은 당선이라는 목표 앞에서 하나의 수단일 뿐이었음을 여실히 보여주었다.

세월이 흘러 점점 백도라지는 거짓과 허세가 심해지기 시작했다. 드디어 정치판에 뛰어들었다. 온갖 능청과 허위쯤은 식은 죽 먹기로 단련되었다. 그가 부산에서 국회의원에 당선되었다. 그가 국회의원이 되고 국회 문광위원이 되었다. 그래서 출협이 발의하고 법제처 심의가 끝난 〈도서 가격 심의제 도입에 관한 법〉의 국회 통과를 위해 찾아갔다. 〈국회의원 고필휴 사무소〉. 부산 해운대에서, 아니 세계에서 제일 높은 빌딩을 신축하여 사무실 겸 교회 관련 업무를 보고 있었다. 물경 백육십칠 층(지상 백육십사 층, 지하 삼층)에다 높이는 팔백이십구 미터였다. 지난 밤 눈이 이십 센티미터 가량 내렸다. 부산에서는 처음 있는 일이었다. 빌딩 맨 꼭대기 층에다 옥탑방 모양으로 반 층을 더 높였는데, 그곳에 집무실이 있었다.

　사름 무리가 그곳까지 올라가 문을 쾅쾅 두드리고 지랄 발광 염병을 떨어도 문이 열리기는커녕 아무 코빼기도 보이지 않았다. 전날 기별했는데도 불구하고 기척이 없으니 그 영문을 알 길 없었다. 화를 참지 못하고 욕을 해댔다. 마침 용케도 화장실은 열려 있었다. 모두 온몸을 부르르 떨며 피새나지 않도록 조심스레 접근하여, 피새놓을 작정을 했다.

　그때 혼불 같은 섬광이 제백을 스쳐갔다. 그것은 제백의 경험담이었다. 독일 프랑크푸르트대학교, 즉 괴테대학교 유학시절 하숙집의 과년한 딸한테 마음을 두고 있었다. 그런데 어느 날 화장실에 들어갔다가 기겁하고 만 것이었다. 화장실을 노크하자 곧 처녀는 아무렇지도 않게, 천연덕스럽게 목례를 하면서 나왔고, 변기에서 물이 넘치는 소리만 났다. 그런데 그 야구방망이 두께만한 황금색 배설물이 살무사처럼 똬리를 틀고 턱 걸터앉아 오히려 김만 모락모락 나고 있었다. 딸은 그런 사실을 몰랐을 수도 있었을 것이다. 아무튼 놀란 제백은 볼 일도 못보고 부리나케 쫓아 나와 공원 화장실로 달려갔다. 그것까진 참을 수 있었다. 그런데 아무 것도 모르는 처녀는 제백이 들어오자 아침 산책하고 오는 줄 알고 부엌에서 루터가 지은 개신교 찬송가 '내 주는 강한 성이요'를 부르는 듯 흥얼거렸는데, 그녀가 유독 즐겨 부르던 찬송가였다. 그날 이후 제백은 그녀를 떠올리기 싫어 개신교 찬송가 삼백팔십사 장(새찬송가 오백팔십오 장)을 부르지 않았다.

　그건 그렇고 왜 찬송가에는 군가처럼 공격적이고 폭력적인 가사가 그렇게도 많은가? 한번 가사를 조사하다가 너무 많아 중도에 포기한 적도 있었다. 그러나 개신교 새찬송가 이백육십이 장은 가장 개신교다운 찬송가, 찬송가다운 찬송가라 다소 안도한다.

  그날의 참담함을 어찌 필설로 다 말하리오. 그날 오후 제백은 짐을 싸 다른 하숙집을 구했다.

카라차라파우파우플레이
카라차라파우파우플레이

  제백과 사름 무리가 교대로 필휴 빌딩 꼭대기 층 화장실에서 똥을 누었는데 마치 각각 곤봉만한 배설물이라 변기가 막혀 넘쳐, 온 빌딩이 똥물로 뒤범벅이 되었다. 마침 해운대 일대는 똥물이 순조롭게 인도의 히안 눈에다 갈색 선을 남긴 채 거리로 넘쳐, 119소방차 수십 대가 앵앵거리며 달려오고 있었다. 사름 무리는 가로수인 회화나무 밑동에다 일제히 택 택 택 택 가래침을 힘껏 뱉고, 빌딩 꼭대기를 향해 종주먹질을 했다.

  여기쯤 해서 여려와 제백의 관계를 말하기에 앞서 제백의 여성에 대해 언급할 필요가 있을 것 같다. 누구나 어머니가 최초의 여인일 것이다. 약간의 예외는 있겠지만. 여기서 춘자 아줌마를 추억하고자 하는 것은 그녀가 제백에게 최초로 복사행위를 보여 주었기 때문이었다. 그날의 감동과 환희를 잊지 못한다. 어느 햇빛 깨끗한 여름날, 제백네 앞개울 건너 그녀의 사랑채로 제백을 불렀다. 사랑채가 있는 짚동 아래는 마을 아이들이 가서 뒹굴고 싶을 정도로 포근하고 아늑한 공간이었다. 그녀가 제백을 꼭 한번 껴안고 난 후 당신의 교과서를 펼쳐 보였다. 먹고 싶을 정도로 강력한 인쇄 냄새였다. 그날 그 냄새와 인연이 되어 평생을 그런 냄새 속에 살지 않았나 생각한다. 그 당시 꼬마들은 모처럼 마을 앞을 지나는 차량의 꽁무니를 따라다니며 소위 말하는 매연을 윤닝구네 사탕 빨 듯 맡았다. 처녀 아줌마는 제백이 원하는 그림을 선택하라며 차례차례 펼쳐보였다. 제백은 이곳저곳 손가락으로 짚었더니, 처녀 아줌마는 지푸라기로 책갈피에 끼웠다. 다 정하고 고개를 들었더니, 맞은 편 감나무 중간에서 참매미가 힘차게 울었다. 제백이 일어나 잡으러 가려고 하니, 매미채도 없이 어찌 잡냐며, 손을 당겨 꼭 껴안는 것이었다. 그때 제백은 그녀의 가슴이 뭉클한 것을 느꼈다. 그녀는 사랑에 있는 등잔불(고향에선 제주도가 가까워서인지 '각지불'로 통용.)을 가져와 심지를 꺼냈다. 그리고 지정한 그림 위에 도화지를 놓고, 탄피 꽂은 몽당연필로 조심스럽게 윤곽을 그렸다. 그때 아줌마가 고이 간직한 연필 한 자루를 선물로 건네는 것이었다. 그리고 땍키칼[89]로 잘 깎아주었다. 연필에서는 제삿날 향불 같은 냄새가 났다. 그런 날이 잦고, 어떨 때는 사랑에 들어가 이불 속에서 장난을 치곤하였다. 그녀의 머리엔 아주까리기름 냄새가 심하게 났고, 손에는 동동구리무 냄새가 풍겼다. 몇 년 후 두 집 식구들이

---

89) 과일 깎는 작은 칼.

산제당에 가서 밤새 굿을 하느라 어쩔 수 없이 그녀의 집에서 자게 되었다. 그녀 오른편엔 자기 남동생 — 커서 진주, 사천, 삼천포 등지에서 그 누구도 맞잡지 못할 정도의 주먹이 됨. — 이 자고, 제백은 왼편에서 잤다. 동생은 벌써 잠이 들었으나 제백은 좀처럼 잠을 이룰 수 없어 자는 척하다 조용히 누군가 몸부림치는 순간을 틈타 침만 꼴깍 삼키고 있었다.

그때였다. 그녀의 손이 제백의 오른손을 잡고 자기의 가슴에다 대는 것이었다. 그리고는 자기 손으로 제백의 풋고추를 만지는 것이었다. 그때 그녀는 중학교 이학년 정도고, 제백은 초등 삼학년이었다. 자고 일어나 울어라, 새여 그 이름 자고새[90] 여! 제백네 논이 있는 감무뜰 마을 맨 아래, 논에 둘러싸인 외딴집이 있었다. 그 집엔 유독 감나무가 많았다. 특히 윗마을과 다른 품종인 차랑(次郞, 1910. 일본에서 국내 도입한 종.)이란 단감나무가 많았고, 윗마을 두 집에만 있는 어른 주먹만 하고 속에 주근깨가 가득한 둥글단감(선사환, 禪寺丸)이 있어, 주변 아이들의 식욕을 자극하기도 했다. 사람들은 그 집 주변 들판을 감무뜰이라 불렀고, 감꽃이 떨어질 때 마을 아이들이 다투다시피 달려 내려가곤 했다.

---

[90] 2000년 어느 날 제백이 근무하던 사무실 일층 화장실 근처에 한 마리 새가 날아들었는데, 제백과 몇몇 직원은 유리창에 부딪힐까 봐 조심조심 잡아 무슨 새일까 궁금하여,『금성판 국어대사전』(1991.11.20. 초판 발행.)의 도움을 받고자 무심코 처음 펼친 순간, 이천사백팔십사 쪽 좌단 중앙에 그림 설명까지 있는 그 '자고'새가 그 새였으니! 우연이 기적을 몰고 다니는 경우. 영화〈마르셀의 여름〉에서도 자고새 사냥 장면이 나옴. 그리고 2018년 어느 일요일 오전, 보리스 파스테르나크의『어느 시인의 죽음』(1977.11.10. 초판 발행, 2011.5.25. 3판 1쇄 발행, 까치글방) 이십일 쪽의 자유분방한 시인과 음악가와 화가의 모임인 시르다르드(sirdard, 힌두어로 귀족이나 족장처럼 지체가 높은 사람을 일컫는 말.)를 읽고 있었을 때 케이블 TV – sky sports에서〈정글의 법칙〉재방을 하고 있었음. '병만 족장님'.

또 마을 어디에도 없는 여주가 길 옆 돌담장에 익어, 쫙 벌어진 모습이 마치 이국적인 분위기를 풍겼다. 그곳에 형제들이 많았으나 다들 부지런해 식구들이 집에 붙어있지 않았다. 그곳에는 제백 동무가 살고 있었다. 그는 무섬을 모르고 배짱이 두둑했다. 상사바위 산이며, 얼음 언 저수지를 겁 없이 함부로 걸어 다니기도 하였다. 그는 연이어 어머니와 누나를 잃었다.

몇 년 후 현충일에 경북사대 수학과를 나와 부산에서 고교 교사를 하고 있던 바로 위의 형이 아파트에서 투신했다. 아마 의처증이라고도 하고, 아내가 밀쳤다고도 했다. 초여름인데 겨울 외투를 껴입고 있었다고 했다. 그는 꺼꾸리라고 태어날 때 다리가 먼저 나왔다. 마을 동무들 서너 명과 제백은 종종 동무의 사랑에서 월남뽕을 했다. 그의 큰형은 아이들이 숫자를 적으면서 화투놀이를 하는 것을 보고 별 잔소리가 없었다. 그도 그럴 것이 바로 윗마을 선배가 부산에서 신발장사하는 형님 댁에서 큰 사건을 저질렀기 때문이다. 그것은 동생 한 명을 서울 법대에 보냈기 때문이었다. 한동안 화젯거리였다. 형이 두 동생을 교육시키면서 절대로 바깥에 못나가게 했고, 좀 지루하면 셋이 고스톱을 치라고 했다. 진주중에서 일이 등 하던 양반이 부산고나 경남고에 들어가서 친구 잘못 사귀어 잘못 풀려 죽도 밥도 안 되는 것을 그 얼마나 많이 봐 왔던고.

세상에는 기묘한 우정도 있다고 도스토옙스키는 일갈했다. 그러니까 서로가 상대방을 잡아먹을 듯이 으르렁거리면서도 일생을 헤어지지 못한 채로 살아가는 경우를 말이다. 한참 화투놀이를 하다보면 다리가 저려왔다. 그러면 다리세기에 돌입했다.

이 걸이 저 걸이 갓 거리 진주 망건網巾 또 망건網巾 짝발이 휘양건揮揚巾 도르매 줌치 장독간 머구밭에 덕서리 칠팔월에 무서리 동지섣달 대서리

— 우리나라 최초 혁명 가요인 언가諺歌.

  수원에 살다가 부모가 이혼하고 어머니가 미국으로 재혼 가서 이곳 외가에서 학교에 다니는 쾌활한 한 친구가 제법 이앵근을 망건으로 또루마 줌치를 도르매 줌치로 고쳐 불러야 한다고 의견을 내서 그대로 적었다. 밤새 놀다 세수를 하면 콧구멍에서 새카만 매연 가루가 잔뜩 섞여 나오기도 했다. 모두들 마을로 올라오면서 냇가에 내려가 몇 차례 세수를 했다.

  세월이 지난 어느 여름 방학 때, 그 집에 한 마리 고운 천사가 나타났다. 그녀는 그 동무 큰 누님 큰 딸로서 제백이 일찍이 못 본 예쁜이였다. 외가에 놀러온 중삼 학생이 제백 혼자 새막에서 『데미안』을 읽고 있는데 찾아와 이것저것 묻기도 하고, 여치를 잡아주니 겁을 내기도 했다.

  그 여학생이 제백 볼 가까이 왔을 때 머리카락이 약간 나부꼈다. 제백은 눈을 감고 자기도 모르게 와락 껴안았다. 여학생이 놀라 큰 소리로 소리치니, 불과 논 한 마지기 떨어진 집에서 외숙모가 나와서 두리번거리며 여학생을 불렀다. 그러자 여학생은 고개를 숙이고 언제 그랬냐는 듯, 쉿 하는 것이었다. 조금 지나니, 외숙모는 들어가고 둘은 해가 지도록 이야기꽃을 피웠다. 유독 머리칼에서 나는 향긋한 냄새는 먹고 싶을 정도로 충동을 일으켰다.

몇 해가 지나고 보니, 둘은 정분이 나도 이만저만 난 게 아니었다. 방학 때마다 진주 밀림다방, 자기들이 정한 자리에서 만났다. 둘은 서부 경남 명승지를 쏘다니기도 했다. 그뿐만이 아니었다. 김천으로 가서 직지사를 돌아보았고, 포항 구룡포를, 그리고 와룡산 주변일대를 걸어서 돌아보았다. 그들은 서로, '우리는 위대한 연인이다.'라며 밤새 입에 단내가 날 정도로 키스하고 애무했으나 관계만은 피했다. 제백은 이후 습관이 되어 상대가 원하지 않으면 절대 관계를 갖지 않는 자제력을 고수했다.

그것은 첫째로 사귐을 지속하려면 관계하지 마라. 둘째로 결혼할 상대가 아니면 관계하지 말며, 결혼 상대자일 경우도 혼전 관계는 하지 마라. 그리고 가장 중요한 것은 어머니가 알려준 결혼 상대 여성과의 궁합으로서, 기일忌日, 만기일萬忌日을 피해서 사귀란 것이었다. 그녀는 제백과 궁합이 너무도 안 맞았던 것이다. 그러니 아무리 술에 취해도 만기일만 생각하면 기력이 쇠해짐을 느낄 수 있었다.

몇 년 후, 그녀가 지방 대학을 다니면서, 서울에 무슨 발표회를 갖는다고 찾아와서 하룻밤을 보냈는데, 그날 밤, 밤새 술을 마시며 홀라당 벗고 서로 애무를 했으나 둘 다 관계를 원하진 않았다. 그녀가 곧 결혼을 한다고 했다. 보통은 결혼 전, 원 없이 다 주고 간다고 하지만, 그들은 새막에서의 아름다운 첫 순간이 지워지는 게 너무도 싫었다. 그녀의 남편 될 사람은 진주교대 출신 해병대 소위로 월남을 자원했다는 것이다. 진주중앙 시장에서 제일 부자인 처녀 아버지가 가난한 법원 서기 아들을 사위 삼으려 하지 않아서, 그는 일생일대 모험을 감행하기로 맘먹었다. 그것은 월남에서 만약 살아오면 무조건 결혼이요, 죽으면 운이 다한 것이라 믿었다. 그는 전투부대를 원했다. 그리고 그 전쟁통에서도 일주일에 한두 통의 연서를 보냈다. 그녀도 최소한의 예의를 표하는 뜻으로 한 달에 한두 번 편지를 썼다. 그는 그녀의 편지를 코팅하여 마치 작전 지도 펴보듯 보면서 자구 하나하나를 분석하면서 그녀를 포충망 속으로 가두고 있었다. 드디어 제대하던 날 그는 자기 집보다 먼저 그녀 집으로 달려갔다.

마치 유진오가 대문 앞에서 장인장모한테 그러했듯, 고광만과 김두한이 그러했듯, 혹은 조영남의 최 진사 댁 셋째 딸의 돌쇠란 놈이 그러했듯, 그는 처녀 아버지한테 넙죽 절을 올렸다. 그때 미처 피할 겨를도 없이 세차게 뺨을 후려쳤다. 옆에 있던 처녀 어머니가 걱정스러워 안절부절못했다. 처녀 아버지는 빨리 내 눈앞에서 사라지라며 목침을 던지려고 했다. 처녀 남동생이 와서 끌어내다시피 했다.

그는 이웃 여관을 잡고 남동생을 불러내어 통음을 했다. 취해 눈꺼풀이 풀린 남자를 두고 동생은 나왔다. 새벽녘, 남자의 옆에 처녀가 누워 있었고, 둘 다 나체였다.

훗날, 여자는 말했다. 그렇게 해야만 자신감이 생겨 아버지한테 당당하게 대들 수 있는 용기를 가질 수 있으리라 굳게굳게 믿었기 때문이라고.

추석 사흘 앞둔 어느 태풍 전날 오후, 왕십리라며 술 취한 여성한테서 사무실로 전화가 왔다. 자기는 밀림다방 친구라며 오전부터 술을 먹어서 둘 다 몹시 취했다고 했다. 회사 업무를 마치자마자 버스를 타고 갔다. 전화한 여인을 따라 술집 맨 안쪽으로 들어갔더니, 밀림다방이 술에 취해 고개를 숙이고 있었다. 하얀 바탕에 작은 보통 유리구슬 크기의 검은 물방울이 새겨진 머플러를 목에 두르고 있었다.

둘은 빨리 그곳을 벗어나 호젓한 곳으로 자리를 옮겼다. 대낮부터 무슨 그리움에 한이 맺혀 꺼억 꺼억 울부짖었는지 모를 일이었다. 그녀는 그 눈 주위를 찡그려 큰 두 눈으로 쏘아보면서 더듬더듬 말했다.

"저 멀리, 산속으로 떠나자, 지금 이 순간부터 같이 움직이자. 다가오는 추석도 같이 보내자!"

그리고는 근 오 년 동안 쓴 그리움이 절절한 공책을 꺼냈다. 어떻게 편지에 민감했을 남편 몰래 쓰고 감추었는지 몹시 궁금했다. 순간 그녀가 무서워졌다. 제백의 가정을 송두리째 작살내고야 말 악녀로 보였다. 불현듯 제백은 가정을 지켜야겠다는 생각이 스쳤다.

그래, 여인에게 실망스런 모습을 보이자. 다시는 상종할 마음이 싹 가실 정도의 인간 이하의 꼴을 보여 줘라.

반 강제로 여관으로 데리고 갔다. 그녀가 마치 배고픈 늑대마냥 제백의 온 몸을 핥아댔다. 서로의 열기는 극도로 치닫고 있었다. 마침내 그녀는 못 견디겠다는 듯이, 상위에서 수십 번 괴성을 지르고는 주섬주섬 옷을 걸치는 둥 마는 둥하여, 어두컴컴한 방을 빠져나갔다. 그게 마지막이었다.

제백이 나신전업 상무로 있었을 때 일이었다. 어느 비 내리는 오후, 한 여인이 나타나 귀신인 듯 불현듯 나타나 커다란 반지를 던지듯 주고 사라졌다. 허스키 목소리에 빼빼 마른 몰골이 마치 월매 같았다. 그 여인은 하월곡동에서 대한도시바 판매 대리점을 운영하고 있는 여사장이었다. 이대 생물학과를 나온 그 여성이 제백과는 오직 전화 대화로만 물건을 흥정하고 간혹 곁다리로 사생활을 주고받은 게 전부인데도 그녀는 이미 제백과 오랫동안 사귄 사람같이 대했다. 낮에는 『골짜기의 백합』의 앙리에뜨가 되었다가, 밤이면 아라벨 되어 유혹했으나, 그것은 실물 한 번 보지 않고 전화 통화만의 일이었다. 그 사건이 있고난 몇 년 후 영화 〈미저리〉를 보고는 그런 인간도 있을 수 있겠구나, 하고 깊이 깊이 생각을 가다듬는 계기가 되었다.

이번에는 더 기막힌 일이 생겼다. 군 제대를 팔 개월 남겨두고 있던 시절이었다. 한 통의 편지가 날아왔다. 경남 고성의 한 조그마한 시골인 척번정滌煩亭에서 어떤 처녀가 보낸 것이었다. 척번정이란 저 김열규 님이 하늘 아래 제일 아름다운 이름이라고 극찬했던 곳이기도 했다. 아무튼 편지글을 보니, 상당한 달필이요, 문장이 꽤 세련되었다. 한때 부산대 다니던 친척 동생한테 온, 초등학교 학력의 미장원 광자란 여자가 보낸 편지를 읽은 이후 가장 돋보이는 글 솜씨였다. 몇몇 전우한테 보여줬더니 실로 감탄해마지 않았다. 그런데 편지는 일주일에 두 번 정도로 새로운 이야기와 애정 공세로 일관되었다. 그러기를 한 삼 개월 간, 의무사병인 곽 상병도 제대를 일주일 남겨두고 있었다. 그날 밤 뭔가 짚이는 게 있어서, 편지 두 통을 호주머니에 넣고 곽 상병을 보일러실로 불렀다. PX에서 사온 소주 세 병과 꽁치 통조림을 따, 둘은 몇 순배 연거푸 미셨다. 드디어 곽 상병한테 조심스럽게 물었다.

"곽 상병님, 혹시 남순모란 여성을 아세요?"

"뭐라고, 김 병장이 어떻게 그 여잘 알아!"

"저도 잘 모르겠습니다만, 그녀한테서 막무가내로 서른 통 가까이 편지가 왔습니다. 도저히 이해가 가지 않습니다. 혹시 곽 상병님 고향 여성 아닌가요?"

그랬다. 그녀는 곽 상병이 목숨처럼 아끼고 일방적으로 사모하는 여성이었다. 그야말로 짝사랑의 극치인 셈이었다. 그렇다면 그녀가 왜 제백한테, 그것도 곽 상병과 같은 중대에 있다는 것을 알면서 편지를 보냈을까, 하고 몹시 궁금했다.

훗날 들리는 바로는 곽 상병이 휴가차 가서는 제백에 대한 이야기로 시작해서 끝을 맺을 정도였다고 했다. 제대한 후 첫날은 만취상태에서 저수지 주변 벚나무를 부여안고 고래고래 고함을 질렀다. 그러나 며칠 후 그의 일거수일투족을 지켜본 여인은 척 번정 솔수펑이에서 솔가리를 푹신하게 깔고, 신발까지 벗고, 그믐달의 정기를 받으며, 원한서린 청춘의 방황을 끝냈다.

팔베개를 한 그녀는 깔깔깔 웃으면서,

"당신이 나를 더욱 갈망하게 하기 위해 꾸몄지롱."

그날 그들은 장소를 옮겨가며 몇 차례 더 정을 쌓았다. 뒷날 그들의 결혼 통보에 제백은 가지 않았다. 기분이 상당히 상했다. 곽 형은 고향 농협에서 조합장까지 하고, 여인은 최유라 프로그램, 여성시대 등에 기고하여 상당한 명사가 될 정도로 글 솜씨를 발휘하다가 늦게 정원 플래너가 된다고 오 년 간 영국 유학을 마치고, 영주 청량산 어귀에다 〈정원 가꾸기 프로젝트〉란 것을 꾸며, 교육하고 실습도 하고 있었다.

호사다마라 했던가. 곽 형은 명예 퇴직하여 부산 동래에서 이화유리 판매점을 하였는데, 어느 날 유리가 깨져 그 큰 조각이 목과 팔을 관통하여 즉사하고 말았다.

규백이나 제백, 아니면 다른 이가 아버지일 수 있겠다는 가능성을 안고 오여려 아들 실귀實貴가 태어났다. 여려가 여중학교 국어 교사로 부임한 곳에서 만난, 윤리교사인 차두서車杜栖와 동거에 들어갔다. 그는 술과 철학과 고전음악에 빠진 것 외는 그야말로 무룡태였다.

어느 해 겨울 방학 시작 무렵 제백은 여려 소식이 끊어져 몹시 애를 태우고 있었다. 그때 여려가 아직까지 미혼으로 살고 있다는 것을 내자동 나신전업 수리기사로부터 들었다. 기사는 제백과 같이 판매장 겸 사무실 안에서 숙식을 하던 처지라 여려를 소상히 알고 있었다. 술만 먹으면 여려 이야기로 열 올리기도 했고, 때론 눈물도 찔끔거리기도 했다. 마침 효자동 고모네에서 요양을 하고 있던 한 처녀가 그 수리기사를 좋아했는데, 그녀가 마침 여려가 재직하고 있는 학교 출신에다 중삼 땐 여려가 담임이었다는 것이다. 그래서 그녀는 당장 여려를 찾아가서 제백의 이야기를 했더니, 여려가 제백의 이야기를 듣고 창밖만 물끄러미 내다보았다는 것이다. 그 소식을 들은 제백은 용기를 내어, 길고 긴 편지를 써서 여려한테 등기우편으로 보냈다.

여려는 카프카의 〈성城〉의 성城인가.

그토록 유다른 인간 — 좁은 문의 알리사일망정 — 이라 생각한 저의 일방적 사고 지향이 흔들리고 있습니다. 하물며 글을 사랑하는 사람이 세속의 숱한 인식을 자기화하는 폐단을 감지하곤 결국 인간은 동물적 속성을 저버릴 수 없는 결정적인 요소가 내재하고 있음에 통탄합니다. 특히 한 생존하고 있는 인간을 앨범화시켜 추억만 간직한다는 그 고정관념이 교사 생활의 마지막 의미입니까? 저의 일 단면만으로 저의 전부를 점치진 마세요. 물론, 여려 씨가 없다 해도 저는 저대로 그럭저럭 한 평생을 꾸려나갈 수는 있을 것입니다. 그러나 네온사인이나 아파트나 텔레비전의 부속 같은 현대에 집념과 영원성을 버리지 않는 저를 눈여겨봐야 할 것입니다.

자, 현대의 일상사를 규명해 봅시다.

가정의 행복 — 식모만이 시간의 배당으로 볼 때 그 가정의 희로애락을 맛보는 생동적인 인간입니다.

미美 B의 의미 — 텔레비전의 영상에 비치는 탤런트뿐.

미美 A의 의미 — 옛날과 동창회에 급급한 여인이 어찌 「땡이와 사냥꾼」이란 만화책이라도 읽겠습니까?

....

....

....

  저의 무궁한 생명력을 무슨 결정적 단서로 인해 멀리하는지, 그것을 묻고 싶습니다. 여려 씨는 자기 자신이 엄청나게 현명하고 뼈대 있는 집안의 여인이라 생각할지 모르지만 오늘의 세대엔 그 의미는 언어 하나로써 전복된다는 것을 아셔야 합니다. 지난날 저는 여려 씨의 머리빗만큼도 못한 존재로 여려 씨의 일부분을 지배하여 왔습니다. 그것을 생각하면 심한 굴욕과 남자로서의 심한 혐오감을 감지하지만 늘 저의 차원은 달리하여 가능성과 진과 선을 생각하여 왔었습니다. 제가 어떤 예언자는 아니지만 제가 여려 씨를 극도로 저주하고 ─ 여려 씨가 저를 떨치는 결정적인 의미가 저의 피부적인 것이었다고 단정할 때 ─ 또 저주하는 날이 올 때 진정 여려 씨는 마지막 저를 이해하며 애진하게 흐느끼리라 단정합니다. 저가 이렇게 사회생활을 하며 또한 좀 더 특출 하고픈 이 때, 몇몇의 인간을 눈여겨 보지 않고 여려 씨를 진정 생각하는 것은 단 한 가지 이유에서입니다. 그것은 어떻게 해석할지 모르지만 신비가 미신적일 만큼 지배하고, 행동적이고 과감한 정의감이 저의 소극적 제반 성격을 인도한다는 데 있습니다. 여려 씨는 최고학부의 문과에서 학문을 도야했었기에 정치인이나 건축가처럼 인생을 보아선 안 될 것입니다. 아무리 세파가 험해도 여려 씨는 독립투사의 미망인처럼 꿋꿋하게 생을 영위할 사람입니다.

  여려 씨.

숱한 유혹과 미련을 버리시고 좀 더 차원 높게 저를 생각하세요. 설령 여려 씨의 마음이 가족의 일방적인 의도에 봉착하여 꽃무늬를 수놓는다 할지라도 잠깐, 아니 영원히 멈추시어 무한한 가능성의 한 인간 — 이것은 자만, 그것도 병적인 자만은 아닙니다. — 의 진실한 반려자이게 하십시오.

우린, 아직도 과도기이기에 아무리 현학적이고 파괴적일지라도 지나치지 않을 것입니다.

건투를 빕니다.

이 밤도 안녕히!

편지를 보낸 것을 깜빡 잊고 있은 어느 날, 한 청년이 찾아와 자기와 여려는 서로 웃고 울고 하는 사이라면서, 마음으로 생각하는 것까지 막을 수는 없지만, 이미 몸은 자기에게로 와 있다며, 담배 한 갑을 사 주는 것이었다. 또 신탄진이었다. 제백은 단호하게 말했다. 처녀 나이 과년하도록 미혼이라 혹여 자기 때문은 아닌가 하고 최종 확인 차 보낸 것이니 괘념치 말라고 했다. 그러니까 예이츠는 1916년, 쉰한 살 되던 해에 결혼하여 아이를 낳기로 결심했다. 그는 1916년 여름에 모드 곤에게 마지막으로 청혼을 했다. 결국 예이츠는 올리비아 셰익스피어의 소개로 만난 스물다섯 살의 조지 하이디 리즈Georgie Hyde-Lees에게 청혼했다. "조지, 안 돼. 그 사람은 곧 죽을 노인이야."라는 그녀의 친구들의 반대에도 불구하고 하이디 리즈는 청혼을 받아들였고, 그 해 결혼식을 올렸다. 그들의 나이 차이와 예이츠가 신혼여행 도

중 품었던 후회와 회환에도 불구하고 그들의 결혼생활은 성공적이었다.

제백은 그를 보내고 울컥 코 눈물이 쏟아졌고, 담배를 쓰레기통에 처넣어 버렸다. 풍문에 의하면, 그는 유수 대학 철학과 출신인 윤리교사이며, 대학생 때 『차라투스트라는 이렇게 말했다』 머리말을 거의 달달 외울 정도의 기인이란 것이다. 그가 한때 많던 가산을 물려받았으나 탕진하고 말았다. 금산 어느 인삼밭을 통째로 샀으나 잎만 무성한 뿌리가 없는 빈 쭉정이였던 것이다. 그의 부친은 부산 사상에서 소문난 부자였는데, 일제강점기에 조센징 잡아들이는 일본 앞잡이 아베 같은 지독한 형사였다. 그때 재산을 모은 것은 하늘이 다 아는 사실이었다.

그는 광복 후 아무래도 동네 부끄러워, 아니 반강제로 축출당해 부산 서대신동으로 이주를 하여 신분을 싹 감추고 살았다. 설령 안 감춘다 해도 그 누가 손가락질 하겠는가. 대한민국, 이 위대한 인본주의 나라에서. 아버지 덕으로 그는 별 탈 없이 자랐으나 그 당시 대다수 있는 자가 행한 자연적인 코스가 첩을 들이는 것이었다.

두서의 형은 장남에다 작은어머니의 출현으로 마음이 심란한 것은 명약관화라, 동무들과 놀다 단 한 번도 먼저 집에 가려고 하지 않았다. 그러나 공부는 항상 반에서 일 등이라 다소 잘잘못도 다 파묻히고 말았다.

제백과 한때 아르바이트를 같이 한 늙은이가 외아들에 대해 재산 반환 소송을 냈다. 늦장가 든 아들과 같이 살다가 점점 푸

대접으로 조여 오자 크게 배신감을 갖고 변두리 월세비만 겨우 갖고 나와 버렸다. 제백이 물었다. 왜 평소 엄하게 다스리지 않았냐고 했더니, 초등학교부터 고교까지 항상 전교 일등을 빼놓지 않았을 뿐더러 대학도 그 당시 최고 대학 최고학과에 들어갔으니 무엇을 나무랄 수 있었겠냐고.

지금도 그 영감은 다섯 가구가 살고 있는 다세대 집에서 아침 화장실을 가기 위해 발을 동동 구르고 있겠지. 그 좋은 아파트를 자식이라 아무 생각 없이 주었는데, 지금 와서 소송을 건다 한들 사돈이 검사출신의 변호사라 그 다음은 상상에 맡기노라. 더욱 놀라운 사실은 할멈이 며느리한테 집안 대대로 내려오는 요리를 가르쳐 주기 위해 같이 살게 되었다고. 도대체 요즘 세상에 어느 며느리가 나이 든 시어머니한테 요리를 배운단 말인가.

이 천인공노할 소식을 그냥 넘길 사름 무리가 아니었다. 애들이 잠든 깊은 밤 아들 내외와 장인장모를 굴비 엮듯 엮어 단걸음에 도산밭골로 갔다.

고계가 문초하자, 장모란 인간이,

"말귀도 못 알아듣고, 냄새 나고 겨울이면 콧물 줄줄 흘리는 사돈을 내 귀한 딸이 모셔야 하는가?"

하고 고함을 질렀다.

"집을 주었으면 그만이지 도로 내 놓아라고 하는 그 작자가 사돈이라니 정말 한심하지, 무식한 인간들!"

장인의 말이 끝나기 무섭게,

"내 원 참, 음식 배워 준다는 핑계로 눌러 있으려는 그 속셈이 얄밉고 가증스러워. 정말!"하고 며느리도 깩깩 악을 썼다. 아들은 병신처럼 꿀 먹은 벙어리가 되어 꺼억 꺼억 울음을 삼키고 있었다. 절벽 너머 뱃고동 소리가 가까이 들렸다. 진주 쪽에서 비행기 소리도 은은하게 들렸다. 사름 무리는 여느 때보다 더 기분이 상했다. 이를 앙다물었다. 넷의 옷을 홀라당 벗기고 마치 돼지처럼 이리 굴리고 저리 굴린 후 지팡이로 휘발유를 받아내 그들의 온 몸에 뿌렸다. 그들의 온몸이 붉게 달아올랐다. 그러고는 절벽 아래로 차버렸다. 그들이 떨어지는 모습은 네 송이 장미요, 모란 같았다.

예상 밖으로, 부산 모 일류 고등학교에 불합격하자 아버지는 당신이 첩을 둔 것에 대한 죄업이랄까, 그 정도는 아니더라도, 아무튼 미안함의 발로인지 안 되면 돈을 처박아 보결로 해결했고, 군도 용케 피했다. 결국 군 미필, 그게 화근이 되어 공직생활에는 지장이 많다. 형이 갖고 있는 고질병은 자기 딸과 어머니를 제외한 그 어느 누구든 여자란 여자, 소위 치마만 둘러도 불쑥불쑥 양기가 치솟는, 변강쇠도 울고 갈 자인데, 결국은 그가 여려를 보고 흑심을 품어 동생인 두서한테 돼지게 맞고는 옆방 골방에서 골골하고 있었다.

제백 동료 직원 중에는 젊은 남녀가 술집에 같이 앉아 있는 것만 봐도 욕을 해대는 이상한 버릇을 가진 자가 있었다. 술을 먹었을 때 나타나는 현상인데, 만취되어 교통사고를 당해 뇌를 다치고 한 쪽 눈을 실명하고서야 잠잠해졌다.

동생이 야근한 어느 날, 결국 여려의 동정심의 발로에 의한 어쭙잖은 관계를 맺었다. 떠날 채비를 다하고 마지막으로 또 한 번 형은 애원했다. 때마침 동생이 들이닥쳤다. 대문을 열쇠로 열고 살짝 들어왔다. 옆방에서 작은 소리가 들렸다. 창틀이 제법 높아 널따란 돌 몇 개를 포개어 작은 창문 커튼 고리가 한 쪽에 빠졌는지 접혀진 사이로 훔쳐보기 시작하자마자 그만 혼절할 정도였다. 자지러질 정도의 신음 소리, 그때 마침 라디오에선 〈김삿갓 북한 방랑기〉가 한창이었다. 커튼 틈새로 가느다란 햇빛 줄기가 형의 요동치는 엉덩이에 난 백 원짜리 동전만한 반점을 집중 공략하고 있었다. 저만치에는 민들레 꽃 두 송이가 피어 있었다.

두서는 그 길로 나가 영영 돌아오지 않았다.

어느 눈 내리는 종로 삼가 용호집이란 막걸리 집에서, 천상병 시인과 열변을 토하며 대작하고 있는 한 남자가 있었다. 그가 송방宋邦이란 작자였다. 그들은 탁자를 치며 호연지기를 발휘했다. 여자 친구와 같이 온 오여려도 호기심으로 흘깃흘깃 쳐다보곤 했다. 그리고는 제법 취기가 올랐는지 여자들이 합석을 요청했다. 남정네들이사 못할 까닭이 없었다.

그날 밤 풍류가 넘치는 대화를 이어갔다. 술 마시던 중간에 여려가 화장실을 가려고 일어섰다. 몇 집이 공용으로 사용하는 화장실이 공터에 있으며, 재래식이라 여자들이 용변을 보기가 여간 힘든 게 아니었다. 그때 송방이 자기도 소변이 마렵다면서 이 집 화장실이 그렇고 그러니 같이 가주겠다고 했다. 바깥 화장실 주변은 캄캄했다. 화장실 기울어진 지붕 위에 갓을 씌운

백열등이 깜빡깜빡 간헐적으로 졸고 있었다. 여려가 용변을 볼 때 송방도 기둥 옆에 그냥 실례했다. 몸을 부르르 떨며 바지를 올리고 있을 때 여려는 고맙다며 다짜고짜 송방을 껴안았다. 둘은 으슥한 곳에 가서 한동안 포옹하고 있었다.

여려는 같이 온 여자 친구와 어떻게 헤어졌는지 모르고, 마치 꿈꾸듯 구름 속에 거닐 듯, 깨어보니 세검정 〈미라지〉란 여관이었다. 둘은 밤새 눈길을 걸어오면서 주점이란 주점을 들러, 마시고 또 마시며 왔다. 사실 그 길엔 주점이 별 없었다. 그래서 구멍가게에서 사다가 방에서 마셨다. 새벽에 겨우 일어나 주섬주섬 옷을 걸치고, 택시를 타고, 청진동 해장국집에서 해장술을 하고, 기분전환으로 또 바로 인근 그럴듯한 서울 호텔에 가서, 또 회포를 풀고 또 풀었다.

송방의 요설에 녹아난 자가 한두 명이 아니었다. 특히 개신교를 팔고, 일본어도 모르면서 벽면 책자엔 일본 한자 자전과 일본 법전이 꽂혀 있고, 사돈의 팔촌을 다 들먹거리며 사기란 사기를 다 치고 다닌다. 요는 그놈과 상관을 마주치지 않는 게 상책이었다. 한때 소위 잘 나갔을 때는 고향 향우회지 뒤표지에 광고를 내면서 거금을 쾌척하기도 했고, 서울과 경인 지역에 살고 있는 제백 고향 사람들을 초대하기도 했다. 딴에는 외가라 애틋한 정이 갔던 모양이었다. 아무튼 제백과 일행은 광화문 무궁화 회관에서 모처럼 큰 대접을 받았다. 그는 좀체 가까이 오지 않고 큰 아이 머리만한 워키토키를 들고 이리저리 전화 주고받기에 바쁜 모습이었다.

여려가 송방한테 홀딱 반해 간과 쓸개를 다 빼주었다. 우리는 서영은의 「먼 그대」를 상기해 보면 여려와 송방과의 관계를 유추할 수 있을 것이다. 올드미스 내지는 미혼모, 그들이 배운 축에 들 때, 잘못하면 체크무늬 윗옷에다 흰 구두를 신고, 머리는 조지 차키리스를 닮으면 엔간한 여자들은 혹 하고 빠져든다는 것이다. 드디어 하디의 『더버빌가의 테스』의 엔젤 클레어인 송방이, 테스인 오여려에게 서로의 죄를 고백하고 또한 용서하자고 제의했다.

송방이 먼저 고해성사를 했다. 여동생 하나가 있었다. 동생이 언어 장애인이었다. 동생은 결혼하여 영화 〈이 세상 어딘가에〉처럼 그만 자다가 실수로 자기아이를 깔아뭉개 아이가 죽었다. 송방이 결혼 직전 상대방한테 그 사실을 말했더니, 슬퍼하는 척하다가 며칠 후 없던 일로 하자고 통보해 왔다. 여려는 그의 고백을 듣고 감동하여 마침내 용기를 내어 자신의 지난날을 상세하게 고백했다. 고백했다기보다 그냥 자연스럽게 술술 나왔다고 표현하는 게 나을 것 같다.

오여려의 고백을 듣고 클레어처럼 깜짝 놀라는 게 아니라, 무릎을 치며 천생연분을 만났다고 호들갑을 떨기도 하였다. 결국 둘은 성대하게 결혼식을 치르게 되었다. 송방은 지난날 강간 살인죄로 옥살이를 한 것만 쏙 빼고 나머지는 모두 다 고백했다. 송방은 마치 『추기경의 아들』이란 작품처럼 고해성사를 했던 신부가 밀고함으로써 자신의 출생 비밀이 밝혀지고 사랑했던 여자마저 등을 돌렸다. 자신이 성직자의 사생아라는 사실을 알고 나서 생부의 사랑을 앗아간 신을 저주하며 가톨릭에서 무신론자로 변신한다. 자신의 출생 비밀을 알게 된 바로 그날 밤 현실 도피를 위해 자살을 위장하고 곧바로 남미로 밀항하여 복수를 꿈꾸는 아서가 되었다는 내용이었다.

송방은 교육대학 중퇴라, 이것저것 조금씩은 흉내 낼 줄 알아, 교도소에서 나름대로 많은 책 읽고, 인쇄술도 익혀 제법 교양깨나 있는 고급한량으로 변해, 제법 그럴싸한 사기꾼의 면모를 갖추게 되었다.

고계가 있던 교도소였다. 그러니 고계와도 안면이 있는 사이였다. 교도소장의 수양아들이자 동성애 파트너가 되어, 그 재산을 물려받아 종합 출판사를 운영하게 되었다. 교도소란 그래도 위정자의 작은 배려가 깔려 있는 제도이다. 바로 단칼에 처형해도 무방한 데도 지하나 외딴 섬이나 깊은 산중에 가두는 것은 이렇게 보면 복수의 싹을 기르는 것이기도 하다. 이는 인간사 지겨울 정도로 권태로운바 복수란 것이 대두되면 스릴과 서스펜스가 있는 삶이 아니겠는가. 네가 죽고 내가 당한다 손치더라도 그게 뭐 그리 대수이랴. 어차피 죽을 인생.

절대로 모험적인 출판을 삼가고, 아류에 길들여진 안전 위주의 출판 신조를 갖고 있기도 했다. 절대로 돈 들여 번역을 하지 않고 이미 번역된 것을 비틀어 짜고, 덧붙여 만들어야 한다는 신조를 갖고 있었다. 그러니 출판의 문화성보다 상업성 위주로 사업을 이끌어갔다. 그러니 대다수 자격시험 문제집들은 짜깁기로 일관되었다. 짜깁기도 짜깁기 나름. 문제의 번호도 바꾸지 않고 그대로 베끼는 배짱이란!

 그가 운영하는 출판사가 점점 힘들어졌다. 그러나 워낙 사교성이 뛰어나 출협 선거 때마다 회장 측에 붙는 천부적 감각을 지니고 있었다. 그는 출판사가 셋이어서 자연히 투표권이 세 장이라 한 표가 아쉬운 후보자들은 그를 감히 무시할 수 없었다. 그는 일년 넘게 출협 회비를 내지 않았다가 선거 직전에 후보자 측에서 대납하는 것으로 선거권을 확보하는 것이다.

 당시 교과서 출품할 자격을 얻으려면 일년에 초판으로 열 종 이상 출판해야 하는데 그는 그 자격을 얻지 못할뿐더러 최근 오 년 간 단 한권도 발행하지 않는, 실로 뻔뻔한 출판인이었다. 그런 자가 출협 임원이 되어 설치는 꼴이란, 차마 눈 뜨고 못 볼 지경이었다. 그런 자가 출협 직원을 절반 가까이 솎아 내는 대수술을 감행했다. 제백도 예외가 아니었다.

 사름 무리가 송방 주변에서 그의 동태를 유심히 파악했다. 그들은 순식간에 송방을 낚아 채 도산밭골로 향했다. 그곳에서 송방을 꿇어앉힌 후 그 당시 출판계의 한심한 작태를 열거하며 장장 두 시간 가까이 꾸짖었다.

 한국에서 세계문학전집은 1958년, 1959년에 정음사, 을유문화사 등을 시작으로 1960년대에 이르러 백권에 이르는 대규모 기획도서로 출판된다. 이를 통해 식민지 시기부터 이어져 온 독서 열기를 승계하며 대표적인 대중 교양 도서로 정착하게 된다. 다만, 광복 이후 발간된 세계문학전집의 구성 원리는 식민지의 것과 분명한 차이를 보인다. 광복 이후에는 고전에 대한 탐구보다 당대적 가치를 좀 더 중요하게 다루어냈다. 광복 이후 세계문학전집은 기원과 성숙의 시간적 질서 대신 팽창과 증식의 공간적 질서를 구성 원리로 하며 세계의 범위를 분할·번역해내는 문화정치의 이상을 담아내었다. 이는 미국중심의 세계 질서를 보편적인 것으로 가시화시켜내는 효과를 야기했다. 한국에서 세계문학전집은 서구문학의 '고전'이자 중등학생 이상의 '정전'으로 오랫동안 필독해야 되는 교양서였으나, 세계문학전집에 각인된 고전의 가치나 정전으로서의 소임은 식민지·저개발 한국이 세계성을 열망한 대가로 주어진 것이었다. 지금 필요한 것은 이러한 세계문학전집의 편집증적 시스템에서 나아가 다양한 읽기 경험이 공유될 수 있는 경험, 재현, 기억의 네트워크일 것이다. 자기 복제식 세계문학 번역 현황에 대한 날선 비판도 나왔다.

송방은 고개를 떨어뜨리고 마치 모든 것이 자기의 잘못인 양 용서를 빌었다. 침을 질질 흘리면서. 그러나 고선 무리에겐 용납될 수 없었다. 얼마 후 죄인을 참수하던 망나니 춤을 사름이 대신했다. 그리고는 힘껏 발로 차버렸다. 송방이 괴성을 지르며 절벽에 떨어진 것은 순간이었다.

그때 먼 창공을 나는 비행기 소리가 들려왔고, 어치 한 쌍이 날아가고 있었다.

14장 돕레[91]의 하루

목화 따는 다래끼에 수수 이삭 콩가지요 나무꾼 돌아올 제 머루 다래 산과로다. 뒷동산 밤 대추는 아이들 세상이라. 아람도 말리어라 철대어 쓰게 하소.

한 마리 망토개코원숭이가 절벽에 붙어 무섬의 동짓날 밤을 지새우는 것보다 더 덧없는 역사 앞에서, 구절초 지는 이 가을밤에 생활의 두문 불출자가 되어, 삶의 이인증離人症 환자가 되나 보다. 드디어 돕레의 하루가 시작되었다.

군대 후유증에 걸려, 뜬 구름 잡듯 신경에 금이 간 시절, 자작나무 잎이 햇살에 한껏 흔들거려 반짝일 때, 그 자작나무는 겨울이 되면 우듬지를 제외하고 스스로 가지를 친다. 가지가 떨어지면 하얀 수피가 드러난다. 하늘로 곧게 뻗은 '순백의 몸통'은 강직함과 고결함의 상징이 됐다. 녹음이 짙은 여름, 단풍 화려한 가을의 자태도 곱지만 새하얀 수피가 오롯이 드러나는 겨울에 자작나무의 우아함은 배가 된다. 스물일곱 살[92] 제백이 검은 망토를 걸친 채 도산밭골에서, 상사바위에서, 큰골 어귀의 숨은

---

91) '돈벌레'를 축약하여 만든 말. 돈은 주조鑄造된 자유다. — 도스토예프스키.
92) 도스토예프스키의 『백치』 도입부에 '그중 한 사람은 키가 작달막한 스물일곱 살 가량의 청년이었는데, 곱슬곱슬한 머리털은 거의 새까말 정도였고, 잿빛을 띤 눈은 작으면서도

동굴에서, 그리고는 어두운 산 위에서 솟아오르는 아침 태양처럼, 타오르며 힘차게 그 동굴을 떠났다.

고대 철인보다 더 깊고 오묘하고, 고상한 영감을 갖고 그 옛날 서울역 앞, 빛나던 아이디알 미싱의 네온사인[93]을 상징적으로 추억해 보면서, 내일부터 닥쳐올 '생활적'이 못내 서글퍼졌다.

지금은 그 위용이 천하를 호령하는 삼성전자가 갓 태동하여, 영업부 직원이 세운상가에 진을 치고 시세 파악하며, 제백을 졸졸 따라다니니, 상가에서 나신전업 상무가 된 제백은 제세의 이창우와 삐까삐까 했으니, 그토록 유명하여 일대 혁신 일으킨 일할 계산[94]이 상가를 지배하기 전, 세운상가 가동 나열 백육 호에 터를 잡았다. 여기서 장사에 필수적인 부기簿記를 지나칠 수 있겠는가. 부기란 자산, 부채, 자본의 증감 변화를 일정한 원리원칙에 따라 체계적으로 장부에 기록·계산·정리하여 그 원인과 결과를 분명하게 밝히는 것이다. 부기의 역사는 멀리 이집트, 수메르, 아시리아, 중국, 그리스, 로마까지 거슬러 올라간다. 그 가운데 문명의 발생지였던 고대 수메르와 이집트에서 조세 징수

불처럼 이글거리고 있었다. 코는 낮고 펑퍼짐하며, 얼굴에는 광대뼈가 불거져 나왔고, 엷은 입술은 줄곧 사람을 깔보는 듯한, 거만하고 표독스럽기까지 한 미소를 머금고 있었다.'라고 작가는 주인공인 미슈킨 공작을 그리스도와 같은 뜻의 '참으로 아름다운 사람'으로서 구성하였는데, 제백 또한 미슈킨을 닮으려는 의도가 숨겨져 있음.

93) 제백이 고등학교 진학 차 서울에 난생 처음 왔을 때, 큰 충격을 받았던 서울역 광장 건너편 건물 위의 아이디알 미싱(재봉틀)의 네온사인 광고. 어느 날 정오 MBC 라디오 김혜영과 강석의 〈싱글벙글 쇼〉에서도 언급함.

94) 달붓기 등 할부에 있어서 계약금, 덤삵, 개월 수에 따라 나머지 납부금이 달라지는 계산법. 할부판매 방식은 미국 농민의 해방자인 사이러스 맥코믹Cyrus McCormick,1809~1884이 고안함.

나 간단한 거래에 관한 기록이 발굴되었다. 또 해양민족인 고대 페니키아인과 그리스인도 상업 활동을 하면서 거래에 관한 기록과 보고를 남겼다. 로마에서는 노예가 재산을 관리·운영 하였는데 이를 노예 주인에게 보고하기 위한 부기가 발달하였다. 그런데 고대부터 중세까지의 부기는 거래 당사자 사이에 나중에 싸움이 일어날 우려가 있는 채권·채무와 재산을 관리·보전하기 위해 기록해 두는 단식부기였고 손익을 계산해서 분배한다는 것까지는 생각하지 않았다.

고려시대 개성상인들은 십이 세기쯤에 〈사개송도치부법四介松都治簿法〉이라는 독특한 복식부기 장부를 남겼는데, 이것이 요즘 쓰는 복식부기가 세계 처음으로 출현한 기록이다. 그러나 세계에 복식 부기법을 널리 퍼뜨린 것은 이탈리아 상인들이었다. 십사 세기쯤 베니스를 중심으로 하는 이탈리아의 상업도시에서 복식부기방식이 출현하였는데 루카 빠찌오리Lucas Pacioli가 1494년에 발표한 산술·기하·비율 및 비례총론은 서양 복식부기에 관한 가장 오래된 출판물이다. 그 뒤 이탈리아의 부기법은 영국으로 건너가, 십구 세기 산업혁명을 계기로 발전을 거듭하여 현대 부기가 출현하게 된다. 막스 베버는 복식부기를 통한 회계의 투명성을 서구사회와 비서구사회를 나누는 기준으로 쓰기도 했다. 그 어느 곳이든 문명권이 있었다면 어떤 형태로든 회계가 발달하지 않을 수 없었다고 봐야 한다는 것이다.

제백이 정릉 청수장 앞 남도창 여인의 새로 산 냉장고 포장 어설프게 벗기다, 못이 쭉 끼익 자국을 냈으니, 도로 싣고 애걸복

걸 〈충북전자〉 매울 신자 신 사장의 노발대발 무섭도록 혼쭐나면서, 후끼집(도장집)이 있다는 게 그 얼마나 다행스러운 일이냐. 감쪽같이 흔적이 감추어지나니. 그러나 영수증 없이 삼사 일 간 큰 돈 빌려주는 곳, 이런 아이러니가 세운상가에는 존재하고 있으니 세상 어디에 이런 곳이 또 있는가?

용산 전자 상가 대지 삼분의 일을 소유한 자가 다름 아닌 박 사장이었다. 세운상가 시절, 그는 항상 바삐 일이삼 층을 오르내리며 웃음을 잃지 않았다. 제백이 그를 처음 만날 때 서울대 출신이라고 여겼다. 그는 삼사三社의 전자제품 가격을 줄줄 외웠다. 이 상가사람들은 모두가 서울대 출신이 아닌가 하고 여길 만큼 몇 백 가지 전자제품 가격을 달달 외웠다. 그중 박 사장이 단연 돋보였다. 몇 개월이 지나 제백도 요령을 터득하고는 그들의 대열에 합류했다. 삼사의 용량이 같은 전자제품의 공장도 가격은 동일했다. 세운상가에서 제백은 김 상무라 통했다. 제백은 가격이나 시세, 그리고 물동량의 공급과 수요 등 쭉 꿰고 있어 웬만한 사람들은 제백한테 조언을 구했다. 그러니 김 상무를 모르는 자가 없을 정도였다. 할부를 할 때 필요조건인 일할 계산법은 상가에서 선풍적으로 인기가 많아 다들 적용했다.

그래서 세운상가에 주재하는 삼성전자, 금성전자 과장급이 그를 졸졸 따라다녔다. 아무튼 그를 만나서 하루의 물동량 예상추이와 그에 따른 공급량 등 본사에서 각 대리점이나 상가에 보낼 물량 조절과 백지 수표 결제조정 등이 모두 제백의 명쾌한 판단 아래 이루어졌다.

한 번은 부산대 전자공학과 출신인 제백 사촌형이 제백 회사로 놀러왔다. 그는 마산의 한 회사에 다니면서 주말에 대한 극장 칠십 밀리미터 영화 감상하기 위해 상경을 하곤 했다. 그때 컬러 TV가 나온 지 한 달 남짓 되었다. 그 때 마침 달붓기로 팔았던 컬러 TV가 고장이 났다고 손님이 들고 왔다. 제백 회사 수리기사가 예약된 곳에 출장을 가면서 사촌형한테 수리를 부탁했다. 그 기사와 사촌형이 서로 안 지가 꽤 오래되어 허물이 없었다. 그런데 사촌형은 고칠 줄 모른다고 했다. 그때 당황하고 실망한 수리기사의 모습을 지금도 생생하게 기억한다.

그 순간 제백이 순발력 있게 말했다.

"대학은 기계와 인간관계를 공부하고, 공고는 기계만 공부한다."

언젠가 사학과 출신 여직원한테 왜 당신은 역사 연대를 잘 모르냐 물으니, 그녀 답변인즉 사학은 역사의 한 부분을 연구하는 것이지 연대를 외우는 것은 아무 의미가 없다는 알쏭달쏭한 이야기를 해서 모두들 난감한 적도 있었다.

내자호텔 근방의 〈명보장〉은 제백의 접대장소였다. 주로 전자 회사 과장급이 주 대상이었다. 그들이 아쉬울 때는 그들이 접대했고, 제백이 아쉬울 때는 제백이 접대를 하기도 했다. 그렇게 글발이 좋을 때였으니 사람들이 들끓었고, 세운상가의 젊고 패기 있는 자들은 자연히 제백 주변에 모여들었다. 그중 박 사장이 제백 눈에 띄었다. 사실 가게도 전화도 없는 자를 사장이라 부르기 뭐했지만, 그것이 상가 관례였다.

박 사장은 특유의 붙임성과 친절함으로 나신전업에서 무상으로 명함 박고 전화도 무료로 썼다. 일종의 누이 좋고 매부 좋다는 영업 방책의 일환이었다. 그는 사시사철 주야 장천 갈색 가죽점퍼를 입고 다니는 미남 청년이었다.

나신전업의 최초 개설 장소가 지금 구로시장 어귀요, 우리은행 구로동지점 옆 〈모닝글로리 구로점〉 바로 그 자리였다. 그 당시 대한전선 '디제로 TV' 세 마디면, 삼성전자 '이코노 405'는 두 마디로. 그러나 금성사 '골드스타 TV'는 굳이 말하지 않아도 먼저 사려는 게 사람 인심이며, 밥통과 미싱 판매원들이 구로동 일대 아녀자들을 울리고 웃겼는데 그것 또한 고도의 심리적인 상술이었다. 즉 상품 선전을 듣고 보려고 모여 있는 아주머니 중 한 사람을 지목하여 당신은 살 능력이 없으니 자리를 좀 내주시라고 하면, 그 여인은 자존심이 상해 오히려 제일 먼저 구입한다는 것이다. 그 싱술에 능통한 자가 바로 멋쟁이 임진무였다. 비록 눈은 작았지만 서울 본토박이의 긍지를 갖고 사는 자였다. 그에게 외부영업보다 영업장 내 영업을 맡겼다. 그의 화술과 미모에 한번 들어온 사람은 아니 사고 배길 수 없었기 때문이었다.

그러던 어느 날, 그의 고교동창생 이동명이 찾아왔던 것이다. 그는 곱슬머리에다 키가 크고 매너가 끝내주었다. 결국 박부거 사장이 그를 좋게 봐 영업장 판매를 시키려하자 임진무의 얼굴이 붉그락 말락 해지더니, 갑자기 최신형 라디오 한 대를 집어들어 사무실에서 재가裁可하고 있던 박부거의 면상을 향해 힘껏 던졌다. 그길로 영영 나신전업과 아듀하고 말았고, 이동명이도 며칠 나오더니, 소식이 없었다.

우리나라 최초로 달붓기 판매를 한다는 소문에 장안의 내로라하는 밥통이다, 미싱이다, 선풍기다 하며 판매를 하고 다녔던 영업자들이 물밀듯이 떼 지어 나신전업으로 몰려와, 불과 한 발짝 먼저 온 놈이 뒤에 온 놈 등쳐먹기 일쑤였다. 즉 전자 제품 본사에서 거저 얻어 온 수진본 카탈로그를 갓 들어온 신출내기 판매원들에게 니나노 집에 가는 조건으로 주곤 했다.

그 무렵 우리나라 최대의 종합 전자 대리점인 동광東光이 나신의 급부상에 불안하여 주력 상품 등을 서로서로 의논하자며 소위 신사협정에 들어갔다.

박부거는 매주 금요일 오전 아홉 시만 되면 태극기 앞에서 국민의례와 일장 연설을 감행했다. 심지어 자기 혼자가 있더라도 국민의례는 빠지지 않았다. 일반적인 국기에 대한 경례, 애국가 제창, 순국선열에 대한 묵념에다 박정희 대통령의 만수무강을 추가했다.

고정손님이 즐비한 무교동의 월드컵, 시카코 등 소위 카바레나 룸살롱을 대상으로 영업을 펼친 자가 있었는데 그는 회식 때나 평소에도 흥이 날 때 물개처럼 꼬리를 흔들어 귀여운 물개라고 소문난 남상경이었다.

그리고 또 한 사람은 초등학교 선생님처럼 인자하고, 정겹고, 조용조용하고, 굽신굽신한 박인이었다. 사실 그는 충북 제천에서의 초등학교 교사 경력이 있었다. 그는 제천읍내에서 식당을 운영하고 있었는데 어느 날 허우대 멀쩡한 떠돌이 청년이 이 식당에 왔다. 그런데 그가 갑자기 때 빼고 광내더니만 신성일은 저리 가라할 정도의 멋쟁이로 탈바꿈했다. 자연히 손님, 중년 여성의 출입이 잦았다. 마누라의 질투와 투기가 도를 지나쳤다. 결국 마누라는 계주를 하면서 모은 돈 사억을 갖고 날랐다. 남편 박인 선생은 그녀가 도망 간 식당에 서서 한동안 걸음을 뗄 수가 없었다. 식음 전폐하다가 시카고 술집 지배인인 어느 제자가 우연히 고향에 왔다가 그 소식을 듣고 선생님을 서울로 모셔왔다. 그냥 놀고 있기도 뭐해서 전자제품 영업을 하기로 했다. 그들은 웨이터나 여종업원을 대상으로 영업을 펼쳤다. 그래도 뭐니 뭐니 해도 여종업원 중 일본 현지처가 주 단골손님이었다. 주로 일본 애인들은 농부였는데 현금 주기를 꺼려해 전자제품을 사달라고 하면 선뜻 응한다는 것이다. 그래서 일본에서 올 때마다 비록 최근에 산 것이지만 또 사달라고 하면 대개 응한다는 것이다. 그도 그럴 것이 전자제품이란 날마다 달마다 새로운 기능이 추가되어 출시되기 때문에, 그녀들의 아양에 녹아날 수밖에 없었다. 이것이야말로 누이 좋고 매부 좋은 격이었다. 다시 말해 달붓기 판매원인 남상경이나 박인의 경우 그 물건을 팔면서 기존에 있던 물건을 되사는 것이다. 그러니까 팔면서 덤삯 手當, 되사서 팔아 이익금, 현지처한테 수고비조로 얼마를 받는 그야말로 대박 중 대박인 셈이었다.

그리고 또 한 명인 김용대는 덩치는 대빵 크면서 보조개로 살살 조이는, 강원도 영월 촌놈이었다. 그는 남상경과 박인보다 한수 위인 무교동 일대 지배인들을 대상으로 삼고 있었다. 아무래도 구찌가 커, 흔히 그를 도박사라고 놀려대기도 했다. 흔히 세운상가 장사가 위험하지만 이윤이 많다는 속담이 있듯이, 그는 지배인들한테 많은 물품을 팔기도 하면서 그들이 도망가거나 잘못하여 교도소에 가면 떼이기도 했다. 지배인들은 대개 하나의 제품을 구입하는 게 아니라 TV, 에어컨, 냉장고, 세탁기 등 전 종목을 구입하는 게 일반적인 관례였다. 그들이 구입하여 동거녀한테 선물로 주는 것도 있지만, 고향 부모한테 보내기도 했다. 그래서 달돈이 연체되고 지배인이 사라진 경우 제백은 그들 고향으로 몇 명 직원을 지프차에 태워 몰고 가, 그 물품을 회수하기도 했다. 그러나 동거녀들은 대개 사라져, 찾기가 힘들었다.

공군 보라매 출신 멋쟁이요, 한국 최초 전자 대리점 수리기사 육삼수는 김포공항에 근무하는 공군 전우들에게 전자제품의 새로운 맛을 선사한 셈이었다. 그동안 너무 많이 달붓기 조건으로 깔아 자기의 존재가치를 높였다. 그러다가 투자자 중 한 명인 제백이 입사하니, 지레 겁을 먹었는지 얼굴이 하얗게 변하더니 마침내 이틀 후 회사를 정리하였다. 결국 그가 퇴사하자 친구들의 달돈은 연체되었다. 마치 골탕을 먹이려는 심사로 보였다. 사실 그가 회사 설립의 공로자였기 때문에 용심이 나지는 않았을까 조심스레 짐작해 보는 것이었다. 그들의 할부 연체카드는 마침내 행불로 처리되어 미결카드로 넘어갔다.

마치 「황토기」의 억보와 덕쇠처럼 없으면 찾고, 만나면 등쳐먹는 이상한 관계, 헤어지면 그리웁고 만나보면 시들하고 했던, 그 이름 하여 서영서와 금태수였다.

서영서는 구레나룻이 일품이었으나 불알이 토산이었고, 매일 술에 절어 있었으나 경위가 바른 축에 든, 귀여운 사기꾼이었다. 자기의 사촌형이 서울시장이라 마치 자기가 감투를 쓴 듯 호방하고 호활하였다. 교통순경한테 적발되어도 나신전업 영업부장이란 명함을 건네주며 한번 찾아오라고 했고, 술 취해 인도로 차를 몰아 적발되면 일본말로 씨불이면서, 일본인 행세를 하고 봐 달라고 하였다. 그리고 최근에 부임한 젊은 순경한테 걸리면,

"이 바닥에서 내 돈 안 먹은 놈 있나 알아 봐, 자네 언제 왔어?" 하고 되레 혼을 내기도 했다.

한때 성행했던 우리나라 교통 딱지가 미국의 행정 평가에서 가장 적절한 제도로 판명이 났다고 했다. 그 사람들 견지에서 볼 때, 교통순경의 급료가 열악한 것을 보충해 주고, 교통도 원활해진다. 그리고 그 딱지 값이 운전사에겐 피해가 적다는 것을 실례로 들었다. 참으로 국민의 한 사람으로서 부끄러운 일이었다.

아무튼 금태수는 늘 잠이 모자란 듯 눈곱이 낄 때가 많으며 조근조근 말을 하기 때문에 보통은 영서가 질 때가 많았다. 그 둘의 공통점은 물건을 팔아 이문을 남길 때는 두 눈이 반짝거리며, 제 아무리 친척에 친척이라도 영락없이 그들의 올가미에 걸려 움쩍달싹도 못하는 것이다. 그들이 감언이설을 풀어낼 때는 마치 신명난 무당과 같았다. 그리고 한번 판 물건은 하늘이 두 쪽이 나도 바꿔주거나 물러주는 법이 없었다. 특히 부당하게 거래를 할 때 금태수는 입을 이죽거리고 눈을 자주 깜박거렸다.

운전기사 박은술은 서울 출신 본때 한번 보여 주는데, 촌놈들은 벌벌 떠는 은행 지점장실을 자기 집 안방 드나들 듯하고, '단학 맨담'의 찰스 브론슨[95]을 연상시키는 사나이 중의 사나이였다. 그는 좀처럼 화투를 치지 않다가 강권하면 못이기는 척하지만, 시작과 동시에 화투가 천장에 붙을 정도로 타짜였다. 모두들 참 똑똑한 놈 여기 있다고, 긴 한숨을 쏙 빠져나온 혓바닥이 막는 격이었다. 항상 건들건들, 병실병실 인생 한번 화창하였다. 그 당시 어깨들은 왜 그렇게 상체를 흔들고 다녔던고. 한은백은 온통 은이빨에다 아래턱이 짧고 발차기가 무술감독 정무홍 수준이라, 지금 고려대 구로병원 터에서 그의 현란한 솜씨를 보고, 구경꾼 모두 혀를 내둘렀다. 박신호는 윤양하도 울고 갈 정도의 미남이었지만, 한 처녀의 상사병 죽음으로 인해 큰 상처를 입어 그냥 단순한 업무인 전자제품 판매만이 제격이라 더 이상 장래에 대한 거창한 꿈을 꾸지 않았다. 그러다가 큰 물 진 구로동 둑 근처 자취방에서 구렁이한테 친친 감겨 죽었는데, 모두들 상사병 여인의 화신이 데려갔다고 입을 모았다.

김태병은 정릉 사 동 조그마한 교회 목사였다. 한때 정릉 일대 악질 깡패였으나 억센 마누라 얻고 난 뒤, 호랑이 앞의 사슴마냥 공처가가 되었다. 그는 목회도 하고 전파사를 운영하였다. 그는 달붓기로 전자제품을 사려는 자의 인적사항을 적어 제백한테 내밀곤 했다. 한 달에 서너 번씩 와서는 타이탄에 가득 싣

---

95) 알랭 들롱이 '형님은 지성, 감성, 야성을 가진 사람입니다.'라고 칭찬하자, 찰스 브론슨이 '농담'이라고 했다는 한때의 언어유희.

고 갔다. 보통 계약서 작성하러 기사가 따라가지만 그가 다 해결한다 해서 TV는 기본 덤삯으로 육천 원에 천 원을 더 얹어주었다. 그가 안테나 가설도 도맡아 하니, 서로서로 이득이었다. 냉장고는 기본 덤삯으로 만 원을 지급하였다. 그가 '진주'란 깡패의 친동생이 되는 셈이었다. 그러니까 제백의 친척이자 같은 고향사람이었다.

송의환은 조선천하 순둥이였지만, 현란한 선배들의 꼬임에 달붓기 수금액을 하루 오백 원 정도 피아노 찍기로 입금시켜, 전체 감사에서 적발되었다. 여고 여동생이 헐레벌떡 달려와 지난밤 오빠가 고주망태가 되어 돌아왔는데, 아침에 자고 일어나니 죽어있더란 것. 동생과 단둘이 자취하였는데, 그 이후 제백의 제안을 박부거가 받아들여 나신전업 이름으로 동생한테 생활비와 학비를 몇 년 간 지원했다.

그건 그렇고, 수원 딸기밭에서 여고 이학년생을 엎어 치고 메쳐 입은 틀어막고, 치마 속을 죽기 살기로 열어, 마침내 긴 한숨 저녁 바람이 담배연기에 나풀나풀 아련아련 지나갈 때에, 여학생은 육체의 묘한 인연에 움쭉달싹 못하고 남편 역시 너무나 상대도 안 되는 집안의 여성을 데려와, 그것이 결과적으로 족쇄가 되었다. 먼 훗날 그 당시 이야기만 나오면 아들놈을 끌어안고는 헤헤 해해하는 그 마누라를 위해, 몸소 첫 새벽부터 의리의 돌쇠가 되어 종로 일대에서 제일 바지런한 남편으로 다시 태어났다. 그도 그럴 것이 부인은 고대수 모양 체격이 튼튼하고 처가도 나름 명문가였는데 본인의 어머니는 통인시장 순대국밥을 팔고 있었고, 아버지는 한국전쟁에서 희생되었다. 여기서 그가 묘금도 류劉인가, 버들 류柳, 그러할 유兪, 아니면 곳집 유庾인지가 중요하지 않다. 다만, 그가 유 씨인 것만 기억하고 있다.

그 이름 빛나는 종채는 가장 단시일에 그만 둔 기록의 보유자였다. 그는 남궁원보다 더 잘난 멋쟁이요, 가수였다. 그가 부르는 '투란도트'는 누가 들어도 감동하지 않을 수 없을 정도로 잘 불렀다. 종종, 너무 잘난 체 하지 말고 유행가도 좀 불러보라고 하면 못이기는 체하며, 나름 삼 대 깡패노래 레퍼토리 중 하나인 〈홍콩의 왼손잡이〉 주제가인 '왼손잡이 사나이'를 구성지게 부르곤 했다. 그가 명동 신상사파 일원이었다는 사실을 신문 기사를 보고나서였다.

뒷날, 다른 회사에서 수금 차 강릉 쪽 갔다가 행방불명되어, 마침 크리스마스 날 한계령 벼랑에서 우연히 등산객이 발견했는데, 실종된 지 보름 만이었다. 혼자였고, 안전띠를 매고 있었다고 했다. 차와 함께 통째로 굴렀는데, 자의인지, 타의인지 그 누가 알겠는가.

원칙주의 수금 전문 고응철은 왼쪽 턱 밑 점에 난 털을 기르는데, 어느 날 술자리에서 술 취한 서영서가 장난삼아 라이터로 약간 그슬렸것다. 그날 밤 일은 아무도 모른다. 다만, 영업 부장인 서영서가 사석에서 형으로 모시기로 했다는 풍문만 무성할 뿐, 실제 나이는 영서가 네 살 많고, 더구나 일개 수금 사원과 영업 부장이 사석에서 서열이 거꾸로 뒤바뀌어졌던 것이다.

라이터와 눈썹 태우기는 제백 고향 친구가 또 다른 친구와 같이 문상 갔다 오는 길에 계곡 옆에 앉아 불을 붙여주다가 눈썹을 태워, 불현듯 화가 치솟아 친구를 계곡에 메다꽂아 거의 일 년 가까이 두문불출하게 했고, 어느 이름 있는 정치인의 일화도 우리를 서글퍼지게 한다. 비단 정중부의 수염을 불에 그슬리게 한 김부식의 아들 김돈중만 있었던 게 아니었다. 영서는 벼르고 벼르다 아무도 모르게, 조폭 출신 둘째 처남을 수금 사원으로 영입하게끔 박부거 사장한테 뇌물 공략을 했다. 뇌물을 받아먹는 데 있어서 거의 달인 격인 박부거는 딸 결혼에도 거래처에다 혼수품을 배정할 정도였다.

　박부거는 고스톱의 귀재로서 그 이름이 드높았다. 심지어 산소에서도 제관으로 참여한 사람들과 고스톱을 즐겼다. 지갑이 부풀고 영혼이 메말라 있는 것은 큰 저주를 받은 표시라 했던가. 세상에는 부부 중 한 사람이 욕심이 심하면 배우자는 좀 수그러지는 게 보편적이나 이 집은 둘 다 누가 더 심하지 알 수 없을 정도로 욕심이 하늘을 치솟았다. 그들의 욕심은 놀부 부부보다 더하다고 말할 수 있다. 그는 회비가 없는 공짜 모임에는 열일을 전폐하고 나선다. 특히 향우회 모임에는 어김없이 나타난다. 회의에서 이번 향우회지를 만드는 데 얼마만한 비용이 들어 뜻있는 이들의 협조가 필요하다고 하면 그는 제일 먼저 그러겠노라고 하여, 며칠이 지나서 전화를 해서 광고비조로 얼마 부탁한다고 하면 내가 언제 그런 약속을 했냐고 되물으며 자기가 약주가 과해서 그런 실수를 한 것 같으니 이번에는 힘 들 것 같아 빼고 다음번엔 꼭 약속을 지키겠노라고 다 죽어가는 목소리로 헛기침까지 섞어가면서 답한다. 그런데 그런 놈이 그놈뿐이 아니다. 거의가 그 따위다. 그러니 향우회지를 만드는 자는 오직 한 사람의 지극한 열의와 성의로 지탱되는 것이다. 여기『재경 사천향우회지』를 몇 년 간 만들어온 제백 중학 선배요, 고전적인 사람이 있다. 그는 제백이 관여한 출판대학 몇몇 학생들을 향우회지 취재를 위해 아르바이트를 시켰다. 주로 강원도나 전라경상도에서 유학 온 학생들이었다.

약속이니 신의니 말이 나와서 말인데, 참 기가 막힌 경우도 다 있었다. 어느 해 연말 고교 산악회 송년회장이었다. 한창 행사가 진행 중에 국내 유수의 한 제약회사 직원이 나와 자사 회사의 물건을 선전하면서 참석자 전원에게 그 물건 하나를 선물로 주는 것이었다. 그리고는 그해 말까지 여섯 명 이상의 모임이 있으면 나눠준 쪽지에 적어내면 더 좋은 선물 하나를 주겠다고 해서 제백은 며칠 후에 있을 중학교 송년회를 적어주었다. 그런데 그 모임장소에 그가 나타나지 않았다. 그날이 토요일이라 월요일에 회사에 전화를 했더니 이 핑계 저 핑계 대면서 알아볼 수 없노라고 발뺌을 하는 것이었다.

어느 은행잎 나뒹굴던 11월 초순 전까지는 그런 대로 깝죽대던 놈 여전히 깝죽댔으나, 그것도 동지섣달 짧은 산 그림자 같은 세월이었을 뿐이었다. 서영서와 처남은 밤마다 사직동 일대를 어깨를 흔들며 쏘다녔다. 그러나 그들의 전횡도 제백의 술친구인 중정과 청와대 새파란 올백들 앞에서는 유격 조교 앞 교육병이라 마침내 처남은 행동반경 좁아지자, 소리 소문 없이 매형한테 퇴사 통보하고, 행방이 묘연해졌다. 그때 서영서 사촌형은 서울시장 임기를 마친 상태였다.

박정희 대통령 준장 때 교육 담당 경리 교관 출신 오성겸은, 동생이 투자한 몫으로 앉아 있자니, 왕년의 관록에 반 푼어치도 차지 않아, 비상한 수법으로 불쌍한 수금 사원을 꼬드겨, 달돈을 완불로 하는 조건으로 감減해 주고 나머지 거금을 받아 챙기고, 그 대가로 수금 사원한테는 냉장고 두 대 판 덤삯 이만 원을 수고비로 주는 것이었다. 제백은 그 주고받는 범죄현장, 그 세나클을 덮쳤다.

여러 정황, 오성겸의 지나친 친절에 의구심을 갖게 되어 뒤를 밟았더니, 아니나 다를까, 이미 깊숙이 개입되어 수습이 여간 힘들지 않았다. 어리석고 여린 것들을 데리고, 그 무슨 장난인가. 그는 큰 체형에 맞게 마작에 일가견이 있어 잘 나가는 중국인들과도 친분이 두터워 자주 어울렸다. 여송연을 물고 마작 하는 품새가 마치 라스베이거스 노름판에서 본 아랍 부호들의 모습과 흡사했다.

제백의 그 선견지명이 결혼 후 빛나는 성과를 올렸다. 그것은 김족의 과잉 친절에 또다시 브레이크를 건 일이었다. 김족은 대신 맡은 제백 장인 회사를 얼씨구나 홀라당 착복하고, 들통이 나자 겨우 남은 절반까지 욕심내다 제백한테 걸려 된통 혼이 났다.

그나저나 박부거와 내기 바둑을 즐겼던 전세필도 오성겸도 마누라 하나는 잘 두었것다. 열녀가 따로 없었다. 그들은 천하

한량인데도 성겸 부인은 보험 설계사로, 세필 부인은 식당 운영으로 묵묵히 순종하며 가정을 꾸렸던 것이다. 두 여인 모두 남편의 허락 없인 자기 얼굴에 붙은 파리도 못 쫓을 정도였다.

소설가 정 아무개 여사와 친함을 자랑코자, 점심을 먹고 난 후 배를 내밀고 커피 잔을 만지작거리며, 여 경리 직원들에게 소위 가오다시 하는 운전기사 조종명은 왕년의 관광버스 경력이 대단한 훈장인양 거들먹거렸다. 그는 노래를 프로처럼 잘 불렀는데, '마이 웨이' 노래는 프랑크 시나트라가 울고 갈 정도였다.

지금도 생각하면 경솔과 치졸에 미안함이 가슴을 아프게 하는 여류 시조시인의 남편 마상수는 그 당시 얼마나 용돈이 필요했던지 텔레비전을 달붓기로 구입하여, 그날로 팔았다. 수금 겸 가설을 하는 사원에게 몇 푼을 주고 달붓기 카드를 행방불명 만들었다. 그는 춤꾼이라 그 돈을 탕진했다. 몇 달 후, 입금이 되지 않아 붙잡아 문초했을 때, 부인이 찾아와 한번만 선처 바란다고 애걸복걸했다. 그러나 제백은 거절했다. 사실 그녀가 근처 다방이나 빵집으로 불러 타협했으면 다소 가능성이 있었을지 모르지만, 그 당시 제백은 그런 물질적 여유가 없었다.

좁은 판매장 겸 사무실로 그녀가 찾아와서 가득이나 체격이 큰 몸에서 뿜어 나오는 목소리에 질려 짜증이 났던 것이다. 그리고 안쪽에서 박부거가 전세필과 바둑을 두고 있었다. 제백은 늘 우유부단하다고 질책을 받아와 이번 기회에 철두철미하다는 것을 보여줄 절호의 찬스를 얻었다. 그러니 쇼맨십이 발휘되지 않을 수 없는 노릇이었다. 그녀는 제백의 단호한 거절에 크게 낙담하여, 젊은이가 너무 악착스럽다는 저주 섞인 말을 내뱉고 문을 박차고 나갔다.

결국 그 달붓기 카드는 미결로 넘어가기 전 수금사원에게 한 번 더 조사해 보라고 하고, 해결되지 않을 때는 최종적으로 미결부장에게 넘어가게 된다. 그 카드는 이미 판매될 때부터 수금 및 가설 사원과 미결부장끼리 흥정 대상이 되는 것이다. 즉 그날 밤 근처 술집에서 수금 및 가설 사원을 기다린 자는 『미칼레스 대장』[96]이 아닌 미결부장 박용준이었다. 종로 경찰서 형사를 사칭하는 그 전화하는 품새도 품새려니와, 검정 가죽점퍼에 짧은 머리, 거기다가 검은 안경을 볼라치면, 영판 형사라, 어디 형사 못해 죽은 귀신이 씌어도 야물게 씌었는지, 아니면 왜정 때 어느 오장놈한테 조상 묘가 파헤쳐졌던지, 무슨 곡절이 있긴 있는 놈이렷다.

모찌꼬미(지입제持入制) 황두진은 마누라가 왜 그리도 자주 도망갔던고. 산사나이처럼 거친 황도진이 자기 심부름차로 배달 업무를 하려고 소위 '누이 좋고 매부 좋고'로 들어왔다. 그의 부인은 부산 어느 다방 종업원이었는데, 한마디로 철부지였다. 그는 부인과 자주 싸워 부인이 도망가면, 어린 아이를 왼 가슴팍에 안고 차를 몰아서 마침내 찾아내곤 했다. 부인도 마치 그가 올 줄 아는 듯이 부산 아무개 구區 아무 동 아무 다방에만 가곤 했

---

96) 카잔차키스의 작품으로, 말이 없고 말술을 먹는 사나이 중의 사나이인 데 비해, 미결부장은 말이 많았으나 술은 입에도 대지 않았다. 다만, 한 여인에게 많이 흔들리는 것은 비슷했음.

다. 그곳이 그들의 사랑이 싹텄던 곳이었다. 그는 그 당시 제백한테 서오릉 옆 땅 약 오만 제곱미터를 이백이십오 만 원에 사라고 제안해 와 억지로 구입했다. 그는 제백이 요로결석 수술을 하고 난 후 자취집에서 요양하고 있는데 찾아왔다. 그는 방 안에 쌓여 있는 벽걸이 에어컨 열 대에 마음을 두고 왔다. 가져가서 좋은 값에 팔아 오겠노라고 큰소리치며 나간 후 이십팔 년간 코빼기도 보이지 않았다. 그 당시 그는 같은 고향 사람이라고 늘 챙겨주었던 영업부장의 전셋돈도 홀랑 사기 쳐서 갖고 날랐다. 그런데 우연히 뉴스를 보고 그의 정체를 소상히 알게 되었다. 그는 제법 명망가의 집안에서 태어나 재주가 비상했다. 그는 방학이라 자기 친척집에 놀러온 부산 어느 여중학생을 마을 뒷산 정상까지 데리고 가서 놀기도 했다. 그는 장난기 어린 행동과 몇 권의 동화책에서 읽은 내용과 시골에서 전해 오는 이야기를 섞어 지루할 턱이 없을 정도로, 혼을 쏙 빼놓곤 했다. 세월이 지나 그와 여학생은 죽고 못 사는 사이가 되고 말았다. 동급생인 여학생은 부산의 명문 축에 드는 여고에 우수한 성적으로 들어갔다. 그는 부산에서도 비교적 낮은 점수로 들어갈 수 있는 학교에 들어갔다. 그것이 화근이었을까. 그는 점점 불량배와 섞여 불량한 짓만 골라했다. 이제 구제불능 상태가 되었다. 그는 그녀가 남동생과 자취하고 있는 집을 찾아가기도 하다가 어느 날부터 그녀의 문전박대가 시작되었다. 그는 이미 자기 학교뿐 아니라 이웃학교에서도 소문난 주먹이 되었다. 그런 그도 그녀에게만은 순한 양이 되었다. 몇 차례 찾아가도 만나주지 않던 여학생이 불쑥 남학생 자취집으로 찾아와서는 종이 한 장을 건네고는 사인을 요구했다.

종이에는,

첫째, 불량 서클 손 씻기.

둘째, S대 진학할 것.

셋째, 합격 후 만나자.

간단하게 쓰여 있었다. 그의 사인이 든 각서를 들고 유유히 사라졌다. 세월이 지나 여학생은 유수 여대 전체 차석, 약대 수석으로 합격했고, 남학생 역시 S대 지리학과에 들어가게 되었다. 그러나 입학식 하루 전날 여학생은 죽고 말았다. 남동생의 연락을 받고 찾아갔을 때 이미 사경을 헤매고 있었다. 결국 폐결핵이 원인이었다. 여학생의 두 손을 꼭 잡고 밤새 통곡했다. 장례를 간단하게 치르고 그는 세상을 떠돌았다. 세월이 지나 어떻게 목사 준비생인 자기 친동생과 소식이 닿아 동생 집에서 소일하고 있었다. 어느 날 동생과 이웃 다방에 갔다가 한 다방 레지와 눈이 맞아 바로 서울로 철가도주撒家逃走요 야반도주를 했다. 결국 건설현장 밥집에 취직을 하게 되었다. 그곳 현장 소장의 도움으로, 남편은 자재 운반을 맡았고, 부인은 열심히 부엌일을 도왔다. 잠자리용 방 하나도 식당 안에 마련했다. 그러기를 한 사년 하다가 소장의 배려로 부인은 관할구청에서 서양화를 배우게 되었다. 원래 중학교 때는 미술 특활반에 들어갔다. 인부들이 빠져나간 저녁에는 식당 안에서 그림연습을 하기도 했다. 구청에서 단체전도 열었다. 그러다가 어느 날 부인의 그림물감이 육개장 국물과 뒤섞인 기막힌 일이 일어나서 경찰서 문초도 받고 하여, 결국 쫓겨나다시피 하여 서오릉 판자촌에까지 흘러들게 되었다.

나신전업을 나와 택시운전을 하며 일산에서 제일 큰 교회를 찾았다. 주로 사기꾼들은 종교 단체를 찾는데, 그것은 각계각층의 다양한 사람들이 모여 하나의 신앙을 갖고 있기 때문이다. 그리고 익명성이 보장되어. 부부는 교회에 들어가서 두세 개의 봉사단체에 가입했고, 교회에서 나오는 제법 짭짤한 일거리를 맡기도 했다. 결국 급매물로 경매에 나온 육 층짜리 건물을 손 안대고 코풀 듯 낚아챘는데, 알고 보니 엄청난 이자를 물지 않으면 또다시 넘어가야 하는 숙명의 빌딩이었던 것이다. 아무튼 승승장구했고, 두 아들 중 한 놈은 골프, 한 놈은 테니스 국가 대표 급이었다. 그런데 그의 일가족이 익사한 사건이 일어나고 말았던 것이다. 홍천강, 팔봉산 들어가는 곳에서 물놀이하다 아들 부부와 손자손녀 세 명, 그리고 그의 부부 등 아홉 명이 줄줄이 익사하고 말았던 것이다. 여기에 사름 무리가 개입했는지는 지금까지 오리무중이다.

또 여기 걸출한 한 사나이가 나가신다. 기대 잔뜩 하시라. 막걸리 서너 잔에 눈가가 불그레죽죽, 오늘에사 신명난 꼽추춤과 HID에서 배운 칼 던지기를 보이려고 화장실에서 분장하다가, 무서운 마누라가 뒤를 밟아 딱 걸려, 다시는 다시는 각안 그러겠다고 각서 쓰고 풀려났대나 어쨌대나. 그는 공옥진이 나타나기 전에 이미 종로바닥 술집을 헤집고 다니다가 기분이 제법 오르면 꼽추 춤을 사정없이 추었다. 머리도 고수머리이고 눈도 작아 맹랑하게 생겼는데 어찌된 판인지 보험회사 다니는 도수 높은 안경잡이 부인한테는 황조롱이 앞의 참새 꼴이었다. 그의 나쁜 버릇 중 하나는 이야기하면서 왼손검지를 펴서 까딱까딱했는데 그것이 밉상이요 나쁜 버릇이었다. 그를 제백은 특별히 채용하여 다달이 용돈도 주면서 용기를 북돋아주고 있었다. 그는 제백의 외외가 아저씨뻘이 되었다.

한 번은 제백이 급전이 필요해서 부당거래를 하다가 그의 협박에 혼쭐이 난 적이 있었다. 쉽게 말해서 그가 가장 큰 용량의 냉장고 한 대를 현찰로 팔고는 계약금 일부, 육 개월 할부의 가짜 서류를 만들었다. 제백이 그 돈을 보름 동안 유용하였다. 그런데 그가 계속 협박하면서 돈을 요구하는 데 도저히 견딜 수 없어 어느 날 밤 제백은 만취상태에서 스스로 부엌칼로 머리복판을 그었다. 마침 같이 자취를 하고 있던 동료 지원이 업고 인근 〈SR병원〉으로 달려갔다. 퇴원 후 좀 잠잠해지나 싶었지만, 이번에는 부인이 찾아와 공갈협박을 해댔다. 그래서 할 수 없이 서오릉 땅 삼분의 일인 백육십육 제곱미터를 주고, 겨우 무마시켰다. 제백의 저주咀呪 목록에 어김없이 올려놓았다. 제백은 평소 축복이 우선이지 저주는 되도록 피했다. 그러나 이번 경우는 도저히 용납할 수가 없었다.

아니나 다를까, 어느 날 비보가 들려왔다. 그는 서오릉 땅을 거금 이십오억 원에 팔아 자기 고향에 이층 별장 겸 양옥에다 황토방, 연못 등을 만들고, 사슴농장까지 만들었다. 사천 택시도 열 대 사서 그야말로 떵떵거리고 살았다. 그러던 어느 토요일, HID는 앞 내에서 잡아온 고기를 가두리에 넣어 비단잉어 연못에 두었다. 다음날이 그의 생일이라 출가한 딸들과 아들 손자가 다 모이면 어죽이나 해먹으려고 잠시 넣어두었던 것이다. 새벽닭이 울 때쯤 파주문산에서 가구공장을 운영하는 막내아들 내외가 부릉부릉하고 봉고차를 운전하고 왔다. 노래방 기기도 있겄다, 밤새 노랫소리가 쩡쩡 울렸으나 마을과는 멀리 떨어져 중간 소음 걱정은 단단히 묶어둔 격이었다. 얼마나 신나게 놀았던지 비가 내리고 있는 줄도 몰랐다. 아침이 되었다. 실안개가 사방에 널리 퍼졌다. 비는 약간 잦아졌지만 그래도 무시 못 할 정도였다. 그때 둘째 딸이 괴성을 질렀다. 연못의 고기가 전부 죽었다고.

어른들은 다들 모여 달려 나갔다. 아마 잔디에 잡초제거제를 뿌린 게 화근이었던 것이다. 다행히도 열두 마리 비단잉어 중 네 마리는 죽지는 않았던 것이다.

열 명 남짓 식구가 가벼운 옷차림으로 연못에 내려와 산고기 죽은 고기를 분류하였다. 가두리에 넣은 고기는 벌써 황천길로 갔던 것이다. 부모가 극구 말려도 자식 내외는 연못에 내려가 마치 산천어 잡기 대회를 즐기듯 희희낙락하고 있었다.

그때였다. 연못 속에 들어간 사람들이 한둘 아니 서너 명 모두 넘어지고, 쓰러지고, 괴성을 지르며 야단법석이었다. 둘째 아들 둘째 놈이 연못 전기 배전판을 모르고 내렸던 것이다. 그놈은 그 사실도 모르고 배전판이 내려진 상태로 달려와 똑같은 지경이 되었고, 방이나 거실 등에서 잠든 아이들이 깨어나 부모를 찾아 나와서 비에 젖은 잔디를 지나 연못 근처에 오기가 무섭게 감전되고 말았다. 조금이라도 숨을 쉬는 생명체는 메기 한 마리였는데 배를 허옇게 드러내 놓고 시신 사이사이를 맴돌 뿐이었다. 사름 무리가 HID 가족을 특별히 지목하여 달려왔을 때 이미 사건은 마침표를 찍었다. 사름 무리는 가래침을 뱉고, 화장실에 가서 큰 변을 보고나서 그곳을 빠져나왔다.

이 하잘것없는 세상에서 웃음만큼 진지한 것은 없다고 플로베르는 노래했다. 웃음은 개인적인 감정의 표현이라는 단순한 소임에 머물지 않는다. 어떤 경우에는 사회의 특성과 조건을 비추는 거울 구실을 하기도 하고, 사회적 억압에 대한 저항 기능을 하기도 한다. 움베르토 에코의 『장미의 이름』을 보면 웃음의 사회적 의미에 대해 다양한 논의가 나온다. 아리스토텔레스의 시학은 『비극』만 전해져 왔는데 이권인 『희극』이 발견되면서 이를 둘러싼 사건과 논의가 펼쳐진다. 『희극』의 존재가 사람들에게 알려지는 것이 두려워 책장에 독약을 발라 『희극』을 읽으려는 다른 수도사들을 살해하는 수도사가 등장한다. "웃음이 왜 그리 두려운 겁니까?"라고 묻는 윌리엄 수도사의 질문에 그는 "이 책을 본 학자들이 모든 것에 대해 웃을 수 있다고 주장하게 되면 어떻게 되나? 하나님까지도 비웃을 건가? 세상은 혼돈에 빠지게 될 걸세."라고 답한다. 논의 과정에서 에코는 윌리엄 수도사의 입을 빌어 다음과 같이 지적한다.

"코미디, 즉 희극이라는 말은 '코마이', 즉 '시골 마을'이라는 말에서 비롯됩니다. 말하자면 희극이라는 것은 시골 마을에서 식사나 잔치 뒤에 벌어지는 흥겨운 여흥극인 셈이지요. 희극이란 유명한 사람, 권력을 가진 사람이 아니라, 사악하지는 않지만 천박하고 어리석은 자들을 이야기합니다. 그리고 그것은 주인공의 죽음으로 끝나지 않습니다. 희극은 보통 사람들의 약점과 악덕을 보여 주어 우스꽝스러운 효과를 달성합니다. 여기서 아리스토텔레스는 웃음을 교훈적 가치가 있는 선善의 힘으로 봅니다. 희극은 마치 거짓말을 하듯 비록 사물들을 존재하는 방식과 상이하게 표현하지만, 재치 있는 수수께끼와 예기치 못한 은유를 통해 그것들을 보다 자세하게 검토하게 하여, '아, 실상은 이런 것인데, 내가 몰랐구나.'라고 말하게 합니다. 희극은 사람과 세상을 본래보다 혹은 우리가 믿는 바보다 나쁜 것으로, 어떤 경우든 서사시와 비극에서 보여 주었던 성인聖人보다 열등한 사람을 묘사하여 진실에 도달합니다. 그렇지 않나요?"

그의 말대로 웃음은 일시적인 기분 전환을 넘어서는 적극적인 의미를 지닌다. 우리도 모르는 사이에 사건이나 사물에 대한 자세한 검토를 하게 해서 진실로 인도하는 구실을 하기도 한다. 사회에 대한 풍자는 삶에 쫓겨 무심코 지나치던 사회문제에 대해 귀를 쭝긋 세우고 관심을 갖게 한다. 또 현상의 이면에 있는 본질적인 문제에 대해 의문을 품게 한다.

정치적인 압제가 극심해서 직접적인 저항이 어려울 때 웃음을 매개로 한 풍자는 훌륭한 무기 구실을 한다. 웃음은 신이든 권력이든 두려움의 대상을 희극적인 대상으로 만들어 버림으로써 사람들의 내면으로부터 저항의 가능성을 확산시킨다. 웃음의 대상이 된 지배세력, 즉 괴물은 더 이상 어찌해 볼 수 없는 절대적인 존재가 아니고 싸울 수 있는 대상으로 격하된다. 그러한 의미에서 웃음은 권위와 두려움에서의 일시적인 탈출이 아니라 적극적인 저항과 해방이라는 기능을 담당한다.

그래서 중세 기독교 교회는 웃음이나 희극적인 요소를 담은 연극을 부정적인 것으로 여겼다고 한다. 대신 엄숙함, 참회, 슬픔의 감정만을 기독교인들에게 강요했다. 조선 시대의 유교도 크게 다르지 않았다. 유교에서는 마음을 진지하게 가져야 성현의 도리를 실행할 수 있다고 하면서 웃음에 대한 부정적인 태도를 숨기지 않았다. 인의예지仁義禮智와 같은 윤리적이고 엄숙한 가치를 절대화하며, 군자는 기쁨과 즐거움, 욕망과 같은 감정이나 우스갯소리 따위는 멀리하고 모름지기 수양을 통해 엄정한 마음가짐을 유지해야 한다고 보았다. 일종의 웃음 금지령이었다. 웃음의 금지와 엄숙함의 강제는 사회적인 제한과 금기를 유지하는 권위주의의 주요 수단이었다. 권력을 유지하고 강화하는 수단이었다는 점에서 일종의 이데올로기 기능을 담당했다. 압제자가 강제하는 엄숙함의 그물을 뚫고 웃음이 터져 나올 때 희망의 숨통이 열린다. 그 웃음을 타고 저항의 심리적인 조건이 조금씩 성장하면서 자리를 잡아간다. 우스꽝스러운 풍자를 통해 서양 중세 시대를 조롱했던 세르반테스의 『돈키호테』나 보카치오의 『데카메론』이 그러한 구실을 했다. 『돈키호테』가 중세 신분사회의 허구성을 폭로했다면, 『데카메론』은 기발한 성性 이야기를 통해 신분사회의 이념적인 기반이었던 종교적인 엄숙함을 흔들어 버린다. 서양 근대 정치를 풍자했던 조나단 스위프트의 『걸리버 여행기』도 웃음을 통한 저항의 구실을 했다. 『걸리버 여행기』는 소인국, 대인국, 하늘의 나라 등을 통해 영국의 왕궁과 정치를 풍자하고 인간의 도덕적 타락과 정신적 왜소함에 대해 조소를 보낸다. 이 책은 신성모독이라 하여 한동안 금서禁書가 되기도 했으며, 정치 권력층으로부터 많은 반발과 야유를 받아야만 했다. 이십 세기 벽두를 장식한 찰리 채플린의 영화들도 마찬가지였다. 그의 대표작에 해당하는 〈모던 타임즈〉는 인간에게 풍요와 희망만을 줄 것 같았던 기계문명과 자본주의 사회가 인간을 어떻게 빈곤에 빠뜨리고 소외시킬 수 있는지를 웃음을 통해 고발한다. 한국 사회에서도 시대의 어둠이 깊은 때일수록 웃음을 통해 지배세력의 권위를 허물어뜨리려는 시도가 줄을 이었다. 박지원의 「양반전」은 조선 후기를 배경으로 하여 양반의 허위와 무능을 질타한 풍자소설로 잘 알려져 있다. 그가 만들어 낸 웃음 속에서 양반은 무위도식하며 평민들에게 횡포를 부리는 무능력한 존재로 전락한다. 조선 시대에 걸쭉한 농담으로 양반을 조롱했던 각종 마당극도 마찬가지의 구실을 했다.

1970년대에 김지하는 〈오적五賊〉이라는 풍자시를 통해 서슬이 시퍼렇던 군사독재정권을 조롱하기도 했다.

정신분석으로 유명한 프로이트는 밤에는 꿈이, 낮에는 농담이 무의식을 대변한다고 주장한다. 그런데 농담은 말을 하는 사람과 듣는 사람 모두에게 비위를 맞추는 악당인 만큼, 꿈은 순전히 개인적인 데 반해 농담은 사회적이라고 한다.

지금 한국 사회에서는 웃음이 어떤 구실을 하고 있을까? TV를 보면 다양한 개그·오락 프로그램이 우리를 반긴다. 연극 무대에서도 개그가 유행을 하고 영화나 드라마도 개그적인 요소가 가미 되어야 흥행에 성공을 한다. 한국을 대표하던 록그룹이나 힙합그룹의 리더도 개그를 해야지만 버틸 수 있을 정도로 가수나 배우, 심지어 정치인도 개그를 해야 성공할 수 있게 되었다. 한마디로 개그의 전성시대를 맞이하고 있다. TV를 비롯한 거대한 상업적 대중매체에 의해 만들어지는 웃음은 과거에 풍자극이나 풍자소설이 했던 비판적인 구실을 수행하고 있을까? 안타깝게도 개그의 홍수 속에서 웃음 뒤의 통쾌함은 점차 자취를 감추고 있다. 웃음은 있지만 저항으로서의 웃음은 사라져 버렸다. 웃기는 것 자체가 목적인 웃음이 판을 친다. 억지로 쓴웃음이라도 짓게 해야 안심을 한다. 오히려 사회적인 의미가 없다는 점에서 '순수한' 웃음임을 자랑하기도 한다. 하지만 역설적이게도 현실의 개그처럼 비사회적인 '순수한' 웃음이야말로 자신의 의도와는 무관하게 노골적으로 사회적 소임을 한다. 문제는 사회적 소임이 과거와는 반대의 방향으로 가고 있다는 점이다. 신변잡기식이나 말장난식의 웃음으로 사람들을 억압적인 현실에 묶어 두는 소임, 저항을 봉쇄하는 소임을 하고 있다. 우리 시대의 진정한 웃음은 어디에서 찾을 수 있을까?

여기 아름다운 웃음을 달고 다니는 사람들이 있었다. 제백의 군 시절이었다. 행정과 사무실에서 행정 과장한테 부원 전체가 심하게 꾸지람을 듣고 있었다. 그때 거제도 출신인 장교계 박 상병이 웃는 표정을 지었다. 그러자 행정과장이 쏜살같이 달려가 뺨을 후려쳤다. 박 상병은 맞으면서도 특유의 미소를 띠었다. 개맞듯이 맞았다. 그래도 그렇지, 그렇게나 무지막지하게 패다니, 그땐 그랬다. 어둠과 깡패의 시절이었으니까. 다들 과장이 육군 삼군 사관 출신이라 육사 출신보다 덜 세련되었다고 여겼다. 그러나 얼마 후 부임한 중대장 이 대위는 삼사 출신인데도 선량하기 그지없었다. "확실해!"하며 병사들이 그의 흉내를 내도 그냥 웃어넘기곤 했다. 그렇지, 모든 게 개개인의 인성 문제였다. 웃음이란 게 불행을 몰고 오는지 몰랐다. 나신전업 출신 이종록도 웃음이 떨어질 줄 몰랐는데, 몇 년 전 태풍으로 아내와 딸자식 모두 잃고 말았다. 엔젤만 증후군 또는 행복한 꼭두각시 증후군이 있는데 과도할 정도로 항상 웃는 아이를 말한다.

『웃는 남자』도 있다. 결국 웃음엔 커다란 비극이 공존하고 있는 게 아닌가. 콤프라치코스Comprachicos가 나오는데 그것은 아이들을 납치해서 기형으로 만든 뒤 팔아넘기는 악질 범죄 조직으로서 스페인으로 '아이 상인'을 의미한다. 분재나 원예에 가까운 방식으로 아이들을 인위적으로 기형으로 만들어 판매하는 집단이다. 한 개인이 감당할 수 없는 것에 희생당하는 것이 너무 애처로울 뿐이다.

친구, 친구 이야기가 나와서 말인데, 어느 날 고향 절친이 서울로 출장 왔다. 서울 친구는 결혼한 지 육 개월 되었다. 친구 둘은 코가 비뚤어지도록 술을 마시고 겨우 집으로 왔다. 단칸방에 부부는 친구를 가운데 눕혔다. 밤중에 시골 친구가 소변이 마려웠다. 캄캄한 밤, 부부를 깨우지 않으려 더듬어서 미닫이 방문 앞 요강에다 용변을 보았다. 아뿔싸, 아침에 신혼부부의 불만 섞인 목소리가 들려왔다. 그때 시골 친구는 요강이 아닌 솥에다 용변을 본 사실이 어렴풋이 생각나 고개를 들 수 없었다. 아침 먹고 둘은 집을 빠져나왔다. 근처 다방에 들렀다. 대뜸 서울 친구는 자기 부인이 시골 친구에 대해 불만이 있다는 말을 전하는 것이었다. 친구는 새벽일도 있고 해서 미안한 맘에 그저 담배만 뻑뻑 태웠다. 그런데 의외의 말을 들었다. 사실인즉 그렇게 극진한 친구라면 밤새 단 한 번만이라도 부인 손을 잡고 얼마나 고생 하냐고 말할 수도 있으련만 무심하게도 그냥 잤다는 것이다. 솥에다 용무를 본 것에 대해선 일언반구도, 아무렇지도 않은 듯 꺼내지도 않았던 것이다.

세운상기 위 주거 층에 허영숙 여사가 기거한다고 해서 작은 위안이 되었다. 결국 제백에겐 춘원은 늘 그리움이었다. 제백 아버지 창결의 호號도 춘원이었다. 찬스CHANCE 다방 박 마담과 향진香眞 허 마담은 오늘도 전자 제품 뒤꽁무니만 따라다니고 있는가? 그녀들은 서울 시내 신규 대리점 사장에겐 요주의 인물로 치부되었다. 사기꾼들의 공통점은 집안 내력이 좋고, 학력學歷이 높고, 미남 미녀였으며, 언변과 매너가 끝내주었다.

두 여인의 공통점은 자신들의 미모와 언변과 자기 사업체의 튼실함을 내세워 새로 오픈하는 전자 대리점만 골라 전 종목을 다량으로 가장 긴 십이 개월 달붓기로 구입하여, 계약금마저 내

주겠다고 큰 소리를 쳐놓고 배달되는 동시에 나까마 처분하고, 몇 년이 지나도록 납부하지 않고, 내 배 째라 식으로 애를 먹이며, 육탄 공세로 나오곤 했던 것이다. 어떻게 보면 상호인 〈찬스〉의 찬스를 잡고 싶은 열망과 '향진'의 거짓이 진실의 향기를 풍기면서 몸부림친 그 작태가 서글퍼지기도 했다.

어느 해 12월, 나신전업 직원들이 찬스 다방 여주인을 붙잡아 와서 가까운 파출소로 넘겼다. 그때 동행한 자는 제백이었다. 파출소에 갔더니, 코미디언 백과 남도 조사차 와 있었다. 남은 말이 없었고, 백만 술 취한 듯 말이 많았다. 아마 술집 주인과 술값 시비가 붙어서 온 것이 아닌가 보였다. 그건 그렇고, 찬스 다방 여주인은 사기꾼으로 보이지 않는 조용한 성격이었다. 하기야 사기를 잘 친다고 얼굴에 쓰고 다니는 것은 아니겠지만. 아무튼 체구가 아담했다. 얼마 후 파출소 전화로 다방 마담을 찾는다고 순경이 전화를 건네주는 것이었다. 마담은 잘못했노라며 연신 전화통을 대고 고개를 조아렸다. 알고 보니 아버지 전화였다. 아버지는 대구 사람으로서 육군 소장 출신이었다. 그러나 마담은 총기 있고 유수한 여자 대학 출신이었지만, 결혼과 도벽은 맘대로 되지 않는 아픔이 있었다. 그 당시 드물게 네 번 이혼에다 도둑질 여덟 번이라는 전과 기록을 갖고 있었다.

그러나 선명균이란 작자에겐 못 미칠 정도이리라. 에밀 아자르란 가명을 쓴 로맹가리나 열한 개의 가짜이름을 사용한 달튼 트럼보도 울고 갈 그는 물경 자기와 같은 이름의 명함을 서른여덟 개나 가지고 다니며 사기를 쳤다. 그중 대한 항공 기장인 선명균을 찾아갔더니, 기가 막혀 너털웃음만 내고 말았던 것이다. 그야말로 사기꾼 선명균은 '연극성 인격 장애' 환자이렷다. 하기야 인도의 전설적인 사기꾼 나트와랄은 소속이 틀린 자기 명함을 구십여 개를 갖고 다녔다니 놀랄 노자로다! 전 세계에 마흔일곱 명의 부인을 둔 '글로벌 아내 부자'의 행각과 유사하다. 회계사 은퇴 후 두바이에 부동산 투자를 하고 있다는 케냐 출신 오비 엘리아스는 은퇴한 여성들만 골라 접근해 결혼 사기를 벌였다. 오비는 데이팅 앱을 통해 영국인 육십 대 여성 주디스에게 접근해 결혼한 뒤, 매주 이름을 바꿔 다른 곳으로 출장을 가고 그곳에서 지속적으로 투자금까지 요구했다고. 아무튼 부거는 즐겨 마시던 정종 몇 잔에 취기가 돌면 방주연의 '당신의 마음'을 읊조리듯 불렀다.

유대인들은 '돈은 주머니 속의 작은 종교'라고 부른다. 아직도 세뱃 어머니 푸념처럼 '돈이, 돈아, 너 어디서 배를 쫄쫄 굶고 있니.' 돈이 좋은지 사람이 좋은지 제백 주위, 주변엔 많은 사람 있어, 술을 마시는 게 아니라 사람을 마신다고 할 정도였다. 광풍 속에 이태원의 나이트클럽 카사블랑카 검은 타이츠 무희의 세련된 매너를 추억한다. 초저녁 술집에 들어갈 때만 해도 내리던 비가 나와 보니 이미 개었다. 정갈한 거리라고 하면 좀 지나친 표현일까. 그런 상쾌한 영등포의 밤거리에서 에라이쌍夜來香[97]을 파는 하얀 투피스 곱게 입은 여인이 다가왔다. 마침 집으로 타고 갈 총알택시를 기다리던 중이라 두 번이나 마주쳤다. 두 번째는 알아보고 약간 겸연쩍은 듯이 지나치려고 할 때 제백은 조용히 "혹시 명함 있으면……" 하고 다음을 기약하려고 명함을 요구했을 때, "짓궂어라 아저씨, 웬 명함!"하며 살짝 눈을 흘기며 돌아가던 그날 밤이 그립다. 그 이후 몇 번을 그 자리에서 그녀를 기다렸으나 만날 수 없었다. 그 장면이 어찌도 같은 하늘 아래, 낮의 일반 여인과 밤의 슬픈 여인이 극명하게 어긋나게 달음질치는가. 이곳 사직동 아람 빌딩 옆 대리점은 장안의 사기꾼이란 사기꾼은 다 모였다 해도 과언이 아니었다.

대리점과 경북농약, 중국집, 그리고 정종대포집이 한 노파의 소유였다. 그녀는 이북 북청 출신으로 자그마한 체구에 강단이 있었고 돈 앞에는 무서울 정도로 집착이 심했다. 월세를 단 하루라도 미루면 기다란 칼로 협박도 했다. 남편은 젊은 년과 바람 나 떠나고, 자식이라고는 변변치 못한 양자가 있었다. 그녀는 외출할 때, 월세를 받으러 다닐 때는 양자인 청년을 데리고 다녔다. 청년이 노파가 수금하여 건넨 돈을 받아 챙기고 있었다. 참으로 희한한 일은 청년이 노파가 수금한 그 돈을 들고 달아나도 별 원망하지 않는다는 것이다. 그러니까 한 달에 한 번꼴로 도망갔다가 돈이 떨어질 성싶으면 기어 들왔다. 작은 체구에 하얀 얼굴이었다. 아마도 그가 어디 조폭한테 상납하거나 아니면 고아원 여동기와 살림살이를 하고 있는 게 아닌가 하고 소문이 자자했으나 그 누구도 그한테 그 내막을 묻지도 않았고, 그가 스스로 발설하지도 않았다. 그런데 먼 훗날 전해지기로는 그가

---

97) 달맞이꽃. 스테판 츠바이크의 『모르는 여인에게서 온 편지』와 북한의 〈꽃 파는 처녀〉, 영화 〈순응자〉 등에서도 꽃을 파는 장면이 나옴.

그 노파의 연인이 되어 또 다른 집에 살고 있었다. 주변 사람들한테 우세스러워 익명성이 보장된 한적한 곳에 집을 지어 살고 있었다. 그러나 그들이 그 집에서 성희性戱하는 장면을 등산로에서 목격한 자들이 있었다. 노파가 죽고 청년이 보이지 않아 경찰이 가서 죽어 옷장 안에 있는 청년을 발견했다. 시신은 두 개의 비닐봉지에 싸여 있었고 수십 개의 색이 날아간 작은 나프탈렌이 쏟아졌다. 시신은 마른 명태처럼 빠짝 말라 있었다. 놀라운 일은 시신이 정수리를 중심으로 똑 같이 절반으로 잘라져 있었다. 심지어 성기도 절반으로 나눠져 있었다. 피와 내장은 없었다. 노파 죽기 이 개월 정도 앞에 죽었고, 사인은 독약이었는데 여러 가지 정황상 독살임이 틀림없다고 경찰은 결론 냈다.

내자동에서 삽겹살집을 운영하는 목포 출신 젊은 사장이 달돈을 제대로 안 내어서 제백이 잔소리를 했더니, 자기는 사람 눈깔도 파 버릴 정도의 잔혹한 조폭이라고 엄포를 놓았다. 제백이 눈도 꿈쩍하지 않고 당당하게 맞서니까 제풀에 죽으면서 제백 같은 사람은 처음 본다고 혀를 내둘렀다. 그런 일이 있고 난 후 둘은 급속히 친해져 제백이 좀 궂은 일이 있을 때 몸소 찾아와 도움을 주기도 하는 것이다. 언젠가 성동공고 선생을 하던 친척 형이 교통사고를 당해 병문안 갔더니, 손을 붙잡고는, 지게꾼이든 누구든 가릴 것이 사람을 많이 사귀라고 했다.

자, 오늘밤은 내자동 일대에서 비싸기로 소문난 일식집 초야草夜에서 흥청망청 초야初夜를 보내기로 했다. 사실 그곳은 재수생이거나 서해 섬에서 온 풋내기가 종업원으로 오는 경우가 많아 상호와 걸맞다고 생각했다. 금요일만 되면 길 건너 미군 막사에서 들려오는 광란의 음악소리에 맞춰, 이곳 종업원과 운우의 정을 나누는 묘미가 제 맛이었다. 그렇게 정이 들면 통금시간 가까울 때 택시 타고 성수동 단칸방에 가서 자고 아침상 거나하게 얻어먹고 나오기도 했다.

그 당시 카터 시절 그곳에서 청와대 화장실까지 훔쳐보았다고, 큰 말썽이 나기도 했던 것이다. 어느 때 어느 곳에건 기억날 만한 인물이 있는 바, 사직 대리점에는 제법 몸이 육중한 사십대 안팎의 여인이 찾아와 실컷 떠들고 가는데 그녀가 일종의 거간꾼으로 전자제품을 미군 막사의 종업원 등한테 많이 팔아주었다.

아림 다방에는 레즈(레즈비안) 커플이 자주 목격되었다. 언젠가 다방 어귀 으슥한 곳에서 한 여성이 다른 여성을 짓이기고 있었다. 맞는 여성은 애걸복걸 빌고 있었다.

그나저나 세운상가 옆 〈감미옥〉의 설렁탕은 옥호처럼 천하의 일미라, 제백을 찾아온 자들이 꼭 들르는 장소이기도 했다. 특히 젊은 시절 모든 것을 터놓고 생활했던 친척 동생과도 자주 들렀다. 혹자는 인근 〈이문 설농탕〉보다 더 맛이 좋다고. 특히 국수사리, 소 마나(만하)와 혀 밑이 듬뿍 든 설렁탕은 감칠 맛 났던 것이다. 중학교 이학년 때 사천읍내에서 자장면을 생애 최초로 먹었던 것과 비교할 수 있었다. 그런 집이 몇 십 년째 옥호와 건물이 서서히 허물어져 쓸쓸한 한 시절을 반추하게 하더니, 얼마 전 완전 철거되어 흔적도 없어졌다. 그래서 신사동 역 근처

영동 설렁탕에서 감미옥을 추억하곤 했다.

바람은 스스로 소릴 내지 않는다는 다소 궤변 섞인 인생의 순리에 길들여진 자신의 작은 용기에 두 손 불끈 쥐게 되는 것이다. 그러나 그것은 시작에 불과했을 뿐. 그 현학적이고 귀족적인 것은 급기야는 주변 사람과 별리別離하는 결과를 낳았다. 어느덧 사념思念은 핏빛으로 물들고 그날 두문동杜門洞에 아파트 공사가 한창 때였다. 불도저에 파헤쳐진 세월 저 너머 아쉬움은 편년체編年體 되어 흙먼지에 흩날렸고, 전내기를 마시고 가신임을 잊으려 해도 그리움은 인광처럼 빛나고만 있었다.

그 시절, 차라리 남녀추니가 되어, 선화 공주가 되어, 고려생生 조선인이 되었다한들, 그 누가 후세에 며느리밑씻개만한 뜻을 주었으리. 아직도 착하디착한 이웃은 죄인이 되어, 오늘도 감방에서 자신들에게 채울 수갑을 만들고 있는데. 꿀통에 빠져죽은 꿀벌이여!

신학기 전국 대학 구내외 복사업소 단속·계도를 다닐 때였다. 부산 지역을 갔다. 그곳 몇몇 대학 어귀 복사업소에서는 색다른 방법으로 단속에 대응한다고 했다. 봤더니, 한 곳이 단속되면 즉시 비상연락 벨을 눌러 회원 업소에 알린다는 것이다. 그래서 피해 본 업소의 벌금액을 서로서로 공평하게 나눈다는 것이다. 그러니까 희생자의 피해액을 양분하는 기발한 전술이었다.

언젠가 경기도 소재 대학에 경찰과 합동 계도를 다녔는데, 구내 도서관 젊은 복사업소 주인이 재단기 작두를 빼어서 무작위로 휘두르는 것이었다. 그런데 곧 학생회장이란 자가 나타내더니, 계도하는 자들을 향해 욕설을 해대는 것이었다. 이곳은 지난해에도 계도요원을 감금해 놓고 시너를 뿌리려는 퍼포먼스를 하기도 했고, 바깥업소에서는 회칼을 들고 찔러 죽인다고 고래고래 아우성을 피우기도 한 곳이었다.

그것까진 양호한 편이었다. 한국 최고 지성의 전당이란 어느 대학교에서 도서관장이 나와서는 자기 학교 학생들은 가난하니, 복사하는 것을 좀 봐 달라고 했다. 같은 학교 법대 교수는 단속 기구를 만들어 단속에 열을 올리고, 문과대 출신 관장은 정반대 이야기를 하니, 어디에다 장단을 맞춰야 할지. 저작권, 저작권 하는데 하기야 솔직히 말해서 우리나라에 올곧은 저작물이 있기는 한 건가. 미국과 소련도 초창기에는 세계저작권기구에 가입하지 않고 내 배 째라는 식이었다. 그러다가 각국의 알맹이가 되는 정보를 도용하여 완벽하게 구축한 후 가입하여 이번에는 되레 큰 소리로 가입하지 않은 국가를 겁박하는 것이다. 그래서 필리핀 법대 출신 마르코스 대통령은 저작권 가입을 미루고 미뤘다.

제백이 미대사관이 주관한 불법복제물 실태현황과 근절 대책 회의에 수차례 참석하여 뭇매를 맞았다. 우리나라 검사 나리와 외서 수입업체, 그리고 심지어 FBI 요원까지 참석했던 것이다. 그런데 문제는 제백 회사가 단속 사법권이 부여되지 않아 업소 출입도 자유롭지 않았기 때문에 애로사항이 이만 저만 아니었다. 법을 제정하는 곳에서는 우리나라에 사법권을 갖고 집행하는 기관이 너무 많기 때문에 부여할 수 없다고 했다. 맞는 말이다. 과연 그럴까. 일종의 집단 이기주의는 아닐는지.

 좀 논리의 비약일지 모르지만 핵 보유에 대한 인식도 마찬가지 아니겠나. 여기서 북한의 편을 드는 것은 아니지만, 자기들은 우월국가고 나머지는 열등국가로 여겨, 심지어 불량국가로 팔아넘겨 마치 물가에 둔 아이처럼 불안하다는 논리 아니겠나. 우리나라 군인도 육십 만이라 미국이 정해 놓았으니 말이다. 그런데 지금도 의아한 점은 일반 국민한테는 예의를 강조하면서 남을 우선 배려하라고 하면서, 국가 간 용어는 날라리 양아치 언어를 사용한다. 즉 우리 국가 외교문서에 한중간, 한미 간 하는데, 중한 간, 미한 간 하면 어디 덧나는가. 왜, 우리나라가 빠르게 세계저작권기구에 가입했냐고 아우성을 쳤더니, 어느 정부에서 농수산물의 FTA 가입 연기를 도모하는 차원에서 행한 것이라 했다. 그러니까 눈에 보이지 않는 저작권의 위력을 어찌 청맹과니들이 알았겠는가.

 언젠가 제백은 고향집 바로 아랫집에서 부부 싸움하는 소리를 엿들었다. 부부에게 큰 상처를 준 남자하고 남편이 주막에서 한 잔 술을 얻어먹고 화해했다고 부인이 성질을 낸 것이었다. 그때 제백은 큰 것을 느꼈다. 한국이 이 정도로 지켜온 것은 한국여성의 올곧은 심지가 있었기 때문이라고. 남성은 한 잔 술에 넘어가지만 여성은 맨 정신에 사과를 받고 싶은 극히 이성적인 면이 다분하다는 것을. 더 나가서는 여성이 한 달에 하는 달거리가 상징하는 것은 묵은 것을 쏟아내고 새 것을 받으려는 유전자가 있다는 것을. 제백은 평소 국회의원이나 지방 자치제 장이나 의원의 존재를 거부한다. 요즘 같은 인터넷 세상에서 그들이 왜 필요한가. 회사 중심으로 지역 단위, 아파트 중심이나 또는 개개인의 직능을 참작하여 스스로 일을 해결하면 될 것을. 그리고 사안별로 국가 간 자매결연 하여서 예를 들어 제일 중요한 국방 분야는 어느 나라와 결연을 맺으면 될 터이다. 법은 영국처럼 불문율로 하고 국민청원 등으로 해결하면 될 것이다. 그리고 국가 경영을 위한 위정자도 필요 없다. 요즘 같이 교도소나 기타 제재의 틀을 만들어 놓고 정치를 한다면 누가 못하겠는가. 어린애도 할 수 있는 게 정치 아닌가. 모든 규제를 풀어 놓고 정치를 해야 진정한 정치인이 된다. 하기야 코미디가 싫증나는 요즘 그들이 저지르는 행위가 짜증나는데, 역설적이게도 그것이 박장대소를 불러일으키게 한다는 점이다. 딴에는 그렇겠지. 수많은 플래시가 터지고, 예쁘고 영특한 여기자님들이 졸졸 따라다니고, 낮이나 밤이나 TV에 도배를 해대니 황홀 그 자체이리라. 한때 가미가제 출전하는 자들이 연도에 도열한 수많은 시민의 환호와 미인들이 걸어주는 꽃 레이에 죽음도 불사하려는 결의를 다짐했다.

  제백이 출판 교육 기관을 설립하려고 지역 교육청에 갔더니, '인쇄'와 '디자인'과 '출판'을 구별하지 못하는 담당자가 이것저것 설명하는데, 그만 뺨따귀를 치고 싶을 지경이었다. 그뿐만이 아니었다. 쌍팔 년도 법을 꺼내 제재를 가하는 근본 목적이 무엇인가 의구심이 들었다. 세상은 저만큼 가고 있는데, 대기업은 몇 십 년 전에 시행한 제도나 법을 놓고, 몇 년 전 공문이나 기타 서류를 꺼내 트집을 잡곤 했다. 한잔 뺏어 먹으려는 심사가 아니겠냐고 다들 입을 모았다. 그들은 별 바쁠 게 없다. 그들에게 실적이란 게 있었던가. 간혹 윗선에서 불호령이 내리면 그때야 겨우 못이기는 척하며 산하기관에 명령조로 자료제출을 요구하는 것이다. 그리고 순환제가 되다보니 잘 미루적거리다 세월만 가면 타부서로 가기 때문에 크게 문제될 게 없고, 주사 정도가 몇 백억의 예산을 주무르다 보니 간이 배 밖으로 나오기 일쑤였다. 그들에게 국가란, 공복公僕이란 과연 존재하는가.

여기서 국가의 충성이 어디까지 흘러들었는지 설문한 것이 있었다. 그것은 사관생도가 갓 입교하면 왜 사관학교를 지원했냐는 질문이 있었다. 실명이 아닌 익명의 설문인지라 솔직한 답이 나왔다. 그런데 놀랍게도 단 한 명도 국가에 충성하기 위해서란 답변이 없었다는 점이다. 일반 국민이 알았다면 기절초풍할 노릇이 아니겠는가. 그것도 엄혹한 박정희 시절이었다면 더 말할 게 있겠는가.

어느 가수 국회의원 보좌관이 문광부에다 최근 몇 년 간 출간된 출판 도서목록을 요구했다. 문광부 해당과 담당자가 기합이 바짝 들어, 제백더러 밤샘을 해서라도 사흘 내에 제출하라고 했다. 제백은 이미 나온 자료를 활용하면 되지 않겠냐고 했으나 막무가내였다. 벽창호도 유분수였다. 평소 업무를 그렇게 저돌적으로 처리했다면 우리나라는 천국 가까이에 도달했을 것이다. 그래서 제백은 그 보좌관을 찾아 최근 출간된『한국출판목록』을 보여 주면서 설명했더니, "베리 굿, 엑설런트."

아, 참 이 말을 하려고 꺼낸 것이 아닌데, 그러니까 부산 모 대학 구내에 복사가 성행한다고 구내 서점 주인인 꺽다리 씨가 연방 전화를 해대는 것이었다. 최우선적으로 자기 측에 와달라는 것이었다. 모두들 그 모양이었다. 순서와 차례를 기다리지 않고 급행만 고집하는 우리나라.

그래서 부랴부랴 도착하여 도서관 복사실 창고를 털고 난리법석을 치고 하여 자인서를 받으려고 업소 주인을 봤더니, 그가 바로 박부거였다.

나신전업도 제백이 퇴사한 후 일년 남짓 만에 문을 닫았고, 귀소도 박부거 친척들의 성화에 못 이겨, 외국으로 갔다는데, 아마 중동 쪽이 더 설득력이 있었다. 가족은 그를 완전 배척했다. 남은 돈으로 이리저리 주식도 해 봤지만 소득이 없어, 제백 밑에 와서 복제물 단속·계도 업무를 오 개월 간 보았다. 어느 날, 퇴사 술자리에서 서울 생활은 이제 지겹다면서 부산에 내려가서 여생을 보내고 싶다는 것이었다.

여기까지가 제백이 아는 사실이었다. 출장을 마치고, 몇 날에 걸쳐 전국에서 적발한 업소를 상대로 백여 곳의 고소장을 작성했다. 박부거도 고소에 걸려 있었다. 제백으로선 난감했다. 고소하지 않으면 구내 서점 사장이 서울 사무실에 찾아와 격하게 항의할 것은 틀림없는 사실이라, 이러지도 저러지도 못하고 있는 와중에 슬픈 이야기가 들려왔다.

그러니까 제백이 박부거한테 전화를 걸어서 구내 서점 사장과 원만히 해결을 보면 고소장을 쓰지 않고 적당한 선에서 해결

보면 될 것이란 귀띔을, 요령과 방법까지 말해 줬다. 사실 서점 주인은 최근 전국 대학 구내 서점 협회 회장에 뽑힌 그 계통의 실력자였다.

둘은 시내 고급 참치를 먹고 구내에 들어와 바다 위 절경인 곳에서 또 한 잔을 먹었다. 그런데 갑자기 서점 사장이, 담당인 제백한테 얼마 주기로 약속했냐고 물었던 것이다. 마치 비리를 캐려는 의도였다. 제백과의 관계를 모르는 눈치였다. 아마 자기한테 술만 사고 몇 푼 찔러 주지 않은 것이 화근이었다. 그러나 너무 조급한 처사였다. 이미 그에게 줄 것을 마련해 놓고 기회만 엿보고 있었던 것이다. 박부거는 어망 회사, 나신전업 등에서 찔러주는 법에 능수능란하였다. 어디 우리나라에서 찔러주고, 내어주지 않고 온전히 살아갈 수 있더란 말인가. 박부거도 순간 그가 너무 조급한 작자라고 생각했다. 그런 일이 없었다고 하면서 두툼한 하얀 봉투를 점퍼 안쪽에서 꺼내, 건네려고 하자 꺽다리는 굳이 사양하는 척하였다. 순간 겸연쩍었겠지.

아뿔싸, 서로 밀치고 달려들고, 꺽다리의 긴팔이 뿌리치자 박부거가 그만 절벽 아래로 떨어져 즉사하고 말았다. 그날 밤, 바닷가 드문드문 비친 불빛 속에 거의 지고 있던 벚꽃 몇 잎이 슬픔을 달래주듯, 바람에 흩날리고 있었다.

15장 교육결혼

집 위에 굳은 박은 요긴한 기명器皿이라. 대싸리비를 매어 마당질에 쓰오리라. 참깨 들깨 거둔 후에 중오려 타작打作하고 담뱃줄 녹두말을 아쉬워 작전作錢하라. 장구경도 하려니와 흥정할 것 잊지 마소. 북어北魚쾌 젓조기로 추석 명일 쇠어 보세.

어느 여류 시인이자 소설가는 〈33세의 팡세〉를 노래했다. 싸늘한 산장의 여름 새벽, 소복 입은 여인이 비수를 물고 찾아오는 느낌이었다.

제백 나이 서른세 살이 되었다. 그래서 친척들은 만혼晩婚에 대해 걱정을 많이 했던 것이다. 결혼이란 형식적 절차만 밟아 일단 사람 구실을 하고 그 후는 바람을 피우든 첩을 얻든 마음대로 하라고까지 할 정도로 성화였다.

어느 날, 대법원 직원으로 있는 친척동생의 배려로 소능마을 사람들이 청와대 관람 차 왔었다. 그날 제백도 그들의 숙소로 갔다. 그날 밤 친척 중 한 분이 심각한 표정으로 다음 우화寓話를 들려주었던 것이다.

〈나무꾼과 선녀〉 비슷한 내용이었다. 그것은 흔히 노총각 노처녀가 결혼 적령기 때 상대방의 성격을 파악이라고 하는데 그것은 별 무의미하다는 전제를 담은 우화였다. 이 우화는 커다란 울림이 되어 그 이후 만난 노총각 노처녀들에게 하나의 귀감이 되는 자료로 활용하였다.

  남도 어느 한적한 마을이 있었다. 김해 김 씨 입향조 비석이 말해 주듯, 임진왜란 직후 한 모자가 와서 형성한 이 마을은 지금은 칠십 가호로 성주 이 씨와 거의 반반인 소위 말해서 씨족 마을이었다. 여기서 역사의 아이러니를 보니, 고려 우왕 때 문하시중 성주 이 씨 이인임이 1388년에 귀양 가고, 육백 년 이후 성주 이 씨 이 여사가 백담사로 귀양 가는 데 따라가고. 이 마을의 특징은 마을 동구 밖에 형성되어 있는 천년 묵은 못이었다. 그 연조年條는 알 길 없지만 내려오는 이야기로는 단군 때부터 조성되었다고들 말했다. 물론 이 못이 이 마을에 거의 혜택을 주고 있지 않고, 바로 아랫마을을 위시한 여섯 마을이 혜택을 누리고 있었다. 인간사로 볼 때는 이타적인 희생이 아니고 무엇이랴. 분명 이 마을은 그 큰 보시와 은덕으로 인해, 분명 메시아 같은 큰 인물이나 어떤 길조가 꼭 도래하리라고 굳게 마음먹고 있는 마을사람들이 많았다. 이런 특별한 마을에서 경사가 일어났다. 마을에서 제일 대가 세고, 예쁘고, 음식이면 음식, 바느질이면 바느질, 그리고 예술에도 어느 정도 문리가 통하고, 경위가 바르기로 소문난 맏째, 그러니까 석새베에 열새 바느질이 통하는 처녀가 시집가는 날이기 때문이었다. 그런데 서방이란 작자가 재 너머 수치 총각인데, 얌전하고 유순하기가 농수로의 수잠자리라니 앞으로 고생길이 훤히 보였다. 그런데 인생사 다 기막힌 묘수가 있는 법이던가. 총각과 처녀 오빠가 몇날 며칠을 두고 묘안을 짰다. 그들은 읍내 중학교 동기동창으로 막역한 관계였다. 혼례가 엄숙히 진행되고 정을 맘껏 나눈 다음날 아침이었다. 신랑은 작정하고 능청스럽게 시치미를 뚝 떼고 서서히 행동을 개시했다. 여태껏 살아오면서 처음 먹은 독한 마음이었다. 그러니까 새벽녘 신부는 신랑 모르게 일찍부터 일어나 한복을 조심스럽게 입고 있었다. 신랑은 벼락에 맞은 듯 놀라, 아랫도리를 벗은 채 벌떡 일어나, 신부에게 대뜸 당신 옷자락에 묻은 이게 뭐냐고 놀란 듯 물었다. 그것은 언뜻 보기에도 틀림없는 똥이었다. 이 기막힌 일이 일어날 수 있단 말인가? 혹시 어제 우인 대표가 심한 장난으로 신랑 입에 매운 비빔밥을 억지로 입 벌리고 먹였을 때 묻은 고추장은 결단코 아니었던 것이라. 어제 방안에 든 이후로 단 한 번도 바깥출입 해 본 적이 없었는데, 귀신이 곡할 노릇이 아니고 무엇이런고. 그러나 일은 저질러졌고, 그날 이후 여인은 사람이 백팔십도 싹 바뀐 그야말로 순하디 순한 양이 되고 말았다. 셰익스피어의 〈말괄량이 길들이기〉 카타리나도 이보다 못하였으리라. 미당의 〈질마재 신화〉의 재가 되어 폭삭 내려앉은 신부처럼. 그렇게 그렇게 산천이 바뀐다는 십 년이 지나 마치 나무꾼과 선녀처럼 자식새끼를, 아들 둘, 딸 둘, 넷 낳은 어느 겨울날 옹기종기 방안에서 아침식사를 하고 있었다. 뙤창과 바라지에 햇빛이 강렬하게 들어오고 있었다. 갑자기 신랑은 무엇에 홀린 듯 짙은 미소를 띠며, 마침내 근지러운 입을 벌렁거리고 말았던 것이다. 딴에는 먼 옛 일이니 말해도 상관없으리라 속단 내지는 단정했으나 그게 일생일대 큰 불행을 몰고 올 줄이야 어찌 어리석은 인간이 알았겠는가. 그것은 오직 신랑 혼자 생각이요, 착각뿐, 마침내 사태는 진정할 수 없는 국면으로 치닫고 말았답니다. 아, 이 일을 어찌할꼬! 일회성 삶, 단 한 번뿐인 인생의 이 순간을. 신랑은 명 판사 앞의 피의자가 되어 부들부들 떨며, 콧물이 눈물과 뒤범벅되어, 마침내 한 많은 사건을 이실직고하고야 말았으니!

사실 당신 오빠와 짜고 저지른 일이며, 당신 콧대를 왕창 꺾어야 편하게 살 수 있다는 공통 의견 아래 자행된 일이라고. 사실 이때 오빠는 이미 육 년 전 술병이 나서 이십 대에 저승길에 오르고 말았으니, 확실한 공모자 내지는 증인을 어디 가서 찾는단 말인고. 그러면 그렇지 이 자석아! 순가락 밥그릇이 내동댕이쳐지고 신랑의 양 뺨은 밤송이가 되고, 애들은 각각 방안 구석구석을 차지한 채 오들오들 떨며 훌쩍이고, 입가며 뺨에 묻은 밥알이 훌쩍일 때마다 달랑달랑 춤추고 있을 뿐.

흔히 들먹거리는 교육도 질이 나쁜 놈에게는 오히려 배우면 배울수록 더 나빠질 수 있다는 것을 늘 듣고 보아왔다. 지능 높은 놈들의 악랄한 범죄 수법 말이다.

그 날 이후, 〈교육결혼〉이란 단어를 창안했다. 조금은 모자란 듯 서로서로 조금씩 채우며 이끌어가는 교육적 결혼생활. 흔히 행해지는 결혼정보회사에서의 등급에 따라 짜 맞추는 것이 그 얼마나 멋대가리 없는 처사인가를 곰곰이 생각해 보는 계기가 되었다오. 서울 제일 이름난 중학교 체육관을 건립하는 대가로 자식을 보결로 입학시킨 그 양반은 끝내 두 아들의 몇 차례 이혼 소식을 듣고는 절명하고 말았다. 유수 여대 메이퀸이다, 신혼집 나무 한 그루에 오백만 원, 무려 쉰 그루를 진두지휘하며 심었는데, 이게 다 무슨 소용 있겠는가. 그때가 1970년대였다.

지금이라고 무슨 별 뾰족한 수가 있어 발본색원 되었겠는가? 이 이야기를 밤이 이슥해질 때까지 들은 제백은 무슨 결심이 선 듯 마침내 여든일곱 번째 여인과 선본 지 십팔 일 후 전격적으로 결혼했다. 훗날 들리는 바로는 마누라의 세 가지 결점이 제백한테는 장점으로 비쳐진 기막힌 운명의 장난이 되었다. 마누라는 첫 번째, 얼굴이 검었다. 제백은 나신전업을 다닐 때 좀 늦게 출근했다. 골목골목 신혼 부인들이 분홍색 가운 비슷한 것을 입고 목욕탕으로 향했다. 마치 쌀벌레 같은 보얀 얼굴을 하고 플라스틱 대야를 옆에 끼고 가는 꼴을 제일 못마땅해 했던 것이다. 두 번째 덧니였다. 그게 매력 포인트였다. 세 번째 앞머리가 넓고 약간 튀어나왔다. 이미 앞에서도 언급했듯이, 리즈의 〈고백〉을 보고 그녀와 결혼해야겠다고 다짐한바 있었다. 너무나 닮았다. 제백이 나름대로 제법 상식이 풍부한 것은 많은 여성과 선을 본 결과라고 할 수 있을 것이다. 그것은 보통 선이 보름이나 한 달 정도 기간이 주어졌고, 그 사이 여성의 대학 전공을 대략, 개론 정도 훑어보고 갔는데 그게 뒷날 큰 도움이 되었노라고 너스레를 떨었다. 심지어 비구니를 선보러 해운대 해변까지 갔다. 그녀는 울주 석남사石南寺에 적을 둔 지 일주일도 안 되었다. 그녀가 결혼을 맘먹은 사정은 복잡했으나 아무튼 머리와 얼굴을 감싼 머플러가 해운대 바닷바람에 날려가는 바람에 한 여인의 치부를 훔쳐본 것 같아 제백은 오만정이 떨어져 그날로 상경했다. 소개한 자에겐 적당히 둘러댔다. 그날 이후 중매로 통한 선보기는 잠정 중단되었다. 그날 충격이 너무 오래갔다.

아뿔싸, 이를 어쩐다, 출협 사층 강당에서 결혼식이 있던 날, 제백은 단상에서 쓰러져 식은 중도에 그치고 말았다. 근 일주일 밤낮을 축하 술을 퍼 마시고 식장에 들어서 온 몸이 후들후들, 주례가 예물 교환하라고 한 쪽 손가락을 가락지 모양으로 하여 한 쪽 검지로 쑤셔 넣는 동작을 하자 제백은 당황하여 자기 바지 단추를 풀려고 했다. 주례는 황당하여 큰 소리로 "아니, 반지를 끼워주라!" 고 하자 제백은 그 소리에 놀라 "꿍"하고 넘어졌다. 장인장모의 실망이 오죽했으랴. 그러나 다음해 옥동자 쌍둥이를 안겨주자 그간 마음고생이 한순간에 씻기고 말았다.

언제였던가. 절름발이 아내의 굉음에 흘날려 하염없이 중동中洞의 사막을 배회하던 날[98]이. 과연 언제였던가. 나를 죽이는 바이러스가 내 몸 그윽한 곳에서 안락하고 최선과 최악이 동격이며, 그 누가 추억은 선악을 삼킨다 했던가. 또 윤리마저 절해고도絶海孤島의 모자母子에게 난파될 수 있다는 그 사실을 터득한 날을. 오, 윤리여. 너 정말 편리하다. 어머니와 아들이 탄 유람선이 좌초를 당해 표류하다가 외딴섬에 단둘만 남게 되었다. 처음 몇 년 간은 네가 내 아들이고 나는 네 어미라고 되뇌지만 점점

---

98) 중동中洞은 중동中東을 글의 효과를 노리기 위해 사용. 한때 제백은 결혼 후 십여 년 간 경기도 부천 중동中洞에서 살았음. 현실의 고달픔을 노래함.

구조의 가망은 절망으로 치닫게 됨을 깨닫게 된다. 그러던 어느 봄날 꽃이 피고 새와 나비가 날아들며 짝짓기를 한다. 그야말로 편편황조翩翩黃鳥 자웅상의雌雄相依라. 아들은 목욕하는 어머니의 육체를 훔쳐본다. 그 다음은 여러분의 상상에 맡긴다.

솔제니친은 말했다.

선과 악의 기준은 영원한 과제다. 선과 악을 나누는 경계선은 국가 간, 정당 간, 민족 간에 있는 것이 아니라, 바로 한 사람의 마음속에 존재한다. 인간은 본래 선과 악 모두를 내포하고 있다. 그러므로 작가는 이 경계선을 움직여 선이 차지하는 부분을 넓히고자 노력해야 한다.

문마퇴치문文魔退治文을 읊조리며, 문학사냥꾼이 되어 '설렘' 한 마리를 잡아 들쳐 메고는 사방을 두리번거렸고, 드디어 감수성의 애순筍을 간단없이 자르며, 헤매고 있었다. 몽테뉴도 날마다 생각으로 거적을 씌워 감수성을 무디게 만들었다고. 소음에 유달리 민감했던 제백이나 하이네가 병적이었다. 제백이 중학교 때 같은 문예반 활동을 했던 백문녀는 일찍이 천재적 문재를 발휘하여 도리언 그레이가 자신의 아름다움에 도취하듯 벌써부터 '문학의 겉멋'에 빠져버렸다. 그러다가 올백 미남 미술 선생이 들려준 영화 〈사이코〉에 흠뻑 젖어들어 마침내 둘은 졸업과 동시에 서울로 도망쳤다.

인간사 다 그렇겠지만, 그렇게 죽고 못 산다고 지랄염병 떨었건만, 결혼 후 불과 삼년 만에 장엄하게 막을 내렸다. 결국 또 다른 학교에서 여학생과 애정행각을 벌이던 현장을 덮친 백문녀는 방 안 가득 염산을 뿌리고 자신도 그들과 함께 가고 말았다.

　작은아버지가 아버지 제삿날 오셔서 어머니더러 뒷마당 텃밭에 연못을 만들어 비단잉어를 키워 팔면 어떻겠냐고 의견을 물었을 때 어머니는 겨울철 텃밭을 파서 고구마나 무를 파묻어야 한다고 했다. 그때 제백은 자는 척하면서 작은아버지의 의견이 받아들여지길 얼마나 고대했던고. 연못! 비단잉어! 상상만 해도 신나고 흥분되었으나 그 일이 있고 몇 달 후 어머니는 돌아가고 말았다. 제백은 외롭지만 아무도 만나지 않고 글만 쓰고 있었다. 어디서 모았는지 한 시간짜리 운동법을 짜깁기해서 매일 실천했다.

　그리하여 마지막 작품으로 승부를 걸겠다는 큰 포부를 갖고 있었다. 그러나 자기 딸과 외손자의 죽음보다 실귀에 대한 측은함이 더 앞섰다. 제백은 불의와 오류 앞에서 참지 못하는, 그리고 자신의 확신에 대해 침묵하지 못하는 행동파였다. 특히 무식한 자는 용납하지 못하고 다신 만나지 않았다. 나아가서 명문대 출신이 무지를 보였을 때는 분노로 치를 떨기도 했다. 그리고 영화를 결혼 이후 처음 보았다는 자에게도 접근하지 않았고 추억을 무시하고 딴청을 부리는 자를 위선자로 치부하기도 했다. 그리고 제백은 군대 시절부터 소위 〈예술론〉을 하루 두세 번 낭송했다.

예술은 자연 위에 던져진 인간의 그림자, 쾌락에는 백만금의 값어치가 없다. 예술은 금액 이상의 것도 이하의 것도 아니다. 금액 밖의 것이다. 그 대가를 지급하는 것이 문제가 아니라 예술가가 살아가는 것이 문제다. 예술가에게 먹을 것과 평화롭게 일할 수 있는 것을 주어라! 부富는 여분餘分의 것이고 남으로부터의 절도이다. 자기와 가족의 생활, 자기 지력知力의 정상적인 발달 따위에 필요한 이상의 것을 소유하는 자는 모두가 도둑놈이다. 어떠한 환멸도 나의 신념을 해칠 수는 없다. 반항하는 이는 죽음이나 불의의 시련에도 견딘다. 분개하라, 그리고 과감히 싸워라.

쾌락과 고통에, 이득과 손실에, 승리와 패배에 개의치 말고 온갖 힘을 다해 싸워라. 그러한 수다한 사람 중에는 나와 동감하는 이가 언제나 한두 명은 있을 것이다. 그것으로 나는 충분하다. 그들이 나를 이해해 주지 않더라도 내가 절망할까 보냐. 밖의 공기를 호흡하기에는 하나의 창문으로 충분하다. 절망은 간혹 승리를 갖다 주는 최후의 무기이다. 남의 행복을 부러워함은 어리석은 짓이다. 그건 아무 짝에도 못쓴다. 행복이란 기성품은 좋아하질 않는다. 재어서 맞추어야 해. 나의 행복은 내 몸에 맞추려 해야 해. 중요한 것은 환경과 사정이 나빠졌을 때 마음마저 비뚤어지지 않도록 자신을 지켜 나가는 일이다.

또 버트런드 러셀의 세 가지 열정을 패러디하여 읊조리기도 했다.

 가눌 수 없는 열망이 나를 끝 간 데 없이 휘감고 도는데 그것은 사랑에 대한 열망이요, 앎에 대한 유아적 호기심이며 인류의 고통에 대한 분기탱천의 연민이로다.

 마지막은,

 지도가 별도로 없어 별이 총총 빛나는 창공을 보며 갈 수가 있고 또 가야만 하던 시대는 얼마나 행복했던가?

 그런 면에서 제백은 평생 마음속에 그러한 별들의 지도를 지니고 살았던 것이다. 그만큼 벽촌의 고향은 그의 전부라 해도 과언이 아니었다.
 제백은 가정을 등한시하고, 출판사를 합네, 글을 씁네 하고 그 누구도 방에 들어오지 못하게 벽을 만들었다. 그곳에서 책과 영화와 창작이 그의 전부였다. 작가 사람의 아들은 한때 서클 멤버였고, 즐거운 사라도 학우였지만, 자존심이 상해서 만나기를 꺼려했다. 그러나 제백이 장편시를 출간했을 때는 광마가 격려의 글을 보내왔고, 장편 소설과 시집, 동시집을 출간했을 때는 대단하다고 축하해 주고 난 사 개월 후 유명을 달리했다.

 김제백 씨의 시집은 요즘 보기 드문 장편서사시로 이루어져 있다.

긴 호흡과 고풍古風스런 낱말들이 서로 어울려 유구한 역사의 흐름과 추억들을 읽어낸다. 한자漢字를 모르는 세대가 점령한 이 시대의 우울한 "옛날 잊기" 풍토 속에서, 이 시집은 새로운 각성제 역할을 해내고 있다.

― 마광수.

매봉산 기슭 약수 공원에서 떨어진 아가위열매 하나를 물끄러미 내려다보면서 갑자기 마광수를 생각했다. 온 천지가 창연愴然해지는 느낌이었다. 바로 그 자리에서 지난해 봄 사위어져 가는 그의 삶에 불씨를 지피려고 조그마한 용기와 희망을 주려고 다소 격앙된 목소리로 다그쳤던 것이다. 몇 번이고 다짐을 하는 데도 그의 목소리는 점점 꺼져가는 느낌이었다. 대면을 했다면 눈동자를 쏘아보며 다소 허황된 말이라도 뇌까렸을 것인데 그는 그 누구도 만나기를 꺼려하니 난감했다. 그런데 그 와중에 몇몇 제자를 만나서 자기 작품 출판에 대해 상의를 했다고 하니 도대체 속마음을 알 수가 없다. 그가 관음증 환자냐 아니냐는 잘 알 수가 없다. 다만, 그가 감옥살이하기 전 제백과 세검정 어느 이층 다락방 같은 술집에 올라가 둘 다 홀딱 벗은 채 술을 마시기도 했다. 제백이 볼 때 그는 철저하게 자기를 숨기는 이중성이 다분한 자임이 틀림없다고 보았다. 그러한 성격은 어렸을 때 집안 환경과 남매, 그리고 다들 이해가 가지 않는다고 고개를 절레절레 흔드는 사건은 자기가 중학교 입시에서 학과 시험은 만점인데 체력검사에서 최하위로 되어 우리나라 최고의 중학교에 들어가지 못했노라고 했다. 그 말이 진실이라 친다면 더욱 그의 몸은 변강쇠 축에는 들지 않음을 유추할 수 있을 것이다. 그런데 왜 하필 성에 관해 그토록 민감했는지 알 수가 없다. 그는 자기 인생은 사십 대에 완전히 가버렸다고 말했다. 유교적인 정신주의에 함몰된 나라가 국수주의와 사대주의에 빠진 나라가 영화는 봐주고 소설은 안 봐준다는 이중성이 통탄스럽다고 했다. 당국에서는 라디오나 TV나 영화, 다음으로 일간지, 그보다 주간지, 그 다음으로 월간지였고, 단행본은 그 수명이 길다고 판단했는지 눈알을 부라리고 있었다. 낮에는 신사요, 밤에는 야수로 변하는 나라의 밤 문화를 즐겼을 법한 몇몇, 아니 대다수 인사들은 절레절레 고개를 흔들었다. 그런데 그들이 전두환의 3S 정책에는 일언반구가 없었다는 점이다. 사람의 아들은 즐거운 사라 등 작품을 놓고 구역질을 동반한다고 했다. 제백 처지에선 둘 다 친한 사람인데 죽일 듯 으르렁 거리며 서로를 인정하지 않으니 딱한 노릇이었다. 나아가서는 제백이 대학원 졸업 논문제목이 〈T.S. Eliot 난해시難解詩에 대한 일고찰一考察〉일 만큼 엘리엇을 사숙했고, 국내 서정주와 비슷한 삶의 궤적을 지닌 예이츠의 시를 거의 외우다시피하고, 그의 연인 모드곤을 그리워할 만큼 예이츠를 좋아했는데, 그 둘 사이도 원만하진 않은 것 같았다. 특히 엘리엇은 『이상한 신들 이후After Strange Gods』에서 예이츠의 '세계령World Soul'에 관해서 가장 비판적인 태도를 취했다. 즉 초자연적인 세계를 잘못된 것이라면서 예이츠가 자기최면의 상태에 너무 많이 매료되었으며, 마법으로 하늘을 날 수는 없다고 비판했다. 이를 미루어 볼 때 제백은 자기의 정신

깊숙한 곳에 두 개의 대립된 사상이 공존하고 있지는 않은가, 스스로 수긍하곤 했다.

하나님께서 의인을 먼저 데려가신다는 예수쟁이들의 상투적인 위로는 딱 질색이었다. 내 아들은 물론 의인도 아니었지만, 만약 그런 소리를 조금이라도 믿어야 한다면 세상의 어느 에미가 자식에게 정의나 도덕을 가르칠 수 있다는 말인가? 그런 말 잘하는 사람일수록 돌아서선 저 여편네는 무슨 죄를 얼마나 많이 지었길래 외아들을 앞세웠을까 하고 에미의 죄를 묻기에 급급하리라.

— 박완서 『한 말씀만 하소서』에서.

마 교수는 종교를 멀리하라고 일갈했다. 우리에게는 사람을 미워하기에 충분한 종교는 있지만, 서로 사랑하게 만들기에 충분한 종교는 없다고 조너선 스위프트도 일갈했다. 종교는 인간이 만든 최대의 사기극이라고 한다. 기독교에서는 모든 사람이 죄인이라고 가르친다. 그런 쓸데없는 죄의식은 그 사람을 불행으로 몰고 간다. 기독교는 죗값에 대한 공포를 조장한다. 예수와 석가는 만민평등주의와 휴머니즘을 설파한 사회개혁가였다. 그러나 종교라는 권력집단이 우상화하여 이용하고 난 뒤부터 그들은 공포와 전율의 대상이 되어 버렸다. 광적으로 종교에 빠져드는 사람을 정신의학자들은 일종의 정신병자로 본다. 그 사람의 삶은 이루 말할 수 없이 불행해진다. 평생을 원인 모를 '죄의식'에 사로 잡혀 공포에 떨면서 산다면 도저히 행복해질 수가 없다. 대부분의 종교는 죄의식을 지나치게 강조하면서 신도를 겁주고 윽박지른다고 했으며 인생에 별 기대를 걸지 마라고도 했다. 그러나 이 점에 있어 제백의 생각은 달랐다. 그것은 그가 시골 출신이 아니란 점에서 다시 말해 경험 부족에서 기인한다고 하겠다. 사방 천지 산으로 둘러싸인 산간벽촌에서 절과 스님과 무당의 위력은 대단했다. 서문에서도 언급했다시피 일년 삼백육십오 일, 하루도 빠짐없이 징 소리가 울려 퍼졌다. 그리고 남정네들은 투전이다 술판이다 그것을 좀 나무라는 눈빛만 보여도 여편네는 잘해도 못해도 사흘에 한번 패야 된다는 기막힌 논리를 갖고 있었는데 그 당시 대다수 사람들은 그걸 수긍했다. 문맹률이 높은 것은 말할 필요가 없었다. 특히 여자가 글을 깨우친다는 것은 언어도단이었다. 그런 짐승의 시절에 기독교가 전파되어 무지몽매 국민들을 일깨웠으니 그 공로는 말할 수 없이 크다. 몇몇 수양이 덜 된 목회사가 우리들의 눈살을 찌푸리게 하지만 그것은 대의로 볼 때 약소하다. 일제강점기나 광복 전후, 그리고 최근까지 진정한 목회자의 희생과 헌신은 보통 인간으로서 상상하지 못할 정도로 위대했다. 다소 종교가 결점이 많은 건 인정하지만 그건 인간이 결점이 많다는 것을 반증하는 것이 아니고 무엇이랴!

일찍이 그는 〈윤동주 연구〉란 박사 논문을 쓰게 된 동기가 윤동주가 자기와 근본적으로 다른 성향의 소유자이기에 끌렸다고 술회했다. 즉 자기는 단 몇 초의 고문도 못 견디고 자백할 정도로 문약한 자이므로 동주가 더욱 존경스러웠다고. 제백의 아내는 제백 말을 듣지 않았다. 마치 제백 말을 들으면 큰 사달이 나 나는 것처럼 애써 받아들이지 않았다. 알고 보니 대다수 아내들이 병원가기 꺼려한다는 것을 알았다. 이 년마다 건강검진 통지서가 날아와 꼭 검진을 받으라고 노래했건만 병원 가기 꺼려해, 결국 심하게 아파 병원을 갔을 때는 이미 손을 쓸 수 없었다. 그놈의 유방암이 사람 죽일 줄이야. 아내가 입원한 병원엘 갈 때마다 그는 박부거 아내의 일이 생각났다. 그래서 자기도 현재 한 여성과 이중생활을 하고 있다, 라고 거짓으로 말하고, 아이들도 두 명 있다고 할까, 하고. 그러면 그 충격으로 살아날 수 있을는지.

> 임이여, 오늘은 잔을 채워 씻어내자
> 어제의 회한과 내일의 두려움을
> 닥쳐올 날이야 무슨 소용 있으랴
> 내일이면 이 몸도 칠천 년 세월 속에 잊힐 것을
> 아, 이제 모든 것을 아낌없이 쓰자꾸나.
> 우리 모두 언젠가는 한줌 흙이 될 몸
> 흙에서 나와 흙으로 돌아가 쉬니
> 거긴 술도 노래도 없고 끝없이 넓은 곳[99]

자신이 시와 소설, 수필, 동화를 쓰며 혼자만의 세계에 파묻혀 살 때 아내는 늘 외롭고 소외감을 느끼는 것을 어렴풋이 알

---

[99] 페르시아 시인 오마르 카이얌의 시를 E. 피츠제럴드가 번역함.

수 있었다. 아내는 책을 읽지 않았다. 그래서 제백이 늘 아내를 구박했다. 아마 아내는 지금 읽어도 남편은 저만큼 가버려 영영 따라잡을 수 없다고 스스로 판단하여 아예 읽지 말자고 작정한 사람 같았다.

제백의 자기 집안에 대한 콤플렉스가 오히려 가족을 보살피는 데 소홀하지 않았던가. 그러나 독일 통일 후 태어난 아들에게만은 지나치게 애정을 쏟았다. 마흔한 살에 낳은 자식이라 틈만 나면, 들로 산으로 다녀, 주로 물고기를 잡아 길렀다. 송내 들판에서 시작한 단 두 마리 새끼 붕어가 몇 달 후엔 어항 일곱 개로 늘었다. 그런데 지저분한 물에서 잡아 기른 붕어가 더 튼실하게 자란다는 점을 알게 되었다. 제백과 아들은 자주 고기를 잡으러 다녔다. 제백의 배낭이 각종 고기잡이와 운반하는 도구로 가득 찼고, 막걸리 통을 사서 고기잡이 통으로 사용했다. 딸만 빼고, 양평 신내천으로 차를 몰고 가서, 아내는 차에서 자도록 두고, 둘은 각자 헤드 랜턴을 앞이마에 달고 손에 플래시를 들고 밤새 고기도 잡았다. 특히 배터리가 다 되어, 할 수 없이 호스에 입을 대고 서너 시간 동안 입으로 공기를 쉼 없이 불어넣기도 했다. 심지어 빙어도 삼사 일 간 살렸다. 그러나 꺽지와 쏘가리는 살아있는 생쥐나 기니피그나 작은 토끼만 먹는 비단뱀처럼 꼭 살아있는 먹이만을 주어야 했고, 올챙이도 뒷다리가 나왔을 때쯤 살아있는 파리나 모기를 주어야지 죽은 것은 먹을 생각을 하지 않았다. 그리하여 우리나라 현존하는 민물고기를 거의 다 길러보았던 것이다. 그뿐만 아니었다. 햄스터도 길러보았다. 그런데 팔천 원 주고 한 마리를 샀는데 며칠 안 가 설사를 해서 동물병원에 갔더니, 수의사 하는 말이 걸작이었다.

"이름은 지었어요?"

"약값이 만 이천 원입니다."

'인생은 짧고 예술은 길다'는 미명 하에 예술의 그림자를 좇고, 아내와의 대화 중에도 종종 '일부러'란 말을 썼다. 아내가 가장 듣기 싫어한 말이었다. 그러니까 당신과의 모든 일은 심각한 것이 하나도 없더란 뜻이 담겼다. 그러나 그것이 얼마나 큰 상처를 주었는지 제백은 미처 몰랐던 것이다. 사랑하는 사람들과 보낸 시간이 그 어떤 위대한 작품보다 아름답고 영원하다는 것을 깨닫지 못했다. 왜, 그때는 사랑하는 법을 몰랐을까! 제백의 때 늦은 후회는 다시 그를 절망 속에 빠뜨렸다. 아무튼 아내는 갔다. 임종 때 남편의 손을 꽉 잡아 놀랐다. 마치 원한서린 감정을 표현한 것 같아 묘한 생각이 들었다.

박부거는 어망 사업 실패로 부천으로 야반도주했다. 아내와 단 둘이었다. 자식들과 귀소는 이미 서울에서 대학에 다니고 있었다. 자식들은 공부가 시들했으나 귀소는 영특했다. 전 학년 장학생이었다. 부천여고 다닐 때 친구 아버지한테 논술을 과외 받았을 때, 가방 속에는 만화책만 몇 권 넣어둘 정도로 학교 공부는 이미 마스터한 상태였다. 그러나 그 하고많은 세월 동안 단 한 번도 자기를 찾아오지 않은 어머니가 가끔은 원망스러웠을 뿐이었다. 부천에서 초중고를 최우수로 졸업하고 유수의 한의대에 진학하게 되었다. 귀소는 졸업하고 강남 어떤 한의원에서 직원으로 몇 년 있다가 지인의 소개로 중동 어느 나라 국왕의 주치의로 활동하게 되었다. 부거와 수양딸 귀소 사이의 일은 세상에 알다가도 모를 일이 사람속이란 것을 여실히 보여 주는 사례였다. 영원히 지켜지리라 여겼던 비밀이, 한순간 착한 행동(?)으로 인해 불행의 늪에 빠지고 말았다. 자, 귀를 쫑긋대고 들어보시오. 부거가 수양딸을 언제부터 품었는가는 그렇게 중요하지 않고, 그 엄청난 사건을 저지른 배짱 한번 두둑할 뿐이었다.

이게 웬 날벼락인가. 부거 마누라가 위암 사기로 판명이 나 부천 성가병원 입원가료 중이었다. 사실 위암 자체는 일 기지만, 간에 전이가 되어 통상 사 기로 부르곤 한다. 그렇다고 간 수술도 힘든 것은 한 부위에 집중되어 있는 게 아니라 소위 말해, 상·중·하로 나누어져 있어 이것도 저것도, 손 쓸 수 없는 절망적인 상태라, 의사 또한 부거한테 마음의 준비를 단단히 하라고 했다. 부기 그놈, 속으론 쾌재를 불렀을 게다.

여기서 병원 험담 한번 하고 넘어가야 쓰겠다. 한때 제백이 직원들과 외아들 김서를 데리고 강원도 인제 내린천으로 놀러 갔었다. 워낙 아들이 민물고기를 좋아해서 데리고 갔던 것이다. 그런데 급히 해장국을 먹고 꽉 조인 아래위 청바지를 입고 엎드려 고기를 잡았더니, 아무래도 오른쪽 배가 씨리씨리 쓰리고, 아파 오는 것이었다. 직원들은 개고기 수육이다, 민물고기 탕이다 하여 질펀하게 먹고 마시고 있었다. 여기서 제백이 개고기를 먹지 않게 된 기막힌 사연이 있다. 그 일이 있기 전까지는 누구보다도 더 보신탕을 선호했던 것이다. 그러니까 S대 국문학과 조교수를 하고 있던 후배와 그의 집에서 저녁을 하고 일박을 하기로 하였다. 후배 아버지는 젊어 돌아갔고 어머니는 오누이를 기르면서 무진 고생을 했다. 그런데 언제부터인가 어머니는 소위 말해 신기神氣가 있었던 것이다. 신 내림을 받진 않았지만 범상치 않은 면이 있었다. 그날 밤 어머니와 친하게 지내던 이웃집 아저씨가 쇠고기 회식을 하고 와서 체한 것 같아 병원으로 갔으나 아무 이상이 없다는데 시간이 갈수록 증세는 심해졌다. 그때 그 집에서 푸닥거리를 하고 있었다. 어머니는 대뜸, 그 남자, 개고기 먹었구먼, 오늘 자정을 잘 넘겨야 할 텐데, 하고 걱정스런 중얼거림, 바로 자정이 되자, 통곡소리가 진동. 뒤에 안 사실이지만 남편은 일행의 강권에 못 이겨 개고기 수육 한 점을 먹었던 것이었다.

제백은 아랫목 따뜻한 방바닥에다 지지다시피 배를 깔고 있었으나 아무래도 무슨 사달이 나도 크게 난 것이 틀림없었다. 자는 둥 마는 둥 하고, 도저히 참을 수 없어 새벽에 마침 차를 몰고 온 자를 깨워 사정하여 서울로 향했다.

우선, 집 근처 부천아파트 앞 병원으로 갔더니, 체한 것 같다며 소화제를 주기에, 먹고 집에 있었으나 아무래도 이상이 있는 것 같아 가까운 성가병원으로 집 사람이 차를 몰고 갔던 것이다. 그런데 담당 과장이 외국 세미나 출장 중이어서 정확한 진단이 안 나왔다. 또 며칠이 갔다. 이번은 틀림없이 알아내겠지 하고 인사동 어느 대통령 주치의를 역임한 원장이 운영하는 병원으로 갔다. 그곳은 제백 회사 건강검진을 받는 곳이기도 하였다. MRI다 초음파다 하면서 돈 되는 병원기기를 다 사용하여 낸 결과, 원장과 간호사가 같이 필름을 보면서 심각한 표정을 한 채 아무래도 '매스'가 보인다는 것이었다. 그것뿐이었다. 또 며칠이 지나고 제사가 있어서 제사 음식과 술도 조금 마셨다. 이번에는 양약보다 한의학이 도움이 될까 봐서 제법 용하다고 소문난 한의원을 소개받아 갔던 것이다. 찾았다. 마침 갔더니 원장은 때마침 무슨 그리도 많은 중년여인들과 담소를 하고 있는지. 아무튼 자기소개를 했더니, 반갑게 대하면서 상태를 진찰하지도 않고 묻기만 하는 것이었다.

제백 말이 끝나기도 전에,

"그것은 근육이 뭉친 겁니다." 하고 부황을 잔뜩 뜨는 것이었다. 그랬더니 아니나 다를까, 시원해지는 느낌이었다. 그러나 밤늦게 샤워를 했더니, 못 견디게 시려오는 것이었다. 마침 위층에 집사람 여고 후배가 살고 있었는데, 그녀가 성가병원 수간호사이었다. 그래서 부랴부랴 아침 일찍 병원에 들렀다.

그때, 출장 갔던 제법 나이 지긋한 담당 과장이 마치 기다렸다는 듯이 앉아 있었다. 몇 마디 묻더니,

"충수 농양蟲垂膿瘍입니다. 빨리 수술에 들어가도록 하겠습니다."

발병하고 십육 일 만이었다.

카라차라파우파우플레이
카라차라파우파우플레이

소위 터진 맹장을 부여안고 그동안 이 병원 저 병원 출장 다녔던 것이다. 오히려 즐겼다고나 할까? 병원이 그리워 자청하여 요로 결석을 창제하신 신에게 감사드린 때도 있었다. 누구나 한 두 번쯤 수술대에 올라 마취한 상태에서 세상모르고 살고 싶은 때가 있을 것이다. 제백 역시 꼭 그런 때마다 병원 신세를 지곤 했다. 그것은 세운상가 시절, 배신감으로 거의 두문불출하고 물도 먹지 않고 입원을 원했던 적이 있었다. 결국 은평구에 있는 서부병원에서 보름간 입원하고 퇴원하여 떠돌이 생활을 하게 되었다. 그런데 붕어 배따기보다 쉽다는 맹장의 이상 유무를 밝혀내지 못하는 의술이 그 정도로 수준이 낮아서야 어찌 숨바꼭질하며, 꼭꼭 숨은 이 시대 최대로 고약한 췌장암이란 놈을 적출할 수 있겠는가. 이 우주가 소멸하는 날이 되어야 가능하겠지. 아무렴.
　의사들에 대한 불신이 절묘하게 담긴 서양 속담이 생각났다.
　— 토마토가 붉게 되면 의사 얼굴이 파랗게 된다. —
　도스토옙스키의 『지하로부터의 수기』 도입부를 읽고 제백은 주인공과 일맥상통함을 느꼈다.

　나는 병자다. 나는 심술궂은 인간이다. 나는 남의 호감을 사지 못하는 인간이다. 나는 간이 아픈 것 같다. 하지만 사실 나는 나 자신의 병에 관해선 아무것도 아는 게 없을 뿐 아니라 내 몸의 어디가 나쁜지 그것조차 확실히는 모르고 있다. 나는 의학이나 의사를 존경하지만 치료라는 걸 받고 싶지는 않다. 그리고 여태까지 받아 본 적도 없다. 게다가 나는 극단적으로 미신을 믿는 사람이다. 이를 테면 의학 따위를 존경할 만큼 미신을 믿는다는 얘기다(나는 미신을 믿지 않아도 될 만큼 교육을 받았지만 그래도 미신을 믿는다.). 좋다. 오기로라도 의사의 치료 같은 건 받지 않을 작정이다.

 부거는 큰마음 먹고, 간병인조차 물리치고는 흐느끼면서, 마치 고해성사하듯 귀소와의 관계를 털어놓았다. 부인은 처음에 무슨 당찮은 소리인가 하고, 기연가미연가 했는데, 아무래도 여자 직감으로 느껴볼 때, 심상치 않은 일이 벌어지긴 벌어졌구나 하고 깨닫고는, 그 아픈 몸으로 남편 앞가슴을 지어 짜며 되물었다. 이 일을 어쩔꼬. 이미 대학 이학년 때 옥동자까지 순산하고, 서울 성동구 옥수동 달맞이공원 옆 햇빛 바라기 하기 좋은 곳에 터까지 잡아주었다. 그 사실을 알고 올케, 시누이, 시동생, 친정 친척이 떼로 몰려가, 귀소의 가재도구를 보는 족족, 만지는 죽죽, 짓밟고 짓이기고, 내팽개치고, 꼬집고, 물어뜯고, 개지랄을 떨었다나 뭐했다나. 마침 아들 귀소가 육아방에 갔기에 망정이지, 있었다면 큰 사달이 나도 한창 났을 터. 다신 만나지 않겠노라고 다짐에 다짐, 각서 위에 지장 꾹꾹 눌렀으니, 그들 마음이 한결 가벼웠으리라. 그런데 이번에는 더 희한한 일이 일어나고 말았다. 그렇게 내일 모레 하던 마누라가 점점 쾌차의 징조가 보인 것이었다. 마치 HIV 바이러스 감염으로 삼십 일 시한부 선고를 받은 미국 서부 텍사스에 살던 론 우드루프가 그에게 등 돌린 세상에 맞서며 칠 년을 더 살았던 기적 같은 실화를 바탕으로 한 영화 〈달라스 바이어스 클럽〉처럼.

소능마을 바람담 정미소의 발동기 돌아가는 엔진 소리는 애어른 할 것 없이 하루 한나절 구경거리는 되었다. 그곳은 구멍가게, 정류장, 바로 옆엔 성냥간, 그리고 윗마을로 가는 두 갈래 길이 있어서 도회지로 말하면 번화가인 셈이었다.

어느 해 태풍이 지나고 며칠이 지난 날 정오, 읍내 청년 몇몇이 정미소 앞마당에서 어사리로 잡은 자나큰 잉어를, 큰 갈색 고무 통에 담아, 분류작업을 하고 있었다. 한길과 이어진 마당 옆 발동기에서 뜨거운 물이 쉴 새 없이 꽐꽐꽐 뿜어져 나오고, 폐유처럼 검은 기름이 둥둥 떠 있는 물탱크가 있는데, 연방 큰 호스로 물이 빨려 들어가는 순환장치가 되어 있었다. 보통 마을사람들은 그곳 가까이 가는 것을 꺼려했다. 검은 기름이 튀길까 봐, 혹은 뜨거운 물에 데기라도 할까 봐 다들 조심했다. 마침 그때 고향에 다니러 온 제백의 아들 쌍둥이를 할머니인 저옥 무당이 업고 안고 둥개둥개, 사람 왕래가 많은 바람담까지 바람 쐬러 왔다.

통에 든 잉어가 신기했는지 손자 놈이 고개를 쏙 빼고 보면서, 연방 오오, 하고 감탄사를 내면서 요동을 치자, 그때 잉어 몇 마리가 세차게 버둥거려, 손자 놈이 순간 놀라 물탱크 쪽으로 기울었다. 잡은 잉어를 몇몇한테 제삿밥 돌리듯 나눠주려고 빈 고무통 몇 개를 이고 오던 마데이가 그 위험을 포착하고 평소 어눌한 모습과는 딴판으로 물탱크 쪽으로 뛰어들어, 곧 기울어 빠질 듯한 할매와 손자들을 떠밀어내었다. 마치 영화 〈국두菊豆〉

의 염색 통에 빠져 죽어가는 금산처럼 마데이는 폐유를 너무 마셔, 결국 폐가 막혀 그렇게 죽었다. 한때 바람담 마맛자국할매 위채에 불이 났을 때도 물 묻은 덕석을 메고 지붕 위에 짝 펴 뒹굴던 모습이 선했다. 쌍둥이도 연일 경기를 일으키다가 며칠 못 가 죽었다.

여름이면 저수지에서 열 대 정도의 모터보트 소리가 요란해서 마을사람들이 진정을 낼 정도였다. 그래도 다행인 것은 탑골을 들어서면 그 소리가 파묻힌다. 저수지가 보이는 곳은 어디든 소리가 요란하게 들렸다. 방학을 맞아 둘째 날 화창하기 그지없어 여려와 아들 실귀, 이미 고향에 내려온 제백과 아들 서가 저수지로 내려갔다. 오실귀와 김서는 동갑이었다. 둘은 같은 유치원과 초중고를 다녔다. 아주 특별한 경우였다.

휴가를 맞아 찾아온 제백 고향의 7월 중순은 너무 더웠다. 뜨거울 정도의 공기가 여기저기에서 아지랑이가 되어 일렁거렸다. 모두 더위를 식히려고 저수지 주변 큰 감나무 그늘에다 자리를 잡았다. 저수지 물과 하늘 색깔이 똑같이 파랬다. 제백은 눈이 부셔 눈살을 자꾸 찡그렸다. 이 산 저 산에서 산새들이 노래 부르는 소리가 들려왔다. 노루 소리도 은은하게 들려왔다. 하늘 저 높이에서 비행구름이 물감처럼 번져갔다.

저 멀리에서 모터보트 한 대가 푸르른 저수지 위로 '펑펑' 물을 치며 달리고 있었다. 물보라가 일었다. 물을 칠 때마다 '와아' 하는 승객들의 소리가 메아리가 되어 들려왔다. 마치 물수제비 뜰 때처럼 작은 소리가 번져나가는 듯했다. 모터보트가 지나간 곳에는 하얀 물길이 생겼다가 곧 지워지곤 했다. 갓 생긴 하얀 물결은 햇빛에 반사되어 하얀 보석을 뿌려놓은 것 같았다.

저 멀리 흰 물보라를 치면서 달려온 궁백은 노인이 아니라 〈태양은 가득히〉의 인류 역사상 가장 잘 생긴 알랭 들롱을 연상케 했다. 엔진을 끄고, 끈 달린 선글라스를 벗고는 땀과 물이 범벅이 된 얼굴을 훔치면서 서로서로 인사를 나누었다.

육인승 모터보트 주인은 궁백이었다. 궁백이 직접 운전했다. 궁백은 고향을 찾아 온 친척들을 즐겁게 해 주고 있었다. 어떤 친척들은 기름 값이라도 하라면서 돈을 건네주려고 했으나 궁백은 손사래를 쳤다. 자기를 어떻게 보고 그러냐며, 여름 한 철 즐거운 마음으로 봉사하는 것이라고 웃으며 말했다. 궁백은 목에 두른 수건으로 자기 얼굴 땀을 닦으며 우리에게로 다가왔다. 우리들을 태워주려고.

"우선 저 애들부터 먼저 태워주세요. 우린 다음 차례에 타지요."

제백이 말했다. 사실 여려도 타기 싫은 모양이었다. 궁백이 운전대에 앉았다. 실귀와 서가 재빨리 모터보트에 올라탔다. 그들은 난간에 서서, 지지대를 꽉 붙들었다. 모터보트는 신이 나서 물을 가르며 저수지 둑 쪽으로 바람처럼 달렸다. 저수지 둑에서 잠시 쉴 때 서가 운전에 관심을 보였더니 궁백은 기다렸다는 듯이 자세히 운전을 가르쳐 주었다. 오락실에서 자동차 운전하는 것과 비슷할 정도로 쉬웠다.

궁백이 다시 운전대를 잡자마자 그들에게 꽉 잡으라고 했다.

모터보트는 왔던 길을 따라서 달리는 것 같았다. 상쾌한 바람을 가르며 달렸다. 기분이 날아갈 듯 했는지 탄성을 질렀다.

"이제 다 왔어. 곧 내릴 거야!"

운전대를 잡은 궁백이 한참을 달리다 밭쪽에 멈추려고 하면서 외쳤다.

"더 타고 싶다. 그치!"

실귀가 말했다. 지내고 보니 그게 실귀의 마지막 말이었다.

"응, 내일 또 태워주라고 하자!"

둘은 힘차게 하이파이브를 했다. 그런데 모터보트가 말을 잘 듣지 않는 모양이었다. 자꾸 돌밭 쪽으로 돌진하려고 했던 것이다. 궁백은 씩씩거리며 몇 차례 시도했으나 허사였다. 궁백이 몹시 당황한 눈치였다. 기계 고장이 틀림없는 것 같았다. 애를 써 봐도 도저히 속도를 줄일 수 없었다. 힘껏 방향을 틀어 봤으나 헛수고였다. 둘은 이리저리 심하게 흔들리고 말았다. 마치 디스코 팡팡 같았다.

"쿵쾅!"

모터보트가 그만 돌 많은 밭둑에 처박히고 말았다. 궁백은 부딪히기 직전에 운전대를 놓고 재빠르게 얕은 물에 뛰어들었다. 서는 밭둑 흙 고랑으로 튕겨져 버렸다. 그런데도 손과 다리가 약간 긁혔을 뿐이었다.

문제는 실귀였다. 모터보트와 같이 날아간 실귀가 심하게 다쳤다. 머리 부분이 너설이 모여 있는 곳의 바위코숭이에 그만 부딪치고 말았다. 이 일을 어쩌면 좋단 말인가.

그때 어치 몇 마리가 나타났다.

어치는 "까악 까악, 우짤꼬!" 사람 흉내를 내며 이리저리 나무 사이를 날아다니고 있었다. 그러다가 길 위에 내려와서 양쪽 다리를 함께 모아 통통 뛰며 걷는 것이었다. 이쪽저쪽을 쳐다보며 무척 불안한 모습이었다.

"에이, 깡패 같은 놈의 어치새끼야!"

어디선가 어치를 욕하는 소리가 들려왔다. 그늘에 앉아 땀을 재우고 있던 제백과 여려와 그 밖의 마을 사람 몇몇이 한걸음으로 달려왔다. 모두 울고불고 야단이었다. 결국 실귀는 혼수상태에 빠지고 말았다. 그로부터 장장 오 년 동안, 소위 말해, 식물인간으로 연명했다.

병원에는 한 사람의 보호자만 남아 있으라고 해서 여려만 남고 나머지는 마을로 돌아왔다. 만취된 궁백과 제백은 낫으로 서로 죽이겠다고 고래고래 고함지르고, 통곡했다.

궁백의 시신이 저수지에서 발견된 것은 사건 나흘 후였다. 경찰이 와서 수사를 했으나 타살의 혐의가 없어 사건을 종결시켰다. 그러나 김서의 마음속엔 아버지 제백을 가장 유력한 용의자로 여기고 있었다. 아버지가 너무 심하게 악을 쓰고 나무랐기 때문에 큰 충격을 받았으리라고 믿고 있었다. 사고 당일도 마을은 온통 연기와 안개로 사방 일 미터도 구분할 수 없었다.

실귀를 처음엔 진주 경상대학병원에 입원시켰다가 마지막 일 년은 사천병원으로 옮겼다. 일년 동안은 그야말로 무의식이었는데, 여려의 지극 정성으로 눈알을 돌리더니, 삼 년 만에 깨어나 세 살 먹은 아이 지능에다 노래까지 불렀다. 그래서 희망이 있는 것 같아 휠체어에 태워 병원 울타리를 돌며 많은 꽃을 감상했다. 모처럼 꽃을 느껴보는 소중한 시간이었다. 비극 속에 피는 꽃이라, 눈물 속에 피는 꽃은 들어봤지만, 하고 생각했다. 그 덕으로 모 처에 수필을 보내, 상을 타기도 하였다. 살면서 미처 느끼지도 깨닫지도 못한 소중한 것들을 아들을 간병하면서 얻었다.

봄이면 여기저기 꽃들이 흐드러지게 핀다. 다들 한철 한때의 생을 마음껏 즐기기 위해 뽐내고 있다. 그러나 그 많은 꽃들 중 우리의 관심에서 벗어난 꽃이 있다. 바로 개나리다. 그것은 마치 공기와 물처럼 쉽게 만날 수 있기 때문일 것이다. 우리가 익히 알고 있는 백합도 나리속에 속하는 식물이지만 나리라고 부르지 않으며, 나리속 식물 중에서, 특히 참나리만을 나리라고 부르기도 한다. 물푸레나무과에 속하는 개나리도 줄여서 나리라고 부르기도 한다. 개나리 학명이 Forsythia koreana(윌리엄 포사이스William Forsyth의 이름을 따서 명명.) Nakai란 것인데, Nakai는 나카이 다케노신이며, 일본의 식물분류학자이다. 일제강점기에 조선총독부에서 일하면서 한국의 식물을 정리하고 소개하였다. 그래서 많은 한국 자생 식물의 학명에 그의 성 Nakai가 등재되어 있고, 일본의 유명 인물들도 또한 들어 있다. 그는 1927년에『조선삼림식물편』총칠권을 간행하여 우리나라 대학에서 교재로 사용하였다.

대체로 꽃들이 필 때 소리 소문 없이 피는 것은 다 마찬가지다. 그러나 살구나 자두, 매화 등의 긴 꽃망울 기간에 비하면, 개나리는 꽃망울 기간이 짧아서 시끌벅적하지 않다. 특히 새벽에 연꽃이 피는 소리를 들었다는 이도 있을 만큼 요란 벅적한 데 비해 개나리는 예고하거나 뽐냄이 없다는 뜻이다. 여기서 개나리의 몇몇 특장이랄까 덕목이랄까 아무튼 나름대로 정리해 본다.

하나, 나카이 다케노신의 개나리 학명에서 보듯이 우리나라 고유 특산종이다. 그런데 개나리는 자기의 가치를 자랑하지 않고, 소유를 고집하지도 않고, 중국, 일본 등지에 아낌없이 자리를 내주는 한량없는 '포용력'을 지니고 있다.

둘, 옛날 사람들은 식물이나 동물의 이름을 지을 때 비하하고 폄하하였다. 그중 접두사 '개'를 붙여 평생 주홍글씨란 족쇄를 채웠던 것이다. 그러나 우리의 개나리는 그러한 것에 내색이나 아무런 불평이 없을 정도로 '이해'가 넘친다.

셋, 좋은 장소는 다른 꽃들에게 양보하고 자기는 돌담 아래나 비탈진 언덕배기나 구렁텅이 등 인간의 관심 밖인 곳에서도 아무 말 없이 잘 자라 우리의 마음을 풍요롭게 하는 '넉넉함'이 넘친다. 더불어 아무 곳에서나 꺾꽂이를 할 수 있을 정도로 쉽게 자기를 내주는 '희생적' 성향도 가졌다.

넷, 개나리와 비슷하게 생겼으나 꽃잎이 네 개에서 여섯 개인 영춘화迎春花[100]가 자기 자리를 넘보고 있어도 화내거나 기분 나

---

100) 남인수 노래 '낙화유수' 이절 중 '영춘화 야들야들 곱게 피건만'. 이해연은 신가요 '영춘화'를 한국어, 중국어, 일본어로 불렀다. 바로 1942년에 이향란이 부른 노래를 커버한 것이다. "창문을 열어치면 아카시아의 새파란 싹이 트는 늦은 봄 거리페치카 불러다오 이별의 노래를 봄바람 불어 불어 영춘화".

빠하지 않는 '너그러움'이 있다.

  다섯, 다른 꽃은 몇 개에서 몇 개란 '~'가 있는 경우가 많은데, 개나리는 오로지 꽃잎이 네 개로 복잡하지 않고, 네 잎이 붙은 채로 떨어져 명을 다한다. '간결', '단순'하여 우리의 마음을 정갈하게 한다.

  여섯, 거의 모든 곳에 자라는 개나리는 인위적으로 가지치기 한 경우를 제외하고는 끝이 점점 아래로 휘어지는 '겸손함'을 보여 준다.

  일곱, 개나리는 뭉쳐야만 그 가치가 배가 된다. 다시 말해 군집, 즉 종의 유지를 위해 개체가 희생하여 꽃 한 송이의 뜻보다 여러 송이가 뭉쳐야 비로소 그 본성을 빛나게 하는 것이다. 그것이 바로 '단결'의 진수를 보여 주는 것이리라.

  여덟, 줄기가 속을 다 채우지 않는 '여유'와 '비움'의 미학을 간직하고 있다.

  아홉, 진달래나 벚꽃, 산, 들, 벽 등 어떠한 배경과도 잘 어울리는 '조화로움'이 있다.

  열, 볼 때마다 초등학교 때 즐겨 부른 윤석중 작사, 권태호 작곡의 '봄나들이'인 "나리 나리 개나리 입에 따다 물고요. 병아리 떼 종종종 봄나들이 갑니다."가 생각나, 자연히 흥얼거리게 되며, 마침내 '그리움'에 취하곤 한다.

  보라. 햇볕 쨍쨍한 날, 개나리꽃들 활짝 핀 꽃 대궐 앞에 서 보라. 세상 어느 꽃이 이처럼 빛나는 광채를 뿜어내겠는가. 그 위대한 포스에 그만 위축되어, 어느새 한 송이 개나리꽃이 되고 만다.

황근黃槿, 접시꽃, 능소화, 동백꽃, 부용화, 무궁화처럼 꽃봉오리째 떨어져, 지나가던 개미가 놀라 자빠지는 소동이 일어나지도 않고, 여기저기 함부로 떨어져 대지를 더럽히지 않고, 그야말로 소리 소문 없이 피고 지는 본받을 만한 여러 덕목을 갖고 있어, 우리 모두 천년만년 곁에 두고 가꾸고 사랑해야 할 귀한 존재임이 틀림없다.

자, 모두 가슴을 활짝 펴고 개나리를 마시자. '희망'이란 꽃말을 되새기며.

다른 이들에게는 진부하게 느껴질지 모르지만 제백의 젊음 역정에선 가장 큰 비중을 차지하는 일이라 요즘같이 가을바람만 불어와도 못내 회상의 중턱에 오르곤 한다.

몇 십 년 전의 겨울이었다. 제백이 갓 제대하고 군대 후유증에 빠져있었던 터라 그해 겨울은 몹시도 춥고 을씨년스러웠다. 처음엔 친구의 사업장이나 직장 근처에서 친구의 퇴근을 몇 시간이고 기다리기가 일쑤였으나 점차 그들의 자신만만한 행동이 싫어 의식적으로 피했고, 홀로 야음을 타고 담배연기와 굉음이 혼효된 주점에서 멍하니 탈진상태로 있다가 마치 성대 잃은 개처럼 소리 없이 발악했다. 그 당시 제백은 스스로의 언어의 성城을 고수하기 위하여 얼마나 용전분투했던고!

최초로 치른 입사시험에 실패한 후 더욱 자기만의 성을 쌓는 묘한 체질로 변해 갔다. 마침내 제백은 두문불출하게 되었고, 자기의 껍질은 안으로 안으로 더욱 두꺼워져 모든 책임이나 잘못이 자기에게 있다는 생각과 세상 전체에 대한 극한적인 저항감이 자신을 더욱 모멸감에 빠지게 했다. 지금 생각하면 그 당시의 자기의 조급함이 얼마나 주위사람들을 피곤하게 했었던가, 하고 얼굴이 화끈거리기도 하는 것이다. 정말 그와 같은 행동이……

그런 행동을 하면서 서서히 인생과 죽음과 우주를 조금은 심각하게 바라볼 수가 있었는데 자기와 같이 제멋대로 자라고 자립을 요하는 환경의 사람에게는 다행스러운 일이었다. 그것은 좌절과 고난으로 달구워지면서도 물기 어린 눈으로 세상사를 내다볼 수 있는 인간적인 안목이 형성되었기 때문이리라.

Ad astra per ardua 고통을 통하여 별에까지

그러나 그때의 우울은 절망을 낳고, 절망은 무서운 자학으로 변해 갈 뿐이었다. 그러한 제백이 다시 생의 끈끈한 즙물을 맛본 것은 한 통의 편지로부터 시작됐다. 담석증 수술을 받고 요양 차, 자기 고향에 와 고등공민중학교 교사로 재직하고 있는 친구가 있었다. 제백 생각으론 그가 완쾌 후 서울에서 다시 정식 교사로 되리라 믿었으나 그는 그곳에 오래오래 있고 싶어 했다.

제백은 그가 대학 시절 클럽에서 사귄 한 여인에 대한 실연 때문에 심한 고민으로 인해 병도 얻고 영혼마저 흐느낀다고 생각했다. 특히 그의 친척의 표현을 빌리면, '신경에 금이 갔다.'는 것이었으니……. 그러나 그 모든 것은 억측에 불과했다.

 마을 뒷산 황토 고갯길을 거닐면서 그가 들려준 이야기는 자기 고향에 있는 어떤 친구의 영혼을 가까이서 깊이 잠재우는 게 자신의 조그마한 목적이라는 심히 엉뚱한 말을 했다. 그 친구란 자는 머슴살이를 하다가 선원이 되고 싶어 일년 치 새경을 팔아 배를 타게 됐는데 첫 항해 시 갑판 위에서 동료 선원들에게 지난 밤 흉한 꿈 얘기를 했는데 아니나 다를까, 그 불길한 예언은 들어맞아 배가 태풍으로 인해 거의 파선이 되다시피 하였고, 그는 구조된 선원들의 뭇매에 실신상태가 되어 고향으로 돌아왔다는 것이다.

 그런데 왜 친구는 바보가 된 그 친구에게 끝없는 연민과 관심을 갖는가, 하고 제백은 못내 궁금했다. 뒤늦게 안 사실이지만 그는 그 바보가 된 친구의 의식을 일깨워준 최초의 사람이라는 것이었다. 시골에서 머슴이나 살고 있는 그에게 바다며, 대처며, 한 인간의 존재가치 등을 이야기해 주며 인간성 회복에 관한 교육을 시켰으니 그 가엾은 영혼, 순진무구한 영혼이 서서히 꿈틀거리기 시작하였고, 무한한 꿈을 안고 바다로 간 그가 패배하여 돌아왔으니, 친구의 영혼은 얼마나 떨렸겠는가!

 바보 친구는 종종 마을 뒷산 위 바다가 내려다보이는 바위에 올라가 애잔한 외침을 하다가, 떠다니다가, 끝내 실족하여 절벽 아래로 떨어지고 말았다. 제백은 그 말을 듣고 어떤 확신이 찡하게 가슴에 와 닿았다. 그것은 자신이 얼마나 자신만을 위해 몸부림치고 있는가 하는 자성의 기회를 준 것이었다.

그곳에서의 마지막 날 밤 폭설이 내렸고 새벽에 친구는 제백을 깨워 바보 친구의 죽음을 부른 산으로 데려갔다. 지난밤에 내린 눈은 꽁꽁 얼어붙었고, 고원지대인 정상에는 어른 키만 한 소나무가 빽빽이 들어서 있었는데 소나무 잎사귀마다 얼어붙은 눈이 아침햇살을 받아 서서히 녹아내리고 있었다. 그때 제백 뒤를 따르던 친구가 거의 비명에 가깝게 외치는 소리가 들렸다.

제백이 일찍이 듣지도 보지도 못했던 광경, 그 아름다운 자연의 율동이 내 앞에서 전개될 줄이야! 제백은 행운아였다. 마치 니체[101]가 포르트피노portopino 곶의 절벽에서 『차라투스트라는 이렇게 말했다』의 영감을 얻은 것과 비슷했다고나 할까. 그날 그 광경으로 인해 자연의 경이로움에 경외감을 가졌으며, 마침내 옷깃을 여미는 버릇이 생겼다. 아무튼 그 해 겨울이 제백에게 준 것은 관념이 억지로 엮어낸 사치가 아니라 젊음이 안겨준 가치 있는 일로 오래도록 기억되리라.

우리나라 여느 시골도 마찬가지겠지만 제백이 살던 1950년대부터 1960년대는 뚜렷한 종교가 전파되지 않아, 그 영향을 받지 않고 그럭저럭 장년의 세월에 와서야 타의 반 자의 반으로 신앙

---

101) 니체의 대표작인 『차라투스트라는 이렇게 말했다: 만인을 위한, 그러나 어느 누구를 위한 것도 아닌 책 Also sprach Zarathustra: Ein Buch für Alle und Keinen』로, 차라투스트라를 주인공으로 삼아 소설 형식으로 철학을 풀어냈다. 니체는 이 책으로 자신이 "인류에게 이제까지 주어진 그 어떤 선물보다도 큰 선물을 주었다."고 말했다. 그만큼 독보적인 책이라는 것. 총 사부로 구성되어 있으며, 1883년에 출간된 일부를 시작으로 일년 동안 집필이 계속되어 이삼부가 각각 출판되었다. 사부는 출판사 없이 사십여 부만을 사비로 간행해서 여덟 명의 지인들에게 나눠주기만 했다. 일에서 사부의 합본은 1892년, 나우만(Naumann)에서 니체 전집을 기획하여 발간되었음.

을 갖게 되었다. 그러나 신앙을 갖기 전에도 마음속은 늘 허전했고, 대학시절 채플 시간에 들었던 개신교 찬송가 사십 장(새찬송가 칠십구 장.)인 '주 하나님 지으신 모든 세계'와 고교시절 음악 시간에 종종 들었던 찬송가 백십삼 장(새찬송가 백팔 장.) '그 어린 주 예수'와 G. 조르다나의 가곡 'Caro mio ben, 나의 다정한 연인'은 들을 때마다 눈시울이 뜨거워지는 진한 감동을 안겨주었다.

몇 해 전, 맹장수술을 받고 퇴원하여 부천 집 뒤 야산인 원미산에 올라가 정오의 양광에 흔들리는 포플러의 잎사귀들을 보면서 주님의 모습과 연상하여 크게 감동을 받았다. 종종 등산을 하면서 사계의 어김없는 질서와 뭇나무와 풀과 꽃들을 유심히 관찰하는 습관이 들었다. 대개 신앙을 갖지 못하는 까닭은 '과학이나 논리에 부합해야 한다.'는 명제를 풀어야 하기 때문이라고 말했다. 제백 역시 그러했다. 조찬선 목사의 『기독교 죄악사』를 읽으며 신앙에 회의를 가졌다. 그리고 버트런드 러셀의 『나는 왜 비기독교인이 되었는가?』에서는 예수의 말이 이미 노자, 석가모니에 의해 벌써 나왔던 사상임을 강조했다. 성현들의 가르침이 일치하는 점이 많다는 사실은 기독교 신학자들 역시 주목하고 있는 사실이다. 하지만 러셀은 여기에 그치지 않고 복음서에 드러난 예수의 인간적인 약점을 지적하면서, 인격적 측면에서 볼 때 차라리 다른 성현들보다 못하다고 주장했다. 그러나 러셀이 한때 엘리엇의 아내 비비언 엘리엇과 엘리엇 허락 아래 여행을 떠나는 등 불륜을 가졌을 거라고 추측하는 학자가 있다는 사실을 알고 그의 위선적 태도에 실망했고, 마침 성 어거스틴의 깊은 성찰이 담긴 『고백록』을 힘들게 읽으면서, 또는 인간사 한 치 앞도 내다볼 수 없는 현실에서, 그리고 십팔 세기 초 미국 개척사에서 두 명의 젊은이들이 겪은 삶의 역정이 더욱 믿음을 굳게 가지게 했다. 그 두 사람은 바로 마르크 슐츠와 조나단 에드워즈Jonathan Edward이라는 사람이었다.

이십 세기 최고의 설교가였던 마틴 로이드존스 목사는 영적인 깊이에 있어서는 에드워즈를 종교 개혁자 루터와 칼뱅을 능가하는 인물로 평가, 자신의 신학과 목회의 영적인 스승으로 생각했으며, "루터와 칼뱅을 히말라야 산맥에 비유한다면 조나단 에드워즈를 에베레스트에 비유하고 싶은 충동을 느낀다."고 말했다.

그는 언제 어디서든 떠오르는 생각들을 글로 옮겨 적었다고 한다. 또 에드워즈의 사고思考 속에는 번뜩이는 통찰력이 대단히 많았다. 그는 이미 자신의 시간 관리에 현대의 시간 관리 이론의 핵심 개념을 사용하였고, 프로이드가 무의식의 세계를 분석하는 도구로써 꿈의 분석에 주목한 것처럼 에드워즈가 자신의 내면 깊숙한 곳에 있는 주도적인 영혼의 성향을 파악하기 위해 자신의 꿈을 분석하고자 한 것 등은 그의 생각과 궁리窮理가 몇 백 년 앞서 갔음을 여실히 보여주는 것이라 하겠다.

16장 초도椒島, 석도席島

 신도주新稻酒 오려 송편 박나물 토란국을 선산에 제물하고 이웃집 나눠 먹세. 며느리 말미 받아 본집에 근친 갈 제 개 잡아 삶아 건져 떡고리와 술병이라.

 제백 장모는 황해도 송화군 풍해면 성상리에서 태어났다. 장인의 고향은 이웃 상리면이었다. 배, 사과가 많이 생산되어 지금은 과일면으로 바뀠다. 품질 좋은 국광 사과를 수확하여 땅에다 저장해 놓았다가 인천 등지에 팔면 그 수익이 농사 열 배에 해당해서, 그 덕으로 풍족하게 살았다. 그 당시는 이북이 대체로 잘 살았다고 하겠다. 문맹률도 교회가 있어서 그런지 남한보다 낮았다. 그때 제백 고향에서는 여자들도 오십 대에 접어들면 곰방대로 담배를 피우곤 했다. 그래서 할머니, 어머니, 장모 앞에서 담배 피우는 것도 전혀 흉이 아니었다. 그러나 이북은 달랐다. 제백이 장모 앞에서 담배를 꺼내 물자 마누라가 당장 빼앗아버렸다.

 도솔산은 난공불락의 천연 요새로서 전략적 요충지로 각광받았다. 1951년 6월 4일 미군 해병대와의 임무 교대로 투입된 국군 해병대 제일연대는 수적 열세에도 불구하고 십칠 일간의 끈질긴 돌격작전으로 사천이백여 북한군 병력에 맞섰다. 암석지대에서 수류탄과 중화기로 무장한 북한군이 격렬한 반격을 가하자, 국군 해병대는 사상자 피해를 최소화하기 위해 야간공격으로 전환하여 결사 항전을 감행했다. 장인도 해병 제일연대 이대대 대원으로 이 전투에 투입되었다.

어느 날 밤, 북한군이 몇 명 몰래 잠입하여 아군 보초를 사살한 사건이 있었다. 아무도 낌새를 눈치 채지 못했다. 그 보초가 장인과 같은 고향 친구였으며, 바로 직전 장인과 보초 임무 교대했다. 새벽, 장인은 혼자 적진지에 잠입, 수류탄을 투척하여 적 중대원 절반을 몰살시켰다. 해병 전투사에도 기록될 만큼 혁혁한 공을 세웠다. 그 공을 치하하여 트루먼 대통령 은성무공훈장을 받았으나 국내에서 받은 포상이 아니라고 해서, 결국 국가로부터 아무런 혜택을 받지 못했다. 그러나 장인한테는 그러한 것에는 불만이 없었고, 오직 군대 갔다 오지 않은 자들이 국가 위정자가 되는 것만을 가장 못마땅하게 여겼다. 한때 제백이 약간 궤변 섞인 설을 풀자, 장인은 불쾌해 했다. 즉 북한 인민은 예로부터 가난하고 힘없는 백성 축에 든 자들이라 잘 살았던 지배 계층에 대한 불평불만이 많았다. 그러다가 북한 정부가 들어서 모든 것을 분배하고, 한글을 통일하여 문맹을 깨우치게 하였으니, 김일성한테 감사할 뿐이었다. 그리고 한때 단발령이 내려지자 자결도 하고, 자기 아버지 이름을 남이 부르는 것까지도 용납 못할 불효막급이었던 그 시절에, 만주 벌판이나 산악지대 빨치산들은 그 모든 것을, 이름도 처자식도 포기하고, 독립운동을 했다.

한편 우리나라도 기휘사상忌諱思想이 있다. 돌아가신 선조의 이름을 자손들이 함부로 부르지도 쓰지도 않는다. 친구나 윗사람을 호로 부르는 것은 이런 기휘사상이 진화한 것이다. 중국에서는 당나라 이후 송대에 정착을 했고, 우리나라도 삼국시대부터 이름 외에 호를 사용한 기록이 많이 나타난다. 우리나라에서는 최근까지도 자식이나 손아랫사람의 이름은 불러도 친구나 윗사람의 이름은 부르지 않는다. 성인이 되면 자字를 지어 주었다. 그래서 호나 자를 부른다. 호를 가장 많이 가졌던 사람은 추사 김정희秋史 金正喜선생이다. 무려 오백세 개나 된다. 초정 김상옥艸丁 金相沃시인은 이십여 개의 호를 가졌다. 프랑스 작가 스탕달의 본명은 마리 앙리 베일인데 그의 백개가 넘는 필명 중에 널리 통용되어 왔던 이름이 바로 스탕달이다. 사실 우리 주변을 봐도 어릴 적 이름인 아명, 친구들이 놀리던 별명, 성인이 되어 지었던 자, 그리고 아호, 당호, 필명, 예명, 시호詩號, 부명副名, 봉호封號, 시호諡號, 묘호廟號까지 참 많기도 하다. 어쨌든 선조들은 우아한 호를 지어, 삶의 질을 높이려는 부단한 노력이 있었던 게 분명하다. 그것은 보다 더 멋지고 풍류적이고 격조 높은 삶을 위하였으리라. 이와 비슷한 경우로는 이명異名을 적게는 칠십여 개에서 많게는 백이십여 개에 쓴 독특한 소유자가 있었는데, 그가 바로 포르투갈이 낳은 세계적인 시인 페르난두 페소아(1888~1935)였다. 우리나라에서 가장 긴 이름은 '박하늘별님구름햇님보다사랑스러우리' 총 열일곱 자다. 그리고 세계에서 가장 긴 이름은 영국 하틀리풀의 돈 맥마누스란 여성은 아들이 죽은 후

운영하기 시작한 자선단체 '레드 드림'의 기금 마련을 위해 가장 긴 이름으로 개명했다. 총 백육십한 개 단어를 썼다. 그리고 노신이 중국에서 필명이 가장 많은 사람이다. 노신의 성은 주周이고, 원이름은 장수樟壽였으며, 자는 예재豫才였다. 나중에 이름을 수인樹人으로 개명. 1918년부터 노신이라는 필명을 사용하며, 이 이름으로 세상이 이름을 날림. 어떤 학자의 고증에 의하면 그가 사용한 필명은 백사십여 개에 이른다. 터키의 국민작가로 추앙을 받는 아지즈 네신(Aziz Nesin, 본명:메흐멧 누스렛Mehmet Nusret, 1915~1995)은 이백 개가 넘는 필명으로 다양한 매체에 글을 기고하고 백 권이 넘는 작품을 발표하여 터키 문학사에 있어 신화적인 존재로 추앙받고 있다. 오르한 파묵은 에세이집 『다른 색들』에서 신문 일면에 실린 아지즈 네신의 사망 기사를 보고 그 자리에 주저앉아 엉엉 울었노라고 털어놓을 만큼 아지즈 네신에 대한 자신의 애정을 과시한 바 있다.

출판대 문장론을 강의했던 서정수 한양대 교수님은 정보화사회에서 동명이인이 너무 많은데서 오는 불편을 벗어나기 위해 가운데 이름을 추가해 이름 글자 수를 다섯 자로 해야 한다는 색다른 주장을 제기했다.

서 교수는 "동명이인이 많아지면 전화번호부 등 인명관계문서가 거의 쓸모없게 되며 사람 찾거나 수사·행정 등에서 혼선을 빚고 언론에 동일한 이름이 오르내려 분간이 어렵고 학교나 직장·군부대 등 직장생활에 혼선을 빚게 된다."고 지적하고, "이 문제를 해결하기 위해서는 현재의 이름 체계에 두 자 정도의 가운데 이름을 덧붙여 새로 신고 받도록 해야 한다."고 주장했다. 그는 "예를 들어 박정식 씨의 경우 '박외길정식'으로 모든 공문서나 명부에 등록하고 일상생활은 종전과 똑같이 할 수 있다."고 말하고 "가운데 이름은 별명·아명·명언구절 등 무엇을 기초로 해도 좋으나 등록 내용은 전산화해 겹치는 이름은 신고방지 않도록 해야 한다."고 제안했다. 서 교수는 "우리 이름은 너무나 단순하고 유형이 비슷한데다 성씨도 대부분 단일음절이고 몇 안 되는 한자음을 가지고 돌림자를 따라 이름을 짓고 있기 때문에 동명이인이 수없이 많고 점점 늘어나는 추세."라고 했다.

자 각설하고, 보라, 풍찬노숙을 하며 사방에 적들의 포화를 감내하며 일순간을 죽음과 직면한 투쟁의 삶과, 하얀 와이셔츠와 넥타이에 양복을 입고 포마드 기름 바르고 호소문을 낭독하는 미합중국에서의 독립운동이 어찌 같을 수 있겠는가. 딴에는 그게 더 큰 효과가 있을 수 있다고 해도 백성들 마음엔 그것은 일종의 트릭이요, 눈속임에 불과할 뿐, 진정한 독립운동은 직접 눈앞에서 적들의 심장을 파헤쳐 갈아 마시는 것이 더 진정성이 있다고 믿는 게 아닌가.

그러나 뭐니 뭐니 해도 혁명은 자제되어야 하며, 설령 부득불한다 해도 혁명은 일대, 그것도 짧은 기간에 끝내야 한다. 로베스피에르도, 결국 기요틴으로 생매장이 되는 마당 아니던가. 이대, 삼 대를 가다보면, 결국 매너리즘에 빠지기 쉬울 뿐 아니라 자꾸 시대에 거슬리는 것을 자기도 모르게 권력이란 감주甘酒에 취해, 남의 말을 듣지 않고 똥구멍 간지럼 태우는 사람들 말만 듣고서 똥고집을 부리게 된다. 마치 곧 잔칫상에 오를 줄도 모르는 똥돼지처럼.

이십일 세기 현재 세계 여러 국가의 중장기적 군사·외교 전략은 어떤 과정을 통해 결정되는가? 국가의 지도자들은 과연 국익 극대화를 위해 최선의 노력으로 가장 현명한 결정을 내리는 합리적 행위자rational actor라 할 수 있는가? 아니라면, 그들 역시 보통 사람들처럼 감정, 편견, 무지, 아집에 휘둘리는 불합리한 존재들인가? 국제 외교사를 돌아보면, 주요 국가의 지도자들에게선 그 두 가지 모습이 중첩되어 있음을 발견하게 된다.

1960년 경제학자 하이에크Friedrich Hyek가 『자유헌정론The Constitution of Liberty』에서 이미 논했듯, 특정 개인이 제아무리 영리하고 해박하다 해도 인간의 두뇌가 파악하고 처리할 수 있는 정보와 지식은 극히 제한되어 있다. 인류가 쌓아 올린 지식은 도서관에 수천만 권의 책으로 정리되어 있다지만, 실제로 지식이란 책에 적힌 문자가 아니라 인간의 뇌리에 어떤 형태로든 저장되어 생체 에너지를 통해서 처리되는 극히 제한된 정보에 불과하다.

아무리 빅 데이터를 집적하고 인공지능을 사용한다 해도 중대사의 결정이 최종적으로 권력자의 판단력에 맡겨져 있기에 현실정치엔 언제나 판단 착오의 위험이 존재한다. 권력자 역시 어리석은 욕망에 미혹되고, 그릇된 정보에 오도되고, 약물 한 방울에 정신적 착란을 일으킬 수 있는 연약하고 불완전한 인간에 불과하기 때문이다. 그렇기에 대부분 현대 국가는 최고 권력자 일인에 최종 결정의 책임을 오롯이 떠넘기는 대신 전문 관료 집단과 국가 조직을 최대한 활용하여 국익을 극대화하는 정책 결정의 합리성을 추구할 수밖에 없다. 바로 그 점에서 최근 일당독재의 미망도 모자라 일인 지배의 불합리로 나아가는 중국 공산당의 앞길은 결코 밝아 보이지 않는다.

  누군가 말했다. 박정희 대통령이 독재를 한 것은 김일성 주석의 독재와 레벨을 맞추어 통일의 길을 가기 위함이라고 했다. 즉 남한의 지나친 자유스러움이 북한의 움츠림과 이질성을 띠게 되면 부자연스러울 것이란 이론이었다. 이를 적대적 공생관계라 했던가. 언젠가 제백 친척 결혼식 날 고향에서 올라온 친척들이 투숙한 여관에서 밤새 이야기를 주고받으려고 갔으나 제백이 하와이대 서대숙 교수가 쓴 붉은 표지의 『김일성』을 보여주자 다들 기겁하여 이 방 저 방으로 피해서 제백과 상종하지 않으려 했던 것이다. 여기서 '문학'이란 한 생명체를 들추어내 본다. 문학의 처지에서 볼 때, 문학의 위대성과 그 확장성을 미루어 볼 때, 그 위대함의 배경이랄까 환경은 역설적이게도, 잔혹한 살인과 인육이 철철 난도질당하고 너덜너덜 떨어지는 전쟁 속이란 점이다.

  보라, 『일리아드』와 『전쟁과 평화』를. 그뿐만 아니다. 예수의 수난은 얼마나 비정상적이고 배타적인가. 결국 명작은, 위대한 종교인은, 비극 속에서 자란다고 칠 때 인간에게 적정선의 자유 영역을 정한다는 것이 어렵다. 너무 자유를, 부와 명예와 연결시키다 보면, 엔간한 인간들이라면 그 속에 빠져 허우적거리다 결국 익사하고 만다. 음악인을 예로 들어서 미안하지만, 돈과 명예가 화수분처럼 철철 넘치면, 마이클 잭슨이나 휘트니 휴스턴 같은 비극이 나오기 쉽다. 그래서 저작권의 공유를 주장하기도 한다. 소위 카피 라이트가 아닌, 카피 레프트를 주장하는 것이다. 하늘 아래 어찌 새로운 것이 있을 수 있겠느냐는 이론이다.

저, 이집트의 노벨 수상자인 나지브 마흐푸즈는 자기 작품을 마음껏 활용해도 좋다고 했다. 자기가 봤을 때 극동의 작은 나라에서 자기 작품을 번역하여 읽어주는 것만으로도 오히려 고마운 일이라고 했던 것이다. 그리고 미국의 톰슨이란 출판사도 대한민국 공학이 좀 더 발전하는 계기를 삼으라면서 리프린트를 눈감아주기도 했다. 문제는 나까무라였다. 이게 무슨 말인고 하니, 고발자는 바로 우리 국민이란 것이다. 적은 가까운 데 있다는 뜻이다. 사건을 일으키는 대다수 인기인은 연애며, 사랑을 운운한다. 사실 사랑도 마음의 벽을 허문, 인간의 삶에 대한 진지한 긴장이 풀린 상태에서 흔히 나타난다. 인간에게 사랑이 절대적인 것은 아니다. 특히 남녀 간의 사랑은 섹스일 뿐이다. 순간적인 감정으로 영원히 갈 수는 없다. 물론 어디에고 예외는 있겠지만. 장모에겐 초도 해녀였던 어머니와 마을 작은 교회 목사인 아버지가 있었다.

어느 날 어머니가 마을 물레방아 근처에서 발을 헛디뎌 그만 물레방아 밑으로 빨려 들어가 무참히 죽은 사건이 있었다. 그때 장모가 열한 살이었다. 고향 앞 바다인 초도의 산 위에 오가는 봄 구름, 즉 초도춘운은 풍천 8경의 제1경으로 치고 있었다. 초도는 암벽 사이로 노송이 울창하여 경치가 아름다울 뿐만 아니라 예로부터 군마를 기르는 목장으로 유명하였다.

북한의 수많은 동포가 아군의 이동을 따라서 남으로 피난길에 올랐으나 군의 이동에 따르지 못하고, 뒤따르는 적으로 말미암아 진로가 막히게 되자, 부득이 중간에서 서해 황해도로 몰려들게 되었다. 이 지역의 주민들도 적이 또다시 침략하자 공산당 치하의 삶을 거부하고, 정든 고향땅을 버리고 남부여대하고 남한을 찾아 나서게 되었다. 이리하여 서부 황해도 일대의 주민들과 피난민들은 장연, 송화, 은율 등 삼개 군의 해안지대에 집결하게 되었고, 드디어 서해에서 활동 중인 우리 해군 함정에게 구출을 요청하게 되었다.

그해 1월, 장모는 결혼하여 세 살배기 맏딸과 삼 개월 된 아들을 두고 있었다. 장인은 이미 초도에서 배를 타고 남한 해병대에 지원하려고 간 상태였다. 해병대 이기였다.

여기서 한 가지 우스갯소리를 해 보겠다. 어느 날 종로 열차집이란 양미리가 특미 안주로 소문난 술집에서 제백 상사가 대화 중에 자기가 해병대 십오 기라고 기염을 토했다. 그때 대화를 듣고 있던 건장한 체구의 중년 남자가 일어나 제백 상사의 뺨을 세차게 때리는 것이었다. 그때 좀 까분다고 설치는 자들이 흔히 자기가 해병대 출신입네, 더 나아가서는 켈로 부대 출신입네, 하였다. 제백 상사는 하나도 둘도 잘 모르고 떠벌린 경우였다. 그러니까 해병대는 거의 한 달에 한 번씩 배출하기에 그 당시로 상사의 나이로 치면 이백 기에 가까웠던 것이다. 상사도 제법 안

빠지는 체구였는데도 끽 소리 한번 못하고 무릎 꿇고 싹싹 빌었던 것이다. 그런데 동물의 왕국을 보면, 뭍에 올라와 해바라기를 하는 바다사자가 북극곰 한 마리만 나타나면 이리저리 피해 달아나기 바빴다. 사자 앞의 들소나 얼룩말도 마찬가지다.

제백이 부대 후반기 교육 수료병을 인솔하고 갈 때마다, 용산역 TMO에서 기차가 정차하게 된다. 그러면 다 내려 역 광장에서 쪼그려 뛰기를 하는데, 대체로 해병대 병사가 나타나 '하나 둘 셋 하낫! 둘 둘 셋 둘! 셋 둘 셋 셋!' 하며 얼차려를 주었다. 졸업생들이 다시 백일 보충대나 백삼 보충대로 가기 위해 승차하니, 또 다른 해병대 병사가 와서 제백 부대 졸업생이 있는 칸으로 들어와 눈에 쌍심지를 켜고 노려보면 졸업생들은 그만 끼깅, 깨갱 하고 고개를 푹 숙일 수밖에. 그는 인솔자가 빨리 나와 선심을 쓰기 바랐다. 제백이 담뱃값조로 몇 푼 집어주면, 가면서 다짜고짜,

"잘해, 인제가면 언제 오나, 원통해서 못살겠네, 하지 말고, 똑바로 하란 말야, 알았지."

"네에."

그때 제백은 세렝게티에서 사자한테 죽임을 당하는 들소를 그냥 물끄러미 쳐다보는 동종의 들소 무리들의 눈망울을 떠올렸다. 노신은 1881년 절강浙江성 소흥의 사대부 집안에서 태어났다. 원래 본명은 주장수인데 후에 주수인으로 고쳤다가 1918년 「광인일기」를 발표할 때부터 '노신'이라는 필명을 쓰기 시작하였다. 『멋진 신세계』를 쓴 올더스 레너드 헉슬리의 할아버지인

토마스 헨리 헉슬리의 『진화와 윤리』는 노신에게 큰 영향을 주어 노신의 중간물(니체의 정신 진화론의 영향으로 중간 단계. 미완성적 인간형으로 '진적인眞的人'이 이르는 중간 단계.) 사상의 모태가 되었다.

영화 방관자(傍觀者, 눈이 없는 아이The Bystander, 2018.)에서는 방관자에 대한 응징이 상징적으로 묘사되어 있다. 장모가 남하하게 된 결정적 계기는 대체로 키가 작은 중공군들이 집집마다 방마다 구석구석 훑고 다니면서 장정들이 숨어 있는지 확인하는데 무섭과 한편으로 넌덜머리를 앓았기 때문이었다. 그해 1월 26일, 장모는 겨우 시아버지의 허락을 얻어 남하를 결정하였다. 이미 형제자매는 거의 다 남하한 상태였다. 간혹 이미 남하하였던 친척들이 양식을 가지러 오고 있었다. 그만큼 남한이 궁핍했던 것이다. 맏딸은 시아버지와 근처 논에 앉은뱅이 스케이트를 타러 나가고 없었다. 사과 세 개와 아이, 그리고 자기 옷가지 몇 가지를 보따리에 싸서 나왔던 것이다. 마치 며칠 다니러 갔다 올 모양새였던 것이다. 가장 혹한기라 영하 이십 도 넘는 추위를 무릅쓰고 수송이 진행되었다. 더욱이 산내천 하구는 꽝꽝 결빙이 되어 이틀을 배 안에서 덜덜 떨며 보내야 했다. 그때 어린 애는 심한 기침을 하고 있었다. 이틀이 지나고 겨우 바다로 빠져 나와 초도에 도착했다. 장모는 초도에서 비극을 맛보아야 했다. 감기가 심하게 든 갓난 아들이 끝내 제명을 채우지 못했던 것이다. 교회 장로 등 몇몇이 야산에 파묻었는데, 장모는 눈물만 지었을 뿐 따라가지 않았다. 다들 말리기도 했고. 2월 17일, 초도에서 장티푸스가 발생하였으므로, 부대에서는 이날 예방백신과 DDT, 그리고 식량으로 백미를 보내와 심한 환자에게는 죽을, 보통 환자들은 쌀밥 지었다. 장모도 취사요원으로 자원했다.

며칠이 지나 백여 명이 배를 탔다. 장산곶에서 배가 소용돌이에 빠질 뻔한 일도 있었다. 겨우 군산에 도착했다. 우선, 학교 운동장에 풀어 놓고 소독을 하고, 또다시 옥구군 성산면 한 재실에서 기거하게 되었다. 그러다가 군산 큰 요정 평양기생의 씨가 다른 두 아들 양육을 맡았다. 적산가옥에는 집주인인 오십 대 후반이 기거하는 방과 평양기생과 아이들이 같이 있는 방 하나, 그리고 나머지 방 둘이 있었다. 기생은 하루건너 외박을 하는 꼴이었다. 여주인은 혼자 심심하다며 장모더러 같이 자자고 했다. 장모는 그동안 피난 사정을 세세하게 말했다. 주인은 종종 사탕과 껌을 주기도 했다.

그때 마침 주인 아들이 육본에 근무하고 있어서 휴가 왔을 때 자초지종 사정을 말했더니, 걱정 말라고 했던 것이다. 그래서 진해 해군본부에 편지를 해 수소문 끝에 남편을 기적적으로 만나게 되었다. 어느 날 양육하던 평양기생 큰 아이의 아버지가 찾아왔던 것이다. 그런데 평양기생은 슬픈 기색 없이 그 아이를 선뜻 내어주는 것이었다. 장모는 기생의 어미로서의 냉혹함에 크게 실망하여 적당한 변명, 남편이 있는 부대 근처로 가겠다하고 나와 버렸다.

그 길로 군산 시내 병원 원무과에 있던 시동생의 주선으로 화장품 장사를 하게 되었다. 김제평야 마을마다 돌아다니며 팔았다. 값으로 주로 고물을 받아 이고 다녔다. 그것이 이윤이 많이 남았던 것이다. 드디어 장인이 제대하여 살림집을 군산, 속초, 인천 등으로 옮겨 살게 되었다. 항구와 해병이란 것이 평생 숙명처럼 따라 다닌 셈이었다.

전국이 '이산가족 찾기 운동'으로 떠들썩한 1983년, 장모장인은 딸과 친인척 찾기에 소극적이었다. 장모는 아예 관심이 없는 듯했다. 그만큼 장모는 냉혹하리만큼 현실적이고 이지적이었다.

인도 영화요, 우리나라 영화 〈국제시장〉을 리메이크한 〈바랏〉의 주인공과는 사뭇 달랐다. 오히려 영화 〈길소뜸〉이 장인장모 심정을 잘 말해 주고 있었다. 즉 헤어진 아들을 옛 연인들이 찾아보니, 배운 것도 가진 것도 없이 하루하루 막일이나 하면서 살아가는 젊은이가 되어 있었다. 서로 떨어져 살아온 삶의 간극을 어찌할 수 없었다. 장인장모가 사업을 하면서 친인척을 적극적으로 수소문해서 직원으로 채용했으나 결과적으로 그들 대부분이 속을 많이 썩였고, 심지어는 세무서나 언론사에 투서까지 보내 큰 곤욕을 당하기도 했다. 친인척이라면 진절머리가 난 터라 두고 온 딸마저 잊기로 했다. 비통한 마음을 억누르면서 네 자매를 남부럽지 않게 잘 키우기로 작심하고는 안으로 안으로 성을 쌓아가기 시작했다

17장 브라질은 영원하다

  면화 틀기 씨아 소리 요란하니 틀 차려 기름 짜기 이웃끼리 합력하세. 등유도 하려니와 음식도 맛이 나네. 밤에는 방아 찧어 밥쌀을 장만할 제 찬 서리 긴긴 밤에 우는 아기 돌아볼까.

  호텔에 여장을 풀고 관광에 돌입했다. 이구아수 폭포보다 큰 세계 최대의 과이라 폭포가 수몰된 이야기에 고향의 약물보 위, 작은 소, 용소, 능화숲 앞 소(沼) 등이 수몰되어 저수지가 된 것을 연상했다. 출장 사흘째는 제백 일행이 이타이푸호에서 제트요트를 탔다.
  동이 튼 아침 일찍 카타라타스호텔에서 나와 코파카바나 해변을 거닐어 보라. 그 지저분함이란!
  여기서 우리는 위장과 기만까지는 아니더라도 꾸밈에 대해, 두 번도 아닌 단 한 번 정도 생각해 볼 필요는 있겠다. 일상과 보통하고는 너무 다른 모습을 보았는데, 마나카낭 축구장의 쓸쓸하다 못해 을씨년스럽기까지 한, 경기 없는 날의 모습이며, 리오의 삼바대축제 장소인 삼보드로모는 또 어떻고, 거리며 주변이 마치 폭격 당한 사천 격납고를 연상시켰다면 모독일까.
  위장과 기만으로 말할 것 같으면 하인천에서 종로로 오는 전철 안에서 한 삼십 대 중반 정도의 야윈 사나이가 노약자석 근처에 서성거리다가 갑자기 궁둥이를 바닥에 내리꽂더니 다음 칸부터 앉은뱅이 짓을 하며, 구걸을 하는 게 아닌가. 그리고 압구정역 삼 번 날목 계단에서 구걸하던 청년이 아무도 보지 않는 틈을 타 저린 두 다리를 교대하고 있었다. 마치 영화 〈바람의 전설〉 주인공과 같이 위장과 기만으로 삶을 영위하는구다. 세상 천지 만사가 모두모두 트릭을 위한 트릭 만능이요, 속임수이다. 그러니 역사도, 전쟁도, 운동 경기도, 바둑도, 청춘도, 사랑도, 섹스마저……. 어디 트릭과 속임수가 안 통하는 데가 있어야 말이지. 심지어 인니의 말레오새까지 여러 구명을 힘겹게 파, 속임수로 모두를 함정에 빠뜨리고 있나니.

제백 일행은 하루치 정규 일정을 소화하고 저녁에 술집 〈포에〉로 갔다. 제백으로서는 지금도 상파울루의 〈포에〉란 주점은 잊을 수 없는 곳이다. 삼층 건물인데, 일층은 개나 소나 아무나 들어와 음악에 맞춰 춤 출 수 있고, 이삼층은 원탁으로 된 손님 좌석 주변으로 미인들이 서성대고 있어, 손님이 가이드한테 눈짓을 주면, 가이드가 손님이 찍은 여인을 테이블로 오게 한다. 그렇게 한창 무르익다 보면 당연히 그 여인은 밤의 꽃이 되어, 호텔 방으로 가서 만개하는 것이었다. 다들 열대여섯 살에서 많게는 스물두 살가량의 한창 물이 올라, 숱한 영화의 여주인공으로 착각을 불러일으키게 하는 절세미인들이었다. 이 술집 주인인 김리가 잠시 앉아 인사를 하고, 나머지는 가이드 가 발 빠르게 처리했다. 제백 일행이 부에노스아이레스와 아순시온을 며칠 동안 돌고 막 호텔에서 여장을 풀고 음식점으로 가려는 저녁

일곱 시경, 가이드한테 삐삐가 왔다. 김리 측에서 온 것이었다. 김리를 만난 지 나흘이 되는 셈이었다. 김리가 행방불명되었다. 몇 년이 지나고 밝혀진 바로는 한 쪽 한인회 측에서 청부 살해 시켜 뱀 섬蛇島에 방치했다는 소문과 아버지 궁백 재산을 노린 자의 소행일 거라는 소문이 파다하게 퍼졌는데, 다행히도 그녀는 동굴 속에서 하룻밤을 보내고 납치범 중 한 명이 새벽에 배를 타고 나왔다는 것이었다.

공중에서 본 뱀 섬의 경치는 숨이 멎을 정도로 아름답고 이국적이어서 돈 깨나 있는 자들은 별장을 짓거나 휴가를 보내고 싶을 정도였다. 그러나 누구든 그 섬에 발을 내딛는 순간 단 세 걸음도 채 걷기 전에 사망할 것이다. 왜냐하면 이 섬의 일 제곱미터마다 맹독을 갖고 있는 독사가 있기 때문이다. 이 섬은 상파울로 해안에서 조금 떨어져 있다. 이 섬에는 황금 창머리뱀이라는 위험한 독사가 있어서 한 마리 독으로 두 사람을 단번에 죽일 수 있을 정도란 것이다. 이 뱀은 연중 내내 새끼를 낳으며, 단 한 번에 오십 마리의 새끼를 낳는다. 천적이 없기 때문에 뱀은 섬 전체를 장악할 수 있었으며, 비교적 자유롭게 살아 왔던 것이다. 원래 해적들이 자신들이 숨겨놓은 것을 지키려고 뱀을 잡아 풀어놓았다는 전설도 있었다. 이 섬의 넓이는 사십만 제곱미터이다. 다만, 벼락으로 인한 자연 화재와 동계교배 등으로 현재 수가 감소, 멸종의 위험이 고려되고 있으나 지구상에서 가장 무서운 섬인 점은 아무도 부인 못할 것이다. 발견 당시 김리는 너무도 생생하게 살아있어서 납치범이 오히려 무섬증이 들 정도였다고 했다. 그녀가 방치되다시피 던져진 것이 한밤중이었다. 그믐달이었고, 구름마저 잔뜩 끼어 한 치 사방도 구분할 수 없었다. 저 멀리 방금 자기를 데리고 온 배의 후미등만 보이고, 저 쪽 바다의 반딧불만한 불빛 몇 점이 보일 뿐이었다. 그런데도 그녀는 낙담하지 않고 심호흡을 가다듬어 바위 위를 더듬어 산 어귀에서 작은 동굴을 발견했다.

**카라차라파우파우플레이
카라차라파우파우플레이**

그녀가 동굴로 들어가서, 주문을 수없이 외우면서 선지무당과 저옥무당을 계속 불렀다. 선지무당은 단 한 번도 보지 못한 옛 사람이지만, 저옥무당은 몇 년 전까지도 생존해 있어서, 자기를 극진히 아꼈다. 저옥무당은 고선할매의 남아 선호에 강하게 저항하기도 했다. 드디어 저옥무당이 동굴 어귀 쪽에 나타났다. 황금빛 광채를 띠고 나타났다. 그때 동굴 바깥 여기저기에서 씨익 씨익 하며 풀을 헤치고, 바위와 오래되어 자연히 썩은 나뭇등걸에 부딪치며 뱀들이 몰려오고 있었다.

뱀들이 저옥무당을 지나 동굴로 들어가려고 할 때, 김리도 저옥무당도 동시에 큰 소리로 주문을 외웠다. 이게 꿈인가 생신가. 대명천지에 이런 일이. 보지 않고는 그 누구도 실감할 수 없는 사건이 일어났다.

뱀들은 마치 중공군이나 북한군 열병하듯 곤추서서 작은 눈에 초록빛 불을 켜더니, 점점 눈알이 커져 골프공만해지면서 붉디붉게 변했고, 김리와 무당을 둘러싸고 밤새껏 춤을 추었다. 새벽에 납치범이 왔을 때 김리는 그 몇 분 잠자리에 들어서인지 잠을 깨웠다고 투정을 부렸다.

사람을 깨울 때, 대통령 등 최고 통치자를 깨울 때는 꼭 여자의 돌기 냄새가 스민 거즈를 얼굴에 씌우면 서서히 기분 좋게 깨어난다고 한다. 즉 나폴레옹 부인 조제핀은 나폴레옹이 신경성위장병이 있어, 깨울 때 여간 신경이 쓰이지 않았다는 것이다. 그래서 매일 깨끗이 목욕하고 몸을 다 닦아낸 후 모시보다 더 부드러운 수건으로 음부를 중심으로 체취가 배이게끔 문질러, 그것을 공기가 안 통하는 곳에 잘 보관했다가 필요할 때 긴요하게 사용한다.

납치범과 둘은 몰래 상파울루 공항을 가서 LA를 경유하여 한국으로 향했다. 그러나 그들은 한국에 오지 않았다. 사람들은 말했다. 그들이 북한으로 갔다는 것이다. 북한 공작원에 의해 납치되었는지, 자진하여 갔는지 지금껏 아무도 모르고 있다. 언젠가 미국에 사는 교포가 북한에 초대되어 갔을 때, 잠시 스쳤는데, 손을 흔들어 부르려 했다가 북측 보안원한테 저지를 받았다고 했다.

일모도원이라, 할 이야기는 부지기수이고 시간이 없다. 책으로 내면 열 몇 권이 될 것이라, 보르헤스의 힘을 빌려, 줄이고 줄여도 몇 권은 될 것 같아 시놉시스니, 애브스트랙트를 사용할까 말까 고민 중이었다.

참 실없는 이야기 같지만, 보르헤스의 짧은 글들은 천부적인 시력저하에 따른 결과가 아닌가 한다. 그러나 저러나 짚고 넘어가야 할 이야기인 즉슨, 저옥무당 건강은 이미 한 삼년 전부터 급격히 나빠져 밤마다 하혈로 요강이 검붉게 변했다. 자궁근종이 아닌가. 저옥무당과 소위 단방 영약이란 화풍단은 떼려야 뗄 수 없는 불가분의 관계였다. 귀가 얇아 이 약 저 약, 이놈 저놈 권하는 족족 사다가 쟁여놓은 것이 차단스 서랍 가득하니 기가 막힐 노릇이다. 내키는 대로 먹다가 약에 취해 하루에도 몇 번 쓰러져 혼수상태에 있는 것을, 겨우 발견하기 일쑤였다.

성 바울이 "나는 날마다 죽노라."고 외쳤는데, 이 마을사람들이 그녀를 '매일 죽는 사람'으로 치부해버렸다. 여기서 매일 매일을 말하다 보니 매일 시를 쓴 건륭황제가 생각난다. 그리고 중국의 육유陸游도 한가락 했고, 우리나라에선 최도열 스님과 조병화 님이 다작하기로 소문이 자자했다. 제백 주변엔 고향 후배님과 환경운동가님 그리고 고교 두 후배님도 있다.

어느 해 2월 어느 날 첫새벽부터 그 날 꿈자리가 사납다고, 해서는 안 될 꿈 이야기를 남기고 떠났다. 혈압도 심하니 무리하지 말라고 당부했으나 막무가내. 마치 귀신에 들린 사람처럼 초점이 흐릿하고 영 평소와는 딴판이었다. 작정한 듯 삼천포 건어물포를 운영하는 큰언니 큰딸. 딸 없어 아쉬운 이모의 마음을 너무도 잘 헤아리고 더군다나 이모를 쏙 닮은 조카이니, 저옥무당이 맨 먼저 들르는 것도 당연한 이치지. 저옥무당의 큰언니 큰딸 친정인 남양 막내 여조카가 있었는데, 그녀는 삼천포에서 여종고를 졸업하고 오빠 뒷바라지한답시고 서울로 올라왔다. 그런데 오빠가 선본 그날 밤 심장마비로 죽었다. 청와대에서 경호원으로 있을 만큼 튼실한 자가 죽다니. 오빠의 죽음으로 서로의 존재를 알게 되어 제백한테 놀러왔다. 그때 제백이 키 작은 친구를 여조카한테 소개해 주었다. 친구는 여조카보다 무려 십이 센티미터 작아 제백은 친구한테 기막힌 작전을 제안했다. 그것은 다름 아니라 둘이 밤에만 만나되, 한창 전철 공사 중인 홍제동 대로를 다닐 때 될 수 있으면 친구가 흙무더기 위쪽으로 걷고, 또 될 수 있으면 곧바로 술집으로 가서 그 유창한 구라를 풀라고 주문했더니, 보름도 안 가 여조카가 제백을 찾아와 친구를 나무랐다.

사실 그렇게 일이 잘 성사된 줄도 모르고, 여조카가 친구를 험담하기에 같이 맞장구쳤는데, 그게 제백의 경험부족의 소산이었다. 여조카는 이미 친구의 사람이 되었고, 멋쩍어 괜히 한 번 해 본 소리인 걸 제백이 너무 심각하게 받아들였던 것이다. 여기서도 엄숙주의는 통했다. 저옥무당의 잰 걸음은 빨라, 소능마을 일경이가 와룡산 민재봉을 삼십 분 만에 오르는 속도였다. 특히 무당이 되고나서 그 걸음은 더 빨라졌다. 그때가 12·12 직후였다.

고성이라, 한국의 잔 다르크인 월이와 이 시대 영민한 국문학자 김열규가 만년에 터를 잡아 진한 커피 향을 날려 보내던 송내리 내촌마을, 붉은 난이 많고 봉황이 알을 품었다는 자란도紫蘭島가 그리움으로 남아 있고, 바닷가 모래 속에 쏙이 많기로 소문난 회룡마을 깜직한 시누이를 찾아가 원 없이 그간 이야기보따리를 풀어놓으니, 밤이 지새는 줄도 모르고, 벌써 새벽 출항하는 뱃고동 소리가 들려왔다.

쏙은 굴착 능력이 대단히 좋아서 서식 구멍이 깊으므로 흙을 파서 잡는 것은 거의 불가능하다. 그러나 습성이 배타적이어서 자신의 서식구멍 속으로 적이 침입하면 밖으로 밀어내는 성격이 있다. 그래서 사람들이 구멍 주변에 바닷물에 푼 된장이나 소금을 슬슬 뿌리고 붓 대롱이나 강아지풀을 구멍에 집어넣고 흔들면서 천천히 들어 올려 붓이나 강아지풀 끝이 구멍 밖으로 나올 무렵 집게다리가 그것들의 끝을 꽉 쥐어 잡는데 이때 잽싸게 그것을 '쏙' 잡아 빼면 되는 것이다.

여기서 꼭 짚고 넘어가야 할 사람이 있는데 그는 고숙이었다. 풍채가 영화배우 김승호나 소파 방정환, 혹은 두목지杜牧之를 닮았다. 사실은 김일성을 빼쏘았지만 어느 누구도 발설하지 못했던 것이다. 간혹 처가인 소능마을에 들르면 용돈을 후하게 주곤 했다. 그래서 어린 것들은 고숙 주위에 옹기종기 앉았다. 그 고숙의 가볍게 코를 훌쩍이는 쇳소리가 고급스러웠다. 한때 경남 정치 어업 조합 감사다 총대總代까지 하여 김영삼 대통령 부친과 둘도 없는 관계였다.

하일, 삼산, 사천, 위도, 군산까지 뻗어나가던 사업이 1960년 8월 21일부터 다음날까지 닥친 열정적인 집시 여인 〈칼멘〉에 결딴나고 말았다. 즉 태풍 칼멘 말이다. 삼천포 제일극장 앞 움고모가 만들어 준 꼴뚜기 무침은 누가 뭐래도 천하 일미였다. 그날 이후 계모나 두 번째 부인은 음식이든 뭐든 특별한 데가 있다고 믿는 습관이 생겼다. 그리고 두 번째 부인은 진짜로 첫 번째 부인보다 인물이 덜하다는 정평에 손을 높이 들게 되었다.

저옥무당의 모래실沙谷에 사는 친정 여조카의 큰아들이 제백을 죽고 못 살 정도로 좋아했는데, 세월이 흘러 서로가 소원해지더니 젊은 나이에 불귀의 객이 되고 말았다. 그 조카와 같이 삼천포 극장에서 〈외나무다리〉란 영화를 보고, 벚꽃이 무당처럼 흐드러지게 핀 조카의 고향길을 손잡고 걸어가면서, 그 영화 주제가인 '외나무다리'를 휘파람 내지는 허밍으로 불렀다. 제백은 몇 년 전 경남 도민회에서 일하다가 투자유치 건으로, 경남 일대 몇 군데를 다니다가, 고성군 하이면 사곡리 큰 음식점인 〈흙시루 가든〉에서, 옛날을 한가득 주워 담고 왔다.

초전 오촌은 한 마을이 물경 오백 가호로, 경남에서 두 번째 큰 마을에 처음 이사 가서 기죽지 않으려고, 말할 때, 목소리를 변조시키기도 했다. 소위 말해 폼 잡는다고 목을 꺾는데 제백이 복무했던 군대 세탁소에 근무하던 선임 김 병장도 평소 때는 조용하다가 내무반에서 지시할 때는 갑자기 목소리를 꺾어 말했다. 또 노래방에서 생뚱맞게 꺾어 부른 자도 몇몇 있는데, 그야말로 꼴불견이었다.

저옥무당은 모처럼 그곳에서 흔쾌히 이것저것 맛 나는 것, 가사 일러, 흑염소 불고기에다 문어 삶아 초장에다 먹고 마시고, 하룻밤 더 묵고 가라는 사정마저 뿌리치고, 병둔 사거리에서 중선포 장차 탄 게 큰 불찰이었다. 그곳은 저수지 둑 공사가 한창

이던 시절, 소를 산에 풀어 놓고 마을 애들과 어울러 멱 감고 노는 장소였다.

마침 제백 막내 삼촌과 삼천포 고종사촌 누나[102]가 방학을 맞아 제백네로 휴가 차 산길을 걸어오고 있었다. 그때 소먹이 꼬마들의 와자지껄 소리를 듣고 지레짐작으로 제백이 있을 거라 믿고 그래도 못 미더워 고함으로 서로 확인하였던 것이다. 위에서 "받아라!"라는 외침과 함께 참외 서너 개가 폭탄처럼 쏟아졌다. 물위에서 박살이 났다. 아이들은 너나 할 것 없이 헤엄쳐서 주워 먹기 바빴던 것이다. 오후의 햇빛은 서서히 꼬리를 감추기 일보 직전이었다. 더없이 행복했던 시절이었다!

제백은 여기에서 자기 권위에 큰 상처를 입을 뻔한 사건을 회상했다. 물 빠진 못 모래밭에서 윗담에 사는 같은 학년 손진겸과 단둘이 각자의 모래성을 쌓고 있었다. 그때 제백은 평소에 하던 대로 손진겸의 모래성을 허물었다. 갑자기 진겸이가 눈을 부라리며 주먹을 뻗었던 것이다. 다행히 제백이 피했고, 순간 큰 낭패를 보겠다 싶어 화제를 바꾸었다. 자전거 통태 굴렁쇠를 빌려주겠다는 달콤한 제안도 했다. 조금 지나 진겸도 정신을 차려 종전대로 고분고분 하는 것이었다. 만약 진겸한테 맞든지 싸워서 이긴다 해도 제백의 아성에 치명적인 상처를 입게 된다.

---

102) 막내삼촌의 부인인 탁창순을 중매했고, 외가인 소능마을에 자주 놀러왔음. 표구상을 하던 남편이 강원도 정선 쪽으로 수금 받으러 다녀온다고 해 놓고, 결국 월북했음을 몇 년 후 알게 됨. 지금은 캐나다에 이민 가서 살고 있음. 초등학교 동창이 상처한 상태에서 누님의 사정을 알고 기다렸다는 듯이 연락하여 연을 맺음. 남편 된 사람은 초등학교 때부터 열렬히 짝사랑 감정을 버리지 못하고, 누님의 일거수일투족을 지켜보다가 올 게 왔구나, 이게 바로 땡이로구나, 하고 만나, 평생의 원을 풀게 된 결과를 낳음.

그 시절 그때 제백은 산천이 울고 갈 정도로 위력이 대단해서 가천초등학교 최고의 지략가이자 싸움꾼이었다. 그래서 학교 운동장 삼분의 이가 소능마을 차지가 될 정도였으니 말해 무엇하겠는가.

어쨌든 제백은 그 다음부터 누구든 절대 단 둘이서 소꿉장난이나 내기 등을 하지 않기로 맘먹었다. 어린 것이 그 얼마나 용의주도 했던고! 그곳은 제백 꿈속에 물이 가득 찬 저수지 이쪽, 저승계곡[103]에서 저 쪽 삼밭골로 제비같이 빨리 물 위를 건너던 이무기가 자주 등장하던 곳이었다. 저수지 제일 위험한 높은 한길을 갓 지나 저승 고개를 돌 때 엊저녁 꿈에 삼밭골에서 쫓겨난 이무기가 걸음아 나 살려라, 하고 날치처럼 못을 질러 새벽모퉁이 쪽으로 오고 있는 그 무서운 꿈을 꾸었다.

2월 중순이라 제법 쌀쌀했고, 산비탈과 그늘진 쪽 도로에는 아직도 드문드문 잔설과 살얼음이 남아 있었으며, 그날따라 운전사가 조수를 겸했던 아들이 군대 간다고 섭섭한 마음 달랜다고, 혼자 사천 주차장 대폿집에서 막걸리 연거푸 서너 잔을 걸쳤다. 그런데 문제는 정비 불량이었다. 그놈의 정비 불량, 평소 사람들은 하마하마 하고 불안해하면서도 울며 겨자 먹는 식이었다.

이 사건은 한국전쟁 이후 인근 마을 통틀어 최대의 불상사, 모두 근남골 사람들로서 열일곱 명이 즉사했고, 여섯 명이 중

---

[103] 목 없는 처녀 귀신이나 매구(천년 묵은 여우가 변한 짐승으로 주로 갓 매장한 시신을 노림.)가 나타난다는 곳으로 절벽이 가팔라서 단지 걸어 다닐 때도 오금이 저려옴. 진주 남강 위의 지금 경상대학교 뒤편으로. 도동 가는 험한 바위 절벽 길인 새벼리 모퉁이(사실은 진주 개양 쪽에 위치한 뒤벼리가 더 위험한 곳임.)를 따서 붙인 곳.

상, 단 한 명만 천신만고 정상인데 그녀가 범한테 구원받은 학생의 어머니였다. 가슴을 크게 다친 저옥무당은 병문안으로 매일 찾아간 초전 오촌한테, 어서 빨리 이 고통 덜어 가게 해 달라고 눈빛으로 애원해, 억지 퇴원한 이틀 만에, 다친 지 아흐레 만에 불귀의 객이 되고 말았다. 저옥무당이 애걸복걸하여 무슨 약을 주어 숨을 멈추게 했다는 뒷소문이 들리나, 진실이 어디 숨어 있는지는 아무도 모른다.

시인 미당은 자기를 키운 것의 팔 할이 바람이라고 노래했는데, 누구나 그렇겠지만 제백의 경우도 팔 할이 어머니다. 제백 어머니는 고리키의 『어머니』에서처럼 가난한 노동자의 아내인 블라소바가 남편의 사후, 혁명운동에 뛰어든 아들에 대한 어머니로서의 사랑으로 아들의 정신과 사업의 정당성을 이해하여 예전의 인종과 불안한 생활에서 탈피하고, 아들의 동지 혁명가들에게 공감하여 그 활동에 가담, 여성 혁명가로 성장하는 그런 거창한 축 근처에도 얼씬도 못할 정도의 어머니요, 금세기 책을 가장 많이 읽었다는 아르헨티나의 작가 보르헤스나 젊은 정복자 알렉산더의 어머니처럼 지나친 간섭과 소유를 강요하는 어머니도 아닌, 그 무엇도 바라거나 요구하지 않는 희생의 어머니였다.

능소도 어머니에 대한 회상을 했다. 어린 그가 잠들기 전에 늘 머리맡에서 앉아 책을 소리 내어 읽어주었다. 특히 그가 감기가 걸려 신열이 높아지는 그런 때에는 『암굴왕』, 『무쇠탈』, 『흑두건』 같은 재미있는 소설책을 읽어 주었다. 그리고 겨울에 지붕 위를 지나가는 밤바람 소리를 들으며, 여름에는 장맛비 소리를 들으며, 어머니의 하얀 손과 하얀 책의 세계를 방문했다. 어머니의 목소리가 담긴 근원적인 것이 자기를 따라 다녔던 것이다. 그 환상적인 것은 육십 년 동안 수천수만 권의 책이 되었고, 그 목소리는 그에게 수십 권의 글을 쓰게 하였다. 어머니는 그에 있어서 환상의 도서관이었으며, 최초의 시요, 드라마였으며, 끝나지 않은 길고 긴 이야기책이었다. 제백 어린 시절, 어머니한테는 늘 좋은 냄새가 났던 것으로 기억한다. 마치 달큼한 젖 냄새, 때론 구수한 밥 냄새, 흙냄새, 들기름 냄새, 다리미질을 끝낸 옷 냄새. 제 아무리 천하의 장르 파괴자라 소문난 플라우투스[104]가 여자는 냄새가 나지 않아야 좋은 향기다, 라고 궤변을 내질러댔지만, 어머니의 냄새는 지금도 눈앞에 선하게 다가오고 있었다. 때로는 혼자 몰래 돌아앉아 한국전쟁 때 전쟁터에 나가 행방불명된 이복동생을 그리며, 애간장이 끊어질 듯한 넋두리 노래를 부르며 흘리는 눈물 냄새도 났다. 노래에서 어머니의 냄새가 났다. 어머니의 노래는 오직 이것뿐이었다. 이 노래를 들으면 과거와 오늘이 이어지는 느낌이 들었다. 다시 말해 광복 이후의 남북의 작태가 일장춘몽으로 느껴지는 묘한 노래였다.

한 시골 농가에 농부 아저씨 부인의 손목잡고 들로 나가네. 삼천리 강산에 새 봄이 왔구나 농부는 밭을 갈고 씨를 뿌린다.

---

104) Titus Maccius Plautus, BC 254?, BC 184: 고대 로마의 희극작가로 운율의 극적 효과를 탐구하고 사랑의 고백이나 욕설, 임기응변의 대답 등에 라틴어 표현력의 새 분야를 개척. 대표작은 『포로』.

어머니는 전부를 한번 부르고는 마지막 구절을 몇 번이고 되풀이 불렀던 것이다. 어머니의 베갯모에 새겨진 무궁화 꽃과 한자 囍쌍희가 지금도 눈에 선하다.

제백이 중삼 때, 사천읍내 선인동 소문난 욕쟁이요, 마누라를 개 패듯 패고, 가래가 굵은 할배집에서 자취했다.

그해 생일날 새벽, 어머니는 그 무거운 생일 밥상을 큰 대야에 담아 넣어 직접 이고 불원 칠십 리 길을 달려왔다. 제백이 그토록 좋아하는 미역국에 가자미 넣은 것 등이었다. 사실은 그보다도 장갱이 넣은 것이 더 고소하고 맛났으나 가자미보다 귀한 편이었다. 아무튼 아직도 그 음식 온기가 세월 따라 살아서 전해 오고 있는 듯하다. 그날 아침, 어머니는 머리를 가다듬고 방 동쪽 구석에다 음식을 놓고 빌었다.

비나이다 비나이다, 삼신제왕 비나이다. 우짜든지 내 새끼 삼시세 끼 배곯지 않게 해 주시소. 먹고자고 먹고자고 몸만 성케 해 주이소. 비나이다 비나이다.

제백 어머니의 삶은 단적으로 표현한다면, 소름끼칠 정도로 과부하가 걸린 노동의 연속적인 나날이었다. 어머니는 취미가 없었고 놀이란 단 하나 그것은 화투놀이 중 삼단 삼약(삼시마)이 있는 민화투뿐이었다.

어머니는 소위 말해 일자무식이었고, 문학이니 예술이니 그러한 단어를 발음조차 못하였다. 아침 방송 뉴스에 대통령이 나오면, 일찍부터 일어나셔서 국사에 여념이 없으시구나, 하곤 말하였고, 며칠 전 보았던 드라마에서 죽은 탤런트가 다른 프로그램에 또 나오면, 그 양반 지난번에 죽지 않았느냐고 반문하였으며, 요즈음 이승만 대통령이 누구냐고 묻기도 하였으니. 어머니의 '대통령'은 '이승만 대통령'까지인 셈. 즉 '홍길동 이승만 대통령'인 셈이었다. 영화 제작자로 유명한 원동연의 어머니는 영화 〈신과 함께〉를 보고 실제 지옥에서 찍은 줄 알았다고.

제백 어머니의 유일한 취미라면 제백과 큰 소와 작은 소 방천을 중심으로 고둥 줍는 것이었다. 어느 날 이슬비가 내리고 사방이 안개가 자욱하여 시간을 가늠할 수 없을 때쯤, 어이쿠, 방천 천장을 기어가는 먹구렁이. 둘은 거의 자급 똥을 쌀 정도로 놀랐다. 그날 이후 둘의 고동 잡이는 막을 내렸다. 아니마와 아니무스[105], 아니마무스, 오토코노코[106], 혹은 앤드루지너스[107], 샤를뤼스[108]. 어느 무기력한 오후였다.

---

[105] 중세의 자웅 양성적인 시각으로 보았을 때, 아니무스는 영혼의 이성적인 측면, 혹은 인간 영혼의 남성적인 측면이며, 아니마는 여성적인 측면 혹은 생명을 주는 원천을 말함.
—『트리스트럼 샌디』로렌스 스턴 지음. 홍경숙 옮김. 문학과 지성사. 183쪽에서.
—『신사 트리스트럼 샌디의 인생과 생각 이야기』로렌스 스턴 지음. 김정희옮김. 을유문화사. 187쪽에서.
[106] 오토코노코男の娘 또는 낭자애는 아름다운 여아의 외형과 내면을 가진 소년을 뜻하는 신조어다. 일본어에서 '남자아이'를 뜻하는 '오토코노코男の子'라는 단어에서 파생되어 독음은 같지만 본래의 子(아들 자)자를 娘(여자 낭)자로 바꾸어 쓰는 아테지(当て字, あてじ란 일본에서 한자 본래의 뜻과는 관계없이 훈독이나 음독을 빌려서 표기하는 용법, 또는 그런 한자.)임.
[107] androgyny. 양성성兩性性 또는 안드로진Androgyne은 성 역할 고정 관념을 이루는 남성스러움과 여성스러움을 구분하지 않고 한 인격체 내에 남성성과 여성성을 동시에 갖춘 것으로 인식하는 것을 말함.
[108] 마르셀 프루스트의 『잃어버린 시간을 찾아서』에 등장하는 인물. 여성적인 면과 남성적인 면, 열정과 무관심을 동시에 지닌 미묘한 개성의 소유자.

소나기가 억수로 퍼붓고 있었다. 제백의 아니마가 나들이한 셈이었다. 우산도 없이 원피스를 입은 채 거리를 배회했다. 비에 젖은 육신은 그 누군가의 욕정을 불러일으키기에 남음이 없었다. 그 누군가를 유혹하여 처녀성을 상실하고는 그 후회와 아쉬움으로 괴로워하는 자신을 보고 싶었다. 어쩌면 그것이 자신을 성장시키는 가장 보람된 것인 양 아무튼 그렇게 하면, 혹시 그 벌거숭이가 현재의 일로 인해 완전 흡수되어 망각될 수도 있을 테고……. 하여튼 해저터널[109] 안을 계속 걸어갔다. 그때 마침 불량배 학생 서너 명이 덤벼들기 시작했다. 고대했던 바이오. 웃음을 참느라고 혼났다. 내 십팔 년 지켜온 낡은 처녀막을 찢게 되는 순간이 다가오고 있다. 오, 정절을 잃는 순간 오히려 기쁨을 느끼겠노라. 그러나 그것도 잠시 어디선가 날카로운 호루라기 소리가 입체음이 되어 터널 안을 휘저으며 날아다녔고, 학생들은 삼십육계 줄행랑을 치고 말았다. 경찰관에게 끌려오다시피 한 후 경관이 건네준 마른 수건을 뿌리치며 외쳤다.

"당신이야말로 진짜 불량배요, 살인자!"

경찰이라는 말은 서구의 십팔 세기에는 공공이익에 대한 국가의 모든 배려를 의미하고 있었다. 가령 세금이나 입법도 경찰이라고 불렸다. 오늘날과 같은 의미로 한정된 것은 괴테 시대에

---

[109] 제백은 종종 삼촌이 계신 통영에 놀러가 해수욕장, 남망산공원의 해맑은 공기, 충렬사의 태산목 진한 꽃향기를 즐김. 태산목은 중국 항저우杭州 시후호西湖에 많았음. 재원이었던 사촌 여동생이 여고 시절에 제백에게 행한 깜찍한 놀림(?)은 몇몇 시인과 소설가의 작품에서도 유사함이 보여 깜짝깜짝 놀라기도 함. 특히 제삿날 모처럼 고향에 온 그 동생을 또래 남자 친척이 그녀의 가슴을 보고 '완전 절벽'이란 표현을 예사롭게 하여 그만 울며불며 하는 통에 달래느라 혼쭐이 빠진 일 등.

서부터 시작된다고 하겠다. 갑자기 리치의 '강간'이 떠올랐다.

> 어느 한 경관이 있다.
> 그는 강간예비범이고 아버지이다.
> 그는 당신의 이웃이고
> 당신 남자형제들과 죽마고우이다.
> 어떤 이상理想도 갖고 있다.
> 그가 부츠를 신고
> 은銀 배지를 달고 말 위에서
> 한 손으로 총을 만질 때의 그는
> 이미 당신이 잘 알지 못하는 사람이다.

이날이 마침 메피스토펠레스가 제백의 동정童貞을 앗아간 다음 날이 되는 셈이었다. 제백에게 이상한 반응이 일어나고 말았다. 우리 한 쌍이 좌우골에 뿌리 내려 화석화된 수채水蠆처럼 움직일 수도 노래할 수도 없었다. '우리'는 드렁허리의 방언으로서 드렁허리는 뱀장어처럼 길고 가늘며 원통형이며, 전체적으로 주황색이며, 지느러미와 비늘이 없다. 혹자는 미꾸라지와 뱀장어의 트기라고도 한다. 일생 동안 진흙이 깔린 논이나 농수로, 늪지에 살며, 육식성이다. 지렁이처럼 흙을 살지게 하여 논이 비옥해지는 데 도움이 되는 것과 논둑을 파 피해를 주는 것과의 공과 실이 논란이 되고 있다. 성장하면서 암컷에서 수컷으로 성전환을 한다고 알려져 있다. 어릴 때 암수가 같은 장소에서 서식하는 경우가 흔하다.

제백이 부천 중동 살 때, 일곱 살짜리 김서와 두 차례 암수 짝을 잡아 기른 경험이 있었다. 암수가 항상 같이 있다는 사실을 자랑스럽게도 어린 아들이 말했던 것이다. 아들의 생각대로 한 마리 잡고 주변을 훑어 나머지 한 마리를 잡았던 것이다.

사실 드렁허리는 회충과 비슷하게 생겨서 초등학교 통학 때 비가 올 때나 갓 그친 후 보릿대가 흙길에 흩어져 밟힌 그 위에 있는 회충 무리를 상상해 보기도 했다. 회충이 기어 다니는 그 모습이 뇌 속에 스멀거리는 듯하여, 징그럽고 더러운 것의 상징으로 깊이 각인되어 있기도 했다.

특히 비가 내릴 때 비린내를 지나는 길엔 진흙과 보릿단이 범벅이 되어 지나가기가 여간 힘들지 않았다. 더구나 검정 고무신이 닳아 틈이라도 생기면 더욱 난처해졌다. '수채'는 잠자리 유충, 우리말로 학배기인바, 유충 때 워낙 사나워 송사리, 작은 붕어, 버들붕어를 함부로 잡아먹는 포식자이다. 이는 우화羽化하여 성충이 된 잠자리의 평화스런 모습과는 대조적으로서, 늦반딧불이가 참매미를 잡아먹는 것과 비슷하여, 인간의 이중성과 함께 내재되어 감추어진 포악성을 잘 대변해 준다.

고향에서 어려서부터 가까이 지내던 한 쌍의 연인이 있었다. 남자가 부산에서 대학생활을 하면서부터 서로 관계가 소원하던 차, 방학이라 남자 친구 두 명이 놀러와 같이 술 마시고 노래하며 지내다가 작심한 듯, 남자가 여자에게 헤어지자고 일방적으로 통보했다. 여자는 어안이 벙벙했으나 이내 펑펑 내리는 눈에 취해버렸다.

여자는 고향 선배인 제백도 있고 해서 꾹 참는 모습이 눈에 선했다. 그녀가 눈 내리는 신작로를 힘없이 걸어가고, 그 앞에는 어제까지 아니 방금 전까지만 해도 연인이라 믿었던 남자와 그 친구들이 청춘의 발악 같은 노래를 고래고래 부르며 자갈을 차면서 가고 있었다. 제백은 심상치 않음을 알고 맨 뒤에 따라가면서 어쩔 줄 몰라 했다. 제백은 억지로 괴로워하면서 걷고 있었는데 어느덧 정말 괴로움이 밀려 왔다. 마침 앞 무리들이 힘차게 달리자, 자연히 여자와 제백은 뒤에 처져 같이 걷게 되었다. 무슨 위로의 말을 했는지, 아무튼 둘은 그들이 향한 저수지 둑 방향이 아닌 탑골 산등성이를 올라 석호네 뽕나무 밭가에 앉았다.

눈물 반, 콧물 반으로 그녀를 위로한다는 게 그만 너무 깊숙한 곳으로 향하고 말았다. 몇 번 관계를 시도했으나 날은 춥고 술은 취하고, 어떤 강박감에 제대로 작동을 하지 못했다. 따로따로 산언덕을 내려갔다. 둘은 어떻게 내려왔는지 알 수 없을 만큼 흥분되었고, 한편으론 우세스럽기도 하고, 내일이 염려스럽기도 했다.

아니나 다를까, 제백을 사모하던 윗집 처녀가 제백을 불러 자기한텐 손도 건들지 않고 교육대학 다니는 처녀한텐 육체적인 접근을 감행한 의도를 따지듯 물었다. 참으로 난감해서 모든 것을 술 핑계를 대고 말았다.

그런데 교대 다니는 그 처녀는 무슨 의도로 그날 밤 그 일을 실토했을까?

몇 년이 지난 어느 날, 제대 후 잠시 청탄정 기거하고 있는 제백한테 그녀가 놀러 왔다. 어린 조카를 업고서. 둘은 일상적인 말만 주고받았을 뿐이었다.

소능마을에 풍채가 요란한 선비가, 자기가 마을 최초로 세운 재실에서 훈장질하고 있었다. 서당은 바로 청탄정인데, 마당에는 전나무와 향나무, 비자나무가 마치 원시의 신비를 간직한 채 거묵巨黙하고 있었으며, 왼쪽 우금 위에는 왕죽이 창창울울해 있고, 뒤편에는 황토와 산죽이 빽빽하여 온갖 새들, 붉은머리오목눈이인 뱁새와 참새, 박새와 곤줄박이, 동고비 등이 사시장철 지저귀고 있었다. 또 마당 좌측 언덕엔 가뭄을 모르는 샘물이 있어 마을 아낙네나 처녀들이 물을 길러가곤 했다.

마침 소능마을에 타성바지 윤 씨네의 용모가 수려한 규수가 있었다. 대문을 살짝 열고 들어설 때마다 할배와 눈을 마주쳤다. 어느덧 사모의 정이 일었는지, 여름이면 하루에도 몇 번씩 그곳을 드나든 것이었다. 할배의 낭랑한 목소리를 유심히 들으며 살며시 미소를 띠기도 하니, 할배도 의식 안 할 수 없었다.

그런데 어느 날부터 처녀의 모습이 보이지 않았다. 할배도 궁금해지기 시작했다. 며칠 후 어느 눈 내린 날 처녀의 부음을 들었다. 순간 할배는 어떤 불길함이 지피는 것을 느꼈다.

보름이 지났을까? 할배의 무릎 맡에 웬 실뱀 한 마리가 기어와서 아무리 피해도 기어 따라 오는 것이었다. 할배가 붙잡아도 입질을 하지 않고 가만히 있었다. 한번 손안에 들어와서는 떨어지지 않았다. 참으로 황당하고, 한편으론 처자식 알까 봐 부끄러웠다. 그래서 훈장은 비단 쌈지에 넣었다. 그랬더니 실뱀은 약간 꿈틀거릴 뿐 조용히 있었다. 그로부터 할배는 시들시들 기력을 잃어가고 있었다. 어느 날, 그 마을에 웬 선비 한 분이 들렀다. 그는 곤남昆南에 공무 차 가던 길에 이 마을에 식견과 학식과 도량이 넓은 훈장이 있다는 소문을 듣고 일부러 재실 겸 서당을 찾아 왔다. 두 사람은 서로 통성명을 주고받았고 주안상도 마련되었다.

한참을 대작하고는 갑자기 훈장이 뒤가 마려워 뒷간을 가게 되었다. 허리끈을 풀고 갔다. 허리끈엔 쌈지도 딸려 있었다. 선비는 쌈지를 꿰뚫어 보았다. 선비의 무서운 직관으로 그것이 상사병의 화신이란 것을 알아냈다. 소위 상사병은 이성인 상대의 얼굴, 태도, 행동에 대한 연속적인 상상에서 비롯된 편집증적 우울증이라고 움베르토 에코는 『장미의 이름』에서 밝히고 있다. 선비는 호흡을 가다듬고 기력을 모아 땀을 뻘뻘 흘리면서 쌈지를 향해 두 눈을 쏘았다.

쌈지는 크게 꿈틀 움직이고는 곧 잠잠해졌다. 선비는 모든 것이 해결되었다고 큰 기침을 하고 잔을 들려는 순간, 쌈지를 뚫고 한 마리 큰 뱀이 두 가닥 혀를 날름거리며 선비한테 대들었다. 선비는 태껸 하듯 뱀의 움직임을 요리조리 비켜나고 있었다. 한참이 지나고 할배가 용무를 다보고 축담에서 지켜보는 동안에도 그들의 싸움은 계속되고 있었다. 순간 할배는 축담 옆 마루 기둥에 세워두었던 지팡이를 들고 뱀의 목을 치려고 할 때 뱀은 힘을 모으는 듯하며 몸을 부풀려 마루가 가득 찰 정도였다. 선비와 할배는 지팡이와 칼로 이리저리 휘두르고만 있었다. 그때 할배가 불현 듯 스치는 것이 있는 듯 엷은 미소를 수염 사이로 흘려보내더니, 주문을 쩌렁쩌렁한 목소리로 몇 차례 읊었다.

**카라차라파우파우플레이
카라차라파우파우플레이**

그랬더니 선지무당이 뽕, 하고 나타나서는 뱀 아랫도리를 향해 일격을 가한 후 넙죽 엎드린 머리를 쓰다듬고는 알아들을 수 없는 주문인가 뭐를 해댔더니, 갑자기 천지가 부옇게, 연긴가 안갠가 깔리더니, 순식간에 청초한 처녀의 모습으로 변해 할배를 향해 섬섬옥수를 내미는 것이었다. 선지무당은 냅다 고함을 지르며 저지하자 이번에는 입속에서 탁구공만한 유리구슬을 꺼내 또 할배한테 건네는 것이었다. 또 한 번 선지무당이 호통을 치니, 구슬은 날아 재실 뒤쪽을 날아가고, 드디어 처녀도 사라지고, 새끼손가락 굵기에 한 자 정도의 길이의 허물만 쌈지 안에 남았다. 선지무당은 고맙다고 인사 받을 겨를도 없이 곧 사라졌다. 한바탕 전쟁을 치르고 난 후 술과 안주를 밀쳐두고 정좌하여 몇 마디 주고받았다. 선비는 할배한테 실뱀은 바로 죽은 마을 처녀의 화신이라고 알려줬다.

만약 그때 그것을 발견하지 못했더라면, 다음 날 할배는 죽게 되었을 거라며, 그 선비가 누구인지는 할배만 알았겠지만, 소문에 의하면, 『명기집략明紀輯略』사건으로 도망쳐온 조생, 즉 조신선曺神仙일 거라는 측과 한 쪽 눈동자가 두 개인 『임진록』의 저자인 유성룡의 화신일 것이라고 짐작할 뿐이었다. 조신선은 창녕 조 씨로서 창녕도 가깝고 이곳 용현에도 창녕 조 씨가 대종을 이루고 있어 설득력이 있다. 그리고 유성룡이야말로 친구인 이순신을 천거한 이로서, 저 진나라 이사가 진정으로 본받아야 할 인물이다. 이사는 간축객서諫逐客書를 쓸 정도로 포용력이 있었는데, 막상 친구 한비자를 모함했으니, 천하의 위선자임이 틀림없다.

한 쪽 눈동자 두 개인 사람은 혜안과 예견과 그 눈에서 발산되는 무서운 위력이 범상하지 않아, 보통 사람은 그의 눈을 단 몇 초도 응시할 수 없다는 것이다. 그런 눈의 위광威光으로 뱀을 뚫어져라 응시했다면 보통의 것은 산화되거나 소진되는데 이번 것은 그 사모의 정이 더 심했기 때문이라는 것이다. 그러나 그러한 재주도 잘못 활용하면 큰 사달이 날 뿐더러, 서로가 깊이, 조건 없이 하는 지고지순의 사랑에만, 서로의 진면목인 한 쪽 눈에 두 개의 눈동자를 볼 수 있는 특권을 누리게 된다. 흔히 절간의 주지 스님들의 범상虎相에 범눈虎眼하고는 차원이 다르다.

자, 더 중요한 것을 말해 볼까요. 역사상 한 쪽 눈동자 두 개인 자가 열세 명이 되어 지구가 소멸할 때까지 지속하나니, 중국 최고의 성덕을 갖춘 이상적인 군주인 요와 순 임금, 오강에서 죽은 항우 장수, 인도의 간디, 우리나라 육 가야 최초 촌장들, 위에서 언급한 유성룡, 금세기의 44四四의 주인인 제백, 그리고 제백이 만든 단체가 마지막 열세 번째가 되는 셈이었다. 그러니까 십이는 개인이고, 하나는 단체가 되는 것이다. 쉽게 말해서 교教

라고 했으나 어떤 유형의 모임체인지는 차차 세월 따라 인심 따라 지켜볼 따름. 마치 『유리알 유희』의 카스탈리엔에서처럼. 카스탈리엔은 헤르만 헤세가 그린 유토피아이다. 거기에는 선별된 사람들이 모인 종단이 있었는데, 그곳의 수도승들은 종교적 제약 없이 음악, 철학, 명상 등 온갖 종류의 학예에 몰두하며 정신적 삶을 꾸려가고 있었다. 유희의 명인magister ludi이라는 최고 책임자 밑에 열두 명의 각각 다른 학예의 명인들이 있어, 이들이 종단을 이끌고 갈 영재의 발굴과 교육을 담당했다. 카스탈리엔은 미래의 유럽 중부에 위치한다. 카스타리엔주州에 모이게 되는 사람은 플라톤적 이데아의 세계를 만든다는, 바꿔 말해서 개個를 없애고 전체에 봉사하는 세상과 단절되어 있는 무명의 사람들로서 음악과 수학을 토대로 명상과 수련에 의해 순수한 존재인 이데아를 존재로서 파악하는 사명을 가진다. 아무튼 서구에서 말하는 가짜 그리스도의 경우, 왼쪽 눈은 고양이 눈 같되, 눈동자가 하나가 아니라 둘이란 것이다.

또 이런 일도 다 있었다. 그러니까 마을 한복판의 낮은 지대에 자리 잡은 폐사가 있었다. 제백은 군에서 다친 척추 치료차 이곳에서 한 달간 요양키로 했다. 제대 후 하도 등허리가 모독잖아서 대처병원을 찾았다가 의사가 앙증맞게 꼬부라진 쇠망치로 통통 두들겨보더니, 아픔을 못 느낀다고 하자 의사는 대뜸,
"젊은이, 게으름 피우지 말고 어서 나가서 일 하세요!"
그 얼마나 창피한 노릇이던가. 그러나 며칠 지나도 허리는 여

전했다.

  이곳에는 한 노파와 삼십 대 중반의 여인 그리고 왼쪽 다리가 절단된 삼십 대 후반 사나이가 거처하고 있었다[110]. 처음엔 그가 제백을 반겼다. 그가 왜 다리가 절단되었는지 아무도 몰랐다. 아마 월남전이 정설이 아닌가 한다. 그는 한때 면面 여기저기 학교 운동회란 운동회의 피날레를 장식하는 마라톤대회에는 거의 빠짐없이 모두 참여하고 거의 우승을 하여서 많은 사람들이 기억했다. 그는 각종 운동회에 제백을 데리고 다녔다. 마침 제백 팀이 우승하고 학교 측에서 사준 빵과 삼각단물을 먹으면서 한쪽에 앉아 응원모습을 감상했다.

  특히 사천과 동성 초등학교의 화려한 응원 모습은 대학 때 응원 모습을 보고 나서야 지워질 정도로 감동적이었다. 만국기가 펄럭이는 운동장은 축제의 극치였다. 그 만국기가 점점 주유소 등 개업식에 나타나고부터 가을운동회도 때마침 시들해졌고, 덩달아 만국기의 가치도 바닥을 쳤다.

      하늘에는 비행기가 최고요, 바다에는 기선이 최고요,
  지상에는 기차가 최고요, 운동회는 사천 국민학교가 최고요!

  그날 배구 대회 결승 때 용현초등 사학년 한 어린이의 멋들어진 스파이크에 많은 사람들이 몰려와서 구경했다. 그가 바로 강

---

110) 루키우스 아풀레이우스의 『황금 당나귀』(송병선 역, 2007.12.20. 매직하우스) 이십일 쪽 칠행부터 이십사 쪽 이십이행까지 너무도 유사한 내용이 나와 신기해 함.

병찬이었다. 그는 얌전하게 생긴 운동의 천재였다. 그가 중학교 입학했을 때 제백은 삼학년 축구부장직을 맡고 있었다. 그때 학교가 야구부와 축구부, 배구부가 있었는데 경비가 딸려 할 수 없이 야구와 배구를 포기해야 했다. 지금 생각해 보면 그가 오히려 축구부에 들어온 게 잘된 일이 아닌가 생각한다. 왜냐 하면 그의 키가 배구하기에는 좀 작았지 않았나 싶었기 때문이다.

아무튼 그의 현란한 스파이크 솜씨는 일본의 전설적 공격수인 나카가이치를 연상케 하는데, 키 작은 나카가이치라고 보면 될 거다. 제백은 그를 아꼈다. 제백이 어머니가 병환에 있을 때나 친척집에 갔을 때는 종종 병둔 삼촌 댁에서 통학했다. 둘은 운동하고 늦게 사남 곡성 기차 굴을 통과하면서 많은 이야기를 나누었다. 어떨 때는 자기 고향마을인 용현 신송에 가서 자기도 했고, 제백네에서 자기도 했다.

아무튼 폐사로 온 그 사내도 저옥무당의 아들인 셈이었다. 이름은 아무도 모른다. 아무도 그의 이름을 지어주지 않았다. 쾌백이 죽고 그의 이름을 사용하게 되었다. 사실 시골에선 형과 동생의 출생년도가 뒤바뀐 경우, 또는 자기 나이보다 많게 신고된 경우가 허다하다. 그뿐만이 아니다. 제백 친구 중엔 제갈추석諸葛秋石이란 자가 있는데, 낳고 할머니가 동사무소에 신고하러 갔더니, 이름을 뭐라고 지을 거냐고 물으니 할머니가 어떻게 알겠는가. 산모는 누워 있고, 다른 식구는 없고, 아버지는 강원도 어느 탄광 소장으로 가 있고, 연락할 길은 없고, 설령 전화국에 전화가 있다 해도 전화국이 어디며 어떻게 사용하는지도 깜깜하다. 물론 누군가에게 부탁해도 되겠지만 그럴 만한 깜냥도 못 되었던 것이다. 착하고 순해 빠진 어느 작가의 부인이 동사무소 일보러 갔다가 남자 직원의 고압적인 목소리에 그만 멘스를 하였다는 것도 지어낸 거짓이 아니었다. 하여튼 일자무식 할머니는 동직원의 반강요로 추석날에 낳았다고 그만 그대로 짓고 말았는데, 지금 와서 보면, 달, 해, 별, 산, 강, 순덕처럼 단순하고 정갈하고, 토속적이어서 더 정감이 가는 이름이 되었다.

아무튼 사내는 쾌백의 바로 위가 되는 셈이었다. 그가 커가면서 유독 탄생에 대한 저항이 심했던 것 같다. 그는 욕심을 많이 부린다는 살짝 매부리코에 어머니가 갓난애일 때 눕혀 놓고 거들떠보지 않아 꼭뒤가 삼십오 도 정도 비뚤해졌다. 그리고 반평발이었다. 사람들은 평발은 달리기를 못한다고 했는데, 그건 잘못이었다. 그는 가족이나 누구와도 친하지 않았다. 그는 마을 사람 그 누구와 대화도 없이 이디서 무엇을 하는지 점심도 먹지 않고 아침만 먹고는 저녁때가 되면 겨우 들어왔다. 그는 독특한 취향이 있었는데 그것은 '즉'과 '다시 말해서'와 '괄호( ) 안'을 즐기는 것이다. 예로 들면 북악산이라 하면 될 것을 괄호 안의 이차 설명인 백악산이라 하여 자신의 실력을 뽐내려는 의도가 다분했다. 그는 이 마을 모든 것이 마음에 들지 않아 일찍 부산으로, 인천으로, 부천으로 하여, 서울에까지 가서 어떤 교회에서 사무 일을 본 것이 그의 주요 이력이었다.

하루는 주일 담임목사가 한창 설교를 하고 있는데 한쪽에서 어린애 울음소리가 들려 재빨리 가서 진정시키고 나서 그만 발을 헛디뎌 방귀를 뀌었던 것이다. 그 소리가 얼마나 컸던지 목사가 말을 중단할 정도였다. 다들 한바탕 웃음으로 마무리되었지만, 그때 목사의 표정에서 엄청난 실망을 엿볼 수 있었다. 아니나 다를까, 사무실에서 목사한테 혼쭐이 났는데도 별 반성의 기미가 안 보이자 그를 해고하고 말았다.

몇 달이 지났을까. 그가 교회 옆문으로 들어왔다. 그 문의 사용은 몇몇만 알고 있었던 것이다. 설교를 하고 있는 담임목사 앞 교탁으로 갖고 갔던 상자를 갑자기 던지며,

"거짓이다, 사기다!" 하며 고함을 지르며 문을 박차고 나갔다. 상자 안에 든 독사 세 마리가 기어 나와 다들 기겁을 해서 설교고 뭐고 다 망쳤던 것이다. 그는 굳이 변명을 했다.

사실 담임목사가 자기가 눈독을 드리고 있는 처녀한테 집적대는 것을 목격했었노라고. 그러던 그가 월남 백마부대에 자원해서 받은 급료 절반을 매번 어머니 저옥무당한테 송금해 왔고, 그 돈을 꼭 제백의 학자금으로 쓸 것을 당부했다. 의가사제대하여 상이용사가 되어 부산 일대를 떠돌며 한 푼 두 푼 동냥하면서 근근이 생활했다. 그러다가 어느 날 군사령부 하 중위를 만났다. 그는 고향으로 가기 싫다고 억지를 부렸으나 하 중위의 정감 있는 설득에 넘어갔다. 그는 하 중위와 같이 지프차를 타고 고향으로 가는 내내 단 한 번도 자신의 신변에 대해서 말하지 않았다. 그는 고향집으로 들어가기를 꺼려해 마을 한 가운데 폐사에 기거하기로 했다.

그의 하루일과는 단조로웠다. 이곳에 와서 버드나무를 깎아

M16 크기의 목총 한 자루를 만들어 애지중지하고 있었다. 그리고 횡적橫笛이나 당적唐笛이라고도 부르는 자그마한 악기 한 자루를 지니고 있었다. 그 악기는 이미 오래 전부터 지니고 있던 것으로 보이는데 손때가 많이 묻어 옻칠이 군데군데 벗겨져 있었다. 어두컴컴한 벽에다 정간보井間譜를 붙여 놓고는, 엉뚱하게도 '나그네 설움', '고향은 내 사랑' 같은 남인수[111] 노래를, 그리고 꼭 마지막은 '실안개 풀리는 밤(찾아가 본 그 마을)'으로 마무리를, 어떤 날은 유행가도 민요 아닌 듣도 보도 못한 잡가를, 좀 감정이 일어나는 황혼녘엔 정식으로 청성곡淸聲句天旬日之曲을 불기도 했다. 장화홍련같이 억울하게 죽은 처녀 귀신같은 애절한 아쟁, 『금삼의 피』의 한 많은 여인이 서늘한 달밤에 청승맞게 흐느끼는 대금, 산전수전 다 겪은 여인의 굵은 회상곡을 닮은 퉁소, 아지랑이 아롱아롱 보리 들판 봄날에 노고지리 봄의 소리 영롱한 은방울 소리. 그리고 소금小琴. 음정이 아주 민감한 소금을 분다는 것은 그의 음악적 감각이 뛰어나다고 다들 입을 모았다.

장님과 앉은뱅이[112]만 남았네.
전란이라 모두들 떠나고
마을은 텅텅 비었네.

---

111) 진주시 하촌동(옛 진양군 집현면 하동리.) 출신. 본명은 최창수. 후에 이름을 강문수로 고쳤다가, 레코드를 내면서 다시 남인수로 이름을 바꿨다. 제백 할아버지와 두 할머니 산소가 그 마을 앞산 명당에 자리 잡고 있음. 마을사람들은 그 명당자리를 외지인한테 빼앗긴 격이 되었다고 두고두고 후회했다고 함.
112) 베르나르 베르베르 장편소설 『타나토노트』에서 『바빌로니아 탈무드』, 산헤드린9:a,b 유대교 신화를 인용. 과수원지기인 장님과 앉은뱅이 이야기.

어디로 갔을까?
그믐달도 떨고 있는 북풍한설
동짓달 장님이 앉은뱅이를 업었네.

 횡적은 특이한 행위가 있은 후 구슬프게 부는 것이었다. 그리고 예리한 칼로 또 다른 목총을 다듬었다. 두 여인은 숫돌을 가운데 두고 서로 앉아서 많은 칼들을 끊임없이 갈아댔다. 젊은 여인이 칼을 갈다가 무심결에 목을 죽 빼고 마을을 올려다보면, 노파는 사정없이 갈던 칼을 움켜쥐고는, 여인의 사타구니 쪽을 향해 던진다. 그럴 때면 젊은 여인의 자세는 안정되고, 치마에 꽂힌 칼을 빼어 갈기 시작했다.
 노파 역시 목을 빼면 젊은 여인도 마찬가지로, 노파의 사타구니 쪽을 향해 사정없이 던지고, 칼은 치마에 대롱대롱 달리고 마는 것이었다. 그러면 노파 역시 그 칼을 빼내서 갈기 시작했다. 그러다가 사나이가 '집합!'이란 소리를 마치 천장에 매달린 왕거미라도 놀라 떨어질 듯, 크고 날카롭게 외치면, 두 여인은 옷깃을 여미고, 머리에 물을 묻혀 매만지고, 다 간 칼을 들고서 경쟁이라도 하듯, 골방으로 뛰어 들어가는 것이었다. 두 여인은 바로 벽면에 걸려 있는 태극기를 향해, 순국선열을 위한 묵념을 하고, 두 여인은 사나이가 명령하는 대로 척척 움직였다. 이러한 행사는 매일 아침 아홉 시에 시작되어 열 시에 마친다.
 "차려! 열중쉬어! 표적 준비!"
하면 서슴없이 하체가 보이게 옷을 까 내리는 것이었다.

"하하하, 허허허."

쾌백은 엎드려 쏴 자세를 취했고 총구는 자궁을 번갈아 겨냥했다. 사나이는 숨을 죽이고 한참 겨냥하고는,

"시간을 낳은 저주스런 곳이여, 물러나라! 아직 미완성이다, 해산!"

제백은 점점 이 마력인 생활에 휩말려 들까 봐 두려워하면서도 사건을, 사실은 사건 축에도 들지 않을 정도지만, 어쨌든 규명해내고야 말리란 강한 욕구가 일었다. 형의 변괴를 대충은 이해가 갔지만, 이것은 좀 지나친 것이라고 여겼다. 도대체 그녀들은 누구며, 어떤 사연으로 오게 되었는지 궁금했다. 그래서 그의 발작의 무마책을 나름대로 강구하기 시작했다. 그것은 술이었다. 제백이 술을 권했을 때, 그의 눈은 점점 야릇한 빛을 발하기 시작했다. 마치 미지에 숨겨 둔 보물을 기억해내듯,

"이것이 있었구나!"

기뻐하며, 방바닥에 목을 돌린 딱정벌레처럼 맴도는 것이었다. 그러나 이내 술에 취해 절규하기 시작했다. 그럴 때면 여인들은 칼 갈던 일손을 멈추고, 그를 달랑 업고 교대로 폐사 주위를 돌았다. 한참 만에 잠든 사나이는 방에 뉘어지고……

드디어 그는 제백에게 점점 위협을 가해 왔다. 목총을 들고 기어 오는 모습은 무섭기조차 했다. 이 음습陰濕하고 음습淫習한 분위기를 벗어나려고, 이별의 술을 서로 마시고 작별 인사를 뒤로하고 얼른 나왔다. 그때였다. 미처 보지 못했던 문 위의 부적이 눈에 들어왔다.

"너는 뭐냐? 이 자식아!"

다음 날부터는 습관처럼 두 여인이 술을 각각 한 병씩 들고 방안으로 뛰어드는 것이다. 제백은 가던 걸음을 뒤로 하고 그들의 행위를 훔쳐보았다. 그들의 권주는 급속도였다. 마치 오늘이 끝나는 날인 양 부어라 마시고 있었다.

마침내 사내는 횡적을 불고, 여인들은 그가 늘 부르던 노래를 대신하여 목이 터져라 부르는 것이었다. 사내는 이내 코를 골았다. 그러자 여인들은 사내의 아랫도리를 격렬하게 벗기기 시작했고. 모모도 돌기 부분도 없는 밋밋한 사타구니를 한참 응시하는 것이었다. 사마천이 켕기는 장면이었다. 돌기가 없어도 발기를 느껴 괴로워하는 영화 〈아제 아제 바라아제〉를 보는 것 같았다. 성기 절단은 러시아 거세파에 의해서 종교적 의식이 되었다. 거세는 두 단계로 행해졌다. 첫 단계는 가는 끈으로 고환을 묶은 뒤 불에 벌겋게 달군 칼을 이용해 그것을 잘라내는 것이었다. 그러나 그것만으로는 인간의 욕망이 다 제거된 것으로 볼 수 없었기 때문에 욕망으로부터의 완전한 해방을 위해서 성기를 완전히 제거하는 두 번째 의식이 거행되었다. 그리고 성기가 제거된 그 자리에는 소변을 조절하기 위해서 주석으로 만든 일종의 수도꼭지 같은 것이 삽입되었다.

남미 정글의 어느 종족은 항상 발기한 성기가 수렵이나 전쟁 때 방해가 되지 않도록 성기를 개 성기처럼 배 쪽으로 바짝 붙여 주었다고 한다. 여자의 경우는 정결의 이상을 실현하기 위해서 외과적으로 다양한 방법이 동원되었다. 젖꼭지를 칼로 도려

내거나 불로 지져서 제거하는 경우도 있었고, 때로는 가슴 전체를 완전히 들어내는 경우도 있었다. 또 여성 생식기의 민감한 부분을 칼로 도려내기도 했다. 어느새 젊은 여인은 살기 어린 눈과 상기된 얼굴로 변하면서 격한 숨을 들먹였고, 사내는 잠결인지 꿈결인지 몸을 움찔거리며,

"조그만 기다려! 발기의 극치는 도래한다."

고 소리가 발악하듯 들려왔다. 그러나 그것은 새빨간 거짓이요, 허풍이었다. 그는 이미 음위증陰痿症에 돌입했던 것이다. 젊은 여인은 목총을 들고 자기 국부를 찌르기 시작했고. 노파는 젊은 여인이 휘두른 목총에 맞아 쓰러졌다. 젊은 여인은 한참 거친 숨을 몰아쉬며,

"그 젊고 싱싱하고 팔팔한 놈, 어디 있어, 맛 좀 봐야지!"

하며 문을 박차고 나오는 것이었다.

제백은 너무나 놀라 호롱기 소리가 한창 추수를 알리는 마을을 향해 냅다 뛰었다. 여인은 벌거숭이인 채로 제백을 향해 달려오고 있었다. 꼭뒤를 움켜잡는 듯한 손, 손, 손. 너무도 무서운 꿈이었다. 온몸에 땀이 흠뻑 고일 정도였다. 그날 이후 쾌백을 볼 때마다 비슷한 꿈을 꾸곤 했다. 그날 밤 폐사는 불타고 말았다. 드디어 두 여인의 신원이 밝혀졌다.

비가 오지 않아도 오음리梧陰里에는 새벽이면 산안개가 뭉실뭉실 피어오른다. 춘천에서 먼지 펄펄 나는 비탈길 산길을 돌아 오음리 훈련장으로 갔다. 초여름의 푸른 하늘은 너무나 맑아 눈

이 시렸고, 짙푸르고 깨끗한 파라 호를 끼고 화천 댐까지 뛰는 아침 달리기는 그야말로 기분이 최고였다. 어느 비 내린 날이었다. 플라타너스 숲길에 수많은 깽깽매미가 약 일 미터 간격으로 죽어 있었다. 인솔자는 천천히 걸어가라고 명령을 내렸다. 자기가 마치 〈살생금지령〉을 내린 도쿠가와 쓰나요시綱吉나 되는 것처럼. 원래 인간은 자연의 일부분으로 자연에서 태어나 자연으로 돌아간다. 그래서 옛 선비들은 초야에 묻혀 풍류를 즐기며 무위자연의 삶을 살았다. 그렇기 때문에 우리 조상들은 자연을 소중히 여기고 하찮은 미물일지라도 살생을 함부로 하지 않았다.

한국인은 원래 선한 품성을 가진 백의민족白衣民族이었다. 우리 조상들은 작은 벌레의 생명조차도 가볍게 여기지 않았다. 뜨거운 개숫물을 마당에 버릴 때에는 이렇게 외쳤다.

"워이 워이!"

물이 뜨거워 벌레들이 다칠 수 있으니 어서 피하라고 소리친다.

봄에 먼 길을 떠날 때에는 '오합혜五合鞋'와 '십합혜十合鞋', 두 종류의 짚신을 봇짐에 넣고 다녔다. '십합혜'는 씨줄 열 개로 촘촘하게 짠 짚신이고, '오합혜'는 다섯 개의 씨줄로 엉성하게 짠 짚신을 가리킨다. 행인들은 마을길을 걸을 땐 '십합혜'를 신고 걷다 산길이 나오면 '오합혜'로 바꾸어 신곤 했다. '오합혜'는 '십합혜'보다 신발의 수명이 짧았으나 그 만큼 벌레의 수명은 늘어날 것이다. 농부들은 동물의 끼니까지 살뜰히 챙겼다. 콩을 심을 때엔 세 알씩 심었다. 한 알은 땅 속에 있는 벌레의 몫으로, 또 하나는 새와 짐승의 몫으로, 마지막 하나는 사람의 몫으로 생각한 것이다.

감나무 꼭대기에 '까치밥'을 남겨놓고, 들녘에서 음식을 먹을 때에도 "고수레" 하면서 풀벌레들에게 음식을 던져주었다. 이러한 미덕美德은 우리의 식문화에도 그대로 배어났다. 여인들은 '삼덕三德'이라고 해서 식구 수에 세 명의 몫을 더해 밥을 짓는 것을 부덕婦德으로 여겼다. 걸인이나 가난한 이웃이 먹을 수 있도록 하려는 배려이었다.

미국 여류소설가 '펄 벅'은 장편소설 『살아 있는 갈대』(일명 갈대는 바람에 시달려도)에서 한국을 '고상한 사람들이 사는 보석 같은 나라'로 표현했다. 1960년 '펄 벅'이 소설을 구상하기 위해 한국을 찾았다. 여사는 늦가을에 군용 지프를 개조한 차를 타고 경주를 향해 달렸다. 노랗게 물든 들판에선 농부들이 추수하느라 바쁜 일손을 놀리고 있었다.

차가 경주 안강 부근을 지날 무렵, 볏가리를 가득 실은 소달구지가 보였다. 그 옆에는 지게에 볏짐을 짊어진 농부가 소와 함께 걸어가고 있었다. 여사는 차에서 내려 신기한 장면을 카메라에 담았다. 여사가 길을 안내하는 통역에게 물었다.

"아니, 저 농부는 왜 힘들게 볏단을 지고 갑니까? 달구지에 싣고 가면 되잖아요?"

"소가 너무 힘들 까 봐 농부가 짐을 나누어지는 것입니다. 우리나라에서 흔히 볼 수 있는 풍경이지요."

여사는 그때의 충격을 글로 옮겼다.

"이제 한국의 나머지 다른 것은 더 보지 않아도 알겠다."

볏가리 짐을 지고 가는 저 농부의 마음이 바로 한국인의 마음이자, 오늘 인류가 되찾아야 할 인간의 원초적인 마음이다. 내 조국, 내 고향, 미국의 농부라면 저렇게 힘들게 짐을 나누어 지지 않고, 온 가족이 달구지 위에 올라타고 채찍질하면서 노래를 부르며 갔을 것이다. 그런데 한국의 농부는 짐승과도 짐을 나누어지고 한 식구처럼 살아가지 않는가.

구한말 개화기에 한 선교사가 자동차를 몰고 시골길을 가고 있었다. 그는 커다란 짐을 머리에 이고 가는 할머니를 보고 차에 태워드렸다. 저절로 바퀴가 굴러가는 신기한 집에 올라탄 할머니는 눈이 휘둥그레졌다. 뒷자리에 앉은 할머니는 짐을 머리에 계속 이고 있었다.

"할머니, 그만 짐을 내려놓으시지요?"

선교사의 말에 할머니는 순박한 웃음을 지으며 대답했다.

"아이고, 늙은이를 태워준 것만 해도 고마운 데, 어떻게 염치없이 짐까지 태워달라고 할 수 있겠소?"

차를 얻어 타고서 차마 머리에 인 짐을 내려놓지 못하는 선한 마음이 우리의 모습이었다.

부대원들은 죽은 매미를 피해 마치 징검다리 건너듯 조심스레 걸었다. 제백은 저만치 풀숲에서 사마귀 한 마리가 아직 살아서 파닥거리는 매미 눈알을 파먹는 것을 보았다.

그가 손을 뻗으려하자마자 인솔자의 달리기 시작 호각소리가 울렸다. 바로 앞이 숲길이 끝난 지점이었고, 곧바로 큰길이 나왔다. 무라카미 하루키가 '매미'에 대해 묘사한 두 문장을 옮겨본다.

우리는 적막에 감싸인 소나무 숲길을 걸었다. 길 위에는 여름의 끝자락에 죽어 바싹 말라 버린 매미의 시체가 흩어져서, 그들의 신발 아래에서 바삭바삭 소리를 냈다.

우리는 그 자리에 멈춰 서서 고요 속에 귀를 기울였다. 나는 발아래 매미 시체며 솔방울을 발끝으로 굴리기도 하고, 소나무 가지 사이로 하늘을 올려다보기도 했다.

파월 훈련이라 하여 뭐 특별한 것은 없고, 달리기가 끝나면 이미 다녀온 장교들의 경험담이나 M16, 크레모어, 부비트랩 같은 장애물 교육 등이다. 월남에 가면 동굴이 많다며 교육 끝 무렵 동굴 수색 교육을 받았다. 동굴 속에 기지각색의 연막탄을 피워 놓고 수색을 하는 교육인데 동굴 속이 거미줄 같이 미로로 되어 있어 잘못 헤매다보면 어귀를 못 찾아 굴속에서 몇 십 분씩 갇혀 있게 된다.

평소에도 아홉 시 일석점호가 끝나면 마음대로 철조망을 넘어도 묵인했고, 토요일은 아예 일석점호를 생략해 줬다. 다만, 일요일만은 철저히 점검해서 미귀未歸는 엄격히 통제했다. 교육이 끝나갈 때가 다가옴에 따라 느슨해져 철조망을 넘어가면 개울 옆 바위에다 조그마한 천막을 치고 돗자리를 편 이동 주모가 기다렸다. 솥뚜껑을 엎어놓고 지글지글 부침개를 부쳤다.

어느 날 쾌백과 전우 두 명이 철조망을 넘었다. 그들이 갔을 때는 바위 여기저기에 전우들이 다 차지하고 있었다. 그래서 좀 더 산위로 올라가 가파른 바위 쪽에 자리 잡고는 쾌백이 가서 주문했다. 술안주를 들고 온 처녀는 허드렛일을 하는 앳된 얼굴이었다. 그때 젓가락 하나가 바위 아래로 떨어지자 처녀는 무심결에 그것을 주우려고 몸을 굽혔다. 순간 떨어지는 처녀를 쾌백이 안아 처녀는 무사했고, 쾌백만 팔꿈치에 상처가 약간 났던 것이다. 그 이후 쾌백은 이동 주모와 깊은 정을 나누었다. 그런데 허드렛일 하던 처녀가 그 장면을 몰래 훔쳐본 후 물불 안 가리고 쾌백한테 달려들기도 했다.

아까시나무 꽃향기가 훈련소 주위를 가득 채우던 날, 마침내 사 주간의 파월훈련은 끝났다. 월남에서 입을 정글복 두 벌, 정글화 한 켤레를 지급받고 부대 견장을 갈아 달았다. 주월 한국군 수첩과 인식표, 그리고 일 년 치 봉급을 받고 나서, 모두 집으로 편지를 썼다. 쾌백은 어머니가 까막눈이라 쓰지 않았다. 누가 대신 읽어주는 것을 용납할 수 없었다. 아침 식사는 닭볶음에 미역국, 소시지 반찬에 고등어조림으로 그야말로 진수성찬이었다. 춘천역에서 환송식이 끝나고 드디어 열차가 움직였다. 망우리역에 도착했다. 잠시 정차하는 동안 배웅 나온 가족들이 아들, 오빠, 형, 동생, 남편들을 찾느라고 야단법석이었다.

밤새 달려 기차는 새벽에 부산항 제 삼 부두에 도착해서 수송선에 몸을 실었다. 식사 후 곧바로 부산 시민과 군악대가 펼치는 환송행사가 열렸다. 환송식이 끝나자 군악대의 연주가 들렸다. '잘 있거라 부산항'이 연주되는 가운데 수송선은 긴 뱃고동을 울리며 서서히 움직이기 시작하자 여기저기서 흐느끼는 소리가 들렸다. 배안에서 하룻밤을 자고 나니, 망망대해 아무 것도 보이질 않았다.

그때부턴 정말 눈앞이 아득해 옴을 느꼈다. 무쇠 강철 갑판은 점점 달아오르고, 파도가 심할 때는 갑판으로 날치가 튀어 올랐다. 그런대로 이런저런 구경을 하며 그럭저럭 오박 육일 간, 긴 항해를 마쳤다. 월남에 도착하자마자 주모와 처녀한테 소식을 보냈다. 처녀와 쾌백은 자주 서신 왕래를 하였다. 그러다가 어느 날 처녀가 아들을 낳았다고 했다. 그러나 아들이 세 살 나던 해 춘천에서 관광버스가 후진하는 바람에 치어 그만 죽고 말았던 것이다.

안개는 여전히 드리워져 있었다. 쾌백를 비롯한 부대원들은 밤새 작전을 하고 피곤하게 귀대히고 있었다. 새벽 동이 트니 사방의 산과 들과 새들도 전쟁이라 비록 슬프지만 어쩔 수 없이 안겨진 일회성 삶을 부지하려고 눈 비비고 일어났던 것이다. 부대원들은 작전에 피곤하여 거의 초죽음이었지만 희읍스름히 날이 밝아옴에 다소 정신을 차렸다. 월남의 농촌마을은 겉보기에는 우리나라와 비슷했다. 띄엄띄엄 놓여있는 집들이 모여 하나의 마을을 이루기도 하고 더러는 높지 않은 등성이에 외따로 서있는 집들도 보인다. 집들의 골격은 참대나무였고, 벽과 천장은 간혹 흙으로 바른 곳도 있었으나 대부분의 가난한 농가들은 나뭇잎을 말려 얽어 붙이고 그 위에 볏짚으로 엉성하게 지붕을 덮은 정도였다. 어떤 집은 말린 야자나무 잎으로 얼기설기 지붕을 얹어 놓아 겨우 빗물을 가릴 정도밖에 안 되었다. 부대원들은 야산을 질러 막 마을 앞 너른 들길로 접어들고 있었다.

그때 산 밑에서 농Nón을 쓴 사람들이 하얀 액체를 뿌리고 있었다. 분무기였다. 그것은 아침 안개와 섞여 화염방사기나 어떤 총기류로 착각을 일으키게 하였다.

월남전은 게릴라전이었다. 베트콩들은 바위와 정글로 뒤덮인 밀림 속에서 시도 때도 없이 출몰하여 아군을 공격했다. 그들의 비밀무기 중 가장 위험성이 높은 것이 부비트랩이었다. 부비트랩은 폭약이나 지뢰 등의 폭발물은 물론이고 쇠꼬챙이나 대나무 꼬챙이에 물소 똥을 묻혀 길섶이나 땅속, 나뭇가지 등에 설치하여 이를 건드리면 작동되어 적을 살상하는 소리 없는 무기로서 병사들에게는 가장 큰 공포의 대상이었다. 대체로 농촌 출신들인 부대원들은, 월남에선 아직까지 분무기로 농약을 치지 않을 정도로 친환경지역이라고 생각했다. 그게 큰 착각이었다. 그들도 분무기를 사용한 지 오래되었던 것이다.

특히 이 마을은 성省에서 우수 시범 농촌 마을로 선정되어 오늘 마침 성에서 나온 자와 농부 여러 명이 첫 새벽부터 나와 여러 가지 시험을 하고 있는 중이었다. 그들 너머 태양 빛이 쾅하고 비치자 그들이 뿜어낸 연기와 새벽안개가 이종 교배를 하며 피곤하고 의심 많은 분대원들의 정신을 혼미하게 하였던 것이다. 꼭 한 달 전 선임 상병이 작전 중 사지가 잘린 상태로, 마치 한 나라 척 부인이 사지가 잘린 것처럼 혹은 영화 〈석양의 무법

자The Good, The Bad And The Ugly, Il Buono, il brutto, il cattivo, 1966〉에서 블론디가 부상으로 죽어가는 북군 병사한테 피우던 담배를 빨게 한 것처럼, 아니면 남 병장의 졸병이 죽을 때처럼 담배 한 대를 달라고 하여 한 모금 빨더니 스르르 눈을 감았던 것이다. 그들의 은신처인 구찌터널은 길이가 이백오십 킬로미터에 이르고 깊이는 지하 삼에서 팔 미터였다. 내부에는 여러 층과 방들이 만들어져 있고 터널의 통로는 세로 약 팔십 센티미터, 가로 오십 센티미터로 좁고 협소하였다. 그러나 체구가 작은 베트남인들에게는 견딜 만한 공간이었다. 터널의 어귀는 나뭇잎 등으로 정교하게 위장이 되어 있어 외부에서 쉽게 발견되지 않으며 규모 또한 짐작하기도 어려웠다. 아군의 공격이 시작되면 베트콩들은 이 터널에 몸을 숨기고 몇 날 며칠을 은거하다가 공격이 잠잠해지면 다시 나타나 기습을 해 오곤 했다.

　전술가들은 월남전을 '그림자 전쟁'이라고 불렀다. 누가 적이고 누가 아군인지 구분할 수 없으며 양민이 베트콩이 되고 베트콩이 양민으로 변하는 유령 같은 전쟁이었다. 평범해 보이는 논둑에서도 금방 총알이 날아올 것 같고, 움푹 파인 곳이 기관총을 놓았던 자리이며, 높은 나무 위에는 저격수가 있을지 모른다는 음산한 기운에서 벗어나지 못한다. 곳곳에 포격으로 풀과 나무가 모두 죽고 땅은 잿빛으로 변했다. 그 인고의 삶에 경의를 표하다가도 겨우 자란 선인장 줄기에 너덜너덜 걸려있는 전선을 발견하는 순간 전쟁의 마수는 간극 없이 온 몸의 세포 구석구석을 파고든다.

어느 한 찰나 적막을 깨고 따르륵 M16의 연발소리가 귀청을 찢었다. 베트콩의 기습인가 창황蒼黃히 소총의 안전장치를 풀고 달려가 보면 전선 끝에 매달린 맥주깡통이 정글복에 스치면서 내는 소리에 놀라서 방아쇠를 당겼다. 그곳에도 어김없이 철조망과 부비트랩이 쳐져 있었고 벙커 중심부에는 저런 관망대가 설치되어 있어 비상시 적의 침투 동선을 파악하는 지휘 본부와 관측소 구실을 했다.

누구의 지시도 없이 익숙하게 자연적으로 M16이 불을 뿜었고, 그들이 뒤로 넘어지면서 들어 올린 분무기 대를 총으로 착각하여, 수류탄 투척까지 하여 섬멸하였다. 논에 물이 자작하게 고인 벼 포기 여기저기에 박힌 시신의 귀를 잘라 전리품으로 챙겨 휘파람을 불며 귀대하였다. 상부에 보고하여 부대원들 모두 화랑무공훈장을 받았고, 소대장도 그 윗단계 훈장을 받아 중대는 거의 축제 분위기였다.

몇 달이 지났다. 중대가 소란했다. 성장省長이 연대장을 찾아와 거세게 항의를 했다는 것이었다. 지난 번 작전하고 오던 길에 사살한 농민 중 한 사람이 기적적으로 살아나 자초지종을 증언했다. 그 당시 죽은 척하고 비록 한 쪽 귀를 잘리는 고통을 참았다. 훈장을 반납한 것은 물론 소대장이 징계를 받았다. 분대원 중 두 명이 이미 귀국하였으나 곧 훈장을 반납했다는 소식이 들려왔다.

18장 잃어버린 출판을 찾아서

타작 점심 하오리라 황계黃鷄 **백주**白酒 **부족할까. 새우젓 계란찌개 상찬**上饌**으로 차려 놓고 배춧국 무나물에 고춧잎장아찌라.**

　제백은 대학에 다닐 때도 자력으로 힘들게 근근이 학비를 충당하였다. 학교 도서관에서 아르바이트했고, 일요일 오전엔 그룹 과외 지도를 하였다. 그는 한때 소공동 극빈자들이 모여 잠만 자는 곳에서도 생활했고, 홍제동 뒷산 중턱에 위치한 판잣집 방 한 칸을 얻어 자취생활도 했다. 처음엔 친구 한 명과 같이 생활했다. 먹을 반찬이 없어 밥을 플라스틱 바가지에 담아 고추장에 비벼 마늘 한두 조각을 반찬 삼아, 찬물로 억지로 넘겼다. 소낙비가 내리는 여름날엔 고무 대야를 방 가운데 놓고 천장에서 떨어지는 비를 받았다. 집 주인은 돈이 없다는 핑계를 대며 천장 수리를 차일피일 미루었던 것이다. 그의 방 책꽂이에 도서관 아르바이트 하면서 가져와 반납하지 않은 책 서너 권이 꽂혀 있었던 것이다. 그중 세계 유명 작가들의 에세이를 모은 원서 한 권이 눈에 띈다.
　제백의 대학 시절에는 경찰이 학교에 사복을 입고 다녔고, 종종 도서관에도 난입했다. 학생들은 잦은 결강으로 고작 가는 곳이 도서관이었다. 친구들은 시위하고 교도소 가는데, 그는 참여하지 못했다. 스스로를 회색분자라 여겼다. 성적은 좋았지만 그게 창피하고 부끄러웠다. 정보부 등 국가 기관에서 취업 차출이 나왔다. 졸업 후 방위산업체 홍보실에 취직해서 잘 다니다가 직장 상사를 잘못 만나 싸워 그만 두게 되었다. 그러니까 열심히 일하고 있는데 담당부장이 강당에 불러 하는 말이, 다른 직원과 업무보조를 맞추라고 했다. 그는 토요일 오전에는 회사 일을 하는 게 아니라 어김없이 낚싯대를 책상 위에 쭉 펴 놓기도 하고, 일과 후 화투에다 술집으로 전전하면서 끼리끼리 작당을 하고, 심지어는 화투 자금도 대주고, 술값도 대주었다가 이자를 쳐서 받는 자였다. 약효가 떨어지면 또 다른 트집을 잡았다. 일종의 상습범이었다.

그는 서대문 어느 대포집을 주로 다녔다. 여주인은 그와 초등 동기생이었다. 그는 술이 얼큰해지면, '한 많은 강가에 늘어진~'을 시작했다. 그러면 여주인이 다음 소절을 부르곤 했다.

제백은 참고 참다가 결국 부장의 재가서류 안에 든 사내외보 가편집rough layout 된 두 권에다 잉크를 쏟아 붓고 사표도 없이 잠적해버렸던 것이다. 그 자뿐 아니라 회사에는 백 줄로 들어온 자들이 수두룩했다. 그 자는 군 출신 사장의 동향이자 친척이라 아무도 감히 이러쿵저러쿵할 수 없을 정도로 위세가 대단했던 것이다.

제백은 그 일로 한 일 년 간 전국을 쏘다니다가 결국 붙들려 군에 왔다. 그러니 일반 사병들보다 나이가 몇 년 앞서기에 영감으로 통한 것은 어쩔 수 없는 일이었다. 제대하여 미지의 출판성城에 홀로 들어서서, 소위 납본업무를 맡아 이십여 년 간 하루 평균 백오십여 권을 KDC 분류하고, 또 읽으니, 지금껏 물경 십만여 권이 제백 손을 거쳐 갔다 해도 과언이 아니었다.

언젠가 기자가 움베르토 에코한테 질문했다.

수치로 따지는 게 민망하지만 장서가 오만 권이라고 들었습니다. 그 오만 권을 진짜 다 읽었느냐고 사람들이 물으면 보통 뭐라고 대답하나요?

밀라노 집에 한 삼만, 교외에 있는 집에 한 일만, 그리고 볼로냐대학 연구실과 여기(파리) 다 합치면 대략 오만 권정도 될 거요. 솔직히 다 세어 보지는 못했어요. 매일매일 엄청난 새 책이, 헌정본이 집으로 와요. 매월 날짜를 정해 박스에 담아 대학에 있는 학생들이 읽을 수 있도록 보낸다오. 때로는 교도소에도 보내줍니다. 걱정이에요, 못된 책으로 교도소 사람들을 오염시킬까봐서요.

정말 다 읽었느냐고 무례하게 묻는 사람도 있는데, 어떻게 대답하느냐고 묻다니. 질문이 철학적이군요. 상대방의 기질과 취향에 따라 준비해둔 대답을 하지요. 그보다 더 많이 읽었소! 읽었으면 이 책들이 왜 여기 있겠소. 읽은 책들은 다 치웠소. 다음 주에 읽을 것들만 여기 있어요. 책을 읽지 않는 사람들은, 혹은 읽어도 몇 권만 겨우 읽는 사람들은 왜 나 같은 사람들이 서재를 가지고 책을 보관하는지 모를 거예요. 언젠가는 꼭 알고 싶고, 참고하며 필요한 책이라는 사실을 말예요.

한때 제백도 잡지와 일반 서적 등 이만여 권을 갖고 있었으나 몇 차례 이사와 좁은 공간으로 인해 그 사분의 일만 겨우 같이 호흡을 하고 있는 셈이다. 제백은 출협과 한국과학기술연구원 KIST 간 한국도서총목록 데이터베이스 공동 프로젝트 실무 일도 보았다. 그리고 출협으로 납본된 모든 도서를 키펀치 작업했다.

또 그 도서 중 문사철 분야만 뽑아 오십 자 내외의 해제解題를 작성하기도 했다. 그리고 그것을 편집하여 보름에 한 번씩 〈오늘의 신간〉을 발간하여 전국 도서관과 학교에 배포하기도 했던 것이다.

월간 〈출판문화〉 차례를 데이터베이스화 하는 작업의 주무도 맡았다. 그러다가 〈한국컴퓨터 인쇄㈜〉와 출협이 해마다 공동으로 발간하는 『한국출판연감』 목록과 색인 작업 책임자로 일하였다. 이 일이 성공함으로써 〈㈜교보문고〉와 〈종로서적〉이 격년으로 도서목록을 발간하게 되었고, 성서도 재조판하는 큰 계기를 마련하였다.

그리고 1987년 10월 11일, 마침 책의 날 제정기념 특별기획 도서전시회의 일환으로 마련한 〈한국출판문화 1300년〉 도서목록을 출판 평론가인 이중한 님과 청진동 관광호텔 룸에서 밤새워 작성하기도 했다. 그는 그 당시 서울신문 논설위원이었는데, 문학사상 주간을 역임했다. 그는 대단한 독서가로서 소문나 있었다. 그러나 그가 출판인대학 강사로 와서는 교탁에 기대어 다리를 비비꼬는 강의 태도에 수강생들의 불만이 많았다. 그래서 본부 측 몰래, 물론 제백도 본부 측이지만 하여튼 제백이 강사들의 수행평가를 받아냈다. 그중엔 비록 강의할 때 목소리는 어눌하지만 보충자료를 한 보따리 들고 먼 안양에서 버스를 타고 오시는 연로한 서수옥 편집자에게 큰 점수를 준 것을 볼 때 결국은 실력도 중요하지만 열의와 성의가 문제였다. 그는 애주가였고, 역시 애주가인 박갑천 서울신문 논설위원이자 교열자와 자주 대작을 했다. 아무튼 둘은 일찍 작고했다.

명말 청초에 살았던 포송령蒲松齡이 있다. 바로 기담집奇談集인 『요재지이聊齋志異』의 저자이다. 과거에 낙방하고 루저가 되어 여기저기를 떠도는 낭인 생활을 하였다. 과거제도가 있었던 중국과 한국에서 시험에 낙방하면 그 상실감은 이루 말할 수 없다. 낙방 인생의 행로는 뻔하였다. 남의 집 사랑채에서 밥 얻어먹는 식객 노릇도 하였고, 부잣집 가정교사로 연명하기도 하였다. 낙방 인생 포송령을 위로한 것은 기이한 이야기들이었다. 주로 귀신 이야기를 들으면서 '인생 실패했다'는 상실감을 달랠 수 있었다.

『요재지이』 서문이다.

"나의 흥취는 갈수록 용솟음쳐 누군가 나를 두고 미쳤다고 말해도 굳이 변명하지 않게 되었다. 마음 기댈 곳을 찾았는데 남들에게 어리석다 일컬어진들 무슨 거리낌이 있었으리오… 진정 나를 알아줄 이는 꿈속에서나 만날 수 있는 귀신들뿐이런가!"

포송령은 이야기를 채취하기 위해 대문 앞에다 다과상을 차려놓고 지나가던 과객들을 대접했다고 한다. 영화 〈천녀유혼〉도 포송령의 이야기로 만들었다. 과거 합격자는 다 사라졌지만, 낙방 인생이 채집한 이야기만 콘텐츠로 남았다.

보르헤스는 즐거움을 위해 책을 읽어야 한다고 했으나 제백은 의무감이 앞섰다. 남에게 자랑하고 우쭐대고 마치 지성인인 양 하고 싶었다. 매일 쏟아지는 책의 홍수 속에서, 자신만이라도 비록 여건이 된다 해도, 평생에 단 한 권의 책을 출간하는 자세를 견지하자. 아니면 출간하지 못하고 그 자료를 후대에 넘겨주는 한이 있더라도, 심사숙고해야 한다고 다짐했다. 그런 뜻에서 제백은 미국의 국민 시인 월터 휘트먼을 높이 샀다. 그는 1852년에 처음 쓰고, 1855년 처음 자비 출판한 『풀잎』이라는 시집을, 1892년 세상을 떠날 때까지 거의 사십 년 가까운 기간 동안 계속 고쳐 쓰고 보충하여 여러 차례 출간했기 때문이다. 이렇게 시집 한 권만을 고집한 시인은 아마 미국 문학사에서 말할 것도 없고 세계 문학사를 통틀어서도 그 유례를 찾아보기 어려울 것 같다. 이는 괴테의 『파우스트』와는 다른 경우였다.

여기서 괴테의 『파우스트』에 대한 특별한 경우를 언급해본다. 괴테의 『파우스트』 판본에는 여러 종류가 있다. 바이마르 판본, 프랑크푸르트 판본, 함부르크 판본 등이 대개 표준적인 정본으로 알려져 있다. 그러나 2003년 괴팅겐 대학의 게르만어 문학자인 알브레히트 쇠네 교수는 보수적인 틀을 과감하게 탈피하여 괴테의 원래 의도에 더 가까이 접근하려는 시도의 일환으로 기존 판본에서 제외되었던 초기 필사본을 복원하여 실었다. 예를 들면, 괴테가 미풍양속을 해칠까 우려하여 '발푸르기스의 보따리'라고 칭하며 빼놓았던 부분을 쇠네 교수는 과감하게 복원하여, '사탄 장면'과 '그레트헨 처형 장면'을 텍스트에 추가한다. 그리고 이 추가된 부분과 정본에 실린 장면들을 재구성하여 파우스트 무대 공연본으로 재구성하였다. 일부 학자들의 비판은 있었지만, 보수적이고 정통적인 파우스트 해석에서 벗어나 괴테의 의도를 살리려는 쇠네의 시도와 해석은 많은 독자들의 공감을 얻었다. 『슈피겔』지는 "알프레히트 쇠네의 판본은 옛 텍스트가 새로운 텍스트일 수 있고, 우리의 텍스트일 수 있다는 것을 가르쳐 준다."라고 그 현대성을 높이 평가하였다.

요즈음 같은 세상에선 어학 한두 개 능통하면 인터넷을 통한 정보를 교묘하게 짜깁기 하여, 하루에도 어지간한 책, 일이 권은 예사로 만들 수 있다. 능소는 일곱 대의 컴퓨터를 사용했다고 하지 않았는가.

사실 오백 페이지 장편소설 중에는 군더더기가 들어 있기 마련이다. 소설은 한 가지를 이야기하기 위해 너무 많은 말을 한다. 결국 한 가지 메시지를 위해 사람도 죽이고 헤어지게도 만들지만 시는 단 한마디로 많은 걸 전해 준다. 그래서 내내 본질적인 것만 다루는 단편을 보르헤스는 선호했다. 일찍이 헤밍웨이도 시도했고, 아우구르토 몬테로소도 미니픽션을 시도했다. 인간의 삶이라는 게 너무 뻔해서 소설도 뻔 하다고 소설가 윤영수가 말했다.

"눈을 떠보니 공룡은 아직 거기에 있었다."

페르난도 트리아스 데 베스는 더 많은 작품을 내놓았다.

"옛날에 한 남자가 있었습니다. 그는 자신이 꿈에서 깨어나는 꿈을 꾸었습니다."

창세기 첫 장을 열 권짜리 운문으로 장황하게 담은 따분한 논평이라고 볼테르가 존 밀턴의 대서사시 『실낙원』에 내린 평가이다.

제백 역시 너절한 설명을 배제한 글쓰기를 주창하면서, 소설 한 편을,

"제백, 태어나다. 살다. 죽다."로 묘사하기도 했다.

곽재식의 백사십 자 소설도 있다. 오 헨리의 단편과 스크루볼 코미디Screwball Comedy의 합성 같은 작위가 눈에 거슬린다. 이탈로 칼비노도 압축되고 정제된 단 한 줄의 문장만으로도 소설이 가능하다는 생각을 가졌다. 그리고 책에 대한 책 쓰기인 메타픽션과 상호 텍스트적인 글쓰기를 지향하였다. 실험성 있는 작품을 말할 것 같으면 마르께스의 『족장의 가을』을 지나칠 수야 없지. 단, 여섯 문장으로 라틴아메리카의 독재자 전형을 묘사했으니.

디지털 시대의 글쓰기에 있어서, 『율리시즈』의 더블린 시市처럼, 우리의 의식이나 생각이나 추억이 아닌, 누구에게나 익숙한 현상의 것들은, 일반적인 견해로써 설명하기 위해 수고를 하기보다, QR 코드 하나로 해결하는 법을 배워야 한다. 국립중앙박물관의 세세한 설명이나, 즉 작가의 감상이 아닌, 일반적인 설

명일 때 더욱 그것이 필요하다. 그리고 기존의 작품, 장편소설은 해체하여, 뼈와 살을 발라 다시 조립해야 한다. 다시 말해, 『카라마조프가의 형제들』의 경우, 등장인물이나 작가의 시선에서 본 사물은 제외하고 흔히 말해, 페테르부르크시의 몇몇 건물들에 대한 상식적인 서술은 발라내어야 한다는 것이다.

특히 『백경』에서의 고래에 대한 설명은 더욱 발라내야 하는 것으로서, 제1호 제거 대상이 되겠다. 즉 인터넷에서나 책자에서 얻을 수 있는 것은 되도록 멀리해야 한다. 바쁜 일상에 이중 삼중 설명의 귀신들한테 친친 감길 까닭이 있겠는가.

"좋은 소설가는 주술적인 측면을 가지고 있어야 한다. 소설 작업은 백 퍼센트 지성만으로 불가능하다. 지성 외에 다른 세계와 연결고리를 찾는 작업이다." 라고 『개미』를 백이십여 차례 개작하여 발표하고 꿈을 기록하여 창작에 도움을 받는다는 베르베르가 말한 것을 깊이깊이 새기고 있다.

요즘 자서전 쓰기가 붐이다. 사실 농업, 산업, 정보화, 인공지능을 겪고, 산간벽촌에서 태어나 어린 시절을 보내고 점차 서울로 유학 와서 군대를 전역하고 직장 잡고 결혼한 경우, 그리고 한국전쟁을 강보에서 간접 경험하고, 4·19, 5·16, 10·26, 12·12, 6·29를 겪은 자의 일생은 대하소설감이다. 그런데 자서전이란 게 너무 밋밋하다. 그래서 자서전 안에 일기, 명상, 좌우명, 다양한 글 등을 마치 믹서에 집어넣어 갈아내듯 하는 작업이 필요하다. 그리고 다양한 시도도 필요하다.

소설이 '장르의 제국주의'라고 할 때 다양한 시도는 아무리

해도 지나치지 않다. 이 점에서의 선구先驅는 당연히『젠틀맨 트리스트럼 샌디의 삶과 견해』이다. 만약 이 작품이 없었다면 제임스 조이스의『율리시스』같은 대작이 과연 가능했을지 궁금하다.

한때 새뮤얼 존슨은 '기묘한 것은 오래가지 못하는 법'이라고 비평했지만.『대머리 여가수』에서 목소리 크기에 따라 글자의 크기가 달라지고, 추리 소설에서 수사 증거물인 머리카락, 손톱 등이 비닐봉지에 담겨져 책 부록으로 되어 있으며, 냄새나는 책이 출간되기도 한다. 영화 포디4D처럼. 그래도 문학은 타 분야에 비해 그 실험성이 뒤떨어진다.

어느 시대이고 진리와 혁신의 목소리는 미쳤다고 여기는 소수의 이단자에게서 들려오게 마련이니, 기인奇人도 자살자도 미치광이도 없이 표준규격품만 있다는 것은 어떻게 말하면 불행한 일이다. 진정한 애국자, 참된 철인, 위대한 예술가가 어떻게 성한 사람일 수 있겠는가. 한국은 아직 니체나 보위, 뭉크 등을 배출하지 못했다. 앞으로도 배출하기 힘들 것 같다. 한국인이 창의적이지 않아서가 아니라 유럽인과 달리 혼자인 상태를 잘 받아들이지 못하기 때문인 것 같다. 베토벤이나 반 고흐처럼 광기 넘치는 고독한 천재가 유럽인의 전형이다.

유럽인들은 개인 작업에서 두각을 나타낸다. 니체는 삶 대부분을 은둔자로 살았다. 그는 '실스 마리아의 은자隱者'를 자칭하며 작품 대부분을 스위스의 깊은 산 속 외딴 오두막집에서 집필했다.

독창적인 팝 뮤지션 데이비드 보위, 소설가 톨스토이와 마르셀 프루스트, 화가 뭉크 또한 은둔형 인간들이었다. 마지막으로 우리는, 결곡함과 오연함으로 하여 일본의 '살아있는 작가정신'으로 불리는 『소설가의 각오』의 마루야마 겐지를 생각해야 한다. 무엇보다도 좋은 문학 작품의 조건들 가운데 중요한 것은, 사회 경제사적 관점에서 바라본 사회와 인간에 대한 성찰이 앞서야 한다는 점이다. 그러나 소설의 가장 중요한 것은 재미있는 이야기이다. 훌륭한 줄거리만 마련된다면 문체는 중요하지 않다.

도스토옙스키의 거친 문체를 두고 전문가가 아닌 이상 폄하하지 않는 것과 같다. 사실 톨스토이의 글이 집에서 기르는 소라면, 도스토옙스키의 글은 야생의 코뿔소이다. 다듬어지지 않는 글, 길들일 수 없는 삶의 처절한 민낯, 포효하는 포식자들이 난무하고, 이해할 수 없는 아이러니가 버젓이 신사의 영혼을 지배하고 있는 곳이다. 생존을 위해 글을 썼다. 아니 놀음과 술을 위해 글을 팔았다. 그는 결코 거룩하지도 않으며, 아름답지도 않다. 작부酌婦의 음탕함을 숨기지 않고 글로 토한다. 역겨움과 섬뜩함을 참아내지 않으면 읽어낼 수 없다. 이것이 도스토옙스키의 작품 세계다. 빚을 갚기 위해, 자연의 연인을 위해 미친 듯이 글을 썼다. 오타는 얼마나 많았던지, 편집자들은 원고를 수정하고 교정하기 위해 적지 않은 애를 먹어야 했다. 퇴고되지 않은 도스토옙스키의 글, 그렇기에 야생의 짐승처럼 사람들을 휘몰아쳐 간다. 사람들은 도스토옙스키의 초상화와 일련의 장편에서 엄숙함을 발견한다. 그러나 그는 누구보다도 언어유희에 능했고, 보드빌vaudeville[113]장르 기법을 도입하기도 했다.

우리나라의 경우 어느 한 분야도 부패와 편견과 아집으로 병들지 않은 분야가 하나도 없다고 단언해도, 결코 지나친 말이 아닐 정도다. 모든 분야가 복제·복사 공화제이며, 우리 모두 그 시민이라고 해도 지나친 말은 아닐 터. 그나마 사회 타 분야는 어느 정도 진화하려고 몸부림치고 있는 반면에, 출판계는 진정한 햇빛이 비치려면 요원하다.

제백은 출판인들은 좀 다를까 해서 믿고 바른 소리를 하다가 된통 징계를 당해, 좌천되어, 지방대학교로 주유천하 구경하듯 계도하러 다녔다. 마침 한 대학교 구내 복사실에 들렀다. 그곳에는 며느리와 시어머니 두 사람이 복사기 세 대를 놓고 학생들의 교재 일부분을 복사해 주고 있었다. 복사기 한 대는 부속을 갈아 넣는 여분의 것이었다. 아무튼 그들은 복제 계도원에게 심하게 항의했다. 자기들은 초등학교를 겨우 나왔는데, 학교 구내 복사실 입찰에 응하여 힘들게 계약을 했다는 것이다. 그런데 매번 단속이다 계도다 나와서는 이리 뒤적이고 저리 뒤적이면 복사하러 온 학생이 도로 가니 손해가 막심하다는 것이다. 그렇게 사람 죽일 듯 나쁜 일이라면 왜 지성의 전당인 대학에서, 그것도 구내에다 버젓이 입찰을 하게 했냐는 것이다.

그리고 가만히 있는 데도 돈을 빼앗는 세상인데 자기들은 앉아 있는데 대학생들이 와서 복사를 해 주라고 하는데, 어찌 안

---

113) 춤과 노래 따위를 곁들인 가볍고 풍자적인 통속 희극. 노르망디 지역에서 불리던 풍자적인 대중가요에서 비롯됨.

해 주고 배기겠냐고 오히려 반문했다. 복사물이 저작권 위반인지 어찌 알며, 만약 알았다고 해도 안 해 주면 자기들은 이 학교에서 내쫓겨나야 하지 않겠냐는 것이었다. 그러면 굶어죽을 수도 있을 것이며. 이것이 대한민국 복제의 현실이다.

일년 가야 고전 한 편 읽지 않는 풍토를 개선하여 이끌 생각은 않고, 그들을 부추기는 데 앞장서는 듯한 인상을 주는 이 절망적인 문학 출판계에서 과감히 탈피해야 한다. 그리고 문인들의 수가, 시인들의 수가 왜 이렇게 많은가. 이 말은 바꿔 말하자면 무슨 말인지도 알 수 없는, 시답지도 않은 시를 쓴답시고 폼 잡고 있는 어중이떠중이들이 왜 이렇게 많은가. 가뜩이나 어지러운 세상에 가장 순수하고 진지한 소임을 담당해야 할 문인들의 사회에까지 신용할 수 없는 제품을 무작정 대량생산하는 제도가 있으니 이건 정말 어지럽고 불쾌하다. 그러니까 이것을 되짚어보면 문인들의 수에 비해서 좋은 작품이 많지 않다는 말이 되고, 이런 허술한 문인들을 시인이나 소설가의 레테르를 붙여서 내놓은 추천제도의 권위는 말이 아니라는 말이 된다. 자타가 인정하는 좋은 작품 원고를 들고, 몇몇 유수의 시집 출판사에 들고 가자마자 퇴짜 맞고 결국 주변에서 변죽만 울리고 다니다, 좌절 일보 직전에 이른 이가 많다는 것을. 그 성은 양만춘의 안시성보다, 저 헥토르의 트로이성보다 더 견고하다.

여기서 제백은 다짐했다. 스스로 트로이 목마가 되려고. 제백이 출협에 근무하면서 힘닿는 대로 그들의 작품이 햇빛 보게끔 작은 노력을 기울이기도 했다. 지금 와서 볼 때 제백에게 남은 것이 있다면 그것은 출판대학의 수강생의 취업에 진력한 것과 출판에 도움을 준 것이었다.

김학준의 『매스컴 국어』는 열일곱 군데 출판사를 돌고 돌다 (니체도 『차라투스트라는 이렇게 말했다』를 출판해 주겠다는 출판사가 없어 자비로 사십 권 정도만 출판함.) 제백이 소개한 출판사에서 출간되자마자 베스트셀러의 반열에 오르는 기염을 토했고, 황철순의 『서울대생이 쓴 영어 강의집』 시리즈는 제백 소유 출판사에서 출간되었는데, 인세를 무려 삼십 퍼센트를 지급하기도 했다. 미래를 보고 투자한다는 게 나가도 너무 나갔다. 그로 인해 여러 출판사 측의 질타가 있었다. 막상 결과를 보면 제백만 빚더미에 눌러 앉게 되었고, 저자들만 떵떵거린 꼴이 되었다.

하루는 출판대학 제삼기생이요, 독일 슈투트가르트 대학교에서 박사학위를 받은 교수가 찾아와서 국내 번역된 밀란 쿤데라 단편소설들 거의가 페이지마다 심지어 예스를 노로, 노를 예스로 번역되어 있으니, 자기가 다시 번역하여 출판하는 게 어떻겠냐는 의사를 타진해 왔다. 그래서 출간된 책이 『영원한 동경의 나무에 열리는 황금사과: 일곱 가지 사랑이야기』(밀란 쿤데라 지음, 안성권 옮김, 발행처: 세원, 발행년도: 1990)였던 것이다.

그런데 지금이나 그때나 진정한 독서풍토가 조성되어 있지 않아서 불과 몇 권만 팔려 그냥 쌓아놓고 있다가 1991년 출판대학 제육기생 두 명이 직접 들고 서울 시내 몇몇 유수한 대학 입구로 가서 한 권에 단돈 천 원에 팔았다. 그 책을 판 금액 절반은 그들이 갖고 나머지는 세 명의 술값에 충당했던 적도 있었다.

한 번은 세 명이 영등포 어느 극장에서 동시 상영 중이던 〈버지니아〉를 보고는 같이 한 명이 젊은 한때 동정을 상실한 철로변의 그 유곽을 찾아 헤매었으나 끝내 찾지 못하고 족발에다 소주만 퍼 마셔대기도 했다.

귀스타브 플로베르가 열아홉 살 때 당시 다르스 호텔을 경영하던 서른다섯 살의 윌라리는 페루 리마 출신의 정열적인 여인이었다. 플로베르와 그녀는 천장이 낮고 붉은 포석이 깔린 호텔 방에서 십오 분 간 열정적으로 서로의 육체를 탐닉했다. 모친의 하녀에게 동정을 준 이후 첫 관계였다. 이후 플로베르는 마르세유를 지날 때마다 그곳을 찾았고, 마지막으로 소설 『살람보』를 쓰기 위해 튀니지를 둘러보러 가던 길에 들렀을 때 호텔은 없어지고 일층엔 장난감 가게, 이층엔 이발소가 들어 있었다. 그가 사랑을 나누던 방의 벽지만 남아 있었다고, 1860년 2월 20일자 공쿠르 형제의 『일기』에 기재되어 있었다.

우리 인생길 반 고비에 올바른 길을 잃고서 난 어두운 숲에 처했었네. 알리기에리 단테는 『신곡』에서 노래했다. 제백은 인생이 칠십이라면 그 절반 정도의 나이에 대한출판문화협회에 입사하였다. 출판협회는 사간동 동십자각 옆에 자리 잡고 있었다. 결국 근 삼십여 년을 이곳에 드나든 꼴이 되었다.

제백은 출판 교육을 담당했다. 한 총명한 여교육생이 보낸 한 편의 시가 있었다. 늘 가슴 깊이 새겼다. 그녀는 출협에서 운영했던 삼 개월 출판편집 과정의 1985년도 〈편집인 대학〉을 수료하였는데, 특이하게도 출석부에 매일; 바다, 여름, 강, 산, 파도 등 보통명사로 서명을 대신했다. 그리고 시 한 편을 봉투에 적어 보냈다.

<u>東十字閣에 불이 켜진다.</u>
스산한 사막의 하루가 또 저물었다
술처럼 독한 위안을 찾아
맨발의 백작부인이 넘실댄다.

떠다니는 섬들이다
섬들의 여인은 살갗이 화사하다
맞부비면 더욱 더 윤이 돋고
화사한 흰 살갗이 고요...

별 없는 하늘이랑도 우러르면서
오늘도 한 방울 술 속에 갇힌
나의 여자와 자유의 <u>追憶祭를 불사른다.</u>

<u>建春門에도 불이 켜졌다.</u>
병든 사랑의 母音 하나를 땅에 떨구면
끝내 날지 못하는 새
<u>새의 이름으로 탄생하는 시가 있다.</u>

<u>어디선가 아련히</u>

<u>이 시대를 유랑하는</u>
<u>집시의 풀피리 소리가 들린다.</u>
<u>덫에 걸린 내 영혼도</u>
<u>금요일 밤의 비에 젖는다.</u>

<u>호젓하게 내려쌓이는 밤을 마시며</u>
<u>떠다니는 섬들의 몸짓으로</u>
<u>동십자각의 불빛 앞을 서성인다.</u>

— 권일송의 '동십자각 앞에서' 전문.

✝ 밑줄 부분만 수강생 여인이 봉투 앞면에다 인용했음.

그 당시 〈편집인 대학〉 교육장이었던 출협 사층 강당 맨 뒤편엔 종로서 정보과 형사 한 명이 찾아와 교육내용을 경청하고 있었다. 수료가 다가올 즈음 마침 그 형사가 없는 틈에 수강생들이 제백과 같이 교무 일을 보고 있던 후임 신 씨한테 항의를 하는 것이었다. 어떤 수강생들은 출협 앞 건널목에서 불심 검문을 당하기도 했다는 것. 사실 출협 주변은 청와대 안전지대로 정해져서 통행이 원만하지 못했다.

마침 수험서 출판사 대표와 경호실장이 막역한 사이라 그와 제백이 같이 교과내용을 들고 경호실에 가서 설명을 했다. 그리고 〈출판 윤리〉란 과목이 수강생 중 의식화되었거나 안 되었거나를 막론하고 큰 도움이 될 것이라고 설명했더니 수긍했던 것이다. 제일 문제는 한 모 변호사의 강사자격이었는데 이에 대해 교무 측에서 어느 정도 범주를 정한 강의하기로 되어있다고 해명했다. 아무튼 수강생들의 항의에 제백은 이청준의 「비화밀교」를 예로 들어 좀 참고 기다리자고 호소했다. 어느 정도 진정되었다.

모 출판사 대표는 신입여직원 면접 때마다 자기를 연인이라고 여기고서 가상의 연애편지를 써서 제출하라고 해서 다들 기겁을 하곤 결국 입사를 포기하기도 했었다. 보통은 출판사 대표를 출판된 책과 동일시하는 경우가 많아 제백은 그렇지 않음을 많은 예를 들어 설명했다.

소위 운동권으로 이름이 난 사람이 여직원한테 머리채를 잡히는 수모를 받기도 하고, 또 다른 경우는 자기도 운동권 출신이면서 의식화되지 않는 사람을 추천해줄 것을 부탁하기도 하고, 노동 착취는 예사였다. 어떤 대표는 혈액형까지 요구하기도 했다. 오, 젊은 한때 운동권이었던 자가 제도권에 들어오면 달라지는 법인가. 지금도 직원 사이 게슈타포를 배치하고 여자 화장실 내 여기저기에서 여직원의 울먹이는 소리가 들리는가. 제백은 10·26과 12·12를 겪으면서 마치 阿Q처럼 모든 재산을 포기하고 세상을 떠돌다 병을 안고 와 서부병원에 입원하였다. 마침 그해에 학과 선배인 이순과, 서클 멤버였던 이열 선배가 등단하기도 했다.

그가 나신전업 상무로 있었을 때, 친하게 지냈던 청와대 한 경호원은 자기 처제가 결혼 보름 만에 쫓겨 오다시피 파혼한 후 제백과 성사시키려고 애를 썼다. 그때 제백은 맞선 칠십 번째를 넘어서고 있었다. 그러나 제백이 나름대로 사업을 하고 있다고 호감을 가졌으나 막상 만나보니, 소위 '구름 잡는 소리를 하는 문학을 좋아하는 청년'임을 알고 포기했던 것이다. 그러다가 10·26이 터졌다. 아니 전날 밤, 그 자와 같이 내자호텔 내 맥주집에 갔더니 그의 해병대 선후배로 보이는 사람들이 마침 맥주를 마시고 있었다. 그 뒤는 기억이 없다. 그때는 한 달에 고정으로 술값 나가는 것이 만만찮았다. 직장 주변의 지인들에다, 고향 후배들이 군 입대나 휴가, 제대할 때 혹은 취직시험 보러 올 때도 들렀으니까 말이다.

탕아처럼 세상을 함부로 사는 제백 모습이 너무 한심하고 답답했는지 변호사로 있던 고종사촌형이 매일 퇴근길에 삼만 원을 일수日收 받듯이 받아 입금시켜 주겠다고 했다. 형과 제백은 서울 홍제동 산언덕 판자집에서 몇 년 자취 생활도 했다. 형은 노무현 대통령과 고시동기로서 그때는 서울에 있었다. 얼마 후 부산에 가서 결혼도 하고 지금까지 그곳에 터를 잡고 있다. 형 결혼식 때 노 대통령이 사회를 봤다. 그 당시 잠시 직원으로 있었던 자가 수안보 관광호텔을 사고, 금성 기사로 있던 자가 지금은 우리나라 소리 연구가로 그 이름을 떨치고 있는 것이다. 제백이 〈향학사〉란 출판사에 입사한 것은 『영어의 왕도』 저자인 김열함과 좀 더 가까운 데 있어야겠다는 단순함이 깔려 있었다. 그 때 김 선생이 소위 향학사를 먹여 살리고 있었다.

사실 출판사란 게 한 권의 책이 히트만 치면 소위 팔자를 고친다고들 말했다. 저, 홍성대의 『수학의 정석』이나 지학사의 『하이라이트 국어』, 송성문의 『성문종합영어』 등이 그것을 잘 말해 준다. 어떻게 보면 출판도 로또임이 틀림없다. 제백의 교육생 중 〈한즈미디어〉를 운영하고 있는 자가 있다. 그가 『아침형 인간』을 출간하고 큰 재미를 본 것은 장안이 다 아는 사실이다. 제백은 역력히 기억한다. 그 사장과 또 다른 사장과 같이 술을 마시고 있었는데, 불과 두세 시간에 몇 천 권의 주문이 몰려와서 다들 흥분되어 술 잔 돌리기가 거북할 정도였다. 그리고 『굿바이 이재명』을 출간한 사장은 제백과의 통화 중에 자기는 더불어민주당 권리당원인데도 불구하고 이 책을 내게 되었다면서 이러한 정의와 양심은 제백 선생님한테 가르침을 받은 결과라고 말했다.

〈향학사〉에서 오직 두 사람을 기억한다. 그중 한 사람은 편집주간인 김 씨였는데, 작은 키에 야위고 창백한 얼굴에다 쌍꺼풀이 유난하고 눈이 초롱초롱한 오십 대 초반이었다. 입이 마르는지 입맛을 자주 다시고 약간 신경질적이었다. 일본통이고, 이야기 시리즈를 만들어서 중국사며 일본사, 그리고 한국사를 저술했다. 잘 납득이 안가겠지만 그가 왕년에 해병대 용사였다고.

또 한 사람은 제백이 만나본 사람 중에 몇 손가락을 꼽을 정도의 천재였다. 학생 운동 전력이 있었다. 지금도 방송기자 출신의 국회의원직에 있는 자와 친구며, 그는 그에게 학생회장 직을 양보했다고 했다. 그가 옥스퍼드 백과사전에 대해 말할 때는 눈동자가 반짝거렸다. 그러니까 그 사전의 한 단어를 보면, 글자가 너무 작아 돋보기로 봐야 하는데, 그 단어의 형성과정과 사용한 자들의 작품들과 해당 단어나 어구가 포함된 문장을 나열한 것이 감탄을 자아내게 하였던 것이다. 그것은 그 나라의 격조 높은 문화수준을 대변하는 것이었다.

보라, 그러한 것을 보여주는 또 하나의 사례가 있다. 그것은 영국 국제개발부 부장관인 마이클 베이츠, 그는 의회 회의에 삼 분 지각했다는 이유로, 사임하겠다고 밝혔다. 이날 영국에서는 마이클 베이츠 국제개발부 부장관이 오후 세 시로 예정된 상원 질의에 삼 분 정도 지각했다. 노동당의 루스 리스터 의원으로부터 소득 불평등 관련 질의에 답하기로 돼 있었다. 그는 "아주 중요한 질의의 첫 부분에 자리를 지키지 못한 결례를 범하게 된 데 진심으로 사과한다."면서 "정말 부끄러운 일이다. 그래서 나는 즉각 사임안을 총리에게 제출하겠다."고 깜짝 선언했다. 베이츠 부장관은 이어 "지난 오 년 간 정부를 대표해 질의에 답할 수 있어 영광이었다."면서 "나는 항상 입법부의 합법적인 질의에 대응할 때는 최대한의 예의범절을 갖춰야 한다고 생각해왔다."며 사의를 결심한 배경을 설명했다. 그가 상원에 출석해 사의를 표하기까지 걸린 시간은 단 일 분도 넘지 않았다. 특별히 잘못된 정책을 입안한 것도, 도덕적으로 문제가 될 만한 일을 한 것도 아니다. 그가 내세운 사임 이유는 상원 출석에 몇 분가량 지각했다는 것.

흔히 우리는 미국과 영국을 대놓고 폄하하지만 그것은 무지의 소산이다. 모르는 인간이 겁이 없는 것과 같다. 요즈음 미국과 북한을 보면서 어린 시절이 생각난다. 연약하고 가난하고 약만 남은 애는 아무리 힘이 센 자도 피하기 마련이다. 만약 힘센 애가 그 애와 한판 붙어 단 한 대라도 힘센 애가 맞으면 그게 수치로 남는 반면에 그 애는 밑져봐야 본전인 것이다. 몇 천분의 일도 안 되는 국력으로 나부대면 모두한테 큰 비웃음만 사지, 음 그렇고말고. 자중자애하시라!

그가 엮은 『땅으로 날아간 연』은 제백한테 큰 자극을 주었다. 그가 웅진 같은 굴지의 회사에 간부로 있다가 어느 날부터 실명 직전이란 소식을 들었다. 술 담배도 즐기지 않는 사람이었는데 당뇨라니, 너무 안타까웠다.

1993년 책의 해였다. 행사 일환으로 윤선도를 기리며, 그가 남긴 문학적 산실을 찾아 보길도를 찾게 되었다. 그날 동행했던 방송국 기자 나리들과 출협 여직원 두 명이 숙소에서 제법 떨어진 슈퍼마켓 아닌 구멍가게 비슷한 곳에서 통음을 했던 것이다. 그날 그들, 소위 방송기자들이 그 얼마나 소란을 피웠기에 마을 사람들의 진정이 청와댄가 어딘가에 올라갔던 모양이었다. 그런데 사건의 불똥은 엉뚱하게도 두 여직원한테 튀었다. 대개의 경우 그렇게 처리하는 게 우리나라다. 그리고 더 가당치도 않은 것은 그 여성 중 평소 술을 즐기고 주량이 센 여성에게 화살이 가고 말았다.

소위 책의 해라고 출협 회장단과 상무진常務陣 중에서 제법 격조 높은 자들로 추진위를 구성하였는데도 막상 사건이 터지자 어느 누구 바른 말을 하여 그녀들을 구제하려고 노력하는 자가 단 한 명도 없었다. 더구나 이것은 양식 있는 출협 역사에서 가장 오점이었는데도 그 누구도 기억조차 하지 못한다.

참 희한하게도 그 길로 출협 출판부 미인 여직원은 불명예로 쫓겨나고, 다른 총무부의 붉은 옷만 고집하던 다른 여직원도 감봉 삼 개월이란 충격적인 일을 당하고부터 시들시들 일에 흥이 붙지 않았다. 그렇게 싹싹하고 친절하던 그녀가 점점 우울해지기 시작하더니, 몇 년 후 사직하여 어느 보험회사를 힘들게 다니는 게 목격되었다.

그런데 그 사건의 중심에 섰던 원인 제공 당사자는 버젓이 의정활동을 하면서 옳은 말만 골라서 립 서비스 하고 있는 실정이다. 언젠가는 제백의 저주가 당도하리라. 그러한 것들을 제백이 그냥 보고 넘길 위인이 아니다.

책의 해, 조직위원회 임원들이 참석한 월요 조례 때 제백은 그들을 비겁자로 낙인찍어 격하게 항의했다. 출협 안팎에서는 가히 제백다운 행동이었다고 칭송도 했다. 그러나 결국 그것이 계기가 되어, 복사 단속요원으로 전락했고, 직책도 없고, 감봉도 사 개월을 당했다. 사실은 감봉 삼 개월인데, 경리 책임자가 아부 떤다고(고향 말로 알랑 방구 떤다.) 보너스 일 개월을 추가했다.

세인의 입질에 자주 오르내리는 이 나라 검사 나리에 대해 언급해 보겠다. 그들은 천하영재가 모인다는 S법대를 나와 최고의 시험제도인 사법고시에 합격해서 지방에 가면 그 지방의 유지급들과 회의도 하고 식사도 한다. 그런데 그들의 업무란 것이 죄인들을 문초하는 것이다. 각종 범죄를 다루는 것이다. 즉 도둑, 사기꾼, 뇌물, 강도, 살인 등 일상에서 흔히 일어나는 사건을 몇 십여 년 접하다 보면 어떤 때는 스톡홀름 현상이 스멀스멀 기어 올 때도 있었을 것이다.

아무튼 최고의 천재가 천하의 오사리 잡배 범죄자와 오랜 세월 마주 앉아 수사를 주고받다가 보면 어쩌면 검사들도 본의 아니게 범죄자의 수법을 배울 수도 있을 것 같다. 그래서 미국 FBI에선 다양한 방법으로 살인한 자를 특별 채용한다지 않는가.

뻔히 보이는 거짓도 아니라고 잡아떼는 것을 보면 과연 진실은 어디 숨어 있는지 도통 알 수가 없다. 국회의원이나 고위공직자, 큰 기업의 간부들이 구속될 때 한결같이 아니라고 부인에 부인을 거듭하는 것을 보면, 그들이 우수한 두뇌와 출신학교 덕분에 국민들의 추앙을 받기도 하지만, 거짓과 공갈을 치고 싶은 선천적 욕구를 가진 보통 인간들은 여러 여건상 실행에 옮기지 못하는 데 반해 그들이 스스럼없이 때론 얼굴에 철판 깐 듯 예사롭게 자행하면 그들을 한심하게 쳐다보게 된다. 정치인들을 한마디로 평가하면, 국회의원 선거 전 당에서 이탈, 제3당을 만든다고 선포하고 공천에 떨어진 이들을 기다린다. 마치 떨어진 홍시를 받아먹듯이, 아니면 좀 심하게 표현하여 인분을 받아먹는 제주도 똥돼지같이.

대개 변호사 출신들과 군인 출신들과 사회학과 교수 출신의 정치인들이 세상의 질서를 망친다고 해도 과언이 아니다. 막시밀리앙 로베스피에르나 피델 카스트로가 아니라도 이디 아민 다다 오우메나 라바엘 트루히요가 아니라도 많고 많다.

특히 변호사들은 흑백의 논리에서 살아온 터라 정치를 하면서도 내 편, 네 편을 가르는 데 익숙해져 있다. 그리고 운동권이란 일종의 공생적 기생적 속성이 있어 상대를 공격하는 데는 도가 통하지만 막상 적이 약해지거나 소멸하면 그 태생적 능력을 발휘하지 못하기 일쑤다. 여기서 우리는 남북한의 칠십 년 세월 동안 비교를 통해 극명한 차이를 본다. 또 인간은 남을 지배하기 좋아하고 잔인할 정도로 짓밟는 것을 즐기기도 한다.

보라, 검투사들의 싸움, 맹수와 인간과의 싸움, 투우, 소싸움, 개싸움, 투계, 그리고 미국의 프로 레슬링, 권투, 세계 이종격투기 등. 아니 수많은 다툼, 싸움, 살인, 전쟁.

누군가 말했다. 아직도 어수룩한 한국은 인천공항에 내려 보면 사기 칠 수 있는 여지가 수두룩하다고. 온 나라 구석구석이 허점투성이라는 게다. 제백의 군 선배가 미국 네브래스카주의 오하마에서 큰 슈퍼마켓 두 곳을 운영하고 있는데, 그는 통화할 때마다 한국의 교육에 관해 날선 비판을 가해온다. 그는 초등학교 출신이면서도 스스로 고시공부도 했고, 선거관리위원회에서 종사도 해 봤으며, 영어도 곧잘 하여 이민 와서 언어소통에 별 지장이 없을 정도였다는 것이다. 그런데 한국 소위 최고의 대학, 최고의 학과를 나온 고향 선배는 자기가 어디 대학 무슨 학과 나온 것으로 소위 말해 가오다시를 부리지만, 사람들이 그를 미워하고 종래는 피하기까지 한다는 것이다.

제백은 앞에서도 언급했지만 나름 실력자가 되기 위해 의무적으로 책을 읽었다. 책뿐만 아니라 인간이 느끼고 행하는 모든 장르의 것을 소화하려고 부단히 노력해 왔다. 그래서 혹간 그를 걸어 다니는 백과사전이니, 만물박사니, 대천재니, 하고 부른다.

1930년도 전후에 태어나 대학을 나온 자들은 평생을 대학 나온 실력으로 써먹을 수 있었다. 그러나 지금은 사정이 완전히 달라졌다. 그래서 제백이 출판대학 교무 일과 강사 일을 보던 시절 고교 출신 교육생이 육 개월 간 교육으로 엘리트 학교 출신을 능가하는 것을 봤던 것이다. 인성도 지성도 갈고 닦아야 한다는 것을 실감했다.

언젠가 제백이 중학교 동창생 스무 명 남짓과 맥주집 스탠드에서 노래를 부르고 있는데 이미 온 일행 세 사람들이 자기들도 손님이니 좀 배려해 주면 좋겠다고 통사정을 해 왔다. 그러나 이 차로 간 집이라 이미 흥이 오를 대로 오른 제백 친구들이 그들의 요구를 묵살하고 더 요란하게 노래를 부르자 문을 박차고 나가면서,

"에잇, 집단 이기주의가 이래서 문제란 말야!"

그날처럼 촌놈 학교 출신이란 게 창피한 적이 없었다. 또 한번은 중학 친구들이 강원도 속초로 회 먹으러 간다며 같이 가자고 해서 당연히 마누라도 같이 가는 줄 알고 확인 차 물었더니, 일방적으로 불참 통보를 해 왔던 적이 있었다. 그게 서울과 달랐다. 서울 고교친구들은 될 수 있는 한 부부 동반이다. 물론 제백의 경우 중학이 남녀공학이라 좀 흐릿하긴 했다. 결혼 초기 친구들과 상견례 장소에서 중학 친구들이 하도 욕을 많이 해서 마누라가 다시는 참석하지 않으려 했다. 학습지 출판사를 차려 놓고 무리하게 사업을 하다가 쫄딱 망한 제백 친구가 있었다. 그

는 처음엔 일반 수험서를 만들어 돈깨나 벌었다. 처음엔 이 책 저 책 짜깁기를 하여 번호도 바꾸지 않을 정도로 막무가내였으나 제백한테 된 통을 맞은 후 조금 개선되는가 싶더니 이번에는 어렵다는 고교생을 상대로 수험서를 만들었다. 그러나 자기출판사에 실린 답이 오답이라 결국 그 오답 사건이 커져 거액을 싹싹 긁어모아 합의금을 주고는 문을 닫았다. 갈 곳 없고 할 수 있는 일이 다단계와 보험 영업이었다. 제백한테 찾아와 울며불며 사정을 해서 제백이 술 사먹이면서까지 손님을 유치 해주었다. 그런데 그 자의 특이한 점은 자기한테 계약을 해준 자와 안 해준 자를 구별하여 자기 인생에 그 어떤 선을 그어 살아가고 있다는 점이었다. 계약하지 않는 자는 아무리 가까운 친척이건 친구건 경조사에 불참하는 것이었다. 소문은 급물살을 탔고 점점 손님이 떠나갔고 끝내 무리하게 허황되게 과장 유치하여 남은 재산마저 쫄딱 망하고 말았다. 그런데 그는 시도 때도 없이, 옆에 사람들이 있건 말건, 제백한테만 욕을 해댔다. 한마디로 입이 걸었다.

그는 레프 톨스토이나 어거스틴보다 더 방탕하게 청년기를 보냈다. 주로 집 근처 신사동 신영극장이 뭇 여성을 유혹하는 주무대였다. 그와 같은 왕성한 식욕에는 가정부든 유부녀든 여대생이든 상관할 바 아니었다.

특히 비 오는 날 극장입구에 서 있다가 혼자 우산을 펴는 여성을 골라 작업에 들어갔다.

"우산 같이 좀 써도 될까요?" 그리고 명동의 다방들도 그가 뭇 여성을 유혹하기 좋은 장소였다. 그는 학교 수업이 끝나자마자 명동이라는 유목지를 달려가 이리저리 쏘다녔던 것이다. 한 곳에 머물지 않는 정서불안 증세도 엿보였다. 결국 자기가 서울 법대 재학생이라고 신분을 속여 굴지의 백화점 고명딸을 과외 하다가 몇 차례 임신을 시키고 더 이상 낙태가 불가능하다는 병원 측의 진단을 받고는 할 수 없이 어린 애까지 낳아 홀트 아동 복지재단을 통하여 입양을 시켰다. 며칠 후 그는 다른 과외 자리를 찾아 옮겼고, 또 그 집 딸과 교제를 하였는데, 뒤를 밟은 전 애인인 백화점 딸이 목격하고, 그와 눈이 마주쳤다. 그런데 그의 싸늘하고 비웃는 듯한 눈빛을 보고 크게 실망하여 혼자 술을 퍼마시고 곧장 백화점 옥상에서 뛰어내려 죽었던 것이다. 장안이 들썩했다. 한때 그는 인왕산 아래 홍제동에서 과외를 하다가 크리스마스를 맞이했는데 그날 밤 소위 과외생 남녀를 불러 단체로 관계를 맺는 기상천외한 짓도 했다. 결국 사생아의 본성을 벗어나지 못한다고 주위 아는 사람들이 입을 모았다.

어머니는 마치 자자 가보르Zsa Zsa Gabor와 같이 남자가 아홉 명이었다. 심지어 흑인, 일본, 중국, 인도, 태국, 몽골, 한국이 세 명이었다. 그와 남동생 한 명, 누이동생 세 명, 그러니까 다섯 명만이 마지막 한 가족으로 살았다. 그중 일본과 몽골 튀기 여동생도 있었다. 그들 중 한국 아버지한테 태어난 아이는 성姓이 각각이었다. 일본과 몽골 여동생은 그와 같은 성 씨였다. 「호질虎叱」에서의 정鄭나라 어느 고을에 벼슬을 탐탁하게 여기지 않는 학자가 살았으니 '북곽 선생北郭先生'이었다. 그는 나이 마흔에 손수 교정校訂해 낸 책이 일만 권이었고, 또 육경六經의 뜻을 부연해서 다시 저술한 책이 일만 오천 권이었다. 천자天子가 그의 행의行義를 가상히 여기고 제후諸侯가 그 명망을 존경하고 있었다. 그 고장 동쪽에는 동리자東里子라는 미모의 과부가 있었다. 천자가 그 절개를 가상히 여기고 제후가 그 현숙함을 사모하여, 그 마을의 둘레를 봉封해서 '동리과부지려東里寡婦之閭'라고 정표旌表해 주기도 했다. 이처럼 동리자가 수절을 잘 하는 부인이라 했는데, 실은 슬하의 다섯 아들이 저마다 성을 달리하고 있었다.

인간의 운명은 도무지 예측할 수 없는지라, 그가 결혼한 지 이 년이 지난 어느 날 한복 곱게 차려입은 어떤 연인이 그의 어머니를 찾아왔다. 예쁜 사내아이를 안고서. 그러고는 자기는 애인과 같이 곧 캐나다로 떠나려 한다며 이 아이가 당신 손자뻘 되오니 받아주라고 간곡히 사정했다. 마침 그 자리에는 시집 간 큰 딸이 있었다. 큰 딸은 대학교 때 만난 남편이 교통사고를 당해 반신불수가 되었다. 사람들은 말했다. 그들이 부부의 연을 끊지 않는 것은 루터교의 독실한 신자이기 때문이라고. 아무튼 큰 딸이 그 아이를 맡기로 했다. 먼 훗날 마치 태종 밑에 세종 있듯, 그 아이는 훌륭하게 자라 굴지의 의과대학을 나와 유엔에서 일을 보고 전국구 국회의원 두 차례, 지역구 두 번 하고는 마침내 대한민국 국회부의장이 되었다. 욕쟁이 친구는 어느 회사에 취직했다가 일년 계약이 끝나고 재계약을 앞둔 하루 전, 회식자리에서 술에 취해 사장이 묻는 말에 그만 무심코 예사롭게 심각한 표정으로 눈을 치뜨며 사장을 노려보면서, "지랄염병하고 있네!"하고 내뱉었다. 다음날 그 회사로 재계약하러 뛰뛰빵빵 차를 몰고 가는데, 휴대전화 문자로 통보가 왔다.

"선생님, 사장님께서 하는 말이 '집에서 지랄염병하고' 푹 쉬시랍니다."

그 소식에 쇼크 받아 아침 강렬한 햇빛에 어질어질, 그만 난간을 들이받아 저수지로 추락하고 말았다. 마치 앙리 조르주 클루조의 〈공포의 보수〉를 연상시키는 장면이었다. 국회부의장인 아들이 그의 장례식에 참석한 것을 두고 뒷말이 많았다.

제백이 우리나라 유수한 컴퓨터 회사인 〈한글과 컴퓨터사〉의 스카우트 제의를 받았다. 직장인으로서 늦은 나이이고, 컴맹인 터라 무척 고민했다. 다들 늦은 나이에 직장을 옮긴다는 것은 무리이고 건강에도 안 좋다고 만류했으나 샘터 편집장을 지낸 후배 여성은 적극 격려를 보냈다. 그래서 담당자를 만나 자기를 스카우트 하게 된 이유를 물었다. 그는 말했다. 가지고 있는 콘텐츠를 높이 샀다고. 거액의 연봉과 차량 등을 주는 조건이었다. 그때 제백은 운전도 할 줄 몰랐다. 이래저래 거절하고 결국 중앙대 대학원 부설 영상아카데미 출판 잡지반 담임 강사를 일 년 반 정도 맡았다. 밤늦게 마쳐, 배도 출출하것다 가까운 영등포시장 근처에서 수강생 오륙 명과 늦도록 술을 마셨다. 그중엔 마산 사람으로서 관상어 전문업체 형제도 있었는데 특히 전시회를 연다고 초청하여 막내동서네와 같이 구경 갔다가 내게 수족관 한 개를 선물로 주어, 부천 집까지 가져오는데 꽤 힘들었던 기억이 난다. 그중 한 여학생은 출판에 관해 전반적인 열의를 보여 출판에 관련된 책 오륙 권을 빌려주었다. 곽이란 여성이었는데 그 후로 감감 무소식이었다. 그 교육도 중앙일보에 투서가 들어가 결국 폐강조처가 내려졌다. 사실은 제백도 투서와 폐강조처에 일조했다.

19장 해돋이의 황량함

큰 가마에 앉힌 밥 태반이나 부족하니 한가을 흔한 적에 과객過客
도 청하나니 한 동네 이웃하여 한 들에 농사하니 수고도 나눠 하고
없는 것도 서로 도와 이때를 만났으니 즐기기도 같이 하세.

출협 납본은 문교부에서 위탁받은 업무였는데, 세월이 흘러
다들 출협의 고유 업무로 착각하고 있었다. 납본실은 접수창구
를 제외하곤 삼 면이 벽으로 되어 있었다. 그런데 그곳에 복제
단속원 열 명이 출근하여 담배 피우고, 커피 마시고, 잡담하다
가고, 마지막에 서무를 겸한 단 한 명만 남아 업무를 보았다.

납본실은 여직원 두 명, 남자 직원이 부장 포함해서 세 명이었
다. 십일 제곱미터의 협소한 장소지만 불평 없이 근무했다. 제백
은 TO상, 서류상 형식적으로 한국출판금고 직원으로 입사했
다. 그러나 처음부터 출협 업무를 보게 되었다.

출협 일층 납본실에 대해 신입 직원들이 장소 타령을 하지만
몇 해 전에만 해도 지하 주차장 어귀에 있었다. 바로 옆에는 이
층 뉴질랜드 대사관 쓰레기 처리장이 있었다. 간혹 대사관 운전
기사와 청소 아줌마가 급하게 내려와서 그 쓰레기 처리장 앞에
서서 귀를 쫑긋 세워 무언가를 기다리는 듯했다. 신기해서 가보
니 그들은 대사관 직원들이 먹다만, 캔에 든 음식들이나 날짜

가 지난 캔을 주워 몰래 감춰 가는 것이었다. 한 번은 그 청소아줌마가 나선형 회관 계단에서 넘어지는 것을 제백이 받았다. 영화 〈태양은 차가워〉의 여주인공이 나선형계단 꼭대기 위에서 자살하는 장면을 연상시키는 섬뜩한 순간이었다. 제백의 중학 하굣길인 됭기 들판을 지나 사천강 둑 옆에 공군부대에서 나온 쓰레기 처리장이 있었다. 그곳은 소위 말해 만화경 같은 곳이었다. 제일 인기 있는 것은 폐건전지이다. 잘 분해하여 까만 탄소 막대를 가지고 바위나 돌에 낙서하기 좋았다. 그러나 손을 씻지 않고 피부에 닿으면 무척 근지럽기도 했다.

2000년 7월 1일에 설립된 한국복제전송저작권협회에서 국내 논문의 데이터베이스화와 국가전자 도서관의 도서관 보상금 관리시스템 구축과 과금課金 프로그램 개발의 주무팀장으로서 그 역량을 경주하기도 하였다. 또 〈㈜들음 닷컴〉의 맹인용 점자책을 중심으로 각 출판사ㅏ 저자들과 저작권 문제를 협의하기도 했다. 그 당시 판금도서가 많았다. 제백도 판금도서 모으기에 열을 올렸다. 제주도 출신으로서 〈한국출판연구소〉 직원이었던 전 국회의원도 제주도에 판금도서 도서관을 설립하는 게 꿈이라고 했던 적이 있었다. 그런데 안타깝게도 몇 년 전 운명을 달리했다.

제백은 국립중앙도서관에 납본을 하면서 베스트셀러를 몇 부 더 주문해 달라고 했다. 왜냐하면 소위 베스트셀러는 일반인들이 빌리기가 여간 어렵지 않다는 것이다. 그것은 책 읽기 좋아하는 몇몇 도서관 직원들이 돌려가면서 읽어도 한 달이 더 걸리는 것이다. 그러나 담당자는 공짜로 주면 갖지만 사기는 어렵다고 손사래를 쳤다.

어느 날 얇은 책자 한 권이 납본되었다. 제백은 마감 때까지 문광부에서 특별한 언급이 없어서 약간 의아해 하면서도 굳이 알려줄 필요까지는 없겠다 판단하여 납본을 받아 일련번호를 써넣었다. 그 당시 그러한 류의 책은 여섯 권을 납본 받아서 먹지를 대고 원본까지 포함된 다섯 장의 서류가 복사되게끔 꾹 눌러쓴다. 그리고 삼사 일 동안 모은 신간서적을 그 서류 한 장과 같이 국회나 국립 도서관으로 각각 두 권씩 납본했다. 그래서 국회나 국립 도서관에서는 절반의 보상금을 받았고, 문광부용 두 권 값은 못 받았다. 그래서 보상금 포기 각서를 제출했다.

며칠이 지나고 문광부에서 야단법석이었다. 그 책을 당장 가져오고 기재했던 서류를 폐기하고, 다시 말해 그 난을 다른 책으로 채워 이어서 감쪽같이 없애란 것이었다. 그러니까 책을 납본을 받았다고 하면 자기들 감독 소홀로 불똥이 튄다는 뜻이었다. 일종의 카무플라주였고 책임회피였다. 그러나 책이 발간된 사실을 알고 보안사, 안기부 등에서 책을 구해 달라고 야단이었다. 한두 권도 아닌 열 권을.

그 당시 업무 중 가장 힘들 때가 판금도서 구해 달라는 것이었다. 다른 출판사보다 그런 책을 출판하는 쪽은 소위 말해 운동권 출판사라 치부하여 여간 깐깐하지 않았다. 그들은 출협을 작금의 체제에 순응하는 단체라고 여겨, 색안경을 끼고 있어, 여간해서 협조를 해 주지 않았다. 그도 그럴 것이 판금조치를 해 놓고 달라니, 누군들 잘 응하겠는가. 그 책이 바로『김대중 옥중서신』이었다. 소설가요 번역가였던 이윤기의 회고이다.

"나는 경상도 사람인데도 경상도보다는 전라도 사람을 더 좋아하는 사람이다. 그래서 고향사람들로부터는 전라도 사람 좋아한다고 따돌림을 받는다."

나신전업 제 일분점인 내자동 금성 대리점 근처의 〈경북농약〉 여직원 서너 명과 저녁자리를 가졌다. 그날, 제백이 평소에도 눈여겨 두었던 서울여상 출신이『문학사상』잡지를 들고 있었다. 한창 이야기꽃을 피우고 있는데, 그녀가 불쑥,「특질고特質考」를 펼쳐놓고 해당 구절을 손가락으로 짚어가며 심한 욕설을 해대는 것이었다. 그녀가 고향이 금일도金日島란 것쯤은 벌써 아는 터였다. 제백은 영화〈갯마을〉외 오영수 작가의 작품을 읽지도 않아서 뭐 별로 할 말이 없었다. 결국 한 사람이나 한 작품이나 어떤 글을 읽을 때 한두 군데를 꼬집어내지 말고 전체를 보아야 하지 않겠느냐는 원론적인 말에 그녀는 버럭 화를 내며,

"당신은 위선자야, 이 글을 읽어보면 알게 아니에요!" 하며 오른쪽 입술 끝의 실핏줄이 부들부들 떨렸던 것이었다. 곧 문을 박차고 나가버렸다.

제백 가까운 친구 중 전북 고창 사람이 있었는데 결혼 당시 신부 친척들한테 논산이라고 속였다. 제백 가까운 후배가 남원이 고향이었는데 특히 강원도 친구가 '~했당개' 하고 약간 비웃자 대번에 맥주잔으로 얼굴을 쳐 안경이 부서지고 코피가 낭자했던 적도 있었다. 누구는 인동초가 큰 인물이 되는 데는 박정

희 전 대통령이 일조했노라고. 떠들든 말든 그냥 내버려두었다면 그렇게까지 크게 되진 않았을 것을 괜히 긁어 부스럼이 되었다고 악평을 늘어놓기도 했다. 그리고 인동초 고향도 충남 서천이었다고. 제백 고교 동창이 그와 같은 고향 출신이라 그와 얽히고설킨 많고 많은 사연과 곡절이 있다고 했다.

제이차 세계대전이 한창일 때 독일 베를린 거주 일반국민은 휴양지에서 세상모르게 휴가를 보냈다니 그것만큼 거창한 위장과 속임수가 있겠는가. 그러니 인간도 짐승들처럼 위장과 트릭과 술수를 부려야 생존할 수 있는 것이다. 그것들을 인간 세계에선 '악'이라 치부할 테지만 그게 인간의 몸에 가장 잘 맞는 의상이 아닌가 한다. 그러한 인간에게 선이니 참이니 아름다운 심성을 기대하지 말지어다!

우리나라는 남북 대치보다 영호남 갈등이 더 심각하다는 것을 뼈저리게 느낀다. 제백이 제 아무리 호남에 대한 호감과 여러 가지 도움을 주려해도 늘 색안경을 끼고 보는 듯해서 여간 불편하지 않았다. 뭐랄까, 물과 기름이랄까. 이 간극과 이질감이 너무 커, 동시대를 살아가는 예민한 자로선 감당하지 못할 정도로 힘들어, 더욱 슬퍼지는 것이다. 인간의 언어가 모든 것을 좌지우지할 수는 없겠지만 저, 전북의 장수와 많이 떨어진 여수 손죽열도, 울진과 남해 금산의 말이 같으니 이를 어쩐다.

울산 전하동에서 일어난 조그마한 일화였다. 제백 친척 동생이 들려준 이야기였다. 그 동생은 제백의 독서력에 자극을 받아 부산대 상대 재학 중 일년 휴학을 해 독서에 파묻혔다. 그는 발자크의 『골짜기의 백합』과 앙드레 지드의 『사전꾼들, 위폐범들이라고 번역됨.』을 극찬했다. 울산은 다 아시다시피 공장이 많았다. 어느 날 한 젊은 부부가 집을 구하려고 다녔다. 집주인 여자는 그들의 참하고 정감 있는 모습에 당장 내일이라도 오라고 했다. 그들이 이층에 들어오고 난 그날 밤, 남편이 술을 한 잔 걸치고 왔다. 그리고는 이층에 세 들어 왔냐고 묻고는 고향이 어디냐고 해서 무안 해제 사람이라고 했더니, 대뜸 눈을 부라리며, 내일 당장 내 보내라고 했다. 아내는 할 수 없이 이사 경비를 대신 주면서 사정사정하였다. 제백과 가까이 지내던 영암 후배는 인동초가 대통령에 당선되기 전까지는 전라도 사람이 많이 산다는 부천 일대에서조차 택시를 타고는, 될 수 있는 한 말을 하지 않았다. 자기가 전라도 사람이라는 것을 표시내기 싫었다. 그러니 통일은 돼도 문제, 안 돼도 문제인 것이다. 일대 대혁명이 일어나 용광로에 뒤섞어 용해시키지 않는 한 요원할 것이디.

언젠가 역곡 포장마차에서 옆에 혼자 앉아 술을 마시던 한 중늙은이의 푸념이 생각난다.

"한국이란 나라는 압록강, 두만강부터 한라까지 태평양 한가운데 잠겨 몇백 년 동안 떠오르지 말아야 한다."

몸서리쳐질 정도의 악담이었다.

제백 집안의 제백보다 나이 어린 아저씨가 농수산부에 근무하고 있었다. 제백은 그가 밤늦게까지 근무를 하는 것을 자주 목격했다. 왜냐하면 저녁 약속 시간을 제대로 지킬 때가 거의 없었기 때문이었다. 그런데도 진급이 쑥쑥 되지 않았다. 특히 서울 신탁은행에 다니던 제백 선배가 있었는데 모임 때마다 항상 늦었다. 하루는 버릇을 좀 고쳐야겠다고 친구들이 몰려가서는, "범길아, 너 뭐해, 토요일인데, 지금까지 일 하냐, 그러려면 이 직장 당장 때려치워!" 했더니, 불과 몇 분 만에 뛰어나왔다. 사실 친구 다섯 명 모두 유단자라 합쳐 이십팔 단이 되고 덩치 또한 만만치 않아서인지 바로 위 차장과 부장이 누구냐고 물어서 친구라고 했더니, 당장 퇴근하라고 했다. 그 이후로는 약속 장소에 제일 먼저 오게 되었다나 뭐했다나.

아무튼 농수산부 아저씨는 늘 투덜거렸다. 차라리 전라도 정권이 되었으면 좋겠다고. 말인즉슨, 농수산부란 게 정권의 끼워넣기, 즉 구색 맞추기에 불과한 부처이기에 차라리 전라도 정권이 되면, 자연히 경상도 장관이 와서 혹시나 아는 사람과 연줄이 되어 도움을 받지는 않을까 한다고.

그가 입사 때 일화를 들려주었다. 즉 통계자료를 만들 때 둥글게 둥글게 두루뭉수리로 만들어, 기자 자료든 상부 보고든 간에 보는 관점에 따라 각기 달리 해석할 수 있도록 절대로 모나게 하지 않게 만드는 게 관건이라고.

아무튼 아저씨는 북경대 파견공부를 하다가 항문에 피가 보여 치질이 아닌가, 했으나 그게 대장암이었다. 임종 시 제백 손을 꼭 잡으며 신신당부했다. 건강에는 '설마'가 없다고. 혹여 나는 괜찮겠지, 하지 말라며, 하나에 하나 플러스가 둘이 되는 것처럼 더도 덜도 아닌 명확한 것이 건강이니, 술과 담배를 자제하라고 했다. 그가 유행가를 끝까지 부르는 걸 보지 못했다. 자기 마음에 드는 유행가의 한 소절을 허밍 하다가 또 다른 노래가 유행하면 똑 같은 방식으로 했다. 그러니 노래방이 없었으면 평생 단 한 번 도 전곡을 완전히 부르지 못하고 말았을 것이다.

미국 루이지애나의 맨채크 습지 Manchac Swamp, Louisiana 주변에 살았던 부두교 주술사 줄리아 브라운이 평생 한 곡만으로 보낸 것보다는 났다고 할까. '어느 날 나는 죽을 거야. 그리고 나는 너와 나 모두를 데려갈 거야'라고. 예언이랄까, 저주랄까. 장례식 날 거대한 허리케인이 와서 세 개 마을이 초토화되고, 이백칠십오 명이 죽었다.

제백은 출협 부설 〈출판대학〉 교무와 강사로 있으면서 자기 한 몸 실천해야 한다는 사명감으로 호남 출신 학생을 우선으로 취업을 시켰다. 어떤 학생은 아홉 차례를 취직시키기도 했다. 그런데 그 당시는 의협심이 불타 행한 일이었으나 편법을 동원했기 때문에 후회도 되었다. 그러니까 그 자는 B형 간염보균자여서 취업이 어려워 혈액을 위조했고, 나이도 한 살 초과되었지만 담당자를 구워삶아 겨우 해결을 봤던 것이다.

김제백 님께

다수 인간의 고통에 가슴 치며 고뇌하고

소수자의 불의와 폭력에 분노하시는

김 선생님의 맑고 뜨거운 양심을 존경합니다.

이 시대 가장 진실한 인간의 길,

짓눌린 생명체들이 새푸르게 되살아나는

진보와 투쟁의 길에서
김 선생님과 저는 하나임을 믿습니다.
건강 유의하시고 이 땅을 일깨우는
'지성의 등대'를 밝히는 사업에
큰 진전이 있으시길 기원합니다.
아, 이 엄중한 시련의 시기를 돌파하여
살아서, 살아서 우리 김 선생님을
다시 만나 뵐 것을
비장한 가슴으로 결의합니다.
1990년 초가을 날에

— 수배의 방에서 박○○ 드림.

음란물은 출판계의 풀리지 않는 숙제였다. 광마와 '아담이 눈뜰 때'도 유죄 확정 판결을 받은 바 있다. '아담이 눈뜰 때'가 2017년 12월 5일 자로 『위대한 서문』을 엮어 펴냈다. 그중 『카라마조프가의 형제들』의 서문이 눈에 띠었다. 제백은 벌써 1990년대에 정음사나 을유문화사에서 발간된 서문이나 간행사를 모아 출간했으면 했다.

도스토옙스키는 정치범으로 수감되었다가 처형당하기 직전에 풀려난 적이 있다. 사람은 죽기 직전 자신의 전 생애를 찰나로 다 볼 수 있다고 한다. 가족들과의 사소한 일상들, 자신이 평생 쌓아 올렸다고 믿어왔던 한 움큼의 명예, 때때로 저질렀던 부끄러움들……. 그리고 자신이 통째로 무너지는 것 같은 절망감에 분노를 터뜨리던 어느 한 때……. 이런 것들이 스쳐가는 순간에 우리 각자 다다랐을 때, 어떤 것이 회한으로 남을까? 그걸 미리 알 수 있다면 우리 인간들은 보다 완벽한 삶을 살게 될까?

 표절도 문제였다. 산은 산이요, 물은 물이다라는 것과 매일 독서를 하지 않으면 입에 가시가 돋는다는 것, 윤동주의 서시 등 우리가 익히 지은이를 성철 스님, 안중근 의사, 윤동주 시인으로 알고 있지만 원저작자가 있다는 사실에 우리는 진실과 처음 각인된 것과의 사이에 혼돈을 갖는다. 표절 문제가 화제가 되면서 도처에서 표절 사례를 찾으려 하는 경향도 있는 것 같다.
 청마 유치환 시편 '목숨'은 "하나 모래알에 삼천 세계가 잠기어 있고"라는 시행으로 시작되고 있다. 이 대목이 윌리엄 블레이크의 '순수의 전조'에 보이는 "한 알의 모래 속에 세계를 보며 한 송이 들꽃에서 천국을 본다."를 모방 내지는 표절한 것이 아니냐는 질문을 받은 적이 있다. 유치환의 작품은 광대무변한 우주에서 한 사람의 목숨이 얼마나 작은 것인가, 작기 때문에 또 얼마나 홀가분한 것인가를 노래한 것이다. 굳이 따진다면 "하나 모래알에 삼 천 세계가 잠기어 있다."는 것도 불교적 상상력의 계보에 속한다 할 수 있다. "한 송이 들꽃에서 천국을 본다."는 것은 기독교적 발상이다. 유사점이 있다고 말하는 것은 모르지만 모방한 것이라 하는 것은 적절치 않은 것으로 보인다. 십구 세기 영국의 테니슨의 시에는 "담장 틈바귀에 핀 한 송이 꽃"을 두고 그 꽃의 뿌리와 모두를 속속들이 알 수 있다면 신과 인간이 무엇인지도 알 수 있겠는데 그렇지 못하다는 취지의 단시短詩가 있다. 아주 조그만 것의 전면적 이해는 곧 큰 것의 이해라는 함의가 있다. 그러나 이러한 세목은 개개 작품의 전체 속에서 다른 부분과의 관련 속에서 검토해야지 표피적 세목의 유사성을 놓고 서로 다른 시인 사이의 대차 관계에 주목하는 것은 생산적인 태도가 아니다.

또 유사성에만 착안하고 차이점을 등한히 하는 것도 균형 잡힌 태도가 아니다. 문학 텍스트는 엷든 진하든 다른 텍스트에 빚지고 있다. 그래서 전통이란 말도 생겨나고 상호텍스트성이란 말도 생겨난 것이다. 이러한 지적이 명백한 모방이나 표절을 정당화할 수 없다는 것은 말할 것도 없다. 너희가 거저 받았으니 거저 주어라. 장미를 잘 따는 것도 은총이다.

꿀벌은 꽃들을 여기저기 옮아 다니며 자신의 것으로 삼은 뒤에 그것으로 꿀을 만든다. 새로운 것은 절대 없다. 단지 '단어의 위치'만 있을 뿐. 예술은 표절자가 아니면 혁명가다. 모든 것이 다 말해졌다. 인간들이 존재하고, 생각하기 시작한 지 칠천여 년이 흘렀으니, 우리가 너무 늦게 온 것이다. 어떤 것을 완벽히 창조한다는 것은 불가능하다고 생각한다. 신조차도 인간을 창조할 때 발명해낼 수 없었거나, 감히 발명하지 못했다. 신은 인간을 자신의 형상대로 만들었다.

셰익스피어는 플롯, 캐릭터, 제목을 빌렸고, 다른 작가의 연극, 시, 소설을 재작업 했는가 하면, 구절을 인용 표시도 없이 통째로 가져오기도 했다. 그런 완전한 표절은 용서받기에 그치지 않고 청중들에게 환영과 기대를 받기까지 했다. 바지선에 탄 클레오파트라를 묘사한 장면은 플루타크에게서 통째로 끌어온 것이지만 천재의 손으로 윤색되었다.

단테의 『신곡』도 아랍어 문학작품인 『하늘 사다리 책』에서 큰 영향을 받았다는 사실이 입증된 바 있다. 로렌스 스턴은 로버트 버튼, 프랜시스 베이컨, 라블레 이외에도 여러 작품에서 가져온 구절을 거의 토씨까지 그대로, 자신의 목적에 맞게 적절히 재배치해서 넣었다.

에밀 졸라는 알코올 중독을 다룬 자연주의 소설에서 상당 부분을 표절했다. 그는 말했다. "내 소설은 전부 이런 식으로 써졌다. 나는 펜을 들기 전에 도서관과 산더미 같은 주석들에 둘러싸여 산다. 내 전작에서도 표절을 찾아보시길, 여러분, 굉장한 발견을 하게 될 테니."

루퍼트 브룩은 "독창성이란 아주 많은 출처를 표절하는 것일 뿐이다."라고 말했고, 파블로 피카소는 "표절이란 또 다른 도둑에게서 훔쳐오는 것일 뿐이다."라고 말했다. 그는 자신의 주장을 입증하기 위해서인지 다른 글에서 글귀를 훔쳐왔다. 에릭 클랩튼은 가끔 로버트 존슨이나 머디 워터스의 가사를 통째로 가져왔고, 밥 딜런은 다른 작가의 글을 천 번도 넘게 가져왔다. 마크 트웨인은 편지에 썼다. "아, 이런, 그 표절 소동이 어찌나 말도 못하게 웃기고 올빼미처럼 바보 같고 기괴한지요! 입으로 했든 글로 썼든 인간이 한 말 중에 표절 말고 뭐 다른 게 있었다는 듯 말입니다! 인간이 내뱉은 모든 말의 알맹이, 영혼, 더 들어가

볼까요, 말하자면 실체, 거대한 부분, 실질적이고 귀중한 재료는 바로 표절이지요. 지성인들에게서 나온 모든 것들의 구십구 퍼센트는 표절이지요, 간단명료합니다."

당 나라 시인 송지문宋之問의 시 「유소사有所思」에는 "해마다 꽃은 그대로이건만, 해마다 사람은 달라지네. 年年歲歲花相似 歲歲年年人不同"라는 시구가 있다. 이 구절은 본래 송지문의 사위인 유희이劉希夷의 소작所作이었으나, 장인인 송지문이 사위인 유희이를 죽이고 시구를 편취해 자기 시에 넣었다는 말이 있다.

그리고 디드로의 소설 『라모의 조카』에서, 십팔 세기 프랑스의 유명한 작곡가 필립 라모의 조카인 건달 작곡가 프랑수아 라모는 자기 삼촌의 작품이 자기 작품이었더라면 하고 엉뚱한 생각을 하였다. 그러고는 삼촌이 미발표 작품 한두 편이라도 남겨 놓고 죽기를 바랐다. T.S.엘리엇은 "가장 확실히 알아볼 수 있는 방법은 시인이 빌려오는 방식이다. 미숙한 시인은 모방하지만, 성숙한 시인은 훔쳐온다. 형편없는 시인은 가져온 것을 훼손하지만 훌륭한 시인은 더 나은 것으로, 아니면 적어도 다른 것으로 만들어낸다. 훌륭한 시인은 도용한 것을 독특하게, 뜯어온 글과는 전혀 다른 느낌으로 엮어낸다. 하지만 형편없는 시인은 도용한 것을 아무런 관련도 없는 부분에 던져 넣는다."라고 말했다. 그가 쓴 「황무지」는 기본적으로 인용 덩어리였고, 각주도 대부분 정확하지 않았다. 엘리엇은 고의로 그렇게 했음을 시인했고 출판사는 교정을 해서 새로 찍어낼 수밖에 없었다.

롤랑 바르트나 미셸 푸코 같은 프랑스 사상가들은 모든 글이란 협력에서 나오는 것이고, 일종의 문화적 공동 작업으로 생산되는 것이기 때문에 엄격히 따졌을 때 저자라는 것은 없다고 주장했다.

마르크스는 개인의 창작행위는 사회적 경험의 산물이기 때문에 정신적 노동의 결과인 지적산물도 당연히 사회적인 것으로 사회에 속해야 한다고 보았고, 볼셰비키 혁명은 러시아 작가들의 모든 작품을 국유화하였다. 그들은 "철강노동자가 쇳덩어리에 자신의 이름을 써넣을 필요가 있는가? 그렇지 않다면 마찬가지로 지식인 계급이 자신이 만든 것에 자기 이름을 넣을 특권을 왜 받아야 하나?"라고 말했다.

모든 모방이 표절로 낙인찍혀야 하는 것은 아니다. 고귀한 감정을 가져오고 빌려온 장식을 끼워 넣는 일에 때로는 창작을 대신할 만큼 많은 판단을 들어가게 한다. 표절, 표절, 표절하라! 다만, 꼭 '연구'라고 불러주길. 과거에 말해지지 않았던 것은 오늘날에도 결코 말해지지 않는다.

무엇도 새로운 것은 없다. 모든 것은 다른 어딘가에서 전생을 살았기 마련이다. 우리는 다른 사람들이 이미 말한 것 이외에는 말할 수가 없다. 시인들은 호메로스를 표절한다.

맨 나중에 등장하는 작가가 일반적으로 가장 우수하다. 우수한 작가들은 남의 것을 빌려간 사람이 그것을 개선하지 못하는 경우를 표절이라고 부른다. 한 작가의 것을 훔치면 표절이고, 많은 작가들의 것을 훔치면 연구다. 현대 작가들의 생각을 훔치면 표절이라는 비난을 받고, 고대 작가들의 생각을 훔치면 박학하다는 칭찬을 들을 것이다.

그런데 모방과 표절, 인용의 경계선은 참으로 애매모호하다. 인용에는 몇 가지 금지사항이 있다. 인용된 문장을 변경시키지 말 것. 그리고 인용문은 단순히 보조적 지위에 있다는 위계질서를 위반하지 말 것. 또 원전을 제대로 밝히고 인용부호 안에 넣었다는 구실로 너무 긴 문장들을 그대로 넣어서 독자가 원전을 읽을 필요가 전혀 없다면 그것은 이미 표절이란 것이다.

비뚤어진 것을 바로잡기에는 우리의 고정관념이 너무도 두텁다는 것이다. 그것은 자기에게 유리하고 편리한 것만 소유하려는 비뚤어진 고정관념이다. 여기서 인간의 어떤 맹점을 보게 된다.

그중 안중근 의사 건은 어느 해 모 출판사에서 독서 장려에 필요한 표어를 부탁하기에 제백이 안중근 의사가 그러한 내용의 글을 붓글씨로 남겨놓았다고 했더니, 거두절미하고 안중근 의사가 말했다고 단정해버렸다. 비록 거짓 의견이라도 시장에서 공개될 기회를 사전 억제하는 것은 진리가 진리로 확인되는 것을 방해하기에 그러한 것을 악이라고 밀턴은 『아레오파지티카』에서 주장했다.

제백은 청년기에 도스토옙스키를 만나 지나치게 어두운 인간의 심성을 줄기차게 파악을 해 오다가 오히려 자신이 우울증에 빠져들었고, 마침내 이병주를 만나 그의 광활한 정신과 기억의 바다를 한없이 노 저어 다니면서 더 높고 깊은 문학의 지평을 넓혀 갔다. 오늘은 소설적 삶을, 내일은 시적 삶을 살아야 하는가. 아니면 소설적 삶은 소기의 목적을 달성했으니, 앞으로는 될 수 있는 대로 소수의 사람을 만나고 그것도 말귀가 통하는 자들을 만나야 하는가.

가까운 사람이 말귀가 통하지 않을 때는 단답형短答型으로 질문하고 답해야 한다. 절대 중문이나 복문은 피해야 한다. 잘못하다간 오해와 곡해를 불러일으키기 쉽기 때문이다. 특히 전화나 스마트 폰으로 통화할 때는 더더욱 이 점을 유념해야 한다. 일회성 짧은 삶에 있어서 아까운 시간을 먼지 같은 것에 소비해선 안 되겠다. 오로지 시적 삶을 영위하리라, 다짐해 본다.

출협에선 청소년권장도서, 문광부 추천도서 등 도서심의가 많았다. 그런데 헤르만 헤세의 대표작 『지와 사랑』은 책 절반 이상이 작품의 주인공 중 한 명인 골드문트의 수많은 성 편력을 다루고 있다. 대부분의 내용이 어떻게 여성을 유혹해서 정복하고 떠나가는가, 이런 과정을 묘사하고 있다.

그리고 귄터 그라스의 『양철북』은 주인공이 자신의 의붓어머니와 성관계를 갖는 것은 물론, 동네 아주머니들을 안마하러 다니면서 거의 모든 아주머니들과 성관계를 맺고, 친어머니가 바람피우는 것을 묘사하고 있다. 가르시아 마르께스의 『백 년 동안의 고독』은 처제와 형부가 몰래 성관계를 갖는 것이 묘사되고, 두 형제가 떠돌이 윤락녀들과 관계를 가졌다가 성병으로 고생하는 내용도 있고, 책 삼분의 이의 분량이 꽤 노골적인 성적인 내용이다. 셰익스피어의 「로미오와 줄리엣」은 도입부에 여성의 음부를 직접 지칭하는 욕설이 등장하기도 하고, 밀란 쿤데라의 『참을 수 없는 존재의 가벼움』에서는 여성의 음부 냄새가 난다는 둥 이런 묘사가 가득하다.

리처드 버턴의 『천일야화』는 아라비아인들의 온갖 이야기 거기엔 성에 대해서도 직설적인데 벌레 때문에 원숭이와 수간한 여자. 고자인줄 알아서 자기 마누라를 보냈다가 아내가 그 남자랑 놀아나는 걸 바로 옆에서 듣다가 자살한 목욕탕남자 이야기. 지오반니 보카치오의 『데카메론』도 적나라한 이야기가 여과 없이 표현된다. 그리고 금세기 최고의 작가라 소문난 토머스 핀천의 『중력의 무지개』에서는 성애의 묘사가 노골적이어서 헨리 밀러의 『북회귀선』이나 『남회귀선』과 가히 동급이라 할 만했다.

우리나라의 경우, 조세희의 『난장이가 쏘아올린 작은 공』에서는 주인공 난쟁이의 막내딸이 집의 권리증을 빼앗아 간 사람을 무작정 뒤쫓아 가는데, 결국 반강제로 감금되어 중학교 다니는 미성년자인데도 수없이 범해지는 장면이 묘사된다. 조정래의 『태백산맥』 일권 도입부에서부터 노골적인 성애 장면이 등장하고, 황석영의 『장길산』에서는 백주대낮에 뜨거운 성관계를 갖는 장면이 나오기도 하고, 여자가 성관계를 하다가 남자를 죽여버리는 장면도 있다. 김동인의 「감자」는 땀 흘려 힘들여 일하느니 조금이라도 권력이 있는 사람들에게 몸을 주는 게 더 좋다는 깨달음을 얻은 여자 이야기이고, 「광염소나타」는 예술을 위하여 살인은 물론 아예 시체에 대해 간음하는 장면까지 등장한다. 이상의 「날개」는 아내가 몸을 파는 것을 바로 뒷방에서 웅크려서 다 듣고 있는 이야기를 다루고, 나도향의 「물레방아」는 불륜의 아지트가 된 물레방아 이야기가 다루어진다. 『춘향전』은 미성년자들의 노골적인 성애 놀음이 질펀하게 펼쳐진다. 이러한 작품들이 모두 청소년 권장도서요, 수험생이 입시를 위해서라도 꼭 읽어야 하는 필독서로 되어 있다.

어느 해 제백이 청소년 권장도서 담당자였을 때였다. 출협 임원 한 분이 『장보고』 전 삼권을 직접 들고 와서 부탁했다. 이미 마감이 이틀 지난 후였다. 대강 읽어보니 노골적인 성애가 이만 저만이 아니었다. 사무국에 보고했더니, 눈 찔끔 감고 선정도서에 끼어 넣으라고 했다. 세상사 참 우스운지라, 늦게 접수되었기에 오히려 선정위원들을 거치지 않고 바로 선정이 되는 요행이 나타났겄다. 참으로 『소녀경素女經』이 청소년권장도서에 선정되는 것과 무엇이 다르랴. 하기야 프랑스 문학을 간통의 문학이라고까지 한다니.

한 번은 출판 연감 표지를 기울어진 그림과 글자를 넣은 것을 몇 차례 회의와 설득을 거친 후 기울어진 그림과 글자를 조금 세우고 출협 로고만 바로 세우는 절충안을 받아들인 적도 있었다. 소위 출판사 대표로 구성된 임원들이지만 고정관념을 깨기 위한 노력은 없어 보였다. 출협은 어느 정부든 제일 먼저 찬양조의 성명을 발표하곤 했다.

20장 선운사 동구는 미당도 모른다

무우 배추 캐어 들여 김장을 하오리라. 앞냇물에 정히 씻어 염담鹽 淡을 맞게 하소. 고추 마늘 생강 파에 젓국지 장아찌라. 독 곁에 중도 리요 바탕이 항아리라. 양지에 가가假家 짓고 짚에 싸 깊이 묻고 박이 무우 아람 마름도 얼잖게 간수하소.

> 선운사 골째기로
> 선운사 동백꽃을
> 보러 갔더니
> 동백꽃은 아직 일러
> 피지 안했고
> 막걸릿집 여자의
> 육자배기 가락에
> 작년 것만 상기도 남었습디다.
> 그것도 목이 쉬어 남었읍디다.

— 서정주의 '선운사 동구' 전문.

미당이 몇 잔 마시자 '작년 것만 아직도 남었읍디다'라고 노래 불렀습니다. 조금 더 취하자 '작년 것만 상기도 남었읍디다'라고 했습니다. 그리고 또 한 잔 마시고 나서 얼큰했을 때 '작년 것만

시방도 남았읍디다'라고 했습니다. 그리고 도연陶然히 비틀비틀 헤어질 때는 '작년 것만 오히려 남았읍디다'라고 했습니다. 깨어나 제백도 기억이 아리송해서 미당께 전화로 간밤의 안부 겸 어느 것이 맞냐고 여쭤봤더니,

"내가 어떻게 알아요, 잘 모릅니다. 허허허. 자, 전화 끊어요."

향가 이래 최고의 시를 지은 그도 독불장군일 수 없으렷다.

일찍이 고려의 이제현은 '눈雪'에서,

"여관 집 주인 참으로 된 사람이어서 우리를 위해 술 항아리를 내놓네. 逆旅主人眞可人역여주인진가인 爲我一發浮蛆瓮위아일발부저옹"라고 읊었다.

그 이전에 그 누가 이와 엇비슷한 시를 지었는지는 알 수가 없다.

아, 시는 기록되어선 안 되는 생물인가, 바람인가, 아니면 노을이런가. 그저, 그저, 노래가 되어 강물처럼 흘러 흘러가야만 한다고 말하는 것 같았습니다. 그렇게 들렸습니다. 그러다가도 어떨 때 다른 정신이 찾아오면, 시는 위성류渭城柳 짙게 물들어 늘어진 언덕에서 구름처럼 꿈처럼 허밍을 합니다. 그 소리를 문자화 하려는 제백의 노력이 도로徒勞에 불과하다는 것을 깨닫자마자 모든 것이 아득히 먼 훗날이 되고야 말겠지요.

21장 NO

술 빚고 떡 하여라 강신降神날 가까웠다. 꿀 꺾어 단자團子하고 메밀 앗아 국수 하소. 소 잡고 돝 잡으니 음식이 풍비豊備하다. 들 마당에 차일치고 동네 모아 자리 포진鋪陳 노소 차례 틀릴세라 남녀 분별 각각 하소.

제백 아들 김서가 태어났다. 첫딸을 낳고 그만 둘까 했는데 아내가 생각을 바꿔 한 명 더 낳자고 했다. 이유는 딸이 점점 고집이 세지고 이기적이 되어간다는 것이었다. 제백은 어차피 낳을 바에 골고루 낳자고 했다. 가톨릭 신자라 잉태한 아이를 지울 수 없을 거라 생각되어 신중을 기했다. 아들을 원했다. 아들을 낳기 위해 많은 수고를 아끼지 않았다. 소위 말해서 '젠더 초이스'란 방법을 강구했다.

그 당시 한컴이라는 컴퓨터 조판 및 인쇄소에서 한국전기협회에 다니던 고교 친구를 만나 아들딸 구별해서 낳는 방법을 들었다. 성공하여 몇몇한테 전수하니 다들 효과가 있었단다. 아들은 어려서부터 영특했다. 그러나 될 수 있는 한 공부와 거리를 멀리 두도록 했다. 물고기나 곤충, 새들을 관찰하며 즐겁게 보내기를 열망했다. 그러던 어느 날 새벽녘 잠을 자고 있던 제백 부부는 전축에서 나는 굉음에 기절할 정도로 놀랐다. 그것은 세 살 박이 아들이 무심결에 전축 볼륨을 최고로 크게 올렸던 것이다. 옆방에서 자고 있던 딸도 놀라 잠에서 깨어 달려왔다.

그 이후 아들도 남성이란 인자가 있어 폭력성과 파괴성이 내재되어 있다고 심히 염려되어 숙고 끝에 아들이 노래하는 신부, 즉 성악 하는 사제가 되길 바랐다. 남성의 세계가 제백 체질에는 안 맞았다. 김서는 이동원 '물'을 듣길 좋아했다. 제백이 좋아하는 박인수와 이동원이 부른 '향수'와 같은 레코드판이었다.

김서가 다섯 살 때, 책장이 있는 마루에 날개 달린 개미가 수만 마리 나왔다. 두세 시간의 길고 지루한 행렬이었다. 아들은 무서워하지 않고 오히려 개미들을 몰아서 길을 만들어 내보내는 것이었다. 그것은 제백이 고향의 작은 방 굴뚝 옆에서 날개 달린 개미들의 이동을 본 것과 비슷했다. 김서는 실귀의 사고를 두고 늘 완쾌를 기원하는 게 하루의 일과가 되었다.

어느 여름, 고교 이학년의 김서가 매형과 매형의 여섯 실 난 아들인 조카와 같이 가평 목동으로 물놀이 갔다. 김서와 매형은 미니 바둑판을 아까시나무 그늘 아래 자갈밭에 놓고 제법 진지하게 바둑을 두고 있었다. 한눈팔다가 한참 만에 조카를 챙겼다. 그런데 보이지 않았다. 강물에 휩쓸려 익사했던 것이다. 그 당시 누나는 방송국 PD 겸 시나리오 작가여서 꽤 촉망받았으나 그 일이 있고나서 이 년 후 이름도 없는 병에 걸려 죽었다.

몇 년 후 김서는 진주 공군 훈련소를 거쳐 여주 능서면에 있는 공군부대로 가서 복무했다. 김서는 오실귀가 비극을 당한 그날 밤, 울면서 한밤을 새웠다.

강가의 자갈밭에서 큰 돌멩이를 들고 온다. 작은 돌멩이도 들고 온다. 한참 후 그 돌들을 도로 제자리에 갖다놓는다고 했을 때 큰 돌멩이는 본래 위치를 찾기 쉽지만 작은 것들은 불가능하다. 인간에게 죄도 마찬가지다. 큰 죄는 평생 참회하면서 마음을 닦고 또 닦지만 작은 죄들은 그것들이 모여 큰 죄 몇 배의 무게가 된다고 해도 무심결에 지나치게 마련이다. 큰 죄는 블랙홀이 되어 작은 죄까지 빨아들여 참회의 근거지를 만들지만 다수의 작은 죄는 기억 저 멀리에서 깜박거리지도 않는다. 행복이란 인간의 생각의 폭을 최소화시킴으로써 나타나는 자기기만이다.

능소는 노래했다. 혼자 살고 있는 여인의 경우 개 이름이 '해피'가 많다고. '해피니스'는 명사요, 종결의 의미가 담겼으나 해피는 형용사로서, 바라고 꾸미고 싶은 대상을 찾는 거라고. 자신의 절실한 기도가 일부밖에 실현되지 않았던 시점 이후로 한니발 렉터는 신의 의도에 대해 생각을 해본 적이 한 번도 없었다. 예외가 있다고 한다면 신에 의한 살육에 비하면 자기가 한 살육 정도는 아무것도 아니라고 생각했다.

신은 왜 인간들에게 고통을 안겨 주었는가? 인간뿐 아니라 존재하는 모든 생물은 고통 속에 살고 있다. 눈만 뜨면 먹이 사냥에 혈안이 된 동물들이 서로 쫓고 쫓기는 광경과 먹는 것과 자는 것, 그리고 자손 번식 외 무슨 색다른 과정이 있는가. 참으로 단순한 존재의 일상. 그렇다면 이러한 생물체가 존재해야 할 까닭이 있는 것인가? 차라리 무의 상태가 되면 신도 더 이상 존재할 필요가 없을 것이다. 그렇다. 존재의 무. 그것이야말로 우주의 바람이요, 마지막 외침일 것이다. 신이 인간의 평균수명을 늘렸다는 증거란 없다. 인간이 이십일 세기에 와서 십구 세기보다 평균수명이 두 배 정도 긴 것이 신의 뜻이었을까? 아니다. 과학의 발달이다. 그렇다면 신은 과학의 꽁무니에 붙어있는 진딧물에 불과한 것은 아닌지 궁금해진다.

1949년 8월 5일 에콰토르 암바토에서 발생한 지진과 육십 년 만에 에콰도르 무이스네 남동쪽 이십칠 킬로미터에서 일어난 지진은 무슨 관계가 있으며, 왜 일어나는가? 오, 그래서 성경은 신화란 꿀과 소망이란 젖이 혼효된 기막힌 동화라고, 아니면 성경은 신화란 씨줄과 소망이라는 날줄이 교직된 거대한 동화책이라고 했던가. 러시아의 언론인 니콜라스 노도비치가 예수는 열세 살 때 인도로 건너가 십칠 년 간 인도, 네팔, 티벳 등지에서 승려로서 생활을 하고 스물아홉 살 때 이스라엘로 돌아왔다는 사실을 밝힌 이후 수십 명의 사람들이 인도와 티베트를 방문하여 이를 확인하여 왔던 바 이를 종합하여 1984년 엘리자베스 C. 프로펫트가 『예수의 잃어버린 세월』을 발간하였다. 이후 국내외의 많은 학자와 저술가들이 예수의 인도에서의 승려생활과 더불어 불경과 신약성경의 내용이 대부분 일치한다는 사실을 함께 밝히는 저술물을 발간하였다. 이는 예수가 인도에서 배운 불교의 교리와 석가모니의 행적을 자신의 사상과 행적으로 꾸며서 설교하는 데 이용하였던 것이며, 그래서 신약성경의 예수의 행적과 설교는 불경에서의 석가모니의 행적, 설법과 너무나 똑같이 모방되어 있는 것이다. 그러나 아무도 예수가 불경을 도용하여 자신의 설교로 사용하고 석가모니의 행적을 자신의 행적으로 꾸며서 포교를 한 근본 이유가 가짜 구세주 행세를 행하여 하나님의 진짜 구세주의 역사를 가로 막고자한 마귀 신의 역사였음을 밝히지는 못하였다.

사이비 종교 신도들은 사람을 설득시킬 때 흔히 바넘효과[114], 콜드 리딩[115]을 한다. 콜드 리딩 다섯 단계

① 친밀관계를 구축하라.
② 누구나 자신의 이야기인 것처럼 느끼게 하라.
③ 상대가 품고 있는 고민을 찾아내라.
④ 고민의 범위를 조금씩 좁혀 나가라.
⑤ 미래를 예언하라.

사람이 종교를 만든다. 종교가 사람을 만들지 않는다. 종교는 억압받는 피조물의 한숨이다. 심장 없는 세계의 심장이며, 영혼 없는 조건에서의 영혼이다. 그것은 인류의 아편이다.

— 1844년 칼 마르크스.

---

114) Barnum Effect. 누구에게나 해당되는 일반적인 성격 특성을 자신에게만 해당되는 특성으로 받아들이는 심리 상태를 말한다. 이는 십구 세기 말 곡예단에서 사람들의 성격과 특징 등을 알아내는 일을 하던 '바넘'에서 유래함. 바넘효과에 따르면 사람들은 누구나 일반적으로 가지고 있는 특성이 자신의 성격인양 묘사되면 이를 자기 혼자만 특성으로 믿는 경향이 있다고 말함. 혈액형 성격론은 바넘효과에 해당하는 좋은 예임.
115) cold reading은 유심론자, 초능력자, 점쟁이, 영매, 일루셔니스트, 사기꾼들이 사용하는 기법들의 모임으로, 독자가 알고 있는 것보다 해당 사람에 대해 더 많이 알고 있음을 암시하기 위해 사용한다. 사전 지식 없이 훈련된 콜드리더cold reader는 사람의 신체 언어, 나

한 개인이 만든 사교만 인간의 이성을 마비시키는 게 아니다. 국가도, 공산당은 거대한 사교 집단에 지나지 않는다. 아직도 몇몇 나라가 자기 개인의 영달을 위해 수많은 감언이설로 국민을 속이며 정권의 단맛에 취해 있다. 거짓과 기만과 술수에 능한 집단이 정치판이라 했던가?

버트런드 러셀은 말했다.

어떤 의견이 광범위하게 퍼져 있다고 해서, 곧 그 의견이 전적으로 엉터리가 아님을 증명하는 것은 아니다. 실제로 인류 대다수가 지닌 어리석음이라는 관점에서 보면, 광범위하게 퍼져 있는 믿음은 현명한 것이라기보다 오히려 멍청한 것일 수도 있다.

요즈음 TV 드라마가 인기 있다. 우리나라 드라마가 재미있다고들 한다. 영국의 경우, 테임즈 강가 난간에서 아버지와 아들간의 대화를 시작으로 일 회가 끝나기도 한다는 것이다. 이는 무엇을 말하는가. 우리의 인문학적 소양이 드라마틱한 것에만 익숙해져있다는 반증이다. 그것은 우리나라 평균 독서량만 봐도 알 수 있다. 그러니 천박해질 수밖에 없다. 그것은 종교와도 무관하지 않다. 성서 한 권만 고집하고 나머지 책들은 금기시하는 것은 극도의 자기기만이요, 합리화의 소산이다. 여기서 나는 영화를 보지 않는다고 함부로 말하는 이들을 나무라고 싶다. 그

이, 옷, 패션, 머리 모양, 사회적 성, 성적 지향, 종교, 인종, 민족, 교육 수준, 말하는 방식, 장소 등 빠르게 상당한 정보를 터득할 수 있다. 콜드 리딩은 일반적으로 높은 확률의 추측을 활용하며 추측이 올바른 방향으로 흘러가는지 아닌지에 대한 신호를 빠르게 파악한다. 심리학자들은 포러 효과, 그리고 사람들 속의 확증 편향으로 인해 이것이 동작한다고 믿음.

것은 인간이기를 포기한 거와 대동소이한 것이라 생각한다. 유일신만 고집하는 우리와 고양이 신까지 모시는 일본의 다양한 문화는 분명 차이가 많다. 내 것 아니면 모조리 적으로 치부하는 풍토에서 자랄 수 있는 것은 내 종교, 내 교회, 내 학교, 내 고향뿐이다.

신도 인간을 닮아 오욕 칠정과 희로애락에 깊이 물들고 놀처럼 붉게 물들고, 세종의 한글 창제가 없었더라면, 옛것과의 단절은 없었으리라. 전능한 신, 자비의 하나님은 왜 자신의 피조물들을 처참한 고통 속에 방치하는가. 신은 활성活性을 지녔는가. 아니면 먹지도 자지도 늙지도 죽지도 않는 무생물인가. 존재 자체가 무의미한 것인가. 신은 왜 그토록 인간에 대한 간섭이 심한가. 무슨 영화를 누리기 위함인가. 모두가 신앙을 갖고 잘 떠받들면 끝내 신이 누리는 영광은 무엇인가. 하나님한테 영광이 주어진들 무슨 소용 있겠는가. 하나님의 꿈과 미래와 희망이란 무엇인가. 광활한 우주의 처지에서 볼 때 삶과 죽음이 주는 뜻은 없으리라. 돌과 바위와 공기와 구름과 바다와 강과 산이 죽었다고 할 순 없으리라. 돌과 바위 속에도 생이 있을 수 있으니, 내 죽어 내 영혼과 육신을 먹고 사는 것이 있다. 가장 두려운 악인 죽음은 우리에게 아무것도 아니다. 죽음은 산 사람이나 죽은 사람 모두와 아무런 상관이 없다. 왜냐하면 산 사람에게 아직 죽음이 오지 않았고, 죽은 사람은 이미 존재하지 않기 때문이다. 내 영혼을 먹고 자라는 후대인後代人. 내 육신을 먹고 자라는 숱한 구더기. 만약 화장을 한다 해도 먼 훗날 재가 또 변하여 그 용기容器도 몇 억을 지탱하진 못하고 흩날리는 유골 먼지에 꼭 존재의 의미가 없다고 해도 좋다.

무無도 의미가 있다. 꼭 유有만이 가치가 있는 게 아니다. 우주의 일원이 된다는 의미에서는 똑 같은 존재가치가 있는 것은 아닐까. 깊은 성찰 속에서 나를 바라본다. 보라! 현 지구의 조건이랄까. 아무튼 지구는 돌, 모래, 물, 산, 온갖 생명체가 뒤섞여 있다.

우리의 개념으로 볼 때, 생과 사의 견지에서 볼 때 죽어 있는 것, 무생물은 그 존재 가치가 없는가? 아니라면 우리, 내 개인도 몸과 정신 속에 여러 가지가 혼재해 있다. 그것을 맑은 정신이라고 한 곳을 집중하는 것은 인간 조건에 어긋나는 것은 아닌지. 뒤섞임, 혼재가 인간의 조건이며, 인간이란 종에도 개인과 단체, 죽음과 삶이 혼재해 있어야 그 조건에 부합한다고 하겠다. 사람들이여! 왜 과학자들, 우주 과학자들은 생명체의 존재 조건을 지구상의 것으로 인식하는가. 우리의 영혼이 무생물이듯 그것이 생활하고 있듯이 외계의 것들은 우리의 인식과는 다를 수 있을 것이다. 이는 크나큰 철학적 사유다. 그리고 우리가 말하는 살아있음이 꼭 우주의 물체의 존재조건은 아니리라.

보라! 생각과 꿈이 꼭 물과 공기와 그 외 생존의 조건을 필요로 하는 것은 아니지 않는가. 물론 그것이 낳은 것이 살아있는 인간의 것이긴 해도. 하나님의 편협함이여, 당신이 다 만들어 놓고 꼭 믿어야 복을 준다니. 왜 인간의 본능에 악함을 넣으셨나요. 선하고 착하고 부드러움만 넣었다면 구태여 믿고, 안 믿고 무슨 상관이 있겠습니까. 좀 편하게 지내실 수 있을 터인데 말이에요.

니체가 "신은 죽었다!"라고 선언하기 훨씬 전에 위대한 인간인 괴테는 이미 신의 죽음을 설파하고 있었다. 성서의 인간창조설도 삼위일체설도 괴테는 거부했다.

인간만이 그렇게 유달리 하느님의 사랑을 받을 까닭이 없다는 것이다. 성서나 불경과 각국의 건국 신화를 최초로 만든 사람은 꽤 자유스러웠을 것이다. 맘대로 묘사하고 빼고 넣고 한들 누가 제재하고 통제했겠는가. 아부의 극치만 달리면 되는 것이니까. 가난한 자가 복이 있다는 것에는 기다림이 전제가 되어야 한다. 그런데 천박하게도 몇몇 유명인은 부와 명예를 갖고는 마약과 도박과 섹스에 탐닉한다. 그들이 보고 느끼는 인간의 조건은 무엇인가.

소련 우주 탐험가는 말했다.

"하늘에서 하느님을 찾아보았지만 신은 우주 어디에도 없었다."

미국 우주 탐험가는 말했다.

"달에 머무르는 동안 신의 존재를 아주 가까이에서 체험했다."

눈에 보이는 물질이었다면 다시 확인이라도 해서 누구의 말이 옳은지 객관적으로 증명할 수 있을 것이다. 그러나 종교의 진리는 증명할 수 없는 정신세계의 것이고 각 사람의 믿음 안에서만이 객관성을 가질 수 있다.

톨스토이가 말했다.

"어느 곳에서도 신을 본 사람은 없다 그러나 만일 우리가 서로 사랑한다면 신은 우리 가운데 머무를 것이다."

지난 2002년 12월 22일 BBC를 통해 방송된 〈The Virgin Mary〉라는 프로그램이 영국사회 보수적인 기독교인들에게 대단한 충격을 던졌다.

다수의 신학자와 고고학자, 유대사학자들의 고증을 거쳐 기원 전후의 팔레스타인의 생활양식에 대한 접근을 성모 마리아의 실체적인 모습에 접근하려 노력한 이 프로그램은 그동안 금기시되어온 부분에 대한 접근을 시도했다. 그중 논란의 대상이 된 것은 성모 마리아가 기존에 알려진 것과는 달리 예수를 낳을 당시 십대의 어린 여성이었다는 것이다. 당시의 생활사를 연구한 학자들의 연구 결과에 따르면 당시의 결혼 풍습은 매매혼에 가까운 것으로서 딸은 판매하게 될 상품으로 취급되었다는 것이다.

가장 논란이 된 것은 성모 마리아가 예수를 처녀의 몸으로 잉태하였다는 주장은 역사적 근거가 없는 것이며 후세에 조작된 관념이라는 것이다. 기독교사 연구자들과 역사학자들은 신이 이룬 기적에 의한 처녀 임신은 예수 사후 거의 반세기가 지난 일 세기 후반에서야 나타나기 시작한 주장이라는 것이다. 연구자들은 이 처녀 잉태설 역시 당시 이미 널리 퍼져있던 구약의 내용을 가지고 모사한 것이지, 성모 마리아 스스로가 그런 말을 한 것은 아니라고 밝혔다.

처녀 잉태설은 기독교가 지배적 종교로 자리를 굳히는 중세를 거치면서 확정된 것에 불과하다고 주장하고, 성모 마리아는 당시 지역을 점령하고 있던 로마군 장교인 판델라Panthera[116]에 의해 성폭행을 당했으며, 그 결과 아이가 생긴 것일 수 있다고 주장했다. 연구자들은 신약 성서에 나온 내용들로 추론할 때, 마리아는 임신 초기에 대단히 어려운 시기를 보냈으며 심리적으로 불안한 상태였다고 말하면서, 이러한 여성의 행동은 성폭행으로 인한 후유증으로 보인다고 주장했다. 그러한 엄청난 사건으로 태어난 우리의 예수가 나라도 빼앗기고 탄생도 비정상인 데도 불구하고 군건히 참아, 한 점 부끄러움 없는 삶을 영위하지 않았나 싶다. 수없는 감언이설로 회유하는 것도 뿌리친 채 그 십자가에서……. 생각해 보라. 같은 민족이 시기하고 질투할 때 우리 같은 보통사람은 뭐든 받아드릴 것이다. 그뿐만 아니다. 십자가에 묶여 손과 발에 차례로 못질할 때 인간이라면 그 누군들 회유에 응하지 않겠는가. 손톱 밑에 눈에 보일락 말락 한 가시가 박혀도 못 견뎌 하는 우리 아닌가. 말년을 기독정신으로 베풂의 삶을 살다간 톨스토이도 충일한 기독교도였지만 부활

---

[116] 희랍 철학자 켈수스는 최초의 반기독교 저서인 『참된 가르침』이라는 책에서 예수는 마리아와 로마 군인 판테라 사이의 사생아였는데, 이러한 간통을 감추기 위해 성령으로 잉태한 것처럼 날조했다고 하였다. 켈수스의 주장은 당대의 신학자 오리겐이 『켈수스 반박』에서 조목조목 비판하였다. 오리겐은 켈수스의 거짓되고 맹목적인 "날조가 성령에 의한 신비한 잉태를 뒤집을 수는 없다."고 반박하였다. 간음을 통해서는 인류를 해치는 방탕과 사악함과 온갖 악덕만을 가져올 뿐이며, 절제와 의와 온갖 덕을 가져오지 못한다는 것이다. 따라서 예수 영혼의 위대함과 그의 신비한 능력 등을 볼 때 판테라와의 간음을 통해 태어난 것으로 볼 수 없다는 것임.

은 인정하지 않았다. 왜 기독교인들이 예수를 신격화시켰는지 모른다. 만약 예수를 인간화시켰더라면 지금보다 더 교세가 확장되었을 것이다. 육화incarnation된 모습의 예수를 보면 그가 인간으로도 너무 걸출하다고 본다.

더욱 구체적으로 들어가 본다.

예수는 인간일까, 아니면 신일까. 그는 사람의 아들일까, 아니면 신의 아들일까. 예수는 자신을 '메시아'라고 부르지 않았다. 대신 '사람의 아들'이라고 불렀다. 그 의미는 대체 뭘까. 이천 년 전 예수는 팔레스타인 땅에서 유대인으로 태어났다. 마리아와 함께 어린 예수를 키운 요셉은 친아버지가 아니었다. 요셉 역시 예수가 자신의 친아들이 아님을 알고 키웠다. 그렇다면 그리스도교 초기 역사에서는 어땠을까. 사람들은 예수가 '신의 아들'임을 아무런 주저함도 없이 그냥 받아들였을까. 그랬던 사람들도 있었고, 여기에 반론을 제기하는 이들도 있었다. 그래서 그리스도교 초기 역사에서도 "예수는 누구의 아들인가"는 뜨거운 논쟁거리였다. 심지어 일 세기 후반에는 "예수는 사생아"라는 주장도 있었고, 이에 대한 초대 그리스도교 신학자의 반박도 역사적 문헌에 남아 있다. 그때나 지금이나 마찬가지다. "예수는 누구의 아들인가?", "예수는 인간인가, 신인가"라는 물음을 사람들은 중시한다. 왜 그럴까. 그 답에 따라 '우리가 가고 있는 목표점'이 달라지기 때문이다. 올리브산에서 내려다 본 예루살렘 구시가지의 모습. 예수가 나귀를 타고 올리브산을 내려갈 때도 예루살렘 성이 있었다.

로마 시대의 유대 역사가 플라비우스 요세푸스(37?~00?)는 『유대 전쟁사』에서 "당시 '예수'라는 이름을 가진 사람은 수도 없이 많았다."고 기록했다. 마치 국어책에 등장했던 '철수'나 '영희'처럼 유대인에게 흔하고 친숙한 이름이 바로 예수의 이름이었다. '예수'는 '하느님은 구원이시다'는 뜻이다.

구약성서는 대부분 히브리어로 기록됐다. 유대 민족이 오랜 세월 바빌론의 포로가 되면서 말이 바뀌었다. 예수 당시에는 히브리어가 일상 언어는 아니었다. 구약을 연구하는 일부 율법학자들만 익히는 문자 언어였다. 훗날 이스라엘의 건국과 함께 히브리어가 다시 유대인의 공용어가 됐다. 그럼 예수가 사용한 언어는 무엇이었을까. 이스라엘 광야에서, 갈릴리 호숫가에서, 예루살렘의 골목에서 예수가 말하고 들었던 언어는 무엇이었을까. 그건 아람어였다. 당시 유대인들은 아람어와 그리스어를 썼다. 그리스어는 외교용 언어였고, 지중해 지역에선 공용어였다. 이 때문에 신약성서는 처음 그리스어로 기록됐다. 예수 당시에는 일부 식자층이 그리스어를 썼고, 대다수 평민은 아람어를 썼다. 예수가 사람들과 이야기를 나눌 때 썼던 언어는 다름 아닌 아람어였다. '예수'라는 이름은 히브리어로 '여호수아Yehoshuah'이고, 아람어로는 '예수아Yeshua'다. 그러니 마리아와 요셉이, 갈릴리의 이웃들이 어린 예수를 부를 때는 "예수아! 예수아!"라고 불렀을 터이다. 정작 예수는 어땠을까. 자신을 스스로 무엇이라 불렀을까. 예수는 평소 자신을 지칭할 때 '메시아(구원자)'라고 하지 않았다. 대신 "인자人子"라고 불렀다. 글자 그대로 〈사람의 아들)이란 뜻이다. 그런데 '인자'의 뜻은 깊다. 그 울림도 크다. '인자'가 히브리어로 〈Abenadam아담의 아들〉이다. 예수는 자신을 지칭하며 '사람의 아들'이 아니라 정확하게 '아담의 아들'이라고 불렀다. 예수는 왜 자신을 '아담의 아들'이라고 불렀을까. 사람들은 생각한다. 신의 외모가 인간의 외모와 똑같을 거라고. 우리처럼 눈이 있고, 코가 있고, 팔다리가 있을 거라고. 구약에는 이렇게 기록돼 있다.

신은 자신의 형상을 본 따 인간을 빚었다고. 미켈란젤로의 성화 〈천지창조〉를 봐도 하느님은 흰 머리칼을 휘날리는 할아버지의 모습이다. 인간의 형상은 신의 형상에서 따왔다. 다들 그렇게 생각한다.

과연 그럴까. 오스트리아 빈 대학에서 성서신학을 전공한 차동엽 신부는 "'형상'이란 단어에 주목하라."고 말한다. 성서에 기록된 '형상'이란 말은 히브리어로 '셀렘Selem'이다. '셀렘'은 본질 혹은 속성이 닮았을 때 쓰는 말이다. 겉모양만 붕어빵처럼 똑같이 생긴 '형상'을 말할 때는 히브리어로 '데무트Demut'를 쓴다. 결국 성서의 메시지는 "하느님의 외모가 아니라 속성을 본 따 인간을 지었다."는 뜻이다. 차 신부는 "하느님을 의인화하고 인격화하며, '하느님은 이런 존재'라고 못 박는 건 곤란하다. 그건 초월적 존재인 하느님을 인간의 삼 차원적이고 편협한 생각 속에 가두는 일."이라고 말한다. 예수가 온 곳은 어디일까. 또 예수가 간 곳은 어디일까. 구약 창세기의 구절을 다시 떠올렸다. 하느님은 당신의 속성대로 사람을 지으셨다(구약 창세기 일 장 이십칠 절). 그러니 아담 안에 신의 속성이 흐른다. 예수가 자신을 가리켜 〈아담의 아들〉이라고 한 까닭도 그랬다. 누군가 예수에게 물었다. 하느님을 보여 달라고. 그분이 어디에 있는지 알려달라고. 예수는 이렇게 답했다. "나를 보는 것이 곧 아버지(하느님)를 보는 것이다." 예수는 있는 그대로 말했다. 달리 말할 수가 없었을 터이다. 자신 안에 가득 찬 '하느님의 속성'이 바로 예수 자신이기 때문이다. 그게 예수의 진정한 '주인공'이기 때문이다.

어차피 인간은 하느님이 창조한 존재잖아요. 인간을 죄를 지을 수 있는 존재로 창조했다면 그건 하느님이 그것을 의도했기 때문이겠죠. 내 집에 키우는 개한테 뒤뜰에 누가 들어오면 무조건 뛰어올라 목을 물어뜯도록 훈련시켰다면, 정말 개가 뒤뜰에 들어오는 사람을 물어뜯었다고 해도 때려서는 안 되는 거죠. 그건 정당하지 않은 겁니다. 선량하고 전지전능하신 하느님이 이 세상을 창조했다면 대체 악은 왜 창조한 겁니까? 수도사들은 자기 안에 있는 사악함을 무너뜨리고 유혹에 저항하며, 고통과 슬픔과 불행을 하나님이 정화를 위해 내리는 시련으로 받아들이면, 결국 하나님의 은총을 받게 될 수도 있다고 했죠. 그건 마치 심부름을 보내면서 길을 험난하게 만들기 위해 복잡한 미로를 만들고 해자를 두르고 마지막으로는 벽을 만드는 것과 똑같은 것 아닙니까? 그 사람은 미로를 힘겹게 통과하고 헤엄을 쳐서 해자를 건너고 벽을 허물어야 목적지에 다다를 수 있는 거잖아요. 저는 아무리 현명하다 해도 상식이 없는 하느님은 믿을 수 없었어요. 그보다는 이 세상을 창조하진 않았지만 악행을 발견하면 최선을 다해 바로잡는, 인간보다 훨씬 더 선량하고 현명하고 위대한 신을 믿는 편이 낫다고 생각했죠. 자신이 창조하지도 않은 악을 없애려고 안간힘을 쓰는 신, 그리하여 결국 악을 완전히 정복해 줄 수도 있는 신이라면 믿지 말아야 할 이유가 없다는 생각이 들더군요. 반대로 그런 신이 아니라면 대체 왜 믿어야 하는 건지 알 수가 없었죠.

— 서머싯 몸의 『면도날』에서.

톨스토이는 루소를 존경한 나머지 루소의 초상이 새겨진 목걸이를 걸고 다녔고, 죽음이 두려워 꿈결에 혹시나 실수할까 봐 허리끈도 잠자리 옆에 두지 않았다. 조르다노 브루노는 또 어떻고. 그는 삼위일체, 그리스도의 신성과 인성, 그리고 마리아의 처녀성을 몽땅 부인했다. 진정 신이 없다면 인간은 죽음을 전혀 두려워하지 않을 것이다! 죽음에 대한 모든 공포는 삶에 대한 질투에서 온다는 것을 안다. 내가 죽은 뒤에도 여전히 살아 있을 사람들, 꽃과 여자에 대한 욕망이 살과 피로 된 의미를 갖고 있음을 실감하고 있을 사람들에 대하여 질투마저 느낀다. 좀 우스갯소리지만 죽음 직전에 이 세상이 추하고 더럽고 보잘 것 없는 곳이라 극도로 부정적 생각을 하면 미련 없이 눈이 감기게 된다는 것이다.

왜 매번 〈아멘〉이란 마지막 뜻을 되풀이 하는가. 이제 분기별이나 일년 아니면 몇 년에 걸쳐 아멘을 외쳐야 한다. 〈중中아멘〉을 거쳐 〈대大아멘〉은 일생에 한번만 해야 한다. 하나님은 빈 공간이요, 제로요, 무無가 아니던가? 아문의 이름은 바람과 대기의 보이지 않는 신으로서의 소임을 암시하는 '숨겨진 자'라는 의미의 아몬Amon, 아모운Amoun, 암몬Ammon, 아문Amoon, 아멘Amen으로 표기하기도 한다. 헤르모폴리스(Hermopolis, 헤르메스의 도시라는 뜻.) 숭배에서 그의 배우자는 아마우네트Amaunet였다. 기독교에서 기도가 끝날 때 하는 '아멘'이라는 말도 고대 이집트의 신 아문에서 유래했다고 한다. 그의 인간적인 형태와는 별개로 그는 다른 여러 표현에서도 볼 수 있을 것이다.

아문은 거위의 형태를 취해서 '위대한 수다쟁이'라는 별칭을 얻곤 했다. 그는 가끔 개구리나 뱀, 또는 코브라 머리를 가진 남자로 그려지기도 한다. 뱀으로서 아문은 피부를 벗겨냄으로써 자신을 재생시킬 수 있었다. 아문은 또한 숫양 머리를 가진 남자로 그려지기도 하지만 단순히 숫양 그 자체로 묘사된다. 어느 시점에서 아문이 풍요의 신이었기 때문이다. 그는 또 왕좌에 웅크리고 있는 사자로 묘사되기도 하며 원숭이 심지어 악어로 묘사되기도 한다.

이 세기 중엽의 프톨레마이오스 시대에 아문은 네 개의 팔과 딱정벌레의 몸통을 가지고 매의 날개와 사람의 다리, 사자의 발을 가진 남자로 묘사되기도 했다.

『변경, 1957』이란 소설로 유명한 프랑스의 소설가인 미셸 뷔토르를 방문한 재불 화가 이성자의 수행 비서인 젊은 화가에게, 그가 물었다.

"당신의 종교는 무엇입니까?"
하고 물어, 비서는 대뜸,

"가톨릭입니다."했더니 의아해 하는 표정을 짓고는, 조심스레,

"당신 나라의 토양에서 오랫동안 자라온 종교가 있을 터인데, 머나먼 이국의 종교를 믿습니까? 믿음은 대동소이한 것인데요."

루터는 법대에 진학한 지 몇 달 후 같은 해 7월 2일 에어푸르트 근처를 지날 때 강한 벼락이 내리쳐 죽음의 공포를 느꼈고, 성모 마리아와 광부들의 수호자인 성 안나에게 도움을 청하며 맹세했다.

루터는,

"성 안나여, 저에게 힘을 주소서. 그렇게 하신다면 저는 수도자가 되겠습니다."라고 맹세했다고 한다.

요제프는 수도회 본부 수석의 설득에도 불구하고 명인직을 과감히 내던지고, 정치가가 된 데시뇨리의 아들 티토에게 가정교사가 되어주기 위해 속세로 떠난다. 그러나 가정교사가 되어 티토와 둘이서 데시뇨리의 산 속 별장으로 떠난, 티토는 요제프에게 수영을 하자며 산골짜기의 한적한 호수로 이끈다. 요제프는 티토를 따라잡기 위해 헤엄치지만 노인의 쇠약한 몸은 차가운 호수의 물을 버텨내지 못하고 허망하게 죽음을 맞이한다. 신이 절대자라면 양의 피를 문설주에 꼭 바를 필요가 있었겠는가. 그것을 구별 못할 신이라면 신의 자격을 박탈해야지.

여기 또 한 사람이 죽었다. 그가 평생토록 갈구하고 귀하게 여겼던 모든 것은 하찮은 것이 되고 말았다. 아니 한순간에 포말(泡沫)처럼 사라지고 말았다. 많은 나날을 고뇌와 방황과 근심으로

채워졌던 그 모든 것도 일순간에 사라졌다. 그것들이 도대체 무엇이었단 말인가? 지나친 욕심과 원한, 그리고 눈물이 아무 뜻도 없게 되고, 그렇게 성가시게 들어오던 문자, 메시지, 전화는 며칠 간 주인 잃은 대답 없는 메아리로 울려댈 것이다. 그러나 세상은 무슨 일이 있었느냐는 듯 여전히 바빠 그리고 무심하게 돌아갈 것이다. 얼마 지나, 가까운 사람들도 슬픔에서 벗어나 상쾌한 가을바람을 깊게 들이마시며 살아있음에 감사해야 할 것이다. 그러나 머잖아 그들도 똑같은 죽음의 문턱에 들어서게 될 것이다.

햄릿은 죽는 건 잠자는 것, 잠들면 마음의 고통과 육체에 끊임없이 따라붙는 무수한 고통을 없애준다. 죽음이야말로 우리가 열렬히 바라는 결말이 아닌가, 죽는 건 잠자는 것!이라고 외쳤다.

신임 총독의 부임 축하 행진을 집에서 구경하던 벤허 여동생이 더 자세히 보려고 발돋움하였다. 그때 총독이 앞을 지나가고 있었다. 그만 여동생이 실수로 떨어뜨린 기왓장이 총독이 탄 말 앞에 떨어졌다. 말이 뒤로 넘어져 총독이 부상을 입었다. 결국 이 일로 인해 가족이 일생일대 크나큰 시련을 겪게 된다. 한때 한 집에 기거하면서 친형제 이상으로 막역했던 친구가 정치적 견해로 인해 원수가 되었다. 그 친구는 이미 권력의 맛을 본 인물이 되었다.

벤허는 그게 오히려 큰 자극이 되었다. 어머니와 여동생은 한센병이 들어 문둥이 소굴에서 절망적으로 살아가고 있었다. 결국 고난의 긴 세월이 지나고 나서 벤허가 고위층의 양아들이 되어 어머니와 여동생을 구한다. 예수한테 구원을 받은 것이다. 왜 이렇게 장황하게 열거하겠는가.

〈벤허〉의 저자 루 월리스가 한때 무신론자였는데, 집필 자료를 모으고 집필하는 과정을 통하여 독실한 크리스천이 되었음에 제백과 김서는 강한 감동을 받았다. 종교 없는 과학은 절름발이이며, 과학 없는 종교는 장님이라고 알베르트 아인슈타인은 외쳤다.

엘리엇은 「대성당의 살인」에서 절규했다.

아, 신이여, 용서하소서!
우리는 스스로를 전형적인 범인으로 생각하나이다.
문을 닫아걸고 불가에 앉아
신의 축복을 두려워하고,
신의 밤의 고독을 두려워하고,
신의 요구에 온전히 맡기기를 두려워합니다.

인간의 불의를 두려워하지만,
신의 정의를 더욱 두려워하고,
창문으로 디미는 손, 이엉에 붙는 불,
술집에서의 주먹,
도랑에 빠지는 것을 두려워하지만,
신의 사랑을 더욱 두려워합니다.

토마스 베켓이 간 지 꼭 팔백십 년 만에 로메로 대주교도 외쳤습니다.

저는 자주 죽음의 위협을 느꼈습니다. 그러나 그들이 저를 죽일 때 저는 엘살바도르 사람들의 가슴에 다시 살아날 것입니다. 제가 흘린 피는 자유의 씨앗이 되고 희망이 곧 실현되리라고 신호가 될 것입니다. 사제는 죽을 지라도 하느님의 교회인 민중은 영원히 죽지 않을 것입니다.

그러나 김서 신부에게는 두 분의 절규나 외침보다 더 고뇌에 빠지게 한 것이 있었으니,

차라리 돌아오지 않으시면 좋으련만. 왕과 귀족이 통치하는 땅, 우리는 여러 모양으로 고난을 겪어왔다. 그러나 우리는 우리대로 살아 왔다. 해결점을 찾으며 홀로 있는 것으로 만족하며, 상인은 조심스레 재산을 모으려 힘쓰고, 노동자는 자기 땅뙈기에 허리를 구부린다. 차라리 눈에 띄지 않고 살기를 원하노라. 이제 고요하던 계절들이 동요될까 두렵구나. 아, 대주교 토마스 각하, 우리를 두어 두시고, 버려두시고, 음울한 도버를 떠나서 프랑스로 배를 돌리시라.

Après nous le déluge!¹¹⁷⁾

언젠가 신부님은 제백과 김서를 데리고 사제관 밖으로 나갔

다. 어두운 밤에 별이 많이 떠있었다. 신부님은 김서한테 하늘의 별들을 가리키며 따뜻한 음성으로 말했다.

"김서야, 저 별을 보거라. 참 많지? 네가 신부님이 되겠다니 참으로 기특하구나. 아마 저 하늘의 하느님도 흐뭇하게 널 내려다 볼 것이다. 그러나 사제의 길을 가는 것은 본인의 뜻만으로는 불가능하단다. 본인도 간절히 기도하며 원하고, 하느님도 그를 사랑의 눈빛으로 부를 때에 가능한 것이란다. 즉 너도 하느님도 서로 애타게 부를 때에 그 길은 열리는 법이지."

신부님은 그런 말을 들려주면서 좀 더 시간을 갖고 하느님의 목소리를 들어보라고 했다. 그 이후 하느님의 목소리를 들으려고 노력했다. 김서는 신부가 되겠다는 자기의 뜻을 더욱 다지기 위해 기도를 게을리 하지 않았다.

외국과 달리 우리나라는 교구 사제가 많은 편이다. 교구 사제가 되기 위해서는 먼저, 예비신학생 모임이라고 하는 교구 성소자 모임이 있다. 신부나 수도자가 되겠다는 뜻을 품게 되는 사람들을 성소자라고 칭하는데 이 예비신학생 모임은 신학생의 전 단계로서 중고등학교 혹은 사회에서 자신의 학업을 이수하면서 신학교 입학을 준비하는 단계이다. 이 모임뿐만 아니라 자신이 속한 본당의 성소 모임에도 참가했다.

다음에는, 당연히 신학교 입학시험을 봤다. 신학교에 합격하

---

117) 직역하면, "내 뒤에, 홍수". '내가 죽은 뒤에는 홍수가 나든 말든 무슨 상관이랴.'라는 뜻의 프랑스어. ― 아이리스 머독의 『바다여, 바다여』에서. 한때 제백은 자기가 죽는 날 지구도 같이 종말을 맞을 것이란 신념을 가졌다. 미국 여배우 캐서린 헵번도 같은 생각이었다.

면 이년의 철학 과정, 삼년의 군대 과정, 사년의 신학과정을 이수했다. 이 과정 속에서 기숙사 생활을 하면서 기도와 묵상을 같이 했다. 신학이라고 하는 학문은 교리만 달달 외우지 않는다. 철학이라고 하는 밑바탕이 있어야 진행할 수 있는 하나의 학문이다. 따라서 이 철학을 이해할 수 있다고 보는 지식수준의 증명이 있어야 했다.

김서 신부는 주 일 회 성악 레슨 때 이미 성악에 탁월함이 있다고 인정받았다. 드디어 서품식 때 독창으로 박수갈채를 받았다. 김 신부는 일 년에 한두 번 서울 예술의 전당에서 독창회를 열었다. 소록도 등에도 봉사공연을 다녔다. 그리고 집무실에는 민물고기 어항이 두 개가 놓여 있었다.

22장 서울이란 요술쟁이

콩길음 우거지로 조반석죽朝飯夕粥 다행하다. 부녀야 네 할 일이 메주 쑬 일 남았구나. 익게 삶고 매우 찧어 띄워서 재워 두소. 동지는 명일이라 일양이 생하도다. 시식時食으로 팥죽 쑤어 인리隣里와 즐기리라.

제백은 어제도 걸었다. 오늘도 걷고 있다. 광화문역, 서대문역, 대림역, 석계역은 두 개 구가 포함되어 있고, 사당역과 구로디지털역은 세 개 구가 포함되어 있으며, 세 개 노선이 있는 역은 고속터미널역, 김포공항역, 동대문역사문화공원역, 디지털미디어시티역,상봉역, 종로 삼가역이며, 공덕동역과 서울역, 왕십리역, 청량리역은 무려 네 개 노선이 있다. 구파발舊擺撥, 응암鷹岩, 구산龜山, 지축紙杻, 증산繒山, 녹번碌磻 등의 역과 대조大棗, 진관津寬, 갈현葛峴 등의 동 이름이 어려운 한자로 되어 있다. 그것들이 거의 한 곳에 몰려 있어 우연의 일치 치곤 묘했다. 그리고 마포구의 창전동倉前洞과 서대문구의 창천동滄川洞이 있다. 은평구의 신사동新寺洞, 강남구 신사동新沙洞, 관악구 신사동新士洞이 있다. 제일 긴 역 이름도 알아냈다. 일곱 음절이 가산디지털단지, 구로디지털단지이고, 여덟 음절은 디지털미디어시티인데, 다들 공통점이 외래어란 점이다. 대망의 아홉 음절은 '동대문역사문화공원'

이다. 순우리말 역은 굽은다리, 노들, 돌곶이, 뚝섬, 마들, 먹골, 버티고개, 새절, 애오개 정도. 누군가 보라매도 언급했지만 원래는 몽골어. 그리고 사가정四佳亭역이 조선 시대 대문장가인 서거정의 호였다. 그러나 무엇보다 혼란스런 것은 역 이름엔 장한평長漢坪을, 동 이름은 장안평長安坪을 쓰고 있다는 점이다.

움베르토 에코의 마지막 소설인 『제0호』에는 "… 비아 모리지의 어귀 쪽을 보게나. 지붕이 탑처럼 솟은 십칠 세기 건물이 있어. 그 탑은 폭격에도 무너지지 않았어. 그 건물의 아래층에는 타베르나 모리지라는 이름의 술집이 있어. 1900년대 초부터 있어 온 술집일세. 길 이름 모리지Morigi에는 g가 하나인데, 술집 이름에는 g가 겹쳐져 있어. 그 이유를 나한테 묻지 말게. 아마도 시 당국이 거리 표지판을 달 때 실수를 했을 거야. 이 술집이 더 오래되었으니까 이쪽의 표기가 더 정확하지 않겠어?"

서울에는 일반 승객들은 접근할 수 없는 '유령역'이 다섯 군데나 있었다. 사십삼 년 간 폐쇄됐다가 드디어 시민에게 개방된 신설동역을 비롯해 지하철 논현역과 신당역, 신풍역, 영등포시장역이다. 유령역은 서울 도심 지하의 이 넓은 지하공간을 어떻게 활용할지 논의할 필요가 있다. 지하철 근로자 휴식시설, 유실물센터, 전시장같이 효율적이면서도 공익을 위해 쓸 수 있는 방법을 고민해야 할 것이다. 그리고 거리의 간판이 크고 조악하다는 것은 어제 오늘의 일이 아닌, 누구나 인식을 같이 하는 것이리라.

마치 '간판공화국'이나 되는 것처럼. 참으로 우리나라는 세계적인 '○○ 공화국'으로 칭할 만한 게 너무 많다.

저, 오스트리아의 잘츠부르크 버트 라이트 거리의 그림으로 간판을 만든 것과 독일 프라이부르크의 상점 간판은 암시하는 바가 크다. 특히 프라이부르크의 경우에는 간판들이 모두 땅에 내려와 도시 디자인의 한 부분을 이룬다. 상점 앞 인도 위에 하얀 돌, 빨간 돌을 촘촘히 박아 만들었다. 그리고 등산용품 가게 앞에는 산 그림, 안경점 앞엔 안경 그림, 서점 앞에는 책 그림이 그려져 있어 누구나 편리하게 드나들 수 있다.

우리나라 강남이나 새로 개발된 지역 등 몇 곳은 그런 대로 정비되어 있지만, 대다수는 건물을 휘감고 있는 울긋불긋 마치 무당이나 옥단춘을 연상시킨다.

특히 시내를 벗어나면 대문짝만한 간판이, 마치 진주군처럼 위압적이다. 너무 획일적이고 일률적이 되어 있어, 마치 능소의 『장군의 수염』을 연상시킨다. 잘츠부르크는 문맹률이 높아, 새나 꽃이나 나무나 그 어떤 상징을 응용해서 만들었다면, 우리는 너무 문맹률이 낮아서 그 모양 그 꼴인지, 참, 알다가도 모를 일이다.

더 창피한 노릇은 간판의 오자誤字가 너무 많다는 것이다. 그리고 더욱 심각한 것은 '정말, 제일, 순, 진짜, 100퍼센트, 참, 원조, 최초, 특상급, 최상급, 특최상급' 등의 수식어 두세 단어로 조합하여 간판으로 내건다는 점이다. 즉 '진짜 최초 원조 추어탕집'. 불신의 시대 한 단면을 보는 것 같아 씁쓸할 뿐이다. 또 노을이면 노을이지 '붉은 노을'은 뭔가. 사람 같은 사람, 개 같은 개, 꽃 같은 꽃인가. 오자의 경우, 심한 경우는 한 간판에 여러 개의 오자가 나온다. 예를 들어, '에이스 샤시 원일목재 알미늄 마춤문 하이샷시 스텐 전문'이다. 또 하나의 기막힌 경우는 신풍사거리와 바로 옆의 거리 간판 다섯 군데 중에 '영등포로타리'와 '영등포로터리'를 번갈아 표기하고 있으며, 동작구 '장승배기'인지, '장승백이'인지 도통 알 수가 없다. 그리고 역은 신사에서 새절로 바꿨는데, 〈신사지구대 중산치안센터〉니, 〈신사지구대 수색치안센터〉는 왜 아직 그대로인가.

그러나 오자 중 뭐니 뭐니 해도 가장 큰 오자는 '이화여자대학교'의 영문 표기인 'Ewha Womans University'에서의 'Womans'가 아닌가 한다. 수많은 변명을 널어놓지만 하늘이 두 쪽이 나도 아닌 것은 아닌 것이다. 틀린 것을 인정하고 수정하는 자세야말로 진정 지성인의 모습이 아닐까 하고 씁쓰레 입술을 깨물어본다.

오자, 탈자 말이 나와서 말인데, 소설가 김훈은 탈고한 원고를 들여다보지 않을 뿐더러 출판사에서 책을 나중에 보내와도 열어보지 않는다. 왜냐하면 그것이 지겹고 다시 들여다보면 죽을 것 같다는 것이다. 지긋지긋하고, 또 보면 '내가 이것 밖에 못하나'하고는 책을 덮는다. 꼴을 보기 싫어 가지고. 자기 책에 오자가 있는 것을 안다. 그것을 고치지 않는다. 오자를 고치라고 하면 다시 읽고 해야 하니까 지겨워서 하지 않는다. 죽을 것 같다. 오자를 그대로 놔뒀다. 발자크가 알았으면 호통을 맞을 일이다. 발자크는 인쇄된 책에도 계속해서 수정을 거듭하는 완벽주의적인 창작 방식을 고집했기 때문이다.

아무튼 김훈의 『칼의 노래』에는 이순신 부대가 감자를 먹는 장면이 나온다. 그때 "감자를 쪄먹었다"고 썼는데, 어느 문과대학 교수가 전화해서 "감자는 임진왜란 이후에 국내에 들어온 건데, 이순신 부대가 감자를 먹었냐. 고쳐라."라고 했다. 하지만 안 고쳤다. 왜냐면 다시 또 보려면 너무 지겹고 해서.

제백 역시 장편소설 오탈자가 많아 일 년 넘게 교열했으나 김훈의 생각을 받아들여 포기하고, 새롭게 정리하여 출간하려고 한다.

제자 출판사에 의뢰해서 출간했지만 어찌된 일인지 오탈자의 수정이 전혀 되지 않았다. 백내장 수술을 하고서 제주도 애월涯月에서 양평 용천龍川으로 이사 온 고교 친구가 준 대형 TV와 PC 겸용 모니터를 보니, 창피할 정도로 오탈자가 많았다.

대중가요 중에는 서울에 관한 노래가 너무 많다. 주로 '비 내리는~'으로 시작되는 노래가 많다. 대개 잘 알려진 것들이라 좀 진부하던 차에, 한 노래를 발견하곤 기뻤다. 그것은 배호의 '사랑은 하나'. 그 추웠던 을지로, 퇴계로의 빌딩 숲과 대한극장을 지나면서 많이도 흥얼거렸다.

누군가 말했다. 을지로 빌딩 숲 사이로 부는 소위 빌딩풍이라 불리는 그 칼바람이야말로 서울 시내 그 어느 곳 바람보다 비극적이라고. 사랑하는 사람은 꼭 만난다는 철칙을 굳게 믿고 실천했던 제백의 시적 잠재력을 높이 산 탁월한 친구인 '올 가을 나무도 연애시절, 얼마 전 다투었다가 소식이 뜸해서 심란한 마음을 달랠 겸 지난 번 밤새운 가평 민박집에 찾아갔더니, 여자 친구도 찾아왔더란다.

1993년 개봉한 에이드리언 라인 감독의 미국 드라마 영화 〈은밀한 유혹Indecent Proposal〉에서 주인공 부부가 칠 년 전에 만나 사랑을 약속했던 부두를 각자 서로 모르게 찾아가 그간의 오해와 섭섭했던 감정을 풀어 다시 사랑을 확인하면서 영화는 막을 내린다.

헤어진 옛사랑을 찾듯 삼각지를 돌아다녔고, 덕수궁 돌담길과 덕수제과를 추억하면서 광화문연가를 부르곤 했다. 장충단 공원 주위를 돌며 낙엽송인 일본잎갈나무의 단풍에 취해 보기도 했다.

안개는 노래처럼 피어오르지 않았다. 군 시절, 헤어진 여인을 못 잊어 한 잔 술에 통곡하던 어느 상병을 회억하며, 밤의 영등포 거리를 이 잡듯 구석구석 인파를 헤집고 다녔으며, 성신여대 입구역에서부터 단장의 미아리 고개를 넘었고, 아파트가 들어서기 훨씬 전, 가난한 자취생 제백을 찾아온 여인과 안개가 피어오르던 허허 벌판 갈대밭에서 밤 새워 청춘을 고뇌했던 그 상계동은 이제 아파트촌으로 상전벽해가 되어버렸다. 그 여인의 향기를 찾아 끝없는 방황했다.

비 내리는 명동거리의 우울함과 밤 깊은 공덕동에서 흘러온 마포종점, 드디어 파트너와 김포공항역에서 문주란 식 이별을 한다. 그는 영종도 운서雲西역까지 가야 할 밤의 나그네였으니까. 그를 보내고 어느덧 보금자리 근처에 오면, 주현미의 '신사동 그 사람'이 되고 마는 것이다. 거리의 화분이나 화롱에 담긴 '사피니아Surfinia'이란 꽃이 있다. 피튜니아Petunia의 개발품종으로 더욱 맘에 드는 것은 '당신과 함께 있으면 편안해집니다.'란 꽃말. 세계적으로 가장 많이 심고 있는 화단용 화초라고 한다. 화단 나팔꽃이라고도 부르는데, 남미가 고향인 이 꽃은 원주민이 담배꽃과 닮았다고 '피튠'이라고 부른 데서 이 같은 이름을 얻었다. 줄기와 잎이 난 털에서 냄새가 좋지 않은 끈끈한 진이 나온다. 청보라, 핑크, 그리고 하얀 색 등이 있는데, 과천의 하얀 꽃길은 인상 깊었다. 다음으로는 메꽃. 시내 중심가에는 잘 안 보이지만 조금만 벗어나면 여기저기 많았다. 세기의 지성과 배우 까뜨린느 드뇌브가 주연한 영화 제목 〈세브리느〉가 우리말로 메꽃. 밤에는 정숙한 의사 아내이면서 낮에는 요부가 되어 사디스트와 마조히스트를 만나기도 한다. 일본 영화 〈메꽃-평일 오후 3시의 연인〉도 기막힌 불륜을 주제로 했다는 점이 닮았다. 마조히스트의 극치는 영화 『장미의 이름』에서도 볼 수 있다.

거리 상점 앞 곳곳에 많이 보이는 '천사의 나팔꽃'이란 식물이 있는데, 밤에 아래로 향해 피며, 진한 향기를 내는 독특한 꽃이다. 메꽃, 달맞이꽃, 하늘타리, 메밀꽃, 옥잠화, 야래향, 분꽃, 박꽃, 산세비에리아(천년란), 수련, 빅토리아연, 나이트 플록스(Night Phlox, 자루지앙) 등이 밤에만 꽃이 핀다. 서울은 가로수가 지역마다 특징 있게 서서 그 위용을 뽐내고 있다. 약 삼십만 그루가 심어져 있는데 대표적인 수종은 은행나무로 약 사십 점 삼 퍼센트를 차지한다. 다음으론 플라타너스인 버즘나무가 이십오 점 칠 퍼센트, 그 다음은 느티나무가 십일 점 삼 퍼센트, 벚나무가 구 점 이 퍼센트인데 전국적으로 볼 때는 지방마다 벚꽃 축제를 유치하려고 벚나무를 대거 가로수로 심어 일 위이고 나머지 분포는 비슷하다. 그리고 이삼 퍼센트를 차지한 아까시나무와 닮았지만 가시가 없고, 대체로 늦게 꽃이 피며, 구권舊券 천 원짜리 뒷면의 도산서원 뜰에 있다가 몇 년 전 고사枯死한 회화나무가 압구정로와 연서로(연신내역에서 기자촌사거리)에 있다. 요즘은 일산을 비롯한 신도시의 몇몇 거리에도 보인다. 회화나무는 옅은 노란색의 예쁜 꽃이 있어서 괴황槐黃, 괴화수槐花樹, 괴정槐庭, 괴당槐堂, 괴각槐閣, 괴목槐木이라고 한다. 그리고 중국 원산의 외래종인데 언제 들어 왔다는 기록이 없다. 화곡로엔 나무 중 대체로 크게 자라는 메타세쿼이아, 잠원로엔 어렸을 때 가죽자반 해먹었던 참죽나무(참중나무)와 비슷하게 생긴 (개)가죽(가중)나무가 주로 있으며, 이팝나무는 이촌동에서 전쟁기념관 앞쪽과 최근 조성된 신도시에 많다. 그 두 종도 이삼 퍼센트를 차지한다.

금호동역 이 번 날목 왼쪽 쉼터 앞의 참느릅나무 두 그루는 능수버들처럼 늘어져 오가는 이의 여유를 안겨주기도 한다. 그 밖에 느티나무, 칠엽수(마로니에), 벚나무, 배롱나무는 화단에 심지만, 경북 울진, 전남 담양 등 지방에서는 가로수로도 쓰고 있다. 간혹 감나무, 소나무가 그렇게 서 있다.

그리고 튤립나무는 종로 사간동 대한출판문화회관과 미대사관 직원 관사 사이와 서울시립대 구내에 분포되어 있다.

사실 소나무는 한국의 대표적인 수종이다. 소나무를 보면 울음이 나온다지만 소나무만큼 한국인을 닮은 나무도 이 세상에 없다. 태어날 때는 솔잎을 매단 금줄을 띄우고 죽을 때에는 소나무의 칠성판에 눕는 것이 한국인의 일생이다. 하지만 그 쓰임새보다도 소나무의 생태와 형상 그 자체가 한국인에 더욱 가깝다. 풍상에 시달릴수록 그 수형은 아름다워지고 척박한 땅일수록 그 높고 푸른 기상을 보여준다. 최근에는 소나무 가로수길도 생겼다. 명동역, 광희문길, 롯데백화점 앞길 등에 소나무 가로수길을 조성했다. 다만, 소나무는 관리 비용이 많이 들고 공기정화 능력이 좀 떨어져 가로수로 맞지 않다고 주장하는 학자들이 있다. 새 아파트에 심을 경우 몇 년 지나 소나무가 제대로 살게 되었을 때 가격을 지불할 정도로 이식이 힘들다. 서울시는 서울 환경에 적합한 스물두 종 가로수를 선정하고 은행나무와 버즘나무 비중을 점차 줄여가는 수종 다양화 정책을 펴고 있다. 다양한 가로수길이 생기면 그만큼 서울에 개성 넘치는 거리도 많아질 것이다. 서울시는 녹지를 중심으로 과일나무 심기에 나섰다. 종로구와 함께 운현궁 주변에 사과나무와 감나무를 심었다. 그러나 관계자는 과일나무는 가지가 낮아 보행에 불편을 줄 수 있는 데다 농약 처리 등 손이 많이 가기 때문에 가로수로선 적당하지 않아 주로 녹지 지역을 활용해 식재 작업을 한다는 것이다.

 서울역 고가공원인 '서울로 7017'(이하 서울로)이 개장되었다. 여름날 대낮에 가보시라. 저지대 습지나 북쪽 고지대에서 자라야 하는 식물이 마치 가뭄에 벼처럼 배배 고여 말라가고 있었다.

설계자인 네델란드 건축가 비니 마스는 식물 이백이십팔 종을 과(科) 별 이름에 따라 가나다순으로 배열했다.

그런데 조팝나무를 일본조팝나무로, 풍년화를 히어리로, 품종이 개량된 영산홍을 진달래로, 미국산 설탕단풍을 고로쇠나무로 잘못 표기해 놓고 있었다. 흔히 문학작품 속에서도 '이름 모를 새', '이름 모를 꽃과 나무' 운운하는데 그 얼마나 무지와 무책임의 소치인가.

일찍이 저, 프랑스의 플로베르는 소설 『보바리 부인』에 수많은 식물을 등장시키고 있지 않는가. 이름 모름은 김상진의 '어느 여인에게'나 김정호의 '이름 모를 소녀', 허인순의 '밀밭 길 추억'에서 마침표를 찍어야 한다.

사실 대다수 사람들은 자연의 신비한 현상을 먼 나라 이야기로 치부하기 일쑤다. 즉 덩굴식물 중에 시계도는 방향으로 감는 것을 오른쪽 감기, 그 반대현상을 왼쪽감기라 한다. 신기하게도 나팔꽃 옆에 막대기를 세워놓고 억지로 오른쪽으로 감아두고 하룻밤을 지나면 왼쪽인 제자리로 돌아오고 만다. 물론 더덕이나 환삼덩굴, 표주박 등과 같은 일부식물은 오른쪽 왼쪽 관계없이 감아 올라가기를 한다. 마지막으로 외래종, 외래식물에 대해서 할 말이 많다.

영국의 경우 될 수 있으면 외래종도 자기 나라화 하려는 노력이 있는 데 반해 우리나라는 배척 일변도이다.

비가 알맞게 내리는 10월 초 우면산길을 우산을 받치며 걷고 있을 때 길 옆에 하얗게 피어 있는 꽃이 바로 서양 등골나물이다. 짙은 안개마냥 구름 속을 걷는 듯한 착각을 불러일으킨다. 이런 계절, 이런 날씨에 이토록 선연鮮姸하게 가슴을 아리게 하는 것은 이 꽃 아니고는 없을 것이다. 사실 서울이 하루하루 새롭게 변모해 가는 모습을 보는 것은 즐거움의 하나이다.

그 중 한 곳이 남산이다. 퇴계로에서 걸어 남산도서관 쪽으로 올랐다. 배호의 비 오는 남산을 흥얼거리면서.

대다수 사람들은 노래 제목에 '남산'이 들어간 것이 안 보인다고 말한다.

사실은 그게 아니다.

제백은 오늘도 걷고 내일도 모레도 걸을 것이다.

23장 일몰의 허수아비들

 입을 것 그만하고 음식 장만 하오리라. 떡쌀은 몇 말이며 술쌀은 몇 말인고. 콩 갈아 두부하고 메밀쌀 만두 빚소. 세육歲肉은 계를 믿고 북어를 장에 사서 납평臘平 날 창애 묻어 잡은 꿩 몇 마린고. 아이들 그물 쳐서 참새도 지져 먹세.

 제백네 아파트 뒤편에는 인위적으로 만든 방벽 같은 바위산이 있다. 가로 육십 미터, 세로(높이) 오십 미터 가량의 제법 큰 규모다. 그곳은 구십 도 절벽이라 식물이 자라지 못하지만, 종종 물기를 머금은 바위 벽면이 마치 큰 캔버스인 양 여기저기에 여러 가지 형상이 그럴 듯하게 나타나곤 한다.
 어느 날이었다. 눈이 내릴 것만 같은 날씨였다. 잔뜩 찌푸린 날씨였지만 대체로 포근했다.
 제백은 점심이나 저녁 식사를 마치고 나서 살고 있는 아파트의 십칠 층 계단을 오르내리는 게 일상이 된 지 오래였다. 왜 바로 뒷산이 있는데 그 운동법을 택했냐고 물었더니 대답이 걸작이다. 그것은 산길에 유기견과 길고양이 들이 떼를 지어 다니기도 했고, 산모기나 하루살이 떼의 극성 때문이라고. 특히 조용히 벤치에 앉아 명상이나 창작을 할 수가 없었던 것이다. 그러니 부득불 차선책으로 아파트 계단 오르내리기를 택할 수밖에. 탁월한 선택이었다고 스스로 자부하고 있었다.

그날도 여느 때처럼 자기 집이 있는 십삼 층 아파트의 계단 창문을 통해 암벽을 한동안 바라보았다. 일종의 습관이었다.

그 때였다. 어디서 날아왔는지 물까치 한 마리가 암벽 주변을 서성거리며 배회하는 것이었다. 연신 긴 꼬리를 위아래로 까딱거리며. 검은 머리 부분은 제비를 연상케 했다. 벽면을 배경으로 마치 크나큰 스크린 위에 나는 모습이 아름다웠다. 원래 떼를 지어 다니는 새였지만 지금은 혼자였다. 무릇 새 중에 그 모습이 날렵하기로 소문났다.

암벽 꼭대기 벼랑에 난 험하고 좁은 길 위에 고사된 벽오동 고목 한 그루 서 있었다. 그 줄기 꼭대기에 까치 두 마리가 날아와 마치 곤충들의 어부랭이를 하고는 잠시 앉았다가 날아가는 것이었다. 조금 있으니까 누런 점박이 어미 고양이가 까치 색을 띤 새끼고양이 두 마리를 데리고 와서 사위를 두리번거리는 것이었다. 까치가 땅 위에 내려앉았더라면 새끼고양이와 구별이 안갈 정도로 색이 너무 닮아 있었다. 제백은 지금까지 그렇게 아름다운 새끼 고양이의 모습을 본 적이 없었다. 오늘같이 눈이 내릴 것 같은 날씨가 아니고 태양이 곱게 비치는 날이었으면 얼마나 더 고왔을까 하고 아쉬움을 갖게 하는 순간이었다. 풀숲에서 놀던 고양이들이 눈이 내릴 것을 감지하고 보금자리로 돌아가는 모양이었다.

그 때 바위 주변을 쉼 없이 선회하던 물까치가 갑자기 안데스 독수리로 변하더니 큰 날개를 퍼덕이는 것이었다. 그리고는 적당한 곳을 택해 자세를 갖추기 시작했다. 그곳은 바위 벽면 중에 유일하게 빈 터가 있는 곳이었다. 그 새는 마침내 날카로운 부리로 그곳 바위를 연달아 쪼기 시작하는 것이었다. 그 쪼는 소리는 둔탁하기보다 청딱따구리나 휘파람새 소리같이 맑고 청아했다. 새가 자리를 잡은 그곳은 몇 년 전 태풍 매미가 휩쓸고 간 상흔이 남아 있었던 곳이었다. 그러니까 그 좁은 빈 터에 갈매나무 한 그루가 외롭게 서 있었던 것이었다. 나무 높이는 대략 이 미터 정도였다.

제백은 매일같이 그 나무를 쳐다볼 때마다 '남신의주 유봉 박시봉 방南新義州柳洞朴時逢方'을 떠올렸다. 그 시는 제백이 유일하게 읊을 수 있는 시였다.

백석 백기행의 모든 작품이 1988년 서울올림픽 개최 무렵 해금이 되었다. 백석에 대한 유명 문학평론가들의 찬사는 가히 최상급이었다. '가장 한국적인 시'(유종호), '한국시가 낳은 가장 아름다운 시'(김현). 그리고 영명英明한 김윤식은 '우리 문학의 북극성'이며, '남신의주 유봉 박시봉 방'은 '한국 현대시 중 최고'라고 했다. 어쨌든 제백은 북한산 계곡에서 꺾어온 갈매나무 가시를 방안에 걸어놓을 정도였다. 그것을 보면서 시혼詩魂을 불태웠다고 보면 지나친 비약일까. 아무튼 그 나무가 태풍으로 중간쯤 꺾여 몇 년 간 방치되었던 것이다. 희한하게도 그 세월이 제백에게 가장 힘든 시기였다. 제백이 관할구청에다 민원을 몇 차례 넣었다. 그러다가 최근에서야 구청 공원녹지과 직원 서너 명이 며칠을 왔다 갔다 하더니 드디어 자일을 타고 내려가서 톱으로 밑동까지 잘랐던 것이다.

눈발은 점점 굵어졌다.

안데스독수리는 쉬지 않고 바위를 쪼아댔다. 마침내 바위에 드럼통만한 구멍이 뚫렸다. 그리고 안데스독수리가 구멍 속으로 들어가는 것이었다. 제백은 그 신기한 광경이 도저히 믿기지 않았다. 그래서 눈을 뚫어져라 쳐다볼 수밖에 딴 도리가 없었다. 얼마나 인상을 쓰며 쳐다봤던지 머리가 지끈거리며 아팠다. 한참 만에 안데스독수리가 아닌 물까치가 나오는 게 아니겠는가. 혹여 제백 몰래 안데스독수리와 물까치 두 마리가 들어갔던 게 아니었을까 하고 의문이 들었다. 구멍에 얼굴을 내민 물까치는 사방을 두리번거리는 것이었다. 순간 굵은 눈발 사이로 물까치와 제백 눈이 마주쳤다. 제백은 잠시 움찔했다. 갑자기 물까치가 제백이 있는 창문으로 날아온 것은 순식간이었다. 제백은 잠시 고민했다. 그러다가 제백은 새의 동태를 뚫어져라 유심히 살폈다. 새는 입에 한 장의 사진을 물고 있었다. 새는 긴 꼬리로 창문을 두드리는 것이었다. 제백은 새의 아름다움에 잠시 넋이 나갔다. 제백은 꿈에서 깨어난 듯 조용히 창문을 열었다. 새는 사진을 제백 손바닥 위에 떨어뜨리고는 어디론가 날아가 버렸다.

눈발 사이로 겨우 보니 아까 뚫어놓은 큰 구멍은 흔적도 없이 사라져, 원래 모습으로 변해 있었다. 순간 눈은 그쳤고, 사방은 어두워졌다.

잠시 꿈을 꾼 건가?

제백은 빛바랜 흑백 사진 한 장을 보며 깊은 상념에 빠져들기 시작했다. 사진 속에는 세 사람의 청년이 들어있었다.

우측 청년은 제백 먼 친척 아저씨뻘 되는 김명백이었다. 가운데 청년은 지금도 부산에 살고 있는데, 그 또한 제백의 먼 친척 아저씨였다.

그중 제백이 눈여겨 본 사람은 왼쪽 청년, 문세옥이었다. 그는 당시 진주 사범에 다니던 엘리트였다. 소능 마을 유사 이래로 진주 사범에 다닌 사람은 그를 포함해서 단 두 사람뿐이었다. 사진 속 그의 모습은 시인 백석을 쏙 빼닮았었다. 특히 헤어스타일이 너무도 닮았던 것이다. 그 당시 학생들 간에 유행이 아니었나 추측해보았다.

제백이 자랄 때만 해도 마을 청년들이 주로 김 씨들의 사랑에서 놀았는데, 그 시절은 주로 세옥네 사랑에서 모여 놀았다는 게 의외였다. 원래 제법 살림이 따뜻한 집은 사랑이 두 개였다. 하나는 집의 대주大主가 주로 거처하고, 나머지 구석진 방은 머슴이나 마을 장정 들이 드나들었다. 간혹 왈가닥 처녀들도 찾아왔던 것이다. 그러한 곳이 육이오 전란이나 월남전에 가장이 전사했거나 아니면 병으로 죽은 집은 마음대로 드나들 수 있었던 것이다. 그런데 세옥네는 부모 형제가 멀쩡하게 살아 있는데도 모였다는 것은 아마 아들이 큰 자랑거리가 되어서 문호를 개방한 게 아닌가 한다. 아무튼 그곳에서 명절을 앞두고 주로 연극 연습이 행해졌다. 그러나 그것만으로 젊은 혈기를 다스리기에는 턱없이 부족했을 것이다. 그래서 시절이 시절인 만큼 자연히 시국에 대한 대화도 오갔을 것이고 그 대화의 주축이 많이 배운 세옥이었을 것이라는 것은 불 보듯 뻔한 사실이었으리라. 그 당시 세옥의 사촌 형이 흔히 말하던 '붉은 사상'에 물들었고 세옥 친형도 그 사촌의 영향을 많이 받은 터였다. 그러다가 세옥 친형이 일본 유학 가서 본격적으로 그 사상을 받아드렸던 것은 아니었겠는가. 흔히 가난한 사람들이 그 사상에 물든 것과는 다르게, 그 때는 대체로 부유하거나 많이 배운 자제가 그 사상에 빠져들어, 혹간은 북으로 자진해서 넘어가는 경우도 있었던 것이다.

한편 그 당시 한창 대두 되었던 국민보도연맹은 1949년 좌익에서 전향한 이들로 조직된 반공단체였다. 좌익 경력자가 주요 가입 대상이었으나 정부에 비판적인 인사와 일반 국민도 상당수 가입했다. 한국전쟁 시기 초기 후퇴 과정에서 정부와 경찰은 이들에 대한 예비검속, 즉결처분 등 불법적으로 무차별 민간인 집단 학살에 나섰던 것이다.

세상은 참 복불복이요, 요지경이라는 것이 실감나는 대목은 바로 이 사건인바, 그것은 남침으로 쑥대밭이 된 서울과 수원 일대는 국민보도연맹으로 인한 희생자가 없었다는 것이다. 그러니까 아직 남침의 피해가 적은 지역에서 그 행위가 자행되었다는 아이러니를 보게 된다.

또 인민군들이 점령한 지역에서는 오히려 인민군이 있어 더더욱 피해가 없었다니, 이 아니 서글픈 시절의 한 단면이 아니겠는가.

역시 죽는 놈은 조조 군사란 말은 여기서도 통하는구나! 힘 없고 백 없는 자들만 죽어 나갔으니.

세옥 형은 1950년 7월 25일에 질매섬에서 처형되었다.

질매섬은 경남 고성군 하일면 춘암리에 속한 무인도로 사량도와 하일면 사이에 있는 섬이다. 질매섬에서 학살당한 사람은 삼백여 명으로 추정한다. 질매섬의 특징과 유래를 보면 질매란 길마의 사투리다. 길마는 소나 말 위에 얹는 안장같이 생겼다고 하여 길마 즉 마안도(질매섬)이라고 한다. 옛적에는 사람이 살았고 거주민이 평평하게 일궈 놓은 밭이 있었다. 섬 둘레에 하얀 모래사장이 형성되어 있다. 이것은 물살이 세다는 뜻이다. 겉으로 바라보니 그지없이 아름다운 섬이었는데 학살지였다니 가슴이 아파온다. 왜 질매섬을 학살지로 선택했는지 궁금했는데 한 어르신이 말씀하신다.

"이곳은 물살이 아주 센 곳이야! 그리고 뱀이 많이 서식했어."

평소 세옥 형은 바른 말을 잘해 마을 몇몇한테 밉상이었다.

"한국전쟁 당시 세옥 형은 (당시 이십팔 세)은 마을 이장이었던 아버지 사촌이 상해죄 고발을 해서 삼천포경찰서로 끌려갔는데, 이후 보도연맹원으로 둔갑되어 학살당했어요."

세옥 형은 사천군(현 사천시) 사남면 사남초등학교를 졸업한 후 진주공립고등보통학교를 거쳐 일본으로 유학 가서 와세다 대학을 졸업하고 북해도 와니시 제철공장 지배인으로 지내다가 이제 장남으로서 제 구실을 해야 한다는 사명감이 앞서, 1949년 1월에 한국으로 돌아왔다. 그해 3월에 곧바로 결혼하고 이듬해인 1950년 7월 25일에 끌려갔다.

"상해죄인데 왜 보도연맹원으로 둔갑되었을까요?"

"세옥 형이 끌려가기 전날 밤에 이장과 지서 주임이 세옥의 친동생 군대 소집영장을 전달하러 왔고, 그로 인해 세옥의 동생이 군대에 끌려간 후, 세옥 형은 이장에게 동생의 부당한 영장 문제(당시 동생의 나이 열다섯 살로, 인원수 할당에 혈안이 되어 억지로 징집하게 함.)로 항의하는 과정에서 심한 다툼이 있었어. 평소 이장은 자기가 소학교 출신이라 조카의 높은 학력에 주눅이 들었고 부유하고 따뜻한 살림살이를 부러워했어. 지금은 수몰되었지만 그 때 세옥네는 고래실 같은 논을 가지고 있었던 부자였거든. 어쨌든 서로가 손찌검까지 하게 되었어. 결국 이장에게 뺨 한 대 때린 것만 남고 나머지 것은 묻혀버렸어. 이장은 병원에 삼 주 상해 진단을 끊어 세옥 형을 고발해버렸어."

"이장이 세옥 아버지 사촌인데 왜 그런 짓을 했어요?"

"그러니까 말일세. 세옥 형이 끌려가고 삼 일 후 세옥 아버지도 경찰서에 연행됐는데 다행히 아버지는 새벽에 경비의 허술함을 틈타 탈출했어. 세옥 아버지는 곧바로 집에 오지 않고 달포 간 먼 곳 친척집에 있다가 어느 정도 잠잠해졌을 때 집에 돌아와서는, 그 당시를 회고했어. 그날 트럭에 사람들을 싣고 갔는데 그 사람들을 다 죽였을 것이라고 말했어. 아마 질매섬으로 끌고 갔을 거라고도 했어. 경찰들이 수군대는 말을 엿들었던 거야!"

끌려간 다다음날, 세옥은 어머니와 머슴과 같이 삼천포 팔포항에서 배를 한 대 빌려서 질매섬을 들어갔던 것이다.

끌려간 그들은 이인 일조로 못줄로 묶인 채, 총에 맞아 사살당했던 것이다. 오죽 했으면 그 당시 집집마다 갖춰 놓은 모내기용 못줄이 동이 날 정도였다니!

잘록한 곳으로 배를 정박하고 도착한 어머니와 머슴은 시신이 얽히고설키어 검붉은 핏속을 뒤지면서 형을 찾았다.

세옥은 형의 주검을 목격하고는 머리가 돌 정도로 극심한 분노와 적개심에 치를 떨었다. 신열에 며칠을 앓았다. 며칠 후 세옥은 무슨 큰 결심을 한 것인 양 큰 기침과 가래를 내뱉고는 대문을 박차고 뛰어나갔던 것이다. 그 길로 한걸음에 아버지 사촌인 이장 집에 당도하니, 마침 이장은 마당 평상에서 세상 편하게 곯아떨어져 자고 있었던 것이다. 전날 지서에서 공로 표창장을 받고 한잔 톡톡히 걸쳤던 것이다. 세옥은 원한 서림을 곡괭이에 담아 힘껏 내려찍었다. 얼굴과 온몸에 튀긴 피를 대충 쓱 훔치고는 미리 언질을 준 친구 명백과 함께 와룡산으로 숨어들었다.

다음해 둘은 음식을 마련하려고 야음夜陰을 틈타, 가천 마을로 몰래 내려왔던 것이다. 그 마을 아래 신작로 옆에는 사남지서 분소가 있었다. 그런데 지금까지 이해가 가지 않는 것은 다름 아니라 왜 하필 위험천만하게도 마을을 택했는가 하는 것이다.

간뎅이 부어도 한참 붓지 않고는 할 수 없는 행동이었다. 아마 등잔불 아래가 어둡다는 고도의 심리가 깔려 있었던 게 아니었던가. 아니면 분소의 동태를 염탐하려는 속셈은 아니었는지, 참 알다가도 모를 일이었다.

이미 살인자로 수배령까지 내려진 처지라 결국은 호랑이 입 속에 저절로 들어간 꼴이 되고 말았으니. 누군가의 밀고니 뭐니 왈가왈부 언급 할 필요조차 도로徒勞에 불과한 처사였다.

붙들려 다음날 정오에 가천 계곡에서 총살당했다.

그런데 아직도 칠십 년이 훌쩍 넘은 지금까지 원혼이 떠돌고, 남은 사람들은 서로서로 못 죽여 으르렁 거리며 살고 있으니…….

인간은 대죄인大罪人에겐 한없이 너그러운 법이다. 국가가 저지른 일을 국민 개개인의 사사로운 감정으로 대하는 게 진정 올바른 처사인가[118]

왜 적은 가까이 있는가?

카라차라파우파우플레이
카라파라파우파우플레이

---

118) ― 전쟁터에서 방아쇠를 당긴 젊은 병사는 진짜 살인자가 아니죠. 그는 그에게 돈을 주거나, 어떤 대가를 치르더라도 명분을 지켜야 한다는 신념을 심어준 정부, 장군, 종교 지도자 같은 권력자들의 명령을 따를 뿐이니까.
― 갓 사악한 테러리스트는 직접 폭탄을 설치한 자가 아니라, 절망에 빠진 대중에게 분노를 심어주고 부하들로 하여금 폭력을 행사하도록 영향력을 행사하는 지도자들이다. 편협한 종교적 신념이나 국수주의, 혐오감을 불러일으켜 세상을 혼란스럽게 만드는 데는 어두운 영혼을 가진 단 한 사람이면 충분하니까.
―『오리진2』 댄 브라운 지음 안종설 옮김. 문학수첩.

24장 회오리밤의 꿈

깨강정 콩강정에 곶감 대추 생률生栗이라. 주준酒樽에 술 들으니 돌틈에 샘물 소리 앞뒷집 타병성打餠聲은 예도 나고 제도 난다.

점점 나아간다고 기대에 부풀었던 실귀가 갑자기 사경을 헤매었다. 제백은 간절하게 기도를 드렸다.

제백의 초등학교 시절로 돌아갔다.

교실 앞 벽면에는 태극기가 걸려 있었다. 그 아래 검은 바탕의 칠판이 있었고, 칠판 아래에 교단이 있었다. 교단 앞에 누렇게 색이 바랜 교탁이 서 있었다. 창문엔 베이지색 주름 커튼이 양쪽으로 묶여 있었다. 창문틀엔 작은 미모사 화분이 놓여 있었다. 그 식물을 한 새침데기 여학생한테 선생님 몰래 만지게 꼬드겼던 것이다. 그런데 그만 그 여학생이 만지자마자 그 풀이 시들어 꼬꾸라지듯이 죽어버렸던 것이다. 사실은 죽은 게 아니라 잠시 잎이 오므라진 상태였던 것이다. 갑자기 시든 모습으로 되었으니 누구나 처음에는 당황할 수밖에 없었을 것이다. 아무튼 여학생은 놀라고 죄스러워 엉엉 울어댔다. 여학생은 교실 바닥에 드러누운 채 입에서 거품을 쉴 새 없이 내었다. 제백은 그것이 간질병이었다는 것을 뒤늦게 알았다.

그날 이후로 그 여학생의 결석이 길어졌다.

어느 날 학교로 갔더니, 교실 창가에 있던 미모사 화분들이 화단 여기저기에 내팽개쳐져 있었다. 화분은 깨져 박살이 났던 것이다. 다행히 미모사는 큰 상처를 입지 않았다. 모두 스무 포기 정도 되었다.

"말썽만 일으키니 더 이상 가꾸지 맙시다!"

교장선생님의 굳은 결심을 볼 수 있었다. 제백은 교장선생님의 허락을 받고 미모사를 모두 조심스레 주워 모았다. 그것을 신문지에 싸고 물을 뿌려 주었다. 그리고 그것을 들고 와 집 담장 아래 군데군데 심었다.

훗날 그 짓을 저지른 사람이 그 여학생의 아빠였다는 것이 밝혀졌다. 술을 먹고 홧김에 저지른 것이었다. 그들이 이사를 갔다는 소식을 한참 후에 들었다.

미모사는 잎자루 아래쪽에 있는 세포에 많은 물이 저장되어 있다. 그래서 꼿꼿함을 유지하는 것이다. 그러다가 툭히고 건들면 그 순간 수분이 빠져나간다. 그러면 잎이 오므라진다. 꼭 시들어 죽은 모습이 되는 것이다.

그리고 그 시절 제백은 담임선생님한테 빨간 눈의 하얀 토끼 새끼도 얻어 길러 본 적이 있었다. 그 하얀 토끼에 대한 사연도 깊었다. 그때 제백이 토끼를 기른 것이 소능마을로서는 처음이었다. 그래서 마을 사람들이 호기심을 가지고 제백네 토끼장 앞으로 구경 오곤 했다. 그런데 어느 날 깜빡하고 토끼장 문을 닫지 않았던 것이다. 아무래도 낌새가 이상해서 제백이 토끼장으로 갔을 때 먹구렁이 한 마리가 토끼장 어귀까지 기어오르고 있었다.

토끼가 먹구렁이와 눈이 마주치자 토끼는 기절해 버리고 말았다. 제백이 나무 막대기로 먹구렁이 몸통을 내리쳤다. 그랬더니 먹구렁이는 걸음아 내 살려라 하고 쏜살같이 달아났다. 제백은 기절한 토끼를 안고 와 방에서 마사지를 해주었다. 몇 시간을 했더니, 살포시 눈을 떴다.

"와아, 토끼가 깨어났네, 깨어났어!"

제백은 신이 나서 방바닥 위에서 궁둥이를 연달아 치며 춤을 추었다.

영리한 토끼는 죽음을 피하기 위해 굴을 세 개씩 판다. 식물도 토끼처럼 생존을 위한 노력을 한다. 흑쐐기풀도 그 중 하나다. 흑쐐기풀은 꽃을 피우고 열매를 맺어 번식을 한다. 그렇지만 꽃을 피우거나 열매를 맺을 수 없는 악조건이 닥쳤을 때는 독특한 방법이 있다. 즉 유전자를 이어가기 위해 잎겨드랑이에 아주 작은 감자 모양의 '주아'라는 싹을 만드는 것이다. 이것이 땅에 떨어지면 싹이 나서 어미풀과 같은 식물로 자라나는 것이다.

토끼는 짝짓기가 빠르고 짧다. 대략 이 초 정도이다. 토끼는 생태 피라미드 중에서 가장 낮은 단계에 있는 동물이다. 그러니 짝짓기 과정에서 많은 포식자의 위협이 도사리고 있는 것을 알고 있다. 그래서 그처럼 빨리 처리하는 것이다. 메마른 땅에서 자라는 소나무가 많은 솔방울을 열리게 하는 이치와 비슷하다. 언제 더 땅이 메마를지 모르니까 빨리 많은 종자를 퍼뜨려야 하므로.

제백은 시골에서 그 흔한 강아지를 기르지 않고 토끼한테 필이 꽂힌 이유가 있었다.

첫째는 토끼의 붉은 눈이었다. 누구는 '알비노 현상'이니 뭐니 해도 제백은 그 붉은 눈빛이 그저 좋았던 거였다. 신비한 동화의 세계로 이끄는 마법 같은 것이었다.

두 번째는 먹이를 먹을 때 오물거리는 모습이 마치 이야기 잘하던 무당의 갈라진 듯한 입술과 닮았기 때문이었다. 그 무당은 어릴 때부터 임파선에 걸려 고생하고 있던 제백의 목 주변의 좁쌀처럼 생긴 덩이를 만지며 깨뜨렸다. 그때 누워서 쳐다본 그 무당의 주름진 입 주변과 토끼의 먹이 먹는 입 주변이 비슷했던 것이다.

세 번째는 토끼가 좋아하는 하얀 액이 나오는 뽀리뱅이, 씀바귀, 고들빼기의 신선한 냄새가 좋았던 것이다. 토끼장 가까이 가면 그 냄새가 정겹게 다가왔던 것이다.

네 번째는 토끼 먹이려고 단풍진 샛노란 미루나무 잎들을 주워 짚이나 넝쿨에 끼워서 흥얼거리며 집으로 오는 것이 좋았다. 그런 날이면 늘 하늘은 더없이 맑았던 것이다. 그러나 무엇보다도 방과 후 계곡에서 연기와 왁자지껄한 소리를 따라 가서 본 기이한 장면을 보고 난 후였다. 그들은 마을 개를 잡아먹고 있었던 거였다. 다들

제백이 잘 아는 마을 사람들이었다.

어느 날 학교 수업을 마치고 여려와 같이 걸어오다가 신갈나

무 아래 자갈밭에서 거위벌레 요람을 발견했다. 제백은 그 요람을 조심스레 떡갈나무 잎에다 싸고 칡넝쿨로 묶어 집으로 가지고 왔다. 그리고 곧바로 뒤란 담장 앞 도랑으로 가져갔다. 그곳에는 거북꼬리가 무성하게 자라고 있었다. 제백은 거북꼬리보다 미모사 잎 위에 두는 게 낫지 않을까 생각했다. 그러나 미모사가 잎을 오므려서 거부할 것 같아 조심스러웠다.

그러나 그건 괜한 고민이었다. 미모사 근처에 갔더니 미모사가 반겼으니까. 그래서 미모사 잎 위에 살포시 얹어 놓았다. 이상하게도 미모사가 오므라들지 않고 오히려 요람을 올려놓기 전보다 싱싱했다.

매일 두세 차례 요람이 마르지 않게 물을 뿌려주었다. 그러기를 닷새 정도했다. 여려와 또래 동무도 놀러왔다. 마침 그들이 온 그날 요람 속에서 맑고 고운 목소리가 들려왔던 것이다. 거위벌레 알의 목소리였다. 그 순간 알이 점점 커진다는 느낌이 들었다. 마침내 무지갯빛 유리구슬이 되었던 것이다.

제백은 이 유리구슬이 전설의 유리구슬이라고 확신했다.

제백은 유리구슬을 손바닥 위에 올려놓았다.

"주인님, 저는 주인님이 주인님 오른쪽 귓불에 대고 네 번 문지르면 큰 구슬이 되고, 새벽이슬에 네 번 문지르면, '뽕'하고 청년이 되지요."

유리구슬이 말했다. 그 목소리는 마치 휘파람새나 쟁반에 옥구슬 굴러가는 소리처럼 청아했다.

"아침이슬이 없는 계절에는 어떻게 하지?"

제백이 걱정스럽게 물었다.

"그건 걱정하지 않으셔도 돼요. 그 계절이 오기 전에 주인님의 무슨 소원이든 다 이루어질 테니까요."

제백이 다시 오른쪽 귓불에 문지르자 유리구슬은 제백 주먹만 해졌다. 그것이 최대로 큰 모습이라고 했다.

"주인님, 소원이 있어요?"

유리구슬이 내게 말했습니다.

"그럼 있지요, 있고말고요. 내 친한 친구 오실귀가 낫는 거지. 그 외에 무슨 소원이 있겠어!"

제백은 망설임 없이 큰 소리로 외쳤다.

"주인님, 무슨 소원을 들어줄 테니 감동적인 동화 한 편을 지어보세요. 이게 우리 세계의 법칙이랍니다."

유리구슬이 부탁했다.

"아니, 무슨 생뚱맞은 소리예요? 한 번도 지어보지 않은 동화를 무슨 재주로 짓는다는 건가요?"

제백은 무척 당황해서 따지듯 말했습니다.

"혼자 지으라고 한 게 아니에요. 친구들과 같이 지어보도록 해요."

'큰일 났는걸, 이럴 어쩐담.'

제백이 중얼거리는 것을 여려와 또래 동무도 엿들었던 것이다. 우선 며칠 전에 여려와 내가 한날한시에 똑같은 꿈을 꾼 것을 정리해서 유리구슬한테 들려주었다.

제목을 〈회오리밤의 꿈〉이라고 했다.

어느 날 정오였습니다.

제백과 여려는 제백네 뒤란의 평상에 앉아 삶은 고구마를 물김치와 곁들여 먹고 있었습니다. 그때 단감나무 잎들이 건들마에 흔들리고 있었습니다. 잎들은 햇빛에 반사되어 반짝거리고 있었습니다. 순간 둘은 그 눈부심에 눈을 뜰 수가 없어 그만 감아버리고 말았습니다.

둘이 꿈을 꾸고 있었던 거예요.

둘이 동굴 어귀로 내려갔습니다. 둘이 동굴 속으로 들어가려고 했으나 어귀가 큰 바위에 막혀 있었습니다. 둘이 유리구슬한테 도움을 요청하기로 하고 아침이슬로 유리구슬을 문질렀습니다. 그러자 유리구슬이 '뽕'하고 나타났습니다. 몸집이 큰 미남 청년이었습니다.

"주인님, 내일 새벽에 일어나서 새벽이슬을 한 주전자 담아 와서 바위 주변에 뿌리세요. 그런데 무당거미가 쳐놓은 거미줄에 매달린 이슬이나 해 뜨고 나서 받은 이슬은 단 한 방울도 담지 마세요. 불순물이 들어 있고 햇빛에 변했을 수도 있으니까 말입니다. 알았죠?"

"그렇다면 여뀌 같은 독한 성질의 식물에 붙은 이슬은 괜찮아요?"

여려가 진지하게 물었습니다.

"두 가지 이슬 말고는 다 괜찮습니다."

그 말을 남기고는 곧 사라졌습니다.

다음날 새벽 수탉이 홰를 치자 깨어나서 여려한테 갔습니다.

여려는 눈을 비비고 주전자를 챙겨 나왔습니다. 산기슭이나 밭둑의 국수나무와 찔레나무에 무당거미가 만든 거미줄이 많았습니다. 무당거미는 반기며 자기 이슬을 가져가라고 손짓 발짓을 해가며 유혹하는 것이었습니다. 우리는 못들은 체 걸음을 재촉했습니다. 그러나 무당거미의 방해가 너무 심해서 여려가 거미줄에 발이 감겨 넘어졌습니다. 제백은 근처에서 나무 막대기를 구해 마구 휘둘렀습니다. 둘은 겨우 빠져나왔습니다.

그 길로 억새와 그령 밭을 찾아가서 거기에 붙은 이슬을 털어냈습니다. 주전자 절반이 넘었으나 아직도 좀 부족했습니다. 나머지는 집 앞 도랑에 있는 고마리에서 채웠습니다.

둘은 주전자에 든 아침이슬을 바위 주변에다 부었습니다. 곧이어 바위가 흔들흔들 거리면서 넘어지는 것이었습니다. 그러자 또 유리구슬 청년이 나타나서 산신령을 만나면 묻는 말에 대답만 하고 쓸데없는 말은 하지 말라고 다짐을 주고 사라졌습니다.

둘은 유리구슬이 시키는 대로 몇 가지 준비물을 대바구니에 담아 들고 동굴 안으로 들어갔습니다. 동굴 안은 처음에는 어두웠으나 인불(도깨비불)이 밝히고 있었고, 둘이 데리고 간 반딧불이들을 풀어놓자 점점 밝아보였습니다. 그리고 산신령이 좋아하는 이슬 머금은 장미꽃잎을 흩뿌렸습니다. 그러자 저 멀리 희미한 불빛 속에 산신령이 나타났습니다. 커다랗고 너른 바위 위에 앉아서 눈을 감고 이야기를 듣고 있었습니다.

주변에는 온갖 산 짐승들이 서서 산신령에게 부채질을 하고 있었습니다. 그중 족제비 부부가 신이 나서 손짓발짓을 해가며 한창 이야기를 들려주고 있는 중이었습니다. 자세히 들어보니 산신령이 된 호랑이 조상에 관한 칭송이었습니다. 산신령이 흡족해 한 것은 당연했습니다. 이어서 오색딱따구리가 쏜살같이 날아와 산신령 무릎에 앉는 것이었습니다.

얼마나 빨리 날았으면 '쉬익쉬익' 소리가 날 정도였습니다. 우리는 그 탱글탱글하고 풋풋한 모습에 소능마을 들판의 '사름'을 떠올리게 되었답니다. 아무튼 오색딱따구리가 산신령이 된 호랑이의 공적을 낱낱이 나무에다 새기자 산신령은 겸연쩍은 표정을 지으며 오색딱따구리를 쓰다듬었습니다. 그때 때까치 여러 마리가 꽁지를 마구 흔들며 나머지 공적을 읊조렸습니다. 그런데 생긴 것에 비해 목소리가 너무 탁해 산신령이 미간을 약간 찌푸렸습니다.

박샛과 새 몇 마리가 기다리다 못해 하품을 해대는 것이었습니다.

"오늘은 찾아온 손님도 있고 하니 박새과만 하고 끝낸다."

산신령은 말했습니다.

말이 끝나기가 무섭게 진박새, 쇠박새, 박새, 곤줄박이, 동고비가 춤추고 노래를 불렀습니다. 여기저기 인불들과 반딧불이들도 흥겹게 놀았습니다. 산신령은 둘도 동참하라고 했습니다.

노래 가사는 황동규 시인의 '박새의 노래'였고, 멜로디는 동요 '흰 눈꽃 설날'이었습니다.

작은 축제가 끝나자마자 우리가 준비한 것들을 산신령 앞에 놓자 산신령은 '껄 껄 껄' 웃으면서 무척 반겼습니다. 산신령은 먼저 유자와 탱자 향기를 맡으며 좋아했습니다. 한참 향기를 맡고는 다시 자기 앞에 내려놓았습니다. 그리고는 쩍 벌어진 석류알과 앵두를 교대로 먹으면서 만족하는 눈치였습니다. 산신령은 둘이 준비해온 것들을 좋아하는 것 같아 서로를 보며 안도하고 있었습니다. 그런데 갑자기 산신령이 둘을 자기 가까이로 오라고 하여 깜짝 놀랐습니다. 가까이서 본 산신령의 얼굴은 동물원에 본 호랑이 얼굴과 같아 움츠러들었습니다. 눈빛 또한 먹이를 노리는 맹수처럼 섬뜩할 정도로 날카롭게 번득였습니다.

산신령은 목소리를 다듬고는,

"네 조상이 내 죽은 아들을 이리 넘고 저리 넘었다는 소리 못 들었어!"

제백을 우렁찬 목소리로 꾸짖는 것이었습니다. 제백은 엄마한테 귀에 못이 박힐 정도로 들었지만 무서워서 못 들었다고 거짓말을 했습니다. 그러자 마치 제백 마음속을 들여다본 것처럼 하고는,

"내 앞에서 거짓말 할 생각은 꿈에도 꾸지 말거라, 알았느냐!"

다시 한 번 큰 소리로 꾸짖는 것이었다.

"네, 잘못했습니다. 다시는 거짓말 하지 않겠습니다."

제백은 손이 발이 되도록 빌고 빌었습니다.

그러자 산신령은,

"네가 네 친구를 살리기 위해 여기 왔다면, 거짓된 생각일랑 아예 갖지 말고 말끔히 버려야 해, 알겠니?"

하며 약간 누그러진 표정이었습니다.

그리고는 이어서,

"물론 네 조상도 포수가 잡아온 것을 넘었으니 큰 잘못은 없다마는 그래도 나는 기분이 좋지는 않아. 내가 처음 이 동굴에 온 이유도 내 아들 죽인 포수한테 복수하려고 그랬던 거야. 그리고 소능마을이 많은 안개와 함께 슬프고 나쁜 일이 자주 일어나는 것도 내가 저주를 퍼붓기 때문이지. 그렇지만 이제 너희들과 같이 해맑은 어린이를 만나니 내 맘도 점점 변화가 생기는 것 같아."

"네, 그 마음 잘 알겠습니다. 너그럽게 봐 주십시오!"

제백이 사정을 하고 여러가 고개를 숙이자 또 한 번 크게 웃는 것이었다.

"알았어. 너희들의 때 묻지 않은 마음과 어른을 공경하고 옛것을 섬기는 것에 내가 마음을 풀기로 했다. 앞으로 자기 자신이 작은 우주의 주인이라 여기며 귀하게 당당하게 살아가길 바란다. 나는 너희들한테 선물을 주고 이 동굴을 영원히 떠날 것이다. 마지막으로 선물로 '인형극'을 보여줄 테니, 친구에 대한 치료 방법을 너희들 스스로 찾아보아라."

산신령이 말을 끝내고 눈짓을 하자 산짐승들이 나와서 인형극을 시작했습니다.

소능마을이 생기고 얼마 후였습니다. 마을에 한 부자가 살고 있었습니다. 그런데 모든 것이 남부러울 게 없었지만 딱 한 가지가 부족하여 고민이었습니다. 그것은 자기가 갖고 있는 앞산 뒷산에서 따온 밤송이마다 단 한 개의 밤이 들어 있는 것입니다.

'회오리밤'이었어요. 다른 집에선 많게는 한 송이에 일곱 개의 밤이 들어 있었고, 보통은 세 개가 들어있었습니다.

부자는 살림이 넉넉해서 밤이 없어도 괜찮지만 그것보다 더 중요한 것은 다른 데 있었습니다. 그것은 회오리밤이 많은 집은 자손이 귀하다는 것이었습니다. 그래서 그런지 그 부자는 사대째 외아들만 내려오고 있었습니다. 부자는 무슨 방법이 없을까 하고 고민을 했습니다. 그러면서도 이웃사람들한테 좋은 일을 많이 해주었어요. 그리고 이웃에 있는 보육원을 한 달에 한 번씩 찾아가 먹을 것과 입을 것을 나눠주었답니다.

그러던 어느 날 꿈속에 산신령이 나타나서, 무슨 날 몇 시에 어디로 찾아오라는 것이었습니다. 부자는 산신령이 좋아한다는 된서리 맞은 단감 세 개와 무화과 다섯 개를 바구니에 담아 들고 찾아갔습니다.

"너의 착한 마음은 널리 퍼졌더구나. 내 너를 갸륵하게 여겨 네 소원을 들어 주기로 맘먹었느니라. 알겠니?"

산신령은 단감과 무화과를 교대로 먹으면서 말했어요.

"정말, 고맙습니다. 앞으로 제철 과일은 제가 책임지고 가져오겠습니다."

부자는 잇따라 자꾸 고개를 숙였습니다.

"아니다. 네 착한 맘만은 담아두겠다. 자, 시작해보자!"

산신령은 자세를 바로잡았습니다.

부자는 가져간 회오리밤이 든 밤송이 두 개를 산신령 앞에다 두었습니다. 산신령은 큰 소리로 왕지네와 칠점사를 불러 모았습니다. 산신령이 알아들을 수 없는 주문을 외우자 밤송이들과 왕지네가 싸우기 시작했습니다. 싸운다기보다 왕지네는 밤송이에다가 이빨로 독을 집어넣으려는 겁니다. 마치 밤송이가 고슴도치 같아 싸우기가 여간 힘들지 않는 것 같았습니다. 그것도 두 마리 고슴도치와 싸우는 꼴이었으니 말입니다. 왕지네가 점점 힘에 부치자 칠점사가 나섰습니다. 왕지네와 칠점사가 같이 한 팀이 되어 싸우면 좀 쉬울 텐데, 그렇게 하면 둘 다 위험하답니다. 그것은 서로의 독이 밤송이한테 들어가야 하는데 잘못하다가는 같은 팀 서로에게 들어갈 수 있기 때문이래요. 그래서 할 수 없이 혼자 상대해야만 한답니다. 밤송이들은 둘이 한 몸처럼 나서니 싸움이 쉽지 않는가 봐요. 흔히 말하는 피 튀기는 싸움이었습니다. 몇 날 며칠을 싸웠던 겁니다.

백 일쯤 지났을까요?

왕지네와 칠점사의 독이 깊숙이 들어가자 마침내 밤송이들이 '퍽'하고 소리를 내며 밤들을 쏟아내기 시작했습니다. 뻥튀기기계에서 나는 소리보다 더 컸습니다. 그러자 두 밤송이에서 열네 개 밤이 쏟아졌던 겁니다.

부자는 산신령한테 고맙다고 인사를 하고 동굴을 나왔습니다. 다음해부터 회오리밤은 단 한 개도 보이지 않고 튼실한 밤들만 쏟아졌던 겁니다.

인형극의 공연이 끝나자마자 산신령은 둘한테 이 인형극 치료 방법은 친구한테만 사용하라고 했습니다.

둘은 동시에 꿈에서 깨어났습니다.

"요즘 같은 세상에 그 방법이 통할까?"

여려는 고민에 빠져들었습니다.

"세상에는 말야. 우리의 상식으로 도저히 이해가 가지 않는 일이 많이 일어난단다!"

제백은 제법 어른스럽게 말했습니다.

이럴 수가!

유리구슬이 〈회오리밤의 꿈〉을 입원한 친구한테 들려주었답니다. 다 들려주고 친구를 자세히 살펴보니, 친구의 눈가에 눈물이 맺혔던 겁니다. 이때 유리구슬은 기뻤고, 동시에 희망을 보았다고 했습니다. 유리구슬이 와서 그 기쁜 소식을 전했을 때 둘은 서로 부둥켜안았습니다.

다음 날 유리구슬을 불렀습니다.

"슬구리유 라나타나!"
"슬구리유 라나타나!"
"유리구슬 나타나라!"

제백이 주문을 세 번 외웠습니다. 그리고 아침이슬로 문질렀습니다. 그랬더니 '뽕'하고 마치 알라딘의 램프의 요정 지니처럼 나타났습니다.

밤이었습니다. 세 명은 마을 사람들 모르게 행동하기로 했습니다. 제백이 괭이와 손전등을 들고 앞장섰습니다. 여려가 긴 항아리를 이고, 또래 동무는 삽과 닭 뼈가 든 플라스틱 통을 들었습니다. 밤나무 밭을 향했습니다. 언제 소식을 들었는지 어치 세 마리가 불빛 사이로 보였습니다. 제백한테 인사하는 것 같았습니다.

"음, 그래 그래. 잘 있었어!"

"어쩐 일이에요?"

아빠 어치가 제백한테 물었습니다.

"내 친구가 사고 난 것은 알고 있지?"

"네, 알고 있고말고요. 우리가 사고 첫날부터 밤마다 번갈아 입원실에 가서 기도 노래를 불러주고 있답니다."

"그래? 이 사실을 알고 있었니?"

제백은 여려한테 여쭸습니다.

"아니. 전혀 처음 듣는 소리인걸."

"뭐, 그게 대단한 일이라고 그러세요. 괜히 부끄럽게요. 날아가서 기도노래만 하는 건데요, 뭐."

"아무튼 고마워요!"

제백은 어치 세 마리를 차례차례 쓰다듬었습니다.

"그런데 지금 뭘 하시려고요?"

어치가 궁금해서 물었답니다.

제백은 유리구슬의 존재와 친구가 희망이 보인다는 것과 실제적으로 나을 수 있도록 방법을 찾는 중이라고 자세하게 설명했습니다.

"그런데 지네는 그렇다 치고, 칠점사는 어디서 찾지?"

제백이 갑자기 고민이 생겼습니다. 그러자 어치가 전혀 걱정

마시라고 큰소리쳤습니다.

"그래, 너만 믿어."

제백은 밤나무 밑을 팠습니다. 항아리 깊이보다 어른 반 뼘 더 팠습니다. 그 속에 닭 뼈를 넣은 항아리를 묻었습니다. 항아리 뚜껑은 닫지 않고 하늘을 향해 입을 벌리게 했습니다.

다음 날이었습니다.

어치 소리가 요란했습니다. 나가 보니 왕고모 무덤 옆에 살고 있던 오소리가 까치살모사 한 마리를 물고 왔던 겁니다. 물론 어치의 부탁이었어요. 이 마을에서는 칠점사라고 불렀답니다.

밤나무 아래에 묻어두었던 항아리에 지네가 여러 마리 들어 있었습니다. 제백은 그중 가장 큰 놈 두 마리를 끄집어냈어요. 이상하게도 지네는 고분고분했습니다. 그 지네를 말 잘 듣는 수탉한테 맡겼습니다.

그날, 밤이 깊어오자 모두가 병원으로 향했습니다. 제백 손 안에 유리구슬도 있었습니다. 여려와 또래 동무도 같이 갔습니다. 어치가 안내를 맡았고, 칠점사를 입에 문 오소리가 뒤따라갔습니다. 맨 마지막은 지네를 입에 문 수탉이었어요. 드디어 병원에 도착했습니다. 병원 복도는 적막했습니다. 소도시 병원이라 더욱 그러했습니다. 장기 입원환자도 드물었어요. 요즘은 치매를 앓은 노인들이 주로 근처 숲속 요양원에 들어가기 때문에 환자들이 적은 편이랍니다.

제백이 몰래 들어가서 창문을 열었습니다. 유리구슬이 지금부터 본격적으로 자기가 하겠다고 나섰습니다. 유리구슬은 행동을 개시했습니다. 모두들 서거나 앉아 지켜 볼 뿐이었어요. 먼저 수탉이 물고 온 지네를 깨웠습니다. 꾸뻑꾸뻑 졸고 있었거든요. 지네는 순순히 따랐어요. 신기하게도 그 많은 발들이 꿈쩍하지 않았습니다. 유리구슬은 지네 머리를 손에 잡고 형의 심장에 갖다 댔습니다. 그리고 주둥이를 흔들어 물게 했습니다. 그런데 형이 아무런 반응이 없었습니다.

유리구슬이 당황한 눈치였습니다. 다음엔 오소리가 물고 온 칠점사를 깨웠습니다. 칠점사는 잠에 취해 있다가 놀라 깨어난 듯 머리를 심하게 흔들었습니다. 다들 놀라 주춤했습니다. 유리구슬이 칠점사 머리 무늬 부분을 몇 번 쓰다듬자 칠점사는 고개를 푹 숙이는 것이었습니다. 그 순간 유리구슬은 바로 머리를 잡고 형의 정수리에 갖다 댔어요. 칠점사의 날카로운 독이빨이 섬뜩할 정도였습니다.

형을 한번 물었습니다. 아무런 반응이 없었습니다.

"다시 한 번 해보면 어떨까?" 제백이 말했습니다.

"아닙니다. 이유는 모르겠지만 아무튼 지네와 칠점사의 약효가 많이 떨어진 모양입니다." 유리구슬의 설명을 듣고 모두 실망한 눈빛을 주고받았습니다.

방법은 단 하나, 누군가 브라질로 가서 아마존 왕지네와 브라질 상파울루 뱀 섬에 있는 독사를 갖고 오는 것뿐이었습니다. 약효가 특출하다 소문을 익히 들었던 것입니다. 그보다도 유리구슬이 모든 것을 다 꿰고 있으니 믿어도 되겠지요. 그 모든 것을 유리구슬이 맡기로 했습니다.

지난번처럼 제백이 먼저 들어가서 창문을 열었습니다. 유리구슬은 신중한 자세로 싱싱한 아마존 왕지네를 집었습니다. 머리 쪽 독 발톱을 집었더니 나머지 발들이 발버둥을 치는 것이었습니다. 독 발톱을 심장에 갖다 댔습니다.

독 발톱은 지네의 머리 쪽 맨 앞다리가 발톱의 형태로 된 것입니다. 한 쌍으로 되어 있어요. 유리구슬은 독 발톱을 심장에다 대고 콕콕 누르며 자극을 주었습니다. 몇 분이 지났을까? 드디어 힘껏 무는 것 같았습니다. 친구가 꿈쩍하는 것 같았으니까요.

제백과 여려, 그리고 또래 동무 모두 기뻐서 서로서로 어깨를 감싸 쥐고 부들부들 떨고 있었습니다. 유리구슬도 흥분했나 봐요. 유리구슬은 왼손에 왕지네를 잡아 쥐고 심장에 계속 자극을 주고 있었습니다. 그리고 오른손으로 독사를 집어 머리를 정수리에 갖다 대고 독니를 꺼내게 유도하고 있었습니다.

그러기를 한 십 분 했을까? 마침내 독사가 정수리를 물었던 겁니다. 유리구슬은 얼른 왕지네를 내려놓고 독사만 잡고 있었습니다. 그런데 독사가 한번 물고는 고개를 쳐들고 몸부림을 쳤습니다. 그 힘이 얼마나 셌는지 유리구슬은 진땀을 뺐답니다. 한 차례 더 독니로 꽉 물었습니다. 노란 독의 일부분이 정수리 부분에 흘렀습니다. 유리구슬은 벌벌 떨리는 손으로 독사를 내려놓았습니다. 드디어 그 길고 긴 잠에서 친구가 부스스 머리를 떨고 깨어났던 것입니다. 모두 기쁨에 너무 흥분했습니다.

여려가 손뼉 치는 시늉을 하며 간호사실로 달려갔습니다.

"여보세요. 우리 아들이 깨어났어요. 깨어났단 말예요!"

당직 간호사 두 명이 동시에 달려와 형의 상태를 보고 기뻐했습니다.

"실귀야, 정말 고마워. 이렇게 깨어나다니!"

제백은 너무 흥분했습니다. 가슴이 벅차 숨을 쉬기도 힘들었습니다. 이 세상 모든 것을 다 얻은 것 같았습니다.

"잠 잘 잤네."

유리구슬은 아마존왕지네와 뱀 섬 독사를 제 자리에 두고 오는 임무까지 무사히 마쳤습니다. 이제 임무를 마친 유리구슬과 작별을 해야 할 시간이 점점 다가왔습니다. 그때 어느새 모였는지 어치, 수탉과 또래 동무, 그리고 제백과 여려 모자가 서로 서로 손에 손을 잡고 유리구슬 주변으로 빙 둘러 섰습니다. 그리고 천천히 돌았습니다. 마치 강강술래를 하는 것 같았습니다.

그때 유리구슬이 오색영롱한 빛을 내뿜으며, 너머에 구룡사가 있는 도산밭골 벼루 쪽으로 날아갔습니다. 우리들은 한동안 그 모습을 바라보았습니다. 소능마을의 안개도 서서히 걷혀 가고 있었습니다.

깜빡 잠에서 깨어났다. 길고긴 꿈에서 깨어났다. 결국 여려와 제백은 의사와 친지의 의견을 물어 실귀의 산소 호흡기를 제거했다. 실귀는 영영 가고 말았다. 실귀의 유골함을 제백이 들고 여려가 힘없이 뒤따랐다. 사고 지점인 저수지에 찾아간 시각은 저녁놀이 질 무렵이었다. 여려는 유골함을 안고 유골을 집어 마치 농부가 모판에 볍씨 뿌리듯, 들판에 비료 뿌리듯, 사고지점과 주변에다 뿌렸다. 그날 밤, 제백과 여려는 마을사람들을 피해, 마을 뒷골 능성이로 해서 도산밭골 벼루 위에 올라가 밤새 술을 마셨다. 저 건너편 구룡사에서 몇 차례 예불 종이 울렸고, 바로 앞 누룩바위 절벽의 독수리 둥지엔 어미가 잡아온 먹이를 뒤뚱거리며 받아먹는 제법 솜털 보송한 새끼독수리가 정겹게 다가왔다.

어느덧 절벽 너머 동쪽으로부터 여명이 희붐하게 트기 시작했다. 제백이 일출 방향을 향해 큰 소리로 외쳤다.

카라차라파우파우플레이
카라파라파우파우플레이

아들 김서 신부가 신학대학에 입학하고 난 후 처음으로 외쳐본 주문이었다. 제백은 또 주문을 힘껏 외쳤다. 그리고는 색색가지 유리구슬로 변한 〈미완성 작품들〉을 불러 모았다. 그것들이 제백의 온몸을 친친 감았다. 그러자 제백이 하나하나 호명하면서 떠나야 할 구슬과 남아야 할 구슬을 가리기 시작했다. 결국 모두 창공을 향해 힘껏 던졌다. 햇빛에 반사되어 빛났다. 짧은 순간이었다. 어느 틈엔가 하나도 남김없이 자취도 없었다. 남은 구슬은 열 개로서 각각 깊은 사연을 안고 있었다. 구슬 열 개를 양 바지 주머니에 넣고 절벽을 향했다.

여려는 더 이상 제백의 행동에 관여하지 않고 뭔가 감을 잡은 듯, 이내 단념하고 힘겹게 마을을 내려왔다. 갑자기 머리가 하얗게 셌다. 청탄정 위 조그만 암자에서 기거하기로 맘먹었다. 사람들과 소통하기 싫었던 게 가장 큰 까닭이었다. 간혹 사촌동생이 들르는 것이 고작이었다.

사람들은 그녀가 서서히 미쳐가고 있다고 생각했다. 김서는 한동안 걸음을 멈추고 먼 하늘을 올려다봤다. 이 끝없는 하늘 말고는 모든 것이 허무하고, 모든 것이 기만이다. 아무것도 존재하지 않는 것이다.

김서 신부는 삼밭골 어귀를 공소 자리로 정했다. 공소 안에다 그간 저수지에서 죽은 영혼들을 달랠 작은 위령비를 세울 계획이었다. 물론 이번 사건으로 죽은 많은 아랫마을 사람들의 합동 위령에 대한 것은 시청과 논의를 거쳐야 할 것이다. 이러한 모든 것을 사천성당 선배 신부가 도맡기로 했다. 지원만은 마산교구가 하기로 했다. 공소로 정한 곳은 저수지에 물이 찼을 때 큰 이무기가 건너다녔다고 사람들이 믿었던 계곡 어귀의 제법 너른 터였다. 그리고 삼밭골 도요지와 가장 가까운 거리였다. 그동안 물이 차서 빙 둘러 다녔기 때문에 이렇게 가까운 줄 아무도 몰랐다.

저수지가 형성되기 오래 전부터 큰길이 나 있었기 때문에 새로 길을 만들 필요가 없었다. 어차피 저수지로 인해 생긴 산길은 위험하고, 사고도 잦아 이용이 뜸해질 것이다. 아직도 저수지 바닥 구덩이 여기저기엔 커다란 잉어, 붕어, 메기, 민물장어 등의 사체를 뜯어먹는 독수리가 떼를 지어 몰렸다. 냄새 또한 역할 정도로 심했다.

　김서 신부는 백수광부가 여러일 것이라고 단정했다. 뒤를 밟아 갔다. 제백 고향 집 뒤 돌담을 끼고 올라갔다. 제백 옛집은 경남도청에서 관광 테마 주택으로 선정하여 복구비를 거금 지원할 정도로 인근에서 이름이 났다. 골목길도 정겨움이 넘치게 잘 단장되어 있었다. 이 역시 시에서 아름다운 골목길로 선정했다. 도착한 곳이 청탄정 재실 좌측 계곡 위였다. 그러니까 모의재慕義齋란 큰 재실을 짓는 동안 임시로 만든 조그마한 곳이었다.

　사천의 남쪽 와룡산 아래 소능마을이 있으니 이 골짝은 아늑하여 은사들이 숨어 살기에 알맞았다. 옛 우리 선조先祖 가선대부嘉善大夫 휘 연공은 명망 높은 세족世族으로 병자사화를 당한 뒤 가족을 거느리고 남하하여 이곳 사천에 숨어 사시면서 그 거처를 창의재라 하시고 충효를 과업삼아 오직 의리를 밝히는 것으로 자신의 임무를 삼으셨다. 부군府君까지 돌아가신 뒤 삼백여 년이 지난 지금은 자손이 번성하여 온 고을에 가득 차 각자 생업에 즐기고 있으니, 이는 선조님들이 암암리에 쌓으신 음덕의 보답이 아니겠는가. 금년 봄 여러 일가들과 합의하여 재사齋舍를 선산 가까운 곳에 짓고 매년 한 차례씩 이 재사에서 쉬면서 제사를 드리고 있다. 역사役事를 맡아 보던 연식然式, 내각來珏, 응각應珏, 욱각旭珏, 성각晟珏, 채각彩珏의 적극적인 주선으로 재사는 몇 달 안 되어 낙성되니 현판을 모의慕義라 써 걸었다. 여기서 추모하고 여기서 돈목하면 선조님들께서 끼치신 공덕에 욕됨이 없을 것이고, 영원한 내세까지 치사致仕가 있을 것이다. 낙성하는 날 문중 어른들께서 나에게 명하여 기문記文을 쓰라고 하여 그 전말을 위와 같이 썼으나, 가계별열家系閥閱의 상세한 것은 다 전거비문에 기록되었으므로 생략한다. 산수의 수려한 데 이르러서는 옹졸한 솜씨로 본뜨지 못한바 등림登臨하는 사람들의 감상感賞을 기대한다.

— 1974년(갑인) 3월 상순 11대손 창각彰표은 삼가 쓰다.

그곳 바로 위는 계곡 물이 쉼 없이 흘러내리는 쏠이 있었다. 쏠 오 미터 정도 아래 계곡을 가로 질러 작은 재실이 지어졌다. 모의재가 완성되고 이곳은 거의 쓸모없어 아무도 신경 쓰지 않는 곳으로 변했다. 방 하나에 좁은 제단 마루가 있었다. 너무 협소하고 계곡물이 넘칠 때 위험하지 않을까 걱정이 되기도 했다.

서로 눈이 마주치자, 여러는 놀라는 기색도 없이 김 신부를 제백으로 알았는지 대뜸 욕을 해댔다. 그러다가 '실귀야' 하다가 제정신이 돌아왔는지 알아보고는 양손으로 신부의 볼을 어루만졌다. 그리고는 방안에서 웬 분홍색 보따리를 꺼내 들고 나왔다. 신부가 보따리를 풀어보니, A4 복사용지 단면에 팔백 페이지가 넘는, 인쇄된 글이었다.

제백은 자기 원고를 왜 여러한테 맡겼을까, 생각했으나 아들이 신부가 되고, 딸과 아내가 없는 마당에 그냥 폐기하려다 맡긴 게 아닌가, 하고 짐작했다. 컴퓨터에 저장되어 있거나 완성되었을 당시 자기 자신에게나 누군가에게 메일로 보냈다면 굳이 프린트 물을 남길 필요가 있었겠는가.

몇 달 전 제백이 책이며, DVD, 옷가지를 동묘 장사들한테 그냥 적당히 나눠주었다. 심지어 김 신부가 군 제대하면서 갖고 온 워커 네 컬레도 처분했고, 오백 기가바이트 USB도 저수지에 던져버렸다.

김 신부는 프린트 물이 든 보따리를 불끈 쥐었다. 김 신부는 서둘렀다. 여려는 암자 어귀 청탄정 대문 앞까지 배웅 나왔다. 김 신부는 한사코 들어가라고 손을 저었다. 일몰의 희미한 빛이 그녀의 모습을 잿빛 덩어리로 만들고 있었다. 김 신부는 잠시 눈을 감았다. 김 신부는 눈물을 훔치고 마을 어귀로 내려왔다. 다행히 나다니는 사람들이 없었다. 밤차를 타고 마산교구로 가기 위해 사천 택시를 불렀다. 사위를 구분할 수 없을 정도로 점점 어두워지고 있었다. 풀벌레 소리가 처량하게 들려왔다. 별똥별 하나가 긴 막대를 그으며 그의 머리 위로 지나갔다.

순식간이었다. 그러자 서쪽 도산밭골 벼루 쪽에서 유리구슬 열 개가 오색영롱한 광채를 내뿜으며 김서 신부 쪽으로 항해 날아오고 있었다. 유리구슬은 갑자기 한 마리 황금독수리로 변하더니 김서 신부가 들고 있는 보따리를 낚아채, 북쪽 큰골 동굴 쪽으로 날아가는 것이었다. 그와 동시에 사방팔방에 깔렸던 짙은 연무가 서서히 걷히기 시작했다.

지금쯤 고선 무리는 어디서 무얼 하고 있을까? 내일 아침이면 길고 길었던 수술의 마취가 풀려, 서서히 통증을 느낄 것이다. 그 통증이 가라앉을 동안 얼마나 많은 고통과 좌절과 서러움을 겪어야 할지 김 신부로서는 도무지 알 수가 없다. 다만, 그러한 것들을 극복하는 데 고향만한 게 있을까 하고 생각이 들었다.

비록 조개걸음으로 갈지라도 가기만 한다면, 창창蒼蒼한 숲속에 빛나는 한 줄기 햇살에서, 온 마을을 휘감고 도는 알 수 없는 화려하고 아름다운 빛에서 어떤 성聖스러움 마저 느낄 것이다. 그런 광경 속의 상쾌함을 세상 어디에서 맛볼 수 있겠는가.

김 신부는 눈에 모래알이 든 것 같았다. 몇 번 깜빡거렸다. 눈을 감았다. 감았던 눈을 부릅뜨고 두 주먹을 불끈 쥐었다.

권말 부록_미완성 작품들

천지天地 조관肇判하매 일월성신 비치거다. 일월은 도수있고 성신은 전차있어 일년 삼백육십일에 제 도수 돌아오매 동지·하지·춘·추분은 일행日行을 추측하고 상현·하현·망·회·삭은 월륜月輪의 영휴盈虧로다.

대지상 동서남북, 곳을 따라 틀리기로 북극을 보람하여 원근을 마련하니 이십사 절후는 십이삭에 분별하여 매삭에 두 절후가 일망一望이 사이로다. 춘하추동 내왕하여 자연히 성세成歲하니 요순 같은 착한 임금 역법을 창제하사 천시天時를 밝혀 내어 만민을 맡기시니

하우씨 오백년은 인월寅月로 세수歲首하고 주나라 팔백년은 자월子月로 신정新定이라. 당금에 쓰는 역법 하우씨가 한법이라. 한서온량寒暑溫涼 기후 차례 사시에 맞아 드니 공부자의 취하심이 하령을 행하도다.

우리는 모두 신의 실험실에 있는 실험 대상이다. 인간은 작업 중에 있는 미완성 작품일 뿐이다.

We're all of us guinea pigs in the laboratory of God. Humanity is just a work in progress. - 테네시 윌리엄스.

◆ 미완성으로 남은 작품들은 수없이 많다. 능력이나 영감이 부족해 완성하지 못한 경우도 있지만, 지나친 의욕과 이상 탓에 마무리 짓지 못한 것들도 있다. 일부러 완성하지 않은 것으로 짐작되는 경우도 있고, 여러 제약으로 말미암아 완성 못한 것도 있다.
◆ 그중에는 뒷사람이 이어받아 완성한 작품이 있는가 하면 미완성

그대로 남은 작품도 있고, 여전히 완성을 향해 진행 중인 작품도 있다.
◆ 그들은 왜 멈춰야만 했을까? 예술가를 지배한 시대, 죽음, 욕망, 상처. 미완성 작품은 완성된 작품에서 찾아볼 수 없는 단면을 드러낸다. 그 단면에서 우리는 작품이 멈출 수밖에 없었던 맥락을 읽을 수 있다.
◆ 미완성 작품에는 완성된 작품들이 가질 수 없는 특징이 있다. 완성을 뜻하는 페르펙툼perfectum은 행위가 완료되는 시점을 가리키는 반면, 미완성을 뜻하는 임페르펙툼imperfectum은 전개되거나 지속되는 중에 고찰된 행위의 시점을 가리킨다. 결국 미완성 작품 속에서 표현되는 것은 대개 시간의 문제다.
◆ 줄리안 번스는 《플로베르의 앵무새》에서, 이미 존재하고 있는 소설들에 관한 소설은 더 이상 없어야 할 것이라고 했다. 즉 현대적 번안, 재구성, 후편 또는 속편을 금지한다고 했다. 저자가 미완성으로 남기고 죽은 작품들을 상상력을 발휘해 완성하는 것을 금지한다고. 그 대신 모든 작가에게 고운 털실로 수놓은 표어를 지급해서 난로 위에 걸어 놓도록 해야 한다고 했다. 표어는 '너 자신의 실로 짜라'이다.
◆ 모든 글은 미완성이다. –폴 발레리.
◆ 성공한 작가라면 미완성 소설 한 편쯤은 있어야 믿음이 가는 법.
– 아멜리 노통브의 《살인자의 건강법》에서.

강승한康承翰,1918~1950: 장편서사시 《민족의 태양》을 집필하다 한국전쟁을 맞아 참전. 구월산에서 체포되어 교도소에서 《민족의 태양》을 쓰던 중 완성하지 못한 채 처형됨.
개스켈Elizabeth Cleghorn Gaskell,1810~1865: 1865. 마지막 소설 《아내와 딸들Wives and Daughters》의 완성을 눈앞에 두고 갑자기 심장마비로 사망. 1866. 출간.
고골Nikolai Vasil'evich Gogol,1809~1852: 농노제의 러시아 사회를 제재로 하여 인간의 모든 악을 풍자적으로 그린 《죽은 혼》 제1부

(1941)를 집필. 제2부를 1848. 팔레스타인을 순례하여 약간의 정신적 안정을 얻고는 또다시 집필하기 시작하였으나, 끝내 도덕적인 인간을 그려낼 수 없어 완성 직전의 원고를 1852. 2. 24.에 불태워 버렸으며, 마지막에는 착란상태에 가까운 정신으로 단식에 들어가 그대로 숨을 거두고 말았음. 1832. 희극 《블라지미르 3등 훈장》의 창작을 시작했으나 검열에 대한 두려움과 복잡한 문제들 때문에 미완성에 그침. 1835. 미완성 희곡 《알프레드》를 발표함.

고리키Gorykii, Maksim, 1868~1936: 장편소설인 《클림 사므긴의 생애 Zhizn' Klima Samgina》(1927~1936)은 '40년'이란 부제가 붙은 전4부의 대장편인데, 최후의 몇 장은 미완성.

괴테, 요한 볼프강 폰 Johann Wolfgang von Goethe, 1749~1832: 〈프로메테우스〉(1774)는 그가 25세 때 쓴 시로서 찬가Hymnen로 분류된다. 물론 제우스에 대한 찬가는 아니고 당연히 프로메테우스에 대한 찬가이다. 이것은 본래 드라마로 창작하려던 것이었으나 드라마로는 단편에 머물렀고 시로서는 완성을 본 것. 축제극 《판도라Pandora》 (1809), 희곡 《흥분한 사람들 Die Aufgeregten》(1791~1792), 서사시 〈아킬레스Achilleis〉도 미완성임.

기욤 드 로리스 Guillaume de Lorris, 출생·사망 미상: 《장미 이야기, 장미와의 사랑 이야기Roman de la rose》. 오비디우스의 《사랑의 기술》 (BC 1경)을 본뜬 이 작품은 8음절 2만 1780행, 8음절 대구對句로 이루어져 있으며, 300개 이상의 필사본이 오늘날까지 남아 있음. 그가 1230~1240. 처음 쓰기 시작한 이 작품은 약 45년이 지난 뒤 장 드 묑이 이어 썼음. 그가 쓴 4058행은 우화적인 상징을 통한 등장인물의 표현에서 뛰어난 감수성을 지님.

기카Ion Ghica, 1816~1897: 1848. 《알레쿠 이야기Istorialui Alecu》라는 최초의 루마니아 장편소설을 쓰려고 시도.

김기팔金起八, 본명: 龍男, 1937~1991: 《땅》은 MBC에서 1991.1.6.부터 1991.4.28.까지 방영한 대하드라마. 이 드라마는 당초 1991.12.까지

50부작으로 방송될 예정이었으나 16부작으로 조기 종영되었는데, 1991. 4. 무렵 드라마의 중단 사태와 진행자가 교체되는 일이 발생하면서 조기 종영을 하자 외압 의혹을 받음. 완결을 보지 못하고 췌장암이 발병해 그해 12.24. 사망.

김남천金南天,1911~1953: 1939. 출간된 《대하大河》는 해방 직후인 1945.10.부터 〈자유신문〉에 연재되기 시작하여 1946.6.28.까지 연재되다가 중단된 장편소설. 《1945년 8·15》는 200자 원고지로 1100여 매에 달하는 작품임.

김내성金來成,1909~1957: 《실낙원의 별》(1956.6.~1957.2.)을 〈경향신문〉에 연재하다 지병으로 사망.

김성동金聖東,1947~2022: 1983. 해방전후사를 밑그림으로 하고 마르케스류의 '마술적 리얼리즘'이라며 주목받은 장편소설 《풍적風笛》은 〈문예중앙〉에 연재 2회 만에 중단. 지주가 9할, 소작농이 1할을 먹는 토지 문제를 비판하며 조선공산당 정강·정책에 담긴 소작농 7할, 지주 3할을 담았다는 이유다. 또 1960~1970년대 학생운동사를 다룬 장편소설 《그들의 벌판》을 〈중앙일보〉에 연재했으나 반미적인 요소가 있다고 두 달(53회) 만에 연재 중단 당함. 다시 말해 좌익 움직임을 다룬 속뜻과 반미적 속뜻이 문제되어 중동무이됨.

김소진金昭晉,1963~1997: 장편소설 《동물원》(1996년 겨울호부터 이듬해 봄호까지 〈실천문학〉에 2회분 연재.)을 남김. 《내 마음의 세링게티》도 미완성.

김수영金洙暎,1921~1968: 장편소설 《의용군》을 1970. 〈월간 문학〉에 발표.

김유정金裕貞,1908~1937: 〈생의 반려伴侶〉(1936. 〈중앙〉 8월과 9월에 연재 중단).

김정한金廷漢,1908~1996: 원고지 1392장 분량의 제목을 확인할 수 없는 미완성 장편소설을 비롯해 《세월》, 《난장판》으로 제목이 붙은 미처 완성하지 못한 원고들이 다수 발견. 장편소설 《농촌세시기農村

歲時記》도 1955.2.~1956.1. 〈경남공론〉에 연재. 《농촌세시기》 육필 원고 복사본은 4회 연재분밖에 없었고 미공개 상태였는데 이번에 6회 연재분(5·6회분 추가)까지 확인해 발굴 자료로 공개. 자신의 작품 목록에 7회 분량으로 〈경남공론〉 26~32호에 연재했다고 적었으나 29호에는 연재되지 않음. 요산의 기억이 잘못됐을 가능성이 많고 그 외 현재는 찾을 수 없는 〈경남공론〉 33호에 1회분이 추가로 실렸는지 알 수 없음.

김정호金正浩, ?~1864: 《대동지지大東地志》는 지리서. 30권 15책으로 이루어져 있으며, 25권의 산수고, 26권의 평안도의 일부 고을이 수록되어 있지 않고, 평안도의 모든 고을에 적용된 항목과 서술 양식이 다른 도의 고을과 전혀 다르게 되어 있어 미처 완성을 하지 못하고 사망.

김해경金海卿, 필명 이상李箱, 1910~1937: 시 〈오감도烏瞰圖〉1934.7.24.부터 8.8.까지 조선중앙일보에 연재된 이상의 난해시. 원래 30편을 계획했으나 "내용을 알 수가 없다"는 독자들의 항의로 15편 만에 조기 중단. 심지어는 작가를 "때려죽이겠다"는 투고까지 있었음.

나바르Marguerite de Navarre, 1492~1549: 《헵타메론; 엡타메통 L'Heptaméron 7일 이야기》(1559) 연민과 진실성과 비극미가 나타남. 프랑수와1세의 누이이자 나바르 왕비인 지은이가 보카치오가 지은 이탈리아의 《데카메론》의 '10일 이야기'(1353)를 모방해 구성했지만, 1547. 프랑수아1세가 죽고, 1549. 자신도 죽었기 때문에 '7일 이야기'에 그치고 말았음. 이 미완성의 작품을 그녀의 비서가 1558. 출판.

나보코프Vladimir Nabokov, 1899~1977: 장편소설 《The Gift》(1937~1938) 집필하지만 미완성으로 끝남. 한편, 1940. 연작으로 나오기 시작하여 미완성작으로 남은 《홀로 왕Solus Rex》이 있음. 2009.에 《로라의 원형Original of Laura》이 아들 드미트리에 의해 출간.

나쓰메 소세키夏目漱石, 1867~1916: 《명암明暗》(1916)은 〈아사이신문 朝日新聞〉188회 (12.14.)연재 중 사망으로 중단함.

네르발Gérard de Nerval,1808~1855: 1849.3.1.부터 〈시간〉 지에 역사소설 《파욜 후작Le Marquis de Fayolle》을 연재하나 끝내 완성하지 못함. 마지막의 장편 《오렐리아, 꿈과 인생》(1855)은 그 심리 문제의 수법으로 프루스트에 지대한 영향을 주었음.

노리스Frank Norris,1870~1902: 밀의 생산과 분배의 문제에 얽힌 서사시적 장편. 즉 《밀의 서사시Epic of the Wheat》 3부작 중 제1부 소맥小麥의 생산과 수송 트러스트를 다룬 《문어The Octopus》(1901), 제2부 소맥 거래소의 도박을 다룬 《곡물거래소The Pit》(1903년 사망 후 간행), 제3부 유럽의 기근饑饉을 그린 《늑대The Wolf》(미완성) 등이 있음.

노발리스Novalis,1772~1801: 1799.11. 《푸른꽃Heinrich von Ofterding, Die blaue Blume》은 중세 기사 시인을 소재로 한 발전소설(1802, 출간). 주인공이 꿈에 '푸른 꽃'을 보고서 이 꽃을 찾아 방황하므로, 일명 《푸른 꽃》이라고도 함. 1799. 겨울에 착수하여 전편 《기다림》은 이듬해 봄에 완성했으나, 후편 《실현實現》은 첫 부분만 완성하고 끝을 맺지 못함. 사후 티크Tieck, Ludwig가 출판.

노비코프 프리보이 Novikov Priboy, Alexey Silych,1877~1944: 중편소설 《해군대령海軍大領》(1943).

니체 Friedrich Wilhelm Nietzsche,1844~1900: 1860. 열일곱 살 때 쓰다가 만 천박한 단편소설 「유포리온Euphorion」, 《권력에의 의지意志Wille zur Macht》(1884~1888).

다리오Rubén Darío,1867~1916: 소설 《황금 섬Isla de oro》을 집필하기 시작했으나 탈고하지 못하고 죽음.

다자이 오사무太宰治,1909~1948: 아사이 신문 연재소설 장편 《굿바이グッド・バイGood bye》를 10회분까지 썼지만 피로가 극에 달해 종종 객혈을 함. 6.13. 심야에서 다음날 새벽 사이에 도쿄 미타카 역 근처의 이 길을 따라 다마가와죠스이玉川上水라는 이름의 하천이 흐르는데, 그곳에 다자이는 애인 야마자키 도미에와 함께 물에 몸을 던져

39세로 생을 마감함. 그의 죽음에 대해 신변 비관, 허세, 정사情死 등 다양한 해석이 있음. 역에서 350m 쯤 걷다 보니 바위가 하나 있고 그 옆에 '옥록석玉鹿石'이라 적힌 표석이 놓여 있음. '다자이 오사무가 입수入水한 곳'이라는 설명이 있음. 이 바위는 다자이의 고향인 아오모리현 고쇼가와라시에서 가져온 것이라고 함. 야마자키의 방에서 10회분까지의 교정쇄, 11회부터 13회까지의 초고, 미치코 부인에게 쓴 유서, 아이들의 장난감이 발견됨.

단눈치오Gabriele d'Annunzio,1863~1938: 일종의 자서전인 《비밀의 책Libro segreto》저술. 이 작품은 미완의 원고 형태로 남아 있다가 사후에 출간됨.

단테 알리기에리 Durante degli Alighieri,1265~1321: 《향연》은 미완성으로 남아 있지만 단테의 저술 중에서 이론적 논의의 성격을 띤 최초 작품으로 그의 정치 활동과 철학적 연구에서 나온 성찰들을 자세하게 피력. 원래 총 15권으로 이루어진 작품을 구상했지만 앞의 4권만 쓰고 미완성으로 남겨둠. 제1권은 서론 구실을 하고, 나머지는 이전에 쓴 '칸초네'에 담겨 있는 의미를 해설하는 형식으로 되어 있음.

데샹Eustache Deschamps,1346?~1406?: 여성과 결혼에 대한 풍자 장편시 《결혼의 거울Le Miroir de mariage》.

도스토옙스키Feodor Mikhailovich Dostoevsky,1821~1881: 《카라마조프 가의 형제들The Brothers Karamazov》(1879.1.~1879.11. 〈러시아 통일〉에 연재). 〈카라마조프 가의 형제들 다음 작품〉은 원래 도스토옙스키는 알료샤 카라마조프를 주인공으로 해서 《카라마조프 가의 형제들》(알료샤의 젊은 시절)을 1편으로 구상하고, 알료샤가 나이 먹은 후 황제 암살 모의에 가담한다는 이야기로 2편을 구상했다. 1편은 완성되었으나 불행하게도 이 작품을 완성한 후 3개월 만에 세상을 떠나고 말았으므로 그의 방대한 계획은 실현을 보지 못하고 말았다. 엄밀히 말하면 2편은 구상만 한 작품이기에 의미가 없음. 미완성

소설 《네또츠카 네즈바노바》는 1848. 가을까지 완성될 예정으로 네끄라소프가 주관하던 〈동시대인〉에 실릴 계획이었으나, 네끄라소프를 비롯한 편집인들과의 불화로 결국엔 〈조국 수기〉 1849. 1월호에 일부가 실리게 되었다. 같은 해 4.23. 뻬뜨라셰프스끼 서클 가담의 죄목으로 도스토옙스키가 체포됨으로써 총 6부로 계획되었던 이 작품은 〈조국 수기〉 5월호에 작가의 이름이 빠진 채, 3부가 실리는 것으로 중단. 이후 작가의 체포와 유형으로 인해 작업은 중단되었고, 유형 후에도 도스토옙스키는 단지 부분적인 수정을 가했을 뿐 완성하지 못하였음. 중편소설 《악어》는 1865.6. 〈세기〉지 2호에 《기이한 사건, 혹은 아케이드에서의 돌발적 사건》이라는 제목으로 연재되기 시작. 그러나 〈세기〉지가 통권 13호로 폐간되어 미완성으로 끝남.

디노 부차티 Dino Buzzati, 1906~1972: 1966. 평소 존경해온 페데리코 펠리니 감독의 영화 《G.마스토르나의 여행 I l viaggio di G. Mastorna》 각본 작업에 참여함. 1966~1967. 사이에 각본은 완성했으나, 실제로는 영화화되지 못하고 미완성으로 남음.

디킨스 Charles John Huffam Dickens, 1812~1870: 열두 번으로 완간을 계획한 추리소설풍의 《에드윈 드루드의 수수께끼 The Mystery of Edwin Drood》를 집필하던 중 6.8. 심장마비로 세상을 떠남.

라르손 Stieg Larsson, 1954~2004: 밀레니엄소설 밀레니엄 시리즈를 출간하기로 하였으나, 작가로는 무명이었기 때문에 여러 출판사에서 거절하다 2003. 계약을 맺음. 총 10부작으로 구성하기로 하고 2004. 3부작까지 완성하여 컴퓨터에 저장하여 출판사에 넘김. 4부를 집필 중인 상태에서 2004.11.9. 심장마비로 사망. 그 다음해부터 《여자를 증오한 남자들》(원제Män som hatar kvinnor), 《휘발유통과 성냥을 꿈꾼 소녀》(원제Flickan som lekte med elden), 《책 바람 치는 궁전의 여왕》(원제Luftslottet som sprängdes)이 1년 간격으로 출간되어 2007. 밀레니엄 3부작으로 완간. 동거녀 에바 가브리엘손은 4부의 원고가 들어 있는 컴퓨터를 소유하고 있음.

랭보 Jean Nicolas Arthur Rimbaud,1854~1891: 《일뤼미나시옹Les Illuminations》 산문시집. 원래는 '채색삽화彩色揷畵' 또는 '장식그림'을 의미. 1886. 처음으로 평론잡지 〈보그 La Vogue〉에 부분적으로 발표되었으며, 제작 시기는 1872~1875.으로 추정. 42편의 시적 산문으로 된 미완성작 《일뤼미나시옹》에서 랭보는 절망을 멈추고 흑마법사로 재탄생.

러스킨John Ruskin,1819~1900: 다방면에 걸친 활동으로 건강을 해쳐 1878. 정신이상을 일으킨 이래 자주 착란상태에 빠지다가 1889. 이후에는 회복하지 못함. 이러한 병 가운데서도 틈틈이 쓴 미완의 자서전 《지나간 일마저Praeterita》(1885~1889).

레르몬토프Mikhail Yurievich Lermontov,1814~1841: 미완성 연애소설 ≪리곱스카야 공작부인≫은 1836.에 집필하기 시작해 1837.1.경에 중단. 생전에 출판되지 못하고, 1882년 문예지 ≪러시아 소식≫에 처음으로 실림.

러셀Bertrand Arthur William Russell,1872~1970/앨프리드 화이트헤드 Alfred North Whitehead, 1861~1947: 《수학 원리Principia Mathematica》전 3권(1910~1913). 기하학을 취급할 예정이던 4권은 미간으로 끝남.

레싱Gotthold Ephraim Lessing,1729~1781: 1748. 비극 《사무엘 헨찌》가 미완성임. 레싱이 파우스트를 진리의 탐구자로서 구제하는 희곡 《파우스트Faustus, Doctor Faustus》를 썼다고 하나, 작품은 없어지고 그 구상만 전함(1758).

레이먼드 챈들러 Raymond Thornton Chandler,1888~1959: 작가 로버트 B.파커Robert B.Parker가 챈들러의 미완의 유작 『푸들 스프링스Poodle Springs』를 1989. 마무리 지어 출간함.

로맹 가리 Gary, Romain,1914~1980: 1970. 전후 해에 쓴 《마지막 숨결》은 특이하게도 영어로 쓰인 작품. 또 다른 미완성 작품이자 역시 영어로 쓰진 《그리스 사람》은 완결된 이야기 구조를 갖지 못한 미완의 작품.

루소Jean Jacques Rousseau,1712~1778: 《고독한 산책자의 몽상Les Rêveries du promeneur solitaire》은 루소가 1777.부터 다음해에 파리 북쪽 에르므농빌에서 죽을 때까지 계속 집필한 것이며, 1782.간행. 10편의 산책 이야기로 꾸며진 것인데 《제10의 산책》은 미완의 절필.

루이스Clive Staples Lewis,1898~1963: 《나니아 연대기》 작가는 〈나니아의 수잔Susan of Narnia〉라 하는 8편이자 마지막 편을 구상하고 있었다고 하나, 그 전에 작고하여 7편만이 남음.

리원길李元吉,1944~ : 3부작 대하소설 《땅의 자식들》은 개혁개방 초기 조선족 농촌마을의 대변혁을 둘러싸고 흥미진진하게 펼쳐지는 이 소설은 1989.과 1992.에 각각 1부(설야)와 2부(춘정)를 펴낸 뒤 종결권인 제3부는 아직 나오지 않고 있음.

마르크스Karl Heinrich Marx,1818~1883: 《자본론》.

마르탱 뒤 가르 Roger Martin du Gard,1881~1958: 소설 《모모르 대령의 회상》은 심근경색으로 사망하여 결국 미완성.

루이스 마르틴 산토스 Martin Santos, Luis,1924~1964: 《침묵의 시간》의 속편인 《파괴의 시간Tiempo de destrucciòn》을 집필하던 1964.1.24. 자동차 사고로 세상을 떠남으로써 미완성으로 남았는데, 1975. 드디어 출판되었음.

마쓰모토 세이초松本まつもと清張せいちょう,1909~1992: 1987.《신들의 난심神々の乱心》를 〈문예춘추〉에 연재를 시작했으나 그의 죽음으로 미완으로 끝남. 《에도재담 고슈영악당》.

말라르메Stéphane Mallarmé1842~1898: 장시長詩 에로디아드 Hérodiade (1864~1867). 1864. 겨울부터 생을 마칠 때까지 에로디아드에 대해 7편에 달하는 텍스트를 구상하고 집필. 이 7편의 텍스트 가운데 적어도 6편은 〈에로디아드의 혼례Les Noces d'Hérodiade〉라는 제목으로 구상되었던 장편 극시의 단장인데, 그 가운데 완성된 것은 〈에로디아드-장경〉과 '서막'의 일부로 들어갈 〈성 요한의 찬가〉 두 편뿐. 1869. 11.14. 미완성 소설 〈이지튀르Igitur〉(1870)(원래 제목을 그대로 옮기면 〈이지튀르, 또는 엘베농의 정신착란〉).

모순마오둔茅盾, máodùn,1896~1981: 1928. 7.에 일본에 가서, 5·4운동 五四運動이 낳은 새로운 여성의 편력을 다룬 장편 《무지개虹》을 〈소설 월보小說月報〉에 연재했으나 심한 신경성 쇠약으로 미완성.

모파상Guy de Maupassant,1850~1893: 1894. 장편 소설 《낯선 영혼》이 〈르뷔 드 드 파리〉에 수록. 1895. 장편 소설 《삼종 기도》가 〈르뷔 드 파리〉에 수록.

몸젠Christian Matthias Theodor Mommsen,1817~1903: 《로마사Römische Geschichte1, 3권》(1854~1856)의 제4권은 단편으로 미완, 제5권은 《Geschichte der Provinzen von Cäsar bis Diocletian》(1885)으로 간행됨.

무질Robert Musil,1880~1942: 1920.경부터 20년 동안 장편 《특성 없는 남자Der Mann ohne Eigenschaften》 1, 2권이 발표된 뒤 정권을 잡은 나치에 의해서도 판매금지가 됨. 무질은 스위스로 이주해 소설의 마지막 마침표를 찍으려 애쓰다 1942. 결국 미완성인 채로 세상 떠남.

미롱Gaston Miron,1928~1996: 《꿰맨 인간》(1972)은 생생한 언어의 고통을 담고 있는 시집.

미야모토 무사시宮本武蔵, 1584?~1645: 집필하던 도중에 병을 얻어 1645.5.19., 미완성된 《오륜서》는 〈병법 35개조〉, 〈독행본〉과 함께 그의 제자들에게 양도.

미하엘 엔데 Michael Andreas Helmuth Ende,1929~1995: 《망각의 정원 Der Niemandsgarten》(1998) 초중반부만 완성된 채 출간된 유작.

바이런Byron, George Gordon,1788~1824: 서사시 《돈주언》(출판 1819~1824). 전 16편을 발표. 작고하기 5년 전부터 썼지만 결국 마지막 17편을 마치고 못하고 사망.

바하만Ingeborg Bachmann,1926~1973: 소설 《프란짜의 죽음》은 미완성 소설임에도 불구하고 완결적임.

박경리朴景利,1926~2008: 대하소설 《토지》는 1969.9.~1994. 8·15. 25년간 집필. 원고지 4만 장. 《나비야 청산 가자》(2003년 현대문학 4월호

연재시작, 세 차례 연재 후 중단. 원고지 440장 규모).

박계주朴啓周,1913~1966: 1961.6.11. 〈동아일보〉에 연재를 시작한 〈여수旅愁〉는 결국 11.28.자에서 필화를 만나 강제 중단 당함. 분단 이후 정치적 쟁점으로 신문 연재소설이 중단되기는 처음. 혁명공약 역이용 부패·독재 비판한 정치소설임. 박계주는 갓 설치(1961.5.20.)된 중앙정보부에 연행돼, 치도곤을 당하고는 후유증을 씻을 겨를도 없이 연탄가스에 중독(1963.5.21.)돼 투병하다가 작고.

박세당朴世堂,1629~1703: 《사변록思辨錄》은 저자가 쉰둘에서 예순다섯까지의 14년에 걸쳐 사서와 〈상서〉·〈시경〉에 대해 당시 통용되던 해석을 부정하고 독자적인 주석을 붙인 책. 〈통설通說〉이라고도 함. 신병으로 《주역》에는 손을 대지 못한 채 그침.

박세채朴世采,1631~1695: 1680.경 미간행본인 《심경표제心經標題》는 기호 율곡학파의 입장에서 최초로 저술된 《심경부주》의 주석서.

발자크Honoré de Balzac,1799~1850: 단테의 《신곡》에 빗대어 《인간희극人間喜劇》이라는 제목을 붙임. 처음부터 미완성일 수밖에 없는 연쇄소설. 1844. 《농부Les Paysans》는 발자크 사후 1855. 한스카 부인에 의해 미완인 상태로 재출간되어 《인간희극》에 편입. 1844. 《프티 부르주아Les Petits Bourgeois》 역시 미완인 상태로 1855에 《인간희극》에 편입되어 발표. 1847. 《아르시의 국회의원Le Député d'Arcis》도 미완인 상태에서 1855. 《인간희극》에 편입되어 발표. 《우스운 이야기》도 미완성.

베르길리우스Publius Vergilius Maro,BC.70~BC.19: 《아이네이스Aeneis》는 '아이네이즈의 노래'라는 뜻. 11년 간(BC.30.~BC 19.) 이 작품에만 열중했는데, 결국 완성을 보지 못함. 현재 1,12권이 남아 있는데 미완성 시행이 50여 군데나 있음.

베르펠Franz Werfel,1890~1945: 드라마 《여자 거인》.

베스터Alfred Bester,1913~1987: 《사이코숍Psychoshop》(1998)을 로저 젤라즈니가 앨프레드 베스터를 존경한 나머지 와병중임에도 자신의 작품 《도너잭Donnerjack》을 마무리하는 것마저 포기하고 베스터의 유작 《사이코숍》을 완성하고 죽은 덕분에 이 작품은 베스터 특유의 퇴폐적 분위기와 함께 젤라즈니의 《앰버Amber》 분위기가 물씬 풍김.

제1대 세인트앨번 자작 프랜시스, 베이컨 Francis Bacon, 1st Viscount St. Alban, 1561~1626: 《위대한 부흥》은 모두 6부로 계획되었으나 미완으로 그친 저작으로, 그 밑그림이 바로 《학문의 진보》.

벤야민Walter Benjamin,1892~1940: 미완성 저작 《파사젠베르크》 혹은 《아케이드 프로젝트》는 1934.3. 벤야민의 파리 망명 시절에 시작하여 13년 동안 준비했으나 비극적인 자살 때문에 끝내지 못한 미완의 저작.

벨로Rémy Belleau,1528~1577: 《희극LaReconnue》 (1577).

보이아르도Matteo Maria Boiardo, 1440/41~1494: 《사랑에 빠진 오를란도Orlando innamorato》,1476.부터 쓰기 시작. 원래 3부작으로 계획했지만 죽기 전까지 1·2부(1483)와 3부의 일부밖에 완성하지 못했으며, 후에 아리오스토가 이것의 속편으로 여겨지는 《성난 오를란도Orlando furioso》를 출판.

볼라뇨Roberto Bolaño Ávalos,1953~2003: 미완성 유고 《2666》은 사망후 1년이 지난 2004. 출간.

부닌Ivan Alekseyevich Bunin,1870~1953: 회고록인 《체호프에 관하여O Chekhove》를 썼는데 그가 죽은 뒤 1955. 뉴욕에서 출판됨.

뷔히너Georg Büchner,1813~1837: 1821.6.21. 희곡 《보이체크Woyzeck》 (1837).

브레히트Bertolt Brecht,1898~1956: 〈빵집〉(1929~1930)은 브레히트의 미완성 희곡 10편 가운데 하나. 1929. 베를린에 몰아닥친 경기 침체와 경제 위기, 수많은 실업자들의 문제를 다루기 위해 의욕적으로 집필. 자본가에게 수탈당하는 과정만 묘사된 채 미완성. 1956. 브레히트가 사망한 이후 1967. 동독의 '베를리너 앙상블' 극단이 초연.

브로흐Hermann Broch,1886~1951: 《유혹자들》(1934~1936, 1953 발

표)을 완성하지 못한 채 심장 발작으로 사망.

블라디미르 코롤렌코 Vladimir Galaktionovich Korolenko,1853~1921: 1905. 시작한 《나의 동시대의 역사(내 현대의 역사) История моего о современника》1부는 1910에 출판. 나머지는 1922. 사후에 나옴. 4부는 미완성.

블로크Marc Bloch,1886~1944: 《역사를 위한 변명》은 생전에 완성은 못하였지만, 그가 역사를 주제로 쓴 마지막 책.

루트비히 요제프 요한, 비트겐슈타인 Ludwig Josef Johann Wittgenstein, 1889~1951: 《논리-철학 논고》(이하 《논고》)는 전기 사상을 대표하는 저명한 철학서. 1914. 집필이 시작되어 1918에 최종 원고가 완성, 1921. 독일에서 《자연철학 연보》에 교정이 제대로 이루어지지 않은 미완성 상태로 러셀의 서론과 함께 처음으로 게재되어 이후 1922. 프랭크 램지와 찰스 오그던에 의해 보완된 영역본이 출간.

사드 후작 Marquis de Sade,1740~1814: 《소돔의 120일Les Cent Vingt Journées de Sodome》은 1785년에 사드 후작이 바스티유 감옥에서 쓴 소설.

사르트르Jean Paul Sartre,1905~1980: 대하소설 《자유의 길Les Chemins de la Liberté》(1945. 연재 시작.~1949.). 제1부 '첫날 무렵', 제2부 '유예猶豫', 제3부 '영혼의 죽음', 제4부 '최후의 기회'는 1절 '기묘奇妙한 우정'에서 끝난 미완성의 작품.

생텍쥐페리Antoine Marie Roger de Saint Exupery,1900~1944: 1938. 순간순간 떠오르는 생각들을 조그만 가죽 노트에 적어 놓았던 것을 토대로 《베르베르 영주에 관한 복음서》를 집필하기 시작. 이것이 후에 《성채Citadelle城砦》가 됨. 이 작품은 자신에 의해 완성된 것이 아닌 미완의 작품. 1948. 출간됨.

선우 휘鮮于煇,1922~1986: 장편 《사도행전使徒行傳》을 〈신동아〉에 1966.1.~6. 연재하다 중단됨. 〈깃발 없는 기수〉는 1959. 작가의 다른 장편 연재와 언론사 생활이 바쁜 이유로 미완.

셰익스피어William Shakespeare,1564~1616: 미완성인 채로 남겨 둔 〈헨리Henry Ⅷ〉, 〈두 귀족The Two Noble Kinsmen〉 등을 플레처Fletcher, John가 완성했다고 함. 플레처는 제임스 1세 때 활약한 영국의 극작가(제임스 1세 시대 문학). 1606~25.경 프랜시스 보몬트 등 극작가들과 협력해 많은 희극과 비극 작품들을 남김. 1607. 4절판으로 출판된 벤 존슨의 〈볼포네Volpone〉에서 그의 이름이 보몬트와 연관되어 나타나기 시작했는데 두 사람의 헌사가 모두 여기에 실림.

솔로모스Solomós, Dhionísios Komis,1798~1857: 미소론기에서 터키군에 포위된 그리스인의 저항과 패배를 노래한 《자유로운 농성자들Eleftheroi poliorkimenoi》은 30년에 걸쳐 퇴고가 가해졌으나 끝내 완성되지 못함.

알렉산드르 이사예비치. 솔제니친 Aleksandr Solzhenitsyn,1918~2008: 필생의 꿈인 《러시아 혁명사》를 집필하게 되었으나 끝내 미완되어 《붉은 수레바퀴La roue rouge Novembre seize》라는 이름으로 3부작이 출간.

솔로호프Michail Aleksandrovich Sholokhov,1905~1984: 장편소설 《그들은 조국을 위해 싸웠다》(1946).

슈니츨러Arthur Schnitzler,1862~1931: 1900년대의 역사적 소재를 사용한 소설 《의화단 운동Boxeraufsand》(1926).

슈테판 츠바이크 Stefan Zweig,1881~1942: 《발자크Honoré de Balzac》(1946)를 미완성인 채로, 또한 소설 초고를 1902.부터 전쟁 초기까지를 배경으로 '어느 여인의 인생을 통해 본 세상', 제1부의 초안만 잡았음.

슈토름Hans Theodor Woldsen Storm,1817~1888: 《빈민의 장례식 종소리Die Armessünderglocke》(1888).

슈티프터Adalbert Stifter,1805~1868: 1829. 산문 《율리우스Julius》.

스탕달Stendhal,1783~1842: 1802. 《라 파르살La Pharsale》이란 서사시를 쓸 계획을 세움. 1834. 《뤼시앵 뢰뱅Lucien Leuwen》 구상. 1835. 6.~9. 사이 구술(그러나 미완으로 남음). 1836.11. 《나폴레옹에 관한 회

상록Mémorires sur Napoléon》을 집필을 하나 다음 해 포기함. 1839. 장편 《라미엘Lamiel》 구상하여 집필, 미완으로 남음. 1835.부터는 자서전적 에세이 《앙리 브륄라르의 삶Vie de Henry Brulard》을 집필했으나 미완에 그침.

스트런Laurence Strene,1713~1768: 《신사紳士, 트리스트럼 샌디의 생애와 의견意見The Life and opinions of Tristram Shandy, Gentleman》 전 9권, 2권씩 4회로 8권을 냈고, 최후로 9권을 간행했으나, 미완으로 끝남.

스티븐슨Robert Louis Balfour Stevenson,1850~1894: 1888. 《허미스턴의 둑Weir of Hermiston》(1896)을 완성하지 못한 채 뇌일혈로 죽음. 또 미완성 유작인 《생 이브: 잉글랜드에서 프랑스인 죄수가 겪는 모험담St. Ives, Being the Adventures of a French Prisoner in England》을 (1896) 출간함.

스펜서Spenser, Edmund,1552.경~1599: 서사시 《선녀 여왕The Faerie Queene 요정의 여왕》(1590~1596). 12권으로 완결 지으려 했지만 실제로는 6권밖에 완성시키지 못하고 사후 1609. 7권 출간.

시마자키 도손島崎藤村,1872~1943: 1943.1. 《동방의 문東方の門》을 〈중앙공론〉에 연재하기 시작함. 8. 21. 제3장 집필 중에 뇌일혈로 쓰러져서 8. 22. 숨을 거둠.

시엔키에비치Henryk Sienkiewicz,1846~1916: 1913. 나폴레옹 전쟁 당시 폴란드 군대의 활약상을 주제로 한 장편소설 《외인부대》를 〈주간화보Tygodnik Ilustrowany〉에 연재하기 시작했으나 끝을 맺지 못함.

신채호申采浩,1880~1936: 역사 단편소설 《일목대장의 철퇴》(1910년대 후반기)는 궁예를 혁명가로 재조명. 낭만주의 소설 《꿈하늘》(1916). 역사 단편소설 《백세노승의 미인담》(1910년대 후반기), 역사 중편소설 《류화전》(1910년대 후반기), 역사소설 《고구려 3걸전》(1910년대 후반기).

실러Johann Christoph Friedrich von Schiller,1759~1805: 《데메트리우스Demetrius》(1805). 5막 비극을 구상. 4개월간 집필에 매달렸지만 완

성하지 못한 채 창작기의 절정인 46세에 세상을 떠남. 훗날 괴테가 완성하려고 시도한 적도 있었음.《강신술사》도 미완.

심훈沈熏,1901~1936:《동방의애인》(〈조선일보〉 1930.10.29.~12.10. 연재 중 일제의 검열에 걸려 삭제, 중단).《불사조》(〈조선일보〉 1931.8.16.~12.29. 게재 정지처분으로 연재중단).

싱John Millington Synge,1871~1909:《슬픔에 빠진 데어드레Deirdre of the Sorrows》집필하던 중 38세에 죽음. 1910. 애비 극장에서 공연.

아이리시William Irish,1906~1968:《환상의 여인》.

아쿠타가와 류노스케芥川 龍之介 あくたがわ りゅうのすけ, 1892~1927: 소설 〈사종문邪宗門〉(1922. 출간)과 〈노상〉.

안수길安壽吉,1911~1977:《동맥冬麥》.

안중근安重根,1879~1910: 〈동양평화론〉은 1910.2.~3. 중국의 뤼순 감옥에서 서문과 전감 일부만 작성한 채 미완성으로 남음.

알랭 푸르니에 Alain Fournier,1886~1914: 1912.12. 유일한 장편이자 자서전적 이야기인《위대한 몬느》를 끝낸 직후, 1914. 소설『하얀 비둘기Colombe Blanchet』와 희곡『숲속의 집』집필을 시작하나 제1차 세계대전의 발발로 8에 재입대하여 9.28세의 나이로 전쟁터에서 요절. 그의 사후 77년의 세월이 흐른 1991.에야 비로소 시신이 확인되어 생레미라칼론 국립묘지에 안장.

알렉상드르 뒤마 Alexandre Dumas,1802~1870: 1869. 소설《생트 에르민》출간.

알프레드 드 뮈세 Alfred de Musset,1810~1857: 1833.《서간소설》을 시도했다가 완성하지 못함. 1839.《타락한 시인》을 시작했으나 역시 미완에 그침.

앙드레 셰니에 André Chénier,1762~1794: 풍자시 〈레장브 Leslambes〉(1819).

에밀 졸라 Emile Edouard Charles Antoine Zola,1840~1903:《네 복음서》연작(총4권)《풍요》《노동》탈고 상태였던《네 복음서》연작《진실》

이 이듬해에 유작으로 출간되지만, 마지막 《정의》는 구상으로만 남고 집필되지 못함.

엘리아데Mircea Eliade,1907~1986: 1936.에 쓴 소설 《새로운 삶Viaţa Nouă》. 1978.부터 그는 스스로 필생의 과제라고 말한 4권으로 된 《종교이념의 역사A History of Religious Ideas》를 저술하는 데 심혈을 기울임. 그러나 마지막 책을 집필하지 못한 채 심장마비로 사망.

오노레 뒤르페 Chonoré d'Urfé,1567~1625: 〈아스트레L'Astrée〉(1607~1627), 방대한 전원소설(5권 60책).

오스틴Jane Austen,1775~1817: 서간체 소설 《수잔 아가씨Lady Susan, 일명 수잔 마님》을 17세에 씀. 1794. 소설 《캐서린Catherine》 씀. 1817.1. 일곱 번째 소설 《샌디션Sanditon》을 수정, 집필했으나 이미 중병(암으로 추정)을 앓고 있었기 때문에 탈고하지 못하고 제12장에서 중단, 완성하지 못했지만 1925. 채프먼의 편집으로 가제 《형제들》로 출판. 1975. 《샌디션》의 원고 출판.

오오카 쇼헤이大岡昇平, Ooka Shohei,1909~1988: 1934.4.부터 7.까지 장편소설 《청춘》을 〈작품〉에 연재했으나 미완성.

오자키고요尾崎紅葉,1868~1903: 1897.1.부터 1902.5.까지, 《곤지키야샤金色夜叉》를 〈요미우리〉 신문에 연재.

워튼Edith Wharton,1862~1937: 1934. 소설 《해적》 집필. 1938. 《해적》을 유언 집행자인 가일라르 랩슬레이가 편집하여 출간.

유르스나르Marguerite Yourcenar,1903~1987: 1923. 《소용돌이Remous》라는 대하소설을 구상하여 집필을 시작하지만 끝내지 못함. 《소용돌이》로 준비했던 원고를 바탕으로 일부는 1934. 소설집 《죽음이 수레를 끈다》로 출간함 (이 책에 수록된 「뒤러에 따르면」, 「그레코에 따르면」, 「렘브란트에 따르면」은 각기 후에 《흑의 단계》, 《안나, 소로르》, 《어둠 속의 남자》의 모태가 됨). 1986. 자서전 마지막 권으로 랭보의 시에서 제목을 빌려온 《무엇을? 영원Quoi? - L'Eternité》을 집필함. 1988. 미완성 유고작 《무엇을? 영원》 출간.

유주현柳周鉉,1921~1982: 병자호란을 다룬 〈대명〉이 작가의 사망으로 연재 중단. 효종의 북벌이 청에 탄로 나서 청 사신이 문책하러 온 곳까지 연재하고, 이틀 뒤 사망.

이광수李光洙,1892~1950: 1950.1. 〈태양신문〉에 《서울》 연재(미완).

이균영李均永,1951~1996: 대하소설 《빙벽》의 구상을 끝내고 집필. 1996. 안식년을 맞으면서 속도가 붙어 1000장을 훌쩍 넘어섬. 집필 도중 교통사고로 사망.

이디스 워튼 Edith Wharton,1862~1937: 1934. 미완성 유작 소설 《해적The Buccaneers》 집필. 1938. 유언 집행인인 가일라르 랩슬레이 Gaillard Lapsley가 편집하여 출간.

이문구李文求,1941~2003: 《토정 이지함》을 1990. 《역사인물평전》의 한 권으로 〈스포츠 서울사〉에서 간행. 장편소설 《오자룡吳子龍》을 〈월간중앙〉에 1년 간 제1부 12회 만에 필화로 도중하차(200자 원고지 1100여 장 분량.). 살아 몇 년 전 〈솔출판사〉에서 미완인 이 작품을 펴내려 직접 최후 수정, 교열까지 봐놓았다가 사후 1주기를 맞아서야 〈중앙 M&B〉에서 출간.

이병주李炳注,1921~1992: 《별이 차가운 밤이면》(문학의 숲, 2009.)이 17년 만에 단행본으로 출간. 1989~1992. 계간 〈민족과 문학〉에 연재 도중 사망. 미완성으로 남은 원고를 문학평론가 김윤식 서울대 명예교수와 김종회 경희대 교수가 엮음. 1982.12.미완으로 발간된 《무지개 연구》(두레)는 1985.6. 《무지개 사냥》(문지사)으로 완간. 1985.3. 미완인 《그해 5월》(기린원)은 1989.1. 《장군의 시대 - 그해 5월》(기린원)에서 출간. 그가 숨지기 전에 쓰고 있던 소설은 장편 《카리브해》와 야심을 갖고 시작한 역사 실명소설 《제5공화국》이었다. 그리고 《바람과 구름과 비碑》는 〈조선일보〉에 연재했던 대하소설. 그러나 10권을 집필하고 다음을 준비하던 중 건강이 나빠져 1991. 3. 뉴욕에서 돌아와 곧장 서울대학교 부속병원에 입원하는데, 그때 그는 폐암 선고.

이상李箱,1910~1937: 〈오감도烏瞰圖〉는 1934.7.24.부터 8.8.까지 조선중앙일보에 연재된 이상의 난해시. 원래 30편을 계획했으나 "내용을 알 수가 없다"는 독자들의 항의로 15편만에 조기중단.

이양지李良枝,1955~1992: 《돌의 소리Ishi no Koe》는 10장에 이르는 장편으로 구상. 1장~10장의 제목을 미리 붙여두었던 그는 1992. 봄 이화여대 무용학과 대학원 석사과정을 마치고 1장을 출판사에 넘기고 일본으로 감. 하지만 일본에서 3장의 초반까지 집필하던 중 감기로 인한 심근경색증을 일으켜 죽음.

이언적李彦迪,1491~1553: 《중용구경연의中庸九經衍義》은 《중용》 제20장의 〈구경〉을 해석하여 1583에 간행한 주석서이자 유학서로서 유배지 강계에서 저술하다가 사망하여 마지막 4장을 끝내지 못함. 1570.(선조 3) 선조가 이언적의 유고를 찾아 간행하도록 명하여, 1583.유성룡에 의해 간행.

이여진李汝珍,1763경~1830: 『경화연鏡花緣』을 쓰기 위해 30여 년 동안 해주(海州 지금의 연운항 인근) 지역을 누비면서 풍습과 언어를 채록하고 고적을 답사. 본래 200회로 만들겠다는 원대한 포부를 가졌으나 20여 년 동안 원고를 세 차례나 고치는 각고의 노력 끝에 결국 100회로 마감.

이은성李恩成,1937~1988: 《소설 동의보감小說東醫寶鑑》을 1990.3.15. 창작과 비평사에서 상, 중, 하 세 권으로 간행. 이 작품은 작가가 각색한 《집념》(1976. 〈MBC TV〉드라마)을 소설화하여 〈부산일보사〉에서 발행하는 〈일요건강〉(뒤에 〈주간부산〉으로 개제)에 1984.11.11.부터 연재하던 작품. 1988. 작가가 돌연 작고하여 미완으로 남아 있던 것을 1990. 3권의 책으로 간행. 원래 작가는 춘·하·추·동 4권으로 엮으려고 계획.

이익상李益相,1891~1935: 1922.9. 〈신생활〉에 단편소설 「생을 구하는 마음」을 연재. 미완으로 끝남.

이인직李人稙,1862~1916: 《모란봉牡丹峰》1913.2.5.~1913.6.3. 〈매일

신보〉에 65회 연재하다 중단. 앞서 1907.5.17.~6.1.까지 11회에 걸쳐 《혈의 누》 하편이라고 하고 국초라는 필명으로 〈제국신문〉에 200자 원고지 60장 정도의 작품이 발표. 《혈의 누》 상편과는 연결되는 사건 전개의 연속성에 괴리가 있음. 《혈의 누》 후편에 해당하며, 《혈의 누》가 주인공 옥련의 일곱에서 열일곱 세까지 다룬 데 대하여 《모란봉》은 열일곱 세 이후를 다룸.

이진수 李震壽,1612~1671: 《청하자운관유고靑霞紫雲館稿》. 시·사·명·문 등을 수록한 시문집. 7권 6책. 필사본. 아들 덕德이 필사, 교정했으나 미처 간행하지 못한 듯함. 권두에 성우증成祐曾의 서문이 있음. 권1~5에 시 1228수, 권6에 악부樂府 6편, 사詞 15편, 명銘 11편, 상량문 1편, 표表 2편, 권7에 문文 33편, 제발題跋 11편 등이 수록. 〈십일향경十一香經〉은 화품(花品,꽃의 품격)을 논한 미완성의 작품.

이청준 李淸俊,1939~2008: 장편소설 《신화의 시대》는 작가가 생전에 "살아서 완성할 마지막 소설"이라 불렸던 장편. 2001.부터 10년에 걸쳐 3부작으로 완성할 것을 목표로 했으나 1부만 끝내고, 2부는 완성치 못한 채 유명을 달리함. 2008.12.3.출간된 한 권짜리 《신화의 시대》는 1부에 해당하며, 2006~2007. 계간지 〈본질과 현상〉에 사회에 걸쳐 발표된 것을 다시 책으로 엮음.

이해조 李海朝,1869~1927: 《잠상태岑上苔》는 1906.11.~1907.4. 〈소년한반도少年韓半嶋〉에 연재된 미완의 한문현토소설漢文懸吐小說로 작자의 처녀작. 이 작품은 기본적으로 궁녀와의 염정을 그린 작자 미상의 고전 한문소설 《영영전英英傳》을 바탕으로 《운영전雲英傳》, 《춘향전》 등 우리의 전통 재자서才子書의 영향도 함께 아우른 아류작.

자먀찐 Evgenii Zamiatin,1884~1937: 1932. 파리로 망명하여 계속해서 작품 활동에 전념, 역사 소설 《천벌》을 집필했지만 끝내 완성하지 못하고 생활고와 병고에 시달리다 세상 떠남.

장 지오노 Jean Giono,1895~1970: 저자는 1952. 발표한 《폴란드의 풍차》를 미완의 상태로 남겨두기도 했고, 또 이 작품이 개방된 구성을 취하고 있기 때문에 마지막 남은 코스트의 자손들이 어떤 길을 걷는지 우리는 알 수가 없음.

장 파울 Jean Paul,1763~1825: 1804. 작품 《개구쟁이 시절Flegel Jahre》을 발표.

장용학張龍鶴,1921~1999: 1999. 타계한 뒤 미완성 유작 소설 《빙하기행》의 일부가 〈문학사상〉에 발표됨.

잭 런던 Jack London,1876~1916: 1963. 《암살 주식회사》, 추리작가 로버트 L.피시(TV시리즈《도망자》의 원작자)가 완성.

잭 푸트렐 Jacques Futrelle,1876~1912: 1912.4. 영국 여행을 마치고 미국으로 돌아오는 길에 호화 여객선 '타이타닉'호를 탔다가 조난사고를 당해, 아내 릴리를 구명정에 태우고, 자신은 배와 6편의 미발표 작품도 함께 바다 밑으로 가라앉음.

정약용丁若鏞,1762~1836: 《경세유표經世遺表》 필사본. 원래 제목은 《방례초본邦禮草本》이며, 1표表 2서書로 대표되는 경세론을 펼친 저술 가운데 첫 번째 작품으로 일종의 제도개혁안. 전남 강진에 유배 중인 1817.(순조 17)에 저술. 처음에는 48권으로 지었으나 필사하는 과정에서 44권 15책으로 편집. 1911. 처음으로 이 책의 일부가 간행. 1914. 조선광문회朝鮮光文會에서 이건방李建芳이 쓴 서문을 붙여 증보판을 간행 1934~1938. 사이에 정인보鄭寅普·안재홍安在鴻 등이 중심이 되어 조선학운동朝鮮學運動의 일환으로 저자의 글을 모아 《여유당전서與猶堂全書》를 간행할 때, 이 책을 15권 7책으로 재편집하여 간행. 이吏·호戶·예禮·병兵·형刑·공工의 육전체제六典體制로 기술된 《주례周禮》와 《경국대전》의 체제를 본받아 서술하였는데, 각각에 정치·경제 및 사회사상이 뒤섞여 있음. 육전체제의 형刑과 공工에 해당하는 추관수제와 동관수제는 완성되지 못함.

제임스 A. 미치너 James Albert Michener,1907~1997: 2007.9.12. 미치너 사망 10주년, 탄생 100주년 기념으로 미완성 소설 《메타컴Matecumbe》이 출간.

제임스 조이스 James Augustine Aloysius Joyce,1882~1941: 중년 이후의 시 《자코모 조이스Giacomo Joyce》는 1914.에 써진 미완성 유고로서, 내용이나 형식면에서 Joyce의 작가로서의 성숙을 반증하는 최초의 시란 점에 의의. 즉 작은 산문에 속한다는 사실에도 불구하고 조이스의 소설의 모더니스트 스타일을 특징. 한편, 그의 낭만시와는 달리, 고전적 난해시. 그리고 1904.《에피파니Epiphany》는 40편에 달하는 미완성 산문시 격으로, 이들은 작가가 일상생활에서 수확한, 시 감詩感의 소산. 그리고 1904. '의식의 흐름' 수법 등 혁신적 기법으로 20세기를 풍미한 소설가 제임스 조이스의 미완성 단편 텍스트《영웅 스티븐Stephen Hero》.

제임스 존스 James Jones,1921~1977: 1958. 파리로 건너간 이래 17년 동안 그곳에 머물면서 작품 활동. 1970. 과도한 음주와 과로로 심장병을 앓기 시작, 그 후 두 번의 심각한 심장병 재발. 자신의 건강을 우려하던 그는 1975. 귀국하여 롱아일랜드에 정착, 이때 3부작《지상에서 영원으로From Here to Eternity》와《가느다란 붉은 줄The Thin Red Line》의 마지막 작품인《휘파람Whistle》을 씀. 하지만 총 34장 중 31장 중간 부분까지만 집필하고 사망. 나머지는 그의 문학 대리인인 윌리 모리스가 그의 노트와 녹음테이프에 의존하여 완성.

젤라즈니Roger Joseph Zelazny,1937~1995:《도너잭Donner jack》(1997) 미완성 원고를 제인 린즈콜드가 완성시켜 젤라즈니 사후 발표.

조설근曹雪芹,1724?~1763?: 그가 세상을 떠나고 수십 년 후,《홍루몽》이 청나라 독자들에게 인기를 끌면서 조설근의 이름도 시간이 지나며 알려졌다. 하지만 정위원과 고악이 필사본들을 모아서 1791.~1792.(건륭 56년,57년)에《홍루몽》이란 제목으로 출간했을 때는 한참 전에 조설근이 쓴 원고가 유실된 뒤였고, 두 사람이 필사본을 모을 때 유실된 내용(후반부)을 말이 되게 이어붙이는 과정에서 조설근의 원래 의도가 두 사람이 의도했든 의도하지 않았든 뒤바뀌었다는 주장이 제기되기도 했음.

조호익曺好益,1545~1609: 《대학동자문답大學童子問答》.《대학大學》의 내용을 해설한 책. 1책. 목판본. 1609.(광해군1) 김현金鉉이 백본책자白本冊子를 가지고 와서 《대학》의 대강의 뜻을 적어달라고 청하므로 평소에 《대학》을 연구하고 제자들을 가르치던 내용을 적어주면서 겸양해 '대학동자문답'이라 이름. 1609.7. 이 책을 집필하다가 1609.8. 죽게 되어 전10장傳十章 끝에 23개의 구절을 풀이함. 전 10장의 원문의 뜻은 풀이하지 못하고 끝났는데, 완성하지 못한 까닭이 주석에 보임. 이 책의 간행은 그가 죽은 뒤 간행된 것으로 보이나 연대는 미상.

쥘 베른 Jules Verne,1828~1905: 《로빈슨 아저씨》의 몇몇 세부는 《신비의 섬》과 공통점을 갖고 있음. 베른은 《로빈슨 아저씨》의 제1권 원고(베른은 이 소설을 3권짜리 장편으로 쓸 작정)를 출판업자이자 베른 생애에서 가장 중요한 인물에게 보냈지만, 에첼은 곧 엄격한 비평을 작가에게 써 보냈다. "이 작품의 등장인물은 지금까지 나온 로빈슨 크루소의 생활을 되풀이하는 데 만족할 뿐, 독창성도 새로움도 없다." 베른은 결국 집필을 중도에 포기하여, 이 작품은 미완성으로 끝남.

체호프Anton Pavlovich Chekhov,1860~1904: 《플라토노프》는 1920. 러시아에서 발견된 희곡으로 1878. 체홉의 편지에 언급된 《아비 없는 자식》이 제목일 거라는 추리가 있기는 하지만 제목도, 창작일시도 미상인 첫 번째 미완성작. 체홉이 고향인 따간로그에서 모스크바로 옮겨가기 전 열여섯에서 19세에 쓴 작품인 것으로 알려짐.

초서Geoffrey Chaucer,1340.경~1400: 야심적인 사랑의 꿈 이야기 《영예榮譽의 집The House of Fame》(1379?)은 미완성. 그리고 사랑에 순사殉死한 부인의 이야기 〈선녀열전善女列傳〉(1385~1386)를 10명만 썼을 뿐 미완성. 《캔터베리이야기The Canterbury Tales》는 14세기 영어로 인쇄된 최초의 이야기 책. 1170. 헨리 2세에게 암살된 캔터베리 대주교 토머스 베켓을 기리는 성지 순례가 이야기의 역사적 배경. 1380년도에 집필되기 시작해 1400년 초서가 사망함으로써 미완. 영웅대구Heroic Couplet 형식인 운문 1만 7000여 행 외에 산문도 포함.

최명희崔明姬,1947~1998: 1981. 〈동아일보〉 창간 60주년 기념 장편소설 공모전에서 대하 미완성소설 《혼불》(제1부)이 당선되어 문단의 주목을 받음. 이후 1988.~1995. 월간 〈신동아〉에 제2~5부를 연재, 1996.12. 제1~5부를 전 10권으로 묶어 완간. 장편소설 《제망매가祭亡妹歌》(〈전통문1985.9.~1986.4. 연재), 8회까지만 연재하다 중단됨.

카람진Karamzin, Nikolai Mikhailovich,1766~1826: 《러시아 국가사》(1816~24)를 11권까지 발행, 12권은 미완으로 끝났음.

카렐 차페크 Karel Čapek,1890~1938: 《작곡가 폴틴의 삶과 작품》(1939)이 미완으로 남음.

카뮈Albert Camus,1913~1960: 1940. 희곡 《돈 후안》을 위한 메모. 그는 죽기 전까지 그 작품을 쓰고자 하지만 결국 완성하지 못함. 《최초의 인간》은 그가 사고로 죽은 후에 출간. 초고는 이야기의 뼈대만이 앙상. 1부와 2부를 통틀어 '자크의 연대기'라고 명명해도 될 만큼 자크의 시선에 따라 이야기는 진행. 카뮈 사후인 1994. 출판권을 상속받은 그녀의 딸이 정식으로 출판.

카프카Frantz Kafka,1883~1924: 《성》, 《소송》 (혹은 《심판》이라는 제목으로도 출판되어 있음.), 《실종자》(아메리카라는 제목으로 출간되었다가 고침.) 등 총3편의 장편을 썼으나, 《소송》의 경우, 결말은 썼지만 부분적으로 미완, 《성》과 《실종자》는 결말이 없음. 그리고 특이한 것이, 그리고 《성》과 《소송》 주인공의 이름이 K이며, 〈실종자〉에서는 카알 로스만Karl Roßmann이라는 이름의 주인공이 등장. 1912. 착수한 《아메리카Amerika》(1927)는 그 전반부에 《판결》 이전의 초기작의 분위기가 있고, 후반부에는 결락缺落이 많고 전체적으로 보아 미완성의 작품. 《성城Das Schloβ》(1922.1.~9.)을 집필 시작하면서 보험회사를 퇴직함. 결국 미완성 유고遺稿로, 사후 1926. 출판. 《심판》(1914~1915) 유고를 친구인 브로오트가 정리하여 1925. 간행. 《도시적 세계》도 미완성 작품임.

칼 바르트 Karl Barth,1886~1968: 1931. 뮌스터 대학에서 본 대학으로 옮겨 가게 되는데 이곳에서 1935.까지 교수로 재직. 이때 히틀러에 대하여 항거하면서 정치적인 투쟁에 참여. 또 이 기간 중에《기독교 교의학Die Christliche Dogmatik》(1927)의 제 1권 일부를 출판하게 되었다. 5권은 성령론과 종말론 이야기. 5권의 구원 관련 이야기는 미완성.

칼비노Italo Calvino,1923~1985: 1988. 미완성 유고《미국 강의La Lezioni Americane》,《민담에 대하여sulla fiaba》가 출간.

커트 보니것 2세 Kurt Vonnegut Jr.,1922~2007: 미완성 단편이 수록된 단편집《멍청이의 포트폴리오 Sucker's Portfolio》을 2013. 출간. 2007. 사망한 뒤 2012. 되어서야 아마존을 통해 전자책으로 처음 세상에 공개, 더 이상 그의 새로운 작품을 만날 수 없음에 상심해 있던 독자들의 반응에 힘입어 이듬해 종이책 출간.

커포티Truman Capote,1924~1984:《응답 받은 기도》는 작가가 직접 보고 들은 상류사회의 무절제한 생활을 소재로 쓰려고 계약을 맺었으나, 오히려 자신의 방탕한 생활 탓에 집필이 제대로 이루어지지 못함. 계속 마감을 미루던 그는 두 차례에 걸쳐 원고 일부를 발표했지만, 평단의 반응은 부정적이었고 비밀을 폭로당해 분개한 사교계 친구들이 등을 돌리는 결과만 초래.

켈러Gottfried Keller,1819~1890: 당시 스위스 의 세태를 묘사한 장편소설《마르틴 잘란더Martin Salander》(1886) 발표.

코걸니체아누Mihai Kogălniceanu,1817~1891: 1850. '몰도바의 잡지'라는 의미의 〈가제타 데 몰도바Gazeta de Moldova〉에 장편소설《마음속의 비밀Taineleinimii》출판.

콘래드Joseph Conrad,1857~1924:《자매들》을 쓰기 시작했으나 뜻대로 되지 않아 도중에 그만두고 말았는데 1928. 출판.《구조자》, 마지막 작품이자 장편《근심Suspense: A Napoleonic Novel》(1925).

콜리지Samuel Taylor Coleridge,1772~1834: 1797.~1798. 서사시《크리

스타벨Christabel》과 영어로 써진 최초의 초현실주의 시라고 일컬어지는 《쿠빌라이 칸Kubla Khan》. 이 시를 쓰기 전에, 그는 몸이 좋지 않아 처방받은 아편을 복용. 이 시는 아편에 취한 몽롱한 환각 상태에서 본 것을 적음. 새뮤얼 퍼처스Samuel Purchas의 여행기를 읽고 있었는데, 그 여행기에 쿠빌라이 칸(쿠블라 칸)의 왕궁 이야기가 나옴. 그러곤 잠이 들어 꿈속에서 왕궁의 환상적인 광경을 보았고, 그것을 200~300행에 달하는 긴 시로 지음. 잠에서 깨었을 때 꿈이 마치 현실인 것처럼 선명하게 기억이 나, 꿈속의 시를 적기 시작. 하필이면 그때 '폴록Porlock으로부터의 방문객'이 찾아와, 한 시간가량 그와 이야기를 나누고 돌아옴. 방문객을 만난 후 유감스럽게도, 콜리지는 그렇게 생생하던 꿈속의 광경을, 극히 일부를 제외하고는 기억할 수 없었음. 현재의 시는 그런 배경에서 쓰였다고 콜리지는 설명.

콜린스William Wilkie Collins,1824~1889: 1889.9.23. 66세의 나이로 이 세상을 하직했을 때는 〈런던화보畵報〉에 마지막 작품인 《맹목적인 사랑Blind Love》을 집필 중이었음. 자신이 죽음에 가까운 것을 알고 월터 비잔트를 불러 초안을 건네주며 완성시켜달라고 부탁. 이 작품은 그가 죽은 지 석 달 뒤인 1890. 완결 출판.

베르나르마리. 콜테스 Bernard-Marie Koltès,1948~1989: 1986. 소설 《프롤로그Prologue》 집필 시작. 미완성이나 1991. 출판.

쿠퍼James Fenimore Cooper,1789~1851: 1864. 미완성 유고 《뉴욕New York》 첫 출간.

쿠퍼William Cowper,1731~1800: 미완성 단시 《야들리의 떡갈나무Yardley Oak》, 《난파자難破者The Castaway》.

키케로Cicero, Marcus Tullius,BC.106~43: 미완성작인 것으로 추정되는 《법률론De Legibus》은 그 자신과 그의 동생 퀸투스, 그리고 절친한 친구인 앗티쿠스가 등장하여 대화를 나눔. 미완성작인 《운명에 관하여De Fato》는 미래의 사건들이 미리 정해진 것인지, 인간의 자유와 운명이 양립 가능한 것인지를 다룸.

토마스 만 Thomas Mann,1875~1955: 1954. 장편 《사기사 펠릭스 크룰의 고백. 회고록 Bekenntnisse des Hochstaplers Felix Krull. Der Memoiren erster Teil 제1부》 출간. 이 소설은 '제1부'라는 표현이 보듯이 미완성에 그침. 그의 다른 모든 작품이 주도면밀한 가공에 따라 완결되어 출간된 데 반해, 이 작품은 세 번이나 미완의 단편으로 남아 있음. 1편이 1922. 독일에서 〈어린 시절의 책Buch der Kindheit〉, 2편이 1937. 암스테르담에서 펴낸 〈확대판〉, 마지막으로 1954에 이르러 〈회상록 제1부 Der Memoiren erster Teil〉로 단편斷篇 형태로 발간된 토마스 만의 최후 작품. 토머스 모어 경Sir Thomas More, 1478~1535: 미완성인 채로 남았지만 후대 역사가들에게 많은 영향을 끼친 《리처드 3세전傳》(1543) 등이 있음. 훗날 셰익스피어가 아이디어를 얻어 《리처드 3세》를 완성.

토마스 아퀴나스 Saint Thomas Aquinas,1224/25~1274: 《신학 대전神學大全 Summa Theologica, Summa Theologica, Summa》(1265~1273). 3부로 구성되며 600여 문제, 3000여 항목을 포함. 제1부(신)와 제2부(인간)는 이탈리아에서의 교수시대(1265~68)와 파리 체재시대(1269~72)에 완성. 제3부(그리스도)는 다시 이탈리아에 돌아와 살던 시대(1272~73)에 썼으나, 미완성인 채 병사하여 제자인 피페르노의 레기날도가 '보유補遺'로 완결. 그는 40세 때 이 책의 저술에 착수했지만, 1273. 12.(48세) 돌연히 펜을 놓아 버려, 제3부는 미완성인 채로 끝남.

토머스 울프 Thomas Wolfe,1900~1938: 사후 1941. 단편 및 미완성 소설 일부를 모아 《언덕 저 너머The Hills Beyond》를 출간.

톨스토이Lev Nikolaevich Tolstoi,1828~1910: 1851.3. 최초의 단편 《어제 이야기》를 비롯하여 《산송장》, 《그리고 어둠 속에 빛이 비친다》, 《데카브리스트》 등이 미완성. 1863. 《12월 당원》이라는 장편소설 시작. 1878.1에 다시 손을 댔다가 다시 포기하지만 《전쟁과 평화》로 발전. 1870. 표트르 대제에 관한 장편소설을 시작했으나 이후 포기. 1889. 쓰인 《악마》는 1910. 톨스토이가 죽을 때까지 발표하지 않고 미완성인 채로 의자 등받이에 감추어 두었음. 그는 1910. 10. 야스나야 폴랴나에서 가출을 할 때도 카프카스의 전설적 이슬람 전사의 생과 사를 다룬 《하지 무라트》 원고를 가지고 나감. 이 소설은 그가 1896.부터 쓰기 시작해 1904.에 마무리한 것으로 되어 있지만, 그는 소설을 더 다듬어야겠다고 생각. 그래서 마지막 순간까지 원고가 그의 여행가방 속에 들어 있었음. 가출 열흘 후 톨스토이가 아스타포보 역에서 생을 마감함으로써 이 소설은 미완의 유고로 남았으나, 어지간히 매만진 것이어서 미완성으로 보이지는 않음.

톨스토이Tolstoi, Aleksei Nikolaevich,1883~1945: 아버지가 문호 레프 톨스토이 백작의 먼 친척이 되는 백작임. 재능의 정점을 보인 것은 역사 문학 분야로서, 새로운 사관에 의하여 《표도르 I 세Pyotr I》(1부 1929, 2부 1934, 3부 미완).

톨킨 J.R.R. Tolkien,1892~1973: 《후린의 아이들》은 또 하나의 중간계 이야기. 그는 이 이야기의 첫 버전을 1910. 쓰기 시작했고 그 이후로 여러 번 개작. 그러나 1973. 죽을 때까지 이 소설을 끝내지 못하여 그의 아들인 크리스토퍼 톨킨이 이 이야기를 다시 구성하여, 2007. 독립된 창작물로 출간. 크리스토퍼 톨킨(Christopher Tolkien,1924,)은 반지의 제왕과 호빗의 저자 존 로널드 루엘 톨킨의 셋째 아들. 아버지가 죽은 후 남은 원고를 연구, 정리하여 출간. 대표적으로 실마릴리온과 후린의 아이들이나 가운데 땅의 역사서 등이 있음.

투키디데스Thucydides, 기원전 465~기원전 400: 그의 생애에 관하여 우리에게 알려진 것은 그의 역사서 《펠로폰네소스 전쟁사》(전8권)에 간혹 언급된 개인적인 기록이 거의 전부. 스파르타와 아테네가 그리스를 양분하여 서로 싸운 펠로폰네소스 전쟁을 기술한 이 역사서는 기원전 411.까지의 사건만을 기록한 채 미완성 작품으로 전해짐. 《역사》라고도 불림. 이 책은 펠로폰네소스 전쟁의 전체 역사를 설명하는 것이었지만, 기원전 411. 기록을 습득하다가 갑자기 중단되어 미완성. 또 집필 연대에 대해 단번에 쓴 글과 조금씩 쓰면서 모은 글이 같이 있으며, 투키디데스는 기원전 395. 죽었기 때문에 중단된 부분을 직접 연결하는 글은 현재의 연구에서는 다뤄지지 않았음. 집필 작업은 철학자 소크라테스의 제자 크세노폰에 넘겨주게 되어 기원전 411. 이후의 역사는 《헬레니카》(고대 그리스어:Ἑλληνικά, Hellenica)에 정리한 것으로, 펠로폰네소스 전쟁의 기술은 완결.

트루아 Chrétien de Troyes,?~12세기 후반?: 그는 5편의 원탁 기사 이야기Chevalier de la Table ronde를 썼으며 중세 프랑스의 궁정 문학을 대표. 그의 작품은 쿠플레couplets라는 8음절의 운율rhyming eightsyllable을 가진 7편의 주요시major poems를 포함. 이들 중 《에렉과 에니드Erec et Enide》(1170)와 《클리제스Cligès》(1176), 그리고 1177.에서 1181. 시기에 쓴 것으로 추정되는 《사자의 기사 이뱅Yvain, the Knight of the Lion》과 《마차의 기사 랑슬로Lancelot, the Knight of the Cart》의 4편이 완벽하게 보존. 그의 마지막 로망은 1181.~1190.사이에 쓴 《성배 이야기 페르스발Perceval, le Conte du Graal》이나, 미완성인 이 작품은 일부의 학자들에 의해 논쟁이 제기. 이 시기는 무엇보다 그에게 있어 생애 말년에 해당되는데, 이 무렵 그는 플랑드르의 백작 필리프 달자스Philippe d'Alsace, Comtet de Flanders의 부름을 받고 그의 궁정에서 머물러 있었음. 그는 단지 9000행의 미완성 작품으로 남겨두었으나, 훗날 다양한 재능varying talents을 가진 4명의 후임자successors들이 4의 속편Continuations으로 알려진 5만 4000행을 추가하여 완성. 이와 마찬가지로 《마차의 기사 랑슬로》의 마지막 1000행은 그와 계약을 맺은 동시대의 고드프르아 드 레이니(Godefroi de Leigni, 12세기)에 의해 작성. 《성배 이야기 페르스발》의 경우 한 명의 후임자가 그의 죽음으로 인해 완결하지 못한 것으로 알려짐. 1185.경 《페르스발의 로망 또는 그라알의 이야기Le Roman de Perceval Ou Le conte Du Graal》의 페르스발은 12세기의 프랑스 작가 크레티앵 드 트루아가 쓴 미완작 《페르스발의 로망 또는 그라알 이야기》에 등장하는 주인공인데, 이 로망은 아더 왕 이야기와 흔히 '성배 전설'로 알려진 어부왕 이야기의 원형.

티크Tieck, Ludwig,1773~1853: 괴테의《빌헬름 마이스터》를 모방한 교양소설로서 중세 후기의 예술가의 생활을 그린 소설《프란츠 슈테른발트의 방랑 Franz Sternbalds Wanderungen》(2권, 1798). F.슐레겔이 괴테의《빌헬름 마이스터》보다 뛰어난 신시대의 작품이라 격찬한 바 있음.

파뇰Marcel Pagnol,1895~1974: 자전적 소설은 1부 아버지의 추억 (영화는 마르셀의 여름), 2부 어머니의 성(영화는 마르셀의 추억), 3부 비밀의 시간, 4부 사랑의 시절로 구성되어 있음. 4부는 미완성. 3부를 출간한 뒤 1974. 세상을 떠났고, 4부는 1977. 유작 발표.

파스칼Blaise Pascal,1623~1662: 《팡세》(Pensées, "생각"이라는 뜻)는 그가 죽은 뒤인 1670, 그의 유족과 친척들이, 파스칼의 글 묶음을 모아《종교 및 기타 주제에 대한 파스칼 씨의 팡세(생각)》라는 제목으로 펴낸 것이, 팡세라는 이름으로 굳어진 것. 원래 그가《그리스도교의 변증론》을 쓰기 위해 집필하던 글인데, 완성하지 못하고 죽자 그의 가족과 친구들이 정리, 1670. 간행.

패트릭 화이트 Patrick White,1912~1990: 2012. 장편소설《공중 정원 The Hanging Garden》이 사후에 출간.

펄 사이든스트리커 벅 Pearl Sydenstricker Buck,1892~1973: 《대지》마지막 4부 격으로 〈붉은 대지〉라는 제목으로 1960~70년대 중국을 배경으로 왕룽의 증손들이 살아가는 이야기를 다뤘으나 80세 고령이라 초기 몇몇 부분만 쓰다가, 결국 세상을 떠나면서 〈붉은 대지〉는 미완성.

페드로 칼데론 데 라 바르카 Pedro Calderón de la Barca,1600~1681: 1663. 국왕의 명예 대사제로 임명되었고 1681. 성체절을 위한 성찬극《이사야의 양》을 쓴 후 마지막 작품《신성한 필로테아》를 절반만 완성한 채 1681.5.25. 사망.

페렉Georges perec,1936~1982: 《53일》은 그가 죽는 순간까지 작업하던 소설이자 그의 유일한 미완성 소설. 자신이 좋아하는 작가 스탕달이 《파르마의 수도원》을 쓰는 데 걸린 날 수에 하루를 보탠 53일 만에 소설을 쓴다는 취지로 이 작품에 착수. 《53일》에서 그는 스탕달의 작품에 등장하는 인물이나 배경, 다양한 문학작품 등을 이용해 마치 탐정소설처럼 구성. 이 작품은 단순히 완성하지 못한 소설이 아니라 미완성에 관해 말하는, 미완성을 의도한 소설로 읽힘.

페르디낭 오요노 Ferdinand Leopold Oyono,1929~2010: 소설 《지옥의 수도Le Pandemonium》 집필을 시작했으나 미완.

페소아Fernando António Nogueira Pessoa,1888~1935: 1930.9.23. 신비주의 마술가로 명성을 날리던 앨리스터 크로울리Aleister Crowley가 가짜 자살 소동을 일으키도록 도와주었는데, 이 사건이 이날 일간지에 대대적으로 보도됨. 1930. 이 사건을 소재로 미완성 추리소설 《지옥의 입Boca do inferno》을 씀. 이는 '자살' 장소로 설정된 리스본 근교의 절벽 이름임. 영어 단편을 쓰기 시작했는데, 그중 몇몇은 데이빗 머릭이라는 이명으로 썼고 대부분이 미완성. 특히 시들은 미완성이 많음. 산문집 《에로스트라투스》도 미완성임. 살아생전 그는 영어로 4권, 포르투갈어로 단 한 권의 책을 출판. 그러나 그가 남기고 간 미완성 원고와 아직 출판되지 못한 글, 개요만 있는 글들이 어마어마하게 쌓여 있고 지금도 이를 정리하는 작업이 진행 중에 있음.(포르투갈 국립 도서관에서 1988.까지 정리한 결과만 해도 2만 5574 페이지.)

폰텐Ponten, Josef,1883~1940: 여행 경험(볼가 여행)과 함께 넓은 안목과 역사적 연구를 바탕으로 쓴 《도상途上의 민족Volk auf dem Wege》(처음 10권으로 예정되었으나 6권까지 1930~1941에 발표하고 미완으로 끝남.)은 해외에서 사는 독일인의 운명, 즉 독일 민족 이동사를 묘사한 것. 민족주의적 경향과 그가 취급한 소재 때문에 나치 시대에 애독됨.

폴 발레리 Ambroise Paul Toussaint JulesValéry,1871~1945: 시극 《나의 파우스트》는 말 그대로 발레리가 시도한 파우스트 극 2편을 모아놓은 극. 이 2편의 희곡의 유일한 단점은 발레리가 모두 미완으로 남겼다는 점, 발레리는 세 번째 종류의 파우스트를 시도하려고 했으나, 그 세 번째 희곡은 아예 써지지도 않은 것 같다. 《루체, 혹은 수정 소녀》는 이제는 꽤나 늙은 파우스트와 그의 조수인 소녀 루체, 메피스토, 그리고 파우스트를 찾아온 학생에 관한 희곡이다. 꽤나 희극적인 분위기가 눈여겨볼 만하며, 과거에 연인을 잃었으나, 다시 사랑을 시작할지도 모르는 파우스트와 사랑을 시작하게 된 학생, 그리고 '사랑을 멀리하라'란 격언 등이 어울리면서 무언가 긴장감을 만들어내지만, 안타깝게도 그것으로 끝. 발레리는 결말조차 정하지 않았음. 《유일자, 혹은 코스모스의 저주》는 완성도 자체는 좀 떨어지는 듯하나, 파우스트와 유일자(신은 아니다)의 존재론에 관한 꽤나 긴 대화.

푸블리우스 오비디우스 나소 Publius Ovidius Naso, 기원전 43~기원후 17년 경: 기원후 8께 아우구스투스의 명으로 난데없이 로마에서 쫓겨나 흑해 서안 오지로 유배. 근대의 감각으로 말하면 시베리아 유형에 처해진 것. 이 일로 그는 《로마의 축제들 Fasti》 집필을 중간에 접어야 했음. 그는 유배지에서도 가필과 수정을 계속했지만 끝내 이 작품을 완성하지 못함. 오비디우스는 유배지에서 10년을 보내다 거기서 삶을 마감했는데, 그 시절의 비참하고 쓰라린 마음을 거기서 쓴 《비탄의 노래 Tristia》, 《흑해에서 보낸 편지 Epistulae ex Ponto》에 절절하게 담아 표현. 《흑해에서 온 편지》는 Ovid의 작품이며 네 권의 책으로 구성. 이것은 그의 아내와 친구들에게 쓴 Ovid의 Tomis (현대 Constanta) 망명에 대한 서정적 대련 모음.

푸시킨 Aleksandr Sergeevich Pushkin, 1799~1837: 《이집트의 밤 Egipetskiye nochi》(1837 출간.).

푸익 Manuel Puig, 1932~1990: 《상대적인 습기 Humedad relativa》를 끝마치지 못하고 세상을 떠남.

푸조 Mario Puzo, 1920~1999: 『대부』에서 미국 뉴욕 마피아 패밀리의 음모와 배신, 성장사를 통해 가족중심주의는 물론 미국 문화의 핵심까지 한손에 꿰뚫었던 그가 자신의 모국인 이탈리아 방문에서 자신이 찾던 원조 범죄 가족인 보르지아가를 발견. 교황 알렉산데르와 아들 체사레, 후안, 조프레, 그리고 딸 루크레지아의 파란만장한 일대기를 접하고 자신의 도전 작품으로 매진하게 됨. 그러나 1999. 7. 2. 뉴욕주의 롱아일랜드에 있는 자택에서 급성심근경색으로 세상을 떠나는 바람에 《패밀리The Family》는 끝내 완성을 보지 못하고 같이 작품 활동을 하던 〈너스 The Nurse's story〉, 〈루씨 Rusty's story〉의 저자인 캐롤 지노에 의해 완성됨.

푸코Michel Foucault|Paul Michel Foucault,1926~1984: 《성性의 역사 Histoire de la sexualite/history of sexuality》(3권, 1976,1984) 4권은 미완성인 채 AIDS로 사망.

프루스Bolesław Prus,1847~1912: 1911. 교육적인 소설 《변화 Przemiany》를 쓰기 시작했으나 이듬해 죽음으로 미완성.

마르셀, **프루스트**Marcel Valentin Lousis Eugene Georges Proust,1871~1922: 그의 초기작이자 미완성 자전소설 《장 상퇴유》는 1000장을 넘는 대작으로 3인칭 수법으로 저술되었는데, 1896~1900. 걸친 작품으로 추정되며, 알려지지 않고 묻혀 있다가 사후 30년이 지나서야 출간. 미완성 문학비평서 《생트뵈브에 반박하여,1954. 간행》가 있음. 뒷날 《잃어버린 시간을 찾아서》의 초석이 되는 자전적인 소설 《장 상퇴유》나 《생트뵈브를 반박함》 같은 작품 집필에 착수했으나 어느 것 하나 완성하지 못했고, 한동안 〈피가로〉지 같은 곳에 가끔 잡문만 발표.

안드레이, **플라토노프**Andrey Platonov,1899~1951: 1933. 소설 《행복한 모스크바》 집필 착수. 1936.까지 집필에 열중. 1934. 소련의 출판 예정 목록에 이 소설이 포함되어 있었으나, 삭제된 이유는 밝혀지지 않음. 사후 40년이 지난 1991. 잡지 〈신세계〉에서 최초로 출판. "소비에트 작가가 되는 것이 가능한지, 아니면 객관적으로 불가능한지"

편지로 고리키에게 질문.

플로베르Gustave Flaubert,1821~1880: 1875.이후 중단되었던 《부바르와 페퀴셰Bouvardet Pécuchet》의 집필에 매달림. 1880.12.15.부터 〈라누벨 르뷔〉에 연재. '인간의 어리석음에 대한 백과전서'라는 부제가 붙은 야망의 철학 소설은 그의 모든 경험, 그리고 인간과 인간사의 모든 일에 대한 판단이 집약된 방대한 통합체로 평가받고 있으며, 소설에 등장하는 광범위한 소재를 다루기 위해 1500권이 넘는 전문서적을 탐독하고 8인치 높이의 공책에 메모를 남기는 등 필력을 기울였으나 제1부의 마지막 장면과 제10장이 쓰이지 못한 채 결국 미완성 유작.

피란델로Luigi Pirandello,1867~1936: 1937. 극작품 《산의 거인족들 I giganti della montagna》이 피렌체에서 공연됨. "예술은 '인생의' 거울이 아니라, '인생을 위한' 거울이다."

피츠제럴드Francis Scott Key Fitzgerald,1896~1940: 1937.그가 영화 시나리오를 쓰러 옮겨간 할리우드는 《마지막 거물, 最後의 大軍, The Last Tycoon, 마지막 거물의 사랑》의 무대가 되었고, 1941.10. 친구 에드먼트 윌슨의 편집으로 출간.

하세크Hasek,Jaroslav,1883~1923: 전후 귀국하여(1920) 《착한 병사兵士 슈베크의 모험 제1차 세계 대전에 있어서의 선량한 병사, 슈베크의 모험Osudy dobrého vojáka Svejka》(1921~1923)을 쓰다가 심장마비로 세상을 떠남. 사망할 당시 하셰크는 제 4권을 집필 중. 그러자 출판인이자 그의 친구였던 카렐 바네크Vaněk가 제5부와 제6부를 보충해 써서 《러시아군 포로가 된 착한 병사 슈베이크의 모험》이라는 제목으로 출판. 이 작품은 1926. 독일어 번역본이 나오고 나서야 비로소 국제적인 인정. 이 장편은 익살맞은 착한 병정에 관한 익살스런 풍자 소설. 착한 병정 슈베크는 체코의 국민성의 일면을 전형적으로 대표하는 인물로서 유명해짐.

하이네Heinrich Heine,1797~1856: 《바헤라하의 랍비》.

하이데거Martin Heidegger,1889~1976:《존재와 시간Sein und Zeit》은 1927에 마르틴 하이데거가 프라이부르크 대학 교수 자격을 얻기 위해 쓴 저작. 그러나 주어진 시간이 고작 3개월뿐이라, 원래 계획했던 분량의 절반도 채 완성하지 못하고 결국 미완성인 채로 출간. 이후 하이데거는 완결 지으려 했으나, 여러 가지 사정으로 착수하지 못했고, 나중에 가서는 《존재와 시간》에서 빠진 부분들은 다른 저작들에 이미 다 나와 있으므로, 그걸로 완결되었다고 선언.

허만 멜빌 Herman Melville,1819~1891: 1924.《빌리 버드 Billy Budd, Sailor (An Inside Narrative)》.

허목許穆,1595~1682:《경례유찬經禮類纂》은 조선 후기의 학자 허목이 편찬한 예서로 5권 5책의 목판본. 만년 미완성 저술로 오랫동안 간행되지 못하다가 1882.(고종 2) 의령에서 허전, 허헌 등에 의해 간행. 제 5책은 제례로서 미완성 편이지만, 주로 국가 왕실의 제례에 관한 경전 조항들을 발췌 수록.

헤세Hermann Hesse,1877~1962: 1899. 소설《고슴도치Schweinigel》를 쓰기 시작(원고 미발견). 1945. 소설《베르톨트Berthold》,《꿈의 여행 Traum fährte》출간.

헨리 제임스 Henry James,1843~1916:《상아탑The Ivory Tower》(1917).

현진건玄鎭健,1900~1943:《웃는 포사褒姒》(1930.〈신소설〉과 〈해방〉에 연재하다 중단.).《흑치상지黑齒常之》(1939.10.25.부터 〈동아일보〉에 연재. 1940. 52회로 강제중단, 2개월도 채 못함).《선화공주善花公主》(1941.〈춘추〉에 연재하다 중단.).《적도赤道》는《새빨간 웃음》과《해 뜨는 지평선》을 묶은 소설.

호세 에우스타시오 리베라 Jose Eustasio Rivera,1888~1928: 1926. 두 번째 소설《흑점La mancha negra》을 쓰기 시작하나 몇 년 뒤에 뉴욕에서 원고를 분실함.

호손Nathaniel Hawthorne,1804~1864: 1861.《그림쇼 박사의 비밀Dr. Grimshaw's Secret》,《조상의 발자국The Ancestral Foot step》,《셉티미어

스 펠튼Septimius Felton》,《돌리버 로맨스The Dolliver Romance》등의 장편소설 모두 미완성.

호프만Ernest Theodor Amadeus Hoffmann,1776~1822:《수고양이 무르의 인생관에 덧붙여서 이 원고에 우연히 끼어든 휴지에 기재된 악단 지휘자 요하네스 크라이슬러의 미완성 전기Lebensansichten des Katers Murr nebst fragmentarischer Biographie des Kapellmeisters Johannes Kreisler in zufälligen Makulaturblättern》(1820~22).

호프만스탈Hugo von Hofmannsthal,1874~1929:《안드레아스Andreas 또는 합일슴—된 자者》.

홍구범洪九範,1923~1950행방불명: 1950.1.부터 3.까지 〈혜성〉지에 연재하다 중단된 중편소설《불 그림자》. 1950. 〈협동〉지에 1월호부터 연재하기 시작하여 5월호에 중단된 장편소설《길은 멀다(어머니와 딸,1회)》. 〈협동〉은 문예지가 아닌 금융지였다. 금융사의 자비지가 연재소설을 요청하는 이유는 잡지에 대한 흥미를 유발시키기 위함이라는 사실을 작가가 몰랐을 리 없겠으나, 작가는 사측의 의도와는 상관없이 예술로서의 가치가 빛나는 본격적인 장편소설을 쓰고 싶었던 심경을 피력하고 있음.

홍명희洪命熹,1888~1968:《임꺽정林巨正》1928.11.21.~1939.3.11.〈조선일보〉에 연재하다 폐간으로 연재 중단. 월간 〈조광〉에서 재연재했으나 결국 미완성. 그 조차도 투옥되는 기간 동안은 연재가 중단되기 일쑤.(1929.12. 〈신간회〉 민중대회사건으로 투옥되어 연재중단.). 그동안의 연재분으로 1940. 〈조선일보사〉에서 펴냈고, 1948. 을유문화사에서 펴냄. 1991. 〈사계절출판사〉에서 전 9권으로 출간. 2판부터는 출판편집자 정해렴의 1차 정본화 작업을 통해 누락분을 발굴, 수록하여 총 10권으로 구성. 작가의 월북으로 인해 미완성인 채로 끝남. 북한의 사회과학원 원장을 지낸 국어학자이자 홍명희의 아들 홍기문의 노력과 홍명희의 손자인 홍석중에 의해 마무리를 지었음.

횔덜린Johann Christian Friedrich Holderlin,1770~1843:《엠페도클레스

의 죽음〉은 1797. 자세한 집필 계획인 〈프랑크푸르트 계획〉을 세운 뒤 1799.까지 약 3년에 걸쳐 혼신의 힘을 기울여 쓴 한 편의 비극. 이 희곡의 집필 계획인 〈프랑크푸르트 계획〉과 제2초고와 제3초고 사이에 쓴, 비극에 대한 횔덜린의 시학적 논고 〈비극적인 것에 관하여〉, 제3초고에 이어서 쓴 〈몰락하는 조국…〉 등을 함께 실림.

지은이 김세연 金世淵

한국문인협회 회원
대한출판문화협회 근무
도서출판 마카렌세스 경영

『국어정설(1968)』 공동 편저. 〈한국출판문화 1300년〉 공동 편저. 장편시집 『바람은 스스로 소리 내지 않는다는 미모사보다 더 가녀린 명제를 강요하면서 떠나는』. 시집 『빛 근처 무지개 줍기』. 동시집 『아침에 해지는 마을』. 판소리 형식의 장편시집 『가시리 별곡佳時離 別曲』. 장편소설 『내가 죽인 판게아Pangaea』. 장편소설 『조개걸음으로 고향가기』 등 출간.
〈출판문화〉, 〈한국출판연감〉, 〈출협 사사社史〉 등 편집 및 교열.

내 고향 비곡기秘曲記
시간 속에서 방황하는 은하수·치자꽃 향기
The Milky Way wandering in time·The scent of gardenia flowers

발행일 2024년 4월 24일

지은이 김세연
펴낸이 김세연
펴낸곳 마카렌세스makarenses

신고 제2010-000012호 2010년 3월 12일
주소 (04724) 서울특별시 성동구 동호로100, 115동 1301호(금호동3가, 두산아파트)
Smartphone 010-2429-1100
mobile fax 0504-136-1100
E-mail sykim5009@naver.com

ISBN 978-89-964209-1-0
한국도서 십진분류 | 03810

copyright ⓒ 2024 All rights reserved by Seiyon Kim
값 18,000원